TARA DUNCAN

LES SORTCELIERS

L'auteur

La princesse **Audouin-Mamikonian**, 45 ans, écrit depuis l'âge de 12 ans. Titulaire d'un D.E.S.S. de Diplomatie et Stratégie, elle est mariée et mère de deux filles de 16 et 19 ans.

Du même auteur

2 - *Tara Duncan, le Livre interdit*, éditions du Seuil, 2004.
3 - *Tara Duncan, le sceptre maudit*, Flammarion, 2005.
4 - *Tara Duncan, le dragon renégat*, Flammarion, 2006.
5 - *Tara Duncan, le continent interdit*, Flammarion, 2007.

Du même auteur, dans la même collection

2 - *Tara Duncan, le Livre interdit*

Si tu veux communiquer avec Sophie Audouin-Mamikonian,
connecte-toi sur
www.taraduncan.com

Loi n° 49-956 du 16 juillet 1949 sur les publications
destinées à la jeunesse : septembre 2007.
Publié avec l'autorisation des éditions du Seuil.

ISBN 978-2-266-17654-5

Sophie Audouin-Mamikonian

TARA DUNCAN

LES SORTCELIERS

Seuil

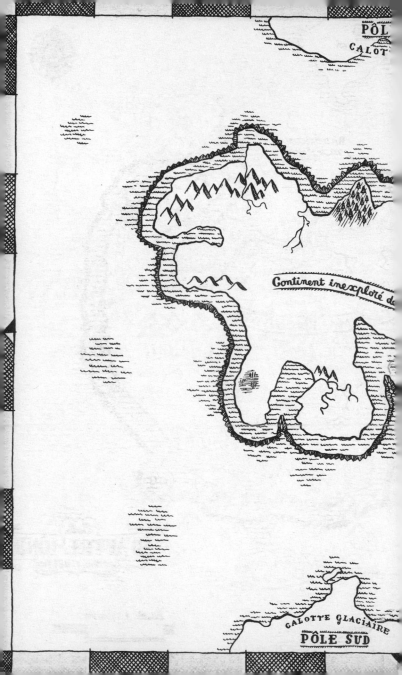

À mon mari, Philippe, pour lequel il n'existe pas suffisamment
de superlatifs dans la langue française pour décrire
à quel point il est gentil, drôle et intelligent.
Merci, mon amour, d'avoir supporté mes angoisses d'écrivain
avec autant de… résignation humoristique.

À mes deux filles, Diane et Marine, qui ont enfin pu se venger
de mes « Comment ? Vous n'avez pas encore fait vos devoirs ? »
par leurs « Comment ? C'est tout ce que tu as écrit aujourd'hui ? »
et qui ont, sans sourciller, ingurgité les sept différentes versions
de ce livre avec une bonne humeur sans faille.

Merci, ma merveilleuse famille, vous êtes la lumière de ma vie.

Pour les mots suivis d'un astérisque*,
reportez-vous au « Petit lexique d'AutreMonde »
en page 535.

chapitre I
Pouvoirs et mensonges

Elle… flottait. En chemise de nuit, à un demi-kilomètre du sol. Ce qui a priori n'était pas une situation tout à fait… normale.

Tara déglutit, agita un peu les pieds et, soulagée, constata qu'elle ne tombait pas.

D'accord.

Elle était en train de faire un songe pour le moins bizarre. Elle rêvait qu'elle volait au-dessus… d'une autoroute! Soudain, à sa grande frayeur, elle plongea et survola une puissante limousine noire, se déplaçant sans effort à la même vitesse. Il faisait nuit et la lune illuminait paisiblement les villes et villages endormis du Sud-Ouest de la France. À l'intérieur de la voiture, quatre formes sombres restaient calmes, prudemment respectueuses du silence de la cinquième. Qui éclata soudain de rire, les faisant tressaillir.

– Enfin! jubila l'homme. Quel honneur et quel plaisir d'être celui qui va détruire la puissante Isabella Duncan! Nous serons à Tagon dans quelques heures. Nous attaquerons la nuit prochaine. Tenez-vous prêts!

Tara sursauta. Isabella Duncan? Sa grand-mère? Elle lutta pour se réveiller, vaguement consciente du terrible danger qui émanait de la voiture noire, mais le rêve se délitait déjà, emportant la dormeuse vers d'autres rivages.

Tandis que Tara se retournait dans son lit, la grosse voiture dévorait les kilomètres, s'approchant un peu plus du village de Tagon à chaque tour de roues. Et le chuintement des pneus sur l'asphalte murmurait… bientôt, bientôt, bientôt…

La pie était en retard. Un instant, elle jacassa sa frustration. Ses yeux dorés cerclés de rouge brillèrent d'un éclat malveillant. Tara avait *encore* échappé à sa surveillance. Inquiète, elle scruta le petit village de Tagon qui défilait sous ses ailes blanc et noir. Si elle ne la retrouvait pas au plus vite, elle risquait de terminer en poulet grillé… et ça, elle préférait *éviter* autant que possible.

Soudain, elle plongea. Ouf! Sauvée. Elle venait enfin d'apercevoir Tara, petite silhouette courant dans les champs. La jeune fille ouvrit vivement la porte d'une grange et se faufila à l'intérieur. La pie pesta. Flûte! Comment faire maintenant? Elle fit deux fois le tour de la grange, avant d'aviser celui qui poursuivait Tara. Il pénétra, lui aussi dans la grange… et l'oiseau en profita pour le suivre, se perchant sur la plus grosse poutre. Parfait. De là, elle pourrait voir toute la scène. Étendant ses ailes, elle s'installa confortablement.

Dissimulée derrière une grosse botte de foin, Tara retenait sa respiration. Son poursuivant pouvait arriver d'un instant à l'autre.

Un craquement dans la vieille grange l'avertit: il était là. Il était entré! Elle se blottit un peu plus au milieu de la paille, jugulant avec angoisse un début d'éternuement.

Soudain un ricanement sourd la fit sursauter.

– Je sais que tu es là, Tara, fit une voix sinistre. Je *sens* que tu es là ! Je vais *enfin* t'attraper !

Au-dessus de la scène, la pie retint un ricanement narquois. Bien. Elle était aux premières loges pour le dénouement.

Celui qui venait de parler n'avait pas encore localisé la jeune fille. Ses vêtements clairs la dissimulaient suffisamment bien pour qu'elle passe inaperçue.

Tara le vit tourner les talons, prêt à renoncer, quand un mulot décida d'escalader sa chaussure gauche. Si la souris émit un discret petit « iiiik » quand elle réalisa que la montagne qu'elle escaladait était vivante, le « Aaaaahhh » de Tara retentit dans toute la grange. Elle bondit du foin comme un missile… pour tomber droit dans les bras de celui qui était à ses trousses.

Se voyant prise au piège, sa réaction fut purement instinctive. L'attaquant s'envola à trois mètres du sol, et resta suspendu dans les airs, la tête en bas, agitant vainement bras et jambes.

Un hurlement de protestation jaillit :

– Tara ! Tu avais promis !

– C'est de ta faute, protesta Tara avec une absolue mauvaise foi. Tu m'as fait peur !

– Ben, c'était un peu le but ! chuchota une voix derrière elle, la faisant sursauter.

– Betty ! s'exclama Tara, surprise, ça va pas d'arriver sans prévenir ? J'ai failli faire une crise cardiaque.

La corpulente jeune fille brune sourit. Elle se déplaçait comme un chat, avec une étonnante légèreté pour sa masse.

– Tara ! hurla Fabrice, toujours coincé dans les airs, fais-moi redescendre !

Tara attrapa l'étrange mèche blanche qui tranchait dans la masse de ses cheveux dorés et la mordilla sauvagement.

– Euuuh, le problème c'est que je ne sais pas comment !

– Comment ça, tu ne sais pas comment ? cria Fabrice, paniqué, repoussant ses cheveux blonds qui lui tombaient dans les yeux. Je veux redescendre ! Fais quelque chose !

La jeune fille se concentra de toutes ses forces, agita les mains, fronça les sourcils, retint sa respiration, plissa ses yeux bleu foncé et… il ne se passa *rien*.

Betty contenait vaillamment son fou rire naissant, essayant d'envisager toutes les solutions.

Tara se tourna vers elle, complètement paniquée.

– Qu'est-ce qu'on va faire ? Je n'arrive même pas à le faire bouger !

Au-dessus d'elle, la pie n'avait plus du tout envie de rire. Ses yeux avaient failli lui sortir de la tête quand elle avait vu Tara soulever son adversaire. Par Demiderus, mais la petite avait *le don* ! Aïe aïe aïe. Alors là, les complications s'annonçaient. Et les deux autres avaient l'air parfaitement au courant !

Fabrice cessa de gigoter, se contentant de flotter, foudroyant Tara de ses yeux noirs, dont les cils à la longueur inattendue rendaient les filles du petit village de Tagon à moitié hystériques.

– Tara, dit calmement Betty, essaie de te souvenir. Qu'est-ce que tu as ressenti quand tu l'as repoussé ?

La jeune fille réfléchit.

– De la peur. De la colère… et un peu d'indignation contre la souris qui m'a confondue avec une botte de foin.

– Bon, s'exclama Fabrice, et si je te dis que tu dois me faire redescendre vite fait parce que sinon tout le monde va découvrir ton don et que tu vas finir comme une grenouille sur une table de dissection, qu'est-ce que tu me réponds ?

– Je te réponds que je n'ai toujours pas la moindre idée de la façon dont je dois m'y prendre, répondit Tara en serrant les dents.

Betty secoua sa tête brune et bouclée et désigna une corde soigneusement enroulée qui pendait à un clou.

– Et si on utilisait cette corde ? Il suffirait de rapprocher Fabrice de la mezzanine. Il n'est pas très loin.

En effet, Fabrice flottait à quelques centimètres du premier étage de la grange, là où les métayers de son père stockaient les sacs de grain.

– Tu as raison, répondit Tara. Essayons de le tirer jusque-là.

Elles attrapèrent la corde et, après plusieurs essais, parvinrent à la lancer à Fabrice qui la noua autour de sa taille. Puis, avec beaucoup de précautions, elles le remorquèrent jusqu'à la mezzanine. À peine eut-il touché le bois qu'il retrouva tout son poids. Ne s'y attendant pas, il manqua de dégringoler. Il descendit à toute vitesse, se planta devant Tara, qui, gênée, mâchouillait énergiquement sa pauvre mèche blanche et s'écria :

– Bon, reprenons au commencement. Qu'est-ce qu'on avait dit au début du jeu ?

– Pas de lévitation, pas de télékinésie, rien du tout, récita Tara sagement.

– Ôte-moi d'un doute. Moi, flottant à trois mètres du sol, c'était quoi ?

— De la lévitation, indéniablement, gloussa Betty.

— Écoute, Tara, reprit Fabrice en essayant de garder un ton raisonnable. Quand tu as découvert que tu étais une sorte de mutante et que tu nous en as parlé, on a tous juré de garder le secret. Mais chaque fois que tu as utilisé ton don, on a eu des problèmes. Comme cette fameuse fois où tu as démoli l'autre grange et bousillé le tracteur.

— C'était pas de ma faute, grommela Tara, et puis c'était toi qui conduisais le tracteur !

— Ouais, et c'est moi qui me suis fait punir. Je veux bien qu'on fasse des tests pour comprendre ce qu'il t'arrive, mais pas quand on joue !

Au bord des larmes, Tara se laissa glisser à terre.

— Je ne sais plus quoi faire ! gémit-elle. Je ne veux pas être différente. Je ne veux pas de ce fichu don, et surtout je ne veux pas faire s'envoler les gens dès que j'ai peur !

Fabrice décida de la calmer.

— Arrête, il est génial ton don. Bon, pour le moment, il ne t'obéit pas des masses. Mais ça va changer. Écoute, je te propose des séances d'entraînement tous les jours. Les vacances se terminent dans deux semaines. Si d'ici là on se rend compte qu'il n'y a rien à faire, alors on ira voir ta grand-mère… et on lui avouera tout !

— Jamais ! répondit sauvagement Tara. Elle est bien la dernière personne à qui je veux en parler.

— Pourquoi ? demanda Fabrice, interloqué par la colère de la jeune fille.

— Tu connais Brutus ?

– Pascal Gentard, la grosse brute ? Bien sûr, il a essayé de m'intimider, mais comme je suis aussi grand que lui il a fini par me fiche la paix. Pourquoi ?

– C'était en CM1. Un de ses grands plaisirs c'était de couper les cheveux des filles. Alors tu penses bien, avec ma natte, il n'a pas pu résister.

– Et alors ? demanda Fabrice, fasciné.

– Alors, dès que j'ai senti qu'il attrapait mes cheveux, je me suis retournée et je l'ai poussé.

– Non ! fit Fabrice. Comme moi tout à l'heure ?

– Pas tout à fait. Mon don était moins puissant, je n'avais que neuf ans. Mais il s'est tout de même retrouvé sur les fesses à deux mètres de moi.

– Oooh, je comprends maintenant ! réalisa soudain Fabrice, hilare. C'est pour ça qu'il te regarde toujours comme si tu allais te transformer en monstre baveux et le dévorer tout cru !

– Ouais, le problème c'est que j'ai été punie pour « brutalité inutile envers un camarade ».

– Aïe, sympathisa Fabrice. Et ?

– Et je suis allée voir Grand-mère pour qu'elle signe ma punition… et surtout pour lui expliquer ce qui m'était arrivé.

– Et bien sûr, elle n'a pas écouté Tara ! termina Betty qui était au courant de toute l'histoire.

– Elle m'a punie pour m'être battue, reprit tristement Tara, et se fichait de mes explications. Depuis, je me suis juré qu'elle serait la dernière au courant pour mon don.

– Alors on ira voir mon père, décréta Fabrice. Lui saura quoi faire ! Enfin, si d'ici là on n'arrive pas à t'aider ! En attendant, rentrons au Château, je n'ai pas envie qu'une autre de tes frayeurs fasse s'écrouler *aussi* cette grange. Si on continue à démolir tous ses bâtiments, mon père va finir par avoir des doutes !

La pie lissa ses ailes, réfléchissant intensément. Ainsi, Tara connaissait son don depuis qu'elle avait neuf ans ! La petite *cachottière*. Elle avait remarquablement dissimulé son pouvoir malgré son jeune âge. Bon. Il était temps d'aller faire son rapport. Elle en connaissait une qui n'allait pas apprécier ! Gloussant à l'idée de la surprise qu'elle allait lui faire, elle prit son envol et sortit discrètement de la grange.

Après avoir avalé un copieux goûter, Tara et Betty quittèrent le Château du comte de Besois-Giron, père de Fabrice. Lentement, elles se dirigèrent vers le vieux manoir aux pierres roses où Tara et Isabella, sa grand-mère, s'étaient installées à la mort des parents de la jeune fille.

– Comment ça va avec ta grand-mère ? demanda Betty.

– Comme d'habitude, soupira Tara. Elle ne s'intéresse qu'à mes notes. Si elles sont bonnes, il n'y a pas de commentaires, si elles sont mauvaises, elle râle. C'est la seule communication que nous ayons.

– Aïe, grimaça Betty, c'est pas génial. Et tu as réussi à la faire parler de tes parents ?

– Rien à faire ! répondit amèrement Tara. À chacune de mes tentatives, elle se ferme comme une huître. « Ils sont morts », me répond-elle toujours. « Ils sont morts à cause d'un virus qui les a tués alors qu'ils faisaient des recherches archéologiques dans la jungle amazonienne. » Et c'est tout ce que j'arrive à obtenir. Quand je lui ai dit que j'envisageais de devenir biologiste pour traquer et détruire les virus, tu sais ce qu'elle m'a répondu ?

– Non.

– Elle m'a juste dit qu'il allait falloir que je cravache en maths si je voulais faire une carrière scientifique !

– Oh !

Là, Betty était à court d'arguments. Triste pour son amie, elle la laissa devant la porte du parc entourant le manoir.

Curieusement, cette discussion avait fait du bien à Tara. Optimiste, elle décida d'avoir une autre conversation avec son implacable grand-mère et s'élança vers la partie du domaine qui lui était réservée.

Derrière elle, la pie vola jusqu'à une fenêtre ouverte, et se faufila à l'intérieur. Elle négocia habilement le virage, avant de pénétrer dans la salle de gymnastique où une jeune femme exécutait des mouvements d'attaque à mains nues sur un mannequin, à une vitesse étourdissante. Celle-ci leva ses yeux noisette vers la pie, qui se mit à gesticuler et à faire de grands mouvements avec les ailes, comme si elle expliquait quelque chose. Et ce que la jeune femme entendait dut la surprendre, car elle sursauta et posa sa main sur sa bouche pour étouffer un hoquet de surprise, juste au moment où Tara passait en trombe devant la salle. En courant, elle glissa sur le marbre blanc et noir du couloir, se rétablit de justesse dans le petit salon jaune et déboucha dans le bureau de sa grand-mère.

Par chance, Isabella était seule dans la grande pièce aux boiseries claires, où se bousculaient d'habitude des visiteurs venus des quatre coins du monde.

Quand Tara fit irruption dans son sanctuaire, elle était en train de consulter un livre dont elle rabattit vivement la couverture. La jeune fille eut juste le temps d'en apercevoir le titre, *Pandemonium Demonicus*, avant qu'elle le range. Grande, les cheveux d'un argent très pur, Isabella avait des yeux verts de chat, et le visage peu marqué malgré son âge.

– Eh bien! s'exclama-t-elle, en voilà des façons, Tara'tylanhnem! Je t'ai déjà demandé d'éviter de courir dans le manoir!

Tara grimaça. Elle détestait quand sa grand-mère utilisait son prénom si bizarre... qu'elle avait d'ailleurs soigneusement caché à ses amis.

– Pardon, Grand-mère, je peux te parler? C'est à propos de mon ami Fabrice.

– Je n'ai pas beaucoup de temps mon enfant, mais je t'écoute. Que s'est-il passé? Vous vous êtes disputés?

– Non, non, je ne t'aurais pas dérangée pour ça. En fait, nous discutions de nos parents. Tu sais que sa mère est morte et qu'il vit seul au Château avec son père.

– Oui. Je sais.

– Eh bien son père lui parle tout le temps de sa mère, alors que toi, tu ne parles jamais de mes parents. Ça me fait mal de ne pas savoir. J'ai l'impression que tu me *caches* quelque chose.

Sa grand-mère sembla retenir sa respiration. Tara n'en était pas tout à fait sûre, jusqu'au moment où elle remarqua qu'Isabella serrait le bord de la table si fort que ses phalanges en étaient blanches.

Pourtant la voix de sa grand-mère parut tout à fait paisible quand elle répondit froidement:

– Je n'ai rien à cacher, Tara'tylanhnem.

– Alors pourquoi refuses-tu d'en discuter avec moi? À chaque fois que j'aborde le sujet, tu m'envoies dans ma chambre ou tu trouves quelque chose pour détourner mon attention. C'est chi… pénible à la fin! Je n'ai plus quatre ans!

Isabella fit un effort presque douloureux pour lâcher la table. Elle plia les doigts, puis tapota pensivement le plateau magnifiquement marqueté quand Tara remarqua avec surprise que ses doigts avaient laissé comme une… brûlure sur le bois. Mais à peine quelques secondes plus tard, celle-ci avait disparu.

Elle reporta son attention sur sa grand-mère.

– Tu n'as que douze ans, Tara'tylanhnem, reprit Isabella, et je n'ai pas à discuter avec toi de ce que je dois ou ne dois pas te dire.

Mais Tara avait hérité de sa grand-mère un entêtement au moins égal.

– Pourquoi? C'était ta fille bien sûr, mais c'était ma mère aussi. Je n'ai d'elle que quelques photos et aucun souvenir. Pourquoi ne veux-tu pas partager les tiens avec moi?

Isabella prit une profonde inspiration, sentant de nouveau le vieux chagrin l'envahir. Tara'tylanhnem ressemblait tellement à sa fille bien-aimée! Elle avait la même ligne volontaire du menton, le même nez droit et le front intelligent. Et de son père, elle tenait cette masse de cheveux dorés marquée d'une mèche blanche si caractéristique, et surtout ces yeux d'un bleu marine si particulier. C'était plus fort qu'elle. Chaque fois qu'elle la voyait, elle souffrait et la souffrance chassait la tendresse qu'elle éprouvait pour sa petite-fille, ne laissant que le devoir, les responsabilités… et la douleur de l'exil.

– Je n'ai pas à te donner d'explication, dit-elle froidement. Va dans ta chambre.

Tara sentit la frustration l'envahir. Les milliers de questions qu'elle avait à poser se pressaient sur ses lèvres. Pourquoi portait-elle le même nom de famille que sa grand-mère alors que ses parents étaient mariés ? Pourquoi Isabella ne voulait-elle pas en parler ? Pourquoi ses parents n'avaient-ils pas de tombe ? Et quel était le mystérieux métier de sa grand-mère ?

Tara avait vu les mallettes pleines de dollars et d'euros. Depuis la fenêtre de la bibliothèque, elle avait non seulement aperçu les paysans et les notables, mais aussi les grandes limousines et les escortes, les gardes du corps méfiants et les bosses des revolvers mal cachés. Et sa grand-mère était souvent absente.

Deux jeunes filles du village venaient tous les jours faire le ménage et, en dehors de Tara et de sa grand-mère, trois autres personnes vivaient au manoir : Deria, Tachil et Mangus. Deria, jolie jeune femme qui ne quittait pas Tara d'une semelle, lui donnait parfois la curieuse impression qu'elle était là pour la *protéger*. De la ravissante Deria émanait une curieuse aura de… sauvagerie. Elle était comme un chat, constamment sur le qui-vive. Il était impossible de la surprendre (et ce n'était pas faute d'avoir essayé !), ou même de la déséquilibrer. Tara l'avait vue s'entraîner et soulever sans effort des poids qui faisaient grimacer Tachil. Ce dernier, grand, maigre, toujours en train de sculpter des morceaux de bois qui commençaient sérieusement à envahir la grande maison, était chargé du jardin qu'il embellissait sans cesse avec un soin maniaque. Et Mangus, petit, plutôt gros et presque chauve, qui trouvait la vie belle et riait sans cesse, s'occupait de la cuisine où il préparait des plats parfois renversants. Si Betty et Fabrice trouvaient bizarre que le jardinier et le cuisinier vivent avec elles, Tara s'y était habituée. Au point qu'ils lui auraient terriblement manqué s'ils avaient dû partir un jour.

Elle entendit un bruissement derrière elle. Deria entrait de sa démarche féline, sa pie apprivoisée sur l'épaule, et annonçait le visiteur suivant. Tara sentit que sa grand-mère était *soulagée* de mettre fin à leur discussion. Ce qui l'agaça.

— Je suis désolée, Tara'tylanhnem, je dois recevoir ce monsieur. Va, mon enfant, à tout à l'heure.

Tara comprit qu'il était inutile d'insister. Elle haussa les épaules et sortit en traînant les pieds. Elle monta dans sa chambre et sauta sur son lit.

Ancienne bastide restaurée au XIXᵉ siècle, la maison était confortable et spacieuse. Tara y aimait tout particulièrement deux endroits. L'un était sa chambre, située dans la tourelle de gauche. Grande et très claire, elle donnait sur la pelouse qui descendait en pente douce jusqu'à la forêt toute proche. Parfois très tôt le matin ou au crépuscule, Tara pouvait apercevoir des chevreuils, des cerfs et même des sangliers s'aventurer en bordure. L'autre était la bibliothèque. Elle aimait lire depuis qu'elle était toute petite. Les récits d'aventures et de mystère la ravissaient, l'emportant ailleurs.

Elle allait se relever quand la sonnerie de son téléphone la fit sursauter. C'était Deria qui lui passait une communication.

— Tara ?

La voix au téléphone chuchotait.

– Fabrice? répondit Tara en chuchotant instinctivement elle aussi. Qu'est-ce qu'il y a?

– Tu ne vas pas me croire! Tu m'as contaminé!

– Quoi?

– Ton don, ton truc là, je l'ai fait aussi!

– Écoute Fabrice, si c'est une blague... commença Tara.

– Ce n'est pas une blague du tout. La voix du jeune garçon tremblotait d'excitation. Il y a eu un accident. Je suis allé à la tour nord pour voir la réfection que venaient de terminer les ouvriers. Ils avaient mal ajusté l'échafaudage et au moment où je passais dessous, il s'est écroulé sur moi.

– Non! Tu vas bien, tu n'es pas blessé?

– Ben non, c'est ce que j'essaye de t'expliquer! Tu dois être contagieuse car lorsque j'ai vu l'échafaudage qui me tombait dessus, j'ai fait comme toi. J'ai poussé. Et ça a marché! Tout le truc s'est envolé. Mais j'ai un mal de crâne à hurler.

Tara se redressa sur son lit, atterrée.

– Tu... tu crois vraiment que c'est moi qui...

– Je ne sais pas. Je ne comprends pas plus que toi. Écoute, il faut qu'on se rencontre. Parce que mon père a tout vu!

Tara gémit.

– Et qu'est-ce qu'il a dit?

– C'est là que les choses ont commencé à devenir *vraiment* bizarres. Il m'a pris dans ses bras, a commencé à pleurer, puis il a hurlé que c'était le plus beau jour de sa vie et que c'était le plus beau cadeau que je pouvais lui faire.

Tara en resta bouche bée.

– Tara, s'inquiéta Fabrice, tu es toujours là ? Alors qu'est-ce que je fais, je lui parle aussi de toi ?

La réaction de Tara fut instinctive.

– Non ! Je préfère qu'on en discute demain. Retrouvons-nous devant chez moi à neuf heures. Et d'ici là, pas un mot, d'accord ?

– D'accord.

Au ton de sa voix, on sentait que Fabrice était déçu, mais il ne discuta pas.

Dès qu'il eut raccroché, Tara attrapa sa mèche et se mit à la mordiller. Et s'il avait raison ? Si elle était contagieuse ? Elle rumina ainsi pendant dix bonnes minutes, puis soupira. Il était vain de s'angoisser. Elle verrait bien demain. D'ailleurs, inutile de rester enfermée dans sa chambre. Autant aller bouquiner un peu dans la bibliothèque, histoire de se changer les idées.

Comme une ombre, elle se glissa jusqu'à la pièce où dormaient des milliers de livres. Elle ouvrit la porte et poussa un soupir d'aise. Bien qu'il y ait un endroit de la bibliothèque où les livres avaient été mis sous clef (ce qui la faisait bien rigoler, sa grand-mère avait peur que les livres *s'enfuient* ou quoi ?), Tara avait accès à la majorité des ouvrages.

Toujours aussi silencieuse, elle commença à déchiffrer distraitement les titres familiers quand un murmure lui fit suspendre sa recherche. Elle entendait quelque chose…

Surprise, elle constata que le son provenait d'un point situé bien au-dessus de la cheminée.

La voix était celle de sa grand-mère qui était tellement en colère qu'on devait l'entendre jusqu'à l'autre bout du village !

Cependant, pour comprendre distinctement ce qu'elle disait, Tara devait se rapprocher de la source sonore… qui se trouvait à trois mètres du sol !

Avisant l'échelle de bois qui coulissait sur des rails pour accéder aux livres le plus haut perchés, elle grimpa rapidement… Elle se pencha vers le manteau de la cheminée, s'étira de tout son long, puis à l'extrême limite, en agrippa le marbre sculpté et glissa prudemment dessus. Elle était accroupie en équilibre instable, mais elle pouvait enfin entendre la conversation.

– Vous êtes le *Gardien de la Porte*, Besois-Giron ! vociférait sa grand-mère. Il vous était interdit de révéler la vérité à votre fils ! C'est inadmissible !

Ouille ! Visiblement le comte de Besois-Giron se prenait un savon d'enfer. Il répliqua probablement quelque chose, car la voix de sa grand-mère baissa au point que Tara dut faire un énorme effort pour l'entendre.

– Comment ça il est comme Nous ? siffla rageusement Isabella. Vous plaisantez !

– …

– Il a *quoi* ? Il a *repoussé* l'échafaudage qui lui était tombé dessus ? Les émanations ? Quelles émanations ?

– …

La voix de sa grand-mère se fit dangereusement menaçante :

– Voyons si je comprends bien, Gardien ! Vous m'annoncez que *vous*, qui descendez d'une longue et fidèle lignée de Gardiens totalement Nonsos*, avez engendré un sortcelier*, votre fils Fabrice, parce que les émanations de la Porte ont touché votre femme ? Ce n'est jamais arrivé en neuf cents ans, pourquoi justement maintenant ?

La respiration de Tara faillit s'arrêter. Un *quoi*?

Sa grand-mère reprit, toujours aussi furieuse :

— Mais moi je n'ai rien dit à Tara parce que je dois la protéger! Si personne ne sait que Tara est potentiellement une sortcelière*, elle est en sécurité. D'ailleurs, pour l'instant, elle ne présente pas la plus petite trace de magie.

— …

— C'est hors de question. Lui dire la vérité et la présenter au Haut Conseil des mages est totalement exclu. Avant qu'il ne meure, j'ai juré à son père qu'elle resterait en dehors de tout cela et je respecterai ma parole même si je ne suis *pas* d'accord. En attendant je ne veux plus de contacts entre les deux enfants. Fabrice doit aller sur AutreMonde. Ah! Encore un détail, Gardien : ce n'est pas un conseil, c'est un *ordre*!

Le claquement sec de l'appareil ponctua la fin de la conversation. Tara s'agrippa de plus belle à la pierre glissante, les oreilles tintant après ce qu'elle venait de surprendre.

Sa grand-mère *savait*! Elle était une… *sortcelière*! Comment ça, une sortcelière? Et visiblement Fabrice aussi. Mais il semblait que dans le cas de Fabrice ce n'était pas habituel. Et le comte était un gardien, le gardien d'une porte. D'une porte qui lançait des *émanations* de quelque chose. Mais une porte pour aller où? Et quel était ce mystérieux Haut Conseil?

La tête bourdonnante de questions, Tara ne savait plus quoi faire. Sa grand-mère lui apparaissait tout à coup comme une étrangère.

Soudain elle se redressa sur son perchoir : Betty! Betty qui jamais n'avait divulgué ce que lui confiait Tara, qui était sa meilleure et sa plus fidèle amie. Elle devait en parler à Betty. Finalement, elle n'était pas une mutante, mais une sortcelière, et elle faisait de la magie, pas de la télékinésie!

Elle se pencha, attrapa l'échelle et, très précautionneusement, tendit la jambe et commença à transférer son poids de la cheminée sur l'échelle.

Elle n'avait oublié qu'un petit détail.

L'échelle était en bout de course dans l'autre sens, mais dans ce sens-là, elle avait toute la bibliothèque pour glisser… et c'est exactement ce qu'elle fit.

Avec un hoquet de surprise, Tara sentit son support se dérober. Elle retira vivement sa jambe, mais instinctivement s'agrippa à l'échelle. Résultat, elle se retrouva avec la pointe des pieds sur la cheminée et les mains désespérément accrochées à l'échelle, son corps faisant un pont au-dessus du vide.

Pendant quelques instants d'angoisse, elle resta ainsi suspendue, incapable de faire un geste.

Le problème c'était que la bibliothèque n'avait pas été conçue pour supporter le poids d'une jeune fille en train de se tortiller pour retrouver son équilibre.

Il y eut un claquement sec qui figea le sang de Tara dans ses veines. Elle leva les yeux vers le haut de la bibliothèque et blêmit. Avec un grincement sourd, les pitons de fer qui la maintenaient étaient en train de se détacher du mur les uns après les autres…

Tara sentit la sueur dégouliner le long de son dos. Aïe aïe aïe. Elle devait absolument remonter sur la cheminée avant qu'une terrible catastrophe ne se produise. Sous ses yeux écarquillés, les derniers pitons cédèrent et, dans un craquement de fin du monde, la bibliothèque pencha avec une majestueuse lenteur, Tara fut arrachée à la cheminée, les livres glissèrent en avalanche et tout fut perdu.

Curieusement, la chute de Tara fut à la fois très brève et très longue, l'air paraissant s'épaissir au point de la porter. Elle sentit sa mèche blanche crépiter, comme touchée par un courant électrique, puis se retrouva par miracle sur ses pieds… et vit avec horreur la demi-tonne de livres arriver sur elle.

Terrifiée, elle tendit les bras pour se protéger… puis toute la salle se retrouva ensevelie, la vague des livres s'arrêtant comme par miracle à environ cinq centimètres des pieds de Tara, formant un cercle parfait autour d'elle.

Bouche bée devant le désastre, la seule chose que put dire la jeune fille fut :

– Oups !

Puis elle prit une grande inspiration et ajouta :

– Bon, je peux faire mes valises… Grand-mère va me tuer !

Un toussotement attira son attention vers la porte, et elle se retourna, le cœur battant. Devant elle se tenait Mangus, attiré par le bruit, qui contemplait la catastrophe avec stupeur.

Elle lui lança un sourire hésitant.

– Je… je suis désolée, Mangus, je suis montée sur l'échelle, mais j'ai glissé et tout est tombé.

– Je… vois, répondit calmement Mangus, qui pouvait difficilement ignorer le désastreux spectacle des livres gisant par terre. Et Damoiselle a trouvé ce qu'elle désirait ?

D'habitude, le phrasé archaïque de Mangus l'amusait plutôt, mais cette fois-ci le gros jeune homme à moitié chauve lui parut plus *inquiétant* qu'amusant.

– Oui, Mangus, j'ai même trouvé plus que je ne m'y attendais. Écoute, je dois aller chez Betty, j'ai oublié de lui dire quelque chose, ensuite je reviendrai pour tout ranger. Promis.

Mangus plissa les yeux, regarda la cheminée où se détachaient encore les traces des tennis de Tara, puis le carnage des livres dans la pièce, et Tara, indemne au milieu d'un cercle parfait. Puis, il s'excusa :

– Je suis désolé, Damoiselle !

Et, agitant sa main grassouillette de bas en haut, il s'exclama :

– Par le Pocus je te paralyse, et sans attendre nous sauve la mise !

Immédiatement, Tara fut immobilisée, comme paralysée. Sa tête pouvait bouger et elle était en mesure de parler, mais le reste de son corps ne lui obéissait plus. Elle respirait, mais sans maîtriser sa respiration. Son corps tenait debout, mais sans contrôler ses jambes.

– Qu'est-ce que tu m'as fait ? glapit-elle. Au secours, Grand-mère, au secours !

Isabella, qui avait eu l'impression qu'un éléphant jouait à la corde à sauter au-dessus de sa tête quand les livres, puis la bibliothèque, étaient tombés, montait déjà les marches et ne mit pas plus de deux secondes pour surgir dans la pièce, les yeux flamboyants, prête à pulvériser celui qui menaçait sa petite-fille, ses deux mains brandies illuminées par une curieuse lueur bleue. Quand elle vit Mangus, Tara et les milliers de livres par terre, elle s'arrêta net, stupéfaite, et la lueur disparut de ses mains.

– Elle est montée sur la cheminée et a entendu votre conversation, Dame, expliqua calmement Mangus. Elle allait en parler avec son amie, Betty. Cela ne m'a pas semblé approprié. De plus, je pense qu'elle a inconsciemment utilisé son pouvoir, car malgré sa chute, elle n'a pas été blessée.

– Demiderus soit loué! s'exclama Isabella. Tu as bien fait. Tu lui as lancé un Pocus paralysant?

– C'est exact, Dame. J'ai craint qu'elle ne s'échappe car elle est rapide, observa-t-il.

Pendant tout ce temps, Tara luttait pour reprendre le contrôle de son corps. Affolée, voyant qu'elle n'arrivait à rien, elle s'en prit à sa grand-mère.

– Tu m'as menti! Tu m'as menti depuis que je suis toute petite. Mais moi aussi! Et je n'ai pas *inconsciemment* utilisé mon pouvoir, ça fait maintenant longtemps que je l'utilise et que je sais ce que nous sommes. Nous ne sommes pas comme les autres, nous sommes différents, nous sommes des…

– … sortceliers!

Si le visage de sa grand-mère s'était crispé de stupeur quand elle avait appris que sa petite-fille connaissait ses dons, la confirmation d'Isabella coupa tous ses effets à Tara.

Un point partout.

Elle déglutit péniblement.

– Des… des sorciers? balbutia-t-elle.

– Non. Pas des sorciers, des sortceliers, cela signifie « ceux qui savent lier les sorts » dans l'ancien langage. Les Nonsortceliers, ou les Nonsos comme nous les appelons, ont dû entendre parler des sortceliers et ont appelé leurs pâles imitations des *sorciers* ou des *sorcières* au lieu d'utiliser la terminologie exacte. Bref… tu me promets que tu ne t'enfuiras pas si je te libère du Pocus? s'enquit sa grand-mère.

– Je ne m'enfuirai pas si tu jures de me dire toute la vérité, répliqua Tara, décidée à obtenir le maximum.

Sa grand-mère se raidit.

– Je ne peux pas te dire toute la vérité, par conséquent je refuse de jurer. Mais je peux te révéler certains détails te concernant. C'est à prendre ou à laisser. Sans négociation possible.

Tara comprit que son inflexible grand-mère n'était pas d'humeur à discuter. Elle décida sagement de se contenter (pour le moment du moins) de ce qu'elle avait à dire.

– Je ne m'enfuirai pas. Libère-moi de ce truc, ce Pocus, s'il te plaît.

Mangus allait obéir quand Isabella l'en empêcha.

– Attends !

Le serviteur s'arrêta et la regarda, attentif. Elle s'adressa à Tara.

– Tara'tylanhnem, voyons un peu ce que tu peux faire. Ferme les yeux, et visualise comme un filet aux mailles bleu turquoise autour de toi.

Tara obéit. Elle ferma les yeux et… sursauta. Dans son esprit elle *se* vit, emmaillotée dans un filet turquoise qui entravait tous ses mouvements. Surprise elle rouvrit les yeux et il disparut. Elle les referma aussi vite et il réapparut. Soudain ce fut très clair. Comme si une voix avait murmuré à son oreille ce qu'elle devait faire.

Elle prit une longue inspiration et imagina que le filet disparaissait, mais cette fois-ci réellement.

Un claquement sec la fit tressaillir et elle fut de nouveau libre de ses mouvements.

Quand elle rouvrit les yeux, elle constata que Mangus la regardait avec stupeur et sa grand-mère avec satisfaction.

– Tu n'as même pas eu besoin d'incanter ! Ton don est extrêmement puissant pour ton âge. Quel gâchis ! Enfin, une promesse est une promesse et je ne puis rompre celle-ci, même si j'en meurs d'envie.

– C'est une de mes questions, Grand-mère ! Nous sommes des sortceliers, mais pourquoi et comment ? Nous avons des dons, tu as parlé de porte, de gardiens, d'émanations, de Fabrice et du comte, d'un conseil, et quelle est cette promesse ?

– Aïe, grimaça la sortcelière, je ne savais pas que tu avais entendu autant de choses ! Il me faudrait t'expliquer des milliers d'années d'histoire et tu n'as que douze ans. Il y a des tas de choses que tu ne pourrais pas comprendre. Pas parce que tu n'es pas intelligente, ajouta-t-elle alors que Tara allait protester, mais parce que tu es encore trop jeune. Je suis désolée. Et ce que je fais maintenant, c'est pour ton bien.

Avant que Tara ne puisse réagir, Isabella agita la main comme si elle essuyait un tableau et lança :

– Par le Mintus tu oublieras, et ta mémoire tu fermeras !

La jeune fille fut frappée de plein fouet par le sort d'amnésie. Elle vacilla puis s'écroula d'un bloc. Mangus la rattrapa de justesse.

Isabella s'appuya sur le dossier du sofa, montrant soudain une grande fatigue. Puis elle se redressa et dit :

– Mangus, demande à Deria de la mettre au lit. Le sort d'amnésie devrait l'empêcher de se souvenir de ce qui s'est passé. Je vais remettre la bibliothèque en état.

– Dame, vous êtes épuisée. Vous travaillez trop. Cette enfant est très intelligente. Si vous vouliez la laisser suivre sa voie, cela serait plus facile tant pour vous que pour elle.

Isabella esquissa un petit sourire triste.

– Mais je n'ai pas le choix, Mangus. J'ai promis à son père que Tara aurait une vie paisible et aussi humaine que possible. En la protégeant comme je le fais, je la mets à l'abri.

– Mais vous ne pourrez pas la cacher très longtemps, Dame. Son don est extrêmement puissant. Je connais très peu de sortceliers capables de se libérer d'un de mes Pocus aussi rapidement. Surtout en n'ayant suivi aucun entraînement. Son don paraît… instinctif.

– Oui, je sais. C'est ce que j'ai voulu tester, et j'ai été aussi surprise que toi. Ne t'inquiète pas, tout ira bien. Confie-la à Deria. Quand elle se réveillera demain matin, elle reprendra le cours normal de sa vie.

Elle fit un geste, et la bibliothèque se fixa au mur ; un autre, et les livres se dirigèrent sagement vers leurs sections respectives.

– Non ! cria soudain la sortcelière, pas par là ! Les livres de botanique à B et ceux de cuisine à C, s'il vous plaît, allez, dépêchez-vous !

Pendant un instant d'affolement, les rangées B et C entrèrent en collision et quelques livres perdirent des pages dans l'accident. Puis chaque rangée réintégra sa place et les pages orphelines volèrent comme des oiseaux blancs dans toute la pièce, chacune essayant de retrouver son livre. Quelques-unes tentèrent d'intégrer la section où les livres étaient sous clef, mais après avoir failli être dévorées par une encyclopédie particulièrement agressive, les pages comprirent qu'elles n'avaient pas intérêt à traîner dans les parages et voletèrent vers les sections B et C.

Isabella leva les yeux au ciel.

– Par Demiderus, soupira-t-elle, on pourrait penser que ces livres ont un minimum d'intelligence !

Enfin, chacun fut à sa place et bientôt il ne resta plus aucune trace de la catastrophe.

– Va, maintenant, dit Isabella à Mangus.

– Bien, Dame.

Le serviteur renonça à discuter. La sortcelière lui semblait bien optimiste. Il avait vu, lui, la façon dont Tara s'était libérée et il était clair qu'elle avait utilisé son pouvoir instinctivement pour se protéger quand elle était tombée. Elle ne serait pas contrôlable bien longtemps.

chapitre II
Cauchemar d'une nuit d'été

Tara dormait, bien au chaud au fond de son lit. Taros, son chien en peluche, Kermit la Grenouille et un énorme Winnie l'Ourson montaient la garde près de la fenêtre. Une chaîne hi-fi luisait doucement dans l'obscurité et le bureau, du fait des vacances, n'était pas encore submergé de cahiers et de livres.

Soudain un vent violent fit claquer la fenêtre entrebâillée, faisant voler les rideaux et une forme blanche s'introduisit dans la pièce. Petit à petit, comme si cela lui était pénible, l'apparition prit forme humaine. C'était une ravissante jeune femme, aux longs cheveux bruns et bouclés, à l'air terriblement triste. Le pâle fantôme s'approcha du lit et se pencha sur Tara, étreinte par une puissante vague d'amour pour l'adolescente.

– Tara… Tara, ma chérie, écoute-moi, entends ma voix !

Dans son sommeil la jeune fille sourit.

– Ma… maman ? C'est toi, maman ?

– Oui, mon amour, c'est moi. Je suis enfin parvenue à transférer mon esprit jusqu'à la Terre, alors écoute-moi, car j'ai très peu de temps. Un horrible danger vous guette, ta grand-mère et toi !

Les yeux toujours fermés, Tara fronça les sourcils.

– Maman ? Tu n'es pas morte ?

– Non, ma chérie. J'ai été enlevée par Magister, le terrible Maître des Sangraves. Il a fait croire à tout le monde que j'étais morte, mais je suis bien vivante et prisonnière dans la forteresse grise sur AutreMonde !

– Il faut… il faut prévenir grand-mère, te délivrer !

– Non, non, surtout pas ! s'écria-t-elle avec angoisse. Magister a placé un sort mortifère sur moi. Tu ne dois pas chercher à me retrouver, ma chérie, tu dois juste te préoccuper de toi. Écoute-moi, dès que je serais partie, je veux que tu te réveilles et que tu ailles voir ta grand-mère. Je veux que tu lui dises que tu as eu une vision très étrange, qu'un homme au visage couvert d'un masque miroitant attaquait le manoir. Je ne crois pas que Magister vienne en personne, il enverra probablement son bras droit, Tréankus. Elle saura quoi faire pour se protéger de lui. Surtout, ne lui parle pas de moi, Tara. Tu m'entends, je te l'interdis !

Et avant que sa fille ne puisse protester, elle toucha le front de Tara, afin d'y implanter son ordre. Soudain, elle suspendit son geste.

– Par mes ancêtres, un sort d'amnésie ! Ta grand-mère a placé un Mintus sur ton esprit ! Ainsi tu as déjà pris possession de tes pouvoirs ! Je comprends pourquoi Magister ne s'intéressait pas à toi jusqu'à présent… Il attendait que tu deviennes une sortcelière ! Mon Dieu, Tara, le Mintus va effacer ce que je viens de dire ! Tu vas tout oublier !

Désespéré, le fantôme tenta de briser le Mintus, mais il était trop faible et le sort bien trop puissant. Déjà, il effaçait sa présence et ses paroles de l'esprit de Tara. Avec un gémissement déchirant, le spectre ne put lutter plus longtemps et disparut en lançant un ultime avertissement :

– Souviens-toi ! Oh, ma fille je t'en supplie, souviens-toi !

Mais l'adolescente restait plongée dans un profond sommeil induit par le Mintus, et les heures passèrent, lourdes et froides, sans qu'elle ne bouge.

Soudain, à travers la fenêtre restée ouverte, un cri retentit. Tara ouvrit les yeux et, le cœur battant, se redressa. Elle ne se souvenait pas du tout comment elle était arrivée dans son lit, mais une chose était sûre, elle avait entendu un bruit… bizarre.

De nouveau le cri résonna, la faisant sursauter. Elle bondit hors de son lit et vit une scène de cauchemar par la fenêtre. Sous le clair de lune décroissant, quatre formes sombres se battaient contre Tachil et Mangus, qui luttaient désespérément pour ne pas être submergés !

Tara hurla de terreur et sortit de sa chambre à toute vitesse, sans réfléchir. Sa grand-mère dévalait déjà les escaliers et elle la suivit. Quand elles parvinrent devant le manoir, Tachil et Mangus gisaient à terre et les quatre formes sombres penchées sur eux se relevaient, menaçantes. Tara pâlit. Ces êtres n'étaient pas humains ! Un poil court recouvrait tout leur corps et leurs pattes s'ornaient de redoutables griffes couleur acier. On avait l'impression que ces noires silhouettes aux muscles saillants, bossues, contrefaites, ne tenaient pas bien sur leurs jambes trop courtes, et pourtant, elles se précipitèrent vers Tara et Isabella à une vitesse incroyable.

La vieille femme ne se laissa pas impressionner. Levant très haut ses deux mains illuminées par une lueur bleutée, elle lança une formule incantatoire :

– Par le Retrodus, démons je vous bannis, et qu'en enfer votre vie soit finie !

Un rayon bleuté jaillit de ses mains et alla frapper les quatre monstres, qui gonflèrent et se tordirent en hurlant de douleur. Puis l'incantation agit et, malgré leurs efforts pour atteindre Isabella, les fit disparaître, alors que leurs griffes effleuraient l'ourlet de sa longue chemise de nuit blanche.

Mais une cinquième silhouette, cachée, se déploya silencieusement.

Isabella n'eut aucune chance de pouvoir se défendre. Elle ne vit pas l'homme vêtu de gris sombre, au visage recouvert d'un masque miroitant, surgir dans son dos. Il s'écria :

– Par le Rigidifus, que la sortcelière périsse et que sur mon ordre le Carbonus agisse !

Tara hurla quand le rayon toucha sa grand-mère, et le sort d'amnésie vola en éclats sous le choc. Soudain elle se souvenait de tout ! Isabella s'écroula et le rayon changea de couleur, devenant rouge sang. Tara ne réfléchit pas. Dans une volonté désespérée de détourner le feu pourpre, elle saisit le rayon d'une main et d'un geste violent le renvoya vers l'agresseur, le blessant en plein visage.

L'homme hurla de rage et de douleur. Il tituba, reculant aveuglément jusqu'à la longue limousine noire qui l'attendait, et celle-ci fit demi-tour dans un furieux crissement de pneus.

Tara se précipita vers sa grand-mère. Quand elle l'atteignit, elle eut l'impression de toucher une statue. La vieille femme était aussi froide et dure que du marbre ! Gémissante, elle ne savait pas quoi faire quand Deria arriva en courant, alertée par les cris.

La jeune femme garda son sang-froid. D'un bond elle fut près d'Isabella, dont elle palpa le corps avec précision.

Puis elle fit de même pour les deux serviteurs avant de revenir vers la sortcelière. Elle plongea ses yeux dans ceux de Tara.

– Tara ! Écoute-moi. Arrête de pleurer, je vais avoir besoin de toi !

– Deria, mais que s'est-il passé ? Que s'est-il passé ?

La jeune fille ne savait plus quoi faire. Elle se souvenait de tout, de la conversation, du Pocus, de la trahison de sa grand-mère, du sort d'amnésie et… que sa mère était vivante !

Deria répondit amèrement :

– Je suis une imbécile. J'étais fatiguée et je me suis endormie. J'ai failli à mon rôle de protectrice. Quand j'ai entendu les cris, j'ai foncé, mais trop tard. C'est à toi de me décrire ce qui s'est passé.

Tara balbutia :

– Une… une protectrice ?

– Oui, je suis une sorte de garde du corps. J'ai été engagée par ta grand-mère pour veiller sur toi. Très efficace, comme tu le constates. Je t'ai magnifiquement protégée des guêpes, des moustiques, des vipères, mais visiblement c'est tout ce que je suis capable de faire.

Le remords de Deria semblait si profond que Tara lui toucha l'épaule affectueusement.

– Ça va, dit-elle, tu ne peux pas veiller vingt-quatre heures sur vingt-quatre. Écoute, des espèces de trucs bossus avec des griffes ont attaqué Tachil et Mangus, et puis Grand-mère est sortie, elle a éliminé les monstres mais un homme en gris… sans visage, était caché, et il l'a touchée avec son rayon, alors je l'ai rattrapé, relancé et il l'a reçu de plein fouet. Et puis il a hurlé, et s'est enfui.

Deria respira avec bruit.

– Tu l'as rattrapé et relancé ? Miséricorde, je n'avais jamais entendu parler d'une chose pareille !

– Mais qu'est-ce qu'il a fait à Grand-mère ? Pourquoi est-elle changée en statue… et Tachil et Mangus ils sont… ?

– Morts ? Non, juste assommés. En général, les monstres aiment bien que leurs proies soient encore vivantes quand ils… bref, sans toi, ils allaient passer un sale quart d'heure. Tu les as sauvés ! L'agresseur n'a pas voulu utiliser ses forces contre deux simples sortceliers. Il a préféré se réserver pour ta grand-mère. Mmmh, laisse-moi réfléchir. Il a dû employer un Destructus. As-tu vu de quelle couleur il était ? Je sais que c'est difficile pour une sortcelière non expérimentée, mais tu dois vraiment essayer de te souvenir.

Tara répondit sans hésitation.

– Blanc d'abord et puis rouge. Le rayon était rouge !

Deria lui lança un regard perçant.

– Rouge, hein ? Bon. Ça doit être une nouvelle sorte de pétrifiant-carbonisateur, bien sûr, c'est logique. Quand tu as détourné son rayon, il avait eu le temps de pétrifier ta grand-mère, ce qui l'a empêchée de prononcer un sort de défense. Il allait la carboniser et la tuer mais tu lui as renvoyé le rayon à la figure. Il te sera facile de le reconnaître à présent. C'est une blessure qui ne guérira jamais vraiment. Son visage brûlera jusqu'à la fin de ses jours. À moins que tu annules le sort, ou que tu disparaisses…

Tara ne dit rien, mais elle éprouva une sauvage satisfaction.

– Bon, écoute-moi maintenant. Ta grand-mère n'est pas morte, mais son état est grave. Nous ne pouvons pas la laisser là, je dois contacter les secours. Je vais donc utiliser un sort de lévitation pour transporter les corps. Tu dois regarder très attentivement ce que je fais parce que tu vas devoir agir exactement comme moi.

Tara sursauta.

– Un sort?

– De lévitation, oui. Cela signifie que je peux soulever les corps sans les toucher. Je vais te montrer pour Tachil et Mangus, et tu essaieras avec ta grand-mère.

Tara était trop secouée pour pouvoir réfléchir. Elle ne discuta pas.

– Tu fais le geste de soulever, lui expliqua Deria, et tu dis: « Par le Levitus je te soulève, tu obéis et tu te lèves! »

Sans hésitations ni à-coups, les corps rigides de Tachil et de Mangus décollèrent du sol et se mirent à flotter sous les yeux stupéfaits de la jeune fille. Deria commença à les diriger vers le manoir, et Tara se tourna vers sa grand-mère.

Toute cette histoire lui semblait complètement dingue. Sachant par expérience à quel point son don était… incontrôlable, ce fut sans grande conviction qu'elle fit le geste de soulever le corps figé, tout en imaginant qu'il lui obéissait et se mettait à flotter. Elle y croyait tellement peu qu'elle en oublia de réciter sa formule.

Soudain, sa grand-mère décolla littéralement! Mais pas à un mètre du sol, beaucoup, beaucoup plus *haut*! Avant que Tara, ébahie, ait eu le temps de l'arrêter, elle dépassait déjà la cime des arbres et s'élevait dans le ciel… vers la lune! Paniquée, la jeune fille hurla:

– Redescends, Grand-mère, redescends!

Pendant une terrifiante seconde, elle eut l'impression que sa grand-mère refusait de lui obéir, puis, docilement, le corps amorça sa descente, pour finir par flotter gracieusement devant elle. Essayant de maîtriser les battements de son cœur, Tara déglutit péniblement, puis poussa très très prudemment sa grand-mère vers la maison. Le corps n'opposa aucune résistance. Il suffisait de lui donner une impulsion et, en réaction, il partait dans la direction voulue. Elle eut un peu plus de mal avec le virage de l'entrée, et l'ascension des escaliers ne se fit pas sans frayeur.

– Amène la Dame dans sa chambre, Tara! cria Deria. Je place Tachil et Mangus sur leur lit et j'arrive!

– D'accord! répondit Tara, très concentrée car elle avait peur que sa grand-mère ne passe par-dessus la balustrade.

Elle poussa un soupir de soulagement quand Isabella flotta enfin sagement au-dessus de la courtepointe brodée de son lit. Bon, elle aurait les pieds sur les oreillers et la tête dans le fond du lit, mais Tara ne voulait plus la déplacer, car en entrant dans la chambre elle avait mal évalué l'élan à donner à sa grand-mère… et faillit la faire repasser par la fenêtre grande ouverte.

Deria ne mit pas très longtemps à arriver. Malgré la gravité de la situation, elle sourit quand elle vit que Tara avait placé sa grand-mère à l'envers, et qu'elle n'osait visiblement pas la toucher de peur de faire une bêtise. Il faut avouer que la vaste chambre était terriblement encombrée de livres, de papiers, d'instruments de musique, d'animaux empaillés qui pendaient au plafond, de cristaux, de vases, et de tout un tas de fouillis sur les deux tables, le divan et les trois fauteuils. Sans compter Manitou, le chien d'Isabella, qui ronflait dans son panier, insensible à tout le remue-ménage, seul chien à la connaissance de Tara capable de passer vingt-quatre heures à dormir sans bouger une oreille.

– Attends! s'exclama Deria, faisant sursauter Tara qui ne l'avait pas entendue revenir, je vais t'aider.

À elles deux, elles remirent le corps à l'endroit, puis Deria expliqua à Tara ce qu'elle devait faire.

– Nous n'avons pas le pouvoir de défaire le sortilège. Il va falloir appeler Chemnashaovirodaintrachivu. Il sera certainement capable de sortir ta grand-mère de sa pétrification.

– Chemaquoi? articula Tara qui n'avait pas compris le nom.

– Chemnashaovirodaintrachivu. C'est un des Hauts mages du Conseil des Sages. Les Hauts mages sont les plus puissants des sortceliers. Le problème c'est que je dois passer la Porte pour le contacter et que je n'ose pas te laisser toute seule ici.

– Mais Grand-mère ne peut pas rester ainsi et celui qui l'a agressée a été brûlé, tu l'as dit. Il ne va pas revenir ici tout de suite. Si tu te dépêches, tu pourras appeler ton Chemmachin Haut mage et rentrer en quelques minutes. Je suppose que la Porte est située dans le Château de Besois-Giron?

Deria lui jeta un regard perçant.

– Tu es une jeune fille très intelligente, tu sais ? Oui, tu as raison, c'est bien là qu'est la Porte. Tu es sûre que c'est ce que tu veux ?

Tara prit une grande inspiration.

– Écoute, je ne comprends pas la moitié de ce qui se passe ! Comment veux-tu que je prenne la bonne décision ? Je n'ai pas le choix ! Il faut que Grand-mère se réveille. S'il te plaît Deria, vas-y et fais vite ! Je n'ai pas peur.

– Bien ma chérie, s'inclina Deria, j'obéis. Il me faudra cinq minutes pour aller jusqu'au Château, environ dix minutes pour passer la Porte, appeler Chemnashaovirodaintrachivu et revenir avec lui. Tu vas descendre avec moi et nous allons fermer toutes les fenêtres et tous les volets du manoir. Puis tu remonteras dans la chambre de ta grand-mère et tu fermeras la porte à clef de l'intérieur. Je laisse des instructions à Tachil et à Mangus. Dès qu'ils se réveilleront, ils iront dans le salon pour empêcher tout visiteur de pénétrer dans la maison.

– Comment vont-ils ? s'inquiéta Tara, un peu honteuse d'avoir oublié les deux fidèles serviteurs.

– Ils vont se réveiller avec un monstrueux mal de tête, sourit Deria, et ne pourront lancer de sorts pendant quelques heures encore, mais à part ça tout va bien.

Tara aurait préféré que Tachil et Mangus soient en meilleure forme. Mais que pouvait-elle y faire ?

– Alors allons-y.

Tara suivit docilement Deria qui descendit et se planta devant la porte d'entrée :

– Par le Cadenasus, incanta-t-elle, claquez portes et fenêtres, à présent pour ouvrir il faut se faire connaître.

Avec un bruit sourd, toutes les fenêtres et portes du manoir se refermèrent et les volets se rabattirent en claquant.

– Voilà, dit Deria, la maison est close, sauf la porte principale que tu refermeras derrière moi. Dès que le pêne sera enclenché, le sort l'englobera et personne ne pourra entrer sans ta permission. Ne t'inquiète pas, je ferai vite.

Tara hocha bravement la tête et dès que Deria fut sortie, elle tourna la clef. Une fois remontée, elle fit de même pour la porte de la chambre.

À présent elle était seule, ou du moins la seule qui soit consciente, dans le grand manoir… et elle se sentait totalement abandonnée. Elle avait crâné quand elle avait dit à Deria qu'elle n'avait pas peur : en réalité elle était morte de peur !

Et puis la nuit, tout semblait si… différent. Dehors, la pleine lune brillait d'une puissante lueur argentée, illuminant les bois sombres où les arbres se découpaient comme de silencieux squelettes. Tara frissonna. Tout à coup, elle avait l'impression d'être l'héroïne d'un mauvais film d'horreur !

Soudain, la sensation terrifiante d'une présence derrière son épaule la glaça. Elle sentait, elle savait que quelque chose s'avançait vers elle à pas de velours. Son cœur se mit à battre de plus en plus vite, menaçant de s'échapper de sa poitrine tellement elle avait peur. Elle retint sa respiration et *très* lentement se retourna. Brutalement, une grosse masse noire bondit sur elle, la faisant hurler de terreur. Pour l'éviter elle sauta sur le lit, envoyant brusquement sa grand-mère valdinguer contre la commode. Une fraction de seconde elle ne put identifier ce qui l'attaquait avant de se mettre à crier :

– Manitou! Espèce de chien débile! Chien abruti et débile! Ça va pas de sauter sur les gens comme ça! J'ai failli avoir une crise cardiaque! Non mais, c'est pas vrai d'être bête à ce point! Imbécile!

Le chien, qui avait été réveillé par leur discussion, aboya joyeusement, croyant à un nouveau jeu, puis, à la grande surprise de Tara, se dirigea vers un coin de la chambre et posa la patte sur la carpette bleu et vert.

Stupéfaite, Tara vit apparaître un gros trou dans le sol, à la place de la carpette, et, avant qu'elle ait le temps de l'en empêcher, Manitou avait disparu. La carpette se reforma et il ne resta aucune trace du passage secret.

Tara se tourna vers sa grand-mère qui flottait toujours paisiblement dans les airs et s'exclama :

– Dis donc Grand-mère, il va falloir qu'on discute sérieusement toutes les deux!

Avec de grandes précautions, elle repositionna le corps figé au-dessus du lit.

– Parce que moi, je commence à en avoir marre des cachotteries et des mensonges! D'abord, ça devrait être *interdit* les mensonges. Tu dis tout le temps que je ne dois pas mentir, que je dois dire la vérité et blablabla, et patati et patata. Et toi, tout ce que tu trouves à faire, c'est de me dissimuler que tu es une sortcelière, que Deria, Tachil et Mangus sont aussi des sortceliers et pourquoi pas Manitou après tout…

Elle se ravisa.

– Non… pas Manitou. Ce chien est trop *idiot* pour être un sortcelier. Bref, tu n'as pas arrêté de me cacher des tas de choses.

Et ça c'est vraiment moche. Et il y a des passages secrets dans ta chambre et dans le Château du comte aussi je suppose ! Et je ne suis au courant de rien ! Comme d'habitude ! Mais c'est fini ! Tu peux bien essayer de me lancer un sort d'oubli, ça ne marche pas, parce que moi, je suis puissante… parfaitement… enfin, je le serai quand j'aurai compris ce qui se passe. Et moi, je sais quelque chose que tu ne sais pas. Et que je ne vais pas te dire non plus. Ma mère est vivante ! Et crois-moi, je vais la retrouver !

Tara, qui était en colère, se sentait bien mieux. Et son cœur chantait au souvenir de la tendresse de sa mère penchée sur elle. Elle se souvenait parfaitement à présent de la conversation entre le comte et sa grand-mère, furieuse qu'il ait révélé des secrets de sortceliers à son fils, mais également que sa mère lui avait bien dit de ne parler de sa « résurrection » à personne.

Elle continuait à apostropher le corps immobile, heureuse de pouvoir lui dire ses quatre vérités… sans risquer de représailles… quand tout à coup elle entendit quelque chose dehors. Le bruit d'une voiture.

En un bond, elle fut près de la fenêtre.

Bien que les volets soient fermés, en se collant bien contre la vitre, elle pouvait voir à travers les croisillons du bas. Et ce qu'elle entrevit lui glaça le sang… Une limousine noire !

Elle vit un homme en sortir. Un homme grand. Son visage, comme celui du premier attaquant, était impossible à distinguer, caché derrière une sorte de masque qui miroitait, mais il était nettement plus grand. Son corps était enveloppé dans une magnifique robe d'un gris si foncé qu'il en paraissait noir sous la lumière de la lune, et un grand cercle d'un rouge malsain ornait sa poitrine. Il se posta devant l'entrée du manoir. Sa voix de velours liquide, ironique et doucereuse, s'éleva dans l'air.

– Je désire voir la petite Duncan ! Je sais que tu es là, Tara, ne te cache pas. Si tu viens à moi tu auras une belle récompense. Tiens, tu veux des bonbons ? J'en ai plein !

Tara eut une moue de mépris. Non mais, le type la prenait pour une idiote ! Des bonbons… même un enfant de quatre ans ne se laisserait pas prendre au piège !

Nerveusement, elle attrapa sa mèche blanche et se mit à la mâchouiller. Bon sang, que devait-elle faire ? Mangus et Tachil étaient hors de combat. Sa grand-mère, idem. Et Deria mettait bien plus que les quinze minutes prévues !

Un mouvement sur le côté attira son regard. La carpette se mit à bouillonner, le trou apparut et Manitou sauta dans la pièce. Tout content de voir Tara accroupie près de la fenêtre, il s'approcha et lui fourra joyeusement sa truffe froide dans le cou. Tara l'attrapa et le serra contre elle.

– Par Trebidus, comme dirait Grand-mère, nous voilà dans de beaux draps ! Si Deria ne revient pas très vite avec son Haut mage, on est fichus !

Elle recolla son visage contre la vitre. Derrière l'homme au masque, il y eut comme une agitation dans la voiture. Deux, puis trois, puis quatre espèces de trucs couverts de poils avec d'énormes mâchoires pleines de dents sortirent et gambadèrent tout autour de lui. Ils étaient tout à fait différents des monstrueuses créatures du précédent attaquant.

Malgré le masque qui lui couvrait le visage, Tara sentit que l'homme était agacé.

– Arrêtez, tonna-t-il, maudits Mangeurs de Boue* ! Encerclez-moi cette maison, et vite ! Ne laissez sortir personne, c'est compris ?

– Maître, Maître, gentil Maître, encercler maison, pas bouger, encercler !

Mais les Mangeurs de Boue restaient autour de l'homme sans s'éloigner.

– Eh bien, qu'est-ce que vous attendez ? cria-t-il tandis que son masque virait curieusement au rouge, révélant ses émotions et sa colère.

Un des Mangeurs de Boue se traîna à ses pieds et s'informa :

– Euuh, quoi veut dire « encercler » ?

Tara crut que l'homme allait exploser et son masque devint cramoisi. Les Mangeurs de Boue le sentirent aussi. Ils s'immobilisèrent et le regardèrent avec crainte.

– Encercler, siffla-t-il, cela veut dire que vous faites le tour de la maison afin que personne ne puisse en sortir. C'est clair ?

– Très clair, lumineux Maître, très clair !

– Alors allez y ! Stupides boueux !

Et les bestioles poilues et bavantes se dirigèrent vers la maison au coin de laquelle elles disparurent.

L'homme respira un bon coup, son masque retrouvant lentement son gris miroitant, et cria :

– Tara, réponds-moi ! Je ne te veux pas de mal. Je suis un sortcelier, je suis Magister, le Maître des Sangraves ! Je veux juste te parler de tes parents et de ta grand-mère. Elle t'a menti, elle t'a trompée ! Elle t'a privée de ton héritage, Tara ! Elle ne t'a rien dit. Elle affirme que c'est pour te protéger, mais c'est faux.

C'est parce qu'elle sait que tu seras bien plus puissante qu'elle, que tu seras l'Impériale sortcelière et ça, elle ne le veut pas !

Tara serra le chien plus fort. Elle n'avait aucune idée de ce qu'était une Impériale sortcelière mais ce que disait le Sangrave n'était pas faux. Et elle mourait d'envie de savoir. Qui étaient ses parents ? D'où venaient sa grand-mère, et Deria, et Tachil, et Mangus ? Pourquoi avait-il enlevé sa mère et la gardait-il prisonnière ? Mais si elle répondait au mage, il serait capable de la localiser. Et il ferait du *mal* à sa grand-mère, ça c'était sûr.

Le Maître des Sangraves parut se rendre compte qu'elle n'avait pas l'intention de bouger, car il s'avança jusqu'à la porte et posa la main sur la poignée. Il y eut comme un crépitement et le mage jura. Il recula de quelques pas et cracha :

– Je sais que tu es là, Tara ! Je sens ton esprit conscient dans la maison ! Le sort d'enfermement ne fonctionnera pas contre moi, car j'ai le pouvoir, j'ai la puissance. Regarde !

À cet instant, il agit exactement comme les méchants sorciers dans les films. Au point que Tara perdit de précieuses secondes à le regarder, fascinée.

Levant les mains très haut, sa cape lui faisant une silhouette de chauve-souris géante, il cria quelque chose et un jet de lumière vint frapper la porte d'entrée.

Comme connectée avec la maison, Tara sentit qu'elle résistait mais pas pour longtemps. Réfléchissant de toutes ses forces, elle mit alors son plan au point.

Elle se leva et attrapa sa grand-mère, puis en courant, sans prendre garde au fait que cette dernière se cognait contre les murs, elle déverrouilla la porte et se précipita vers les chambres de Tachil et de Mangus. Ils dormaient encore.

Elle se souvint de ce que lui avait dit Deria. Il suffisait de visualiser les corps se soulevant, puis de faire le geste. Elle n'avait plus la formule en tête, mais elle n'en avait pas eu besoin la dernière fois… peut-être que cette fois-ci non plus… Ouiii! Gagné! Les deux corps venaient de s'élever dans les airs.

Bon, maintenant voyons, comment faire pour cacher tout le monde? L'autre avait dit qu'il sentait son esprit conscient. Donc s'il ne sentait plus son esprit dans la maison, il la laisserait tranquille. Il suffisait de cacher les trois corps inconscients et elle savait déjà comment.

Avisant les rideaux, elle attrapa des ciseaux, trancha vivement les cordelettes et attacha sa grand-mère et les deux serviteurs, les uns derrière les autres. Puis elle fonça au grenier, escaladant les escaliers, les corps flottant derrière elle. Une fois au grenier, dont le toit très haut se perdait dans l'ombre, elle cassa l'ampoule avec un balai puis regarda les sortceliers endormis.

– Bon, marmonna-t-elle. Si je vous envoie là-haut, est-ce que ça marchera?

Elle leva la main et imagina Isabella, Tachil et Mangus collés au plafond. Avec un profond soulagement elle vit les trois corps obéir docilement, voler vers le plafond et se fondre dans l'ombre, totalement invisibles.

– Génial, bonne chose de faite! Espérons que ce *Sangrave* est comme tout le monde et qu'il ne pensera pas à regarder en l'air. À moi maintenant!

Vive comme l'éclair, elle redescendit dans la chambre de sa grand-mère et verrouilla la porte. Elle sentait le sort protégeant la maison prêt à céder. Elle se précipita vers la carpette et toucha l'endroit où Manitou avait mis sa patte. Rien ne se passa. À ce moment, le sort d'enfermement lâcha avec un claquement sec. Le sortcelier cria :

– Me voilà Tara, j'arrive !

Tara leva les yeux au ciel. Bien que terrorisée, elle trouvait que ce Sangrave était vraiment trop… trop nul, oui. Elle rabaissa les yeux sur la carpette qui ne collaborait pas du tout. Aucun tourbillon, rien.

– Voyons, réfléchit-elle. Elle ne veut pas s'ouvrir parce que je suis humaine. Mais si je suis un chien… Manitou, viens ici !

Docilement, le chien, qui poussait des grognements sourds en entendant l'intrus entrer dans la maison, vint près d'elle.

– Manitou, nous devons sortir et en vitesse. Tu dois ouvrir le passage, tu comprends ?

Le chien gémit, lui nettoya le visage d'un grand coup de langue puis retourna à la porte. Le sortcelier fouillait le rez-de-chaussée en appelant Tara.

– Viens ici, chien stupide ! fulmina Tara, et ouvre-moi cette maudite trappe !

Le chien se tourna vers elle et aboya. Désespérée, Tara entendit le sortcelier réagir.

Il cessa de tout bousculer et se dirigea vers l'escalier.

– Je ne sais pas où tu es, Tara, mais je sens que tu n'es pas loin ! Viens, petite, n'aie pas peur.

S'il y avait une chose dont Tara avait vraiment horreur, c'était bien qu'on l'appelle « petite ». Elle plongea vers le chien et le tira jusqu'à la carpette par la peau du cou.

Puis elle lui prit la patte de force et la posa dessus, malgré ses efforts pour lui résister.

Rien ne se passa. En se contorsionnant, le chien lui échappa et, croyant à un nouveau jeu alors qu'elle le pourchassait à travers la pièce, sauta sur le lit, glissa sous la table puis de nouveau au-dessus de la carpette, d'où il la nargua en remuant la queue comme un fou.

Tara entendait le sortcelier qui montait et atteignait le palier. Elle gémit.

– Manitou, tu dois sortir, bon chien, sortir Manitou !

Le chien pencha la tête, semblant l'écouter avec attention. Il bougea, puis, sans vraiment le faire exprès, posa la patte sur la carpette et miracle ! celle-ci disparut juste au moment où la serrure de la chambre cédait aux incantations du Sangrave.

Tara plongea, attrapant le chien, et glissa avec lui, tête la première dans le passage secret. Derrière eux le trou se referma.

La jeune fille dégringola dans le tunnel qui la propulsa à l'extérieur. Sous ses doigts, la pierre était chaude et curieusement… souple. Elle décida de ne surtout pas essayer de comprendre pourquoi elle avait l'impression que le boyau était vivant !

Tara atterrit dans l'herbe derrière la maison, juste à l'orée du bois, et se crispa dans l'attente qu'un Mangeur de Boue lui saute dessus. À tout prendre, elle préférait les bestioles poilues au sortcelier. Quelle ne fut pas sa surprise de constater que les Mangeurs de Boue lui tournaient le dos, se dirigeant en rangs serrés vers le devant de la maison !

Puis elle se mit à glousser. Le Maître des Sangraves n'avait pas dit qu'il fallait *rester* derrière, il avait déclaré qu'encercler signifiait faire le tour de la maison et c'était exactement ce que les Mangeurs de Boue faisaient, depuis un quart d'heure!

Elle chassa le début de fou rire hystérique qui commençait à la gagner et courut dans la forêt se mettre à l'abri. Même dans le noir, elle connaissait chaque arbre et chaque clairière. Le Sangrave n'avait aucune chance de la retrouver là-dedans.

Soudain, elle entendit un hurlement de rage et une terrifiante explosion qui la fit se retourner. Dans sa fureur, le Sangrave venait de souffler le toit de la maison. Avec horreur Tara vit les murs du manoir s'embraser.

C'en fut trop pour la jeune fille. Elle s'écroula en sanglotant, ne voyant pas le Sangrave, dont le masque était devenu d'un noir terrible, griller un des Mangeurs de Boue d'un coup de rayon, ordonner aux autres de monter dans la voiture puis repartir dans un furieux grondement de moteur.

Elle savait seulement que sa grand-mère, Mangus et Tachil venaient de connaître une mort atroce et qu'elle en était en grande partie responsable.

Un appel très doux attira l'attention de Manitou qui ne savait pas comment consoler sa maîtresse. Le chien décida d'aller voir et quitta Tara qui ne s'en rendit même pas compte.

Quelques instants passèrent et le chien revint avec un drôle de bonhomme emmitouflé dans une robe-tunique bleue, fendue sur le côté, parsemée de dragons argentés et dont les yeux dorés disparaissaient à moitié sous l'invraisemblable tignasse blanche couronnant son crâne. On aurait dit une sorte de vieux hibou. Il portait des chaussures d'argent au bout recourbé dont la matière luisante était parcourue de vaguelettes bleutées.

– Tara ? Regarde-moi, s'il te plaît.

Tara sursauta. Elle avait baissé sa garde tant son chagrin était grand et le Sangrave l'avait retrouvée ! Prête à se battre, elle planta ses yeux rougis dans ceux, très doux, de l'homme qui la regardait. Celui-ci lui était inconnu. Ami ? Ennemi ?

Derrière le curieux bonhomme, elle vit Deria et bondit sur ses pieds.

– Pourquoi tu n'es pas revenue plus tôt ! hurla-t-elle. À cause de toi Grand-mère, Tachil et Mangus sont morts et le Sangrave a essayé de m'attraper. Tu m'as abandonnée ! Je te déteste !

– Un… un Sangrave ? Mais… mais, balbutia Deria totalement désarçonnée par la colère de Tara, arrête, Tara, calme-toi, calme-toi !

– Je crois que cette enfant a besoin de se reposer un peu après tout ce qu'elle a subi. Nous l'interrogerons après. « Par le Somnolus, je te le somme, à présent il faut que tu dormes ! » récita le vieux hibou en faisant comme s'il projetait du sable sur Tara.

Elle sentit qu'on venait de lui lancer un sort. Se retournant comme une furie, elle fit face, les poings serrés. Pas question de céder. Elle n'avait pas besoin de sommeil, elle avait besoin de réponses. De milliers de réponses.

Alors, de toutes ses forces elle résista, puisant dans sa colère et dans sa peine la volonté de contrer la vague de sommeil qui l'envahissait.

À la grande surprise du mage et de Deria, Tara resta debout, continuant à les défier.

– C'est inutile! ragea-t-elle, je ne veux pas dormir. Ma grand-mère et les autres viennent de mourir à cause de moi. Alors maintenant, vous allez me répondre! Qui suis-je? Que se passe-t-il et pourquoi ce sortcelier voulait-il me tuer?

Les yeux encore écarquillés d'étonnement, le vieux hibou lui répondit le plus clairement possible:

– Si ce sortcelier avait voulu te tuer, Tara, tu serais morte. Je ne pense pas que c'était son but. J'ai plutôt l'impression qu'il voulait… mmmh… t'enlever… oui, c'est ça, t'enlever.

Tara en resta bouche bée. Deria, soulagée que la jeune fille ait cessé de lui hurler dessus, renchérit:

– Chemnashaovirodaintrachivu a raison, Tara, tu *dois* lui faire confiance. Maintenant il faut nous dire ce qui s'est passé. Quand nous avons vu l'incendie, nous t'avons crue blessée ou pire et nous sommes soulagés que tu ailles bien. Mais tu dis que mes compagnons et ta grand-mère sont morts! Comment? C'est ton agresseur qui les a tués?

Ainsi c'était donc là le fameux Chemmachin qui était si puissant? Eh bien, il ne ressemblait pas à l'idée que se faisait Tara d'un Haut mage.

Ses cheveux étaient tout emmêlés et sa robe portait très nettement les traces de son dernier repas. Elle pensa que face au monstrueux Sangrave, il n'aurait pas résisté une minute! Voyant que Deria attendait patiemment, elle entreprit de raconter ce qui s'était passé.

Comment elle avait caché les corps au grenier, et s'était enfuie par la trappe secrète du chien. Comment le Maître des Sangraves avait fait exploser la maison dans sa rage, puis était reparti, probablement en les voyant arriver.

Elle allait continuer quand tout à coup un objet bizarre passa entre eux et la lune brillante. Un nuage très bas qui flottait… C'était Tachil !

Le cœur battant, elle se précipita hors de la forêt.

Les trois corps que l'explosion avait séparés flottaient tranquillement sur les brises du vent… et si ça continuait, ils allaient finir par flotter au-dessus du village. Elle devait à tout prix les en empêcher. Elle se concentra et ordonna aux corps de descendre.

Le vieux mage fronça les sourcils quand il vit les corps roussis descendre sans que la jeune fille ne fasse un geste ni ne prononce une parole.

Cependant, il ne dit rien à Deria qui sortait de la forêt derrière lui et n'avait rien vu.

– Sont-ils… ? demanda Tara d'une petite voix tremblante pendant que le mage les auscultait soigneusement.

– Morts ? Non, le champ de lévitation dont tu les as entourés les a protégés. Quand le Sangrave a fait exploser la maison, il a dû faire sauter le toit, leur sauvant la vie involontairement. Comme tu les as sauvés en les cachant là-haut. Je vais m'occuper d'eux. Suis-nous.

Le vieux mage incanta et les corps s'arrachèrent à la volonté de Tara pour lui obéir. Il fit ça avec une telle désinvolture qu'il remonta un peu dans l'estime de la jeune fille.

Mais le spectacle qui l'attendait lui donna un sacré coup au moral. Le toit que le Maître des Sangraves avait soufflé reposait sur le sol, à moitié disloqué. Toutes les fenêtres s'étaient brisées sous la violence du choc et les flammes achevaient de détruire ce qui restait des murs.

Le mage hocha sombrement sa tête ébouriffée puis, prenant une grande inspiration, tonna :

– Par l'Elementus, je te vois ! Devant moi, révèle-toi !

Immédiatement le feu se regroupa en un seul endroit de la maison sinistrée.

– Ça par exemple, siffla Deria, ébahie, un Élémentaire de Feu ! Mince, alors là on a un gros problème !

– Qu'est… qu'est-ce que c'est ? balbutia Tara.

– C'est un Esprit de Feu. Il y a des milliers d'Élémentaires de Feu, de Terre, d'Eau et de Vent sur tous les mondes. Celui-ci a été invoqué par le Sangrave pour commettre le plus de dégâts possible. Imagine du feu intelligent et destructeur… et tu auras un Élémentaire de Feu !

En effet, Tara, stupéfaite, s'aperçut que le feu s'était transformé en une sorte de silhouette écarlate et gigantesque, dont on apercevait vaguement la tête et les deux bras. Allons bon, l'incendie prenait forme humaine, maintenant ! Apercevant le mage qui paraissait tout petit à côté de lui, l'Élémentaire brûlant se pencha vers lui en montrant toute une série de dents pointues qui étaient autant de petites flammes.

– Aaaahhh, crépita-t-il, Chemnashaovirodaintrachivu, que veux-tu, vieux débris inflammable ? Pourquoi interromps-tu mon dîner ?

– Ceci n'a pas mon autorisation, cria le vieux mage. Laisse ce manoir tranquille !

– Mais ce n'est pas toi qui m'as invoqué, vieux débris. Par conséquent, tu ne peux me bannir tant que je n'aurai pas tout mangé !

Et l'Élémentaire attrapa nonchalamment un morceau de mur, l'enfourna dans sa bouche infernale, où il se volatilisa.

– Je t'ai prévenu, Élémentaire, rétorqua calmement le vieux mage. À présent, disparais ou tu en subiras les conséquences.

Tara poussa un hurlement. Sans aucun avertissement, l'Élémentaire venait de souffler un jet de feu sur la petite silhouette du mage. Sa robe s'enflamma, et il disparut derrière un épais nuage de fumée. Tara allait se précipiter vers lui quand il réapparut en caleçon long argenté et en chaussettes bleues, l'air très en colère.

– Bon sang de bois ! rugit-il, une de mes plus belles robes… et mes meilleures chaussures magiques ! Tu vas me payer ça !

Si l'Élémentaire fut surpris que son feu n'ait pas pulvérisé le mage, il se reprit très vite.

– Et comment comptes-tu faire, ridicule petit tas, il n'y a pas assez de maudite eau autour de toi pour me blesser ! Et aucun Élémentaire d'Eau dans le coin !

– Oh, mais l'eau ne sera pas nécessaire ! répliqua le mage qui agita la main vers le manoir et cria : « Par le Vomitus, murs et briques tu rendras, maison et vitres tu restaureras ! »

À peine avait-il prononcé sa formule que l'Élémentaire fut pris d'un terrible hoquet. Puis comme un jet, il se mit à vomir. Des dizaines de débris s'envolèrent de sa bouche pour se fixer sur le manoir. Et plus il vomissait, plus il rapetissait.

– Arrête, pitié, hoqueta-t-il, arrête !

Mais le mage fut impitoyable. Quand la créature fut réduite à l'état d'une petite silhouette gesticulante, il lança une nouvelle incantation et une petite bouteille d'eau minérale apparut dans sa main. Calmement, il la versa sur ce qu'il restait de l'infernal flamboiement, et la bouteille et l'Élémentaire disparurent avec un claquement sourd.

Le mage se frotta les mains, satisfait. Puis, inconscient du fait qu'il était encore en caleçon, il dit :

— Par le Fixus envole-toi et de nouveau sers de toit !

Et le toit s'éleva dans les airs pour aller se fixer fermement sur le manoir.

Stupéfaite, Tara s'aperçut que tout était redevenu totalement normal. Il ne restait aucune trace de l'incendie, excepté la flaque devant l'entrée du manoir. Ben ça, c'était de la restauration drôlement efficace !

Deria aussi était impressionnée.

— Magnifique, magistral ! confia-t-elle à Tara, tu as entendu quelle formule il a choisie ?

— Oui, il a dit : « Par le Vomit... »

— Aaaaah, cria Deria, ne la prononce pas ! Pas tant que tu n'auras pas maîtrisé tes pouvoirs ! Tu pourrais déclencher une catastrophe ! Et je n'ai pas du tout l'intention de vomir mon dîner, si ça ne t'ennuie pas.

— Oups, excuse-moi, je suis désolée. Mais pourquoi m'as-tu demandé si j'avais entendu ?

— Parce que c'était très intelligent de sa part. En général, pour combattre un Élémentaire de Feu, il faut disposer d'une grande quantité d'eau ou d'un Élémentaire d'Eau. Comme il n'en avait pas à disposition, il a frappé le point faible de l'Élémentaire.

— Son point faible ?

– Le feu se nourrit de ce qu'il consume. L'Élémentaire était devenu très grand du fait qu'il venait de « manger » la moitié du manoir. Alors il l'a forcé à restituer tout ce qu'il avait avalé, ce qui l'a affaibli au point de permettre à Chemnashaovirodaintrachivu de le vaincre facilement. C'était très subtil.

– C'était surtout terrifiant, marmonna Tara encore tremblante d'avoir cru le mage carbonisé.

– Oh ça ! commenta Deria très décontractée, c'était stupide. Le Haut mage est totalement à l'épreuve des flammes. Mais ces Élémentaires ne sont pas très intelligents. Trop de vide dans la tête !

– Mmmh, arrogants et suffisants… bonne leçon, confirma le mage encore tout frémissant d'indignation. Maintenant, revoyons les derniers événements.

Il leva la main et dit :

– Par le Memorus, montre-moi le passé, j'ai besoin de savoir ce qui s'est passé !

Surgissant de nulle part des formes floues se matérialisèrent brusquement. Tara sursauta. Devant elle se tenaient les fantômes des monstres qui les avaient attaqués ! Grâce à la magie, la scène qu'elle avait vécue quelques minutes auparavant se rejoua sous ses yeux fascinés. Soudain, les images des monstres en train d'attaquer Isabella vacillèrent puis disparurent. Le mage tenta de les faire revenir, mais en vain. Dépité, il grommela :

– Par les crocs cariés de Gelisor, ce sort n'est pas du tout au point ! Tara, il va falloir que tu me décrives ce qui s'est passé en détail parce que le Memorus n'y parvient pas. En attendant, je vais m'occuper de ta grand-mère.

Tara allait répondre quand une sirène dans le lointain lui fit tourner la tête.

– Flûte, s'exclama Deria, les pompiers ! Ils ont dû voir la fumée !

Tara réfléchit à toute vitesse.

– Deria, tu peux invoquer un feu sans que ce soit un Élémentaire ?

– Oui, bien sûr, en fait on invoque toujours du feu ordinaire. C'est bien plus difficile d'invoquer un Élémentaire… Mais pourquoi ?

– Parce que nous devons leur fournir du feu puisqu'ils ont vu de la fumée !

Deria écarquilla les yeux.

– Mais tu as tout à fait raison ! Attends. « Par le Flamus, je veux du feu, immédiatement et pas qu'un peu ! »

Un beau tas de bois apparut aussitôt sur la pelouse, suffisamment loin de la forêt et du manoir, et se mit à flamber joyeusement, produisant une épaisse fumée noire.

– Parfait, approuva Tara. Je te laisse leur expliquer pourquoi tu as fait du feu au milieu de notre jardin, à deux heures du matin. À tout de suite.

Le mage était déjà rentré dans le manoir avec les corps. Quand Tara y pénétra à son tour, elle constata que Tachil et Mangus étaient assis sur les marches de l'escalier, les yeux vitreux et se tenant la tête à deux mains.

– Vous êtes réveillés ! cria-t-elle, folle de joie, ce qui fit grimacer les deux serviteurs qui se bouchèrent les oreilles.

– Que… que s'est-il passé ? grogna Tachil, le souffle coupé par Tara qui venait de se jeter dans ses bras.

– Deria va t'expliquer… enfin du moins dès qu'elle en aura fini avec les pompiers, continua la jeune fille pendant qu'elle embrassait vigoureusement le pauvre Mangus complètement groggy. Je suis contente que vous alliez bien, alors je vais voir Grand-mère.

Elle laissa les deux serviteurs hébétés pour se précipiter dans la chambre d'Isabella.

À sa grande surprise, elle ne s'y trouvait pas, pas plus que le mage.

Elle réfléchit quelques secondes, puis sortant de la chambre se dirigea vers la cave où… oui, elle avait bien deviné. Le mage venait de faire entrer Isabella dans la chambre de Chimie.

Elle n'aimait pas beaucoup cet endroit, où sa grand-mère faisait des tas d'expériences bizarres, bruyantes, et souvent nauséabondes. Coupée de toute lumière solaire, la pièce était totalement ronde, comme tous les meubles s'y trouvant. Il n'y avait aucun angle, excepté ceux du grand pentagramme qui luisait faiblement au centre de la pièce.

Tara ne l'avait jusqu'à présent jamais remarqué car un épais tapis rond en masquait normalement le dessin.

– Euuuh, chuchota-t-elle en attrapant nerveusement sa mèche blanche, est-ce que je peux vous aider?

Le mage se tourna vers elle et la regarda pensivement.

– Non, cela ne sera pas utile, mais tu dois éviter tout contact avec le sol pendant que je soigne ta grand-mère, alors place-toi sur la table je te prie.

Allons bon. Pour cette fois, Tara obéit sans poser de questions.

Le mage parut enfin remarquer qu'il était fort peu vêtu. Grommelant contre l'Élémentaire (Tara crut saisir les mots

« Insolent… bravache et… bonne leçon »), il incanta et une robe bleu nuit vint le couvrir, tandis que des chaussures argentées enveloppaient ses pieds.

Se plaçant soigneusement hors du pentagramme, il poussa le corps rigide d'Isabella en son centre, puis se déchaussa, retirant également ses chaussettes.

Soudain, à la grande surprise de Tara qui avait suivi tous ces préparatifs avec beaucoup d'intérêt, il décolla pour se placer au-dessus du corps. Il agita les mains et incanta, des rais de lumière jaillirent de chacun de ses doigts, y compris de ses orteils, et vingt flèches de lumière vinrent frapper le pentagramme.

C'était très impressionnant.

– Par le Transformus je t'illumine, Isabella !

À chaque mot le pentagramme luisait un peu plus fort.

– Par l'Illuminus je te transforme, Isabella !

Cette fois-ci, ce fut carrément un éclair de lumière, si puissant que Tara regretta de ne pas avoir ses lunettes de soleil.

– Que le Rigidifus soit chassé, je te l'ordonne !

À ce moment, la clarté devint légèrement rosée et le vieux mage s'immobilisa, l'observant avec attention. Quand elle fonça jusqu'à devenir rouge sang, il leva les bras et cria :

– Par le Vivus, cette formule sera la bonne !

Il y eut une explosion assourdissante, le corps d'Isabella s'illumina, puis tout devint sombre.

Tara paniquait un peu. Il faisait totalement noir et il n'y avait plus un bruit.

Tout à coup une voix légèrement agacée rompit le silence.

– Par Desidorus, est-ce que quelqu'un peut allumer la lumière ?

– Grand-mère! cria Tara, folle de joie, mais n'osant pas bouger sans l'ordre formel du vieux mage.

– Tara'tylanhnem? Tu es là? Qu'est-ce que…?

La voix du mage s'éleva dans l'obscurité.

– Un instant, ma chère. Permettez-moi d'éclairer à la fois votre lanterne et cette pièce.

Sur l'ordre du mage, une lumière diffuse puis plus puissante éclaira la scène. Isabella reposait assise au centre du penta-gramme.

– Chem? (La surprise vibra dans la voix de la sortcelière.) Mais que fais-tu ici?

– Eh bien disons que…

– Il t'a sauvé la vie, interrompit Tara. Maître (elle ne savait pas comment l'appeler et Maître était une forme de respect qui lui semblait convenir. Si le mage n'appréciait pas, eh bien tant pis), puis-je descendre de la table à présent?

– Comment? Ah, oui bien sûr.

Tara sauta et étreignit sa grand-mère avec fougue.

Celle-ci, un peu surprise par cette démonstration, lui tapota le dos sans trop savoir comment réagir. Le vieux mage l'ob-servait en fronçant les sourcils. Si la jeune fille donnait tout son amour à sa grand-mère, celle-ci ne le lui rendait pas. Ou du moins, ne le lui montrait pas.

Or Chemnashaovirodaintrachivu savait à quel point il était dangereux de sevrer un enfant d'affection. Il décida qu'il devait parler à Isabella. Très vite.

Pendant qu'il réfléchissait en remettant ses curieuses chaus-sures, la jeune fille racontait à sa grand-mère tout ce qui s'était passé. Alors Isabella étreignit sa petite-fille avec force. Ce qui provoqua un nouveau haussement de sourcils du mage. Allons, tout n'était pas perdu.

Mais très vite la vieille femme se ressaisit. Se levant, elle vacilla un moment, acceptant l'aide de Tara pour se rétablir, puis elle la repoussa pour marcher toute seule. Le mage capta le regard triste de la jeune fille et soupira.

Quand Isabella se fut assurée que Deria, Tachil et Mangus allaient bien, elle se rendit dans son bureau où Tara et le mage la suivirent.

— Tara'tylanhnem, veux-tu avoir l'obligeance d'aller dans ta chambre s'il te plaît ? Chem et moi avons à parler de choses importantes.

Avant que Tara ne puisse réagir, le mage prit la parole :

— Non Isa, elle reste.

La grande sortcelière parut sur le point de protester mais, encore fatiguée, elle céda, tout en foudroyant le mage du regard.

— Bien, approuva-t-il calmement. Viens ici Tara et voyons un peu ce que ta grand-mère t'a appris.

Tara s'approcha du mage et répondit :

— Elle ne m'a rien appris, Maître, je ne sais rien des sortceliers, des attaques, des trucs et des machins élémentaires ou élémentaux.

— Mais tu sais que nous sommes des sortceliers ?

— J'avais cru comprendre, oui, nota Tara avec rancune. Disons même que j'en ai eu la démonstration quand ma grand-mère a voulu m'envoyer un sort d'oubli et que ça a failli nous tuer toutes les deux.

Le sortcelier eut l'air ennuyé.

– Mmmoui, bon, nous verrons ça plus tard. Pour le moment, commençons par le commencement, parlons des bases. Il existe dans l'univers un grand nombre de peuples vivant plus ou moins en bonne intelligence les uns avec les autres. Comme les humains, ces peuples ont des enfants, des parents, des grands-parents, des arrière-grands-parents, des arrière-arrière-grands-parents… l'ensemble des races vit assez longtemps, vois-tu. Les besoins essentiels et les contraintes sont les mêmes partout. Se nourrir, dormir, manger, étudier…

Là, Tara était en terrain connu. Elle interrompit le mage.

– Vous avez des collèges de sortceliers, comme à la télévision ?

Chem fronça les sourcils.

– Ahhhh, la télévision ! Non, nous n'avons pas de collèges de sortceliers. Il suffit de lire les livres de sorts et ils s'inscrivent dans l'esprit pour toujours. Nous n'avons pas besoin d'apprendre…

Tara en écarquilla les yeux de stupeur. Quoi ? Pas besoin d'étudier ? C'est Betty qui serait contente !

Isabella jeta un regard totalement noir au vieux sortcelier et intervint :

– Mais nous avons besoin d'étudier constamment pour vérifier que notre présence n'abîme pas les mondes sur lesquels nous vivons ou ne les mette pas en danger. Ce qui demande beaucoup de travail. Et les spécialités ne s'apprennent pas dans les livres mais par la pratique… cela aussi demande beaucoup de travail.

Impassible, le mage reprit :

– Et dis-moi petite, en te basant sur ce que tu as vu à la télévision et aussi dans votre cinéma, que penses-tu des sortceliers ?

Tara n'en menait pas large. Le vieux sortcelier était si… bizarre. Elle ne savait pas très bien quoi lui répondre.

– Eh bien, vous avez des chaudrons, vous faites des potions, il y a une magie maléfique et une magie bénéfique et…

Devant les abominables grimaces que faisait Chem, la voix de Tara faiblit jusqu'à s'éteindre totalement.

– Enfer et billevesées, les Nonsos ont toujours voulu codifier ce que faisaient les sortceliers ! rugit le vieux mage. Et c'est n'importe quoi ! Les chaudrons et les potions existent mais ne sont pas importants ! Nous sommes les Maîtres des Sorts. Et il n'y a pas de magie bénéfique ou maléfique. La magie est juste un outil, tout dépend de celui qui l'utilise. Si tu coupes ton pain avec ton couteau, c'est bénéfique, si tu transperces un humain avec ton couteau, c'est maléfique. Mais le couteau n'est ni bénéfique ni maléfique… c'est juste un couteau. Crénom, ta grand-mère ne t'a donc rien enseigné !

– Ben non ! Justement, c'est bien ça le problème ! Et puis qui sont ces Sangraves, vous n'en avez pas parlé ?

Elle venait de mettre le doigt sur un point sensible, parce que le mage grimaça.

– Les Sangraves sont des sortceliers prétentieux et arrogants qui s'imaginent être assez puissants pour devenir les maîtres de l'univers. Ils s'habillent en gris uniquement et cachent leur visage sous un masque pour que personne ne sache qui ils sont. Ils se sont déclarés nos ennemis et mènent contre nous une lutte incessante pour obtenir le contrôle de nos mondes.

Ce fut au tour de Tara de grimacer.

– Et pourquoi ils ont ce nom… bizarre ?

– Nous sommes « ceux qui savent lier les sorts ». C'est ainsi que nos ancêtres primitifs nous nommaient. Au fil du temps, c'était un peu long à dire, alors on l'a raccourci en « sortceliers ». Et ceux qui n'ont pas nos pouvoirs étaient appelés les Nonsortceliers. Là aussi on en a fait un diminutif. Ils sont devenus les Nonsos. Puis l'un d'entre nous, Druidor Sangrave, a décidé que les Nonsos devaient devenir nos esclaves. Les Elfes-Chasseurs l'ont combattu et détruit, mais il avait eu le temps de se faire des adeptes. Ils se faisaient appeler les Sangraves en hommage à Druidor. Quand les sortceliers en gris ont décidé de nous défier, ils ont exhumé ces ridicules vieux noms. Bon sang, Isabella, tu aurais quand même au moins pu la mettre en garde contre les Sangraves !

La sortcelière protesta.

– Je n'ai rien enseigné à Tara'tylanhnem parce que son père m'a fait jurer qu'elle ne serait pas une sortcelière et aurait une vie normale. Alors pour la protéger, j'étais même prête à dissimuler son don au Haut Conseil.

– QUOI ! (Le vieux mage faillit en tomber de sa chaise.) C'est inadmissible ! Comment peux-tu envisager une chose pareille ? C'est interdit !

Isabella n'était plus pétrifiée par le sort, mais elle n'avait rien à envier à une statue de marbre. Le visage figé, elle répliqua :

– J'avais donné ma parole.

– Ce n'est pas une raison ! Nous avons des lois, Isabella. Ces lois ont été créées pour protéger les Nonsos, et pour nous protéger aussi. Nous ne sommes pas des hors-la-loi, nous ne sommes pas comme les Sangraves ! As-tu une idée des dégâts que Tara aurait pu causer ?

– Mais ce n'est pas arrivé !

– Assez ! Tu n'as aucune excuse ! Te crois-tu au-dessus des lois, Isabella, te déclares-tu Semchanach[1] ?

La grand-mère de Tara sembla frappée de plein fouet.

– Non, bien sûr que non ! Je n'ai jamais souhaité me soustraire à l'autorité du Conseil. Je suis à ses ordres, et tu le sais mieux que quiconque. Mais Chem, j'ai donné une *Parole de Sang* !

Ce fut au tour du vieux mage de se figer.

– Une Parole de Sang ? Tu plaisantes ?

Isabella releva les manches de sa robe et écarta ses bracelets. Sur ses deux poignets luisaient deux glyphes rouges en forme de huit couchés. Le mage pâlit et recula.

– Pas du tout, répondit la sorcelière en recouvrant les signes. Si Tara'tylanhnem devient un mage, je mourrai !

Stupéfaite, la jeune fille dévisagea sa grand-mère. Mais de quoi parlait-elle ?

Le vieux mage réfléchissait si fort que Tara s'attendait presque à voir de la fumée sortir de ses oreilles.

– Alors là, ça change tout, dit-il gravement. J'ignorais. Ça s'est passé quand tu…

– Oui, coupa Isabella en faisant un signe de tête vers Tara qui comprit très bien.

Encore des fichus secrets ! Mais elle aussi à présent avait un secret… qu'elle n'avait pas non plus l'intention de partager.

---

1. Semchanach : se dit d'un sortcelier qui refuse l'autorité du Haut Conseil. Ce n'est pas forcément un Sangrave. Il peut utiliser sa magie comme il l'entend à condition de ne pas porter préjudice à une autre personne. S'il le fait, il est impitoyablement traqué par les Elfes-Chasseurs.

– Alors nous avons un sérieux problème, renifla le mage en dévisageant Isabella avec inquiétude. Combien de temps te faut-il pour protéger le domaine… et la petite ?

– Si tu me prêtes Padimo et Glivol, une dizaine de jours, tout au plus. Le seul problème, c'est que je n'ai pas tous les ingrédients nécessaires ici.

– Mmmh, je vois. Et il serait trop dangereux d'emmener Tara avec toi. Bon, alors voici ce que je te propose : je prends ta petite-fille avec moi pendant une dizaine de jours. Elle va m'accompagner sur AutreMonde, au Palais Royal de Travia, ainsi je pourrai la protéger, puis je te la renverrai.

Il fit un geste bizarre dans les airs, tendit la main devant lui et éleva la voix :

– J'ai dit, et que cela soit consigné !

Tara sursauta quand une voix incroyablement aiguë et si rapide qu'on avait l'impression que les mots étaient collés les uns aux autres sortit du néant et pépia :

– TrèsbienHautmage, leConseilaenregistréladécision. L'avisserapubliédanslagazetteofficielleduHautConseil.

Le mage grimaça, se frotta l'oreille et manipula quelque chose dans sa main.

– Non, précisa-t-il. Je désire que cette décision soit consignée à huis clos. Il est inutile d'informer tout le monde que l'enfant sera sur AutreMonde. Prévenez simplement les autres membres du Conseil… ah, et aussi Maître T'andilus M'angil, le chef de nos Services secrets.

Cette fois-ci la voix était incroyablement grave et parlait très très lentement :

– Bieeeeennnn Haaaaaut Maaaaage, celaaaaa seeeeera faaaaait.

Cauchemar d'une nuit d'été

Le mage soupira, pestant contre la mauvaise qualité des communications. Quand il rabaissa la main, Tara entrevit un éclat, et réalisa que le vieux mage avait communiqué à l'aide d'une sorte de boule de cristal, qu'il rangea dans sa poche.

Pendant tout l'échange, la grand-mère de Tara n'avait pas bronché.

– Je peux garder Tara'tylanhnem avec moi, intervint-elle posément. Maintenant que je connais le modus operandi des Sangraves, je peux les repousser.

Le vieux mage la regarda, notant les cernes noirs sous les yeux et les mains légèrement tremblantes.

– Je pense que tu es très fatiguée, Isabella. Il vaut mieux que l'enfant me suive. La charge sera moins lourde si tu ne t'inquiètes pas pour elle.

Isabella hésita… puis admit sa faiblesse. Elle prit une profonde inspiration et regarda Tara.

– Je… je ne sais pas exprimer les choses comme je le désirerais, mais je t'aime profondément, ma petite fille. Et je ne veux que ton bien. Mais le mage a raison. Je ne peux pas te protéger en te gardant avec moi.

Tara avait les larmes aux yeux. Elle savait que sa grand-mère l'aimait, à sa façon. Mais entre le savoir et se l'entendre dire, elle découvrait qu'il y avait une énorme différence.

– Moi aussi je t'aime, Grand-mère.

Sachant qu'Isabella appréciait peu qu'on la touche, Tara ne le fit pas, mais quand sa grand-mère lui ouvrit les bras, elle s'y jeta avec joie.

– Bien, bien, bien, approuva le mage très satisfait. Voilà une bonne chose de réglée. À présent Tara, il est encore très tôt

71

et tu as des heures de sommeil à rattraper. Nous partirons tout à l'heure pour AutreMonde. Va.

Isabella lâcha Tara qui, obéissant à Chem, sortit du bureau, la tête pleine d'interrogations. Elle avait parfaitement compris que le mage l'emmenait ailleurs demain. Et elle se souvenait de ce que sa mère lui avait dit. Elle était prisonnière dans la forteresse grise, sur AutreMonde. Elle eut un sourire fatigué. Parfait, le vieux mage l'amenait exactement à l'endroit où elle désirait plus que tout aller.

Quand Maître Chem monta dans la chambre d'amis, il avait lui aussi de quoi cogiter pendant ce qui restait de la nuit.

Par quelle incroyable coïncidence les Sangraves avaient-ils attaqué la famille Duncan? Alors que le Haut Conseil lui-même ignorait tout de cette petite sorcelière non déclarée. Et comment Tara avait-elle réussi à détourner le rayon mortel?

Seul un mage de très haut niveau aurait pu contrer l'attaque. Même Isabella en avait été incapable.

Et puis Tara avait remarquablement résisté à son « Somnolus ». Bon, il n'avait pas envoyé une haute dose, ne désirant pas l'assommer pour deux semaines, juste pour deux heures… mais quand même. Elle lui avait tenu tête!

Et ces maudits Sangraves voulaient la jeune fille… ils la voulaient absolument. Jusqu'à envoyer *deux* des leurs, dont le célèbre Magister, leur Maître, pour l'enlever. C'était très intéressant… oui, vraiment très intéressant.

chapitre III
Transports non communs

Le lendemain matin, Tara s'habillait, l'esprit tout entier empli de la vision de sa mère et de la terrible attaque, lorsqu'un doute horrible la fit s'immobiliser alors qu'elle allait enfiler la deuxième jambe de son pantalon, la forçant à sautiller sur place. Et si elle avait rêvé? Elle termina de se vêtir et fonça au rez-de-chaussée.

Elle poussa un ouf de soulagement en découvrant le vieux mage dans la cuisine en train de discuter gaiement avec Tachil, Deria et Mangus devant une tasse de chocolat. Bon, tout allait bien, elle n'était pas encore bonne pour l'hôpital psychiatrique. Les sortceliers existaient réellement.

Elle s'assit à côté de lui, sans façon, et se servit également un grand bol.

– 'jour Deria, Mangus, Tachil, bonjour mons… Maître! salua-t-elle en se souvenant à temps qu'elle était rigoureusement incapable de prononcer le nom du Haut mage.

– Bonjour Tara, comment vas-tu ce matin, pas trop de courbatures?

À sa grande surprise, Tara se rendit compte effectivement qu'elle se sentait moulue: des muscles dont elle n'avait jamais jusqu'ici soupçonné l'existence la faisaient grimacer dès qu'elle bougeait un peu.

– Euuh, si. Pourquoi ?

– Tu utilises l'énergie de ton corps pour effectuer les actes que tu as accomplis hier. Quand tu as soulevé ta grand-mère, c'est exactement comme si tu l'avais fait réellement. Tu as soulevé, couru, exercé ton pouvoir et ton corps en a subi les conséquences. Nous évitons de trop utiliser la magie, du moins ceux d'entre nous qui sont les moins doués, car cela consomme beaucoup de notre énergie, et nous risquons de mourir d'épuisement.

– Mais, protesta Tara, sans la magie je n'aurais jamais pu soulever ma grand-mère qui est bien plus lourde que moi !

– Ahhh, je vois la marque de ta grand-mère ! Tu recherches la logique, n'est-ce pas ? Et tu as bien raison. Si tu avais eu une brouette par exemple, tu aurais pu y mettre Isabella et la transporter. Eh bien la magie c'est un peu pareil. C'est un outil pour nous. La magie a permis que tes forces de petite fille de douze ans soient décuplées. Pour utiliser ton pouvoir tu as inconsciemment puisé dans les forces qui existent tout autour de nous. Un sortcelier est capable d'utiliser cette force de vie pour son propre usage… ce que ne peuvent pas faire les humains normaux.

Allons bon, voilà qu'il lui servait le couplet « Que la Force soit avec toi ». Il ne manquait plus que La Guerre des Étoiles dans son histoire de sortceliers !

Pourtant la jeune fille était prodigieusement intéressée. C'était donc ainsi que ça fonctionnait ! Elle tenta de visualiser ce qu'elle comprenait.

– En fait nous sommes une sorte de… moteur, et le fluide tout autour de nous, ce serait du carburant, c'est ça ? Ça nous permet de fonctionner, d'avoir plus de puissance. Et meilleur est le moteur, plus grande est la puissance.

Le sortcelier en resta bouche bée. Puis il donna dans le dos de Tara une bourrade qui faillit l'envoyer valser dans son bol de chocolat.

– Remarquable ! Remarquable ! hurla-t-il. Tara ! Tu as le don formidable de simplifier les choses les plus compliquées. Ah ! C'est Padimo qui va râler. Lui qui se perd toujours dans des tas de circonvolutions pour expliquer la nature de la magie ! C'est exactement la métaphore que nous cherchions. Un moteur et de l'essence !

Isabella entra, l'œil sévère devant tout ce vacarme.

– Eh bien, demanda-t-elle, que se passe-t-il encore ?

– Il se passe, répondit le mage encore tout joyeux, que ta petite-fille est tout simplement remarquable, ah oui, simplement remarquable !

Tara, si elle était flattée que le mage apprécie sa comparaison, trouvait tout de même qu'il en faisait un peu trop. Et à propos de sorcellerie, il était temps qu'elle fasse avancer les choses.

– Euuh, justement à ce sujet, Maître, quand partons-nous ?

Le mage la regarda, un peu surpris par son impatience.

– Dans peu de temps. Et tu ne seras pas toute seule. Deria va nous rejoindre sur AutreMonde au Palais de Travia. Elle a insisté pour t'accompagner afin de poursuivre sa mission de protectrice. Elle a déjà une formation de mage et nous l'avons fait engager au Palais Royal comme mage météorologue. Quant à Mangus et Tachil, les assistants de ta grand-mère, ils vont rester ici pour l'aider à préparer les défenses du manoir.

– Formidable, sourit Tara avec un enthousiasme qui déstabilisa un peu sa grand-mère, persuadée que la petite allait refuser de partir. Que dois-je faire maintenant ?

– Tout d'abord finir ton petit déjeuner. Puis Deria t'aidera à faire tes valises. Ensuite nous passerons la Porte et nous nous rendrons à Travia. Ah ! Au fait, je pense qu'il serait utile d'emmener ton arrière-grand-père avec toi. Sous sa forme actuelle il est indétectable, il fera un parfait Familier.

Là, le mage venait de parler chinois. Tara se contenta de le regarder avec de grands yeux.

– Par Demiderus, grogna le vieux mage, Isabella, ne me dis pas qu'elle ne sait pas non plus pour ton père ?

– Non ! répondit sèchement Isabella, bien sûr que non ! Manitou, viens ici ! appela-t-elle soudain d'une voix sonore, faisant sursauter Tara.

La seconde suivante le gros chien noir fit irruption dans la pièce.

Isabella le prit contre elle puis, tournant gravement son museau vers Tara, déclara :

– Tara, je te présente ton arrière-grand-père. Manitou, tu vas accompagner Tara sur AutreMonde en te faisant passer pour son Familier, ce qui te permettra de rester constamment avec elle et de la protéger. Tu crois que tu vas t'en sortir ?

Le chien remua la queue et aboya une fois.

– Bon sang de bois, soupira le vieux mage, je vois que ça ne va pas mieux. Voyons voir si je peux arranger ça. « Par l'Interpretus nous nous comprenons, et dans l'harmonie nous en discutons ! »

Cette fois-ci, quand le chien aboya, sa voix se transforma.

– OUAF !… Je veux dire, oui, évidemment que je vais avec elle. Maudit chien, il est plus fort que moi et son instinct me submerge. Mais je ferai de mon mieux. Les effluves magiques d'AutreMonde devraient m'aider à garder mon esprit humain… enfin je l'espère.

Tara tomba à genoux devant le chien.

– Manitou ? Heu, je veux dire Grand-père, heu… Arrière-grand-père ?

– Appelle-moi Manitou, c'est plus simple. C'est un tel plaisir de pouvoir penser et parler comme un humain ! Si tu savais comme j'ai souffert, lors de mes rares moments de lucidité, de ne pas pouvoir discuter avec toi !

Isabella eut une petite moue triste.

– Je suis désolée, mais pour le moment personne n'a réussi à retrouver la formule de ton sort. Et le choc de la transformation t'ayant rendu amnésique, nous ne pouvons que continuer à chercher.

Manitou hocha la tête.

– Oui, oui, je sais. Aïe, l'instinct du chien revient. Tara, je t'attends dans le jardin, à tout de suite.

Et, après avoir donné un petit coup de museau à la jeune fille qui n'en revenait toujours pas, il sortit.

– Mais, mais, mais… balbutia Tara.

– Sale histoire, conclut sombrement le mage. Il est parvenu à trouver un sort qui rend immortel. Le problème c'est que ça transforme aussi en chien. Il est donc à la fois immortel et dans la peau d'un labrador. Malheureusement tu ne peux pas l'emmener comme un simple chien, seuls les Familiers sont acceptés au Palais.

– Qu'est-ce qu'un Familier ?

– C'est un animal qui accompagne chaque sortcelier. Il est en quelque sorte sa marque, sa signature. Il communique avec lui. Le tigre Familier d'Isabella est mort en même temps que ton père et ta mère, et tu vois, elle ne l'a pas remplacé.

Tara ouvrit de grands yeux.

– Un tigre ?

– Ne t'inquiète pas. Les Familiers ne sont pas dangereux pour les sortceliers. Mani, la pie de Deria, est son Familier. C'est elle qui était chargée de te surveiller quand Deria ne pouvait pas te suivre… Bien, je vois que tu as fini ton petit déjeuner. Et si tu montais te préparer ?

Tara, qui observait attentivement la pie pour voir ce qu'elle avait de différent, sursauta quand celle-ci vola jusqu'à la table, fit mine de s'asseoir sur la miche de pain, puis la salua en inclinant les deux ailes… et lui vola un bout de sa tartine.

– Ouahou ! Non, mais vous avez vu ça ? Ouah ! C'est super, s'extasia Tara, puis elle se tourna vers Isabella :

– Grand-mère ?

– Oui, Tara'tylanhnem ?

– Y a-t-il quelque chose d'autre que je devrais savoir ?

La sortcelière hésita un instant puis dit :

– Non. Je pars dans une heure, car pour protéger le manoir, je dois utiliser des objets de sortilège que je n'ai malheureusement pas à disposition et il me faut aller au Pérou. Mangus et Tachil vont rester sur place. Mais ne t'inquiète pas, Chemnashaovirodaintrachivu saura comment me joindre.

Tara se sentit mal à l'aise. C'était fichtrement loin, le Pérou ! Pendant qu'elle réfléchissait, Isabella continuait.

– Je souhaite également te dire que je suis contente que tu sois sous la protection provisoire du Haut mage. Et je suis sûre que tu vas te plaire au Palais. Les souverains de Lancovit* sont des gens charmants, tout devrait bien se passer. C'est finalement un peu comme si tu allais passer le reste de tes vacances dans un autre pays !

Tara faillit poser d'autres questions, mais le regard de sa grand-mère l'en dissuada. Elle se contenta donc de répondre d'une façon anodine… tout en n'en pensant pas moins.

– Je l'espère, Grand-mère. Alors à tout de suite.

Avec l'aide de Deria sa valise fut vite prête.

Elle allait prendre sa valise et son sac quand Deria l'en empêcha.

– Non, laisse-les ici pour le moment. Je les apporterai au Château plus tard. Personne ne doit savoir où tu vas et des valises permettraient de comprendre ce que veut faire notre Haut mage.

– Je descends comme ça alors ?

– Oui, va les rejoindre en bas, j'arrive.

Tara descendit à contrecœur. Le vieux mage l'attendait avec Isabella. Celle-ci arborait son air le plus sévère, mais maintenant qu'elle lui avait avoué qu'elle l'aimait, Tara comprenait que c'était un masque pour dissimuler ses sentiments.

Elle l'embrassa et la serra fort dans ses bras. Très embarrassée, Isabella lui rendit son étreinte puis se recula et lui confia:

– Tu vas te rendre à Travia qui est la capitale du royaume de Lancovit. L'étiquette au Palais n'est pas aussi rigide, Demiderus soit loué, qu'à Omois*, qui est l'Empire humain le plus grand sur AutreMonde, alors je compte sur toi, Tara'tylanhnem! Fais honneur au nom des Duncan. Tu es la septième sortcelière d'une longue et glorieuse lignée, ne l'oublie jamais!

Bien que Tara se soit solennellement juré qu'elle ne pleurerait pas, des larmes se mirent à couler sur ses joues sans qu'elle puisse faire grand-chose.

– Grand-mère, tu vas terriblement me manquer. Je t'aime.

Isabella jeta un regard agacé vers le vieux mage qui s'essuyait discrètement les yeux et murmura:

– Moi aussi, Tara'tylanhnem. Va maintenant.

– Allons, grommela le vieux mage après avoir fait apparaître un gigantesque mouchoir où dansaient des dragons qui s'étaient précipitamment écartés quand il avait commencé à essuyer son gros nez dans le vaste carré de tissu bleu, il faut que nous partions à présent.

Tara le regarda avec méfiance. Tout ce qu'elle avait vu de la magie jusqu'à présent ne l'enthousiasmait que très moyennement. À cause de cette magie, elle avait été privée de sa mère pendant dix ans et, à présent, elle devait quitter sa famille, ses amis, l'endroit où elle avait été élevée… Et le vieux Maître Chem lui paraissait bien fragile pour la défendre contre le monstrueux Maître des Sangraves!

Elle se tourna vers le vieux mage, s'attendant plus ou moins à une manifestation très spectaculaire, genre éclair, tonnerre et disparition, mais il se contenta de la prendre par la main puis marcha vers le Château de Besois-Giron, suivi par Manitou qui aboyait comme un fou.

— Sacrée Isabella, grogna le mage, même pour dire au revoir, faut jamais qu'elle montre qu'elle a du chagrin. M'énerve.

Tara ne dit rien jusqu'au Château du comte de Besois-Giron.

Elle se remémora tout à coup ce qu'elle avait entendu, accroupie sur la cheminée. Isabella avait conseillé, non, plutôt ordonné, que Fabrice aille sur AutreMonde… donc, avec un peu de chance, elle allait le revoir !

Quand ils arrivèrent au Château, le mage ne sonna pas. Les grilles s'ouvrirent d'elles-mêmes.

— Magie ? demanda Tara, très impressionnée.

— Électronique ! répliqua le mage en désignant les deux cellules photoélectriques devant la grille du Château et la caméra de surveillance.

Le comte de Besois-Giron les attendait sur le seuil du Château. Très impressionnant, totalement chauve, il ressemblait à un vieux faucon déplumé avec son grand nez arrogant.

— Bienvenue, Haut mage ! lança-t-il au vieux mage et à son escorte. Vous repartez déjà ?

— Hélas ! soupira Chemnashaovirodaintrachivu, moi qui adore votre vin de Bordeaux, je suis au bord de la dépression nerveuse de ne pouvoir en profiter. Mais je dois emmener Tara et Manitou sur AutreMonde. Votre fils y est déjà, je crois ?

— C'est exact ! se réjouit le comte, et on sentait une immense fierté dans sa voix.

— Parfait, parfait. Allons à la Porte à présent, nous avons encore du chemin à faire.

La Porte était dans une des salles en haut de la tour dominant la vallée.

Tara, qui était une fan de Stargate, chercha la Porte, de l'équipement, des tas de techniciens et des groupes électrogènes… mais il n'y avait… rien. Juste une grande salle vide. Avec cinq tapisseries représentant chacune des scènes mythologiques. L'une montrait des licornes avec des sortes de nains. L'autre, des géants sculptant (et… mangeant?) des blocs de pierre. La troisième, des hommes en vert avec des oreilles pointues. La suivante, des sortceliers en robes grises ou bleues autour d'un pentagramme identique à celui de sa grand-mère. La dernière, enfin, montrait de petits êtres de toutes les couleurs faisant la fête, surmontés par un sceptre.

– Mettez-vous au centre, je vous prie, leur demanda le comte.

– Manitou, appela Tara, viens ici.

Le chien ne se fit pas prier et pour une fois se tint tranquille. Le vieux mage sentait la fine main de Tara se crisper dans la sienne, et il lui adressa un sourire pour la rassurer.

Le comte entra dans la pièce puis se plaça sous la tapisserie représentant les petits êtres. Il plaça le sceptre qu'il tenait dans sa main sur la reproduction au mur. Celui-ci s'y encastra parfaitement. Très rapidement, le comte les salua, puis sortit de la salle et referma la porte.

Dès que le loquet retomba, le sceptre se mit à briller. Des rayons provenant des quatre autres tapisseries, chacun d'une couleur différente, formèrent une sorte d'arc-en-ciel touchant les voyageurs.

Le vieux mage prononça « Palais Royal de Travia » d'une voix forte… et ils disparurent.

Tara sentit comme une décharge et une vague nausée et se retrouva dans une salle identique. Mais l'être qui se trouvait devant elle n'était pas le comte ! Il n'avait qu'un seul œil, une tignasse absolument orange, mesurait deux bons mètres et agitait un morceau de papier au bout de l'un de ses quatre bras. Paniquée, elle voulut reculer, mais le vieux mage la tenait fermement.

Des gardes en livrée bleu et argent les dévisageaient avec attention, tenant des lances prêtes à transpercer tout intrus ! Tara déglutit sous leur regard sévère… et décida de ne pas bouger d'un millimètre tant qu'ils ne lui en auraient pas donné l'autorisation.

– Haut mage, quel plaisir de vous revoir ! proclama le cyclope d'un ton affecté en leur faisant signe d'avancer. Le comte de Besois-Giron nous a annoncé votre arrivée et j'ai tout juste eu le temps de m'apprêter pour venir vous chercher. Vraiment, c'est inconcevable tout ce que j'ai à faire !

Une sonnerie retentit et le cyclope s'agita de plus belle.

– Par Demiderus, voilà déjà d'autres arrivants ! Vite ! Vite ! Avancez, que je puisse libérer le passage…

Tara faillit se mettre à rire. Le cyclope paraissait tellement… affolé. Il n'avait pas laissé au mage la possibilité de placer un mot et les poussait déjà hors de la salle en s'affairant comme une poule qui aurait perdu ses poussins.

– Notre intendant ! expliqua le vieux mage avec un soupir. Dès qu'un hôte arrive au Palais, il panique. Et comme il y a constamment de nouvelles arrivées, c'est donc devenu un état permanent. Viens, je vais te présenter à la gouvernante du Palais, Dame Kalibris, pour qu'elle t'inscrive.

– Qu'elle m'inscrive à quoi?

– Personne ne peut circuler dans le Palais sans accréditation. Comme tu es mon invitée provisoire, tu vas avoir des accréditations de niveau 6. Tu auras l'autorisation de circuler dans certains endroits, mais pas dans d'autres. Dame Kalibris t'expliquera les règles et l'étiquette du Palais, te dira où tu vas dormir, comment te présenter à Leurs Royales Majestés, etc.

Tara paniquait complètement.

– Me… me présenter aux Royales Majestés? Comment ça, me présenter aux Royales Majestés? Mais…

– Ne t'inquiète pas, Tara, la coupa le mage avec bienveillance. Bien que le Palais soit une gigantesque entité, une sorte de cœur qui régule la circulation du royaume, l'étiquette n'y est pas trop rigide et si tu fais ou dis une bêtise, il te suffira d'expliquer que tu viens d'arriver de la Terre.

Le vieux mage écarta les autres questions de Tara. Il décida de lui faire les honneurs du Palais. Partout des gens s'affairaient. Et Tara ouvrait de grands yeux.

Suspendus dans les airs, de jeunes sortceliers ensorcelaient des tapisseries qui passaient par les énormes fenêtres et se débarrassaient de leur poussière. Les armures (certaines avaient des formes vraiment… bizarres) se secouaient dans un grand bruit de ferraille. L'intérieur du Palais était magnifique, mais il était difficile de savoir comment il était construit parce que tout bougeait. Sur les murs, au plafond, des paysages apparaissaient, disparaissaient, changeant au gré des envies du Palais. Pour le moment il semblait plutôt de bonne humeur parce que les paysages regorgeaient de soleil, de prairies et d'oiseaux gazouilleurs. C'était si… réel qu'à une ou deux reprises, Tara faillit s'assommer contre un mur en voulant se pencher pour regarder. Plus loin, elle s'attira un regard noir du vieux mage quand elle voulut sauter au-dessus d'un ruisseau… qui n'existait pas. Au bout du couloir, elle s'arrêta, subjuguée. Autour d'elle, des chevaux, des licornes, des petits animaux dansaient et bondissaient joyeusement, en compagnie de ravissantes damoiselles qui envoyaient des baisers aux sortceliers, au point que Tara se surprit à répondre au salut d'une image !

Soudain elle poussa un cri, et, échappant au bras du vieux mage, bondit en arrière.

Sous leurs pieds venait de s'ouvrir un abîme vertigineux, au fond duquel une bestiole géante avec des tas de pattes, de crochets et de mandibules levait un œil intéressé vers la jeune fille.

Tara n'eut pas le temps de reculer que la bestiole commençait à escalader l'abîme à une vitesse terrifiante. Elle ouvrait la bouche pour hurler, quand le vieux mage la saisit par la main sans s'occuper des crochets luisant de venin qui le menaçaient.

– Eh bien ! Je vois que le Palais est en forme, ce matin ! bougonna-t-il. Ne t'inquiète pas, il fait ça à tous les nouveaux arrivants. Tu ne risques rien, ce ne sont que des illusions. Viens.

Allons bon, un Palais farceur maintenant. Tara songea qu'elle ne partageait pas du tout le sens de l'humour du Palais, mais dut obéir et suivre le vieux mage. Par mesure de précaution, elle décida de garder les yeux totalement fermés, jusqu'au moment où elle estima avoir franchi l'abîme. Elle entrouvrit un œil prudent… et sursauta de nouveau. Elle venait de voir un sortcelier foncer dans un paysage de désert et de cactus, derrière lequel était censé se trouver un mur bien solide, agiter le bras devant et… passer au travers! Le vieux mage n'avançait que lentement, aussi en profita-t-elle pour toucher le mur… qui ne broncha pas. Allons bon, elle avait rêvé ou quoi? Mais deux minutes plus tard, elle vit une jolie sortcelière s'envoler sans précaution et… passer à travers le mur, elle aussi.

Reçu cinq sur cinq. Ici, les murs n'étaient pas des murs. Et on pouvait les traverser sans problème. Le tout était de comprendre comment, évidemment. Les Familiers qui accompagnaient les sortceliers devaient connaître le truc, car la pierre s'effaçait également devant eux. Pourtant Tara ne pouvait s'empêcher de serrer les dents chaque fois qu'elle voyait un sortcelier ou un Familier se diriger vers ce qui semblait être une inévitable et brutale collision.

Pendant tout le trajet, la poche du Haut mage n'arrêta pas de sonner. Un instant surprise, Tara le vit sortir une boule de cristal grosse comme un poing, qui visiblement était l'équivalent local du téléphone portable. Mais un téléphone qui aurait rendu fous de jalousie les électroniciens terriens! Car non seulement la boule projetait un son et une image parfaitement clairs de la personne qui appelait, mais en plus, la communication ne se coupait pas toutes les deux minutes! Agacé, le vieux mage finit par déconnecter la boule de cristal en passant la main trois fois dessus. Tara réprima un sourire.

Ils esquivèrent de justesse une pléiade de balais traquant la poussière dans tout le couloir et qui oscillaient au son d'une flûte tenue par une sortcelière en nage. Plus loin, un jeune sortcelier essayait d'expliquer à un Élémentaire d'Eau qu'il devait emmener l'eau sale ailleurs… et se mit à hurler quand l'Élémentaire, vexé, laissa échapper un mur d'eau savonneuse. Cette fois, Tara ne bougea pas, elle s'était déjà fait piéger avec l'abîme, pas question qu'elle se ridiculise une seconde fois.

Aussi fut-elle très surprise quand elle fut submergée par des centaines de litres d'eau, froide. Savonneuse. Mouillée. Crachotante et trempée, elle se retrouva assise au milieu d'une multitude de poissons et de coraux, en train de contempler un énorme requin qui la regardait d'un air affamé. Désorientée, elle se remit sur ses pieds en criant. Le Palais comprit qu'elle avait peur, et le paysage marin s'effaça, laissant place à une jolie clairière. Le vieux mage la rejoignit, sautillant habilement pour éviter les flaques d'eau, suivi par Manitou, qui ne trouva rien de mieux que de s'ébrouer en aspergeant Tara de plus belle.

– Allons bon, bougonna le vieux mage, pourquoi est-ce que tu n'as pas évité l'eau ?

– Parce que j'ai cru que c'était encore une de ces fichues illusions ! répondit Tara, furieuse, en crachant quelques bulles.

– Je suis désolé, je suis désolé ! cria le jeune sortcelier qui venait de provoquer la catastrophe. Je vais réparer ça tout de suite !

Il agita les mains vers Tara et hurla :

– Séchez !

Pendant qu'une véritable tornade de vent chaud s'emparait du couloir et séchait en un instant tout ce qui s'y trouvait, le vieux mage fronça les sourcils.

– « Séchez » ? Comment ça, « Séchez » ? protesta-t-il d'un ton offusqué. Tu ne pouvais pas trouver une incantation un peu plus majestueuse ? Du genre : « Par le Sechus, que toute cette eau quitte nos vêtements et nous fasse beaux ? » Que vont penser les gens si on commence à dire « Séchez » ! Nous sommes des sortceliers que diable ! Pas des lavandières !

Et sans s'occuper des excuses embarrassées du jeune sortcelier, il partit en bougonnant, entraînant Tara qui tentait désespérément de contenir un terrible fou rire. Maître Chem avait l'air tellement offensé !

Au détour du couloir, sans crier gare, une serpillière très affectueuse vint s'enrouler autour de la tête du vieux mage qui se mit à hoqueter « Quoi, quoi ? » en essayant de s'en débarrasser.

Une sortcelière rouge et échevelée se précipita pour le délivrer pendant que Tara laissait éclater son fou rire. Complètement ébouriffé, le vieux mage ressemblait encore plus à un hibou !

Ils continuaient à marcher. Le Palais était apparemment immense. Des pages, des écuyers couraient et se faufilaient partout. Alors qu'ils passaient devant des statues de guerriers aux poses agressives, le vieux mage la tira rapidement sur le côté. Sous les yeux stupéfaits de Tara, une statue s'anima. Elle s'étira, dérangeant deux araignées qui décidèrent que le coin était décidément trop animé, puis se débarrassa de la poussière qui la maculait. Avec de grands crissements de marbre, les autres statues firent de même, et Tara fut tout à coup très occupée à éviter les corps énormes en mouvement. Les statues ne se posaient visiblement pas la question de savoir s'il y avait quelqu'un devant elles !

Soudain un bruit détourna son attention. Avec effroi, elle vit que les gens se courbaient, comme en proie à d'affreuses convulsions.

Le sang de Tara ne fit qu'un tour. Les Sangraves attaquaient !

— Qu'est-ce qu'on fait, qu'est-ce qu'on fait ! cria-t-elle à Maître Chem.

Le vieux mage lui jeta un regard surpris, secoué par un hoquet insistant.

— Rien de spécial, hac. Tu fais comme les autres quand il passera à ton niveau, huc !

Mais celui qui avait provoqué les convulsions des courtisans arrivait, et Tara comprit que ces gens n'étaient pas en train de vomir, mais de s'incliner respectueusement devant… Elle tressaillit, n'en croyant pas ses yeux. La *chose* devant eux avait un très coquet bonnet orné d'une ravissante plume jaune, une superbe cape bleue attachée par une magnifique broche en argent ciselé… le tout artistiquement posé sur un être composé d'une tête de lion, d'un corps de chèvre et d'une queue de dragon !

La *chose* salua gravement le vieux mage qui inclina brièvement la tête, dévisagea Tara, puis reprit sa progression.

— Par Demiderus, comme dirait ma grand-mère, chuchota Tara, mais qu'est-ce que c'est ?

— Tu n'as jamais vu de Chimère ? C'est Salatar, le Premier Conseiller du roi et de la reine. Un vieux filou très rusé. S'il te pose des questions demain, sois prudente dans tes réponses.

Les Chimères n'ont pas leur pareil pour tirer les vers du nez des gens.

Tara ne répondit pas, trop occupée à tendre le cou pour apercevoir la Chimère qui s'éloignait, et le vieux mage dut l'attraper par la main pour qu'elle consente à le suivre.

Toujours secoué par son hoquet, le mage entraîna Tara en passant par une porte normale dans une salle normale, c'est-à-dire dont les murs ne changeaient pas toutes les cinq minutes. Un magnifique ordinateur trônait dans un coin, un énorme bureau submergé de papiers occupait la moitié de la pièce et deux chaises à l'aspect étonnamment inconfortable faisaient face à un fauteuil de P.-D.G. de multinationale. Enfin, du moins c'est ainsi que Tara imaginait le fauteuil d'un P.-D.G. de multinationale.

Le mage lui fit signe de s'asseoir sur l'une des chaises et prit l'autre. Il se tortilla un moment puis rugit, entre deux hoquets.

– Dame Kalibris, hic ! Nous ne sommes pas des serviteurs en faute, hoc ! Donnez-nous des fauteuils par Demiderus, huc !

– Oups, pardon ! répliqua une voix dans le vide, je m'entraînais. Plus les chaises sont inconfortables, plus les âmes coupables s'y sentent mal à l'aise, mais pour vous, évidemment, c'est différent.

– Par le Transformus, changez ces chaises, et mes invités seront à l'aise ! continua une autre voix.

Sous les fesses de Tara il y eut comme un mouvement et elle se retrouva dans un moelleux fauteuil.

Puis Dame Kalibris apparut et Tara retint sa respiration. Elle voyait un corps, deux jambes, deux bras et… deux têtes !

Les deux têtes se penchèrent pour l'observer avec attention.

— Ainsi voici donc… constata la première.

— … la fameuse Tara'tylanhnem Duncan, poursuivit la seconde.

— Bienvenue, ma chère…

— … nous sommes heureuses de faire ta connaissance.

— Nous sommes Dame Kalibris. Je suis Dana Kalibris, se nomma la première tête.

— Et moi, Clara Kalibris, ajouta la seconde.

— As-tu fait bon…

— … voyage ?

— Oui, merci Dame… Mes Dames, balbutia Tara fascinée.

— Elle est très…

— … bien élevée. Isabella a…

— … fait du bon travail, je vois.

— Dites-nous cher Chem, que s'est-il…

— … passé exactement ? Nos infor…

— Chem ? Chem ?

S'interrompant, les deux têtes s'adressèrent en même temps au vieux mage qui devenait d'une couleur inquiétante. Il hoqueta de plus belle et Dame Kalibris n'eut que le temps d'attraper Tara et Manitou pour les mettre à l'abri.

Sous l'effet d'un hoquet plus puissant, le mage se mit à gonfler. Sous les yeux horrifiés de Tara, il enfla, enfla. Son visage se transforma, s'allongea, des crocs monstrueux se mirent à pousser. Ses bras et ses jambes s'allongèrent. Des écailles bleues et argentées lui couvrirent le corps, une crête acérée apparut sur son dos, lacérant sa robe, des griffes longues comme des sabres percèrent ses doigts, des ailes immenses se mirent à battre, faisant tourbillonner les papiers partout.

À la place du vieux mage se tenait un terrifiant dragon. Tara et Manitou ne purent retenir un gémissement de frayeur.

– Ouch! grogna le monstre quand levant la tête il heurta le plafond, délogeant quelques pierres qui heurtèrent le sol avec un bruit sourd.

– Tara? Dame Kalibris? Où êtes-vous?

Le son de sa voix était si grave que les murs en tremblèrent.

Tara faillit se mettre à pleurer. Leur ennemi avait jeté un sort au mage et à présent il allait les dévorer! Manitou essaya frénétiquement de se faufiler encore plus profondément sous le bureau.

Soudain, Dame Kalibris sortit de sous le bureau et ses deux têtes bravèrent courageusement le monstre.

– Ah mais…

– … en voilà des façons!

– Vous transformer dans notre bureau…

– … en piétinant la moitié de notre travail en plus!

– Changez-vous…

– … et plus vite que ça!

Le dragon prit un air penaud et protesta.

– Je suis désolé, mais vous savez ce qui arrive quand j'ai le hoquet!

– Nous le savons, oui!

– Mais le docteur Oiseau de Nuit vous avait donné un traitement…

– … si je ne m'abuse?

Le dragon baissa la tête.

— Beurk, je déteste le goût de ce médicament !

— Oui, c'est certainement une raison pour vous. Mais…

— … absolument pas pour nous !

— Bon, bon, je le prendrai ! Poussez-vous, je me change. « Par Allakazam corps de dragon, redeviens humain pour de bon ! »

En quelques secondes, le dragon rétrécit, perdit ses dents et ses griffes, ses ailes et ses écailles et le vieux mage réapparut, se drapant de justesse dans une robe bleue qui se matérialisa autour de lui.

Tara réalisa tout à coup qu'elle avait cessé de respirer. Elle prit donc une grande bouffée d'air… et se demanda combien de chocs son système nerveux allait encore pouvoir encaisser !

Dame Kalibris était satisfaite.

— Bien, approuva-t-elle…

— … nous disions donc…

— … que nous ne savions pas exactement…

— … ce qui s'était passé sur Terre ?

Le vieux mage lança une incantation et les deux fauteuils qu'il avait littéralement écrabouillés reprirent leur forme. Il s'assit et contempla paisiblement Tara qui, prudente, n'osait pas sortir de derrière le bureau.

— Viens ici, Tara, je ne vais pas te manger, ordonna-t-il très doucement sans se préoccuper de Dame Kalibris.

— Ben justement, j'ai eu comme un doute ! répondit Tara d'une voix tremblante. Après tout, vous venez de vous transformer en dragon !

– Non.

– Comment ça, non ?

– Je me suis retransformé en humain. Je suis un dragon !

Tara décida que finalement ce bureau était très bien. Solide. Massif. Autant rester là où elle était.

Car le vieux mage avait l'air d'avoir pété un plomb, grave.

– Tout à fait… ne put-elle s'empêcher d'ironiser, vous êtes un dragon et vous vous transformez en humain. Et bien sûr tout le monde est au courant.

– Tu n'as pas l'air de me croire. Je peux te montrer si tu veux !

– NOOON !!!

Le triple cri retentit dans les airs. Tara et les deux têtes avaient hurlé ensemble. Tara reprit, très vite :

– Si vous dites que vous êtes un dragon, vous *êtes* un dragon ! Pas de problème pour moi.

– Alors sors de derrière ce bureau et viens t'asseoir ici. Et rassure Manitou. Je ne mange pas plus les enfants que les vieux sortceliers transformés en cabots.

Tara jeta un regard de regret sur Manitou qui, pas fou, refusa catégoriquement de la suivre, et retourna s'asseoir sur le fauteuil, prête à bondir dès que nécessaire.

Le mage regarda la jeune fille, posée sur l'extrême bord du fauteuil, soupira et expliqua :

– Je dirige le Haut Conseil des mages depuis des centaines d'années. J'ai formé des générations de mages et de sortceliers qui avaient besoin de moi pour parvenir à maîtriser la magie. Vos dons à vous, les humains, sont fascinants. Et nous, les dragons, vivons si longtemps ! Sais-tu quel est notre pire ennemi ?

– La faim?

Tara n'était pas une novice en matière de dragons. Sauf que d'habitude elle les voyait dans les livres… pas devant elle.

Le mage-dragon lui jeta un regard noir.

– La Folie (on sentait un énorme F majuscule dans sa voix). Nous sommes menacés de devenir fous. Et ceux d'entre nous qui sont touchés s'abattent comme un fléau sur les autres peuples et dévastent tout sur leur passage. Jusqu'à ce qu'ils soient exterminés comme des chiens enragés. Et comme nous sommes un peu plus gros que des chiens… ça peut prendre plusieurs années. Quand nous étions sur Terre, certains de ces dragons fous ont littéralement décimé des peuples humains entiers. Ils sont la principale raison pour laquelle vous avez créé les armures, et surtout les lances. C'était la seule arme qui pouvait venir à bout d'un dragon fou.

Tara déglutit, se sentant mal. Et comment savait-on qu'un dragon devenait fou? Au moment où il commençait à vous grignoter un bras ou deux? Super!

Le mage-dragon continua :

– Pour éviter ce genre de… problème, nous nous occupons de notre mieux afin de ne pas sombrer dans la folie.

– Et si vous n'y parvenez pas?

Tara se laissait prendre au récit.

La réponse tomba, implacable.

– Alors, nous mourons.

– Mais cela ne risque pas…

– … d'arriver ici! répliquèrent Dana et Clara avec aigreur, en commençant à ramasser les papiers.

– Parce que…

– … c'est une vraie maison de fous…

– … dans le vrai sens du terme !

– Vous avez raison, sourit joyeusement le mage, ici ce sont les humains qui sont fous ! Parlons de notre petite Tara à présent. Elle a été révélée à… à quel âge as-tu utilisé ton don pour la première fois ?

– À neuf ans.

Le Haut mage lui jeta un regard surpris mais ne fit pas de commentaire.

– Ah ? Bien. Sa grand-mère Isabella a été attaquée par un… non, pardon, deux Sangraves, dont leur fameux Chef, Magister, source de tous nos problèmes. Tara s'est très bien comportée. Non seulement, elle a réussi à leur échapper, mais de plus, elle a renvoyé une variété de rayon qui peut à la fois pétrifier et carboniser, ce qui est une nouveauté, sur celui qui l'avait lancé. Enfin, son Familier n'est pas un Familier mais son arrière-grand-père, qui l'accompagne pour la protéger.

– Quelle…

– … incroyable histoire !

– Je vous fournirai de plus amples détails plus tard. Pour le moment la seule chose dont nous soyons sûrs c'est que les Sangraves donneraient cher pour avoir la petite. Je l'ai donc prise avec moi le temps qu'Isabella mette les protections nécessaires en place. C'est pour l'instant la meilleure solution que j'aie pu imaginer.

– Mais bien sûr…

– … c'est évident ! Ici…

– … ces sales types n'essaieront rien !

– Oui, tout dans la tête…

– … et rien dans le panta…

– Mesdames ! les interrompit le mage, très embarrassé, allons ! Nous l'inscrivons donc, pour son accréditation, sous le nom qu'elle s'est choisi, Tara Duncan, cela vous convient ?

– Tara ? Diminutif de Tara'tylanhnem ? C'est…

– … judicieux, très judicieux. Nous aimons ce nom !

Ces renseignements furent enregistrés dans l'ordinateur… qui ne fonctionnait pas tout à fait comme un ordinateur. Dame Kalibris se contenta de se placer devant et Clara s'exclama : « Ordinateur ! »

L'ordinateur s'alluma tout seul.

– Dame ? répondit-il, surprenant Tara.

– Inscription sortcelière humaine, déclara Dana. Nom : Duncan. D.U.N.C.A.N. Prénom : Tara. Âge : douze ans. Section : Licorne Aile Sud.

– Enregistré. Invitée, payante ?

– Invitée par le Haut Conseil, répondit le mage. Isabella m'a également confié un peu d'argent de poche pour ces quelques jours. Elle aura cinquante crédits-or à dépenser.

– Enregistré. Familier ?

– Labrador noir. Nom : Manitou.

– Accréditation ?

– Niveau 6, zones bleues, noires, jaunes. Zones vertes et rouges interdites.

– Inscription complétée.

L'ordinateur sortit deux rectangles d'une matière luisante et transparente.

– Voilà ton accréditation. Tends la main s'il te plaît, ordonna Dame Kalibris à Tara.

Un peu méfiante, Tara tendit la main ouverte pour prendre le rectangle, mais Dame Kalibris lui attrapa solidement le poignet et incanta :

– Par le Fixus, que l'accréditation pour tous nos murs donne l'autorisation !

Tara sentit comme un picotement sur son poignet et constata avec stupéfaction que l'accréditation s'était intégrée sous sa peau ! Elle frotta un peu, ne sentit que sa peau, et pourtant le rectangle se voyait parfaitement en transparence ! Elle vit aussi avec surprise qu'il comportait une photo d'elle. Au-dessus de l'accréditation se détachait une magnifique licorne blanche surmontée d'un croissant de lune argenté. Dame Kalibris en fit autant avec la patte avant droite de Manitou.

– Voilà, sourit Clara, a priori tu ne peux pas la perdre…

– … tous les habitants du Palais doivent en porter une, avec la licorne au croissant de lune, qui est l'emblème du Lancovit. Tu peux franchir les portes, mais les murs ne s'ouvriront pas si tu n'en as pas. Et si tu en as une qui est périmée…

– … paf… tu es piégée. Tous les murs se referment sur toi.

– Tu as le droit de te promener partout sauf dans les zones rouges et vertes…

– … celles-là sont réservées à la famille royale, aux Hauts mages, au commandant de la Garde Royale ainsi qu'au Trésorier Royal. Tu trouveras à ton chevet un…

– … descriptif de la vie au Palais. Les horaires de petit déjeuner, déjeuner, goûter et dîner, l'infirmerie, la salle d'armes et surtout les…

– … principes de l'étiquette. Caliban va…

– … te conduire à ta chambre. Tu devras être prudente…

– … ne rien révéler de ton aventure. Il va arriver…

– … d'une minute à l'autre. Bonnes vacances parmi nous !

À peine avaient-elles terminé cette phrase que le mur s'ouvrit sur un jeune garçon aux cheveux noirs ébouriffés (Tara se demanda si c'était une caractéristique des sortceliers que d'avoir les cheveux emmêlés ?), tout essoufflé, suivi par son Familier, Blondin, un magnifique renard roux. Il écarquilla de grands yeux d'un gris innocent en voyant le désordre qui régnait dans la pièce puis se fixa sur Tara.

– Salut ! fit-il avec un grand sourire, moi c'est Caliban, mais tu peux m'appeler Cal.

– Salut, murmura Tara un peu intimidée par l'entrain du garçon. Je m'appelle Tara'tylanhnem, mais je préfère Tara.

Le sourire s'élargit encore.

– Ouais, je peux comprendre ça. Vous m'avez fait appeler, Dame Kalibris ?

– Tara est invitée par Maître Chemnashaovirodaintrachivu. Elle sera dans l'Aile Sud, Section Licorne. Peux-tu l'amener jusqu'à sa chambre ?

– Pas d'prob, je suis aussi dans l'Aile Sud, c'est juste à côté. Tu viens ? Tu n'as pas de bagages ?

– Non, ils vont arriver plus tard, répondit le vieux mage. Avant que vous ne partiez, je désire que tu enregistres mon numéro de cristal, Tara. On ne sait jamais.

Obéissant à son ordre, une petite feuille de papier se déposa docilement dans la main de Tara, portant un numéro aux chiffres luisants.

– Apprends-le s'il te plaît, dit le mage. (À voir les yeux écarquillés de Cal, il n'était visiblement pas commun d'avoir le numéro privé du Haut mage!) À bientôt Tara, amuse-toi bien.

– À bientôt, Maître… Dame Kalibris, s'inclina poliment Tara.

Ils sortirent, suivis par Manitou qui effectua un large détour pour éviter le mage-dragon.

– Le numéro privé du Grand mage, hein? Ben dis donc, c'est la première fois que je le vois donner son numéro comme ça. (Cal n'attendit pas que Tara réponde.) Alors, demanda-t-il avec entrain, dès que le mur se fut refermé, comment trouves-tu Madame Une-de-trop?

Tara pouffa.

– La gouvernante? Comment se fait-il qu'elle ait deux têtes?

– C'est une Tatris, tous les membres de sa race ont deux cerveaux et un corps… ce qui leur complique parfois la tâche quand ils ont des désaccords. Alors comme ça, tu es invitée par le Haut mage? Et tes parents aussi?

La jeune fille hésita un instant puis répondit fermement:

– Non, ils sont morts tous les deux.

Le jeune garçon s'arrêta net au milieu du couloir, manquant de faire trébucher un courtisan couvert de plumes violettes sur une veste jaune avec des pantoufles de fourrure verte, qui les foudroya du regard.

– Je suis désolé. J'ai parfois la langue qui marche trop vite.

– Non! Non! Tu ne pouvais pas savoir. Ma grand-mère, Isabella, m'a élevée toute seule, mais elle ne voulait pas que je sois une sortcelière. Alors je n'ai découvert tout ça que récemment.

– Ooooh, donc tu ne connais rien à Travia et AutreMonde?

– Non, je ne connais rien à rien.

À la surprise de Tara, un grand sourire vint éclairer le visage de Cal.

– Alors ça c'est super! Enfin quelqu'un qui ne va pas prendre de grands airs et afficher son savoir. Tu sais quoi, Tara, je crois qu'on va être copains tous les deux!

Tara ne demandait pas mieux. Mais elle avait une idée précise derrière la tête et Cal avait l'air très au courant.

– Qu'est-ce qu'une Parole de Sang? demanda-t-elle.

Cal la dévisagea d'un air curieux.

– Une Parole de Sang? Ouah! Tu connais des guerriers?

– Euhh, non, répondit Tara, interloquée, pourquoi?

– Une Parole de Sang est donnée lors d'un combat où deux guerriers sont blessés par le même ennemi. Si l'un des deux est mourant, l'autre peut engager sa Parole sur leur sang mêlé d'accomplir une vengeance, ou tout ce que le mourant aura demandé.

– Oh! réfléchit Tara. D'accord. Alors si un des deux guerriers a fait promettre à l'autre que son fils ou sa fille ne sera jamais un mage, parce que c'est à cause de ça qu'il a été tué, que se passe-t-il si cette Parole n'est pas respectée?

– Celui qui a donné la Parole de Sang meurt.

Tara respira profondément. Sa grand-mère avait donné sa Parole de Sang! Donc si elle utilisait son pouvoir… elle tuerait sa grand-mère! Bon, vu ce qu'elle avait subi ces derniers jours à cause de la magie, pas de problème. Il y avait peu de chances qu'elle l'utilise.

– Hmmm, et tu connais un truc qui s'appelle la « forteresse grise » ?

Le garçon réfléchit un instant puis secoua la tête.

– Nan, je connais pas, c'est quoi ?

Tara fut déçue. Elle avait espéré que Cal connaissait l'endroit où sa mère était retenue prisonnière.

– Oh, rien, un truc que j'ai entendu.

Soudain, une sensation bizarre l'envahit, un frisson entre les omoplates. Comme si quelqu'un la fixait dans le dos. Elle s'arrêta et se retourna brusquement.

Il y eut un fugace mouvement et elle entrevit un pan de tissu gris.

Prenant Cal par surprise, elle s'élança, mais en arrivant à l'intersection des deux couloirs, il n'y avait personne.

Cal, qui l'avait suivie, s'exclama :

– Quoi ? Quoi ? Que se passe-t-il ?

– Rien, répondit Tara en fronçant les sourcils. Dis-moi, les robes, les tuniques, enfin les trucs que portent les gens ici, ils sont de quelle couleur ?

– Nous n'avons pas de couleur particulière, à part pour les Hauts mages qui sont en rouge à Jaffar, en vert à Brandis, en jaune et pourpre – les couleurs impériales – à Omois et en bleu pour nous puisque les couleurs du Palais sont l'argent et le bleu, pourquoi ?

– Juste pour savoir. Personne ne porte de gris foncé alors ?

Ce fut au tour de Cal de froncer les sourcils.

– Seuls les Sangraves portent cette couleur ! C'est la raison pour laquelle on les appelle aussi les sortceliers gris. Ce n'est pas une loi, mais les gens évitent de s'habiller comme eux.

Tara prit une grande inspiration.

– Oui, c'est bien ce que j'avais cru comprendre…

– Vais-je avoir droit à une explication ?

Tara lui lança un éblouissant sourire et demanda :

– J'ai oublié de dire quelque chose à Maître Chem, est-ce que tu veux bien m'excuser un instant ?

Cal plissa les yeux, très curieux, mais acquiesça :

– Vas-y, je t'attends ici.

Tara courut jusqu'au bureau de Dame Kalibris, mais il était déjà vide.

– Flûte, jura-t-elle entre ses dents, peuvent pas rester un instant tranquilles ces sortceliers !

Elle retourna jusqu'à l'endroit où l'attendait Cal.

– Il n'était plus là. Tu as une idée de l'endroit où il peut se trouver ?

– Ben, dans son bureau, je suppose.

– Dans son bureau, oui, évidemment, j'aurais dû penser qu'il avait un bureau. Pour un dragon, j'imaginais bêtement une caverne ou une grotte. Et tu connais le Palais ?

Cal baissa les épaules d'un air lugubre.

– Sous toutes ses coutures, ça je peux te l'assurer ! Depuis deux ans, je suis Premier sortcelier de Maître Sardoin. Et il est spécialisé dans les mathématiques magiques et la localisation spatiale. Alors il m'a fait matérialiser et dématérialiser au moins un millier de fois dans tous les recoins du Palais sous prétexte que je dois toujours savoir où j'atterris. À part les zones interdites, je connais ce Palais mieux que ma poche !

– Parfait, alors allons-y, montre-moi le chemin.

La première fois que Tara passa à travers un mur, elle en eut des frissons pendant une bonne dizaine de minutes. Cal lui montra comment repérer les passages, signalés par un croissant de lune surmontant une licorne, emblème de Lancovit. Après cela il suffisait de montrer son accréditation, la licorne autorisait le passage… et le mur s'effaçait. Bien sûr, on pouvait aussi emprunter des portes, mais d'une part il n'y en avait pas partout, et ensuite il y avait bien plus de passages que de portes.

Quand ils arrivèrent devant le mur du bureau du vieux mage, Tara constata qu'il se signalait par une statue de licorne, mais également par son emblème, un petit dragon, qui montait la garde, tous deux placés dans des niches encastrées dans le mur. Tara, ne sachant pas quoi faire, toqua timidement contre le mur. La licorne et le dragon s'animèrent, la faisant sursauter.

– Qui va là ? rugit le minuscule dragon.

– Tu vois bien que c'est une jeune fille ! rétorqua vertement la licorne. Que veux-tu mon enfant ?

– Euuh, je suis Tara Duncan, et je dois voir Maître Chem le plus rapidement possible.

– Je vais le lui dire, bougonna le dragon. Toi, continua-t-il en parlant à la licorne, n'ouvre pas le passage tant que je n'en ai pas donné l'ordre.

– C'est ça, c'est ça, répondit la licorne en levant les yeux au ciel.

Tara était tellement fascinée qu'elle ne remarqua pas tout de suite le retour du petit dragon. Celui-ci paraissait surpris.

– Le Haut mage veut bien te recevoir tout de suite. Tu peux entrer.

– Vas-y Tara, je t'attends ici, proposa gentiment Cal qui ne voulait pas paraître indiscret.

Tara serra les dents et s'avança dans le mur… qui s'effaça poliment devant elle. Ouf, elle était passée, mais bon sang, elle préférait les bonnes vieilles portes de la Terre !

Elle eut un sourire quand elle vit que le Palais avait recréé, pour le bureau de Maître Chem, un paysage de grotte avec stalagmites et stalactites. Et l'endroit où devait se reposer le vieux mage entre deux réunions était un amas de pièces d'or et de pierres précieuses !

Elle leva la tête en entendant un bruit, et eut un mouvement de recul en découvrant que le mage s'était à nouveau changé en dragon. Culminant à six mètres de hauteur, il lui souriait de toute sa centaine de dents aiguisées… Il fit disparaître son trésor d'un geste de la patte. Comme tous les dragons, il avait une affection immodérée pour l'or et les bijoux !

– Eh bien ma petite Tara, que me vaut le plaisir de ta visite ? dit-il d'un ton soulagé quand il vit que Tara se désintéressait totalement de ses pièces d'or.

Tara décida de faire dans le concret.

– Il y a un Sangrave dans le Palais !

– OUCH ! rugit le dragon qui s'était cogné la tête de surprise. QUOI ?

– J'ai dit : Il y a un Sangrave dans le Palais, je viens de voir un bout de sa cape grise.

– QUOI ? tonna de plus belle Maître Chem, faisant trembler les murs, au Palais de Travia ? Sur AutreMonde ? Dans mon domaine ? Tu veux dire qu'un de ces nabots en chemise

de nuit grise a osé venir me défier sur mon terrain ? JE LES
TROUVERAI, JE LES BRISERAI, JE LES TRAQUERAI ET JE
MANGERAI LEUR CŒUR ! Alors là, c'est la GUERRE !

Tara décida de ne pas être contrariante. Pas contrariante du
tout, même.

– Certes. La guerre… dit-elle calmement. Pas de problème.
Et si vous pouviez arrêter de hurler ça serait bien aussi ! remarqua-t-elle en retirant ses mains de ses oreilles. Alors en attendant ces festivités, détruire, écrabouiller, manger leur cœur,
tout ça, qu'est-ce que je peux faire pour vous aider ?

– Rien, bougonna le dragon. Juste me tenir au courant de
tout ce qui te semblera inhabituel ou étrange. Et surtout, si tu
revois ce nabot en robe grise, tu m'avertis tout de suite.

Tara haussa les épaules. Il en avait de bien bonnes le sortcelier ! Tout lui paraissait inhabituel et étrange dans ce monde-ci !

– Je ne comprends pas pourquoi le Sangrave se balade dans
le Palais avec sa robe grise, remarqua-t-elle, c'est le meilleur
moyen pour qu'il se fasse prendre, non ?

– Il me défie, gronda le dragon en haussant les épaules, ce
qui produisit une minitempête parce que des ailes de six mètres
étaient attachées auxdites épaules. Les Sangraves sont parmi
nous. Nous ne sommes pas capables de savoir lesquels d'entre
nous sont affiliés à cette maudite engeance. Il veut aussi te faire
peur. Que tu saches qu'il est là… qu'il te guette.

Tara frissonna. En ce qui la concernait, c'était tout à fait
réussi, elle avait peur !

– Mais il serait possible de les reconnaître, non ? tenta-t-elle.
Par exemple d'après leur taille et leur corpulence ?

Le dragon soupira, retenant de justesse un jet de flammes pour ne pas carboniser Tara.

– Je vois que tu ne comprends pas, dit-il. « Par Allakazam corps de dragon, redeviens humain pour de bon ! »

Tara blêmit. À la place du dragon, devant elle, se tenait un puissant Sangrave dont les larges épaules tendaient le tissu gris foncé de sa robe. Il était plus grand que le vieux mage, et un masque miroitant cachait son visage.

Avant qu'elle ait pu crier, le Sangrave fit un geste, et le masque disparut, laissant apparaître le visage de Maître Chem… avec trente ans de moins ! Même sa voix était différente. Ses cheveux étaient bruns et non plus blancs, ses yeux étaient verts et non plus dorés.

– Vois-tu, dit-il, la raison pour laquelle nous n'avons pu identifier les Sangraves, c'est que cela peut être n'importe lequel d'entre nous. Avec la magie, nous pouvons transformer nos corps, changer nos apparences, tromper les gens. Tu comprends ?

Tétanisée, Tara hocha la tête et, satisfait, le dragon reprit sa forme originelle. La jeune fille se demanda un instant qui elle craignait le plus. L'énorme dragon ou le Sangrave… mmmh, pour l'instant ils étaient à peu près à égalité.

– Si les Sangraves s'habillent en gris, comment se nommerait l'endroit où ils se trouveraient ? Leur quartier général ?

– Aucune idée, bougonna le dragon. Et crois-moi, si je le savais, ça ferait longtemps que je les aurais détruits.

Ah, lui non plus ne connaissait pas la forteresse grise. Elle allait devoir trouver toute seule apparemment.

Le dragon ajouta qu'elle devait être prudente, puis elle rejoignit Cal qui était mort de curiosité.

– Alors, lui demanda-t-il pendant qu'il l'emmenait jusqu'à sa chambre, tu as pu lui parler?

– Oui, répondit laconiquement Tara, dis donc il est très grand ce Palais! C'est encore loin?

– Bon, grimaça Cal qui n'était pas idiot, je vois que tu ne veux pas répondre, donc je ne poserai plus de questions… enfin du moins pour le moment. Voilà on est arrivés. Si Damoiselle veut bien se donner la peine!

Devant Tara s'ouvrait un mur donnant sur un confortable salon. De grandes baies éclairaient les sofas et les fauteuils placés autour de petites tables rondes. Avec ravissement Tara vit qu'il y avait aussi un distributeur de boissons! Et deux cheminées! Malgré la chaleur de l'été, le Palais avait recréé dans la salle un paysage hivernal, neige et sapins, qui donnait envie de se blottir auprès du feu… qui crépitait, sentait la fumée… mais n'existait pas.

La pièce s'ouvrait à chaque extrémité sur un escalier, l'un menant au dortoir des filles, l'autre au dortoir des garçons.

– Voilà la salle de repos. Ici nous pouvons discuter, nous réunir. Ta chambre est à côté du dortoir Licorne, c'est par là, viens.

Tara fut surprise.

– Oh, dit-elle, vous n'avez pas de chambres individuelles?

– Nous sommes les Premiers sortceliers, c'est-à-dire les assistants des mages, soupira Cal, lugubre, taillables. Corvéables à loisir, nous ne pouvons avoir notre propre chambre que lorsque nous atteignons le niveau supérieur et que nous devenons mages. Plus ton niveau est élevé, plus ta chambre est grande. Dans le cas de Maître Chem, elle est surtout grande parce qu'il reprend sa forme naturelle quand il dort.

– Sa forme de dragon ?

– Oui. D'ailleurs ça énerve Une-de-trop parce qu'il dort au milieu de ses parchemins qui sont hautement inflammables. Elle dit qu'il ronfle et qu'un jour il va finir par mettre le feu au Palais. Bon, présente ton accréditation au mur et annonce au Palais que tu m'invites sinon je vais me retrouver piégé. Je n'ai pas le droit d'entrer dans la chambre d'une fille sans son autorisation.

Tara obéit et ils pénétrèrent dans la chambre.

Assez petite, elle était presque entièrement occupée par un énorme lit à baldaquin aux rideaux de velours bleu et une armoire taillée dans un bois que Tara n'avait jamais vu. Les veines en étaient turquoise et le bois rose ! Les meubles semblaient reposer sur un épais gazon d'herbe bleue, parsemé de petites fleurs blanches, et au loin, Tara voyait les molles ondulations des collines.

– Le Palais t'aime bien, constata Cal avec satisfaction. C'est le Mentalir*, le pays des licornes, que tu vois là. Tu ne devrais pas tarder à apercevoir un troupeau.

Effectivement, quelques secondes plus tard, de jeunes licornes vinrent gambader autour du lit. Enchantée, Tara résista au désir de caresser les naseaux veloutés, sachant qu'elle ne toucherait qu'un mur.

– Tu as de la chance, ricana Cal, un jour, le Palais a pris en grippe un comte qui venait des Marches de l'Est, entre le pays des géants, Gandis*, et celui des nains, Hymlia*. Le comte était très arrogant, et avait quasiment insulté la reine. Résultat, le Palais est allé chercher les paysages les plus cauchemardesques de la planète. Après avoir dormi parmi des serpents, des araignées, des scorpions et tous les monstres d'Autre-Monde, au milieu de tempêtes terrifiantes, il a déclaré forfait. Il est parti au bout de trois jours !

Tara, qui n'aimait pas beaucoup les insectes, frissonna. Elle, elle n'aurait pas tenu plus de dix minutes !

Un livre épais relié de cuir sombre exposait ses lettres d'or sur le marbre clair de la minuscule table de chevet. On pouvait y lire *Livre sur l'Étiquette, Mœurs et Coutumes, Lois et Obligations du Palais Royal...* tout un programme. Une grande armoire avec une glace délimitait l'espace restant.

– Bon, tu dois te présenter maintenant, annonça Cal.

– Me présenter ? À qui ?

– Ben, à ton lit !

Tara regarda le baldaquin et se dit que Cal voulait se moquer d'elle. Mais il avait l'air très sérieux.

– Pardon ! dit-il avec un sourire d'excuse, j'oubliais que tu ne connaissais pas AutreMonde. Il te suffit de te tenir devant le lit et de prononcer ton nom. Après ça il te reconnaîtra. Tu seras la seule à pouvoir y pénétrer, avec la gouvernante et l'intendant. Sauf si tu invites quelqu'un bien sûr. Tu devras faire la même chose pour l'armoire.

Tara s'avança vers le lit et annonça :

– Tara Duncan !

Avec un glissement soyeux les rideaux s'ouvrirent et elle vit une couette bien rembourrée et des draps frais.

– Les lits sont fermés, expliqua Cal, parce que les jeunes comme nous ne savent pas toujours contrôler leurs dons quand ils sont à moitié réveillés. Alors pour éviter qu'ils ne s'envolent partout dans le Palais, ils sont confinés dans des baldaquins. Ceux qui sont plus avancés ont des lits sans rideaux. Et j'en connais plein qui font semblant de ne pas se contrôler juste pour pouvoir les garder plus longtemps ! Maintenant que tu es enregistrée, ce lit ne s'ouvrira que pour toi. Viens que je te montre la salle de bains.

La salle de bains, toute carrelée de blanc, était spacieuse. Le Palais y faisait clapoter un lac tranquille au centre duquel chantait une ravissante ondine peignant ses longs cheveux verts.

Un bruit dans la chambre les fit ressortir. Les valises de Tara arrivaient en flottant l'une derrière l'autre et se posaient près de son lit.

Cal se frotta les mains.

– Parfait, voyons si j'ai bien retenu la leçon cette fois-ci. Va te mettre devant l'armoire et prononce ton nom.

Un peu méfiante, Tara obéit.

L'armoire réagit en ouvrant docilement ses deux battants ainsi que ses trois tiroirs.

Cal se mit devant et s'exclama :

– Par Ranjarus ici venez, et les vêtements seront rangés !

Au moment où il claqua dans ses mains, une véritable tornade de vêtements jaillit de la valise de Tara pour se ranger soigneusement dans l'armoire. En quelques secondes, celle-ci fut pleine et se referma.

– Dis donc, ça c'est super, admira Tara. Qu'est-ce que tu as dit ? « Par Ranjarus ici venez, et les vêtements seront rangés » ?

À ces mots l'armoire se rouvrit et il se produisit comme une explosion. Les vêtements en furent violemment expulsés… juste au moment où une petite troupe de filles entrait dans la pièce. Celle qui menait reçut sur la tête une robe de chambre qui l'aveugla complètement et se mit à pousser des glapissements de frayeur.

Terriblement embarrassée, Tara se précipita en balbutiant des excuses. La fille brune, plus grande et plus âgée qu'elle, était rouge… et furieuse d'avoir montré sa peur.

Elle toisa Tara de ses yeux noirs et luisants d'hostilité.

– Espèce d'imbécile, siffla-t-elle, ça va pas de lancer tes fringues partout comme ça ! Je le dirai à Dame Kalibris. Tu vas voir ce qu'elle va te passer !

– Je… je suis désolée, je ne l'ai pas fait exprès. Je suis désolée.

– Pousse-toi !

Tara, qui n'osait pas utiliser la magie pour ranger ses affaires, commença à les réunir sous le regard moqueur des autres.

La fille vit qu'elle commençait à s'installer et hurla :

– Toi ! Viens ici !

Tara, les bras pleins de vêtements, se retourna.

– Moi ?

– Oui toi, petite idiote, je *veux* cette chambre ! Alors dégage ou ça ira mal !

– Oh, ça va Angelica ! Tu sais très bien qu'il n'est pas question qu'elle parte !

Cal s'était planté devant la grande fille. Les yeux de celle-ci se rétrécirent.

– Qu'est-ce que tu fabriques dans l'Aile Licorne, toi ! T'as pas le droit d'être ici !

– Oh mais si, répliqua le garçon, j'ai tout à fait le droit d'être *ici* parce que la gouvernante Dame Kalibris *et* le Haut mage Chemnashaovirodaintrachivu m'ont tous les deux demandé d'accompagner Tara *ici* et de l'aider à s'installer. Tu n'es qu'une Première sortcelière, tu as le droit au dortoir comme nous tous. Alors c'est toi qui dégages !

Tara vit les poings de la grande fille se serrer de fureur et pensa un instant qu'elle allait bondir sur Cal. Mais elle parvint à se maîtriser et menaça :

– Toi, le nain de jardin, tu ne perds rien pour attendre ! Venez les filles, laissons ces deux idiots ramasser leurs guenilles. En attendant, on va aller voir mon Maître et lui raconter quelle sorte de ringards on m'oblige à côtoyer. Et *il* me donnera cette chambre !

Après un dernier regard venimeux, elle sortit de la pièce, suivie par sa petite cour.

– Ouf, soupira Cal, j'ai bien cru qu'elle allait me cogner !

– Moi aussi, confirma Tara encore ébranlée par la scène. Mais tu la connais ? Qui est-ce ?

– C'est la fifille du Haut mage Brandaud. Elle s'imagine tout savoir et qu'elle est la reine ici. Elle n'a été douée de magie que tard. Elle a seize ans et est la Première sortcelière de Maître Dragosh, le plus puissant sortcelier après Maître Chem. C'est une véritable peste. Elle a eu peur quand tes vêtements l'ont agressée ! Elle ne s'y attendait pas.

– Ben, on était deux ! Que s'est-il passé exactement ? Pourquoi mes vêtements sont ressortis ? Ils étaient bien rangés !

Cal la regarda avec respect.

– Tu as réactivé le sort de rangement. Plus précisément, tu as ordonné à tes vêtements de se ranger de nouveau, comme si tu allais refaire ta valise. Mais comme tu n'as pas visualisé le point d'arrivée… paf, ils sont allés partout !

Maintenant, Tara était complètement affolée.

– Tu veux dire que dès que je prononce une formule magique elle agit tout de suite ? Mais c'est horrible !

– Tu rigoles ? C'est super au contraire ! On va pouvoir en faire des choses avec ton don ! Normalement, c'est un boulot d'enfer pour obtenir qu'un sort obéisse. Il faut faire un véritable effort de volonté pour réussir. Avec toi, c'est comme si c'était instinctif. Écoute ma vieille, il faut que tu ne le dises à personne !

– « Ma vieille » ! Je t'interdis de m'appeler « ma vieille » ! Et je ne peux pas utiliser la magie, c'est interdit !

Cal n'était pas idiot.

– Ah, ah ! remarqua-t-il, les yeux brillants de curiosité. Je vois ! Cette histoire de Parole de Sang, c'est à toi qu'elle s'applique, c'est ça ?

– Oui, avoua Tara, mal à l'aise. Si j'utilise la magie, ma grand-mère mourra. Alors surtout, sois prudent quand tu en fais devant moi !

Cal se mordilla les lèvres, pensif.

– Mais les Paroles de Sang ne sont pas absolues, Tara. Elles dépendent beaucoup de celui qui les a prononcées et surtout du contexte. As-tu déjà utilisé la magie en présence de ta grand-mère ?

– Oui.

– Et elle est tombée raide morte ?

– Non.

– Alors ça veut dire qu'il y a des conditions bien précises. Tu viendras à la bibliothèque avec moi et je te donnerai un bouquin sur la question.

Ah, la bibliothèque. Excellent. Il devait bien y avoir des cartes, des atlas, là-bas. C'était un endroit idéal pour commencer sa recherche de la forteresse grise.

– Tu dois rester combien de temps ? continua le jeune garçon.

– Une dizaine de jours.

– Alors ne t'inquiète pas.

– Bon d'accord, mais d'abord…

– Quoi ?

– D'abord aide-moi à ranger mes affaires.

À eux deux ce fut vite fait. Au moment où ils terminaient, le son d'une cloche les fit sursauter.

– Chic, cria Cal, c'est l'heure du déj'. Viens vite !

Il lui attrapa la main et l'entraîna dans une course folle. Devant chaque mur, il agitait le bras et son accréditation lui ouvrait le chemin. Quand ils arrivèrent dans la grande salle, Tara comprit que ce n'était pas (à son grand soulagement) la salle où mangeaient le roi, la reine et leur entourage. Ici les gardes, les palefreniers, les jardiniers, les sortceliers, les courtisans de moindre rang, les lingères, les couturières, les repasseuses, bref, tout le petit monde qui participait à l'entretien et à la vie du Palais était réuni sous la houlette de Dame Kalibris.

Tara sourit largement quand elle vit Deria en grande conversation avec un beau garde et que celle-ci lui glissa un clin d'œil discret. Ouf! Avec une alliée dans la place, elle se sentit tout de suite beaucoup mieux.

Dans un coin de la salle, des gamelles de tailles et formes diverses furent disposées pour les Familiers. Manitou et Blondin, le renard de Caliban, se précipitèrent sans plus s'occuper de leurs jeunes maîtres.

Dame Kalibris demanda le silence.

– Bonjour Sieurs, Dames, sortceliers, sortcelières. J'ai le plaisir de vous présenter nos nouveaux Mages et Premiers Sortceliers. Maître Den'maril s'est enfin choisi un Premier sortcelier, Robin M'angil. Remerciez-le, vous ne serez plus dérangés par le Haut mage pour un oui ou pour un non, c'est lui qui se chargera dorénavant des corvées.

Sur son signe, un grand garçon aux yeux et cheveux clairs et aux traits fins se leva en rougissant sous les rires, puis se rassit aussi vite.

– Nous avons également un nouveau Mage météorologue. Alors si vous mettez vos draps à sécher dehors et qu'il pleut, il faudra vous en prendre à Dame Deria.

Deria se leva et salua avec sa grâce inimitable, tout en lançant un regard froid vers Dame Kalibris dont elle appréciait peu l'humour.

– Voilà pour les mages et les Premiers. Venons-en aux autres professions.

Tara écoutait ce que disait Dame Kalibris quand quelqu'un se mit à côté d'elle, bousculant Cal qui protesta.

– Tara? s'exclama le nouveau venu, très surpris.

– Fabrice! chuchota Tara, enchantée, j'avais raison, tu es bien ici!

– Vous vous connaissez? demanda Cal, étonné.

– Oui! répondit Fabrice, ravi. Tara, tu n'imagines pas combien je suis content. Quand mon père m'a envoyé sur Autre-Monde, j'ai failli tout lui avouer à propos de ton don… mais si tu es là, c'est que tu as fini par dire la vérité à ta grand-mère, c'est ça?

– Euuuh, en quelque sorte, balbutia Tara, gênée de devoir dissimuler la vérité à son meilleur ami.

Cal s'agitait, peu concerné par leurs retrouvailles.

– J'aimerais bien qu'elle se dépêche, râla-t-il tandis que la gouvernante continuait à parler, j'ai faim moi!

Comme si elle avait entendu, Dame Kalibris inclina ses deux têtes puis annonça le déjeuner. Tara pensait que les plats apparaîtraient par magie, mais une armée de jeunes pages et écuyers arriva au pas de course et disposa viandes rôties, volailles grillées, soupes épaisses et épicées, légumes dégoulinants de beurre, roues de fromage énormes, pâtisseries et des monceaux de bonbons et de chocolats.

– Bon appétit mes amis! déclara Dame Kalibris en souriant.

Elle incanta, et une épaisse tranche de viande vint docilement se poser dans son assiette, pendant que les couverts se chargeaient de la découper.

Cal en avait déjà empilé trois morceaux dans son assiette et mangeait aussi vite qu'il le pouvait. Dès qu'un plat passait à sa portée (enfin du moins tout ce qui ne ressemblait pas de près ou de loin à des légumes), il en prenait une ou deux cuillerées, et son assiette finit par déborder. Fabrice et Tara s'amusaient de voir leur nouvel ami s'empiffrer comme s'il n'avait rien avalé depuis deux jours.

Tara se battit un instant avec ses couverts qui voulaient absolument la nourrir comme un bébé, puis elle réussit à saisir la fourchette et à manger toute seule… même si le couvert en frémissait d'indignation dans sa main.

Elle demanda à Fabrice de lui raconter son arrivée sur Autre-Monde et son ami ne se fit pas prier. Lui aussi avait été surpris par Madame Une-de-trop. Mais pas par le cyclope intendant, car son père lui en avait parlé… et il n'aimait pas vraiment la Chimère.

La conclusion de Fabrice fut qu'il était *enchanté* par la magie et attendait impatiemment d'assister le Maître pour lequel il allait travailler, Maître Chanfrein. Puis ce fut au tour de Caliban. Benjamin d'une famille de cinq enfants, tous sortceliers, comme leurs parents, lui n'avait *pas du tout* hâte de recommencer son service auprès de Maître Sardoin.

– Je ne comprends pas, gémissait-il, après tout, ma mère est la meilleure des Voleuses Agréées, je n'ai pas besoin de travailler pour un Haut mage, je suis déjà un très bon Voleur !

– Tu es quoi ?

Tara n'en croyait pas ses oreilles.

– Je suis un Voleur. Enfin j'en serai un quand je serai plus âgé.

– Mais, s'étonna Fabrice, qu'est-ce que tu veux dire par « voleur » ?

– Quelqu'un qui vole ! répondit platement Cal.

– Je sais bien ce qu'est un voleur ! répliqua Fabrice, agacé, mais sur notre planète on n'a pas tellement l'habitude de s'en vanter. Ce n'est pas une profession très reluisante ! Les gens qui volent vont en prison chez nous !

– Oh ! s'exclama Cal, ce genre de voleurs ! Non, non ! Nous, nous sommes une famille de Voleurs. Nous travaillons pour le gouvernement de Lancovit.

Tara était complètement perdue.

– Mais qu'est-ce que le gouvernement de Lancovit peut bien faire avec des voleurs ?

– Aaaah, mais pas n'importe quels Voleurs ! Nous sommes des *Voleurs Patentés*. Nous n'accomplissons que des missions très précises ! Imagine, par exemple, qu'un mage invente une formule très dangereuse et qu'un royaume ou un empire décide que cette formule peut l'aider à conquérir ses voisins.

– Oui, et alors ?

– Alors le gouvernement de Lancovit fait appel à ma famille pour que nous volions la formule. Et que nous la distribuions aux autres pays. Ainsi tout le monde l'a et l'équilibre est rétabli !

– Bon, d'accord, accorda Fabrice. Ta mère est une Voleuse Patentée, une sorte de James Bond femme, c'est ça ?

– « James-Bond-007-au-service-de-sa-Majesté » ? Votre espion de cinéma ? Oh non, il est bien trop mauvais. Ma mère lui volerait son caleçon et ses chaussettes au milieu d'un bal... et il ne s'en rendrait compte que le lendemain !

Fabrice décida de laisser passer, même si *lui* aimait beaucoup 007.

– Mais toi, pourquoi dis-tu que toi aussi tu es un Voleur ?

– J'en serai un, répondit fièrement Cal, dès que j'aurai terminé mon entraînement.

– Ton entraînement ? (Là, Fabrice était impressionné.) Mais quel genre d'entraînement ?

– Tu veux une démonstration ? demanda Cal.

– Si ça t'embête pas, oui, j'aimerais bien !

On sentait une certaine suspicion dans le ton de Fabrice.

– Ça ne m'embête pas du tout, répondit Cal en haussant les épaules. Après tout, c'est toi, la victime !

À ce moment, son renard, Blondin, qui mangeait tranquillement à l'autre bout de la pièce, décida de faire le fou et bondit sur une table, faisant crier les femmes et pester les hommes.

Fabrice se retourna vers Cal et lui dit :

– Bon, tu peux y aller.

– C'est fait, répondit calmement Cal.

Et sous le regard stupéfait de ses amis, il fit apparaître successivement : trois mouchoirs brodés aux initiales des Besois-Giron, plusieurs chewing-gums dont un déjà mâchouillé, un élastique rose, une barrette dorée, un crayon dont le bout avait bien souffert, une gomme, deux pièces d'argent et un petit calepin marron.

– Je suppose que les barrettes et les élastiques roses ne sont pas à toi ? ironisa Cal.

– Ça par exemple ! s'exclama Fabrice en rougissant, ce sont ceux de Tara !

– Le chewing-gum déjà utilisé n'est pas à moi ! protesta Tara en tâtant ses poches, et pour le reste… incroyable ! Je n'ai rien senti !

– Moi non plus ! renchérit Fabrice.

Cal agita ses longs doigts souples.

– C'est un exercice que nous apprenons très jeunes. Détourner l'attention par un moyen quelconque… là j'ai utilisé Blondin, mais ça peut être tout à fait autre chose… puis m'emparer de ce dont j'ai besoin. Facile !

Tara et Fabrice, impressionnés par la technique de Cal, le pressèrent de questions pendant tout le reste du déjeuner, avides d'en apprendre plus sur sa vie de fils de Voleuse Patentée.

La moitié des aventures supposées de Cal les laissèrent sceptiques (son combat contre la vouivre venimeuse, le vol du Parchemin interdit au milieu des Limaces mangeuses d'hommes et autres mémorables affrontements… ça ils n'y crurent pas une minute), mais une grande partie leur sembla suffisamment plausible pour qu'ils regardent le jeune Voleur avec admiration.

De temps en temps, Tara sentait le regard glacé d'Angelica peser sur elle. La grande fille l'avait désignée du doigt quand elle était entrée dans la salle, et depuis chuchotait furieusement à l'oreille d'une fille rousse assise à côté d'elle.

Après s'être gavés de gâteaux et de bonbons, ils quittèrent la salle. Un peu indécise, Tara ne savait pas quoi faire quand Cal le lui expliqua.

– Ici, surtout ne fais pas de zèle ! dit-il. Si Maître Chem a dit que tu étais en vacances, alors tu es en vacances ! Et si quelqu'un veut te voir, ton accréditation te le dira.

Tara ouvrit de grands yeux.

– Comment ça, mon accréditation me le dira ?

– Chaque Maître peut communiquer avec nous par le biais des accréditations. Il peut nous appeler et nous dire où on doit le rejoindre. S'il ne se passe rien et qu'il ne nous a pas laissé de consignes, alors ça veut dire qu'il n'a pas besoin de nous pour le moment. Moi j'en profite pour buller autant que je peux, ou alors pour m'entraîner. Tu veux voir le parc du Palais ? Fabrice, tu es de service cet après-midi ?

– Non, sourit Fabrice, je suis libre. Je ne dois commencer mon service que demain auprès de Maître Chanfrein.

– Chic, profitons-en. Vous allez voir, le parc est superbe.

Tara dut admettre qu'il avait raison. Ici la magie avait coloré les feuillages des arbres. Les troncs rouges, les cimes au feuillage bleu et citron tranchaient sur les fleurs roses et noires que butinaient des oiseaux si colorés qu'on avait l'impression d'apercevoir un véritable vol d'arcs-en-ciel.

Tout en discutant avec ses nouveaux amis, Tara ouvrait de grands yeux sur cette faune et cette flore si... bizarres. Soudain elle vit une petite souris rouge à deux queues poursuivie par un chat orange aux grandes oreilles vertes. Tara songea qu'au moins cela n'était pas différent de la Terre... ici aussi les souris étaient poursuivies par les chats. La souris, coincée, eut un curieux petit mouvement et... disparut ! En une fraction de seconde, le chat disparut à son tour. Et la souris réapparut quelques mètres plus loin... juste devant le chat qui en réapparaissant avait anticipé son mouvement. Furieuse, la petite souris planta ses dents aiguës dans son museau... et se faufila dans un trou sous un arbre.

Indigné, le chat se percha sur une branche, et se mit à surveiller le trou. Tara soupira. Bon, encore un truc d'Autre-Monde. Ici les animaux utilisaient la magie. Parfait. Hors de question qu'elle s'aventure toute seule dehors...

Cal les emmena visiter les abords de l'épaisse forêt paisible qui bordait le Palais. Mais l'ensemble du parc était si grand qu'ils durent se contenter de n'en voir qu'une partie.

Il existait sept saisons sur AutreMonde, et l'année durait quatorze mois. La magie était capable de modifier les conditions climatiques d'une façon très violente, et il était toujours difficile de prévoir si on allait se réveiller par quarante degrés à l'ombre ou sous trois mètres de neige. Ce qui faisait que la faune et la flore d'AutreMonde étaient... adaptives. Les animaux étaient capables de faire pousser leur fourrure en une nuit ! Ou de changer de teinte, passant du brun, vert, bleu ou rouge, au blanc immaculé en période de neige. Et la neige elle-même n'était pas toujours blanche ! Dans les montagnes d'Hymlia, la présence du Fer enchanté, l'un des métaux extraits par les nains, la colorait d'orange. Alors tous les animaux variaient du carmin au cramoisi pendant les périodes de neige.

Aucun des Hauts mages ne les fit appeler, ce qui ravit tout à fait Cal qui put paresser à son aise, et émerveiller Tara et Fabrice avec la vie d'AutreMonde.

Fabrice, de son côté, en profita pour tester auprès de ses amis les dernières charades qu'il avait inventées.

– Mon premier est un félin domestique, mon second est un fluide, mon tout est l'endroit où nous sommes, annonça-t-il en regardant ses notes.

– Facile, répondit Cal, chat et eau. Château.

– Bon, voyons si tu es si malin. Mon premier se plante en région humide, mon deuxième nous appartient, mon troisième a des bois, mon quatrième nous compose et mon tout est un animal terrien.

– Je sais ! répondit Tara. Le riz se plante dans l'eau, ce qui nous appartient c'est nos, un cerf a des bois et nous avons des os ! Un rhinocéros !

– Ça, c'est de la triche ! protesta Cal, je ne connais pas tous les animaux de la Terre !

Fabrice leur adressa un grand sourire.

– Bon ! Je vois que j'ai affaire à des connaisseurs, attendez un peu que je vous concocte quelque chose de plus compliqué !

Ils discutèrent ainsi jusqu'au dîner qui fut en tout point semblable au déjeuner. Pantagruélique.

Quand Tara gagna sa chambre après avoir dit au revoir aux deux garçons, elle vit que le mur du dortoir Licorne était ouvert. Visiblement, Angelica n'avait pas obtenu de chambre individuelle, car les filles s'étaient regroupées autour du lit sur lequel elle trônait.

Quand elle passa, la grande fille l'aperçut et lui jeta un regard meurtrier.

Après s'être brossé les dents, Tara se dépêcha de plonger sous la couette moelleuse. Elle apprit par cœur le numéro du cristal du Haut mage puis put bouquiner le livre sur l'étiquette. Allons bon, elle n'avait pas le droit de creuser des trous dans le Palais (oui, ça elle imaginait qu'il apprécierait peu d'être découpé comme un gruyère) ou de manger les murs (peu de chances, elle était allergique au Maliciosa, le matériau magique qui composait le Palais). La lévitation était autorisée, sauf dans la salle du Trône. Les armes, magiques ou pas, étaient interdites dans l'enceinte du Palais, y compris les marteaux de guerre des nains et les arcs enchantés des elfes, ou encore les cornes des licornes, qu'elles étaient priées de déposer dans le panier prévu à cet effet à l'entrée de la salle. (Ah bon? Les cornes des licornes étaient dévissables?) Les créatures à griffes et crocs non amovibles étaient priées d'éviter le moindre mouvement agressif vers Leurs Majestés, les gardes du Palais étant légèrement… *paranoïaques*. Les créatures à tentacules étaient priées de respecter une distance de plusieurs mètres, afin d'éviter de toucher les souverains, la majorité des tentacules étant capables de déclencher de gigantesques urticaires. Les gnomes n'avaient pas l'autorisation d'arriver devant Leurs Majestés grâce aux tunnels qu'ils avaient creusés… ils devaient arriver par la surface, comme tout le monde. Les lutins n'avaient pas le droit de faire des farces, depuis que l'un d'entre eux avait involontairement changé l'un des ancêtres du roi actuel en cochon. Ce roi avait vécu très vieux, mais il avait été impossible de le retransformer, raison pour laquelle l'un des portraits du Palais montrait un gros verrat poilu avec une couronne sur la tête.

Il était déconseillé de courir dans les couloirs car ça *chatouillait* le Palais, sauf cas de force majeure, telle que… guerre, attaque surprise du Palais, attaque magique, etc.! (Cette éventualité causa beaucoup d'inquiétude à Tara.)

Heureusement le livre n'était pas très gros et chaque ligne qu'elle parcourait se gravait magiquement dans son esprit. C'était tout de même fichtrement pratique, ce truc! Elle eut une pensée agacée pour Isabella qui l'avait laissé s'échiner sur ses bouquins de grammaire et de maths. Elle eut le temps de le finir avant que ne retentisse la cloche de dix heures et qu'elle décide d'éteindre la lumière. La chambre modifia alors le décor, et une nuit douce et étoilée entoura son lit, pendant que soufflait une brise tiède et parfumée, qui la plongea lentement dans le sommeil.

Sa dernière pensée fut pour Angelica et ses courtisanes.

– Bon sang, j'espère qu'elle ronfle et qu'elle va les empêcher de dormir toute la nuit !

chapitre IV
Le Vampyr

Le lendemain, Tara, Cal et Fabrice venaient à peine de plonger leur nez dans leur bol de petit déjeuner quand la jeune fille sursauta. Son accréditation venait de… bourdonner, vrombir, vibrer.

— Bonjour Tara, lui sourit l'image de Maître Chem, sous sa forme humaine, qui avait brusquement remplacé sa photo.

— Euuuh, bonjour Maître, répondit Tara qui trouvait bizarre de s'adresser à son poignet.

— As-tu bien dormi ?

— Oui, Maître, et vous ?

— Très bien, merci. Dès que tu auras terminé ton petit déjeuner, va dans ta chambre, mets la robe de cérémonie qui y a été déposée et rejoins-moi devant la salle du Trône.

Terrifiée, Tara balbutia :

— MMMmoi ? Mais pourquoi ?

L'image lui jeta un regard sévère et elle n'osa pas protester.

— BBBbien, Maître Chem, dit-elle.

— Parfait, à tout de suite.

– Vous avez entendu ? soupira Tara à Cal et Fabrice, je dois terminer de petit-déjeuner puis monter mettre une sorte de robe de cérémonie pour être présentée au roi et à la reine. Mais j'ai pas du tout envie d'être présentée à qui que ce soit !

– Eeehhh ! C'est censé être un grand honneur, tu devrais être flattée ! rigola Cal devant le malaise de son amie. Bon, alors, il ne faut pas mollir. Les Hauts mages ont horreur qu'on soit en retard. Et je parle même pas du Grand Chambellan, Skali. Lui c'est carrément une terreur.

Tara, très motivée, ne prit que quelques minutes pour enfiler la robe-tunique bleu et argenté fendue sur le côté qui avait été déposée sur son baldaquin, et fila comme une fusée vers la salle du Trône.

À son arrivée, elle ouvrit des yeux émerveillés devant le fleuron de l'architecture du Lancovit.

Du fait de l'anatomie parfois… imposante des sujets du royaume, ce n'étaient pas des escaliers qui conduisaient de la cour d'honneur à la salle du Trône, mais un immense couloir, se prolongeant en rampe douce jusqu'à son entrée.

Les murs de la salle, blanc et doré, montaient vers la voûte bleue rehaussée de peintures d'argent avec une telle légèreté qu'on avait du mal à imaginer qu'ils supportaient des tonnes et des tonnes de pierre. Dans cette salle, le Palais se montrait discret, et laissait la pierre fantastiquement sculptée éblouir les visiteurs sans en rajouter avec ses paysages illusoires.

Les artisans nains et les architectes s'étaient surpassés, et les bannières chatoyantes des peuples soumis à la loi de Lancovit rehaussaient encore la magnificence du décor.

Le martin-pêcheur du comte de Peridor, le loup du duc de Drator, le corbeau du comte de Sylvain dévisageaient les lions d'or du prince Marc Main d'acier, le digne descendant de Ronveau Main de Fer (qui, plusieurs siècles auparavant, s'était lui-même greffé une main de fer à la place de celle qu'il avait perdue dans la guerre des Étourneaux), l'écureuil du comte de T'al et la licorne surmontée du croissant de lune, l'emblème du Lancovit.

Les six régions humaines, longtemps indépendantes, avaient été réunies quatre cents ans auparavant par Mérié Muréglise, l'ancêtre du souverain actuel, lors de la Grande Guerre contre les Trolls et les Edrakins.

Les tapisseries animées, finement ensorcelées par les elfes, racontaient justement les exploits des ancêtres du roi, ou des héros de Lancovit : la quête de Randalf le Preux. Le vol du trésor du Grand Ver et sa terrifiante vengeance. Les quatre anneaux ensorcelés de Brigandoon. Le cor magique que Ronveau Main de Fer avait utilisé pour appeler les elfes à la rescousse et remporter la Grande Guerre. La geste de la belle Mariandre aux cheveux de feu et la bataille du petit-fils de Mérié, qui avait vu la défaite du chef maléfique des Edrakins.

Soudain Tara tressaillit. L'une des tapisseries racontait une histoire qu'elle connaissait bien. Celle de la Belle et la Bête. Cela signifiait-il que c'était réellement arrivé ? Qu'un des rois de Lancovit avait été victime d'une malédiction semblable ? Brrr…

Devant l'entrée de la salle, Maître Chem était en pleine discussion avec un magnifique athlète qui visiblement faisait soupirer d'envie toutes les dames de la cour. Le vieux mage paraissait tout rabougri à côté.

Un autre Maître, qui évoquait une grosse motte de beurre avec de gros yeux rouges totalement exorbités, ne cessait de regarder le couloir avec inquiétude, attendant visiblement son assistant. S'entretenant avec le garçon solide aux traits fins que Dame Kalibris avait présenté à l'assemblée la veille, un troisième Maître leur tournait le dos et fit sursauter Tara quand il se retourna. Si ces yeux de cristal, cette longue chevelure blanche et ces oreilles pointues n'appartenaient pas à un elfe, Tara voulait bien être changée en chauve-souris !

Puis Angelica apparut avec son Maître, et Tara sursauta de nouveau. Un vampire, le Maître de la jeune fille était un vampire ! Grand, maigre, les yeux brûlants et rouges, sa chevelure noire tirée en arrière, il releva ses lèvres sur deux grosses canines blanches avec un rictus glacial qui fit frissonner Tara.

Cal se pencha vers elle et lui chuchota :

– Ce sont les Hauts mages du Lancovit. Celui-là, c'est Maître Dragosh, un Vampyr, ça s'épelle V.a.m.p.y.r, sa Première sortcelière est Angelica Brandaud, il est à côté de Maître Den'maril, un elfe, son Premier sortcelier est Robin M'angil. Celui qui est en face de toi, c'est Maître Sardoin (qui regardait le Vampyr comme un lapin regarderait un serpent… en ayant la certitude d'être son prochain repas), un humain, je suis son Premier sortcelier. Dame Kalibris que tu as déjà rencontrée, une Tatris, T.a.t.r.i.s, je ne connais pas sa Première sortcelière. Il y a également Maître Patin, un Cahmboum, C.a.h.m.b.o.u.m. Et là, c'est Dame Deria, une nouvelle, elle est spécialisée dans la science météorologique. Le gros plein de muscles est Maître Chanfrein, un humain. C'est également le Maître Entraîneur qui a conduit l'équipe de polo céleste à la victoire deux fois de suite. Son Premier sortcelier est Fabrice. Maître Oiseau de Nuit, un humain, notre Chaman. (Le médecin était un homme aux cheveux noirs tressés, habillé de daim comme les anciens Indiens, et qui paraissait prêt à scalper le premier qui contredirait ses ordonnances.) Sa Première sortcelière est Monica Gottverdam (jolie, les cheveux blonds et les yeux bleus, elle ne quittait pas le Chaman du regard). Dame Boudiou, une humaine (cheveux gris, agréablement potelée, elle semblait très douce, mais avait l'air triste et regardait Tara avec beaucoup d'attention), sa Première sortcelière est Carole Genty (la fille rousse à l'oreille de laquelle Angelica chuchotait le jour de son arrivée). Là-bas, tu vois Dame Sirella, une sirène. (Tara eut un soupir d'admiration. Il faut dire que Sirella était d'une beauté stupéfiante. Les cheveux d'un beau bleu, la peau tout à fait verte, elle ondoyait au centre d'une bulle d'eau.) Son Premier sortcelier est Skyler Eterna (garçon au physique avantageux, il roulait des épaules en regardant les filles avec supériorité). Enfin tu connais notre célèbre Chemnashaovirodaintrachivu, un dragon, qui n'a pas de Premier sortcelier.

Justement, le mage-dragon prenait la parole.

– Aujourd'hui, annonça-t-il, nous allons présenter notre invitée, la jeune Tara'tylanhnem Duncan, petite-fille d'Isabella Duncan (un murmure parcourut l'assemblée des Hauts mages et leur attention s'accrut. Tara comprit que sa grand-mère était connue sur AutreMonde). Elle est en vacances parmi nous pendant quelques jours, mais doit se plier à la loi du Palais de Lancovit et d'AutreMonde, comme tous ses habitants.

Tara grimaça. D'après ce qu'elle avait appris dans le livre sur l'étiquette, les lois de Lancovit ne semblaient pas très compliquées. Il faut dire que cette planète avait un grand avantage sur la Terre. Ici, si vous aviez commis une infraction, vous étiez soumis aux Diseurs de Vérité, de terribles télépathes à qui il était impossible de cacher la vérité, et dont le pouvoir lisait dans l'esprit du coupable. Si les Diseurs condamnaient le coupable, il était emmené sur leur planète glaciale, où il devait expier sa faute, au milieu d'êtres qui entendaient et écoutaient constamment ses pensées. C'est pourquoi il y avait extrêmement peu de délits dans le royaume et sur tout AutreMonde.

Soudain elle sursauta. Une bruyante fanfare de cuivre annonça que le roi et la reine venaient de prendre place sur leurs trônes.

— Oh, s'exclama Dame Kalibris, laissant l'une de ses têtes parler seule pour aller plus vite, encore une minute de votre attention s'il vous plaît! Nous savons que vous aimez beaucoup vos Familiers. Mais notre maintenance se plaint de devoir nettoyer les poils et les plumes dans les lits. De plus, notre Chaman, Oiseau de Nuit, nous a fait part de plusieurs cas d'asthme qu'il a dû traiter l'année dernière. À partir de cette année, nous avons donc décidé de ne plus autoriser les Familiers dans vos baldaquins.

Un murmure de protestation salua sa déclaration et elle fit un geste apaisant de la main.

— Mais afin de vous permettre de les garder près de vous, nous avons préparé des perchoirs, des niches et tout un tas d'installations confortables dans un coin de vos dortoirs. Ainsi ils ne seront jamais loin.

À ce moment, une magnifique panthère grise fit son apparition. Le petit singe sur l'épaule de Skyler, le Premier sortcelier de Dame Sirella, s'agita avec un début d'hystérie et le garçon eut toutes les peines du monde à le calmer.

La panthère bâilla dédaigneusement devant l'agitation qu'elle créait, et Fabrice entendit Angelica s'exclamer que le garçon, maître d'un aussi beau Familier, devait être très intéressant.

Leur surprise fut à son comble quand à leur côté surgit une fine jeune fille bégayante aux boucles brunes, rouge de confusion, qui visiblement aurait tout donné pour ne pas être là.

— Je-je-je suis dé-dé-désolée. Mais-mais je-je suis en-en retard.

Dame Boudiou, qui était la plus proche, la calma.

— Ce n'est pas grave, la présentation n'a pas encore commencé. Tu es la Première sortcelière de Dame Kalibris, n'est-ce pas ? Comment t'appelles-tu ?

— Moi-Moi-Moi…

— Oui, toi ! confirma Dame Boudiou.

— Non ! Je-je veux dire Moi-Moi-Moineau Daav-Daavil.

— Pas ton surnom, ton nom s'il te plaît.

— Glo-Gloria Ddd-Daavil, m-mmm mais je préf-préfère Moi-Moi-Moineau.

Fabrice trouva que la jeune fille portait vraiment bien son surnom. Angelica lui lança un regard noir et Moineau se recroquevilla de plus belle. Tara, par pur esprit de contradiction et aussi parce qu'elle avait pitié de la nouvelle venue, lui adressa un sourire radieux.

La suite se déroula dans une sorte de brouillard pour Tara. Elle s'appliqua à ne pas trébucher, à ne pas bégayer et surtout à ne pas trop dévisager le roi Bear et la reine Titania.

Âgés (apparemment!) d'une cinquantaine d'années, bruns et de petite taille (Maître Chem lui avait dit que les souverains étaient également des sortceliers), ils étaient vêtus de magnifiques robes bleu foncé et argent dont les longs plis touchaient leurs pieds. Affables, le roi et la reine souriaient avec gentillesse.

Quand elle vit Tara, la reine sursauta. Elle avait déjà vu quelque part ces yeux bleu marine si caractéristiques, cette crinière de cheveux dorés, l'étrange mèche blanche et ce magnifique sourire. Mais où?

Curieuse, elle posa quelques questions à Tara.

– Tes parents sont-ils contents que tu sois sur AutreMonde, invitée par Maître Chem? Tu sais que c'est un grand honneur!

– Mes parents sont morts, Votre Majesté, répondit calmement Tara.

– Oh! s'exclama la reine, peinée, je suis désolée, j'ignorais. Tu as des frères ou de la famille encore?

– Juste ma grand-mère, Votre Majesté. (Et son arrière-grand-père, mais bon, comment expliquer l'apparence de Manitou à la reine? Impossible.)

– Tu verras, fit la reine avec un doux sourire, nous sommes une grande famille. Je sais que tu ne restes pas très longtemps parmi nous, mais tu pourras très vite considérer les autres Premiers comme tes frères et sœurs (prendre Angelica comme sœur, aucun risque, pensa Tara!), et le roi et moi-même comme des parents de substitution. Nous avons le bonheur de nos

Premiers très à cœur. Si tu as besoin de quoi que ce soit, surtout n'hésite pas à venir nous trouver. Pour toi, nous serons toujours disponibles.

– Merci Votre Majesté, répondit Tara en respirant profondément pour chasser les larmes qui lui montaient aux yeux.

Elle sentait que la reine était sincère.

Soudain la monstrueuse Chimère qui, en tant que Premier Conseiller, siégeait à côté des deux trônes, intervint. D'un bond elle sauta devant Tara, tétanisée, et renifla délicatement sa robe de cérémonie.

– Je sens… la *puissance*. Je sens… le *danger*. Est-il bien prudent de provoquer les Forces du Mal aussi près de Leurs Altesses Royales ?

Tara, terrifiée, ne bougea pas d'un cil, d'autant qu'elle venait de surprendre quelques flammèches sortant de la bouche de la Chimère. Quand celle-ci parlait, celle-ci crachait du feu !

Maître Chem, qui surveillait attentivement la présentation, trottina rapidement vers les trônes sous les murmures étonnés des courtisans. Les jeunes suivantes de la reine, ravies, chuchotèrent que c'était la présentation officielle la plus *intéressante* depuis des années.

– Vos Altesses ! cria le vieux mage-dragon, un peu essoufflé, ainsi que je l'ai annoncé hier soir, notre jeune amie ici présente est la petite-fille d'une de nos puissantes alliées, la Haute mage Isabella Duncan, qui est l'un des piliers de notre surveillance terrestre. Elle est en vacances parmi nous pendant quelques jours et retournera sur Terre bientôt. Votre Premier Conseiller est très subtil d'avoir senti la puissance du don de Tara Duncan. Mais elle ne présente pas de danger pour le trône.

— Allons, Salatar ! Arrête de terroriser cette enfant, ordonna le roi en fronçant les sourcils vers son Premier Conseiller. Nous avons offert l'hospitalité à Tara, il n'est pas question de la renier, quel qu'en soit le prétexte.

La Chimère hésita, puis d'un bond puissant regagna son coussin.

— Soit, grogna-t-elle, je me rends aux arguments de Votre Majesté. Mais je désire que ma désapprobation soit consignée dans le rapport journalier.

La reine leva les yeux au ciel et sourit à Tara, encore sous le choc, qui eut un peu de mal à décrisper les lèvres.

La présentation se termina et quand Tara rejoignit les autres, Angelica lui jeta un regard mauvais. La reine lui avait parlé à elle aussi, mais pas avec cette bienveillante affection. Comment cette petite garce avait-elle fait pour s'attirer aussi vite la faveur des puissants ?

— Cette Chimère est plus paranoïaque que le pire des agents secrets de ton monde, remarqua Maître Chem, mécontent. Écoute, je ne veux pas que tu traînes sans rien faire dans le Palais si Salatar estime que tu représentes un danger. Je préfère que tu restes avec moi pour le moment, ça ne t'ennuie pas ?

Tara se contenta d'un hochement de tête négatif. Oh, non, ça ne l'ennuyait pas du tout. Tout plutôt que de se retrouver de nouveau nez à nez avec la Chimère.

— Parfait, sourit le mage, satisfait. Allons maintenant tenir notre réunion quotidienne dans la salle de conférences.

Ils travaillèrent sur la forêt. Le renouvellement des arbres se faisait sous le contrôle des Hauts mages et ils avaient besoin d'un engrais qui puisse compenser l'incroyable rapidité de leur croissance. Maître Den'maril créa alors un champignon qui en se décomposant produisait un engrais suffisamment riche pour satisfaire les Croisseurs[1].

Ce qui surprit le plus Tara fut la longueur et la complexité de cette création. L'elfe devait tenir compte de tous les facteurs avant de risquer de lâcher son champignon dans la nature. Elle qui pensait que la magie pouvait tout résoudre en un clin d'œil!

Au cours du processus, l'elfe fit tomber l'une des éprouvettes et Tara fut stupéfaite de son inhumaine rapidité. Il rattrapa le fragile récipient de verre bien avant qu'il ne touche terre.

Il lui sourit quand il vit qu'elle le regardait avec stupeur.

Puis le vieux mage-dragon, qui retournait les poches de sa robe de sortcelier depuis quelques minutes, comme s'il avait perdu quelque chose, lui demanda si ça ne l'ennuierait pas de bien vouloir lui servir momentanément d'assistante, tout en lui assurant que cela n'impliquait pas la magie.

Elle répondit poliment « Oui, Maître Chem, avec plaisir »… mais découvrit vite qu'elle venait de commettre une monstrueuse erreur.

En effet, le dragon oubliait *tout*. Sa mémoire terriblement encombrée par des siècles d'existence se concentrait uniquement sur les choses importantes. À partir de ce moment fatidique, Tara passa son temps à galoper aux quatre coins du Palais pour chercher ce que le mage avait oublié. Et bon sang,

1. Les Croisseurs sont les sortceliers qui sont chargés de la croissance de la forêt. À la différence des bûcherons qui coupent les arbres, les Croisseurs les font pousser.

ce que ce fichu Palais était grand! Les petits pages, écuyers et autres lui adressaient des sourires narquois, quand ils la voyaient courir dans les couloirs (ce qui agaçait le Palais, car ça le chatouillait et du coup les couloirs frémissaient et ondulaient sous les pieds de la jeune fille), très heureux que le Haut mage se soit enfin trouvé une innocente victime.

Du coup, elle n'eut que très peu de temps pour consulter la bibliothèque. À sa grande déception, le Camhboum bibliothécaire ne connaissait aucune forteresse grise. Elle avait alors emporté plusieurs livres parlant des Sangraves afin de se renseigner au mieux sur ses ennemis. Après le déjeuner, ils eurent quartier libre. Les Hauts mages devaient assister à un conseil portant sur la guerre qui venait de se déclarer entre deux factions naines des monts d'Hymlia. Maître Chem remit donc Tara entre les mains de Cal, qui proposa également à Moineau et à Fabrice de visiter le Palais.

– C'est immense, dit-il en désignant l'imposante entrée (Tara opina vigoureusement de la tête, ça pour être immense, c'était immense… il faudrait installer des couloirs roulants dans ce Palais!), mais il existe des tas de passages secrets ou oubliés qui permettent de passer d'un endroit à un autre. Venez, je vais vous montrer la salle d'Entraînement. Nous devons y passer au moins une heure par jour, alors autant que vous sachiez où elle se situe.

Ayant couru pendant toute la matinée, Tara ne voyait pas du tout l'intérêt de s'entraîner à quoi que ce soit; cependant, devant l'enthousiasme de ses amis, elle se laissa convaincre. Une fois sortis de la grande salle du Conseil, ils empruntèrent plusieurs couloirs dont certains ne devaient pas être très fréquentés car malgré les sorts nettoyeurs, ils étaient remplis de poussière et de toiles d'araignée, ce qui plut très moyennement à Tara et à Moineau.

Ils allaient ressortir juste en face de la salle d'Entraînement, quand Cal les arrêta brutalement et leur fit signe de se cacher. Deux voix chuchotaient.

– Il y en a eu encore quatre l'année dernière !

– Ça a été une bonne prise.

– Le Haut mage était bien ennuyé ! Les parents le rendent responsable.

– C'est le cas ! Il est responsable, avec sa politique stupide !

– Nous comptons sur toi !

– Ne t'inquiète pas, je sais ce que j'ai à faire.

– Bien alors, à tout à l'heure.

Les trois jeunes sortceliers eurent à peine le temps de reculer dans l'ombre, et retinrent leur respiration quand le visage cruel de Maître Dragosh passa juste devant eux.

Le Vampyr, plongé dans ses pensées, ne les vit pas.

Ils échangèrent un regard. Ils venaient de surprendre une bien étrange conversation. Cal, les yeux écarquillés, montrait tous les signes d'une grande agitation.

– Venez, chuchota-t-il, allons dans la salle.

La salle d'Entraînement était composée d'une immense arène, partagée en plusieurs sections et entourée de gradins pour les spectateurs. Plusieurs courtisans s'entraînaient à l'épée, tandis que Maître Chanfrein donnait une leçon que Tara supposa être d'arts martiaux.

– Vous avez entendu ce qu'il a dit ? demanda Cal.

– Oui, répondit Fabrice, serviable, il a dit : « Dragon glisse et Tigre mord » !

– Mais non ! l'interrompit Cal en levant les yeux au ciel, pas Maître Chanfrein, Maître Dragosh !

– Ah, pardon ! s'excusa Fabrice. Il m'a semblé qu'il avait l'air content de quelque chose. Pourquoi ? Tu sais de quoi il parlait ?

– Il y a quelques mois, en fin d'année dernière, quatre Premiers ont disparu du Palais. Personne ne sait ce qui s'est passé. Le soir ils étaient encore là et le matin, pffuit, plus personne !

– Nooon, souffla Fabrice prodigieusement intéressé. Et alors ?

– Alors les Hauts mages ont tissé des sorts autour du Palais pour protéger les Premiers sortceliers. Il paraît que la police secrète est sur les dents. Ils n'ont trouvé aucun indice pour le moment.

– Tu crois qu'il faisait référence à leur disparition ? Mais pourquoi a-t-il dit que c'était une bonne prise ? demanda Tara.

– J'en sais rien moi, mais je vais surveiller ce mage pour savoir ce qu'il mijote. Et je vous tiendrai au courant.

Avant que Fabrice n'ait le temps de protester qu'il voulait participer lui aussi, il sentit une présence dans son dos et surprit le regard d'Angelica pensivement posé sur eux.

La grande fille venait visiblement pour s'entraîner car elle portait un collant et un justaucorps. Ils constatèrent qu'elle prenait plaisir à vaincre ses adversaires et à leur infliger un maximum de souffrance. Tara se jura de ne jamais affronter la grande fille, à moins d'avoir… une armure au grand complet, un gilet pare-balles, une épée et éventuellement quelques grenades. Du coup, ils décidèrent de changer de sujet, du moins tant qu'elle pouvait les entendre. Tara s'intéressa à Moineau.

Pour être timide, la jeune fille était timide. Dès qu'on lui adressait la parole, elle rougissait comme une pivoine et se mettait à bégayer.

– Pourquoi t'étais en retard ? lui demanda Cal, curieux. Tu as failli rater la présentation de Tara !

– Oui-oui, je-je sais. Mmm-mais mon-mon p-père est ma-ma-malade. Il-il a-att-attrapé la Gr-Grinchette. A-alors je pas-passais des tests à l'infirmerie. Et je n'ai pp-pas vu l'heure.

– Aïe, grimaça Cal plein de sympathie. Un de mes oncles l'a chopée et il est resté K.-O. pendant trois semaines. Ton père va s'en sortir ?

– Ou-oui. Nnn-nous avons enggg-engagé un sp-spécialiste qq-qui nn-nous a coûté une for-fortune et il a été trai-traité à temps.

– Qu'est-ce que c'est ? se renseigna Tara.

– Ça ne touche que les sortceliers, répondit Cal. Trop de magie finit par fatiguer le corps. Le surplus de magie se fixe dans tes articulations. Tu finis par ne plus pouvoir bouger pendant que la Grinchette te ronge les cartilages. Ce n'est pas mortel, mais dangereux et long à guérir si c'est pris trop tard. Heureusement, il existe des traitements. Le problème avec ce truc c'est que les gens pensent d'abord qu'ils ont des courbatures, puis des tendinites.

Tara frissonna, elle avait l'impression d'avoir des courbatures partout et mal aux articulations ! Décidément, la magie n'était pas faite pour elle.

Fabrice, qui regardait avec envie la magnifique panthère argentée de leur nouvelle amie, demanda à Moineau :

– Dis donc, comment se fait-il qu'elle t'ait choisie ?

Moineau rougit de plus belle.

– A-A-alors ça, jjjjj-j'en sss-sais rien ! Je-je pleurais dans-dans le jjjj-jardin et pouf ! elle est app-apparue. Elle-elle m'a bbbb-beaucoup aidée. Et tt-toi, tu n'as ppp-pas encore cchh-choisi ?

– Non. Je ne sais même pas comment on fait.

– On ne fait rien, expliqua Cal en caressant affectueusement le poil roux de Blondin. C'est comme perdre ses dents de lait ou grandir, ça vient tout seul.

– Tu en as de la chance, l'envia Fabrice. Comment reconnaît-on un Familier ?

– Ils ont tous les yeux dorés. C'est une caractéristique. Ensuite il te choisit, autant que tu le choisis. Tu ne peux en avoir qu'un. Certains sont choisis jeunes. D'autres plus vieux. Notre vipère nationale, Angelica, est folle d'inquiétude parce qu'à seize ans elle n'est toujours pas choisie. Tu aurais vu sa tête quand Blondin m'a choisi en pleine réunion du Haut Conseil l'année dernière !

Fabrice soupira, reporta son regard sur la panthère puis demanda à Moineau :

– Tu crois que je peux la caresser ?

– De-demande-le-lui poliment et tu-tu verras bien ! Elle s'appelle SSS-Sheeba.

Fabrice se leva, puis s'inclina devant la panthère et dit :

– Puis-je, belle Sheeba ?

La panthère coula amicalement sa tête sous la main de Fabrice et celui-ci put la caresser avec une expression proche de l'extase.

– J'ai une charade pour toi, belle Shœba, mon premier est la troisième personne du singulier, mon deuxième lie les phrases ensemble, mon troisième en a cinq, mon quatrième est la fin d'une intrigante et mon tout est ce que tu es.

Là, les trois amis durent se creuser la tête et Sheeba émit un ronronnement intrigué. Ce fut Moineau cette fois qui trouva.

– Je sais ! s'écria-t-elle. Elle, et, gant, te. Élégante !

À ce moment, l'accréditation de Tara vrombit et elle laissa un instant ses amis pour répondre à un appel de Maître Chem qui avait besoin d'une fiole de bave de Pllops, les grenouilles bleu et blanc terriblement venimeuses des plaines des Centaures.

Quand elle revint dans la salle d'Entraînement, elle constata que Cal avait l'air furieux et que Fabrice et Moineau paraissaient blêmes.

– Qu'est-ce qui se passe ? s'inquiéta-t-elle.

– Il se passe, fulmina Cal, que cette garce d'Angelica a fait remarquer à Maître Dragosh que nous ne nous entraînions pas assez. Alors il a décidé de nous faire travailler pendant une heure.

– Après ce que nous avons entendu, déclara Fabrice, soucieux, c'est peut-être une ruse pour nous jeter un sort ou nous enlever !

– Non, les autres ont disparu la nuit, réfléchit Cal, jamais pendant la journée. Je ne vois pas Maître Dragosh nous enlever devant tout le monde. Je vais battre le rappel de tous les

Premiers sortceliers pour qu'ils assistent à la séance, comme ça nous serons en nombre.

Robin et Skyler répondirent présent. Bien que n'étant pas invitée, Angelica amena ses amies Carole et Monica.

Le Palais, prudent, modifia la structure de ses murs pour qu'ils deviennent souples, puis recouvrit la salle entière avec de la mousse bleue antifeu ! Il protégea également les gradins, les modifiant pour en faire de gros coussins. Quand Maître Dragosh entra dans la salle d'Entraînement, il fut surpris de voir autant de monde, puis ricana :

— Eh bien, Sieurs, Damoiselles, je vois que vous ressentez tous le besoin de revoir vos bases ! Très bien. Allons-y. Damoiselle Genty ?

L'inflexible index désigna la jeune rousse qui s'approcha avec crainte.

— Voyons ce que vous valez. Faites-moi un Decorus sur votre robe, je vous prie.

La rousse écarquilla les yeux.

— Un... un Decorus, Maître ?

— Oui, comme ça, montra-t-il et il cria : « Par le Decorus orne-toi, de mes symboles illumine-moi », en décrivant un cercle autour de sa robe de mage.

Immédiatement des symboles brillants et d'incompréhensibles hiéroglyphes vinrent orner sa robe.

Bravement Carole incanta :

— Par le Decorus orne-toi, de mes symboles illumine-moi !

Il ne se passa rien.

Le Vampyr leva les yeux au ciel et soupira :

– Le dire n'est pas suffisant, Damoiselle, il faut également le penser ! Angelica, montrez-lui.

– Par le Decorus orne-toi, de mes symboles illumine-moi ! lança Angelica d'une voix suffisante.

Des motifs compliqués s'animèrent sur sa robe. Carole rougit puis cria :

– Par le Decorus orne-toi, de mes symboles illumine-moi !

Cette fois-ci son effort fut récompensé et une demi-douzaine de motifs apparurent. Fabrice, Cal et Moineau avaient observé avec attention et n'eurent pas de mal à faire de même. La robe de Fabrice s'orna de tigres et de lions, celle de Moineau de fleurs et celle de Cal de renards bondissants. Skyler fit apparaître des épées et des lances, Robin des arbres et des plantes.

Tara était très intéressée. Visiblement l'utilisation de la magie n'était pas si simple. Il fallait se concentrer pour que le pouvoir obéisse. Elle baissa les yeux vers la tunique de sortcelière qu'elle avait enfilée après la cérémonie pour être habillée comme ses amis, et pensa fugitivement qu'elle serait jolie avec des motifs de chevaux.

Il y eut comme un bruit de tonnerre, puis Angelica poussa un cri et tout le monde sursauta.

Sur sa robe roulaient et scintillaient des centaines de serpents menaçants. Des poules, dindons et autruches parsemaient celles de ses amies. Une horrible tête de mort ricanante ornait la robe du Haut mage et Tara contemplait avec stupeur la sienne sur laquelle caracolaient de magnifiques chevaux d'argent. Toutes les robes avaient été retransformées !

Des couronnes, des sceptres et des joyaux étincelaient sur celle de Moineau, terrifiée, et Robin avait l'air complètement paniqué devant les guerriers elfiques qui avaient remplacé ses forêts et s'affrontaient sur le tissu.

Horrifiée, Tara ne savait plus quoi faire et sa frayeur attira l'attention du Vampyr. Il baissa ses yeux rouge sang vers sa robe et lança :

– Puis-je savoir à quoi vous pensiez jouer, Damoiselle ?

– Je… je ne jouais pas, je suis désolée, je ne voulais pas !

– Ne pas vouloir n'est certainement pas une bonne façon de faire agir un sort. Vouloir, en revanche, est tout à fait différent. Et il semble que vous ayez voulu épater vos amis en faisant démonstration de votre talent. Voyons donc si vous êtes si forte.

Le Vampyr se planta devant elle et, désignant la robe de Tara où dansaient les chevaux, vociféra :

– Par le Decorus disparaissez, que cette robe soit désertée ! Les chevaux frémirent et disparurent.

– Et maintenant, Damoiselle, faites-les réapparaître !

– Mais, mais, balbutia Tara qui ne voulait pas faire de magie.

– Faites ce que je viens de dire ! rugit le Vampyr hors de lui.

Lui hurler dessus n'était certainement pas une bonne façon de faire obéir Tara. Et sa grand-mère était un adversaire autrement plus coriace que le Vampyr. Elle prit une grande inspiration et, faisant le vide dans son esprit tout en refusant la magie, elle articula :

– Par le Decorus orne-toi, de mes symboles illumine-moi !

À son grand soulagement, rien n'apparut sur sa robe. Le Vampyr ne comprit pas qu'elle l'avait fait exprès et eut un sourire féroce.

– Je vous ai jeté un sort et toute maligne que vous êtes, vous ne pourrez pas le défaire de sitôt. On pensera que vous faites partie de ces sortceliers incapables de formuler un sort correctement. Ça vous apprendra à perturber notre réunion.

Puis, se tournant d'un geste brusque vers les autres, il brailla :

– Par le Decorus je le veux, que chacun soit selon ses vœux !

Et toutes les robes, sauf celle de Tara, reprirent leurs dessins originaux. Évitant les regards triomphants d'Angelica et de son clan, elle alla s'asseoir sur l'un des coussins et se contenta d'assister à la séance comme une simple spectatrice. Elle était en réalité assez contente d'avoir réussi à ne pas utiliser la magie !

Pendant l'heure qui suivit, Maître Dragosh fit travailler les Premiers sortceliers sur les motifs de leurs robes, qu'ils devaient faire apparaître et disparaître à volonté. Puis il les fit voler, critiquant sans pitié leurs évolutions, les envoyant rebondir rudement contre les murs quand ils n'obéissaient pas assez vite à ses ordres.

Quand ils sortirent de la salle sous son œil rouge et malveillant, Cal était au bord de la rébellion. Il savait bien que Tara ne l'avait pas fait exprès, mais tous les autres sortceliers firent un détour pour éviter de passer trop près d'elle, à l'exception de Robin qui lui donna une gentille tape sur l'épaule et de Fabrice ainsi que Moineau qui l'entourèrent de leur affection.

– Je suis sûr que ce sale type mijote quelque chose, cracha Cal après avoir partagé avec eux une demi-douzaine de friands à la viande encore tièdes, qu'il avait « empruntés » à la cuisine. Il n'avait pas besoin de t'humilier comme ça, bon sang ! Et lancer un sort sur ta robe pour que tout le monde croie que tu n'es pas capable d'incanter, ça c'est vraiment dégueulasse !

Moineau intervint :

– Il faut faire quelque chose !

Fabrice, interloqué, constata.

– Mais tu ne bégaies plus ?

Moineau rougit et répondit.

– Pas quand je suis en colère et là je suis *très* en colère. Tara, écoute-moi, on ne va pas se laisser faire. Je sais comment nous pouvons te soutenir. Regarde.

Elle se leva et prononça clairement :

– Par le Decorus disparaissez, et que ma robe soit désertée !

Les ornements scintillants de sa robe disparurent.

– Ouah ! siffla Cal, ça c'est plutôt top ! Tu as raison, on va montrer ce dont on est capables à ce vieux sadique !

À son tour il jeta un retentissant Decorus, et ses renards bondissants s'évanouirent.

Fabrice eut un peu plus de mal, mais au second essai, il parvint à faire disparaître ses tigres et ses lions.

Tara les regarda, les larmes aux yeux, puis craqua.

– Vous êtes de vrais amis. Merci. Je dois éviter de faire de la magie, cela peut mettre la vie de ma grand-mère en danger. Mais à petites doses, je pense que ce n'est pas dangereux pour elle. Alors, pour vous, qui êtes mes amis, je vais vous révéler la vérité. Regardez.

Elle se contenta de baisser le regard sur sa robe et celle-ci se mit à étinceler de centaines de chevaux caracolants.

– Pffuiit, siffla Cal, impressionné. Tu as réussi à contrarier son sort ? Ben ça ma vieille, c'est un coup de maître !

Moineau, qui avait eu l'air curieusement mal à l'aise quand Tara avait parlé de vérité, était stupéfaite.

– Seul un Maître a les pouvoirs de contrer un autre Maître. Comment as-tu fait ?

– Je ne sais pas. D'un seul coup ça a été comme si je comprenais ce qu'il faisait. Tu vois ? C'était si… clair. Alors j'ai en quelque sorte muselé ma magie. Et il faut aussi que je vous dise autre chose…

Dans un grand élan, elle leur raconta tout ce qu'elle avait dissimulé. L'attaque nocturne de deux Sangraves, sa grand-mère pétrifiée, le Haut mage en dragon, les vêtements dans la chambre (là Moineau ne put s'empêcher de glousser en imaginant Angelica coiffée par la robe de chambre), et enfin, le Sangrave dans le couloir. Mais elle garda pour elle son plus grand secret. Elle ne révéla pas que sa mère était toujours vivante.

Quand elle eut achevé son récit, Tara se sentit soulagée mais ses amis avaient l'air d'avoir reçu un mur sur la tête. Ils la dévisageaient avec stupéfaction.

– Bon sang ! l'admira Fabrice, ce que tu as été courageuse ! Moi j'aurais jamais eu l'idée de me faufiler par la trappe du chien !

– Ouais, renchérit Cal, c'est incroyable ! Et tu dis qu'ils voulaient t'enlever, c'est ça ?

– S'ils voulaient l'enlever, articula lentement Moineau dont le cerveau fonctionnait à toute vitesse, ça veut dire qu'elle aurait disparu !

Cal se retourna et railla.

– Si elle n'est plus là, c'est sûr, c'est qu'elle a disparu !

Mais Fabrice avait saisi ce que voulait démontrer Moineau. Il rétorqua :

– Elle aurait disparu. Comme les quatre l'année dernière !

Les autres échangèrent des regards stupéfaits.

– Mais tu as raison ! Tu crois qu'il y a un rapport ?

Tara se mit à mâchouiller sa mèche blanche tout en réfléchissant intensément.

– En tout cas, Dragosh y est mêlé, d'une façon ou d'une autre.

La cloche du dîner retentit, interrompant sa réflexion.

– Aïe, il faut y aller.

Elle se leva d'un bond, mais Fabrice la retint.

– Euh, tu n'as rien oublié ?

– Quoi ?

Il désigna sa robe encore scintillante.

Elle lui sourit.

– Ah ! Tu as raison ! J'allais oublier.

Sans même y penser, elle fit disparaître les chevaux avec une désinvolture qui fit soupirer Fabrice. Il avait déjà compris que les livres ne lui seraient pas très utiles sur AutreMonde et que si son don était réel, il ne lui semblait pas très puissant, en comparaison de celui de Tara.

Quand ils firent irruption dans la salle à manger, les yeux des autres sortceliers se fixèrent sur leurs robes. Angelica émit une vilaine réflexion sur les chouchous de Tara qui la suivaient comme des toutous.

Après dîner, Tara retourna dans la bibliothèque emprunter des livres sur la vie d'AutreMonde ainsi que sur les coutumes telles que la Parole de Sang, dit bonsoir à ses amis, puis, après s'être brossé les dents, aida Moineau à terminer son installation dans le dortoir des Premières.

Elle remarqua très vite que les vêtements de Moineau étaient magnifiques, ce qu'elle trouva curieux, cette dernière ayant affirmé que ses parents n'étaient pas très riches.

Les tissus étaient… étranges. Les textures, les couleurs, rien ne ressemblait à ce qu'ils avaient sur Terre. Moineau lui expliqua que ce qu'elle prenait pour de la fourrure blanche était de la Glavie, une plante qui poussait dans les montagnes de Gandis, le pays des géants. Et que le cuir bleuté d'un pantalon était en fait le cuir tanné d'un spalendital*, une sorte de scorpion géant originaire de Smallcountry*, le pays des gnomes et des lutins. La soie avait été tissée par des aragnes*, une variété d'araignées géantes élevées par les gnomes qui en faisaient également leurs montures. Après avoir écouté les explications de Moineau, elle décida de ne pas demander de quoi étaient faites ses propres robes… elle n'avait pas envie de savoir si c'était la bave de tel ou de tel animal qui en avait tissé le magnifique tissu !

Moineau enfin installée, Tara la quitta pour aller se coucher et se plongea dans le livre qui l'intéressait.

Elle apprit que la Parole de Sang était effectivement une coutume guerrière. Si ses amis étaient tués, victimes d'une trahison, le survivant devait donner sa parole, soit de les venger, soit d'exécuter toute tâche que le mourant lui confierait. Si le survivant ne respectait pas sa promesse, alors il mourait. L'âme du mort venait et l'emportait. Un membre de la famille du même sang que le mort pouvait seul lever la malédiction, à condition de ne pas être le motif de la Parole de Sang.

Tara jura.

Flûte ! Ça signifiait donc qu'*elle* ne pouvait pas annuler la promesse de sa grand-mère ! Elle devait donc trouver quelqu'un du même sang que son père pour délier Isabella de sa parole. Manitou ne pouvait pas non plus faire l'affaire, puisqu'il était le père de sa grand-mère. Reflûte. Et même si elle retrouvait sa mère, elle ne pourrait rien faire non plus. Si elle comprenait bien ce qu'elle avait entendu lors de la conversation entre sa grand-mère et le comte de Besois-Giron, Isabella avait promis au père de Tara que celle-ci ne serait jamais un mage. Mais sa grand-mère l'avait quand même incitée à faire de la magie quand elle s'était débarrassée du Pocus, le sort paralysant ! Cela signifiait donc qu'elle pouvait utiliser ce maudit pouvoir, mais sans savoir au juste ce qui risquait de provoquer la mort de sa grand-mère.

Super.

Elle soupira en refermant le livre, puis plongea dans un profond sommeil, bercée par le souffle d'une brise tiède, sous le décor apaisant d'un désert aux dunes argentées sous la lune.

Le lendemain, lors de la réunion du matin, le Vampyr se contenta de ricaner en découvrant les quatre robes unies.

Ils travaillèrent sur un projet d'aqueduc sous la direction de Maître Den'maril et Tara, toujours transformée en coursier pour Maître Chem, découvrit de nouveaux passages à travers le Palais. Si ça continuait comme ça, elle allait connaître comme sa poche ce fichu bâtiment ! Le Palais trouvait très drôle d'ouvrir des mers, des fossés, des ruisseaux, des canyons sous ses pieds et elle devait se contrôler pour ne pas trébucher, reculer ou sauter. Seule consolation, le Palais se livrait aux mêmes facéties envers tous les jeunes sortceliers, pages et écuyers… sans compter un certain nombre de courtisans qu'il devait aimer taquiner et qui étaient également ses impuissantes victimes.

L'après-midi fut consacré aux entraînements physiques et Tara, défiée par Moineau en combats à mains nues, découvrit les délices de la gravitation… lors de la demi-douzaine d'atterrissages brutaux que lui fit faire la fine et apparemment fragile jeune fille brune.

Maître Chanfrein dissimula un sourire en voyant Tara cracher le sable qu'elle avait avalé lors de son dernier atterrissage forcé et décida de changer l'entraînement. Il était curieux de voir comment une enfant de la Terre se débrouillait dans un environnement inhabituel.

Il leur demanda de le suivre et franchit une section de l'arène d'entraînement que Tara et Fabrice ne connaissaient pas encore. Une fois à l'intérieur, Tara constata qu'il était impossible de déterminer le haut, le bas ou les côtés de la pièce, tout simplement parce que la végétation recouvrait la totalité des quatre murs… et qu'il n'existait aucune pesanteur. Elle fit un pas, décolla et, paniquée, se mit à flotter.

Soudain une petite boîte noire munie d'un gros œil, d'un petit réacteur et de deux ailes, vint se poster devant elle en disant « vise, vise » ; juste en dessous, une autre, un peu plus grosse, criait « tourne, tourne » ; une troisième gigota pour mieux la cadrer et chantonna « zooom, zooom ».

– Ne t'inquiète pas, lui expliqua Cal, confortablement installé sur un arbre. Ce sont des scoops* ! Ils assurent la retransmission des entraînements à l'extérieur de la salle sur des panneaux de cristal.

Tara hocha la tête et adressa son plus beau sourire à l'objectif qui en frétilla d'excitation.

– Votre attention s'il vous plaît, cria Maître Chanfrein. Vous serez forcément confrontés à des situations dans lesquelles vous ne pourrez pas utiliser la magie. Vous devrez donc vous servir de votre environnement. Voyons comment vous vous en sortez. Une seule consigne : parvenir à immobiliser ou à neutraliser l'adversaire sans magie, juste à l'aide de votre cerveau. Cal, montre à Fabrice et à Tara comment faire.

Cal bondit, prenant appui sur un arbre, et, utilisant son élan, envoya Fabrice valser au milieu de l'espace, où le jeune homme s'immobilisa, impuissant, s'agitant maladroitement dans le vide… sans avancer d'un pouce.

Tara comprit très vite le but du jeu. Dès qu'on n'avait plus de point d'appui, on était fichu, on ne pouvait plus avancer.

À un moment, Cal, qui avait tournoyé et se retrouvait à son tour au centre de la salle après avoir été bousculé par Tara, fit une chose… curieuse.

Il cracha.

Bien que ce soit dégoûtant, cela se révéla efficace : le crachat propulsa le corps de Cal à un centimètre mais ce fut suffisant pour qu'il parvienne à agripper Fabrice. Le mouvement l'amena suffisamment près des murs pour qu'ils puissent de nouveau y prendre appui tous les deux.

D'autres pages et jeunes sortceliers s'entraînant dans la salle, l'Entraîneur décida de faire deux équipes. Cal et Fabrice composèrent avec Skyler, Carole, Béa et Tricia l'équipe Alpha. Tara et Moineau firent équipe avec Jane, Tanguy, Mo et John pour l'équipe Gamma.

Tara étudia attentivement la disposition de la salle et des arbres, puis fit signe à Moineau et aux autres de la suivre derrière un bosquet imposant qui les dissimulait aux yeux de l'autre équipe.

– Écoutez, dit-elle. Cal est très individualiste et Fabrice ne maîtrise pas bien l'apesanteur, je ne connais pas les autres, mais je suppose que nous sommes de niveau à peu près égal. Alors en unissant nos forces, nous devrions réussir à les piéger. Enlevez vos robes.

Moineau lui lança un regard stupéfait.

– Ttt-tu veux qu'on quoi? demanda-t-elle.

Tara sourit malicieusement.

– Ne t'inquiète pas, je n'ai pas l'intention de t'envoyer toute nue dans la salle. Même si je suis certaine que ça déstabiliserait *tout à fait* les garçons et que les scoops feraient de toi une star. Je veux juste que tu me donnes ta robe… si tu as quelque chose en dessous, bien sûr!

Moineau rougit et répondit :

– J'ai un ccc-ca-caleçon et une chemise. Mais qu'est-ce que tu vv-vveux fff-faire d-de nos r-r-robes?

Tara le leur expliqua et Moineau, Jane, Tanguy, Mo et John éclatèrent de rire, admiratifs. C'était tout simplement diabolique, ça personne ne l'avait jamais fait.

– Allons-y, dit Tara. Il faut que nous piégions Cal en premier. C'est probablement le plus dangereux du groupe.

Cal, Fabrice et leur équipe comptaient attaquer les autres en se séparant en deux parties et les balancer au milieu de la salle où il n'y avait ni arbres ni murs sur lesquels prendre appui.

Aussi furent-ils totalement pris au dépourvu quand Moineau fonça au bout de ce qui semblait être une grande corde et, bousculant Cal, le propulsa pile au milieu de la salle !

Les scoops en restèrent stupéfaites. Puis, avec un même murmure d'excitation, elles filmèrent toute la scène.

Fabrice, emporté par le mouvement, flotta jusqu'à une branche, puis se retourna pour comprendre ce qui se passait.

Entre-temps, John avait bondi sur un autre arbre et propulsait Mo, neutralisant Carole !

Soudain Fabrice comprit : leurs adversaires avaient noué leurs robes ensemble, les utilisant comme des cordes, tout en gardant un point d'appui…

– Ehhhh ! cria Cal, tricheurs ! Vous n'avez pas le droit !

– Mais si, ils ont le droit ! sourit Maître Chanfrein qui trouvait la solution très ingénieuse. Allez-y !

Tara, plus grande et plus forte que Moineau, trouvait systématiquement un appui qui lui permettait d'envoyer l'agile jeune fille où elle voulait. Au bout de quelques minutes de poursuite à travers la salle, Fabrice tenta de délivrer Cal, mais Tara, qui avait anticipé son mouvement, l'en empêcha en lançant Moineau juste à temps. Celle-ci agrippa la cheville de Fabrice et le propulsa au milieu de la salle, près de Cal, mais suffisamment loin pour qu'il ne puisse pas le toucher. Cal eut beau se démener et cracher dans tous les sens… ça ne servait à rien !

Pendant qu'elles traquaient Fabrice, Tanguy et Jane avaient neutralisé Béa. Ne restaient plus que Skyler et Tricia, qui tentaient désespérément de délivrer leurs équipiers. Sur l'ordre de Tara, Tanguy et Jane furent postés pour les empêcher d'approcher, pendant que Mo s'ancrait solidement sur un bosquet, proche du coin où ils s'étaient réfugiés, trop loin pour que l'équipe Gamma puisse les atteindre d'un seul bond. Les deux survivants de l'équipe Alpha avaient décidé d'imiter leurs adversaires et achevaient fébrilement de nouer leurs robes. Mais Mo ne leur laissa aucune chance, il lança son coéquipier, qui attrapa la cheville de Tara, doublant ainsi leur portée ! Celle-ci, s'appuyant sur lui, fut capable de projeter Moineau suffisamment loin pour qu'elle puisse toucher Skyler et Tricia, qui se croyaient à l'abri. D'une bourrade brusque, Moineau les délogea de leur cachette. Instinctivement, Tricia lâcha la corde formée par leurs deux robes… et se retrouva au milieu avec les autres, incapable de bouger.

Traquer Skyler ne leur prit que quelques secondes et il se retrouva à flotter au milieu de la salle avant de comprendre ce qui lui était arrivé. L'équipe Alpha était éliminée !

Totalement survoltées, les scoops s'agglutinèrent autour des vainqueurs, tandis que quelques-unes allaient filmer en gros plan les visages dépités de l'autre équipe.

– Bravo, équipe Gamma, bravo, applaudit Maître Chanfrein, très très ingénieux votre plan, félicitations !

Ils sourirent sous le compliment et le Maître Entraîneur réduisit l'apesanteur jusqu'à ce que tout le monde atteigne doucement le sol.

– L'équipe Gamma a gagné ! proclama Maître Chanfrein.

Très excitées, riant et chahutant, les deux équipes sortirent de la salle, surprises de l'acclamation qui les attendait. En effet, un grand nombre des occupants du Palais avaient suivi la partie en direct, les panneaux de cristal diffusant en boucle les différentes phases de la ruse de Tara. Pendant le dîner, Cal et Fabrice, vexés, boudèrent un peu, et l'histoire fit le tour du Palais. Tara y gagna la réputation d'être une excellente tacticienne, ce qui fit grincer les dents d'Angelica.

Le jour suivant, Tara et la moitié du Palais furent réveillés par un tapage incroyable. Curieuse, la jeune fille enfila rapidement un jean et un tee-shirt sous la robe bleu clair de sortcelière qu'elle avait pris l'habitude de porter.

Cal, Moineau et Fabrice la rejoignirent, tout aussi étonnés. Ils se dirigèrent vers l'origine du bruit et découvrirent avec stupeur une dizaine de cages dans lesquelles des êtres étranges voletaient en semant des plumes graisseuses, hurlant et insultant tous ceux qui passaient à portée de leurs voix suraiguës.

– Ça par exemple, s'exclama Cal, mais ce sont des Harpies !

Les Harpies étaient des êtres hybrides, humains pour la tête et le torse qu'elles laissaient à découvert, ce qui fit rougir Fabrice qui ne savait plus où poser les yeux, mais leur partie inférieure se composait d'un corps d'aigle géant dont les serres acérées laissaient suinter un liquide poisseux.

– Surtout ne t'approche pas, ordonna Cal quand Fabrice, stupéfait, fit mine de s'avancer. Ces Harpies sont un fléau que les Hauts mages sont en train d'étudier, mais pour le moment, leur poison est encore mortel, et il n'existe pas d'antidote.

– Ouille, s'exclama Fabrice en reculant prudemment, mais pourquoi hurlent-elles comme ça ?

– Oh ça ? fit Cal avec un sourire malicieux, c'est leur mode de communication. Elles ne savent pas parler normalement. Si tu veux attirer leur attention, tu dois parler comme elles. Regarde.

Cal s'avança un peu puis hurla :

– Eh ! Fientes de corbeaux dégénérés, filles de vers de terre écrasés et de bouse de vache !

Les Harpies se calmèrent immédiatement. L'une d'elles sautilla jusqu'à la porte de sa cage, laissant un sillage de plumes malodorantes derrière elle, pencha la tête comme un oiseau et croassa :

– Rhooooo, notre dîner vient d'être servi mes sœurs ! Voyez donc le ravissant petit roquet qui vient japper devant nous !

Cal ne se démonta pas. Il s'inclina railleusement devant les Harpies crasseuses.

– Vieux oiseaux déplumés, Harpies au croupion cradingue, vous mangez avec vos pieds et votre odeur ferait vomir un chacal !

– Pas mal, approuva une autre Harpie en s'approchant. Mais tu n'es pas assez rapide dans l'invective, essaie plutôt ça.

Et elle se fendit d'un juron qui fit rougir Cal et Fabrice et hoqueter Tara et Moineau.

– Ahh, ricana la Harpie, satisfaite de son effet, tu vois, tu dois trouver le bon rythme. Voyons donc avec ça.

Le juron suivant fit reculer Moineau, les mains sur les oreilles, mais Tara tint vaillamment le coup.

Une Harpie qui se tenait à l'écart lui adressa la parole.

– Cheveux ocre, mèche blanche, yeux d'eau, tu es la rejetonne Duncan, non ?

Surprise, Tara acquiesça.

– Euuh, oui.

– J'ai un message pour toi, de la part du Maître des Sangraves ! Approche.

Tara s'approcha immédiatement, mais pas trop près…

– Que veux-tu me dire ?

La Harpie la toisa avec dédain.

– Tu ne sais pas parler correctement ? Résidu de sortcelière, glaire visqueuse de traduc* malade !

Tara n'avait aucune idée de ce qu'était un traduc et encore moins un traduc malade, mais elle comprit qu'elle devait retourner ses jurons à la Harpie si elle voulait communiquer. Aïe aïe, voyons, il fallait du style et aussi du rythme dans l'invective.

– Charogne mitée aux vers, lança-t-elle, ton haleine tuerait une hyène et tu pues autant qu'une bouse de traduc (bon, si c'était un truc qui sentait mauvais, autant l'utiliser).

– J'aime bien ton style, tête jaune, rigola la Harpie, aussi je suis désolée de te faire… ça.

Et avec une violence qui ébranla toute la cage, elle se jeta sur la porte qui s'ouvrit sous le choc.

La Harpie prit son envol avant que Cal n'ait eu le temps de réagir, et s'abattit sur Tara, l'ensevelissant sous un amas de plumes sales. La deuxième Harpie allait s'échapper quand Fabrice agit instinctivement. D'un coup de pied il referma la cage, assommant à moitié la Harpie, puis Moineau souda la serrure en hurlant « Par le Mixus je soude le fer et la fusion n'est plus à faire », pendant que Cal se précipitait vers Tara.

Le Vampyr

Maître Chanfrein et Maître Dragosh, attirés par le vacarme, lancèrent, le premier un Pocus paralysant et le second un foudroyant rayon Destructus, sort mortel, mais trop tard. Quand ils relevèrent le corps inanimé de la femme-oiseau, ils virent les traces de ses profondes griffures sur le corps de la jeune fille… et le venin qui les maculait.

chapitre V
Les démons des Limbes

Tara, à moitié assommée par le choc avec la Harpie, ne ressentit la douleur que lorsque le venin pénétra son système sanguin. Ce fut comme un feu furieux qui envahit ses veines, et elle hurla.

La Chimère, qui avait également assisté à toute la scène, bondit, et avec l'aide de Cal et de Fabrice, hissa délicatement Tara sur son dos avant qu'elle ne s'évanouisse, froissant sa cape élégante, sous le regard surpris des courtisans.

La Chimère devança les commentaires sur son statut de monture.

– Le premier qui émet une réflexion fera un petit séjour dans les cachots du Palais, compris ?

Au moins ça avait le mérite d'être clair, et les courtisans allèrent manifester leur curiosité ailleurs.

Très inquiet, le Premier Conseiller porta la jeune fille jusqu'à l'infirmerie du Palais. Dans ce véritable hôpital où magie et science terrienne se côtoyaient pour sauver les vies, le Chaman Oiseau de Nuit lutta toute la nuit contre le venin, mais sans effet, malgré son immense talent. Le poison paralysait lentement la jeune fille et il ne pouvait rien y faire. Il n'existait pas encore d'antidote.

Cal, qui avait été interrogé par le sombre elfe T'andilus M'angil, chef des Services secrets, vint raconter ce qui avait été découvert. La cage contenant les Harpies avait été sabotée, le verrou limé. Malheureusement Maître Dragosh avait été trop efficace et son incantation avait tué net la femme-oiseau, ce qui ne permettait pas de l'interroger. Les autres Harpies ne savaient rien, et un Diseur de Vérité, convoqué de toute urgence, put le confirmer. Le piège avait été parfait. T'andilus M'angil, fou de rage, questionnait sans relâche tous les habitants du Palais. Car les cages avaient été vérifiées au moment de leur arrivée. Seul un habitant du Palais pouvait les avoir sabotées.

Au matin, torturée par une soif terrible que l'eau ne pouvait apaiser, Tara comprit qu'elle allait mourir. Maître Chem, les yeux rouges, Moineau, Cal et Fabrice l'avaient veillée toute la nuit.

Soudain, alors qu'elle s'enfonçait de plus en plus profondément dans l'inconscience, elle entendit une voix de velours liquide qu'elle reconnut immédiatement. Luttant pour ouvrir les yeux, elle sursauta.

Sur le mur blanc de l'infirmerie, le masque miroitant de Magister, le Maître des Sangraves, venait d'apparaître !

– Ahhh, Tara, je vois que tu as reçu mon… message, ricana l'apparition dont le masque se colorait d'un bleu satisfait.

Maître Chem se redressa, furieux.

– Comment oses-tu te projeter ici, Sangrave ! Tu vas me le payer cher !

Il fit un geste vers l'apparition qui vacilla un instant, puis se mit à rire.

– Inutile ! Tu ne peux pas me localiser. Mais j'ai une proposition à te faire, que je te conseille de ne pas rejeter. Si tu veux que cette enfant vive, je peux la soigner. J'ai un antidote à ma disposition qui la sauvera. Mais pour qu'elle puisse le prendre, tu dois me la livrer.

– Jamais ! hurla le dragon, fou de rage.

– Euuh, Maître Chem, osa Cal, c'est peut-être à Tara d'en décider, non ? C'est sa vie, après tout.

Le vieux mage lui jeta un regard noir, mais Cal ne céda pas.

– Tara ? demanda Maître Chem très doucement, Cal a raison, la décision doit être tienne.

– Je… je ne veux pas mourir, balbutia Tara, les idées embrouillées par la fièvre.

– Nous n'avons pas d'antidote, nous devons te livrer à Magister, si tu veux vivre.

Apparemment, elle allait trouver la forteresse grise plus tôt que prévu.

– Comme… comme vous voulez, dit-elle faiblement avant de perdre connaissance.

– C'est bon, annonça sombrement Maître Chem, tu as gagné, Magister. Je ne veux pas jouer avec la vie de cette petite. Donne-moi tes maudites conditions.

– Te faire plier sous ma volonté restera l'une des joies de ma vie, jubila Magister. Dans une heure, mets Tara dans la salle de la Porte, j'enverrai l'un de mes assistants pour la récupérer. Ah, un dernier détail. N'essaie pas de le capturer comme monnaie d'échange contre l'antidote, ça ne marcherait pas. Je l'abandonnerais sans aucune hésitation et Tara mourrait. C'est clair ?

– Très clair, répondit sèchement le vieux mage.

L'apparition s'effaça sur un dernier rire méprisant.

Prudent, le vieux mage attendit d'être sûr que l'apparition ne pouvait plus les espionner ou les entendre, puis se tourna vers les jeunes sortceliers.

– Cette fois-ci, nous n'avons pas le choix, dit-il calmement. Nous allons devoir utiliser la magie interdite !

Moineau, Cal et le Chaman pâlirent, tandis que Fabrice demandait :

– La magie interdite, qu'est-ce que c'est ?

– C'est la magie des Limbes*. Nous allons avoir besoin de l'aide d'un démon. C'est trop dangereux pour vous, vous devez partir.

– Hors de question, intervint le Chaman, c'est ma patiente. J'ai réussi à la maintenir en vie toute la nuit, ce n'est pas maintenant que je vais l'abandonner.

– Nous ne pouvons pas la laisser, confirma Cal, c'est notre amie, elle le ferait pour nous. Dites-nous comment vous aider.

Le vieux mage parut sur le point de protester, mais il savait qu'il n'avait que très peu de temps… et l'aide des amis de Tara lui serait précieuse. Il soupira et demanda :

– Cal, tu es un bon Voleur, n'est-ce pas ?

– Oui, répondit le jeune sortcelier sans se vanter, pourquoi ?

– L'une des Harpies a pondu un œuf non mature, mais elle l'a gardé, penses-tu être capable de le lui voler sans te faire griffer ?

Cal afficha un grand sourire.

– Tromper ces machins graisseux et stupides, vous plaisantez, Maître. Vous aurez l'œuf dans deux minutes.

Et il se rua hors de l'infirmerie.

– Parfait, approuva Maître Chem. À ton tour, Moineau. Tu sais où est mon bureau ?

– Oui, Mmmm-Maître.

– Je ne peux pas laisser Tara. Alors je vais te charger d'une mission difficile. Car tu dois aller me chercher un livre que les Sangraves recherchent depuis des années. Un livre interdit, un livre maudit. Voici ce que tu vas faire, écoute attentivement. D'abord, montre-moi ton accréditation que je la modifie pour que ma porte-mur te laisse passer. Sur l'étagère, en haut à gauche, tu verras un livre : Étude d'anatomie comparative, faune d'AutreMonde. Prends-le, puis pose-le sur mon bureau. Tape trois fois sur la troisième page, puis dix fois sur la vingtième page. Surtout ne te trompe pas.

Moineau, très impressionnée, hocha la tête.

– Mon bureau s'écartera, reprit le vieux mage-dragon, et tu verras apparaître un escalier de verre. Descends-le et saute la quatrième marche, puis la septième. En bas, tu verras deux Serpents de Feu. Surtout ne passe pas entre eux en te tenant debout. Il te faudra ramper, sinon ils te décapiteraient. Enfin tu auras devant toi le Livre interdit. Fais le tour du piédestal sur lequel il repose, puis saisis la pierre plate qui est cachée derrière. Il te faudra placer la pierre à la place du livre en moins d'une seconde. Une fois que cela sera fait, remonte en sautant cette fois-ci la deuxième marche à partir du bas, puis la cinquième.

Dans le bureau, enlève le livre sur l'anatomie sans en toucher les pages, puis mets-le autour du Livre interdit. Il en dissimulera la couverture le temps que tu me l'apportes. As-tu besoin que je répète?

Moineau avait tellement peur qu'elle en oublia son bégaiement. Ben dis donc, personne ne risquait de le lui voler, son Livre interdit!

– Non, Maître, j'ai compris, dit-elle fermement. Taper trois fois la troisième page, puis dix fois la vingtième, sauter la quatrième marche puis la septième, placer la pierre, remonter avec le livre en sautant la deuxième marche puis la cinquième, prendre le livre Anatomie, le mettre autour du Livre interdit… et vous les apporter. Ça ira, j'y vais tout de suite.

Pendant que Moineau filait, le dragon se tourna vers Fabrice, qui ne savait pas très bien comment aider, et le Chaman.

– Va avec Fabrice en forêt et déterre-moi trois racines de Kalorna*. Utilise le garçon pour les appâter.

– Et je dois faire quoi? demanda Fabrice un peu inquiet.

– Rien du tout, assura le Chaman avec un petit sourire. Les Kalornas s'enterrent dès qu'elles se sentent en danger mais si tu restes immobile sans les menacer, elles ressortiront par curiosité et je les attraperai. Allons-y.

D'un geste, le vieux mage plaça Tara en lévitation au milieu de la pièce, puis fit flotter plusieurs coupes gracieusement gravées autour du corps immobile, à l'intérieur desquelles il plaça des herbes qu'il enflamma. Bien qu'elle soit inconsciente, la jeune fille gémissait doucement sous le feu de la douleur, et à chaque gémissement, le vieux sortcelier frémissait. Il commença les préparatifs en renforçant par la magie les défenses de Tara.

Soudain, on entendit un grand tapage dehors, et Cal fit irruption dans l'infirmerie, portant un gros œuf gris.

– Oh là là, rigola-t-il, elles ont pas aimé, mais bon, voilà l'objet. Je peux faire autre chose ?

– Non, répondit le mage, c'est parfait. Tu es sûr de vouloir rester, c'est terriblement dangereux, tu sais ?

– La question est : Avez-vous besoin de nous ?

– Si je suis honnête, soupira le vieux mage, je dois répondre que oui. Vous êtes les amis de Tara, vous devrez lui tenir les mains, le plus fort que vous pourrez, et surtout, surtout ne la lâcher sous aucun prétexte. Vous pensez que vous pourrez faire ça ?

– Je ne peux pas répondre pour les autres, fit observer Cal tout aussi honnêtement, mais en ce qui me concerne, je ne la lâcherai pas !

Le Chaman, Fabrice et Moineau arrivèrent à peu près en même temps. Les racines de Kalorna se tortillaient dans un bocal et Moineau avait trouvé le Livre, même si ses cheveux un peu roussis attestaient que ça n'avait pas été si facile que ça.

Les deux amis répondirent exactement la même chose que Cal. Ils ne pouvaient pas abandonner Tara, ils seraient présents, quel que soit le risque.

– Bon, approuva le vieux mage, alors allons-y. Chaman ?

Le Chaman fit signe qu'il était prêt. Prenant le livre, Maître Chem plaça les racines de Kalorna dans les coupes autour de Tara et une épaisse fumée rouge les entoura, formant un cercle, puis ils incantèrent ensemble :

– Par le Livre interdit nous t'implorons, par les Limbes démoniaques nous passerons, protège, nous les voyageurs, nos cœurs sont purs et n'ont pas peur !

Il y eut un assourdissant coup de tonnerre et la pièce disparut. Presque instantanément, ils se retrouvèrent flottant autour de Tara au milieu d'une immense plaine grise et déserte. Il n'y avait absolument rien à part un ciel violacé malsain, quelques nuages qui avaient vraiment l'air de se demander ce qu'ils faisaient là et des rochers qui paraissaient avoir été abandonnés des millions d'années auparavant. Le tout formait un tableau si désolant qu'ils sentirent leur moral faiblir.

Cal, qui serrait la main droite de Tara, tandis que Fabrice lui serrait la main gauche et que Moineau tenait la tête de la jeune fille, se retrouva avec… rien dans les mains. Leurs corps avaient perdu toute substance ! Ils étaient devenus des fantômes !

Paniquant un peu, il cria :

– Maître ? Qu'est-ce qu'on fait ? Qu'est-ce qui se passe ?

Le vieux mage eut l'air ennuyé.

– Flûte. Je pensais que nos corps nous suivraient, mais il semble que seuls nos esprits aient pu passer. Soyez prudents. Tout ce qui arrivera à nos esprits, ici, arrivera aussi à nos corps, là-bas, sur AutreMonde. Bon, le Livre dit que nous allons arriver très vite chez le Maître de ce niveau des Limbes. Son manoir devrait passer à notre portée dans quelques minutes.

– Ouh ! s'écria Tara qui venait brusquement de se réveiller, et ne comprenait pas bien pourquoi elle flottait au milieu de nulle part, où suis-je ? Pourquoi je n'ai plus mal, vous m'avez guérie ?

– Malheureusement non, répondit gravement le vieux mage. Nous n'avons pas d'antidote à ce maudit venin. Nos esprits sont dans les Limbes, c'est pourquoi tu ne souffres plus, mais nos corps sont toujours dans l'infirmerie. Ah ! Voilà le manoir du Maître des démons. Surtout soyez prudents et ne répondez pas aux provocations.

Ouille, pensa Moineau, provocations ? Quelles sortes de provocations ?

Porté par quatre jambes gigantesques, un énorme manoir de basalte noir avançait à grands pas. En regardant de plus près, ils purent constater qu'il avait été construit par quelqu'un qui avait vu une fois une maison, et avait tenté de la reproduire… sans comprendre à quoi pouvaient bien servir les ouvertures. Les portes étaient en haut des murs, et les fenêtres en bas !

Le toit avait été posé sur le côté d'un des murs, et il n'y avait rien pour protéger l'intérieur de l'étage supérieur. Hochant la tête, le vieux mage s'envola, leur faisant signe de le suivre, et il traversa les murs sans hésiter.

Le Chaman et les quatre amis le suivirent. Malgré la situation, Tara prit beaucoup de plaisir à voler, même si traverser le mur lui donna l'impression d'être un véritable fantôme !

Une fois à l'intérieur, ils se sentirent saisis par un violent vertige. Toutes les couleurs exilées de la plaine grise s'affrontaient en une terrible bataille. Sur le mur de gauche et une partie du sol, un jaune éclatant tentait sournoisement d'envahir le rouge vif du mur le touchant. Sur le mur de droite un bleu dur lançait des offensives vers un blanc craintif qui reculait sous la menace. Le plafond noir avançait des tentacules circonspects qui étaient parfois engloutis par les attaques des autres couleurs. Au centre de la pièce, flottant dans le vide, à égale distance des murs, du sol et du plafond, se découpait une ouverture à travers laquelle on pouvait apercevoir dehors le gris de la plaine. Cette ouverture était l'objet de toute l'attention des cinq couleurs, elles envahissaient le sol, tombaient du plafond, jaillissaient des murs pour tenter de l'atteindre. Il fallait avancer très prudemment pour éviter d'être entraîné dans l'affrontement.

Soudain Cal cria :

— Ehhh ! Mais on redevient solides !

En effet, peu à peu, leurs corps acquéraient un peu plus d'épaisseur.

— Par les entrailles de Baltur, jura le vieux mage, ce maudit démon a jeté un sort pour que tout visiteur tombe dans le piège des couleurs et y reste prisonnier. Alors nous ne sommes pas tout à fait matériels, et plus tout à fait immatériels, juste entre les deux. Le problème c'est que du coup, les couleurs vont pouvoir nous toucher… et, pire, nous capturer !

— Qu… qu'est-ce qu'on fffff-fait, cria Moineau qui commençait vraiment à paniquer.

Regardant sa main qui n'était plus que faiblement translucide, le vieux mage grogna :

— Le démon a emprisonné les couleurs dans son manoir. Alors, elles tentent sans cesse de s'enfuir par l'ouverture magique du milieu de la pièce en se combattant les unes les autres. Elles vont essayer de se coller à vous pour pouvoir sortir. Ne touchez pas les murs, vous seriez piégés, il faut faire vite avant que nous ne puissions plus du tout passer à travers ! Suivez-moi !

Quand elles avaient perçu, par un sens mystérieux, la voix du vieux mage, les couleurs s'étaient immobilisées, attentives. Puis, avec une fulgurante rapidité, le rouge bondit, visant les pieds de Maître Chem qui l'évita de très peu. Mais dans son mouvement, il se rapprocha du noir, qui n'attendait que ça. Un long tentacule se laissa tomber du plafond et le mage dut bondir en arrière. Pour arriver à le suivre, Tara, Cal, le Chaman, Moineau et Fabrice se mirent à slalomer à toute vitesse à travers les pièges que leurs tendaient les couleurs. Heureusement, ils étaient un poil plus rapides qu'elles, et ils arrivèrent in extremis à ne pas se faire engluer.

Soudain Fabrice cria. Il n'avait pu éviter le bleu et sa main se colorait lentement.

Distraite par Fabrice, Moineau à son tour fut touchée par le rouge et sa jambe vira au pourpre. En essayant de dégager Fabrice, Cal fut atteint par le jaune et le noir. Le vieux mage ne put éviter le blanc et le rouge. Puis le bleu puis le blanc piégèrent le Chaman. Plus ils se débattaient, plus les couleurs les engluaient ! Tara, qui n'avait pu résister au jaune et au rouge, les vit se rejoindre sur sa peau, et au lieu de virer à l'orange, se mettre à combattre sur son corps ! Soudain elle eut une inspiration.

– Écoutez ! hurla-t-elle. Restez immobiles, laissez-moi parler aux couleurs !

Les cris de panique de ses amis s'interrompirent, et maculés de toutes les couleurs qui avaient choisi leurs corps comme champs de bataille, ils s'immobilisèrent.

– Couleurs ! Je sais comment vous délivrer, cria-t-elle. Écoutez-moi ! Nous ne ressortirons pas du manoir sans avoir vu le Maître des démons. Il est donc inutile d'essayer de passer en vous accrochant à nous, parce qu'il ne vous laissera jamais partir. Mais si vous m'écoutez, vous pourrez sortir d'ici.

Pendant un instant, elle crut que les couleurs ne l'écoutaient pas, car elles continuèrent leur lutte inutile. Puis le rouge se figea, attentif, tandis que le jaune ignorait le noir. Le blanc et le bleu immobilisèrent leurs tentacules et il régna soudain un silence pesant.

– Vous devez vous unir, continua Tara. Sinon il vous sera impossible d'emprunter la sortie et vous vous combattrez pour le reste de l'éternité ! Rangez-vous en ordre croissant d'intensité. Blanc, jaune, rouge, bleu, noir. Puis placez-vous devant l'ouverture au milieu de la pièce. Allez !

D'abord un peu réticentes, les couleurs obéirent à contre-cœur. Non sans remous et grumeaux, le blanc s'unit avec le jaune, puis avec le rouge, le bleu et enfin le noir. Au début, il ne se passa rien, et avec angoisse, Tara songea qu'elle s'était trompée.

Puis, avec un sifflement strident, les couleurs se mirent à tourner sur elles-mêmes et soudain un splendide arc-en-ciel illumina toute la pièce. D'autres couleurs venaient de naître, le vert joyeux, l'orange enjôleur, le rose tendre, et l'arc-en-ciel s'illumina de plus belle, devenant un spectacle radieux. Il atteignit l'ouverture au centre, et les couleurs, enfin unies, s'engouffrèrent avec joie vers l'extérieur, colorant toute la plaine.

– Ouah ! cria Fabrice, les faisant sursauter, ça c'était une idée de génie. J'ai bien cru que j'allais terminer ma vie dans la peau d'un petit homme bleu !

– Tout le monde va bien? demanda le vieux mage qui se regardait sous toutes les coutures histoire de vérifier que les couleurs n'avaient rien laissé sur sa peau.

– Eh! rigola Cal, soulagé, c'est ça qu'on appelle voir la vie en couleurs!

Soudain Moineau cria :

– Ta… Tara! Re… regarde ta gorge!

Tara baissa les yeux, mais elle ne pouvait qu'apercevoir ce qui étonnait tant les autres. Au creux de sa gorge un étrange motif venait d'apparaître. Avant de partir, les couleurs lui avaient laissé ce souvenir, pour la remercier. Sur sa peau, le jaune s'était fait or, le bleu, saphir, le blanc, diamant, le rouge, rubis et le noir ébène. Cela créait un bijou étrange, magnifique et baroque. En relevant le col de sa robe, elle pourrait toujours le cacher.

– Oh là là! fit Tara, impressionnée. J'espère que je ne vais pas avoir ça sur la peau en rentrant à Travia.

– Mmmf, souffla le vieux mage, ainsi que je l'ai dit, tout ce qui nous arrive ici nous arrive aussi *là-bas*. Désolé. Mais ce motif indique que si tu as un jour besoin des couleurs, il suffira d'appeler leur nom, et elles viendront. Bon. Je ne sais pas si le Maître des démons va apprécier que nous les ayons délivrées. Alors cache-moi ça et allons-y avant qu'il ne s'en rende compte! Et que nous soyons trop solides pour traverser le prochain mur!

Il s'envola et passa au travers. Ils le suivirent rapidement, débouchèrent dans une grande pièce, freinant de justesse pour ne pas percuter le terrifiant dragon noir et feu qui les attendait de pied ferme!

Tara recula. Elle se souvenait de ce qu'avait dit Maître Chem à propos des dragons devenus fous. Et quelqu'un qui vivait dans un manoir comme celui-ci devait indéniablement être sérieusement dérangé !

Tout autour de lui une multitude de démons se trémoussait, bavait, jurait, crachait et menait un tapage… infernal. De toutes formes, tailles et couleurs, certains étaient si répugnants que les quatre amis avaient mal au cœur rien qu'en les regardant.

Sans s'occuper du bruit, Maître Chem s'inclina poliment devant le dragon diabolique.

– C'est un honneur que vous me faites, Votre Démoniaque Majesté, de vous réincarner en dragon, ne préférez-vous pas votre propre forme ?

L'être répondit dans un grondement de tonnerre. Sa voix était si profonde qu'elle faisait vibrer tous les Limbes. Elle fit taire les cohortes de démons.

– Tes jeunes compagnons n'auront pas peur ? J'ai horreur des cris.

Ah bon, songea Moineau, railleuse, mais ce que faisaient les démons, alors, c'était quoi ? De la musique ?

– Ils sont bien élevés, Votre Démoniaque Majesté, répondit patiemment le vieux mage, ils n'auront pas peur.

Tara lança un regard noir vers Chem. Comment ça, ils n'auraient pas peur ! C'était facile à dire ! Ils étaient *déjà* terrifiés !

Quand le dragon disparut pour se rematérialiser sous sa forme normale, elle ne hurla pas… mais ce fut vraiment au prix d'un énorme effort de volonté.

Le Roi des démons était devenu une grande bouche d'où sortait une longue langue répugnante et violette parsemée d'imposantes taches noires, plaquée sur une grosse boule blanche qui suintait, entourée de tentacules, au bout desquels il y avait des yeux.

Des tas et des tas d'yeux différents. Des yeux rouges, verts, bleus. Certains étaient minuscules et d'autres énormes. L'ensemble était… vraiment… à vomir.

– Bien, fit l'être en s'installant confortablement sur ce qui était une sorte de trône, et en braquant ses centaines d'yeux sur le vieux mage, tout en se léchant avec sa langue, que puis-je faire pour le puissant Chemnashaovirodaintrachivu ? Cela fait une éternité que je n'ai vu d'humains dans ma dimension. En fait la dernière fois, c'était il y a une douzaine de vos années. Un jeune sortcelier cherchait le pouvoir… et j'ai eu grand plaisir à le lui donner. Même si le résultat a dépassé ses espérances !

Le vieux mage gronda :

– Vous saviez très bien ce que vous faisiez en donnant votre pouvoir démoniaque à ce sortcelier, Magister. Il est devenu fou et si puissant qu'il nous menace et a totalement échappé à notre contrôle. Il veut dominer tous les univers… Dans sa soif de pouvoir il a blessé cette jeune fille. Vous êtes responsable de son état, tout autant que si vous l'aviez blessée vous-même. Et vous connaissez nos conventions. Depuis la dernière grande guerre où les dragons et les sortceliers ont vaincu les démons, les dragons ne s'attaquent pas aux démons et les démons ne touchent pas aux dragons !

Tara enregistra soigneusement ce que venaient de dire les deux adversaires. C'était très intéressant !

– Ce n'est pas notre choix, gronda le démon avec amertume. Et vous nous avez emprisonnés dans ces Limbes d'où nous ne pouvons revenir que si vous nous convoquez… comme de vulgaires laquais !

Maître Chem ne broncha pas, et le démon se calma.

– Et puis cette petite est humaine, si je ne m'abuse, ronronna-t-il d'un ton malveillant. Elle n'a rien d'un dragon. Et nos conventions ne concernent *pas* les humains, que je sache !

– S'attaquer à nos humains, c'est s'attaquer à nous, rétorqua fermement le vieux mage. Et je demande réparation.

– Belle tentative de bluff, ricana le démon. Et qui ne marchera pas du tout. Je connais aussi bien que toi les termes de nos accords. Nous avons des conventions que nous respectons. Désires-tu une nouvelle guerre entre les démons et les dragons pour définir de nouvelles bases de discussion ? Je suis tout à fait à ta disposition.

Les cohortes de démons se firent attentives… très attentives. Et le Chaman blêmit vertigineusement.

Le vieux mage n'avait pas le choix.

– Non, admit-il de mauvaise grâce, ce n'est pas ce que je souhaite. Je demande donc à Votre Majesté si elle serait disposée à soigner gracieusement cette jeune fille.

– Gracieusement ? Tu rêves, vieux lézard, tu as beau te cacher sous une apparence humaine, je vois bien la duplicité des dragons qui transparaît. Je ne fais jamais rien de gratuit. Quelle serait ma récompense si je la soignais ?

– J'ai un œuf de Harpie, tout frais, qui est prêt à être transféré ici. C'est un bon prix pour une fiole de contre-poison pour du venin de Harpie.

La boule de tentacules se mit à rire.

– Oh? Du venin de Harpie? Alors tu me prends pour un idiot? Je n'ai que faire de ton œuf. Que dirais-tu de ton pentacle d'Escalidos? Je sais que tu l'as récupéré il y a un siècle et j'en aurais l'usage.

Le vieux mage fit une grimace. Tara ne savait pas ce qu'était un pentacle d'Escalidos, mais ça avait l'air précieux.

– C'est bon, céda Maître Chem à regret, mon pentacle contre la fiole de contre-poison.

Le démon le regarda attentivement, se lécha pensivement un œil, puis laissa pendre sa langue d'amusement.

– Hélas, soupira-t-il, j'aurais eu grand plaisir à te prendre le pentacle. Mais je n'ai malheureusement pas le contre-poison dont tu parles. Et je peux te confirmer que si je ne l'ai pas, personne ne le détient.

– Alors, lança Cal, furieux, prenant le vieux mage de vitesse, pourquoi discuter?

Le démon ouvrit une bouche immense au milieu de ses yeux, et se mit à rire.

– Mais pour le plaisir de voir plier le fameux Chemnashaovirodaintrachivu! Je me demandais jusqu'où il était capable d'aller pour sauver la petite humaine.

Tara aussi était furieuse. Elle voyait bien que le démon se moquait du vieux mage et se délectait de sa déconvenue.

– Alors, cria-t-elle, allez donc au diable si vous ne pouvez pas nous aider! Venez, Haut mage, ce machin arrogant parle beaucoup mais n'a aucun pouvoir, vous auriez mieux fait de vous adresser à quelqu'un de vraiment puissant.

Le Roi des démons apprécia très peu de se faire insulter devant toute sa cour.

– Ohh, la petite a des crocs à ce que je vois. Elle sait mordre ! Alors comme ça tu trouves que je ne suis pas puissant. Nous allons voir ça. Retourne donc dans ton monde… et bientôt, très bientôt, tu penseras à moi… SPARIDAM !!!

L'invocation les saisit avec brutalité et ils furent chassés des Limbes comme de vulgaires fétus de paille. Ils eurent juste le temps d'entendre le cri de rage du maître des démons quand il découvrit que les couleurs gambadaient dans sa plaine… et leurs esprits désorientés se retrouvèrent brusquement dans leurs corps, à l'infirmerie du Palais de Travia.

En réintégrant sa chair, Tara s'aperçut que quelque chose avait changé. Elle sentait toujours le feu du poison qui la tuait lentement, mais elle était capable de tenir la douleur à distance. Mieux, elle se sentait dans une forme éblouissante ! Elle se redressa d'un bond… avant de réaliser que son corps flottait au-dessus du sol de l'infirmerie.

Cal la rattrapa de justesse avant qu'elle ne se fracasse le crâne contre le plafond.

– Holà, fit-il, surpris, qu'est-ce que tu fais ? Comment te sens-tu ?

– Bien, répondit joyeusement Tara. Je me sens bien ! Oh ! Regarde, le motif des couleurs est revenu avec moi !

En effet, le motif luisait comme un joyau baroque et sauvage au creux de son cou.

Le Chaman s'approcha et passa la main devant le visage de la jeune fille, puis regarda sa paume et y lut quelque chose.

– Je ne comprends pas, dit-il, décontenancé, le venin est toujours là, mais… elle ne semble pas en ressentir les effets, c'est très étrange.

– L'humour des démons est… particulier, déclara sombrement le vieux mage, terriblement inquiet. Tara ayant mis en doute le pouvoir du Roi des démons, et celui-ci ne pouvant pas la guérir, il lui a fait quelque chose pour qu'elle puisse lutter contre les effets du venin. Mais si elle ne prend pas l'antidote très vite… elle mourra !

– Alors nous n'avons pas le choix, dit Cal, et je crois que j'ai une idée. Dites-moi, Maître, les masques de ces Sangraves, ils sont impénétrables, ou ce sont juste des illusions pour masquer leurs traits ?

– Ce sont juste des illusions, sinon ils ne pourraient pas respirer. Pourquoi ?

– Parce que j'ai un plan, mais je vais avoir besoin de votre aide.

En quelques mots, Cal leur expliqua ce qu'il voulait faire. Au début, le vieux dragon fut tout à fait contre, mais il n'avait pas le choix.

Tout était prêt quand l'image masquée du Maître des Sangraves réapparut sur le mur de l'infirmerie. Tara, inconsciente, gisait sur une épaisse civière et seul Maître Chem était présent.

– Alors, ricana Magister, êtes-vous prêts ?

– Elle est en train de mourir, maudit Sangrave, gronda le vieux dragon, amer, je l'emmène immédiatement en salle de la Porte. Mais tu dois lui administrer le contre-poison tout de suite, sinon tout cela n'aura servi qu'à transférer un cadavre.

Le Maître des Sangraves se pencha. La fièvre empourprait le visage de Tara, et celle-ci délirait.

– Dépêche-toi, ordonna-t-il sèchement au vieux mage. Mon assistant part tout de suite et devrait arriver dans moins de trente secondes chez toi.

Poussant la civière qui flottait devant lui, Maître Chem arriva à la salle juste au moment où l'assistant de Magister se matérialisait.

Méfiant, celui-ci incanta afin de vérifier qu'aucun sortcelier ne s'était rendu invisible pour le surprendre. Il n'y avait que le vieux mage et Tara sur sa civière. Le Sangrave vérifia que personne ne se cachait dessous, mais il était impossible d'y dissimuler un corps.

– Il est inutile de me suivre, annonça le Sangrave, car la Porte où je me rends ne fera que me renvoyer ailleurs.

– Je ne ferai rien, répondit le vieux mage, mais pars, elle est en train de mourir !

Le Sangrave hocha la tête puis cria :

– Forêt de Sylvine !

Et ils disparurent.

Ils se matérialisèrent au cœur d'une clairière, et le Sangrave cria :

– Tylverthorn !

Ils disparurent de nouveau pour se matérialiser dans une salle où les attendait le Maître des Sangraves, une fiole à la main.

Celui-ci s'approcha de Tara, et souleva sa tête pour la faire boire. La jeune fille pourtant apparemment inconsciente leva soudain… quatre bras et l'agrippa.

Avant que Magister, interloqué, ait pu comprendre ce qui se passait, Cal, qui avait utilisé une technique de Voleur pour se faire plat comme une crêpe et se cacher sous le corps de Tara, surgit et lança quelque chose de sombre dans le masque du

Sangrave. Celui-ci, totalement surpris, le reçut en pleine figure et émit un magnifique AAAATCHOUM qui le plia en deux. Cal rattrapa vivement la fiole, au moment où Magister la lâchait.

L'autre Sangrave se précipitait à la rescousse quand Tara hurla :

– Allez tous les deux en Enfer !

Elle allait lancer un Pocus, quand il y eut un POUF ! et les deux Sangraves disparurent. Tara ne chercha pas à comprendre ce qui s'était passé. Elle s'exclama :

– Palais de Travia !

La Porte obéit et ils disparurent à leur tour.

Quand ils réapparurent au Palais de Travia, Maître Chem se précipita sur Cal, s'empara de la fiole et, sans attendre, en fit avaler tout le contenu à Tara.

Le Chaman attendit quelques minutes, puis passa la main devant le visage de la jeune fille, lut sa paume et hocha la tête.

– Elle est guérie, annonça-t-il.

Puis, toujours aussi laconique, il remballa ses affaires et partit.

Fabrice, Moineau et Cal crièrent de joie.

– Mon plan a parfaitement marché, expliqua Cal, radieux. Je me suis douté qu'ils vérifieraient si aucun sortcelier adulte ne s'était dissimulé par magie près de Tara. Alors j'ai utilisé la technique des Voleurs, qui nous permet de dégonfler notre cage thoracique, suffisamment pour que nous prenions très peu d'espace. Ils n'ont pas pensé à soulever Tara, et quand le Sangrave s'est approché, il s'est pris une pleine poignée de poivre noir dans les yeux.

– Du poivre ?

– Oui, il me fallait une substance indétectable par Magister, mais qui l'aveuglerait et le paralyserait suffisamment long-temps pour que nous puissions nous emparer de la fiole et nous enfuir. Et ça a parfaitement fonctionné, quoique je ne comprenne pas pourquoi les deux Sangraves ont disparu.

Le vieux mage fronça les sourcils.

– Comment ça, disparu ?

– Ben oui, fit Cal en haussant les épaules. Tout à coup, pff-fuit, plus de Sangraves. Bref, Tara a activé le transfert… et nous voilà !

– Tu m'as sauvé la vie, Cal, déclara gravement Tara.

Et, sans prévenir, elle planta un gros baiser sur la joue du garçon qui rougit, balbutia, et fut sauvé par un jeune page qui venait les chercher. Le roi et la reine avaient entendu parler du sauvetage miraculeux de Tara, et désiraient l'interroger.

Il suivit Tara et le mage jusqu'à la salle du Trône.

Le roi et la reine recevaient les courtisans, mais dès que Tara fut annoncée, ils indiquèrent qu'ils voulaient lui parler. Les courtisans s'écartèrent, puis, curieux, tendirent l'oreille.

– Eh bien, chère enfant, dit gentiment la reine, il paraît que tu viens de vivre de terribles aventures ?

– Oui, Votre Majesté. Maître Chem et mes amis m'ont sauvé la vie, et Cal a été incroyablement courageux de m'accompagner jusque chez les Sangraves.

Un frisson d'inquiétude parcourut toute l'assemblée, et Salatar, la Chimère, se redressa sur son coussin.

Tara raconta son aventure. (Les jeunes filles dans l'assemblée eurent un mouvement de jalousie quand elle montra le motif étincelant au creux de sa gorge ; à voir leurs têtes, il semblait que Tara venait involontairement de lancer une mode.) Elle en était arrivée au moment où ils se trouvaient dans la salle du démon, à l'intérieur du manoir sens dessus dessous.

– Nous étions glacés d'effroi, Votre Majesté, car nous ne savions pas ce…

Tara s'arrêta net. Sous ses yeux horrifiés, les deux souverains se mirent à grelotter, leurs sourcils et leurs cheveux se couvrirent de givre et ils devinrent bleus.

– Mmmmmais qu'est-ce… qu'est-ce qui se passe ? articula péniblement le roi en claquant des dents.

Tara se retourna. Moineau, Cal et Fabrice tapaient du pied et frissonnaient. Elle regarda autour d'elle et commença vraiment à avoir peur.

Toute l'assemblée était bleue ! Les cheveux givrés, en tremblant, les courtisans échangeaient des questions anxieuses et hachées. Salatar, qui n'aimait pas du tout le froid, rugit quand il vit son étrange corps se couvrir de gel.

– Par mes ancêtres, murmura le vieux mage, surtout, Tara, ne prononce plus un mot avant que je ne t'en donne l'autorisation !

– Majestés, cria-t-il, je crois que je sais ce qui se passe !

Il se tourna vers la jeune fille, pétrifiée.

– Notre cher ami le démon t'a fait un petit cadeau. Peux-tu s'il te plaît dire à haute voix que nous sommes doucement réchauffés par la bienveillance de Leurs Majestés ?

Un instant, Tara se demanda si le dragon n'avait pas perdu la tête, mais elle obéit.

– Euuuh… Nous sommes doucement réchauffés par la bienveillance de Leurs Majestés.

Instantanément les souverains et le reste de l'assemblée dégelèrent, et une bienfaisante chaleur remplaça le froid glacial.

Salatar, le poil trempé lui tombant dans les yeux, descendit de son coussin.

– Est-ce que quelqu'un peut m'expliquer? demanda-t-il d'une voix dangereusement calme.

– Lors de notre aventure dans les Limbes, expliqua Maître Chem, très ennuyé, nous avons malheureusement mis le roi des démons au défi de guérir Tara. N'ayant pu le faire, il lui a fait cadeau d'un nouveau pouvoir. Dès qu'elle utilisera une métaphore, celle-ci se réalisera. Cal nous a dit que les deux Sangraves avaient disparu quand Tara leur a crié d'aller en Enfer. Je pense qu'ils ont dû être surpris.

– Ben, ils sont pas les seuls, bougonna Cal qui s'essuyait le visage avec un mouchoir. Bon, si j'ai bien compris, chaque fois que Tara dira un truc du genre: « Je brûle d'impatience », ou encore, « J'ai le feu sacré aujourd'hui », on risque tous de griller?

– C'est à peu près ça, admit le vieux dragon.

– Ben ma vieille, conclut Cal en souriant amicalement à Tara, va falloir bannir les métaphores de ton langage si tu veux pas qu'on termine en brochettes bien cuites!

La jeune fille le dévisagea et déglutit, totalement paralysée par la peur.

Fixant son amie avec inquiétude tout en essorant ses boucles brunes, Moineau demanda:

– Mais on pppp-peut la guérir, n'est-ce pas? On peut j-jjjuguler cet excès de magie? Sinon ça va de-de-devenir invivable pour elle!

– La seule solution, intervint Salatar, serait d'utiliser le pouvoir des Hauts mages. Mais vous n'êtes pas assez nombreux. Il faudrait aller à Omois.

– À Omois? intervint le roi qui avait écouté attentivement. Ça m'ennuie de demander quoi que ce soit à l'Empire. Vous pensez que l'impératrice et l'imperator vont accepter que vous utilisiez le pouvoir de leurs Hauts mages pour soigner notre petite Tara?

– Oui, répondit Maître Chem, sans aucun doute. Cela fait partie des conventions entre Hauts mages. Quels que soient les problèmes politiques, si l'un d'entre nous est en danger, ou blessé, nous unissons nos forces pour le sauver ou le guérir.

– Parfait, conclut Salatar qui voyait enfin là le moyen de se débarrasser de la dangereuse présence de Tara, alors vous avez carte blanche pour guérir cette petite.

– Nous ne pouvons pas partir tout de suite, annonça Maître Chem, au grand dépit de Salatar. Nous avons besoin d'un peu de temps pour régler ce que nous avons en cours. Je propose donc que nous partions dans… disons une semaine, cela devrait aller. En attendant, Tara sera très prudente, n'est-ce pas?

Ça, pour être prudente, elle allait être prudente. Au point qu'elle inclina simplement la tête pour éviter de parler.

Bien qu'elle se sentît très bien, elle préféra aller dans sa chambre plutôt que de risquer de geler ou de carboniser tout le monde. Les courtisans effrayés s'écartèrent prudemment sur son passage.

Le soir, elle rejoignit ses amis. Une nouvelle incursion dans la bibliothèque n'avait rien donné. AutreMonde faisait une fois et demie la surface de la Terre et était immense. Elle se sentait découragée. Jamais elle ne retrouverait sa mère !

— Tu vas bien ? demanda avec inquiétude Deria, qui avait rejoint le groupe. Quand j'ai entendu ce qui t'était arrivé, j'ai voulu te rendre visite, mais Maître Chem m'en a empêchée.

— Oh ! Deria, s'exclama Tara au bord des larmes. J'ai si peur ! Je dois faire très attention à tout ce que je dis.

— Viens là, ma chérie, lui dit gentiment Deria en la prenant dans ses bras. Tu ne dois pas avoir peur. Le pouvoir, la puissance ne sont dangereux que si on ne sait pas les contrôler. Et tu vas y arriver sans problème.

— Ouais ! renchérit Cal avec enthousiasme tandis que Tara, apaisée, séchait ses larmes. Pendant la cession du Conseil demain matin, tu ne veux pas dire que nous étions tous muets d'admiration devant le pouvoir du démon ? Avec un peu de chance les Maîtres ne pourront plus parler et on sera libres pour la journée !

— Cal ! gronda Moineau, tt-tu devrais avoir honte. La ppp-pauvre Tara a bbb-bien assez de pp-problèmes comme ççç-ça !

— Ça va, répondit Tara avec un pauvre sourire. Si je n'utilise pas de métaphores, je devrais arriver à ne blesser personne. Je dois juste être prudente.

Après le dîner, elle alla se coucher avec appréhension. Elle lutta contre le sommeil le plus longtemps possible puis céda… et des cauchemars la harcelèrent. Elle voyait des cohortes de démons déferlant sur le monde et réduisant les humains en esclavage. Et le pire de tout… quand le monstrueux commandant qui les dirigeait enlevait son casque… il avait les yeux bleu marine et de longs cheveux dorés avec une étrange mèche blanche. C'était elle. Elle était la reine des démons !

En se réveillant, le lendemain matin, épuisée et terrifiée, elle ne réalisa pas tout de suite ce qui se passait dans sa chambre.

Ensommeillée, elle fit une dizaine de pas vers la salle de bains avant de se rendre compte que… sa chambre minuscule ne lui demandait normalement pas plus de deux pas pour arriver à la salle de bains ! Ouvrant grands les yeux, elle cessa de respirer.

Sa chambre avait grandi ! À présent, elle s'ornait d'un majestueux bureau, d'une seconde salle pourvue d'un sofa et d'une chaise longue, d'une cheminée et d'un lustre étincelant. Son lit faisait deux fois sa taille normale et le baldaquin en était richement sculpté.

Tout autour, le Palais projetait des paysages impressionnants, en accord avec le nouveau statut de la jeune fille. Celle-ci referma les yeux… allons bon, pourvu que la magie n'ait pas blessé sa grand-mère, car indéniablement elle avait une chambre de mage à présent !

Quand le mur s'ouvrit devant l'accréditation de Tara au moment où elle sortait, Angelica, qui passait devant la chambre de la jeune fille avec les autres Premières, aperçut le nouveau décor… et faillit s'étrangler de rage.

Sensible à l'inquiétude de Tara, le vieux mage contacta Isabella au Pérou, qui confirma qu'elle se sentait plutôt bien. Le dragon en profita pour lui annoncer que Tara allait rester sur AutreMonde une dizaine de jours supplémentaires. Quand Isabella, un peu inquiète, en demanda la raison, le dragon mentit effrontément. Il annonça à Isabella que Tara était invitée à Omois, avec les autres mages, et qu'il désirait lui faire découvrir ce magnifique pays. Isabella consentit d'autant plus qu'elle n'avait pas encore trouvé tout ce dont elle avait besoin pour protéger le manoir contre les puissants Sangraves.

Ravi, le dragon confirma alors à Tara que sa grand-mère allait bien et qu'elle l'autorisait à rester plus longtemps sur AutreMonde.

Soulagée, Tara partit rejoindre ses amis. Après la cession du matin, ils avaient quartier libre pour l'après-midi… enfin presque, parce que Maître Chanfrein les embaucha d'office aux écuries pour qu'ils montent les animaux qui avaient besoin d'exercice.

Les Familiers étant interdits dans le périmètre, ils durent les laisser au Palais.

À deux heures précises ils passèrent donc des têtes curieuses dans les écuries.

Tout d'abord, Tara ne discerna pas bien les chevaux. Puis, en s'approchant, elle vit qu'ils portaient des sortes de grandes couvertures sur le dos. Quand l'une des couvertures s'agita et se souleva, elle réalisa qu'elle voyait… une aile? Des chevaux ailés? Son cœur bondit dans sa poitrine.

Les pégases*, attirés par le bruit, passèrent leur tête en dehors des box et étudièrent les jeunes sortceliers tout aussi attentivement qu'ils étaient étudiés. Très vite, Tara se rendit compte de ce qui les différenciait des chevaux. Les pégases semblaient très calmes. Ils laissaient les sortceliers les toucher sans broncher et ne réagissaient pas à leur excitation. Tendant une main un peu tremblante, elle sentit que le poil était différent d'un poil de cheval. Beaucoup plus doux, et plus épais aussi. Probablement pour les protéger contre le vent et le froid en haute altitude. Leurs ailes étaient très longues et leurs plumes solidement fixées. Quand l'un des pégases lui donna un petit coup de tête pour qu'elle poursuive ses caresses, elle constata que la tête semblait très légère. Comme les oiseaux, les os des pégases étaient probablement creux, ce qui réduisait considérablement leur masse. Mais pas au point de les empêcher de supporter le poids d'un cavalier.

Cal rigolait ouvertement de l'émerveillement de ses deux amis. Seule Moineau connaissait déjà les pégases et avait même assisté à plusieurs matchs de polo céleste.

– Ouah ! fit Fabrice, ravi. Mon premier est un gaz, mon second aussi, mon tout est un animal mythique.

– Fabrice ! s'exclamèrent Tara et Moineau qui trouvèrent en même temps.

– Un pet et du gaz, réfléchit Cal, un pégase ! (Il se mit à rire.) Celle-là je l'aime bien !

Maître Chanfrein fit son apparition.

– Ahhh, voici nos graines de cavaliers. Bien, bien, bien. Combien ont déjà monté ? C'est-à-dire des animaux, quels qu'ils soient ?

Presque tous avaient déjà chevauché, soit un cheval, soit un pégase, ou encore, pour deux des rougissantes et gloussantes amies d'Angelica, Monica et Carole, une licorne.

– Parfait. Voici les selles.

Les selles étaient munies d'une ceinture afin d'empêcher les cavaliers de tomber. Cette ceinture de sécurité épousait tous les mouvements du corps sans les gêner. De plus, il suffisait d'appuyer sur un simple clip pour se dégager si nécessaire.

Les selles étaient découpées de façon à laisser l'aile du pégase totalement libre et étaient munies de trois sangles. L'une passait devant l'épaule pour tenir la selle, et les deux autres la fixaient solidement sur le dos. Les étriers enveloppaient bien les pieds du cavalier. Le filet et le mors étaient quasiment identiques à ceux des chevaux.

– Je vais seller Danguerrand, et vous faire une démonstration de monte, puis vous prendrez chacun un pégase et nous irons sur le terrain.

Il ouvrit la porte d'un box, et l'un des pégases sortit. Il était si gracieux que ses sabots semblaient à peine effleurer le sol. À sa grande surprise, Tara constata que les sabots n'étaient pas composés d'un ongle unique mais ressemblaient plutôt à une patte de chat, avec des griffes acérées et rétractiles. Un sabot n'aurait été guère pratique pour s'agripper et l'Évolution en avait tenu compte.

Le pégase écarta ses ailes pour aider l'Entraîneur à mettre la selle.

Tout le monde sortit des écuries afin de le voir prendre son envol. Fabrice et Tara furent stupéfaits par la puissance de son décollage. En une seconde il était déjà à plusieurs mètres de hauteur. Il fila comme une flèche jusqu'au bout du terrain, galopa dans les airs puis sur terre, sautant au-dessus des arbres avec facilité. Il effectua même un saut périlleux qui coupa le souffle aux deux Terriens. Gracieux, vif, il paraissait porter très facilement le poids de l'Entraîneur.

Cal donna un coup de coude dans les côtes de Tara pour attirer son attention.

– Alors? interrogea-t-il malicieusement, qu'est-ce que tu en penses?

– Ils sont… magnifiques! répondit Tara en pleine extase.

– Baah, ce ne sont que de grosses bestioles volantes, pas de quoi en faire un plat!

Tara allait protester avec indignation lorsqu'elle comprit que Cal se moquait d'elle.

Elle cherchait quelle vacherie lui envoyer quand elle prit conscience que quelque chose l'attirait.

Sous le regard ébahi de Cal, elle se mit à marcher d'un pas somnambulique vers la forêt.

Comme une aveugle, elle écoutait une voix qui chantait dans son esprit.

– Viens, disait la voix, viens à moi, n'aie pas peur, je suis là, viens, viens à moi!

Tara restant sourde à ses appels, Cal, très inquiet, avertit Fabrice et Moineau, et tous la suivirent.

Ils tentèrent de l'empêcher d'entrer dans la forêt, mais sans résultat. Avec une force surprenante, elle les écarta et disparut derrière un bosquet. Là, prise de panique, Moineau alerta Maître Chanfrein tandis que Cal et Fabrice s'engouffraient dans la forêt à la suite de Tara. Sombre et froide, elle se referma sur eux.

Tara n'entendait plus que la voix, enjôleuse, caressante, qui la guida jusqu'à une clairière éclaboussée de soleil. Soudain une énorme forme, blanche et ailée, fondit du ciel.

Ses amis crièrent.

Tara leva les yeux, rencontra l'étrange regard doré du pégase et ce fut comme un déclic. Pleurant de joie, elle sauta au cou du Familier ailé qui venait de la choisir.

Elle ne serait plus jamais seule. Elle ne serait jamais jugée, mais toujours soutenue, aimée et aidée. Son Familier et elle formaient un seul être, une seule âme, unis à jamais.

Maître Chanfrein, alerté par Moineau qui paniquait complètement, savait que l'animal ne faisait pas partie de son écurie. Il atterrit à ses côtés et s'exclama :

– Un pégase ? Mais d'où viens-tu ? Qu'est-ce qui se passe ici ?

Angelica qui arrivait en soufflant ricana :

– Oh, ce n'est rien Maître Entraîneur, cette fille aime bien se faire remarquer. Elle n'est pas l'une des nôtres. Elle a sans doute vu le pégase et…

Personne ne sut ce qu'elle allait dire car, animé par la colère de Tara, le pégase s'avança vers Angelica d'un air menaçant.

Celle-ci glapit et courut se réfugier derrière l'Entraîneur.

– Regardez, regardez, elle l'a dressé pour m'attaquer !

L'Entraîneur observa le pégase attentivement, puis, remarquant ses yeux dorés, il s'écria :

– Que le Tradilan me ratatine, c'est un Familier !

Puis il vit la main de Tara posée sur son flanc et ajouta :

– Il t'a choisie, petite ?

– Oui, Maître ! Il dit qu'il s'appelle Galant.

Une singulière nuance de calcul venait d'apparaître dans le regard de l'Entraîneur.

– Mais c'est bien, ça, très très bien. Ton Familier est un pégase, ha ! C'est génial !

Sous le regard ébahi des jeunes sorceliers, il se mit à danser et sauter sur place en jubilant.

– Ça c'est une arme secrète, un joker décisif. C'est l'autre abruti de Tingapour qui va en avaler son chapeau. Viens petite, allons chercher une selle et voyons ce que tu vaux.

Un peu déconcertée par tout ce qui venait de se passer, Tara le suivit, la main toujours posée sur l'encolure du puissant étalon.

– Si un regard pouvait tuer, lui souffla Cal en désignant Angelica blanche de rage, je crois que tu serais morte depuis longtemps.

– Oh Cal, soupira Tara, c'est incroyable, Galant m'a choisie, moi !

Cal fronça les sourcils.

– Dis donc, ça va poser un problème avec Manitou. Quelqu'un va forcément se souvenir que ton Familier était censé être un chien ! Personne ne peut avoir deux Familiers !

Fabrice, qui les écoutait attentivement, proposa :

– Écoute Tara, est-ce que quelqu'un a déjà fait le rapprochement entre toi et Manitou ?

– Non… enfin, je ne crois pas. Il ne me suit pas, a tendance à sortir la nuit et ronfle toute la journée, pourquoi ?

– Est-ce que tu crois qu'il serait assez lucide pour faire semblant d'être à moi ?

– Je ne sais pas, mais je peux le lui demander. Tu voudrais faire comme s'il était ton Familier ?

– Oui, en attendant que je sois choisi à mon tour. On ne peut pas risquer d'attirer encore plus l'attention sur toi. Et deux Familiers, c'est un de trop.

– Tu as raison, c'est une bonne idée, on va tenter le coup.

L'attitude de Maître Chanfrein envers Galant fut toute différente d'avec les autres pégases.

Tout d'abord le filet qu'il lui proposa n'avait pas de mors. Les deux rênes se fixaient sur le montant.

Ensuite il n'essaya pas de le lui placer. Il le lui présenta, puis le donna à Tara pour qu'elle le fixe. Et le Familier baissa immédiatement la tête afin qu'elle ajuste la têtière et le frontal.

Pour la selle, l'Entraîneur montra à Tara comment la poser et la sangler, sans comprimer le pégase, mais de façon qu'elle ne puisse glisser.

Pendant ce temps, les trois aides de l'Entraîneur achevaient d'harnacher les autres pégases. Puis tous les sortceliers sortirent en tenant leur monture et se dirigèrent vers la prairie d'Entraînement.

La pensée de Galant ne quittait pas Tara. Après lui avoir indiqué son nom, le pégase n'avait plus parlé. Mais il communiquait ses sensations à Tara, comme elle lui communiquait les siennes. Il était heureux d'être là, la selle n'était pas lourde et il était impatient de voler avec elle.

Avec malice, elle lui avoua mentalement qu'elle avait imaginé son premier vol sur un balai, comme les vieilles sorcelières des contes de fées. L'indignation de Galant la fit rire. Comment oser le comparer, lui, le coursier des cieux, avec un vulgaire morceau de bois inconfortable ! Il lui fit parvenir des images où elle était juchée sur un balai, essayant désespérément de ne pas tomber et grimaçant de douleur après dix minutes de chevauchée.

Tara admit qu'il n'avait pas tort. Ce ne devait pas être une partie de plaisir!

– Nous sommes parés, annonça l'Entraîneur après avoir vérifié tous les harnachements. Qui parmi vous sait transformer ses vêtements?

– Moi! répondit Angelica.

– Moi aussi! enchaîna Cal aussitôt.

– Mmme-moi! bégaya Moineau.

– Parfait. Vous connaissez la tenue? Montrez à vos camarades.

Sans hésiter, Angelica fit un signe de haut en bas et ordonna:

– Par le Transformus je veux un pantalon, une chemise, des bottes d'équitation!

Elle fut soudain vêtue de bottes et d'une culotte de cheval noire ainsi que d'une courte chemisette assortie, blanc et noir.

– Par le Transformus je veux un pantalon, une chemise, des bottes d'équitation!

Cal et Moineau lancèrent l'incantation en même temps et rirent quand ils virent qu'ils avaient tous les deux choisi des bottes marron et une culotte claire.

À part Carole, qui se retrouva soudain habillée d'une robe de grand-mère à fleurs, et Fabrice, d'une chemise de nuit, la transformation des autres se passa plutôt bien.

Sachant que Tara ne voulait pas utiliser son pouvoir, ce fut Moineau qui l'habilla d'une culotte d'équitation et de bottes beiges.

Son pégase mit un genou à terre pour l'aider à monter, ce que ne firent pas les autres. En selle, elle prit les rênes et, avant d'avoir eu le temps de dire ouf, se retrouva à dix mètres de hauteur.

La sensation était… inouïe. Le souffle coupé, Tara voyait les gens et les lieux rétrécir pendant qu'elle volait en direction du soleil. Elle chevauchait un pégase ! Il obéissait à la moindre de ses incitations. Presque avant qu'elle y pense !

Éclatant de rire, elle lui fit faire un virage sur l'aile, frôlant Cal qui n'avait pas l'air très à l'aise. Moineau non plus d'ailleurs, car elle se cramponnait à ses rênes, pétrifiée à l'idée de tomber.

Tara ressentait si fort les sensations de Galant que leur sentiment de liberté à tous deux fut presque trop intense l'espace d'un instant, lui arrachant des larmes de joie.

Fabrice, un grand sourire accroché au visage, lui cria :

– C'est top, hein !

Très bon cavalier, il montait son pégase avec élégance, flottant gracieusement aux côtés de Tara. Ils avaient déjà partagé le plaisir de monter ensemble à Tagon, car le père de Fabrice possédait une demi-douzaine de chevaux que Fabrice et Tara sortaient tous les samedis… mais là, c'était autre chose !

Les muscles puissants jouaient sous la robe blanche, les ailes battant à un rythme régulier. Elle regretta de n'avoir pas natté ses cheveux, parce qu'ils lui cinglaient le visage à chaque mouvement de l'étalon.

Elle se fit la même réflexion à propos de l'abondante crinière du pégase qui s'enroulait autour de ses mains. La prochaine fois, elle lui tresserait aussi la crinière.

Maître Chanfrein les rejoignit en vol sur Danguerrand.

L'Entraîneur, qui avait attentivement surveillé Tara, était ravi. Elle faisait véritablement corps avec le pégase, il n'avait jamais rien vu de tel. Il avait un plan pour cette petite et s'il ne parvenait pas à le réaliser, il voulait bien en avaler sa casquette !

Au bout d'une heure de vol, il fit redescendre toute l'équipe, puis, étant un fervent adepte du *mens sana in corpore sano*, « un esprit sain dans un corps sain », il leur fit encore passer une heure exténuante à nettoyer les harnachements, à panser les pégases, à pailler les box et à ranger l'écurie. Enfin, il les autorisa à rentrer au Palais.

Le box dans lequel Galant avait été installé n'avait pas de serrure. Il pouvait aller et venir à sa guise… sauf bien sûr dans la chambre de Tara, inaccessible du fait de sa taille.

Ce qui les chagrinait tous les deux.

Quand ils sortirent des écuries, Tara était au bord des larmes. S'éloigner de Galant était une souffrance presque physique… qui ne dura pas longtemps car malgré les efforts des aides, le pégase sortit de son box et la rejoignit juste au moment où elle arrivait au Palais.

Les têtes se tournèrent au passage de l'imposant étalon et tout le monde s'approcha pendant que Tara, embarrassée, essayait de faire comprendre à Galant qu'il devait retourner aux écuries.

Son embarras vira à l'horreur absolue, quand, écartant les courtisans excités, Maître Dragosh, suivi par le roi, la reine et la Chimère, s'ouvrit un passage pour voir ce qui provoquait l'attroupement.

Lorsqu'il en découvrit la cause, un rictus sinistre vint découvrir ses canines. Tara se dit qu'il semblait prêt à la mordre. Visiblement, les Vampyrs d'AutreMonde ne craignaient pas la lumière du soleil car Dragosh n'y prêtait aucune attention.

– Eh bien, Damoiselle, qu'avez-vous encore trouvé pour vous distinguer? grinça-t-il d'un ton malveillant.

– Je n'ai rien fait! se défendit farouchement Tara, mais Galant ne supporte pas que je ne sois pas avec lui.

– Cet… animal n'a rien à faire là, Damoiselle, vous allez donc le ramener aux écuries, et immédiatement. De plus, vous serez sanctionnée.

La reine fronça le sourcil et allait intervenir pour rappeler au Vampyr que Tara était une invitée, quand Cal s'interposa.

– C'est son Familier! Elle vient d'être choisie!

Un murmure de surprise ponctua la déclaration. Un Familier, aussi imposant? Voilà qui était très inhabituel! Le roi et la reine échangèrent un sourire ravi.

Le Vampyr aussi fut surpris. Mais il reprit bien vite ses esprits.

– Qu'il soit ou pas son Familier ne change rien au fait que cet animal ne peut pas entrer dans le Palais. Alors, obéissez Damoiselle! Et ramenez-le aux écuries! La sanction reste applicable.

Tara sentit une rage incroyable, anormale, démoniaque, monter lentement dans son esprit. Quelque chose à l'intérieur d'elle avait horreur qu'on la contrarie. Comment! Ce misérable petit Vampyr osait la défier, elle! Il allait voir ce qu'il en coûtait de se mettre en travers de son chemin. Poussée par cette rage démoniaque, elle ouvrait déjà la bouche quand une voix tonitruante l'arrêta:

– Que se passe-t-il ici?

Le vieux mage venait d'arriver et se frayait un passage à travers la foule. Il écarquilla les yeux quand il aperçut les deux souverains, Tara, le pégase, le Vampyr, et la Chimère, qui balayait lentement le sol de sa queue.

– Rien que je ne puisse régler, Chem, déclara calmement le Vampyr.

Mais Tara remarqua à quel point l'intervention du mage l'agaçait.

Le dragon ne lui prêta aucune attention. Fixant les yeux dorés du pégase, il fit le rapprochement en une seconde.

– Non ! s'exclama-t-il d'un ton plein d'étonnement, tu as été choisie par un pégase ?

Tara tentait de retenir la fureur anormale qui bouillonnait en elle et répondit froidement :

– Oui… Maître.

– Que le Dragondor me ratatine, quelle histoire ! Mais qu'allais-tu faire ?

– Elle revenait au Palais, Maître, raconta Cal sans se préoccuper des regards menaçants du Vampyr, quand Galant n'a pu supporter d'être séparé d'elle. Vous savez comment ça se passe au début. L'attraction est presque irrésistible ! Il a donc quitté les écuries et il a rattrapé Tara au moment où elle allait entrer dans le Palais. Maître Dragosh veut la punir car il est certain qu'elle a attiré Galant ici exprès pour frimer. Mais c'est faux, Maître, il n'a fait que la suivre !

– Quelle que soit la raison pour laquelle cet animal est ici, coupa fermement le Vampyr, il n'en est pas moins clair qu'il ne peut pénétrer avec elle dans le Palais. Il doit repartir aux écuries !

– Il ne peut pas entrer dans le Palais, s'étonna le vieux mage, et pourquoi ?

– Oui, martela la reine d'un air sévère, c'est exactement ce que j'allais demander !

Le Vampyr eut l'air interloqué l'espace d'un instant.

– Mmais… mais il est trop grand !

– Pff, ce n'est rien ! décréta le dragon. Je fais bien six mètres de haut sous ma forme naturelle. De plus, si ma mémoire est exacte, la grand-mère de Tara n'avait rien trouvé de mieux que de se lier avec un tigre du Bengale de trois mètres. Visiblement, c'est de famille ! Alors voici ce que nous avions fait à l'époque.

Il pointa un doigt vers le pégase et incanta :

– Par le Miniaturus que le pégase réduise, et que Tara le promène à sa guise !

Sous le regard étonné de Tara, le pégase se mit à rétrécir, rétrécir, jusqu'à devenir de la taille d'un gros dogue allemand. Ce qui était encore une dimension respectable, mais pas inacceptable !

– Si tu veux lui rendre sa taille normale, l'informa gentiment Chem, tu n'as qu'à dire : « Par le Normalus je te rends ta taille, car pour nous deux il n'y a qu'elle qui t'aille ! »

Et le pégase grandit de nouveau.

– Vas-y, Tara, essaie ! l'encouragea Fabrice.

– Inutile, siffla le Vampyr, votre « invitée » n'est pas capable de maîtriser son pouvoir ! Vous avez bien vu ce qui s'est passé dans la salle du Trône !

À ces mots, les courtisans, prudents, reculèrent. Ils ne tenaient pas spécialement à faire de nouveau l'expérience du pouvoir de Tara.

– Cela n'avait rien à voir, rétorqua le mage-dragon en fronçant les sourcils. Si elle fait attention, elle peut parfaitement maîtriser sa magie.

Tara savait qu'elle pouvait, si elle le désirait, transformer l'arrogant Vampyr en une petite souris couinante, d'un seul froncement de sourcils. Elle lui lança un regard dédaigneux et incanta :

– Par le Transformus je veux mes vêtements, et aussi ma robe immédiatement !

Et elle se retrouva vêtue de son jean et de son tee-shirt, puis de la robe qui les recouvrait.

Impériale, elle claqua des doigts et des centaines de chevaux scintillèrent sur sa robe.

Enfin elle se tourna vers le pégase et ordonna :

– Par le Miniaturus que mon pégase réduise, afin que je puisse le promener à ma guise !

Le pégase rétrécit de nouveau.

– Eh, eh, eh ! gloussa le vieux mage, satisfait quoiqu'un peu surpris de la maîtrise dédaigneuse de Tara, moi je trouve qu'elle ne se débrouille pas si mal cette petite ! Qu'elle garde donc son Familier puisqu'elle vient de prouver qu'elle est capable de s'en occuper.

Instantanément, sa rage fit place à contrecœur à la joie, et l'esprit soudain éclairci, Tara faillit sauter au cou du dragon. Elle se souvint de justesse que ça ne se faisait pas d'embrasser le Haut mage de Lancovit, et le remercia en s'inclinant. Elle se rattrapa en étreignant son pégase, qui clignait des yeux, et avait un peu mal au cœur après tous ces changements de gabarit.

Elle jeta un regard glacial au Vampyr dont étrangement elle n'avait plus peur, puis lui tourna le dos et, accompagnée du roi et de la reine qui la pressaient de questions, gravit fièrement les marches du Palais, suivie par tous les courtisans qui avaient assisté à la scène.

L'histoire se répandit comme une traînée de poudre et nombreux furent ceux qui vinrent voir le pégase miniaturisé.

Tara, après avoir pris sa douche, en avait profité pour expliquer à Manitou qu'il devait aller avec Fabrice.

Elle crut d'abord qu'il n'avait pas compris. Mais son arrière-grand-père fit un effort démesuré et parvint à parler :

– Maudit chien, articula-t-il avec peine, il est plus fort que moi, je ne peux pas le combattre. Mais Tara, je n'ai pas envie de te quitter, ma petite-fille, je veux rester avec toi et te protéger !

De nouveau l'étrange rage qui l'habitait quand quelqu'un la contrariait répondit froidement pour elle.

– Tu n'as pas le choix, arrière-grand-père, j'ai Galant, tout le monde sait que mon Familier est un pégase. Tu ne me sers à rien !

– Je comprends, soupira tristement le gros labrador. Tu as raison. Je vais aller avec ton ami. Après tout, le stupide chien sera content de pouvoir jouer avec un garçon, ça le changera !

Galant, qui était en contact permanent avec l'esprit de Tara, manifesta son mécontentement. La façon dont la jeune fille traitait son arrière-grand-père ne lui plaisait pas du tout, et il le lui fit comprendre.

Sa compassion chassa la rage anormale et, soudain consciente que cela coûtait beaucoup à son arrière-grand-père de l'abandonner, Tara l'embrassa et le câlina tout en le remerciant.

À partir de ce jour, Manitou suivit Fabrice comme son ombre. Personne ne remarqua jamais que le chien n'avait pas les yeux dorés, et il semblait très bien s'entendre avec son nouvel ami. En tout cas, il avait cessé de dormir toute la journée, et participait comme les autres Familiers à la vie de son compagnon humain.

Le roi et la reine, passionnés par Galant, demandèrent souvent à Tara de l'amener dans leurs appartements privés. Tara devait lutter de plus en plus souvent contre l'agacement que lui inspirait l'affection des souverains. Quand la rage ou le mépris s'emparaient d'elle, Galant combattait de toutes ses forces pour aider Tara. Ils avaient tous deux parfaitement conscience que ce n'était pas normal, mais quelque chose en elle l'empêchait d'en parler avec ses amis ou le mage-dragon. Quelque chose qui ne voulait surtout pas qu'on le découvre. Tara n'était pas idiote. Elle avait parfaitement compris que le Maître des démons lui avait lancé un sort qui était en train de modifier son comportement. Cela signifiait-il qu'elle allait elle aussi se transformer en démon ?

Mais, malgré ses efforts, les rages démoniaques de Tara gagnaient en puissance.

Un après-midi ses amis décidèrent de lui parler un peu plus d'AutreMonde, de la magie et des sortceliers.

Ils se réunirent tous les quatre dans le parc. Cal, né sur AutreMonde, Premier sortcelier depuis deux ans, était le plus à même d'expliquer la planète magique à Tara.

– Allons-y, soupira-t-il. Voyons ce que je peux te dire sur les sortceliers… Les sortceliers existent depuis toujours parmi les Nonsos. Nous avons retrouvé leurs traces jusqu'aux premiers hommes des cavernes. Évidemment les sortceliers ne savaient pas qu'ils étaient différents et si la majorité aidait les Nonsos en les soignant, certains les exploitaient en se faisant passer pour des dieux.

– Oui, confirma Moineau, répondant au regard surpris de Tara. Chez les Incas, Quetzalcóatl et Tezcatlipoca, le Dieu à Plumes et le Dieu Panthère, furent usurpés par des sort-celiers.

– Et chez les Égyptiens, continua Fabrice qui avait bouquiné, Isis, Osiris, Anubis, Seth ; chez les Romains, Jupiter, Junon, Minerve ; chez les Grecs, Zeus, Aphrodite, ou encore Thor, Odin chez les Vikings. D'ailleurs c'est à cause de ces imposteurs que les sortceliers du Haut Conseil décidèrent de créer une Police spéciale pour empêcher les sortceliers de se faire passer pour des dieux. Dès qu'un faux dieu essayait de prendre le pouvoir sur Terre, il était traqué puis emprisonné ou détruit.

– Au fur et à mesure de l'évolution de l'homme, reprit Cal en s'allongeant dans l'herbe pour être plus à l'aise, les sortce-liers évoluaient aussi. Il vint un jour où ils furent assez nom-breux et puissants pour tenter de dominer les Nonsos. Mais ça ne fonctionna pas.

– À cause des rivalités entre les différentes factions de sort-celiers, confirma Moineau. Ils faillirent bien détruire la Terre avec leurs guerres débiles ! (Moineau n'aimait pas les conflits.) Puis les dragons apparurent. Ils venaient d'une autre dimen-sion. D'un autre temps. D'autres mondes sur lesquels ils régnaient. Des mondes étranges où vivaient des elfes, des trolls, des géants, des lutins, des gnomes, des Tatris (le peuple de Dame Kalibris), des Vampyrs, des Changelins (ou Garous), des Chimères. Ils étaient en plein milieu d'une guerre terrible avec les démons et décidèrent de conquérir votre planète avec leurs armées elfiques, géantes et autres, afin d'éviter que ces démons n'en fassent une base démoniaque, car la principale faille entre notre univers et celui des Limbes se trouvait sur Terre ! Mais Demiderus, un mage génial, forma une armée de sortceliers et opposa leurs pouvoirs magiques aux pouvoirs des envahisseurs. Les dragons furent très surpris de découvrir que les humains connaissaient la magie.

– Plus que très surpris, ricana Cal, ils se sont pris une pâtée et ça a carrément stoppé leur conquête. Ils se sont rendu compte qu'il valait mieux pour eux s'allier aux sortceliers afin de vaincre les démons, plutôt que de les combattre. Alors ils ont proposé un pacte à nos ancêtres. Ils n'envahissaient pas la Terre, mais les sortceliers ne tentaient pas de la diriger non plus, et acceptaient de les aider à vaincre les démons. Pour former les sortceliers et augmenter leur pouvoir, les dragons leur proposèrent de venir s'installer sur AutreMonde où la magie était bien plus puissante que sur Terre. Évidemment, au début, les sortceliers pensèrent que c'était un piège. Mais au fil des années, ils comprirent que les dragons étaient sincères. Alors ils acceptèrent, et les dragons lancèrent sur la Terre un sort d'oubli qui fit disparaître de l'esprit des Nonsos le souvenir des siècles d'invasion... même si de nombreuses légendes subsistèrent, à propos des Vampyrs, des elfes et autres peuples magiques. Grâce à leur union, et notamment grâce à cinq sortceliers particulièrement puissants, dont Demiderus, les démons furent vaincus et emprisonnés sur leurs mondes, l'univers démoniaque qu'on appelle les Limbes interdits. Des protections magiques furent placées sur les failles, et seuls les cinq sortceliers ou leurs descendants pouvaient franchir ces protections. Personne d'autre. Parallèlement les dragons créèrent des sortes de… d'ouvertures, de Portes permettant de communiquer et de voyager entre AutreMonde et la Terre. Les sortceliers mais aussi beaucoup de Nonsos émigrèrent définitivement sur AutreMonde.

– Ceux des sortceliers qui désiraient rester sur Terre, indiqua Fabrice, et il y en eut très peu, durent jurer qu'ils n'utiliseraient leurs pouvoirs qu'en dehors de la présence des Nonsos, et jamais, jamais pour en profiter.

– La Police spéciale, continua Moineau avec un frisson, aussi impitoyable qu'efficace, créée pour traquer les faux dieux, reçut une nouvelle mission. Ses elfes policiers furent chargés, sous la direction des Hauts mages, de traquer et de punir les contrevenants. Ce sont eux qui ont détruit Druidor Sangrave, raison pour laquelle les Sangraves haïssent les elfes. Avec quelques Hauts mages restés sur Terre, ils surveillèrent les Nonsos, mais aussi toute tentative des démons pour s'échapper des Limbes. Car, comme l'a dit Cal, la plus grosse des failles entre les Limbes et notre univers se trouve sur Terre.

– Sur AutreMonde vivent des tas de peuples, enchaîna Fabrice en comptant sur ses doigts. Non seulement des sortceliers et des Nonsos, qui ont désiré venir s'y installer et qui vivent dans des royaumes, républiques ou empires, comme le Lancovit, Brontagne ou Omois, mais également des elfes qui vivent à Selenda*, des nains qui vivent à Hymlia dans les montagnes, des géants qui vivent à Gandis, des licornes au Mentalir, des lutins, des gnomes et des gobelins à Smallcountry, des Vampyrs en Krasalvie*, des trolls à Krankar*, etc. Et pour que nous nous comprenions, il y a un sort Interpretus qui traduit instantanément nos paroles.

– Et la politique! soupira Moineau en levant les yeux. Omois est le plus puissant des royaumes, empires ou républiques humains. Il est codirigé par l'impératrice Lisbeth'tylanhnem T'al Barmi Ab Santa Ab Maru et son demi-frère Sandor T'al Barmi Ab March Ab Brevis. L'impératrice n'a pas réussi à avoir d'enfants, bien qu'elle ait changé de prince consort à plusieurs reprises; son frère Danviou T'al Barmi Ab Santa Ab Maru a disparu il y a une douzaine d'années et le problème de la succession va bientôt se poser car son demi-frère n'a pas, de par la loi d'Omois, le droit de régner seul. Il est obligé de régner avec un membre à part entière de la famille impériale, car l'impératrice est la descendante directe de Demiderus, l'un des cinq mages qui emprisonnèrent les démons.

Tara secoua la tête, submergée par le flot d'informations.

– Ouah! s'écria-t-elle, mais c'est très complexe! Des royaumes, des empires, des républiques, des nains, des elfes, des Vampyrs, des dragons, des Tatris!

– Ouais! confirma Cal en se relevant et en s'époussetant. C'est si compliqué que le reste des explications attendra un autre jour. Parce que maintenant, c'est l'heure de la corvée de cuisine, et après on ira se dégourdir un peu avec les pégases.

Galant releva la tête, ravi, pendant que Moineau, qui avait le vertige en chevauchant les pégases, était nettement moins enthousiaste.

Trois fois par semaine les Premiers sortceliers étaient de corvée de cuisine, ce qui leur permettait aussi d'affiner leur pouvoir par de petites manipulations.

Quand ils arrivèrent dans la cuisine, Tara constata que c'était au tour du Vampyr de superviser les opérations. Sous sa direction efficace, petits pains, viandes, légumes, pâtisseries étaient dupliqués pour nourrir les ventres affamés de l'immense Palais, puis rapidement acheminés jusqu'aux salles à manger.

– Que la nouvelle équipe remplace l'ancienne! ordonna-t-il. Et interdiction de manger avant le dîner, compris?

Skyler, Robin et Carole laissèrent bien volontiers la place à Cal, Moineau et Fabrice qui commencèrent à reproduire ce que les cuisiniers leur passaient.

Tara, rassurée sur le sort de sa grand-mère (quand Galant l'avait choisie elle avait demandé au vieux mage de contacter sa grand-mère pour vérifier que la rencontre avec son Familier ne l'avait pas étendue raide, mais heureusement, tout allait bien), savait qu'elle pouvait utiliser sa magie pour aider ses amis, mais préférait l'éviter depuis qu'elle avait constaté que la rage démoniaque et la colère qui l'habitaient se manifestaient surtout quand elle activait son pouvoir. En soupirant, elle attrapa un tablier, puis commença à éplucher des carottes pour la soupe qui mijotait devant elle.

Cal, qui salivait et avait des démangeaisons au bout des doigts, réussit cependant à se retenir jusqu'au moment où le cuisinier sortit du four une somptueuse tourte aux mûres. Attiré comme par un aimant, le jeune sortcelier s'approcha.

– Je vais m'occuper de celle-là! proposa-t-il innocemment au cuisinier qui la lui passa sans méfiance.

Cal posa la tarte encore brûlante sur la table, marmonna « Par le Duplicus, magnifiques gâteaux par trois multipliez en un peu plus gros » et trois tartes apparurent… dont l'une disparut presque aussitôt… dans sa bouche.

– Cal, chuchota Moineau, ff-ffais att-attention, le Vampyr tttt-te re-regarde !

– Ouch, ch'est chaud ! répondit le jeune sortcelier qui s'était brûlé la langue, t'inquiète pas, che chuis un Voleur. (Il déglutit le reste de la tarte.) Le Vampyr qui m'attrapera en flag n'est pas encore né ! T'en veux ?

Tara était en train de regarder sa montagne de carottes en songeant que si elle était un lapin, ce lieu serait un paradis, quand un cri de rage la fit sursauter. Elle eut juste le temps de voir le Vampyr attraper Cal par la peau du cou, une tourte tomber de la main du garçon, Moineau reculer avec effroi… et la salle fut ensevelie sous trois mille litres de soupe. Chaude. Épicée. Gluante.

La soupe déséquilibra le Vampyr, le faisant tomber et lâcher Cal qui fila. Elle submergea la cuisine, noyant les pots, les casseroles, les chaudrons, éteignant les feux, assommant à moitié les marmitons et les cuisiniers. Elle s'arrêta in extremis à la porte de la cuisine.

Tara, les yeux écarquillés devant l'ampleur de la catastrophe, ne put maîtriser un rire nerveux.

– Vous, vous… l'accusa le Vampyr dégoulinant et fou de rage, en tentant péniblement de se redresser au milieu de la soupe glissante, vous l'avez fait exprès, je sais que vous l'avez fait exprès. Vous allez nettoyer tout ce gâchis. À la main, avec un seau et une pelle. Et pas de magie ou bien je… je…

Il était tellement furieux qu'il ne put continuer et sortit comme un ouragan à la poursuite de Cal, tandis que tous ceux qui avaient été recouverts de soupe la dévisageaient avec réprobation. Elle haussa les épaules. Le Vampyr lui avait fait peur, il n'avait que ce qu'il méritait. Moineau, Cal et Fabrice ayant disparu, Tara s'essuya tant bien que mal et commença à jeter la soupe dans les éviers.

Quelques instants plus tard, Robin, le Premier Sortcelier de Maître Den'maril qui passait par là, fut très surpris de découvrir Tara en train d'essorer.

– Mais… dit-il en écarquillant ses yeux clairs, qu'est-ce que tu fais ?

– J'éponge ! répondit Tara à quatre pattes, qui luttait pour empêcher sa magie de faire exploser la cuisine… et la moitié du Palais tant elle était en colère. Et plus j'éponge, plus j'ai l'impression de me transformer en Cendrillon !

– Allons bon ! rit Robin en s'approchant avec précaution, et qui est la vilaine marâtre qui t'a obligée à éponger ?

– La vilaine marâtre est un horrible Vampyr qui n'arrête pas de me persécuter. Bon, d'accord, je l'ai un peu noyé dans la soupe… mais bon sang, c'est tout de même pas de ma faute s'il m'a fait peur !

– Ohhh ! compatit Robin, je vois. Et… il y a une raison particulière pour laquelle tu ne veux pas sécher la cuisine avec ta magie ?

– Il ne faut pas, répondit Tara en serrant les dents. Il ne faut surtout pas !

– Alors je dois faire ce que tout chevalier servant doit accomplir pour une demoiselle en détresse.

Avec une gestuelle impeccable, Robin incanta :

– Par le Nettoyus, je veux que la cuisine soit aussi propre que dans un magazine !

Une véritable tornade envahit la pièce. En un clin d'œil les casseroles se récurèrent, la soupe disparut, les assiettes se rangèrent et la cuisine fut aussi propre et sèche que s'il ne s'était rien passé… Abasourdie, Tara songea que Robin ferait la joie de toutes les ménagères de la Terre.

La jeune fille combattit très fortement son envie de sauter au cou de Robin, parce qu'elle était encore couverte de soupe de la tête aux pieds et qu'elle ne savait pas si le garçon apprécierait.

– Merci, merci, tu me sauves la vie ! s'écria-t-elle, ravie.

Robin s'inclina en une extravagante révérence.

– À ta disposition, gente damoiselle.

Et il s'éloigna tout en inclinant sur son œil un chapeau imaginaire.

Tara secoua la tête et se mit à rire, mais au fond de son esprit montait une terrible inquiétude. Depuis son retour des Limbes démoniaques, elle faisait très attention à ce qu'elle disait et avait réussi à éviter les métaphores. Mais elle perdait très facilement son sang-froid, et cette rage anormale la poussait à frapper, punir, pulvériser ceux qui l'ennuyaient ou la contrariaient. L'influence du sort démoniaque ne cessait de croître !

Angoissée, elle alla prendre une douche, se savonna pendant un bon quart d'heure avant d'être sûre de ne plus sentir l'ombre d'un soupçon d'odeur de poireau, puis se sécha, s'habilla et gagna la salle à manger.

Tous avaient quasiment terminé de déjeuner et entendu parler de l'incident de la cuisine. Elle se dirigea vers la table où l'attendaient ses amis. Sur son passage les commentaires fleurissaient.

– Elle est dangereuse, chuchotait Angelica à sa cour. Elle n'est pas des nôtres, elle n'a rien à faire au Palais ! Un jour elle risque de blesser l'un d'entre nous… ou pire, de le tuer !

– On ne devrait pas la laisser faire de magie, chuchotait un autre, elle ne sait pas la contrôler ! C'est une inconsciente !

– Elle est bizarre, approuvait un troisième, quelqu'un sait d'où elle vient ?

Et ainsi de suite.

Tara maîtrisa sa colère, décida d'ignorer les murmures et s'assit à côté de Cal.

– Ne fais pas attention à eux, dit Cal en élevant volontairement la voix. Ce sont des trouillards qui sont jaloux parce que ton don est plus puissant que le leur !

– Oui, renchérit Fabrice. Si Maître Dragosh n'avait pas attrapé Cal, cela ne serait pas arrivé, tout se passait parfaitement bien. Et là où je recréais un litre de soupe…

– Moi j'en ai recréé trois mille ! l'interrompit Tara en soupirant. Je déteste la magie, elle est dangereuse. Non seulement je risque de tuer ma grand-mère en l'utilisant, mais en plus je suis incapable de la contrôler. Dès que nous rentrerons, je lui demanderai de m'enlever pour toujours cette maudite magie.

Cal, Moineau et Fabrice la regardèrent d'un air choqué.

– Qu-quoi ! s'exclama Moineau. Qu-qu'est-ce que tu dddd-dis ! Tu n'as ppp-pas le droit ! Cccc-c'est ton don, cccc-ccc'est…

– … nul de réagir comme ça, termina Cal pour elle. Ce n'est pas parce que tu ne peux pas contrôler ta magie que tu dois l'abandonner totalement ! Tu es tellement douée, Tara !

– Non, le coupa Tara. Je sais que j'ai raison. En plus, je vous mets en péril. J'ai entendu Angelica. Elle déclarait que je pouvais être dangereuse pour vous, et croyez-moi, elle n'a pas tort.

– Elle a tort, les interrompit une nouvelle voix. Ton don est une chose très précieuse, Tara. Et tu ne dois pas renoncer à cause de quelques mauvaises langues.

Tara se tourna vers Robin qui venait de prendre la parole et la regardait avec attention.

– Je voulais encore te remercier de ce que tu as fait dans la cuisine, sourit-elle avec chaleur. Sans toi j'en avais probablement jusqu'à ce soir pour tout nettoyer !

Robin écarta le remerciement d'un haussement d'épaules sous le regard noir de Fabrice.

– Ce n'était rien. N'importe lequel d'entre nous en aurait fait autant.

– Oui, et puis Maître Dragosh courait après Cal, et nous, nous courions après Maître Dragosh, renchérit Fabrice qui n'appréciait pas du tout cette soudaine mise en avant de Robin.

– Ouais, confirma Cal. Je pense qu'il va falloir que je l'évite pendant quelques jours. Il avait l'air vraiment en colère contre moi.

– Attends, il était tellement furieux qu'il en avait de la fumée qui s'échappait de ses oreilles, rigola Fabrice.

– Non, ça c'était la soupe qui fumait encore, l'informa Tara avec une ombre de sourire.

– Il avait un bout de céleri coincé dans le nez, décrivit Fabrice avec un immense sourire, un morceau de carotte dans l'oreille, et il dégoulinait de partout en hurlant après Cal !

– On n'a pas eu dd-dde mal à le ss-ssss-suivre, il a laissé une traînée de sss-sss-soupe dans tout le Palais, pouffa Moineau.

– Alors du coup, il s'est fait passer un savon par l'intendant pour avoir tout sali !

– Là, je crois que c'est le moment où il a failli faire une attaque… Sa figure est devenue toute rouge, renchérit Fabrice.

– Ouais, conclut Cal, c'est fou ce que ce type est soupe au lait !

Les cinq amis se regardèrent… et se payèrent une magnifique crise de fou rire.

– Oh là là, s'écria Robin en s'essuyant les yeux, je regrette d'avoir raté ça !

– Arrêtez, arrêtez ! renchérit Tara, j'ai mal au ventre.

Le soir même, ils se réunirent tous les cinq dans la salle commune pour faire un peu mieux connaissance avec Robin. Angelica et ses amies discutaient dans un coin.

– Cccc-c'était sss-si drôle, s'exclama Moineau en repensant au Vampyr plein de soupe. Dddd-Dame Kalibris mmm-m'a dit qu'elle avait croisé Mmm-Maître Dragosh dans le cou, le cou…

Angelica, qui les écoutait mine de rien, finit par craquer et lui lança d'un air excédé en l'imitant :

– Aaa-aalors tu-tu va-vas la d-dire ta-ta phr-rrase ! Tu commences à nous ggg-gonfler avec ton bégaiement !

À peine avait-elle terminé sa tirade que la magie de Tara échappa à son contrôle et frappa. Angelica se mit à enfler, gonfler et, poussant des hurlements de frayeur, elle s'envola vers le plafond.

Stupéfaits, les jeunes sortceliers levèrent la tête, contemplant Angelica, collée à la voûte.

Le Palais fut si étonné que l'espace d'un instant, les murs vacillèrent et les paysages disparurent. Mais il ne perdit pas longtemps ses esprits et, visiblement amusé, créa un ciel bleu où Angelica flottait, accompagnée de quelques oiseaux et d'une demi-douzaine de nuages blancs et rebondis. Il fit également disparaître le sol. Angelica, prise de vertige, continua de hurler tout en fermant les yeux.

– Bon sang, grogna Cal en se bouchant les oreilles, c'est pas possible, elle a au moins cinq cents litres d'air dans les poumons ! Allons la décrocher avant que mes tympans ne lâchent.

Il s'envola en compagnie de Skyler et de Carole pour essayer de la faire redescendre, mais impossible. Ils avaient beau tirer de toutes leurs forces, gonflée comme un ballon d'hélium elle était plus solidement collée à ce plafond qu'un chewing-gum vieux de quinze jours. Ils n'osaient pas incanter de peur d'aggraver son état.

Moineau, tout en écarquillant des yeux stupéfaits, ne pouvait s'empêcher d'être secouée de gloussements nerveux.

– Rien à faire, soupira Skyler en redescendant, il faut appeler un Haut mage, on n'arrive pas à la décoller du plafond !

– Peut-être qu'avec un instrument plat, genre pelle à tarte… suggéra innocemment Cal.

– Cal ! s'exclama Carole, Angelica n'est pas une tarte ! Tu es méchant ! Il faut faire quelque chose !

Au bout d'une dizaine de minutes d'efforts infructueux, ils finirent par appeler Dame Kalibris. Sa puissante magie réussit à dégager Angelica de la voûte, mais sans parvenir à la faire dégonfler, ni à la ramener au sol.

Tara ressentit un certain plaisir quand la jeune fille fut attachée au bout d'une corde et remorquée devant tout le Palais et les courtisans jusqu'à l'infirmerie.

– Ça par exemple, chuchota Moineau quand Dame Kalibris l'emmena, c'est toi qui as fait ça ? Quelle peste, cette fille, tu as bien fait !

– Mais… tu ne bégaies plus ! constata Cal.

Moineau se mit à rougir et s'exclama, ravie :

– Tu crois ? Attends une minute : La duchesse va chasser en chaussettes archisèches et ses sept chiens secs chassent en chanson ! Génial, je ne bégaie plus ! C'est magnifique, c'est fantastique !

Elle se mit à danser et à sauter accompagnée de Sheeba qui avait l'air aussi contente qu'elle.

– Mais comment ? cria-t-elle. Comment ? Maman m'a emmenée voir les meilleurs sortceliers guérisseurs du royaume et ils ont tous dit qu'ils ne pouvaient pas me guérir !

Ce ne fut pas Tara qui répondit, mais la chose démoniaque qui contrôlait son esprit et provoquait sa rage et sa colère.

– Cette fille avait besoin d'une bonne leçon… et ton bégaiement me donnait des envies de… meurtre.

Moineau eut l'air un instant interloquée devant la brutalité de la phrase, puis, décidant que son amie voulait sans doute plaisanter, elle sourit.

– Alors c'est toi que je dois remercier. C'est fantastique !

Et elle se mit à déclamer sous les yeux de l'assistance stupéfaite :

La mollesse empressée
Dans sa bouche à ces mots

Sent sa langue glacée,
Et lasse de parler
Succombant sous l'effort,
Soupire, étend le bras,
Ferme l'œil et s'endort...

– Bravo, cria Cal, que de *s*! C'est magnifique!

– C'est d'un auteur terrien, Boileau, vous en voulez encore? Cal était enthousiaste mais pas fou.

– Euh, non, ça ira, c'était très bien! Encore bravo!

Suite à cet incident, Moineau ne bégaya plus jamais. Et Deria fut très amusée par ce qui s'était passé. Elle n'aimait pas beaucoup Angelica, elle non plus.

Deria surveillait attentivement Tara et passait le plus de temps possible avec elle, discutant de magie et de pouvoirs. Elles étaient ce jour-là dans la salle d'Entraînement, et Tara admirait la puissance et la précision des mouvements de Deria. Celle-ci avait saisi un sabre d'exercice et fendait l'air avec une intense concentration. En la voyant faire, Tara songea qu'elle préférait de loin être son amie que son ennemie!

– Tu sais Tara, lui confia soudain la jeune femme, je te connais depuis que tu es toute petite et j'ignorais que tu étais douée de magie. Mais quand j'ai vu la puissance de ton don, alors j'ai compris qu'il était important pour toi comme pour AutreMonde que tu puisses l'utiliser.

Deria ignorait tout de la Parole de Sang, et Tara ne lui en parla pas. Dans les jours qui suivirent, Deria la poussa à utiliser le plus possible sa magie, car, disait-elle, rien ne valait l'entraînement. Petit à petit Tara se laissait tenter. Ce n'était pas grand-chose, pensait-elle. Juste quelques exercices. Changer la couleur de ses cheveux (bon, le rouge ne lui allait pas du tout, et le brun non plus), modifier celle de son pégase (il avait détesté les pois verts sur rayures violettes dont elle l'avait affublé pendant tout un après-midi), améliorer sa garde-robe (d'accord, l'essai ne fut pas concluant… et puis trois manches d'un côté et une de l'autre c'était un peu difficile à porter). Mais à cause de la rage anormale qui se manifestait dès qu'elle était contrariée et qui amplifiait sa magie, elle veillait à ne pas utiliser son pouvoir en présence de ses amis. C'était plus prudent… pour eux.

Depuis l'attaque de la Harpie, les Sangraves n'avaient plus rien tenté. Pas le plus petit bout de tissu gris à l'horizon. Et puisqu'elle n'avait rien trouvé sur la forteresse grise au Lancovit, elle attendait avec impatience d'aller à Omois, poursuivre ses recherches.

Si elle n'avait pas eu une mission, elle aurait presque apprécié son séjour sur d'AutreMonde. Les gens y étaient plutôt sympathiques, à part le Vampyr… et la Chimère. Celle-ci avait le chic pour surgir au moment où elle s'y attendait le moins, la dévisager de son regard de lion, puis disparaître. Ça mettait Tara sur les nerfs. Quant au Vampyr, il observait également la jeune fille comme un chat convoite un canari particulièrement appétissant.

Il n'avait pas conscience qu'en l'occurrence le canari pouvait se révéler bien plus dangereux que le chat.

Hormis ces détails, Fabrice et elle s'étaient bien intégrés et le grand et beau Terrien attirait beaucoup le regard des filles.

Un après-midi, il fit irruption dans la bibliothèque avec une expression d'intense contrariété sur le visage.

Cal, en lévitation, tentait d'attraper un livre récalcitrant. Il immobilisa fermement l'ouvrage qui gigotait puis, entendant Fabrice, baissa la tête et lui lança :

– Qu'est-ce qui t'arrive ? Tu as la tête d'un type qui a croqué dans une prune et s'est rendu compte qu'une famille de vers était en train de dîner dedans !

– C'est à peu près ça, grogna Fabrice. Je viens de tomber dans une embuscade.

– Nooon, fit Cal prodigieusement intéressé en redescendant illico, raconte-moi ça !

Fabrice se laissa tomber sur une chaise :

– Tu connais les deux idiotes qui n'arrêtent pas de glousser avec Angelica ?

– Qui ? Les Spachounes* ?

– Des Spachounes ? Qu'est-ce que c'est que des Spachounes ?

– De grosses bestioles aux plumes dorées qui passent leur temps à glousser en se pavanant. C'est un gibier très facile à attraper. Il suffit de planter un miroir dans la forêt et dix minutes plus tard, tu en retrouves une demi-douzaine en train de s'admirer dedans.

– Tu te fiches de moi, là, accusa Fabrice, soupçonneux.

– Pas du tout, répondit Cal très sérieux, bien que sa fossette le trahisse. Je trouve la comparaison très appropriée… pour les amies d'Angelica. Alors ?

– Eh bien tes « Spachounes » m'ont coincé alors que j'étais en train de jouer avec Manitou. Elles m'ont demandé ce que je faisais avec des ringards comme vous.

Cal se mit à rire.

– Rien que ça! Dis donc tu dois les intéresser drôlement. Qu'est-ce que tu as répondu?

– Rien. Ça m'a tellement surpris que je n'ai rien dit. Et puis Manitou est venu à mon secours. Il a commencé à mettre ses pattes boueuses sur leurs jolies robes bien propres et elles se sont enfuies.

Cal frotta les oreilles du chien qui gémit de bonheur.

– Ça c'est un bon chien!

– Euuuh, rappelle-toi tout de même que c'est l'arrière-grand-père de Tara, lui murmura Fabrice… un peu de respect s'il te plaît!

– Il n'a pas reparlé depuis qu'il est avec toi?

– Non.

– Alors pour moi, c'est un bon chien! répliqua Cal en caressant de plus belle la tête soyeuse. Et à propos du chien, j'ai vu ce que tu as fait hier soir!

– Hier soir?

Fabrice était sur la défensive.

– Ouais, j'ai rêvé, ou tu as fait monter Manitou dans ton baldaquin?

– Écoute! protesta Fabrice, gêné. Je n'ose pas le faire dormir dans sa niche. Imagine qu'il retrouve sa lucidité! Alors il dort au pied de mon lit. Et crois-moi, qu'est-ce qu'il ronfle!

Cal était mort de rire.

– Moi ça ne me gêne pas, mais ne te fais pas pincer par Dame Kalibris, sinon…

Le soir même, Cal, qui n'arrivait pas à dormir parce qu'il avait trop mangé pendant le dîner (il y avait eu de nouveau des tourtes aux mûres et il avait réussi à en avaler quatre!), décida d'aller s'aérer.

En passant devant le lit de Fabrice, il rit tout bas en entendant les ronflements de Manitou, puis se glissa au-dehors, notant au passage que le baldaquin de Robin était ouvert.

Il allait se glisser dans l'un des passages qui lui permettaient de sortir en évitant la grande entrée du Palais quand il entendit un bruit de voix. Se faisant tout petit, il aperçut deux silhouettes juste devant le mur du dortoir.

– Que faites-vous là? demandait une voix de femme.

– Je pourrais vous retourner la question? répondit une voix sifflante que Cal reconnut immédiatement. C'était Maître Dragosh!

– Il ne me semble pas très sain qu'un Vampyr circule dans les couloirs du Palais au milieu de la nuit, lança froidement la femme.

– Allons, Dame Deria! Vous savez que je ne me nourris que de sang de bétail, le sang humain ne m'intéresse pas!

– Je ne sais rien, Maître Dragosh, sinon que vous n'avez rien à faire devant le dortoir des Premiers. Alors disparaissez avant que je n'alerte le Haut mage de vos curieuses habitudes!

Le Vampyr s'inclina devant la jeune femme.

– Permettez que je vous raccompagne, rétorqua-t-il, la voix emplie d'une glaciale ironie. Nos chambres étant contiguës, vous pourrez ainsi constater que je rentre bien dans la mienne.

La jeune femme n'avait pas le choix et ils s'éloignèrent.

Le cœur battant, Cal sortit de sa cachette. Qu'est-ce que le Vampyr mijotait?

Il faisait peut-être partie des gens qui avaient attaqué la grand-mère de Tara? Celle-ci avait envoyé Deria pour protéger sa petite-fille et Cal avait la confuse impression que c'était exactement ce qu'elle venait de faire.

Il hésita à réveiller Fabrice, puis décida d'attendre le matin pour en parler aussi avec Tara et Moineau. Leur petit groupe devait être sur ses gardes. Oui, il verrait tout ça demain.

Il allait amèrement le regretter.

Car le lendemain matin, Fabrice avait disparu.

chapitre VI
Disparition !

– C'est Tara qui était visée, dit sombrement Cal, j'en suis absolument certain !

Les trois amis étaient réunis dans le bureau-grotte du mage-dragon, et celui-ci, très inquiet, marchait de long en large.

– Ça me paraît évident. Redis-moi tout ce qui s'est passé depuis hier.

Le jeune sortcelier ne se fit pas prier.

Quand Fabrice ne s'était pas levé, Cal était allé prendre sa douche, puis s'était approché du lit et avait appelé son ami, croyant qu'il n'avait pas entendu la cloche de huit heures.

Aucune réponse.

Inquiet, il avait frappé sur le montant du baldaquin, mais rien n'avait bougé. Il était alors descendu au réfectoire où l'attendaient Tara et Moineau.

– Cal ! s'était exclamée Tara en voyant le visage inquiet de son ami, que se passe-t-il ?

– Je ne sais pas encore. Vous avez vu Fabrice ce matin ?

– Non, pourquoi ? Il ne s'est pas réveillé ?

Disparition !

– Je suis allé frapper contre son baldaquin, mais je ne peux pas y entrer sans son autorisation, et il ne répond pas. De plus il s'est passé quelque chose de très bizarre cette nuit.

Il leur avait alors raconté la scène qu'il avait surprise.

– Tu dois aller voir Dame Kalibris, sapristi ! s'était exclamée Moineau qui avait développé un petit faible pour les *s* depuis qu'elle ne bégayait plus, ce qui donnait parfois des tournures bizarres à ses phrases. Peut-être qu'il se sentait souffrant ou qu'il a un souci !

– Elle a raison, avait renchéri Tara, ce n'est pas normal. Allons-y.

Quand Dame Kalibris, descendue pour superviser le petit déjeuner, avait appris que Fabrice n'était pas sorti de son lit, ses deux fronts s'étaient plissés d'inquiétude et elle s'était précipitée vers les dortoirs.

En dépit des sorts de rangement, le dortoir était pour le moins… fidèle à l'idée qu'on pouvait se faire d'un dortoir de garçons. Des tas de chaussettes dépareillées traînaient, à la recherche de leur double, des maquettes inachevées se démantibulaient sur les tables à côté de puzzles auxquels il manquait la moitié des pièces ; une paire de tennis essayait de dissimuler ses trous et il régnait une certaine odeur de… pieds.

Dame Kalibris s'était approchée du lit, puis avait ouvert les rideaux.

Il n'y avait là qu'un oreiller dégonflé et une couette portant encore la forme du corps de Manitou.

Dans l'armoire toutes les robes de sortcelier de Fabrice étaient accrochées.

– Il n'a pas pu aller bien loin en pyjama, avait grommelé Dame Kalibris, perplexe. Je vais faire fouiller le Palais et le parc. Pendant ce temps allez prendre votre petit déjeuner. Et merci de m'avoir prévenue !

La mort dans l'âme, les trois amis obéirent.

Le Haut mage avait interrompu leur repas en entrant dans leur salle, accompagné de Dame Kalibris. Il s'était éclairci la gorge et, magiquement amplifiée, sa voix avait fait taire toute l'assemblée.

– J'ai une bien triste et étrange nouvelle à vous annoncer. Ce matin un de nos Premiers sorceliers a disparu. Fabrice Besois-Giron a été enlevé, comme l'ont été l'année dernière plusieurs de nos Premiers.

Un murmure d'inquiétude avait parcouru la salle.

– Dès à présent, avait continué le vieux mage, le Palais est en état d'alerte. Si l'un d'entre vous a vu ou entendu quelque chose, je désire qu'il vienne dans mon bureau après ce déjeuner afin que nous puissions en discuter. Nous allons faire de notre mieux pour élucider ce mystère. Je vous remercie de votre attention.

Pendant qu'il discutait encore avec Dame Kalibris, Moineau s'était penchée vers Cal et avait chuchoté :

– Après ce qui s'est passé, il me semble que tu dois te présenter sans tergiverser !

Cal était mal à l'aise avec tout représentant de l'autorité.

– Pourquoi ? Deria a certainement déjà prévenu le Haut mage de ce qui s'est passé cette nuit ! Et s'il m'interroge pour savoir ce que je faisais dehors à cette heure ?

– Bon sang ! s'était indignée Tara, ne sois pas si égoïste ! Même si tu risques de te faire punir, le mage a d'autres choses à faire que de s'occuper de tes petites affaires ! Fabrice a disparu, c'est notre ami ! On ne peut pas l'abandonner !

Cal en avait reposé sa fourchette, dégoûté. Elle alla se piquer dans un morceau de fromage et le lui proposa, mais il secoua la tête et refusa.

– Ça va, ça va, je vais y aller. De toute façon je n'ai plus faim.

Une fois qu'ils furent installés dans l'immense bureau du mage, Cal prit donc la parole pour expliquer ce qu'il avait entendu.

Le mage l'écouta très attentivement.

– C'est curieux, annonça-t-il d'une voix songeuse, mais ni Maître Dragosh, ni Dame Deria Smufiduch ne m'ont parlé de cet incident. Encore que je ne puisse pas dire que ce soit un incident. Mes mages ont le droit de se balader où bon leur semble. Mais à la lueur de la disparition de Besois-Giron, l'épisode s'éclaire d'une tout autre manière.

Tara était d'accord.

– Je ne connais pas encore bien la magie, avoua-t-elle, mais imaginons que quelqu'un veuille m'enlever ou enlever Fabrice. Que devrait-il faire pour nous faire disparaître ?

– Eh bien, répondit le dragon, pour cela il faudrait normalement qu'il vous voie. Or il semble que notre jeune ami ait été enlevé dans le dortoir car le Memorus n'a rien montré, à part un bref éclair dans le baldaquin de Fabrice.

– Nous dormions tous, remarqua Cal, comment savoir si Fabrice n'a pas été attiré dehors ?

– Le kidnappeur aurait aussi pu agir en prélevant des poils ou des plumes sur son Familier puis en enlevant le Familier il aurait aussi fait disparaître son compagnon. Mais je crois savoir que le jeune Besois-Giron n'avait pas de Familier.

Tara et Moineau échangèrent un regard.

– Enfin… osa Tara… pas exactement.

Le vieux mage se redressa dans son fauteuil.

– Comment ça, pas exactement ?

– Eh bien, confessa Tara, quand j'ai été choisie par Galant, nous avons pensé qu'il serait… bizarre que j'aie deux Familiers. Alors, comme Fabrice n'en avait pas et se sentait exclu, je lui ai prêté Manitou.

Le mage n'en croyait pas ses oreilles.

– Vous lui avez prêté votre arrière-grand-père ?

– Enfin… en quelque sorte !

Le mage semblait un peu perturbé, puis il soupira quelque chose du genre « ah les enfants ! » et déclara :

– De toute façon je ne pense pas que Manitou ait pu être le vecteur. Sa niche était forcément trop loin pour que Fabrice soit touché.

Là, Cal intervint, embarrassé.

– Euuuh, risqua-t-il, et si Manitou dormait avec Fabrice ça pourrait… poser un problème ?

L'espace d'une seconde, Tara crut que le mage allait se mettre à hoqueter sous l'effet de la surprise et jeta un regard sur le bureau. Bon, tout allait bien, il y avait assez de place en dessous pour les abriter tous les trois… en cas de crise de transformation.

Mais cette fois-ci le mage parvint à contenir son hoquet, et ne se changea pas en dragon.

– Par Demiderus ! rugit-il, quand nous donnons des consignes, y a-t-il quelqu'un dans ce Palais qui les respecte ? Si nous avons interdit la présence des Familiers dans les baldaquins, ce n'est ni à cause des poils ou des plumes, mais bien pour qu'ils ne puissent pas servir de vecteurs à un sortcelier hostile. D'ailleurs, ce n'est pas le lien magique qui est important mais la proximité de l'animal avec la personne à kidnapper. Les Premiers qui ont disparu l'année dernière ont probablement été enlevés par le biais de leurs Familiers. C'est de votre faute si votre ami a disparu, vous auriez dû venir me voir tout de suite pour me prévenir qu'il enfreignait mes ordres !

Cal, se sentant horriblement coupable, se recroquevillait dans son fauteuil, mais Tara explosa, contenant avec peine son pouvoir pour qu'il ne réduise pas le dragon en pâtée pour chien.

– Ah ! Encore des mensonges ! Mais quand les adultes apprendront-ils à nous faire confiance ? Si vous nous aviez dit comment les Premiers ont été enlevés, et surtout, pourquoi nous n'avions pas le droit de garder nos Familiers avec nous, jamais Fabrice n'aurait enfreint vos ordres. C'est de *votre* faute ! Et d'ailleurs vous feriez bien de dire la vérité à tout le monde, parce que je suis sûre que Fabrice n'était pas le seul à faire dormir son Familier avec lui en douce !

Le dragon semblait tout étonné de se faire réprimander. En fait, songea Moineau, pétrifiée, il ne devait pas avoir l'habitude qu'on conteste ses ordres… Elle se demanda s'il allait les transformer en crapauds pour leur apprendre la politesse. Mais le mage n'avait pas l'intention de les punir.

— Je sais, avoua-t-il avec découragement en marchant de long en large, nous nous sommes posé la question, mais nous avons décidé de ne rien dire car tout le monde était assez perturbé comme ça. Enfin, grâce à vous j'ai appris comment Besois-Giron a été enlevé. Dis-moi, Tara, bien que nous te l'ayons interdit, je suppose que tu as raconté ton histoire à tes amis? conclut-il.

— Oui, le défia Tara, refusant de se sentir coupable. Je ne pouvais pas garder ce secret pour moi toute seule. Alors ils sont au courant.

Cal, qui réfléchissait dur, ajouta d'un air sombre:

— Tout cela ne peut signifier qu'une seule chose: le traître est l'un des nôtres!

Le mage hocha la tête.

— Je sais. Seul quelqu'un parmi les Hauts mages et les sort-celiers les plus avancés a pu accomplir de tels actes. La cage des Harpies a bien été sabotée, puis on a enlevé Fabrice… Mais je ne vois vraiment pas qui!

— Vous connaissez bien Maître Dragosh? demanda Cal, mine de rien.

— MMmmmh? répondit le mage perdu dans ses pensées. Safir Dragosh? Oui, je le connais bien. Pourquoi?

— Il a une… attitude bizarre. Il semble détester Tara. De plus, il rôdait dans les couloirs la nuit de la disparition de Fabrice.

— Non, déclara tout net le mage, ça ne peut pas être Dragosh, j'ai une absolue confiance en lui. Il serait incapable d'une chose pareille.

Disparition !

Tara avait vu des dizaines de films dans lesquels le gentil disait du méchant qu'il avait une totale confiance en lui, en ajoutant que le méchant était incapable de faire du mal à une mouche… et au même moment la caméra montrait ledit méchant en train de découper quelqu'un en petits morceaux. Alors elle fut loin d'être convaincue par les propos de Maître Chem.

– Écoutez les enfants, conclut gravement le mage, je ne pense pas que vous puissiez faire grand-chose de plus pour le moment. Laissez-moi m'occuper de tout cela.

– Qu'est-ce que tu en penses ? demanda Moineau à Cal, lorsqu'ils quittèrent son bureau.

– J'en pense que nous allons devoir surveiller à tour de rôle notre ami le Vampyr, pour voir ce qu'il fait, avec qui il parle, ce qu'il mange…

– Non ! refusa Moineau en frissonnant, pas ce qu'il mange !

– D'accord, acquiesça Cal, disons avec *qui* il mange… Vous êtes partantes ?

– Oui, bien sûr, répondit Tara, mais ça ne va pas être facile. Et si nous nous faisons surprendre par Dame Kalibris ou Salatar ?

– Ben, on n'aura qu'à faire gaffe. Si on arrive à prouver que c'est lui le coupable, le mage n'aura plus qu'à lui griller la plante des pieds et on saura où il séquestre Fabrice.

– Tu as raison, fit fermement Moineau. Nous allons nous organiser. Jusqu'à minuit ou une heure, nous pouvons nous relayer pour surveiller sa chambre. S'il se déplace ou fait quelque chose d'anormal, alors nous le suivrons.

Malheureusement, ils eurent beau veiller devant sa chambre des heures entières, le Vampyr n'en bougeait pas d'un poil.

Le jour même, un impressionnant dispositif de protection fut déployé dans le Palais, ce qui ne facilitait pas le travail des trois espions.

Par un artifice qu'il refusa de leur dévoiler, Cal parvint à convaincre le Palais de leur créer une cache dans le mur, dissimulée parmi les paysages illusoires. Il était impossible de les distinguer même si Tara eut quelques sueurs froides quand la Chimère vint brusquement renifler le mur d'un air suspicieux, avant de repartir en secouant la tête, comme si elle se demandait où elle avait bien pu sentir cette odeur.

Ils devaient tout de même éviter les gardes, les courtisans insomniaques, les mages et les Familiers qui circulaient à travers le Palais, sans compter Robin, qui semblait passer plus de temps à l'extérieur que dedans. À se demander ce qu'il manigançait toutes les nuits.

Le lendemain soir, tout le monde fut réveillé en sursaut par un terrifiant hurlement.

Cal, qui somnolait à moitié, dissimulé par les motifs illusoires, faillit en avoir une crise cardiaque. Quand tout le monde sortit, il constata avec surprise que rien ne bougeait dans la chambre du Vampyr. Pourtant le hurlement continuait, de quoi réveiller un mort.

Quel ne fut pas son étonnement quand il vit, dans le couloir, Maître Dragosh au milieu des autres mages… *alors qu'à aucun moment il n'était sorti de sa chambre* !

Maître Chem, qui dans sa précipitation avait oublié qu'il s'était retransformé en dragon pour dormir, faillit démolir la moitié du Palais et écraser le roi et la reine qui se précipitaient vers le bruit. Il avait les cheveux en bataille et ses crocs, ses griffes et ses ailes finissaient tout juste de se résorber.

– Que se passe-t-il, bon sang ! rugit-il à l'intention de l'énorme démon rouge, chargé de la sécurité, que la moitié du Palais regardait en grelottant de terreur.

– Quelqu'un a voulu sortir sans autorisation, répliqua dignement le démon. Alors j'ai saisi le contrevenant.

Il ouvrit ses deux énormes mains, révélant le corps inanimé d'Angelica.

– Damoiselle Brandaud ? découvrit le mage avec surprise, qu'est-ce que c'est que cette histoire ? Et qu'est-ce que c'est encore que ce bruit ?

Tout le monde tendit l'oreille et ceux qui étaient les plus proches de la grande porte d'entrée s'en écartèrent prudemment.

Derrière les portes fermées, quelque chose menait un boucan infernal. *Ça* piaillait, criait, frappait contre les battants.

Le vieux mage éloigna l'assemblée, puis il ordonna aux portes de s'ouvrir. À peine eut-il le temps de se reculer qu'un petit *lézard* volant et étincelant plongea, attaquant le démon rouge.

Angelica, probablement réveillée par les mouvements désespérés que le démon faisait pour éviter son agresseur, ouvrit les yeux, les referma aussi vite et se remit à hurler.

Dame Kalibris comprit avant tout le monde et cria, utilisant ses deux voix pour se faire entendre.

– Lâche-la, démon, elle a été choisie !

Le démon obéit et lâcha Angelica qui dégringola à terre. Immédiatement le lézard volant se précipita sur elle et se mit à se frotter contre sa joue en lançant des petits cris d'encouragement. Doré, les ailes chatoyantes, il était absolument magnifique.

De quoi flatter la vanité d'Angelica, qui tentait désespérément de reprendre ses esprits. Elle releva les yeux avec émerveillement et s'exclama :

– Kimi ! Il dit qu'il s'appelle Kimi !

– Eh bien ! Nous en sommes tous très contents ! répondit le mage qui n'avait pas l'air content du tout. Retournez vous coucher maintenant que le choix est terminé. Allez, allez !

Il s'inclina devant le démon rouge.

– Merci de votre prompte intervention. Nous sommes désolés de vous avoir dérangé.

– Pas grave, sourit le démon en dévoilant une impressionnante dentition tandis que les blessures occasionnées par le lézard se résorbaient et disparaissaient. C'était une bonne petite bagarre. Je m'ennuyais comme un rat mort dans ma dimension, ça m'a fait un peu d'animation. Je reviens monter la garde quand vous voulez !

Il s'inclina devant le roi, la reine et les Hauts mages puis disparut dans un tourbillon de soufre.

Carole et ses amies entourèrent Angelica en s'extasiant sur le splendide lézard volant et tous rentrèrent dans leurs chambres et dortoirs respectifs.

Cal fit signe à Tara et à Moineau qu'il avait découvert quelque chose. Mais Dame Kalibris les accompagna jusqu'à leurs chambres et elles durent se résigner à attendre le lendemain pour découvrir ce qu'il en était.

Disparition !

Tara eut du mal à dormir. Elle se rendait compte qu'elle commençait à prendre goût à ses cauchemars. Ils ne parlaient que de puissance et de pouvoir, et elle était toujours celle qui dirigeait et ordonnait !

Le lendemain, Cal annonça une mauvaise nouvelle.

– Maître Dragosh peut rentrer et sortir sans que je le voie. Avec tout ce boucan, il aurait dû sortir en courant. Comme il ne bougeait pas, j'ai tourné les talons et là, qui j'ai vu ?

– Maître Dragosh ? devina Tara, étonnée.

– Absolument ! Et comme j'étais encore devant sa chambre, cela signifie qu'il n'en était pas sorti ! Il peut aller et venir sans que nous le sachions !

– Aïe, alors là, on a un sérieux problème. Qu'est-ce que tu connais des Vampyrs ? demanda Moineau qui ne pouvait pas toujours mettre des s partout. Je peux tout te dire à propos des mœurs des géants et des nains, puisque nous avons vécu longtemps auprès d'eux, mais par contre, je ne sais rien des Vampyrs.

– Je crois me souvenir qu'ils vivent très longtemps, comme les mages humains, affirma Cal, et qu'ils boivent le sang des animaux qu'ils élèvent sans les tuer. Ils aiment le sang de mouton, de bœuf, de poulet ou de canard, de pégase, etc. Le seul sang qu'ils ne peuvent pas boire, c'est le sang humain. Il les rend fous et diminue leur espérance de vie de plus de la moitié. S'ils absorbent du sang humain, ils ne peuvent plus supporter la lumière du soleil et ne sortent que la nuit. Ils ne supportent pas non plus celui des dragons et des licornes. Voilà, c'est à peu près tout ce dont je me rappelle.

– Sur Terre, réfléchit tout haut Tara, les Vampires sont aussi supposés être capables de changer de forme. Est-ce le cas des Vampyrs sur AutreMonde?

– Oui, c'est ça! s'exclama Cal en se tapant le front. Quel idiot je suis!

Il jeta un regard noir à Moineau qui opinait vigoureusement de la tête avec un grand sourire.

– Tu as raison, Tara! continua-t-il. Ils peuvent changer de forme! Ils peuvent se changer en loup ou en… chauve-souris. Après ça, il suffit à Maître Dragosh de s'envoler de sa chambre sans que je puisse le surveiller. Et comme il fait chaud, toutes les fenêtres du Palais sont ouvertes… donc les sorts anti-insectes ne fonctionnent pas pour lui et l'alarme non plus, puisqu'il peut rentrer sans activer de sort magique!

– Ce qui expliquerait hier soir, avança Tara pensivement. Mais comment surveiller un type capable de voler? Et puis nous ne pouvons pas sortir la nuit.

La mine sombre, les trois amis se creusaient la tête quand Galant, qui les avait rejoints, se redressa et se mit à hennir joyeusement. Il donna un coup d'aile à Tara puis s'envola, passant par la fenêtre pour se poser comme un chat sur l'énorme chêne qui ombrageait le côté gauche du Palais.

Cal, Moineau et Tara ne comprenaient pas ce qu'il faisait quand Sheeba bondit et sauta à son tour sur le chêne pendant que Blondin filait à toute vitesse par l'ouverture du mur.

Ils le virent surgir sous le chêne et se dissimuler derrière en ne laissant dépasser que le bout de son museau.

Moineau, qui était des trois la plus intuitive, comprit soudain.

– Génial. Ces Familiers sont géniaux !

Cal et Tara se regardaient sans comprendre quand tout à coup une même lueur éclaira leur regard.

– Ils vont faire le guet pour nous ! s'exclamèrent-ils d'une seule voix.

Les Familiers avaient trouvé la solution ! Ils étaient beaucoup plus libres que les jeunes sortceliers, et quoi de mieux qu'un animal volant pour en suivre un autre ! La surveillance devint beaucoup plus facile. Quand ce n'était pas Blondin qui veillait, c'était Sheeba ou Galant. Mais le Vampyr ne paraissait aller nulle part. Il se contentait de voleter autour du Palais sans rentrer spécialement dans une chambre et les trois espions finirent par se dire qu'il était tout simplement insomniaque, aimait le clair de lune, ou encore que c'était un truc de Vampyr que de s'épuiser à voler toute la nuit.

Tara avait mâchouillé la moitié de sa mèche blanche à force de s'angoisser pour Fabrice, et Cal ne savait plus quoi faire pour consoler son amie.

De son côté, Moineau traversait elle aussi un moment difficile. Elle détenait un secret, qu'elle ne pouvait pas partager. Et cela la minait terriblement.

Elle avait failli se trahir à plusieurs reprises : quand elle avait sorti ses robes, par exemple. Tara n'était pas idiote et le personnage que Moineau était censée incarner n'avait certainement pas les moyens de se payer ce genre de vêtements. Elle avait bien vu sa réaction… et failli lui avouer la vérité. Elle aimait beaucoup Tara mais quelque chose les séparait encore, et elle savait que son amie sentait sa réserve.

De son côté, Cal remarqua que le lézard volant d'Angelica passait beaucoup de temps à les regarder.

Dès qu'il tournait la tête, il apercevait le bout d'une aile brillante, un regard doré, une patte écailleuse. Il pensa au début que le Familier était simplement curieux, puis le voyant continuer son manège, il éclata de rire.

Ils surveillaient le Vampyr et Angelica les surveillait !

C'était une garce, mais elle n'était pas stupide, et avait parfaitement compris que Tara était puissante, même si elle avait encore du mal à contrôler son don.

Elle n'avait également aucun doute quant à l'identité de la personne qui l'avait fait gonfler.

Enfin, elle sentait que sa propre influence auprès des autres Premiers était moins importante que l'année précédente. Une terrible soif de vengeance rongeait Angelica.

Elle avait donc envoyé son lézard volant surveiller les manigances des trois, espérant pouvoir les prendre en flagrant délit et les dénoncer par la même occasion. Et si elle pouvait faire pire… elle ne s'en priverait pas.

Souvent, lorsqu'elle était dans son lit, elle réfléchissait à ce qu'elle pourrait bien faire pour se débarrasser de son ennemie.

Un bon moyen serait de la mettre en difficulté pendant une session du Conseil, ou encore de laisser filtrer des renseignements qui n'étaient échangés qu'entre Hauts mages, pour la désigner comme espionne. Mais son piège devait être parfait afin que personne ne puisse soupçonner qui en était l'instigatrice. Or ils étaient trop proches les uns des autres pour qu'elle puisse agir sans se faire repérer.

Disparition !

Un soir, elle ruminait ses idées de vengeance quand, tout à coup, elle se redressa. OUI ! Elle savait ce qu'elle allait faire.

Elle jeta un regard malveillant vers la chambre de Tara et se mit à ricaner en se disant que la terrienne allait regretter le jour où elle avait mis les pieds sur AutreMonde.

chapitre VII
Hauts mages et maléfices

Le lendemain, Tara se réveilla avec un sentiment de... vide. Comme si on lui avait dérobé quelque chose.

Elle passa la plus grande partie de la journée à chercher, jusqu'au moment où sa main attrapa machinalement sa mèche blanche favorite pour la mâchouiller... et la manqua de quelques centimètres. Quelqu'un avait coupé ses cheveux. Ou du moins une mèche de ses cheveux.

Quand elle en parla à Moineau, celle-ci se mit à rire.

– Tu te fais tellement de souci pour Fabrice que tu n'arrêtes pas de mâcher cette maudite mèche. Pas étonnant qu'elle ait raccourci !

Tara haussa les épaules et répliqua fermement :

– Je *sais* que quelqu'un a coupé un bout de mes cheveux. Je ne sais ni qui, ni pourquoi, ni comment, mais je connais la longueur de ma mèche et hier soir elle était différente et...

Soudain il y eut une sorte d'effervescence à l'entrée de la salle de repos.

Cal, tout excité, fit irruption avec un feuillet à la main, interrompant toutes les discussions.

– Écoutez-moi ! cria-t-il. Grâce à notre chère Tara ici présente (il lança un sourire à Tara), notre Haut mage a demandé l'aide des Hauts mages d'Omois. J'annonce que le Conseil supérieur d'Omois a accepté de nous recevoir à Tingapour afin de guérir cette pauvre enfant de ses accès de magie démoniaque. Les Hauts mages de Lancovit *et* leurs Premiers sont donc invités au palais impérial. Qu'on se le dise !

Un brouhaha excité envahit la pièce. Cal s'approcha de Tara et de Moineau qui, tout en discutant de problèmes de cheveux, commentaient les vies, mœurs et coutumes d'Autre-Monde. (Et certaines étaient fichtrement bizarres aux yeux de Tara. Ainsi les naines n'avaient pas l'autorisation de se raser la barbe avant deux cent cinquante ans. Et les elfes pas le droit à plus de cinq maris !)

– Vous avez entendu ? clama-t-il, les yeux brillants d'excitation.

– À moins d'être sensationnellement sourdes, ça aurait été difficile de ne pas t'entendre, répondit placidement Moineau qui succombait à une petite rechute de s.

Tara ajouta :

– Je crois qu'il faut faire vite, mon pouvoir se comporte bizarrement depuis quelques jours, et je suis vraiment inquiète. Nous allons où ? À Tingapour ? C'est à Omois, c'est ça ?

– Tu ne sais vraiment rien de rien, répliqua une voix glaciale. Tingapour est la capitale d'Omois, et crois-moi, c'est autre chose que ce palais minable !

Angelica la toisait d'un air méprisant, son lézard sifflant sur son épaule.

Cal allait protester mais Angelica, prudente, tournait déjà les talons.

– Quelle peste cette fille-là ! grogna-t-il.

– Alors pourquoi est-elle aussi excitée ? demanda Tara.

– Parce que dès que tu seras guérie, il est également prévu que nous visitions la sensationnelle, la fabuleuse, l'extraordinaire, l'unique Tingapour, puisque le palais impérial est situé en son centre. Les Hauts mages d'Omois veulent probablement nous impressionner pour que nous nous engagions chez eux, nous qui sommes les Premiers sortceliers de Lancovit !

– Tingapour ! (Les yeux de Moineau se mirent à briller eux aussi.) C'est génial ! Il paraît que c'est la ville au monde où il y a le plus grand nombre de marchands. Toutes les races vont à Tingapour pour commercer. Il faut absolument que je télécristalle à Maman pour qu'elle m'envoie des crédits-muts supplémentaires !

Elle se tourna vers Tara.

– Est-ce que ta grand-mère t'a donné des crédits-muts pour ce genre d'occasion ?

Tara allait répondre que non, quand tout à coup elle se souvint des paroles du Haut mage lors de son inscription.

– Je crois que j'ai cinquante crédits-muts or !

Elle crut que Cal allait s'étouffer.

– Cinquante crédits ! Ta grand-mère est milliardaire ou quoi ?

– Pourquoi, c'est beaucoup ? Et pourquoi ça s'appelle des crédits-muts ?

– Tu pourrais vivre plusieurs mois dans la meilleure auberge d'Omois avec cinquante crédits-muts or ! Pour un crédit-mut or, tu as trois crédits-muts argent et pour un crédit-mut argent, tu as douze crédits-muts bronze. Cinquante crédits-muts or, c'est… disons l'équivalent de deux ans de salaire d'un très bon artisan sur AutreMonde. Moi mon père m'a donné dix crédits-muts bronze et crois-moi, c'est vraiment radin ! Avec ça, je peux tout juste m'acheter une ceinture en cuir de scorpion géant, ou alors quelques kilos de Boumbar, les bonbons qui explosent dans la bouche. Ça s'appelle des crédits-muts parce qu'il est impossible de les transformer ou de les imiter. Aucun sortcelier ne peut les reproduire ou en changer la valeur. Ce qui évite les problèmes d'inflation. Et toi Moineau ? Tu as combien ?

— J'ai dix crédits-muts argent ! annonça joyeusement Moineau, et j'ai bien l'intention de tout dépenser à Tingapour !

— Je n'ai pas besoin d'autant d'argent, déclara Tara, nous n'aurons qu'à le partager.

— Tu ferais ça ? demanda Cal, incrédule.

— Bien sûr, pourquoi pas ? Vous êtes mes deux meilleurs amis. Et que voulez-vous que j'achète ?

— Toi, ricana Cal, ravi, tu vas regretter ce que tu viens de dire quand tu seras à Tingapour. Mais ce qui est dit est dit !

— Dis-moi, avez-vous fait des voyages l'année dernière ? reprit Tara.

— Ça oui ! rigola Cal pour qui c'était un très bon souvenir. Nous sommes allés sur Terre à votre Nouvelle York, pour une conférence secrète organisée sur les Nonsos.

— À New York, aux États-Unis ?

— Ouais. Il y a une Porte en haut d'un de vos gratte-ciel. Le Chrysler Building. Très beau, très haut, très brillant avec plein de chromes partout. Après la conférence on avait plusieurs jours pour visiter les villes Nonsos et on s'est bien amusés, et puis notre séjour a été écourté parce que notre Haut mage Chemnashaovirodaintrachivu a eu un petit accident.

– Ah bon, quoi donc?

– Eh bien, nous étions en haut d'un autre de vos gratte-ciel, l'Empire State Building, en train d'admirer la vue, quand Maître Chem a vu une jolie fille. Elle portait une courte robe et une légère écharpe. Le vent a fait s'envoler l'écharpe et Maître Chem l'a rattrapée au vol, avant qu'elle ne passe au-dessus du parapet de protection. La fille était vraiment contente. Seulement le balèze qui était avec elle est revenu à ce moment, avec deux sodas, et voyant Maître Chem remettre l'écharpe autour du cou de la fille, il a voulu lui coller une baffe en le traitant de vieux dégoûtant. Chem, surpris, s'est instinctivement changé en dragon.

Les deux filles se mirent à rire.

– Nooon, en haut de l'Empire State Building? Tu rigoles? gloussa Moineau.

– Pas du tout. Il a fallu effacer les souvenirs des dix dernières minutes chez les Nonsos qui étaient présents. Du coup on a dû rentrer en catastrophe et Maître Chem s'est fait drôlement remonter les bretelles par le Haut Conseil.

Tara pouvait très bien imaginer la surprise du balèze quand le vieillard fragile avait montré ses crocs.

– Le type a dû avoir horriblement peur, non?

– Je ne sais pas, parce qu'il est tombé dans les pommes, comme bon nombre de Nonsos d'ailleurs. Le mage, furieux qu'il se soit attaqué à lui, a décidé de lui laisser ses souvenirs. Le balèze s'est donc parfaitement rappelé qu'il avait attaqué un vieux monsieur et que celui-ci s'était transformé en dragon. Quand nous sommes partis, j'ai vu une vieille dame qui essayait de le réveiller. Lorsqu'il a ouvert les yeux et aperçu la vieille dame qui lui tapotait les joues, il a dû croire que c'était à nouveau le dragon déguisé, parce qu'il s'est enfui en hurlant de terreur.

Moineau et Tara étaient écroulées de rire.

Enfin le jour du départ pour Omois arriva. Les valises bouclées, tout fut rapidement prêt. Angelica s'attira les sarcasmes de Cal quand il vit ce qu'elle emportait : de quoi habiller une famille entière pendant un an, selon lui. Tara miniaturisa Galant pour qu'il puisse rester avec elle pendant le transfert par la Porte.

Les uns derrière les autres, ils se mirent en position pour le voyage. L'intendant cyclope s'affolait, comme d'habitude.

– Voyons, voyons ! De l'ordre ! De la discipline ! glapissait-il, passez quatre par quatre je vous prie. Allez, un, deux, trois, quatre.

Puis il courait s'abriter derrière un pupitre muni d'une sorte de glace fumée pour le protéger et criait « Palais impérial d'Omois ! ».

Et les gens, les bagages ou les documents indispensables aux mages disparaissaient.

Tara ressentit de nouveau la vague nausée qui l'avait saisie lors de son premier passage, puis cligna des yeux, éblouie.

La salle d'arrivée du palais impérial était au moins dix fois plus grande que celle de Lancovit. Des statues brillaient aux quatre coins, chacune représentant des gens vêtus de sortes de pagnes ou de kimonos constellés de pierres précieuses. Les tapisseries qui permettaient la translation étaient si éclatantes qu'elles semblaient avoir été tissées la veille. L'or (ou du moins quelque chose qui y ressemblait vraiment, vraiment beaucoup) resplendissait sur tous les murs. Cal en resta bouche bée, ses doigts de futur Voleur Patenté le démangeaient.

– Waouh ! souffla-t-il, vous avez vu ça ?

– C'est difficile à rater, rétorqua Moineau, sarcastique. Y en a partout !

Puis Cal aperçut le comité d'accueil et décida de ne pas toucher au moindre objet ; et même de ne pas regarder.

Une centaine de gardes géants à quatre bras braquaient leurs deux cents lances pointues et parfaitement aiguisées sur les nombrils des jeunes sortceliers.

– Qu'est… qu'est-ce qui se passe ? balbutia Moineau, terrorisée.

– Nous sommes bien à Tingapour, répondit Robin qui observait attentivement les lieux. Je reconnais la salle de la Porte du palais impérial. Et ce sont des membres de la garde impériale. Ils sont un peu paranoïaques. Alors surtout pas de gestes brusques.

Derrière un pupitre à peu près identique à celui de Lancovit se tenait une ravissante jeune femme, à ceci près qu'elle avait trois paires de bras. Tara songea que ça devait être bigrement utile quand on était chargé… et bigrement long quand on devait se faire les ongles. La jeune femme s'inclina gracieusement et les salua, donnant l'ordre aux gardes de s'écarter :

– Bienvenue à Tingapour. Je me nomme Kali et suis la gouvernante du palais. Je vous invite à suivre notre Délégué aux invités afin qu'il vous conduise jusqu'à vos chambres. J'espère que vous apprécierez votre séjour parmi nous.

Un adolescent dont la masse de cheveux noirs lui faisait comme un casque sur la tête attendait près d'elle. Il s'inclina à son tour et se présenta poliment :

– Je me nomme Damien, veuillez me suivre je vous prie.

Le décor était somptueux. Ils se trouvaient dans le magnifique et ostentatoire palais impérial.

Les murs de marbre vert, dont les veines foncées coulaient comme des ruisseaux, succédaient aux murs de marbre jaune incrusté de nacre luminescente. Des ponts enjambaient des jardins qui poussaient à l'intérieur des murs. De nombreux animaux vivaient dans le palais, car l'impératrice aimait les bêtes. On leur avait jeté un sort d'illusion, et là où les courtisans voyaient des chaises et des lits, les Vrrirs*, grands félins blancs ou dorés à six pattes, distinguaient des arbres couchés et des pierres confortables. Quand les courtisans les caressaient, ils ne sentaient que la caresse du vent. Aveugles à la réalité, ils étaient de magnifiques prisonniers. Partout des tapis précieux jonchaient le sol, des statues dorées montaient la garde. Les salles faisaient des kilomètres et les baies vitrées laissaient entrer un soleil d'été radieux.

Les robes des sortceliers étaient taillées dans une sorte de tissu animé pourpre et doré qui changeait de motifs en fonction de leur humeur, et leurs teintes vives contrastaient furieusement avec les sobres robes bleu et argent des Premiers.

Si les deux filles étaient fascinées, Robin et Cal échangeaient des commentaires d'où émergeaient les mots « perroquets, frimeurs, m'as-tu-vu ». Mais ils oublièrent leurs critiques quand Damien arriva devant leurs chambres. Ici ce n'était pas le palais qui était vivant, mais les portes. Un œil énorme s'ouvrit quand Damien se présenta devant la première des portes.

– Oui ? dit une bouche qui s'ouvrit sous l'œil tandis qu'une oreille apparaissait également.

– Damien, Premier sortcelier de Dame Auxia, Haute mage. J'accompagne ces invités. Ouvre la porte je te prie.

L'œil cligna, enregistrant les visages des jeunes sortceliers, puis disparut… Un bras jaillit à la place de l'oreille et ouvrit la poignée de la porte sur une suite de chambres magnifiques.

La bouche réapparut et annonça :

– Vous pouvez entrer. Bienvenue, ô invités de Leurs Impériales Majestés. Voici vos chambres.

Des chambres individuelles… pour hôtes de marque.

Chacun disposait d'une petite suite composée d'une chambre, d'un salon avec une table de travail, un divan, plusieurs chaises et d'une salle de bains où la baignoire ressemblait plus à une piscine qu'à autre chose. Des paniers confortablement rembourrés avaient été disposés pour les Familiers et Blondin s'affala avec un grand soupir d'aise. C'était incroyablement luxueux. Dans un coin, un grand panneau de cristal, sorte de télévision plate, diffusait une histoire de guerre entre des nains bardés d'armes et des elfes qui tiraient tellement vite que leurs mouvements en devenaient flous.

Moineau, Cal et Robin prirent possession de leurs chambres. Les garçons testèrent les ressorts des lits en bondissant dessus. Tara, inquiète pour sa guérison, ne bronchait pas.

Damien leur annonça qu'ils avaient le droit de se rendre visite les uns aux autres mais que le couvre-feu était instauré à 24 h 30 pour les invités, sauf en cas de banquet ou d'occasion particulière. Un Effrit, un esprit volant au service de l'impératrice, viendrait les chercher pour les amener jusqu'à la salle à manger, car le palais étant très grand, il était facile de se perdre. Les Familiers n'étaient pas autorisés à errer seuls dans le palais. Ils devaient les garder avec eux.

Les Hauts mages étant entrés en réunion dès leur arrivée, les Premiers avaient encore pratiquement deux heures pour s'installer. Le système de fermeture des portes était simple. Il leur suffisait de prononcer leur nom et chaque porte les reconnaissait, tout comme ceux à qui ils autoriseraient l'entrée. Leurs accréditations avaient été accordées à l'arrivée. Certaines zones demeuraient, bien entendu, interdites.

Damien ajouta qu'il espérait qu'ils apprécieraient leur séjour à Tingapour et partit accueillir d'autres arrivants.

Après s'être fait reconnaître par les portes, tous se réunirent dans la chambre de Tara.

– Alors ? s'enquit Cal, qu'est-ce que vous en pensez ?

– J'en pense, s'enthousiasma Moineau, que c'est fantastique ! C'est la première fois que j'ai une chambre aussi grande !

– On pourrait organiser une bataille navale dans la baignoire tellement elle est spacieuse, remarqua Tara avec un large sourire. C'est un peu… trop, non ?

– Absolument ! défendit loyalement Cal, et notre palais royal est bien moins prétentieux que celui-ci !

– Qui dirige leur Haut Conseil ? Un dragon comme Maître Chem ? demanda Tara, apaisante.

– Non, répondit Robin qui semblait bien informé. Les Omoisiens n'aiment pas tellement les autres races. La responsable du Haut Conseil est la Haute mage Dame Auxia, l'une des cousines de l'impératrice Lisbeth et de l'imperator Sandor.

On toqua à la porte et Tara cria :

– Entrez !

Les valises arrivaient en flottant et ils se dépêchèrent de rentrer dans leurs chambres pour tout ranger.

Tara soupira. Elle ne voulait pas utiliser sa magie et commença à disposer ses vêtements. Elle pensa distraitement que ce serait tout de même plus rapide si son pouvoir voulait bien coopérer. Sa mèche blanche crépita et, obéissant immédiatement à sa pensée informulée, une tornade de vêtements sortit des valises sous ses yeux ébahis et alla s'accrocher ou se ranger sagement dans l'armoire et la commode.

Les robes finissaient de s'accrocher paisiblement quand Moineau fit irruption dans la pièce… et se retrouva submergée de vêtements. Il y en avait partout. Ceux déjà rangés avaient été projetés sur le lit, dans la salle de bains, sur les meubles. Plusieurs chaussettes trônaient fièrement sur le lustre, totalement hors d'atteinte, et ses tennis avaient atterri au-dessus de l'armoire.

Moineau se débarrassa des robes qui l'aveuglaient et, sans rien dire, aida Tara, navrée, à tout ranger, s'envolant pour récupérer les chaussettes et les tennis sur le lustre et l'armoire.

– Je ne comprends pas, s'écria Tara, agacée. Je n'ai pas activé ma magie !

– Je sais ce que tu ressens, compatit très doucement Moineau. J'ai moi aussi vécu cette frustration.

Tara ouvrit de grands yeux étonnés.

– Comment ? Toi aussi tu…

– Non, non ! l'interrompit Moineau, je n'ai jamais possédé un don aussi puissant que le tien. Je parle de mon défaut d'élocution. Parfois tu penses que tu l'as vaincu et le moment d'après tu bégaies de plus belle. Mais tu as vu ! Il a disparu. Alors je suis sûre que tu arriveras toi aussi à contrôler ton don.

– Je ne sais pas, frissonna Tara. Parfois je me dis que j'étais bien plus heureuse quand je n'étais pas sortcelière. J'avais deux bons amis, Fabrice et Betty. J'allais dans un collège normal avec des gens normaux. Cette maudite magie me cause plus de problèmes qu'autre chose. Je déteste ce qui m'arrive. Je ressens des… émotions. Violentes. Furieuses. Meurtrières parfois.

– Tu exagères, déclara Moineau d'un ton décidé.

– Comment ?

– Tu n'arrêtes pas de te plaindre. Mais sais-tu qu'Angelica donnerait toutes ses fringues pour avoir le quart de ton don ? Que sans la magie, jamais Galant ne t'aurait choisie. Que tu as aussi de bons amis ici, pas seulement Cal et moi, mais aussi Robin qui t'aime bien… Et tu râles dès que trois malheureuses chaussettes ne veulent pas t'obéir ! Je te trouve très injuste !

Bouche bée, Tara regarda la timide Moineau qui lui faisait la leçon. Elle esquissa un petit sourire.

– Bon, à propos de chaussette, impossible de retrouver la jumelle de celle-ci, dit-elle, et tu as sans doute raison mais…

– Comment ça « sans doute » ! J'ai raison ! Point. Et tu le sais aussi bien que moi. Alors arrête de pleurnicher et cherchons plutôt comment espionner Maître Dragosh pour essayer de savoir ce qu'il a fait de Fabrice.

– Pas Maître Dragosh. Maître Chem.

Moineau en laissa tomber la robe qu'elle allait accrocher.

– Quoi ? Maître Chem ? Tu soupçonnes Maître Chem d'être un Sangrave ?

– Non, sourit Tara. Je soupçonne Maître Chem d'avoir utilisé mon problème de guérison pour tendre un piège à celui qui a enlevé Fabrice !

Cal, qui venait d'entrer, leur demanda :

– Qui a tendu un piège ?

Les deux filles désignèrent du regard Robin qui entrait à son tour et Cal changea de sujet.

– Tiens, à propos, savez-vous quand on doit visiter Tingapour ? Je suis impatient de connaître la ville.

Robin connaissait le programme.

– D'abord les Hauts mages vont s'occuper du cas de Tara. Si tout va bien, elle sera guérie demain matin. Dame Auxia a proposé que nous visitions le palais d'été de l'impératrice, puis le bazar, ensuite retour ici. Les Omoisiens nous ont aussi organisé une visite de leur parc d'attractions. Il paraît que pour la Montagne de la Mort et le Tunnel sans Fond, on te donne un sort antivomitif avant.

Les yeux des deux garçons luisaient d'enthousiasme.

– Mmmmoui, ben si ça vous ennuie pas, annonça Tara d'un ton définitif, Moineau et moi on attendra de voir dans quel état vous revenez avant d'y aller.

Bien qu'elle ne le montrât pas, l'inquiétude de Tara grandissait. Et si les mages étaient incapables de la soigner ? Pire, voulait-elle vraiment être soignée ? Parfois, la puissance de son pouvoir l'émerveillait… et lui faisait peur.

Robin connaissait très bien Tingapour car son père avait été en poste à l'ambassade lancovienne d'Omois. C'était un garçon agréable. D'un tempérament gai et droit, il s'entendait très bien avec Cal, et il les fit rire à de nombreuses reprises avec ses descriptions de la cour omoisienne. Visiblement, l'étiquette y était très stricte.

Quand on rencontrait l'impératrice et l'imperator, lors de l'audience, il fallait s'incliner trois fois, parcourir dignement le demi-kilomètre de la salle des deux trônes et ne parler que si Son Impériale Majesté vous adressait la parole.

Et il ne fallait répondre que par « Oui, Votre Majesté impériale », ou « Non, Votre Majesté impériale ».

– Mais, demanda Cal avec curiosité, et si Son Impériale Majesté demande quel âge on a, on répond quoi ? Et puis, Maître Chem, lui, n'est pas uniquement un sortcelier, c'est également l'un des Hauts mages du Conseil d'AutreMonde, je ne crois pas qu'il ait à s'incliner devant qui que ce soit.

– Peut-être, mais ça ne le dispense pas de l'étiquette pour autant. Je dirais même que c'est encore plus vrai dans son cas.

Puis Robin demanda d'un ton dégagé.

– À propos de mages, pourquoi surveillez-vous donc Maître Dragosh ?

Un silence de mort accueillit sa question.

– Qu'est-ce qui te fait croire une chose pareille ? demanda Cal avec méfiance.

– Rien de particulier, à part que vos Familiers sont constamment à ses trousses, que vous le regardez comme s'il avait avalé le troupeau *et* la bergère et qu'il n'aime pas du tout Tara, dans une proportion étonnamment élevée pour un Maître, disons, normal.

Cal contre-attaqua :

– Et toi, qu'est-ce que tu fais toutes les nuits à te balader dans les couloirs ?

Robin eut un sourire contraint.

– Ah ? Je ne savais pas que tu t'en étais rendu compte. J'ai un léger problème. Je suis claustrophobe.

– Tu es quoi ?

– Claustrophobe. C'est le fait d'avoir peur des espaces clos. Alors quand j'ai l'impression que les murs vont m'écraser, je sors et je vais dormir dans la forêt. J'ai une autorisation spéciale de sortie… pour éviter de déclencher les alarmes.

– Dans la forêt ? La nuit ? interrogea Moineau en frissonnant, mais tu n'as pas peur ?

– Non, répondit Robin, pas du tout, la forêt est une amie pour moi.

Les trois amis échangèrent des regards perplexes. Devaient-ils confier leurs soupçons à Robin ? D'un commun accord ils se tournèrent vers Tara.

Celle-ci prit une grande inspiration et se lança.

– Nous le surveillons parce qu'il était devant notre porte juste avant que Fabrice ne disparaisse.

Robin ouvrit de grands yeux.

– Et comment le savez-vous ?

Ils décidèrent de raconter une partie de l'histoire à Robin. Quand leur récit fut terminé, celui-ci parut très songeur.

– Ça me semble très curieux. Un traître n'a aucun intérêt à se faire remarquer. Il doit rester dans l'ombre, se dissimuler afin d'accomplir discrètement ses forfaits. Se dévoiler ainsi détruirait sa couverture, il ne serait donc plus utile pour celui qui l'emploie. Je pense qu'il faut chercher ailleurs. Souvent celui qu'on ne soupçonne pas est le coupable.

Tara avait lu suffisamment de livres où le coupable était le dernier qu'elle aurait soupçonné pour être tout à fait d'accord avec lui. À propos de soupçons, elle songea que le langage de Robin était curieusement militaire.

Cal n'aimait pas qu'on conteste ses intuitions.

— Et tu as l'expérience de ce genre de situation ?

Robin redressa la tête et Tara eut l'impression qu'il allait dire quelque chose, mais il se tut.

— Non, n'est-ce pas ? continua Cal. Comme nous tous. L'attitude de Maître Dragosh *est* suspecte. Quand Deria l'a surpris devant notre chambre il a eu l'air vraiment embêté. Et la conversation qu'il a eue juste avant, hein ! C'est pas un indice, ça ? De plus, il était là l'année dernière quand les autres Premiers ont été enlevés.

Robin réfléchit.

— Pour trouver le coupable, nous devons trouver son *mobile*.

— Tu as raison, approuva Moineau. Quel est le dénominateur commun ? Quel est le point commun de tous ces Premiers ? Cal, tu étais là l'année dernière. As-tu une idée ?

— Aucune. Ils étaient tous très différents ! Il y avait une fille, Brida, très douée. Un garçon, Erik, un elfe, T'ane, plutôt arrogant, et enfin une naine, Fafnir. À la suite de ces disparitions, Hymlia, la nation naine qui envoie au Palais ceux des leurs qui sont atteints de magie, et Selenda, la nation elfe, ont annoncé que leurs ressortissants resteraient momentanément dans leurs propres pays afin d'éviter ces problèmes.

Tara était très intéressée.

– Tu veux dire que seuls les humains sont touchés ?

– Pas exactement. Disons plutôt que ceux qui servent les Hauts mages semblent être des cibles privilégiées. Maître Chem n'en a pas parlé, mais j'ai entendu mes parents en discuter. Des tas de jeunes sorceliers ont disparu un peu partout sur AutreMonde, et personne ne sait ce qu'ils sont devenus.

– Alors, proposa Tara, nous devons déjà trouver ce qui rapproche ces disparitions. Cal, tu connais mieux les Premiers que nous. Essaie de réunir un maximum de détails sur chacun des disparus. Robin, tu connais Tingapour, utilise tes connaissances pour engager la conversation avec les gens d'ici et tâche de découvrir s'il y a eu aussi des enlèvements au palais impérial. Moineau, de ton côté, tu te faufiles facilement partout et tu es discrète, alors laisse un peu traîner tes oreilles près des Hauts mages.

– Et toi, demanda Cal, qu'est-ce que tu vas faire ?

– Moi, répondit Tara en prenant une grande inspiration, je vais attendre que vous me donniez tous les renseignements… Après quoi j'irai affronter Maître Chem.

– Bon, eh bien je te laisse volontiers cette partie de notre plan, approuva Moineau qui était terrorisée par le dragon. Et d'ailleurs, j'entends le gong du dîner. (À Omois, d'énormes gongs rythmaient les heures.) Alors, compagnons, à table !

Cela fit sourire Tara. L'Effrit, un démon volant pourpre dont le corps se terminait en tortillon au niveau des jambes, les attendait patiemment et les amena jusqu'à la salle d'honneur.

Ils se faufilèrent discrètement à leur table. Un somptueux dîner était déjà dressé, avec d'immenses plats dorés et de fines assiettes de porcelaine. Cal et Robin ouvrirent de grands yeux devant le festin qui les attendait. De nombreux aliments reposaient sur… rien, flottant dans l'air juste au-dessus des tables.

Tara découvrit que les apparences ne correspondaient pas forcément à la réalité en goûtant un riz blanc tout ce qu'il y a de plus banal qui lui mit la bouche en feu pendant une demi-heure.

Après avoir avalé au moins trois litres d'eau, elle observa ce que mangeaient les autres et les imita prudemment.

Les viandes avaient des goûts… bizarres, pas mauvais, mais inhabituels. Les sauces étaient relevées et les légumes d'aspect classique (genre fèves, graines ou encore racines) dégageaient des odeurs et des goûts très différents. Une sorte de haricot notamment lui fit penser à un renversant mélange de brocoli et de banane, une espèce de tomate jaune avait un goût de chou-fleur à la sardine et les salsifis rouges ressemblaient à des pêches trempées dans du miel.

Il y avait également des Boumbar, les bonbons qu'aimait Cal. Quand elle en mit un dans sa bouche, il commença à fondre, puis explosa littéralement, libérant toutes ses saveurs. Elle vit aussi des Kidikoi*, d'étranges sucettes en forme de grenouilles blanc et bleu dont le cœur cachait un secret. Quand on avait dégusté le ventre ou le dos de la grenouille, une phrase apparaissait qui prédisait l'avenir. Pour Tara, la sucette magique annonça: « Maintenant tu te tracasses, car le danger te menace. »

Tara grimaça. La sucette ne lui révélait rien de bien nouveau. Cal fut averti par sa Kidikoi qu'il allait se tromper et Robin qu'il allait se dévoiler, ce qui sembla complètement le paniquer. Moineau, prudente, refusa d'en prendre une. La couleur était chaque fois la même, aussi était-il impossible de savoir quelle en serait la saveur. Tara expérimenta successivement les parfums steak à l'orange, puis cerise à l'orgeat, camembert au chocolat, poisson pané au citron, prune au piment rouge, pomme au poivre. Le problème étant bien sûr qu'il fallait tout manger si on voulait accéder à la phrase magique ! Cal lui apprit que les P'abo, les lutins farceurs, étaient les créateurs de ces sucettes. Ils s'étaient inspirés des centaures, mi-hommes mi-chevaux des vallées de l'Est, qui avaient pris la mauvaise habitude de lécher le dos des Pllops, grenouilles blanc et bleu extrêmement venimeuses pour les autres races, car leur venin leur donnait des rêves agréables et parfois même des visions d'avenir.

Elle aima beaucoup le Tzinpaf*, boisson pétillante pomme-cola avec un soupçon de citron, et détesta la Barbrapo, espèce de breuvage fermenté amer à la couleur jaune, qui la fit frissonner.

Pendant le repas, Robin laissa tomber les petits pains qui se trouvaient dans la panière.

Il se passa alors une chose curieuse. Il rattrapa la panière bien avant qu'elle ne touche terre. Cela surprit Tara qui se souvint avoir déjà vu quelqu'un faire preuve de cette vitesse inhumaine. Elle fronça les sourcils, puis oublia l'incident.

Le banquet se termina sur une symphonie de chocolats fourrés (ça, apparemment, c'était universel), et Dame Auxia, la Haute mage du Conseil d'Omois (cousine de l'impératrice), une belle femme brune, se leva et déclara :

– Mes chers amis, permettez-moi à présent de vous souhaiter la bienvenue à Tingapour !

Les applaudissements des Hauts mages interrompirent sa déclaration et elle s'inclina gracieusement, puis continua.

– Comme chaque fois que vous nous rendez visite, nous mettons toute notre infrastructure à votre disposition. Cette année, nous aurons une nouveauté ou plutôt une *exception*. En effet, notre chère impératrice et notre cher imperator ont accepté de mettre nos capacités au service des Hauts mages de Lancovit afin de guérir une jeune sortcelière atteinte de magie démoniaque. Une fois que son cas sera traité, nos chers souverains ont également souhaité que leur soient présentés les Premiers de Lancovit, ce qui est unique dans les annales de ce palais et mérite d'être souligné. C'est là un immense honneur qui vous est fait par Leurs Majestés impériales.

Un murmure de surprise salua son discours mais Cal, qui se demandait s'il allait reprendre un neuvième chocolat à l'orange, remarqua que les Premiers Omoisiens, assis à leurs côtés, n'avaient pas l'air étonnés.

– Leurs Majestés impériales désirent également assister à une démonstration réunissant les meilleurs éléments parmi les Premiers de chaque palais. Les sélections auront lieu demain dès que notre jeune invitée sera guérie. Je vous remercie de votre attention.

Et elle se rassit.

Tara avisa Damien, assis en grande conversation avec Angelica.

– Excusez-moi, demanda-t-elle, avez-vous une salle de repos comme à Travia ?

Damien, interrompu en pleine discussion, répondit de mauvaise grâce.

– Nous n'avons pas de salle de repos. Nous avons un Devisatoire !

– Ooooh, roucoula Angelica, quelle chance vous avez ! Un véritable Devisatoire ! J'ai hâte d'y aller !

Damien s'inclina (ils devaient tous avoir des lumbagos dans ce pays à force de s'incliner pour un oui ou pour un non) et déclara :

– Je me ferai une joie de vous y emmener, belle Angelica !

Levant les yeux au ciel, Cal minauda.

– Oooooh, splendide Tara, daignerez-vous m'accorder votre gracieuse présence et accompagner mon indigne personne jusqu'au Devisatoire ?

Réprimant un rire, Tara répondit :

– Moi je veux bien aller où tu veux... qu'est-ce que c'est qu'un Devisatoire ?

Damien foudroya Cal du regard.

– C'est l'endroit où nous pouvons discuter et nous informer, précisa-t-il d'un ton hautain. Mais je crois qu'il vaut mieux que je vous montre. Suivez-moi !

Cal se leva théâtralement, tira en arrière la chaise de Tara qui ne s'y attendait pas et faillit se casser la figure, puis s'inclina et déclara :

– Posez votre délicieuse menotte sur ma main virile et suivons notre gai compagnon dans les méandres mystérieux de cet antique palais !

Ignorant dédaigneusement les Premiers de Travia qui rigolaient franchement, Damien ouvrit le chemin, suivi de près par Angelica.

– Excuse-les, grinça la jeune fille, ce ne sont que des sort-celiers débiles. Nos pauvres Maîtres acceptent vraiment n'importe qui depuis quelques années.

– Je comprends, répondit gravement le jeune homme. Mais j'avoue que si ce gamin continue à me provoquer je pourrais bien oublier la règle et lui apprendre les bonnes manières.

– La règle?

– Dame Auxia, notre Haute mage, nous a interdit de nous battre en duel avec vous.

– En duel? (Angelica ne comprenait pas.) Comment ça, en duel?

– Eh bien si notre honneur est bafoué ou insulté, il nous est possible de lancer un défi. Nous n'avons pas droit aux défis mortels, bien évidemment (on sentait dans sa voix qu'il le regrettait franchement), mais nous pouvons faire suffisamment mal pour que le vaincu s'en souvienne longtemps.

Angelica parut trouver l'idée fascinante.

– Noooon, souffla-t-elle, vous avez le droit de vous battre en magie? Ça, c'est incroyable!

– Pourquoi incroyable, s'étonna Damien, vous n'en avez pas le droit, vous?

Angelica secoua la tête.

– Non, pas du tout, c'est rigoureusement interdit.

– Mais comment faites-vous si quelqu'un vous menace? Vous devez aussi vous entraîner dans des circonstances réelles!

Angelica jeta un regard derrière elle, mais les autres étaient trop près pour qu'elle puisse confier ce qu'elle avait sur le cœur. Aussi glissa-t-elle son bras sous celui de Damien, ravi, et murmura:

– Nos coutumes sont… très différentes des vôtres. Nous discuterons de tout cela dans le Devisatoire, j'ai des tas de questions à te poser sur ces… duels.

Le Devisatoire était une grande salle remplie d'une multitude de petites tables entourées de fauteuils. La salle était bondée… et il régnait un silence total.

Ébahie, Tara pouvait voir les gens discuter et gesticuler, mais ne les entendait pas !

– C'est cela, un Devisatoire, déclara Damien très satisfait de la surprise de Tara. Venez, je vais vous montrer.

Au grand mécontentement d'Angelica, il fit asseoir Tara, grogna quand Cal s'empara du siège voisin, puis s'assit à son tour, suivi de Moineau, Robin, Carole et Sil, un autre garçon du palais impérial.

Puis il s'exclama :

– Nous sommes placés !

Et une sorte de bulle de silence se créa, les isolant totalement des autres groupes.

– Et voilà, poursuivit-il avec un sourire radieux. Maintenant laissez-moi vous montrer ce qui se passe quand nous sommes en désaccord sur un sujet. Voyons, voyons.

Il réfléchit un instant puis demanda.

– J'y suis ! Connaissez-vous l'histoire de Lancovit ? Ou plus précisément l'histoire du roi Tarien la Bête et de la reine Belle ? C'était il y a environ trois cents ans d'AutreMonde.

Tara dressa l'oreille. La Belle et la Bête ? Comme sur la tapisserie dans la salle du Trône ?

– Ils ont eu une fille et un garçon, connaissez-vous le nom de la fille ? continua Damien d'un ton qui laissait supposer qu'ils étaient incapables de répondre à une question aussi simple.

– Isabelle !

La réponse de Moineau avait fusé, surprenant Damien.

– Bien, acquiesça-t-il, maintenant supposons que je ne sois pas d'accord. Et que moi je dise que le nom de leur fille était… disons Katiane.

Il éleva le ton et articula :

– Voix ?

Sortie de nulle part une Voix distinguée répondit :

– Premier Damien ?

– Quel était le nom de la fille de Leurs Majestés Tarien et Belle, à Travia capitale de Lancovit au XXXe siècle s'il te plaît ?

– Isabelle, Premier Damien.

– Merci.

Il se tourna vers les autres.

– Et voilà ! Nous pouvons discuter sans gêner les autres et surtout dès que nous avons un doute, nous pouvons faire appel à la Voix pour qu'elle nous départage. Nous pouvons également regarder des films ou bien écouter de la musique, nous pouvons lire ou encore chanter, ou travailler bien sûr.

Les yeux de Tara se mirent à briller. Voilà exactement ce dont elle avait besoin ! La Voix saurait peut-être où se trouve la forteresse grise.

– Bravo, applaudit Angelica, votre Devisatoire est extrême-ment sophistiqué ! Nous n'avons pas de Voix chez nous et les écrans silence sont bien moins perfectionnés. Quel luxe ! Je devrais demander à mes parents de m'envoyer travailler pour l'un de vos mages. Je ne comprends pas du tout pourquoi ils m'ont mise au palais de Travia !

– Peut-être parce que personne d'autre ne voulait d'elle, murmura perfidement Cal à l'oreille de Tara.

Robin saisit l'occasion au bond.

– À propos de Travia, il y a eu un tas d'incidents étranges ces derniers temps. Un Premier a disparu, et quatre autres l'année dernière. Et chez vous, il ne s'est rien passé ?

Damien et Sil, l'autre garçon plutôt corpulent qui avait apporté avec lui une partie des chocolats, comme s'il risquait d'en manquer, se regardèrent.

Puis Sil leur confia :

– Nous on sait rien, mais il paraît qu'il y a eu plusieurs disparitions l'année dernière. Mes parents ne voulaient pas que je vienne au palais, mais l'imperator a fait voter une loi comme quoi les jeunes sortceliers devaient obligatoirement travailler sous les ordres d'un Haut mage, ou d'un sortcelier plus expérimenté et non pas chez eux. Soi-disant pour éviter des accidents de magie. Alors on n'a pas eu le choix.

– Et vous savez qui a disparu ? fit Robin d'un air dégagé.

Sil réfléchit, jeta un regard rusé vers Damien puis déclara :

– Cette année personne, du moins pour le moment. Et on ne connaît pas ceux qui ont disparu l'an dernier. Mais, mes sources m'ont informé… que les parents auraient reçu un message.

Tout le monde était suspendu à ses lèvres.

– Comment le sais-tu ? observa Damien avec surprise, tu ne m'en as jamais parlé !

– Je n'en ai jamais parlé parce que personne ne m'a rien demandé. Mais ma mère fait partie de la brigade qui a enquêté sur les disparitions et il se trouve qu'en passant par hasard (par hasard, tu parles, il avait fait le guet pendant des heures!) devant son bureau à la maison, j'ai entendu sa conversation avec un cristalliste (Tara savait que les cristallistes étaient les journalistes d'AutreMonde, qui transmettaient les nouvelles par le biais des panneaux ou des boules de cristal). Il avait appris d'un de ses informateurs que les parents des victimes avaient reçu un message expliquant qu'ils ne devaient pas s'inquiéter pour leurs enfants, que ceux-ci allaient très bien et leur seraient rendus plus tard. Le message précisait également qu'ils recevraient des nouvelles régulièrement. Ma mère était tellement furax qu'elle a menacé le cristalliste de le faire arrêter pour obstruction à l'enquête et mise en danger de la vie d'otages. En fait, elle l'a tellement menacé qu'il a fini par accepter de ne pas diffuser l'information sur le réseau.

Robin était penché au point qu'il faillit tomber en avant sur la petite table.

– C'est une information capitale, Sil. Je te remercie de ta confiance.

– Oh! lâcha Cal, se rappelant un peu tard qu'il avait une mission, j'aperçois des amis. Je reviens tout de suite.

– Oui, moi aussi, précisa Robin, excusez-moi un instant.

– En ce qui me concerne, il peut même rester avec eux définitivement, grommela Damien qui n'avait pas digéré l'insolence de Cal. Bien, maintenant que nous sommes entre gens civilisés, discutons d'activités civilisées. Vous désiriez avoir plus d'informations sur les duels, Angelica?

À voir la tête d'Angelica, on aurait plutôt dit qu'elle voulait l'assassiner. Mais elle parvint à se dominer et susurra.

– Je suis persuadée que c'est un sujet qui n'intéressera pas nos amies. Pourquoi ne pas en discuter tous les deux ? À part… En privé… Ailleurs.

Mais Damien était imperméable aux allusions subtiles.

– Mais c'est une excellente coutume ! Je suis très étonné que vous n'ayez pas le droit de l'utiliser à Lancovit, c'est d'un rétrograde !

– Pas du tout ! protesta Moineau qui avait horreur des critiques. C'est Omois qui est rétrograde. Les duels sont interdits depuis deux cents ans déjà dans la majorité des pays d'Autre-Monde. Et je ne comprends pas comment une coutume aussi barbare est encore autorisée ici !

Damien commençait à trouver les Premiers de Lancovit assez barbants. Pour l'instant, la seule qui ne l'avait ni contredit ni ennuyé était Angelica. Il prit donc une rapide décision.

– Eh bien, grinça-t-il en se levant avec raideur, puisque nos coutumes vous semblent… barbares, je vais donc en discuter avec la seule d'entre vous qui les approuve.

Puis, claquant des talons, il se réinclina devant Angelica et la pria de l'accompagner hors du cercle. Ils s'installèrent à une autre table. Carole hésita un instant, puis, quand Angelica lui fit signe de les rejoindre, obéit sans discuter.

Ne restèrent que Sil, Tara et Moineau.

Celle-ci se leva également pour aller traîner du côté des Hauts mages qui discutaient avec leurs homologues. Tara décida de reprendre l'interrogatoire de Sil, mais elle n'apprit pas grand-chose de plus, en dehors du fait qu'il n'aimait pas partager ses chocolats et qu'il se trouvait très malin.

Dès qu'il la quitta, Tara demanda :

– Voix ? Connais-tu un endroit qui se nomme la « forteresse grise » ?

Le cœur battant, elle attendit. Il y eut d'interminables minutes de silence, puis la Voix répondit :

– Forteresse grise. Nom donné au quartier général des Sangraves, en l'an 3457 d'AutreMonde, du nom du général Sangrave ayant créé le mouvement. Le général prônait l'esclavage des Nonsos au profit des sortceliers et la mise en exploitation de la Terre. À sa mort, le clan des Sangraves fut dissous par les Elfes-Chasseurs.

Tara prit une grande inspiration. Ainsi, la forteresse grise existait bien !

– Liens entre Magister et la forteresse grise, et Localisation.

– Magister, Maître des Sangraves, a recréé la secte il y a une dizaine d'années, en restant dans la clandestinité, le visage masqué, le corps recouvert d'une cape de sortcelier grise. La forteresse grise se trouvait dans les montagnes d'Hymlia, elle a été totalement détruite. Aucun lien trouvé entre forteresse grise et Magister. Fin du rapport.

L'espoir s'éteignit dans le cœur de Tara. Magister avait dû reconstruire la forteresse grise quelque part sur AutreMonde. Elle serra les poings. Non. Elle n'abandonnerait pas. Elle trouverait une solution !

Quand tout le monde retourna dans la chambre de Tara pour la nuit, juste avant le couvre-feu, ils décidèrent de tenir un conseil de guerre.

Tara et Moineau réussirent à ne pas faire de commentaires sur le pyjama treillis couleur camouflage de Cal… mais ce fut dur.

Robin, les yeux brillants, semblait très satisfait de ses résultats.

— Les gens ne savent pas grand-chose, regretta-t-il, mais j'ai pu relever des coïncidences troublantes entre leurs enlèvements et les nôtres.

— Lesquelles ? demanda Cal, sourcils froncés, qui se demandait pourquoi les deux filles avaient l'air… crispé.

— Eh bien j'ai cru comprendre que tous les Premiers qui ont été enlevés étaient soit très doués, soit dotés d'un don extrêmement puissant. Mais surtout, surtout ils étaient tous les enfants de Hauts mages du Grand Conseil !

— Oui, renchérit Tara, c'est aussi ce qu'a souligné Sil quand vous êtes partis. Il a même dit qu'il s'appliquait à ne pas être trop bon car il ne voulait pas risquer de se faire kidnapper, puis il s'est rétracté en disant que ses parents n'étaient pas assez importants pour qu'il soit enlevé.

— Chez nous aussi, continua Cal. Le schéma est le même. De brillants Premiers ou des Premiers puissants, tous étant les enfants de Hauts mages… à part la naine. Que peut-on en déduire ?

— Que tu ne te feras jamais enlever ? proposa malicieusement Moineau.

— Ça c'est malin ! répondit Cal. Non… sérieusement !

Tara attrapa sa mèche blanche qu'elle se mit à mâchouiller, malgré l'irritation de Galant qui avait cette habitude en horreur. Elle caressa le pégase puis s'exclama, le faisant sursauter :

— Flûte !

— Quoi ! crièrent les trois autres à qui elle avait fait peur.

– Je ne comprends pas ! Quand Magister, le Maître des San-graves, a essayé de m'enlever (Robin tressaillit, il avait raté cette partie de l'histoire), il a dit qu'il voulait me donner le Pouvoir. Quel Pouvoir ? Et pourquoi à moi ? Quel rapport y a-t-il entre Fabrice, les Hauts mages, les Premiers enlevés, les plans du Maître des Sangraves et moi ? Ça… m'énerve.

– Je pense qu'il nous manque encore un élément pour com-prendre, réfléchit Moineau. Je suis restée près des mages, comme prévu, et ils n'ont aucun indice. Ils semblent très inquiets des disparitions… et aussi de la présentation à l'impératrice demain. Ils ne comprennent pas pourquoi Sa Majesté impériale veut assister à cette démonstration des Premiers.

– Moi, dit Robin en regardant Tara qu'il trouvait décidé-ment très jolie, je m'inquiète surtout pour toi. J'espère que les mages savent ce qu'ils font. Guérir un don démoniaque n'est pas si simple que ça.

Tara lui adressa son magnifique sourire.

– J'ai confiance en Maître Chem, dit-elle calmement. Je ne suis pas inquiète du tout.

Ce qui était évidemment un mensonge éhonté. Elle ne réussit à s'endormir que très tard au milieu de la nuit, et vers quatre heures du matin dut s'avouer la vérité.

Elle n'était pas sûre de vouloir être guérie !

Cette pensée la terrifia.

chapitre VIII
Vortex mortel

Le lendemain, Tara fut privée de petit déjeuner. Comme pour une opération chirurgicale, il valait mieux que la patiente soit à jeun. Maîtrisant son envie de fuir, elle suivit l'Effrit qui vint la chercher.

La salle dans laquelle elle entra était entièrement rouge (ce qui ne la rassura pas du tout : était-ce pour cacher le sang qui risquait de couler ?) et matelassée. Assis sur des coussins moelleux, les sortceliers formaient un cercle. Il devait bien y avoir une centaine de Hauts mages présents.

Dame Auxia prit la parole.

— Bienvenue, mon enfant, mets-toi au centre de notre cercle s'il te plaît.

Sans un mot, Tara obéit.

— Bien, maintenant montre-nous donc ce qui t'arrive, dit Dame Auxia d'un ton légèrement condescendant. J'ai du mal à visualiser l'importance de ton problème.

Tara releva la tête avec un sourire cruel. Ah ! la Haute mage avait du mal à visualiser… Elle allait vite comprendre.

— Eh bien, dit-elle, l'accueil du démon a été comme une douche glacée, nous avons pris nos jambes à notre cou, mais il nous a stupéfiés par son arrogance, et nous en sommes restés immobiles comme des statues...

À peine avait-elle terminé sa phrase que sa mèche blanche crépita et une trombe d'eau glacée se déversa brutalement sur la salle, happant les Hauts mages d'Omois. Ils furent littéralement collés contre les murs et à moitié noyés par la force de la vague. Alors que celle-ci se retirait, ils n'eurent pas le temps de reprendre leur souffle, frappés par la deuxième métaphore. Leurs jambes, échappant à tout contrôle, s'agitèrent et la salle fut soudain emplie de mages hurlant et courant comme des fous dans tous les sens. Enfin, la troisième métaphore les figea dans la posture où ils se trouvaient. Certains en train de lever la jambe, d'autres de sauter.

Les Hauts mages étaient statufiés et stupéfaits.

Heureusement, la magie de Tara n'était pas encore suffisamment puissante pour les immobiliser très longtemps, et ils purent se libérer de l'enchantement.

Prudents, ceux de Lancovit avaient activé leurs boucliers magiques et flottaient dans des bulles transparentes au-dessus de leurs collègues abasourdis, trempés et frigorifiés.

Dame Auxia n'était plus du tout condescendante. Elle écarta ses longs cheveux noirs qui lui gouttaient dans les yeux et s'exclama :

– Par mes ancêtres ! Mais c'est terrible !

– Oui, opina vigoureusement le vieux mage-dragon, qui flottait bien au sec et avait un mal fou à ne pas rire devant le spectacle de la Haute mage dégoulinante. C'est vraiment terrible. Pensez-vous que nous pourrons guérir cette malheureuse enfant ?

La Haute mage hocha la tête.

– Certainement, certainement. Laissez-moi juste me sécher et nous commencerons l'opération.

Les sortceliers firent évacuer l'eau puis se séchèrent à l'aide de grands courants d'air chaud. Quand ce fut terminé, ils étaient un peu ébouriffés, mais secs. À présent, Tara avait toute leur attention. Ils ne pensaient pas avoir à affronter quelque chose d'aussi puissant.

Ils se positionnèrent autour d'elle et fermèrent les yeux. Au-dessus de Tara apparut alors un formidable visage. L'esprit de tous les Hauts mages venait de se matérialiser. Ils parlèrent par sa bouche.

– Par l'Extirpus, nous te l'ordonnons, quitte ce corps, nous te chassons ! Sors démon de cette humaine, toute résistance sera vaine !

Tara sentit une chaleur l'envahir au fur et à mesure que les incantations des sortceliers prenaient de la force. Elle n'avait pas vraiment mal, mais c'était extrêmement désagréable. La pression monta, monta, le visage au-dessus d'elle se crispa de douleur et elle vit soudain quelque chose émerger de son corps.

Un minuscule démon se tortilla pour sortir de la poitrine de la jeune fille stupéfaite. Il se mit à gonfler, à enfler, jusqu'à atteindre la même taille que l'immense visage et hurla :

– Hé ! Ho ! Ça va pas non ! Inutile de m'agresser ! On va pas en faire tout un plat tout de même !

La métaphore agit aussitôt. Des centaines de plats s'écrasèrent autour des sortceliers. Des cassoulets brûlants, des choucroutes fumantes, des poulets bien rôtis avec des pommes de terre grillées éclaboussèrent les Hauts mages qui durent sauter pour éviter d'être assommés par les confits, les saucisses, les haricots blancs, les truffades, les gâteaux à la crème, les sauces anglaises, les glaces et tout ce qui leur dégringolait dessus.

— Demonus, vade retro ! rugit de plus belle l'immense visage qui semblait vraiment furieux.

— Pfff ! siffla l'énorme démon, y a même plus moyen de s'amuser ! La barbe !

Immédiatement une longue barbe se mit à pousser au menton de tous les Hauts mages. Cela dut en déconcerter quelques-uns car le visage au-dessus de Tara vacilla un instant.

— Ne vous laissez pas distraire ! tonna Maître Chem. Il faut continuer, nous y sommes presque !

Le visage se stabilisa et reprit fermement ses incantations.

Le démon ricana et frappa un grand coup.

— Ouaah, vous êtes vraiment chiens avec moi ! cria-t-il avec un mauvais sourire. Moi qui croyais qu'on était copains comme cochons, vous m'filez une fièvre de cheval à gueuler comme des putois. Mais, je suis têtu comme une mule, malin comme un singe et fier comme un coq, vous m'tirerez que des larmes de crocodile !

Il y eut une succession de « plop » et les Hauts mages, malgré une lutte intense, diminuèrent, rétrécirent… et se retrouvèrent à quatre pattes. La métaphore les avait transformés en chiens toujours pourvus de barbes ! Ils se mirent à aboyer avec rage après le démon, mais déjà la deuxième métaphore frappait. Les pattes se transformèrent, rapetissèrent, le poil devint rose, les queues se tirebouchonnèrent et une centaine de cochons se retrouvèrent à grogner au milieu de la salle. Tara se mordit les lèvres pour ne pas rire. Soudain, les cochons grandirent, les groins roses s'allongèrent, le poil se transforma en crin et des chevaux hennirent à la place des cochons. Sans crier gare, les chevaux rétrécirent de nouveau, les robes se zébrèrent et Tara se boucha vivement le nez. Devant elle gigotaient une centaine de putois ! Hop ! Ils grossirent et des mules se mirent à braire de fureur après le démon qui se tordait de rire. Elles furent vite remplacées par des singes qui grimaçaient de rage puis par des coqs qui agitaient leurs ailes dans tous les sens et enfin par des crocodiles qui pleuraient… comme des veaux !

Quand ils réussirent péniblement à reprendre forme humaine, le démon avait affaire à une centaine de mages fous de rage.

– Pulvérisez-moi ce démon ! hurla Dame Auxia. MAINTE-NANT !

Le visage au-dessus de Tara se convulsa et un rayon de lumière jaillit de ses yeux pour venir frapper le démon qui riait comme un dément.

Cette fois-ci, la colère des Hauts mages fut la plus forte. Le démon essaya de résister, ouvrant la bouche pour les foudroyer avec une nouvelle métaphore, mais le visage ne lui laissa aucune chance. Le rayon s'intensifia, le frappant à la tête sans relâche. Il poussa un hurlement, se tortilla, hurla une seconde fois en essayant d'articuler des mots, mais trop tard. Il perdit de la substance, puis explosa en une myriade de lambeaux visqueux qui aspergèrent les mages.

Le sentiment de rage et de fureur qui rongeait Tara depuis son aventure dans les Limbes disparut au même instant. Elle était libérée !

Les Hauts mages rouvrirent les yeux et le visage s'estompa.

– Bravo! les félicita Maître Chem qui observait avec une certaine satisfaction la longue barbe blanche qui ornait désormais son visage, la lutte a été rude, mais c'était formidable!

La Haute mage Auxia appréciait beaucoup moins d'avoir du poil au menton et fit vivement disparaître sa barbe noire… et les lambeaux visqueux qui suintaient sur sa robe.

– Bien, dit-elle quand elle eut retrouvé une apparence plus digne. Maintenant, Tara, veux-tu avoir l'obligeance de prononcer une métaphore s'il te plaît. Quelque chose d'inoffensif.

Quand Tara ouvrit la bouche, elle vit les Hauts mages se crisper.

– Bon sang, dit-elle prudemment, ce démon vous a vraiment rendus chèvres!

Les Hauts mages respirèrent avec bruit, personne ne s'était mis à bêler dans la salle.

– Bien bien bien! fit jovialement le mage-dragon, je crois que nous y sommes. Notre petite Tara est guérie!

Un joyeux brouhaha salua sa déclaration. Tara était soulagée. Elle allait pouvoir parler sans s'inquiéter de griller, congeler ou transformer ses amis!

– Parfait, sourit Dame Auxia, à présent allons en salle d'Entraînement afin de sélectionner ceux des Premiers qui auront l'honneur de faire une démonstration à Leurs Majestés. Et je propose que notre jeune amie ici présente y participe aussi, maintenant qu'elle est guérie.

Le vieux mage-dragon grimaça.

– Je ne crois pas que…

Inflexible, Dame Auxia l'interrompit.

– Leurs Majestés voudront certainement voir la jeune fille que notre talent a sauvée. Nous avons failli échouer, le démon était très puissant. Nous avons mis nos vies en danger. Vous ne voudriez pas les mécontenter après ce que l'Empire vient de faire pour vous… n'est-ce pas ?

Vaincu, Maître Chem s'inclina.

– Certainement pas, Dame, notre petite Tara se fera une joie de participer à ce concours.

– Parfait, sourit Dame Auxia, alors j'envoie les Effrits chercher les enfants et nous nous réunirons dans la salle dans cinq minutes.

Le mage s'inclina.

– Comme vous voudrez, Dame.

Tara allait intervenir, mais il lui fit signe de ne rien dire. Quand il passa à côté d'elle, il eut juste le temps de lui glisser de ne pas s'inquiéter et qu'elle pouvait utiliser la magie sans que sa grand-mère en soit affectée. Elle reprit sa marche et suivit les Hauts mages dans la salle d'Entraînement, identique à celle de Travia, mais bien sûr parfaitement démesurée.

Moineau était nerveuse quand elle la rejoignit. Et Sheeba aussi, ce qui étonna Tara, la panthère étant plutôt placide d'habitude. La fine jeune fille brune, sachant que Tara n'avait pas mangé, lui avait apporté une bouteille de Tzinpaf, trois petits pains au lait et une barre de chocolat, que celle-ci, reconnaissante, dévora en quelques minutes, tout en lui racontant ce qui s'était passé. Moineau lui avait aussi apporté une Kidikoi qui lui annonça : « Attention le piège se refermera et tu seras faite comme un rat »… Super, elle adorait les surprises de ce monde.

Galant, quant à lui, étendait sans cesse ses ailes comme s'il allait s'envoler et Tara se fit d'autant plus remarquer qu'ils n'avaient jamais vu de pégase Familier de leur vie.

– Bon sang ! Veux-tu te tenir tranquille ! souffla-t-elle. Qu'est-ce qui te prend ?

Là tension était presque palpable et Galant fit un véritable effort de volonté pour se calmer.

Les Hauts mages s'installèrent enfin dans les gradins et la sélection commença.

Quatre Premiers se placèrent les uns à côté des autres, face aux Hauts mages dont les ordres fusèrent.

– Fleurs !

Les Premiers incantèrent, gesticulèrent et… des fleurs apparurent. Des tas de fleurs. Des bleues, des rouges, des violettes, des jaunes, certaines ayant toutes ces couleurs à la fois ; d'autres, aux grandes gueules pleines d'épines acérées, bougeaient et sautaient en essayant de… mordre les Hauts mages.

– Animaux !

Re-incantations, re-gesticulations et surgirent devant les spectateurs un dindon géant tout doré et glouglouttant (« Oh ! un Spachoune ! » rigola Cal), une grenouille blanc et bleu, un très petit animal à fourrure rose dont il était impossible de discerner le devant du derrière (« Ça par exemple, chuchota Moineau, c'est un Krakdent*, c'est très rare. ») et un cerf à six pattes et sans bois.

L'un des Premiers avait sans doute le sens du raffinement car la couleur de son Spachoune était assortie au massif de fleurs qu'il venait de créer.

– Arbres !

Des arbres surgirent brusquement de nulle part et poussèrent jusqu'au plafond… Tara comprit alors pourquoi la salle était si haute.

Le Spachoune qui tournait autour du Krakdent, le petit animal rose à fourrure, eut la *très* mauvaise surprise de voir la peluche doubler soudain de volume, ouvrir une gueule de cauchemar et l'engloutir tout cru. On entendit juste un « blurps » de satisfaction, et quelques plumes dorées voletèrent doucement tandis qu'une énorme langue bleue sortait de la peluche rose et se léchait les babines avec satisfaction. Le Krakdent rentra sa langue, puis commença à s'approcher sournoisement du cerf à six pattes.

Les Hauts mages firent signe aux Premiers qui avaient créé la grenouille et le cerf qu'ils étaient éliminés de la sélection… et le cerf échappa de justesse à un destin tragique quand son créateur le fit disparaître, sous le nez de la peluche rose qui en resta stupéfaite. Restèrent les deux sortceliers qui avaient fait apparaître le Spachoune géant et le Krakdent rose.

Les mages les regardèrent puis ordonnèrent :

— Porte !

L'un des Premiers se figea, l'air totalement terrorisé, tandis que l'autre agitait les doigts comme s'il dessinait une porte dans l'espace tout en captant la lumière.

Il incanta :

— Par Transferus, Porte ouvre-toi et en cet ailleurs, transfère-moi !

Une fine étincelle se mit à luire au bout de son index… puis s'éteignit lamentablement.

Les Hauts mages hochèrent la tête, éliminèrent ces deux-là, et firent disparaître toutes leurs productions, au moment où la peluche rose attaquait une fleur agressive et lui mâchonnait les pétales. Les quatre Premiers suivants avancèrent.

Re-fleurs, re-animaux, re-arbres. Les animaux qui apparurent étaient extrêmement variés… un élan à deux têtes, une à chaque bout ; un renard qui ne courait pas, mais bondissait comme un kangourou ; un lapin géant pas du tout porté sur les carottes qui aurait terrorisé tous les loups de la Terre ; toute une série de félins, mi-insectes, mi-mammifères, affublés de nombreuses pattes, d'antennes et de mandibules, à côté desquels les tigres de la Terre seraient passés pour d'inoffensifs chatons et quelques pégases dont les couleurs firent hennir Galant (verts à rayures orange, très très discret, ou encore argent à taches rouges… ou bleues).

À chaque fois qu'on en venait au test de la Porte, la situation se compliquait. Un des Premiers eut tellement peur qu'il faillit vomir sur les Hauts mages et courut dehors juste à temps.

Finalement, seuls deux des Premiers omoisiens parvinrent à former chacun une sorte de Porte. La Haute mage Dame Auxia fit remarquer, avec une certaine acidité dans la voix, qu'elle ne se risquerait pas à les utiliser, même si sa vie en dépendait.

Il y eut aussi des tests de rapidité et de créativité artistique : faire apparaître des balles, des bijoux, des objets, décorer la salle de plusieurs couleurs.

Les Premiers de Lancovit se débrouillaient bien. Deria, Dame Boudiou, Maître Dragosh, Maître Chem, Dame Sirella dans sa bulle, Maître Den'maril et les autres les encourageaient.

Quand ce fut le tour d'Angelica, Tara pensa que celle-ci ferait de son mieux pour être présentée à l'impératrice, mais elle constata que, curieusement, elle semblait bâcler sa prestation.

Elle fut éliminée, mais un petit sourire supérieur ne quitta pas ses lèvres.

Cal lui aussi fut éliminé (il avait trouvé très drôle d'asperger les Hauts mages de crème fouettée quand ils avaient dit « Gâteaux » mais ceux-ci n'avaient pas apprécié).

Damien, qui était arrivé en retard, passa avec les derniers sortceliers du Lancovit : Moineau, Robin et Tara.

Les appréciations des juges n'étaient pas toujours explicables. Ils avaient éliminé des Premiers ayant produit des choses magnifiques et favorisé certains qui paraissaient moins talentueux.

Damien était sombre et concentré. Quand claqua l'ordre « Balles », il réagit comme un tireur d'élite. Sa main jaillit à la vitesse de l'éclair, il murmura quelques mots et six balles multicolores surgirent. Waouh… Tara était tellement fascinée qu'elle faillit en oublier sa propre démonstration. Elle ferma les yeux, se concentra, et un ballet multicolore se mit à danser devant elle dans les airs.

Quand elle rouvrit les yeux, elle constata que Damien regardait d'un air mauvais la multitude de balles que son talent venait de créer, tandis que Moineau dissimulait mal son amusement.

Les balles sautaient et bondissaient autour d'elle par centaines. Tout le monde (surtout les Hauts mages et les Premiers d'Omois) la fixait avec un tel étonnement qu'elle en perdit sa concentration. Les balles s'échappèrent, rebondissant à terre.

Bon sang! Elle avait visualisé trois balles, pas trois cents! Maintenant que le don démoniaque avait disparu, elle devait réapprendre à contrôler sa magie.

Dame Auxia se racla la gorge et lança :

– Ma foi, c'est intéressant. Décidément cette petite a un excellent potentiel. Au tour de vos Familiers, s'il vous plaît !

Chacun fit apparaître un cercle où les Familiers se plurent à sauter, danser ou voler (le Familier de Damien était un petit faucon crécerelle). Galant apprécia très moyennement le coup du cercle de feu quand, passant trop près, il se roussit légèrement une plume.

Tara, qui n'avait pas du tout l'intention de faire de la magie devant l'impératrice, s'appliqua à ne pas aller aussi vite que Damien, Moineau ou Robin. Vu le manque de contrôle qu'elle avait sur son fichu don, elle ne devait surtout pas être choisie.

Mais ça ne marcha absolument pas.

Quand Dame Auxia énuméra la liste des Premiers qui avaient été choisis, et que Tara entendit son nom et celui de Moineau, elle gémit.

Moineau n'était plus si contente. Elle appréciait de voir son talent reconnu (c'était une excellente sortcelière… et elle aimait profondément la magie), mais à cause de son secret, elle s'inquiétait à l'idée de devoir se montrer devant toute la Cour impériale d'Omois. Et si quelqu'un la reconnaissait ?

Cal, lui, rigolait franchement. Et se réjouissait devant les têtes dépitées de ses deux amies.

Les Premiers furent priés d'aller se rafraîchir et se changer.

Une fois dans leurs chambres, ils constatèrent que leurs Hauts mages les avaient gâtés avec de nouvelles robes de cérémonie dont le tissu, magnifique, pouvait être décoré à leur convenance. Tara prit une douche rapide, se coiffa soigneusement puis enfila sa robe. Elle accentua légèrement le scintillement des motifs argentés représentant des pégases et des chevaux et ils semblèrent presque vivants. Elle mit en valeur le motif incrusté sur sa gorge et celui-ci étincela.

Quand elle la vit, Moineau ne put retenir une exclamation.

– Tara, mais tu es magnifique !

– Merci, tu n'es pas mal non plus !

Moineau, elle aussi, avait travaillé sa robe dont l'éclat rehaussait très joliment son teint de brune et ses yeux noirs.

Cal et Robin les rejoignirent et tous descendirent au cœur du palais impérial… dans la salle des deux trônes.

– Évidemment, songea Tara quand ils découvrirent ce qui ressemblait à une cathédrale totalement grandiose, j'aurais dû parier que la déco serait… écrasante.

C'était le seul mot qui convenait. Ici, les murs resplendissaient et les tapisseries étaient animées. Les licornes bondissaient, les géants arrachaient des morceaux de pierre de la montagne et les avalaient, les lutins sautillaient, les elfes chassaient, les sortceliers incantaient.

Il y avait de l'or partout. De quoi vider d'un seul coup Fort Knox et Gorhan[1]… et attraper une sérieuse conjonctivite.

Un majordome dont le visage impassible avait réellement l'apparence du granit (gris avec de petites mouchetures blanches) les pria de bien vouloir le suivre.

1. Fort Knox est la réserve d'or américaine et Gorhan est la réserve d'or russe.

Quand tout le monde fut réuni autour de lui, il leur donna les consignes concernant l'étiquette de la Cour.

– Les Premiers qui n'ont pas été choisis pour la démonstration devront se placer sur les côtés des deux trônes. Ceux choisis resteront ici, à l'entrée de la salle, et à l'appel de leur nom, ils devront faire quinze pas, s'incliner, faire encore quinze pas, s'incliner, faire de nouveau quinze pas, puis s'incliner deux par deux. Leurs Majestés impériales vous feront peut-être l'honneur de vous poser des questions. Répondez par « Oui, Votre Majesté impériale », ou « Non, Votre Majesté impériale ». Puis sur leur ordre, vous exécuterez votre démonstration. Une fois celle-ci terminée, vous vous inclinerez de nouveau, puis sans tourner le dos à Leurs Majestés impériales, vous vous placerez sur le côté avec les autres Premiers. Est-ce que c'est clair ?

Très impressionnés, tous opinèrent de la tête. Satisfait, le majordome les conduisit jusqu'au seuil de la salle en formulant une dernière recommandation.

– N'oubliez pas, aucun bruit pendant les démonstrations ! Il serait désastreux que la concentration de ceux d'entre vous qui ont été choisis soit rompue. Une magie qui échappe à son invocateur peut avoir des conséquences dangereuses, et les gardes de Leurs Majestés impériales sont entraînés à réagir en quelques fractions de seconde. Nous aimerions éviter tout accident regrettable. Pour vous.

Skyler et Cal déglutirent en dévisageant les gardes à l'air menaçant, armés d'épées, de couteaux, de tas de trucs coupants et tranchants… et se jurèrent de ne pas bouger d'un cil.

Une foule de courtisans, caquetante et jacassante, emplissait aux trois quarts la salle, pourtant gigantesque.

Les Premiers se répartirent de chaque côté du trône, face à face, et Cal cligna de l'œil vers Moineau et Tara qui verdissaient de minute en minute.

Puis une fracassante sonnerie de trompettes annonça l'impératrice d'Omois et son imperator, et toute la salle s'inclina comme un seul homme.

D'où elles étaient, Tara et Moineau ne pouvaient apercevoir que deux poupées lointaines s'asseyant sur leurs trônes imposants.

Les Hauts mages, en demi-arc de cercle, incantèrent et se mirent à flotter, assis en tailleur dans les airs.

Deux Premiers d'Omois furent appelés et la présentation commença.

Pour montrer leur talent à toute la Cour impériale, les Premiers firent preuve de… créativité. Des bijoux en forme de papillons se matérialisèrent et s'envolèrent dans la salle, se posant sur la tête des courtisans amusés. Des œufs scintillants s'ouvrirent sur des œufs, qui s'ouvraient sur d'autres œufs plus petits… pour finir sur de minuscules oiseaux de pierres précieuses, se mettant à chanter quand la dernière coquille s'ouvrait. Des salamandres scintillantes apparurent et essayèrent d'attraper les papillons-bijoux qui s'échappèrent dans un grand envol étincelant.

Un murmure surpris émana de la foule quand l'un des Premiers présenta à l'imperator un simple disque de bois noir. Alors que ce dernier tendait la main, le Premier lui murmura quelque chose. Le souverain fit un geste, et l'un des gardes prit le disque et le posa sur sa poitrine où il adhéra apparemment sans support.

Aussitôt, à la vitesse de l'éclair, le jeune sortcelier fit apparaître des étoiles d'acier coupantes comme des rasoirs, qu'il lança brutalement sur le garde. L'impératrice ne put s'empêcher de laisser échapper un hoquet de stupeur horrifiée, mais alors que le métal tranchant allait embrocher le soldat cuirassé, le disque noir intercepta les cinq étoiles, en un mouvement si vif qu'il en devint presque invisible. Aucune ne put franchir sa garde vigilante. Ouah ! Un super-gilet pare-projectiles ! Léger, compact, efficace.

Enfin, ce fut leur tour. Escortée de Moineau, Tara marcha, s'inclina, fit de nouveau quelques pas, se réinclina, suivie par les murmures envieux des jeunes femmes qui se penchaient pour tenter de détailler le motif magnifique luisant au creux de sa gorge. À entendre les commentaires, Moineau comprit que la mode, déjà lancée au Lancovit, venait de toucher Omois !

Puis Tara se trouva face à l'impératrice.

Quand elle releva les yeux, elle eut comme un choc. Elle la *connaissait* ! Ou plutôt, après un deuxième examen, elle lui apparut étrangement familière. Bien qu'évidemment, elle ne l'ait jamais rencontrée. Quelle sensation… bizarre !

Grande et mince, les yeux bleu marine, elle était assise sur le trône reproduisant l'emblème de l'Empire, un paon pourpre aux cent yeux d'or, dont le bec arrogant la surplombait. Elle semblait bienveillante malgré son visage impassible. Son corps se drapait dans sept robes de couleurs différentes, chacune plus courte que la précédente. La dernière était blanche, rehaussée de pierres précieuses allant du blanc au rouge le plus sombre et qui formaient une rivière étincelant à la moindre de ses respirations.

Elle avait sans doute changé la couleur de ses cheveux, car ils présentaient une subtile couleur carmin sombre, parfaitement assortie au trône et à sa robe. Retenus uniquement par la couronne impériale, ils l'enveloppaient comme une somptueuse cape vivante et les mèches s'enroulaient jusqu'à ses petits pieds, chaussés de sandalettes aux fines lanières de rubis. Elle était impressionnante.

À ses côtés, l'imperator, blond, ses cheveux plus courts tressés en une natte épaisse reposant sur son épaule droite, la regardait avec indifférence, tout aussi impassible. Sa tenue était plus… militaire, et par-dessus ses robes impériales, il avait passé un plastron orné d'acier repoussé. Un simple cercle d'or entourait son front et un sabre à la poignée très ouvragée reposait à son côté. Il paraissait dangereux. Dangereux *et* compétent.

Le majordome déclara :

– L'invitée du Haut mage Maître Chemnashaovirodaintrachivu et la Première sortcelière de Dame Kalibris : Tara'tylanhnem Duncan et Gloria Daavil. Damoiselles, veuillez faire apparaître l'objet de votre choix.

Tara décida qu'elle aimait bien le style de l'impératrice. Voyons… pour ses incroyables cheveux pourquoi pas une résille d'or parsemée de fleurs de saphir assorties à ses yeux ? Non, c'était banal, elle devait faire mieux. Elle regarda Galant et eut une idée.

Plissant les yeux, elle imagina un pégase de verre et d'or prêt à s'envoler. Sa mèche blanche crépita et un murmure surpris agita la cour quand une splendide statue se matérialisa. Tara avait remarqué que ces gens aimaient les grands trucs, mais elle en avait fait peut-être un peu trop. L'énorme statue étincelait, chaque muscle, chaque crin était gravé dans le verre et le métal, et l'ensemble était d'une beauté et d'une élégance à couper le souffle.

Moineau, de son côté, avait décidé d'amadouer l'imperator. Elle créa un superbe coffret à cigares ouvragé, où centaures et licornes s'affrontaient, avec humidificateur incorporé.

À voir l'ombre du sourire qui naquit sur les lèvres impériales, elle avait bien choisi. Évidemment, c'était moins impressionnant que le cadeau de Tara, mais elle était assez contente d'elle.

Le majordome fit signe aux gardes d'enlever les offrandes et reprit la parole :

— Merci. À présent, veuillez présenter vos Familiers.

Galant et Sheeba approchèrent. Le majordome allait leur ordonner de les faire travailler quand l'imperator intervint :

— Une minute ! interrompit-il d'une voix dont la tonalité était très grave. Ce Familier est un pégase ! Pourquoi est-il aussi petit ?

Aïe, impossible de répondre par oui ou par non. Du regard, elle interrogea Maître Chem qui hocha la tête. Bon, elle pouvait prendre la parole.

Par prudence, elle s'inclina avant de parler.

— C'est bien un pégase, Votre Impériale Majesté. (Mince, c'était Impériale Majesté ou Majesté impériale, elle ne se souvenait plus !) Je l'ai miniaturisé afin qu'il puisse me suivre aussi à l'intérieur.

— Ah, bien ! approuva l'imperator de sa voix si particulière, mais cela signifie que tu as un avantage injuste par rapport à ton amie. Rends-lui sa taille normale, veux-tu ?

Là, ça allait.

– Oui, Votre Majesté impériale. (Y en avait bien un des deux qui était juste.) « Par le Normalus je te rends ta taille, car pour nous deux il n'y a qu'elle qui t'aille ! »

Le magnifique pégase reprit sa taille et domina de sa masse imposante toute l'assemblée, admirative.

– Mmmh, constata l'imperator en détaillant l'animal avec attention, je comprends pourquoi tu l'as rendu plus petit, il est vraiment grand pour sa race !

– Oui, Votre Impériale Majesté.

– Parfait, à présent montre-nous ce que tu sais faire. Mais étant donné la taille de ton Familier, commence toute seule, nous verrons ton amie après.

– Oui, Votre Majesté impériale.

Tara paniquait. Elle pouvait facilement créer des cercles de feu pour un petit pégase. Mais un cercle de feu pour un immense pégase, c'était une autre paire de manches !

Elle jeta un regard angoissé vers le toit hautement inflammable et regretta de toutes ses forces que les Omoisiens aient un tel amour pour le bois, surtout pour le bois précieux et *sec*.

Moineau devait partager la même crainte car elle vit son amie se crisper et les sortceliers se faire attentifs. Très attentifs.

Prenant une grande inspiration, elle leva la tête vers le plafond et un immense cercle de feu jaillit. D'un bond, Galant fut en l'air et ses ailes déployées le franchirent sans même en frôler les bords.

C'était un spectacle magnifique et Tara soupirait déjà de soulagement quand une piqûre violente au cou la déconcentra brutalement.

À sa grande horreur, le cercle de feu grandit, emplissant la salle d'un formidable flamboiement et menaçant le pégase qui l'évita de justesse. Mais la foule crut à un effet volontaire et tout le monde applaudit.

Malgré la douleur, Tara reprit de justesse le contrôle de sa magie et fit disparaître les flammes qui se rapprochaient dangereusement du plafond de bois sculpté, tandis que le pégase redescendait.

Quand un pégase était effrayé, il se hérissait. Et Galant ressemblait à une grosse boule de plumes quand il se posa, encore tout frémissant, à côté de Tara. Elle essuya la sueur qui lui coulait dans les yeux. Ils avaient échappé de peu à une catastrophe !

L'impératrice et l'imperator, satisfaits, autorisèrent Moineau à présenter Sheeba puis elles s'inclinèrent toutes les deux. Tara rétrécit Galant et elles laissèrent la place aux suivants.

Une fois près de Cal et Robin, Tara put enfin porter la main à son cou et elle la ramena pleine de sang. Moineau poussa un cri d'effroi.

— Mais qu'est-ce qui t'arrive ?

— Je ne sais pas, répondit Tara, je m'efforçais de maintenir ce maudit cercle quand quelque chose m'a piquée. J'ai failli tuer Galant et mettre le feu au palais !

— Tu veux dire que tu ne l'as pas fait exprès ? s'exclama Cal, les yeux écarquillés, c'était pourtant du grand spectacle !

— Je n'ai rien fait du tout, répliqua amèrement Tara qui avait mal. Je ne comprends pas ce qui s'est passé.

Tout à coup, Robin, qui examinait la blessure, sursauta.

— Mais c'est une piqûre de mouche à sang* !

– Une quoi?

– Une piqûre de mouche à sang. C'est une bestiole qui s'attaque surtout au bétail. Et il est impossible qu'elle soit entrée toute seule au palais, il y a des sorts répulsifs un peu partout.

– Quelqu'un a donc essayé de te faire perdre ton contrôle, affirma Cal dont les yeux examinaient le public avec attention. Et je crois savoir qui. Attendez-moi une seconde.

Vif comme un renard, il se faufila entre les sortceliers et les courtisans et disparut.

Robin, qui ne supportait pas de voir Tara souffrir, apposa sa main sur la piqûre puis incanta:

– Par le Reparus que se calme la douleur, que cette petite plaie disparaisse sur l'heure!

À son grand soulagement, Tara sentit la douleur refluer puis disparaître. Elle adressa un magnifique sourire à Robin qui en parut confus.

Cal réapparut en pestant.

– La garce reste soigneusement près des trônes. Elle sait que si je lui mets la main dessus…

– Mais de qui parles-tu? demanda Moineau que le manège de Cal intriguait.

– D'Angelica! Je suis sûr que c'est elle qui a manigancé tout ça. C'est la raison pour laquelle elle a tout fait pour *ne pas* être sélectionnée. Et elle tenait quelque chose à la main en entrant dans la salle. Je n'ai pas fait attention sur le coup, mais je suis prêt à parier que c'était un tube lanceur. Attends un peu que je l'attrape.

Malgré toute l'animosité que lui inspirait Angelica, Tara ne voulait pas que son ami s'attaque à une fille qui faisait deux têtes de plus que lui et qui lui était certainement supérieure en magie. Aussi décida-t-elle (à contrecœur) de calmer le jeu.

– Mais tu n'as pas de preuves ! Et tu ne peux pas accuser les gens sans preuves, Cal ! C'est impossible.

Le garçon plissa ses yeux gris.

– Tu as besoin d'une preuve ? Attends un peu, je vais t'en fournir une, de preuve.

Et, sans écouter les protestations de Tara, il disparut à nouveau dans la foule.

Pendant qu'ils discutaient, les Premiers qui passaient devant les deux souverains furent priés de créer ces fameuses Portes inventées par les dragons, puis utilisées par les sortceliers pour se déplacer d'un endroit à un autre sur de grandes distances. Pour les petits trajets, la lévitation, les tapis ou encore les sorts transmetteurs comme le « Transmitus » étaient nettement suffisants.

L'exercice était assez dangereux. Une Porte mal maîtrisée pouvait échapper à l'emprise de son créateur et expédier tout le monde… ailleurs. Dans un endroit d'où nul ne pourrait revenir.

Un silence tendu régnait dans la salle.

Les deux semblaient connaître leur affaire et incantèrent ensemble : « Par Transferus Porte ouvre-toi, et en cet ailleurs transfère-moi ! » Au bout de leurs doigts surgirent des formes vaguement luminescentes qui grandirent pour devenir des Portes, ouvertes sur un vide béant.

Soudain un cri retentit dans la foule, brisant brutalement l'intense concentration des sortceliers, et ce fut la catastrophe.

Comme Tara, l'un des deux Premiers perdit la maîtrise de sa magie. La Porte qu'il venait de créer échappa à sa volonté et explosa littéralement, triplant sa taille en une seconde. Le choc créa une onde qui se transforma très vite en un vide tourbillonnant. La Porte était en train d'échapper à tout contrôle et menaçait d'engloutir le palais! Déjà des chandeliers, des bougies, des lances, des chaises, tout ce qui n'était pas solidement fixé au sol, étaient aspirés. Les gens se mirent à crier et à courir tandis que les gardes entraînaient de force l'impératrice et l'imperator à l'abri. Maître Chem, Dame Auxia et les autres Hauts mages se mirent à incanter mais la Porte refusa d'obéir. L'énergie s'échappait, destructrice, en longs rayons qui semaient l'affolement. Un vent terrible se leva et se transforma en tornade, dont le centre était la Porte.

Tara fut bousculée et avant de comprendre ce qui lui arrivait se retrouva projetée devant le Premier qui essayait désespérément de maîtriser sa Porte. Soudain, Tara eut une intuition fulgurante. Elle savait ce que devait faire le garçon!

Luttant contre l'aspiration de plus en plus puissante, elle lui cria:

– Écoute-moi! Tu dois te concentrer sur le tourbillon! Essaie de le miniaturiser, puis de le refermer. Si tu le maîtrises, alors tu pourras contrôler la Porte. Faisons-le ensemble!

Livide, le garçon ne la regarda pas, mais obéit. Il avança ses deux mains vers le tourbillon qui continuait à enfler.

Tara fit de même et ils psalmodièrent tous les deux:

– Par le Miniaturus que le trou rétrécisse, et qu'à notre pouvoir la Porte obéisse!

Non seulement il ne se passait rien, mais Tara sentait comme… un refus, un pouvoir négatif qui contrariait leurs efforts. Et ce pouvoir venait des trônes !

Quelqu'un parmi les mages tentait de les empêcher de refermer la Porte !

Les doigts de Maître Dragosh lançaient des éclairs qui venaient frapper le tourbillon… pour le refermer ou pour le renforcer ?

Avec horreur, Tara vit un Familier doré aspiré dans le vide tourbillonnant et le cri déchirant de son compagnon ponctua sa disparition. Elle s'aperçut avec angoisse que la Porte se rapprochait, comme une entité maléfique, malgré tous les efforts des mages.

Soudain, dans un grand hurlement, le garçon qui se tenait à ses côtés se mit à glisser, attiré par le tourbillon. Tara attrapa son bras mais il gigotait tellement qu'il l'obligea à lâcher prise. Atterrée, elle ne parvint pas à le rattraper, vit avec horreur ses jambes s'agiter quelques instants, puis il fut englouti.

Elle n'était plus maintenant qu'à quelques mètres de la Porte et sentait l'attraction augmenter.

Elle tomba à plat ventre et sa glissade s'accentua. Elle tentait désespérément de s'accrocher à quelque chose, mais ces maudits Omoisiens avaient installé du fichu marbre partout.

Les Hauts mages intensifièrent leur action et le trou se stabilisa soudain, commençant même à rétrécir. Mais trop lentement, bien trop lentement ! Tara allait être avalée à son tour !

Soudain quelque chose agrippa ses pieds, stoppant net sa glissade.

Surprise, elle détourna la tête et faillit s'évanouir. Une énorme Bête lui tenait les pieds ! Elle s'apprêtait à lui donner des coups pour se dégager quand la Bête glapit.

– Arrête, c'est moi, Moineau !

Tara crut qu'elle était devenue folle.

– Moineau ?

– Bon sang, arrête de répéter mon nom et ferme-moi cette maudite Porte ! Tu y étais presque !

Serrant les dents, fermement tenue par Moineau, elle concentra tout son pouvoir sur le trou et enfin celui-ci céda.

Le grondement sourd se tut et la Porte disparut.

Cal et Robin, suivis par Maître Chem, se précipitèrent vers Moineau et Tara. Celle-ci se relevait en grimaçant. Moineau lui avait broyé les chevilles tant elle avait eu peur de la lâcher.

Regardant son amie, devenue un étrange mélange de lion, d'ours et de taureau de trois mètres de haut, couverte d'une épaisse fourrure et possédant des griffes et des crocs aussi longs que des couteaux, Tara songeait qu'elle allait désormais éviter de la contrarier.

– Que s'est-il passé ? lui demanda-t-elle en se frottant les jambes. Comment t'es-tu transformée en ce machin poilu et plein de dents ?

– Je ne sais pas ! gémit Moineau, en tirant sur sa robe magique qui faisait des efforts démesurés pour s'adapter à sa nouvelle forme. Je ne savais pas quoi faire pour t'aider. Tout à coup, il s'est produit… quelque chose. Je me suis mise à grandir, à grossir… et je suis devenue assez forte pour franchir la barrière des vents tourbillonnants. Je t'ai vue en train de glisser, je t'ai attrapée et voilà !

La pauvre Moineau semblait totalement affolée par ce qui lui arrivait et Sheeba, le poil tout hérissé par la transformation de son amie, la reniflait avec inquiétude en lui lançant des regards méfiants.

Tout à coup, une violente sonnerie de trompettes fit sursauter tout le monde. Et comme un seul homme tous les courtisans se prosternèrent, pendant que les Premiers sortceliers et les Hauts mages de Travia contemplaient avec curiosité l'impératrice et l'imperator regagnant leurs trônes.

Bien qu'apparemment impassible, l'impératrice était folle de rage. Ses gardes l'avaient entraînée à l'abri sans lui demander son avis alors qu'elle voulait se jeter dans la bataille. Elle songea que le chef de ses gardes allait bientôt faire une cure de santé, à répandre du crottin de pégase sur ses rosiers.

– Je dois te remercier, Tara Duncan, pour ce que tu viens de faire, déclara-t-elle. C'était très courageux. Pas très intelligent mais très courageux. Les mages auraient maîtrisé le danger rapidement, et si mes gardes (là elle jeta un regard glacial sur leur chef qui blêmit) n'avaient pas cru bon de me mettre en sécurité, j'aurais pu les aider à refermer cette Porte. Ils ont dû oublier un instant que je ne suis pas uniquement l'impératrice, mais également l'Impériale sortcelière !

Tara fronça les sourcils. Ce nom lui disait quelque chose. Où donc l'avait-elle déjà entendu ?

– Tu as sauvé de nombreuses vies et évité d'importants dégâts à notre palais. Je désire donc te récompenser. Demande-moi ce que tu veux, et je te l'accorderai.

Tara s'inclina.

– Je suis très honorée de cette faveur, Votre Impériale Majesté, mais je ne puis choisir pour le moment, j'avoue que mon esprit est encore fatigué par la lutte contre la Porte et je n'arrive pas à réfléchir. Puis-je vous faire part de mon choix une autre fois ?

– Ah ! fit l'imperator qui avait écouté avec intérêt. Une faveur. C'est une bonne idée. Notre Empire te doit donc une faveur.

Curieusement, formulée sur ce ton, sa phrase avait l'air vaguement menaçante.

– Enfin... une petite faveur, reprit Tara qui ne voulait pas créer d'incident diplomatique.

– Non non, protesta l'impératrice en agitant la main vers l'imperator, j'ai dit. Quoi que tu désires, je te l'accorderai. Disons, pour fixer une limite à cette faveur impériale, qu'elle est valable jusqu'à ta majorité (elle n'était pas politicienne pour rien, les désirs d'un adulte ne sont pas du tout les mêmes que ceux d'un adolescent) et qu'elle ne peut concerner que toi. Elle n'est pas transférable. Cela te convient-il ?

Tara, un peu perdue, savait qu'elle devait répondre quelque chose. Et à voir la tête que faisait Maître Chem, elle venait d'obtenir quelque chose d'assez précieux.

– Cela me convient parfaitement, Votre Majesté impériale, et je vous remercie en mon nom et au nom de Lancovit.

– Parfait. Maintenant, que quelqu'un prévienne les malheureux parents de cet enfant victime de sa propre Porte. En signe de deuil, nous n'accorderons pas d'audience cet après-midi. Mais avant de nous retirer, nous voudrions savoir, Tara, qui est cette Bête qui est à vos côtés. Un autre Familier ?

Moineau se dandinait, embarrassée par son énorme carcasse, ce qui produisait un effet assez curieux.

– Je pense que je peux répondre à votre question, ma chère, intervint l'imperator. Je ne crois pas me tromper si je dis que ceci est le produit de la malédiction de Damien la Bête, ancien roi de Lancovit!

Moineau baissa sa grosse tête poilue et répondit tout en examinant ses énormes griffes avec un frisson d'effroi.

– Je… je suppose que c'est exact. Je suis l'une de ses descendantes.

– Ah! exulta l'imperator, je me disais aussi que votre nom m'était familier. Aurions-nous l'honneur de recevoir à notre Cour impériale la princesse royale Gloria de Lancovit, dite… Moineau, c'est cela?

Sous le regard stupéfait de ses amis, Moineau baissa encore plus la tête, de grosses larmes coulant sur son poil, et murmura:

– Oui.

– C'est un plaisir… inattendu (on avait l'impression qu'il ronronnait, il faisait penser à une sorte de gros chat vaguement malveillant). L'ambassade de Lancovit aurait dû nous prévenir de votre présence dans notre modeste palais. Nous vous aurions accueillie avec les égards dus à votre rang.

– Cessez de torturer cette enfant! intervint Maître Chem d'une voix forte, provoquant les murmures scandalisés des courtisans. Ses parents lui ont demandé de ne pas faire mention de son titre. Et puis elle n'est pas princesse héritière. Juste une branche collatérale. Inutile d'en faire toute une histoire. Je vais donc vous demander de nous excuser mais je dois m'occuper de mes Premiers, cette matinée a été fertile en émotions. Toutes nos condoléances aux malheureux parents de votre disparu. Nous convoquerons une assemblée extraordinaire du Haut Conseil le plus rapidement possible. Nous vous remercions encore de votre grande amabilité mais je pense que nous allons à présent rentrer au Lancovit.

L'imperator lui jeta un regard noir mais ne répliqua pas.

Le Haut mage avait ainsi subtilement rappelé qu'il n'était pas tenu de rendre des comptes du fait de sa position. Et si la princesse voulait conserver l'incognito, c'était son problème, pas le leur.

Cornaqués par Maître Chem et Dame Auxia, les Premiers se dirigèrent vers la salle des Portes en chuchotant avec excitation.

Tout à coup, dans un coin de la salle, Cal avisa une forme prostrée qui sanglotait.

– Maître Chem! s'exclama-t-il.

– Quoi encore? se retourna le vieux mage avec mauvaise humeur.

– Euuh, je n'en suis pas sûr, hésita Cal, mais il me semble qu'Angelica a un problème.

Le mage leva les yeux au ciel puis demanda à Dame Auxia de ne pas les attendre et, revenant sur ses pas (suivi par Tara, Moineau, Cal, Robin et Carole), il attrapa Angelica par le col et la remit sur pied.

Les yeux rouges et la figure bouffie, elle semblait totalement hébétée. Une litanie de mots s'échappait de sa bouche.

– Kimi, Kimi, oh Kimi, où es-tu?

Le mage fronça les sourcils.

— Ton Familier? demanda-t-il avec douceur, c'est ton Familier que tu cherches?

Les yeux d'Angelica fixèrent avec difficulté le visage du mage.

— Oui, Kimi, où est-il? Il a disparu de mon esprit, je ne le sens plus!

Le mage hocha la tête avec gravité.

— Il m'a semblé voir un Familier absorbé par la Porte. Je suis désolé, petite, mais ton Kimi a été aspiré par le tourbillon. Viens, nous allons te ramener à ta chambre.

Tout à coup, Angelica avisa Cal qui la regardait avec compassion. Avec un grondement de bête fauve elle bondit.

— C'est lui, hurla-t-elle en le frappant de toutes ses forces, c'est de sa faute! Je vais te tuer, je vais te massacrer!

Moineau réagit à la vitesse de l'éclair. Alors qu'Angelica bourrait de coups Cal trop surpris pour se défendre, elle attrapa la grande fille d'une de ses pattes griffues et la souleva à un mètre du sol. Malgré ses gesticulations celle-ci ne parvint pas à se libérer.

Le mage, qui commençait visiblement à en avoir assez de toute cette agitation, hurla.

— Mais qu'est-ce qui se passe! Par Demiderus, pourquoi diable as-tu attaqué Caliban?

— C'est lui, gronda Angelica. Il a essayé de regarder sous ma robe. Il m'a fait peur et c'est pourquoi j'ai crié. Et mon cri a brisé la concentration des garçons, la Porte a explosé et Kimi…

Elle se remit à sangloter.

Tout le monde se tourna vers Cal qui avait atteint la couleur d'une tomate. Bien mûre.

– Mais pas du tout ! bafouilla-t-il, je, je ne voulais pas regarder *sous* sa robe ! Je voulais juste prouver que c'était elle qui avait lancé la mouche à sang sur Tara pour la déconcentrer et déclencher une catastrophe.

– Une mouche à sang ? demanda le mage, complètement perdu, comment ça une mouche à sang ?

– Montre-lui, Tara ! renchérit Cal.

Tara souleva ses épais cheveux pour montrer la piqûre qui disparaissait peu à peu.

– Quand j'ai invoqué la boule de feu et qu'elle a grossi, vous avez pensé que c'était volontaire, mais, en fait, j'ai failli tuer Galant et carboniser le palais. Une mouche à sang m'a piquée alors que j'étais en pleine démonstration. J'ai heureusement réussi à contrôler ma magie. Cal a pensé qu'Angelica avait préparé ce coup monté et il voulait nous le prouver.

– Fouillez-la ! confirma Cal en désignant Angelica, quand j'ai essayé de regarder dans ses poches et non pas sous sa robe, j'ai senti quelque chose de pointu.

Le mage hésitait, quand Moineau, immobilisant Angelica qui se débattait comme une folle en criant que personne ne la fouillerait, attrapa la robe, chercha dans les poches et de la pointe de sa griffe en ressortit une petite cage en verre, avec une chaussette à l'intérieur, dont les bords aigus formaient des arêtes.

Un silence pesant tomba sur l'assemblée et ceux qui, comme Carole, s'apprêtaient à défendre Angelica la regardèrent avec des yeux écarquillés d'horreur.

– Ça par exemple ! s'exclama Tara. Mais c'est la chaussette que j'ai perdue !

– Et ceci est une cage à insectes, constata très calmement le mage. Avez-vous une explication, Damoiselle Brandaud ?

– C'était pour mon lézard Kimi ! hurla Angelica, je le nourrissais avec des insectes. Ce n'est pas une preuve, c'est n'importe quoi !

Soudain Moineau eut un éclair de compréhension.

– C'est ça ! s'exclama-t-elle ! C'est son lézard ! Elle a dû enfermer plusieurs mouches à sang avec la chaussette de Tara et ordonner à Kimi de les lâcher quand elle serait en pleine démonstration. Connaissant l'odeur de Tara, les mouches devaient automatiquement la piquer. Et Kimi était encore en vol, en train de guetter une autre occasion, puisque la première piqûre n'avait pas déconcentré notre amie ! C'est pour ça qu'il a été si facilement entraîné dans le Vortex, il n'avait aucun support où s'accrocher !

Elle tourna son mufle vers Angelica, blême.

– C'est toi qui as tué ton Familier ! accusa-t-elle. Toi et tes manigances vous êtes responsables non seulement de la mort de Kimi, mais également de la mort du garçon !

Un instant, Tara crut qu'Angelica allait tout nier en bloc. Mais la perte de son Familier et la terrible culpabilité qui devait la tenailler eurent raison de sa volonté. S'affaissant comme une poupée entre les griffes de Moineau, elle se remit à pleurer.

Le mage était de la même couleur que le marbre, blanc et vert. En un éclair, il entrevit toutes les complications politiques que pouvait entraîner l'incident.

– Allons-y, grommela-t-il. Nous devons discuter de tout cela, mais pas ici. Vous devez rentrer au Lancovit. Faites vos bagages et repartez immédiatement à Travia. Quant à moi, je reste ici pour régler d'éventuels problèmes.

Terriblement choqués par ce qui venait de se passer, les six obéirent, sans voir l'ombre qui perdait ses couleurs de camouflage en se détachant de la tapisserie accrochée au mur, et prenait la forme d'un petit homme fluet vêtu de noir qui les regarda partir d'un air pensif.

La Haute mage d'Omois, Dame Auxia, les attendait, un peu surprise et franchement inquiète quand elle vit la mine sombre du mage et la façon dont les sortceliers encadraient Angelica qui avait l'air mal en point.

– Que s'est-il passé ? s'exclama-t-elle. Nous vous attendions ! Un autre problème ?

Le mage se força à sourire, mais le résultat ne dut pas être très convaincant car Dame Auxia parut encore *plus* inquiète.

– Non, rien du tout, juste une petite mise au point, assura-t-il. Mon invitée et nos Premiers ont été très choqués par cet incident regrettable. Mes mages et moi-même pensons qu'il serait préférable que nous rentrions à Travia. Et…

– Ah ! Mais c'est impossible ! l'interrompit la Haute mage affolée. Je viens de recevoir un appel du chef de la sécurité. Une enquête a été ouverte sur les circonstances de l'accident. Et le chef des gardes nous a également indiqué qu'ils venaient de retrouver une mouche à sang dans le palais. Ils sont en train de l'analyser pour savoir si elle était porteuse de maladies ou de toxines destinées à assassiner notre impératrice ou notre imperator. (Tara porta inconsciemment la main à son cou et se sentit mal.) Tout cela est extrêmement contrariant. Le chef de la sécurité a bien insisté en disant que nous devions verrouiller toutes les Portes et qu'il était interdit de quitter Omois pour le moment.

Flûte, les maudits services secrets étaient allés trop vite !

– Ah ! Mais la paranoïa des services secrets d'Omois ne nous concerne pas, déclara le mage d'un air menaçant. Dois-je comprendre qu'ils tentent de retenir contre leur gré les membres du Haut Conseil du Lancovit ?

La Haute mage se tordit les mains.

– Mais vous n'êtes pour rien dans cette histoire, n'est-ce pas ! Et vous deviez rester encore quelques jours. Alors ce n'est pas très grave !

Le mage allait répliquer quand il avisa Carole qui se précipitait vers Damien et les autres sortceliers.

Elle ouvrait la bouche quand il tonitrua.

– Damoiselle Genty !

– Maître ? sursauta-t-elle en se retournant.

– Dans mon bureau, immédiatement ! Avec Cal, Tara, Robin, Moineau et Angelica ! Et plus vite que ça !

– Euh, Maître Chem ? avança timidement Moineau.

– Quoi !

– Vous n'avez pas de bureau, ici.

– Ah ! oui… bougonna le mage. Dame Auxia ? Pourriez-vous nous prêter votre bureau s'il vous plaît. L'une de mes Premières vient de perdre son Familier dans l'incident, et nous avons besoin de discuter tranquillement.

– Mais bien sûr ! répondit Dame Auxia, soulagée de ne pas avoir à affronter le mage. Suivez-moi je vous prie. Désirez-vous que j'envoie quérir notre Maître médecin ?

– Non, je ne pense pas que cela soit nécessaire, grommela Maître Chem encore très contrarié. Je vais m'occuper d'elle et également de Moineau.

– Ah, oui, Moineau, la princesse Gloria, murmura Dame Auxia en jetant un regard en coin vers l'énorme Bête. Pensez-vous que vous serez capable d'inverser la malédiction ? La pauvre enfant doit être terrorisée !

Pour l'instant, la pauvre enfant s'amusait beaucoup. Elle avait lâché Angelica, mais découvrait sa généreuse dentition, ce qui rendait la jeune fille hystérique.

Pour Moineau la timide, cette sensation de puissance était plutôt géniale qu'angoissante. Elle, la petite et fragile jeune fille, se retrouvait dans un corps musclé et si… fort ! Elle dominait tous les autres et elle les voyait reculer de frayeur devant ses crocs. C'était… grisant.

La Haute mage Dame Auxia les accompagna jusqu'à son bureau, puis, discrète, se retira, refermant délicatement la porte.

Le Haut mage attendit quelques instants, faisant signe aux enfants de ne pas parler. Puis sous leurs yeux stupéfaits, il incanta. Le mur devint transparent. Il n'y avait plus personne dans le couloir.

– Bien, grogna-t-il, en rendant son opacité au mur et en prenant place derrière le large bureau. Nous sommes seuls. Réglons déjà le cas de Moineau. Princesse, concentrez-vous sur la transformation de votre corps. Pensez qu'il redevient normal, que vous n'êtes plus la Bête, mais Moineau. Vous devez sentir vos muscles changer, vos griffes se réduire, votre poids diminuer. Le changement est magique, mais il dépend de votre volonté.

Moineau n'en avait pas spécialement envie, mais le vieux mage insistait. Alors elle se détendit dans le fauteuil qui craquait de façon alarmante sous son poids et visualisa son ancien corps. Très rapidement ses poils se résorbèrent, ses crocs se changèrent en dents, les cornes disparurent, les muscles énormes fondirent et Moineau réapparut. On put presque entendre le gémissement de sa robe qui s'échinait à reprendre sa taille normale.

— Parfait. Allons-y maintenant, reprit le mage qui se tourna vers Angelica. Damoiselle Brandaud ! (Son ton était très sec.) Votre conduite a été inqualifiable. Non seulement vous avez mis la vie de tous vos camarades en danger par simple esprit de vengeance, mais de plus vous avez provoqué la mort d'un enfant. Qu'avez-vous à dire ?

— C'est de la faute de Tara ! bondit Angelica en jetant un regard mauvais à Moineau qui ne pouvait plus la suspendre au-dessus du sol. Si elle avait perdu le contrôle de son pouvoir, vous auriez arrêté le feu et elle aurait simplement été renvoyée chez elle, c'est tout ! Je n'ai jamais voulu autre chose. Elle est dangereuse, elle ne sait pas contrôler sa magie, et elle va finir par tous nous tuer. Est-ce que personne en dehors de moi ne s'en rend compte dans ce palais ?

Le mage la regardait comme si elle était une sorte d'insecte nuisible qu'il aurait découvert sous sa tasse.

— Oui, nota-t-il doucement, beaucoup de gens, au lieu d'assumer leurs faiblesses, préfèrent les reporter sur les autres. C'est comme ça que sont battus les enfants ou les femmes, par frustration, par rage, par colère et surtout… par faiblesse. Mais, Damoiselle Brandaud, le fait que Damoiselle Duncan soit plus puissante que vous, et de loin, n'est certainement pas une raison pour vous venger d'elle !

– Alors laissez-moi partir ! le défia Angelica. Laissez-moi aller dans un endroit où on ne m'oblige pas à accepter la présence d'une folle dangereuse.

– Oh, mais non ! répondit le mage. C'est justement ce que je ne vais pas faire. (Cal qui commençait à sourire se rembrunit.) Votre punition sera de rester à Travia et de travailler pour Maître Dragosh jusqu'à ce que vous le satisfassiez. Et n'imaginez même pas prendre des vacances.

– Quoi ? s'exclama Angelica. Mais c'est hors de question, je vais appeler mon père, je vais lui dire ce que vous voulez faire ! Il va vous en empêcher, il va vous faire destituer !

– Je serai ravi de lui expliquer les raisons de votre sanction, Damoiselle Brandaud. Vous avez mis en danger la Cour impériale d'Omois. Que croyez-vous qu'il va dire quand il va apprendre ce… léger détail ?

Angelica se mordit les lèvres si fort qu'un peu de sang coula.

Elle savait ce que son père allait dire. Qu'elle aurait dû choisir un autre moment et surtout, surtout ne pas se faire prendre !

Et avec ces maudits sorts de vérité qu'elle était incapable de contrer, impossible de dissimuler !

Son corps crispé se détendit et elle baissa les épaules, vaincue.

– Bien, reprit le mage, satisfait de sa reddition. Je vais maintenant vous jeter un sort à tous les six et…

– Non ! Le cri de Tara interrompit le mage. Pas de sort !

Surpris, il cligna des yeux puis se souvint de la rage de Tara contre sa grand-mère lorsque celle-ci l'avait ensorcelée. Il sourit gentiment.

– Ne t'inquiète pas, Tara, je ne vais pas trafiquer ta mémoire. Je vais juste jeter un léger sort sur vous, qui vous empêchera de parler de ce regrettable incident à une tierce personne. Vous pourrez discuter entre vous de ce qu'a fait Angelica, mais si quelqu'un vous écoute, grâce à la magie ou simplement en étant présent, le sort le détectera et par conséquent, vous empêchera de parler de l'incident. Cela te convient-il ?

– Oui, répondit Tara, soulagée. Il me semble important que nous n'oubliions pas ce qui s'est passé. Merci.

– Je t'en prie !

Il psalmodia très vite avant qu'elle ne change d'avis.

– Par l'Informatus je partage le secret, et que personne ne sache tout ce que je sais !

Un nuage verdâtre jaillit des mains du vieux mage, se posa sur eux et le sort fut activé.

– À présent, Tara, je désire que tu me dises ce qui s'est passé quand tu as voulu refermer le trou. Et par Demiderus, qu'est-ce qui t'a pris de te précipiter devant la Porte ? J'ai bien cru que mes deux vieux cœurs de dragon allaient s'arrêter.

– J'ai… compris ce qu'il fallait faire, sourit Tara. (Ah bon ? Les dragons avaient deux cœurs ? Eh bien, des tas de chevaliers avaient dû avoir une sacrée mauvaise surprise.) Et puis j'ai été projetée à travers la tornade de vent jusqu'au garçon qui incantait. Alors je lui ai dit ce qu'il fallait faire et nous avons essayé ensemble. Mais une sorte de… force négative s'est opposée à nous et cela a suffi pour que le Familier d'Angelica soit englouti avec le garçon… et que je manque d'y passer moi aussi.

– Oui, confirma le vieux dragon, j'ai ressenti ça moi aussi. Nous étions plus d'une centaine de Hauts mages dans cette salle. Nous aurions dû pouvoir contrôler la Porte tout de suite. C'était extrêmement puissant, tu as raison.

Cal, qui ne démordait pas de son antipathie pour le Vampyr, s'exclama :

– J'en étais sûr ! Maître Dragosh n'a pas arrêté d'envoyer des éclairs ! Il empêchait sans doute la fermeture de la Porte pour que Tara soit aspirée !

– Balivernes et billevesées ! coupa sévèrement le vieux dragon, sa science magique est différente, voilà tout. Les éclairs ne veulent rien dire. Tu n'as rien remarqué d'autre, Tara ?

– Eh bien, j'étais en train d'essayer de sauver ma vie, alors à part ça, non, rien du tout.

– Oui, je peux comprendre. J'ai bien cru que ce vortex n'allait jamais se refermer. Et vous les enfants ?

Cal ouvrit la bouche, mais un regard sévère du mage l'arrêta net. Bon ! D'accord ! Message reçu. Pas question de reparler de Maître Dragosh.

Et pourtant, il était certain que le Vampyr avait accompli quelque chose contre Tara. Et comme pour Angelica, il arriverait bien à trouver une preuve.

– Nous ne sommes pas plus avancés, soupira le mage. Je sais que vous voulez m'aider à trouver celui qui enlève nos Premiers, mais je ne veux pas que vous vous mêliez de cette affaire. Cela pourrait être extrêmement dangereux. Quelque chose m'échappe dans l'incident d'aujourd'hui...

Les six attendirent un instant mais il ne leur donna pas plus d'explications.

Une fois Angelica et Carole retournées dans leurs chambres, Tara proposa à tout le monde de venir chez elle.

– Moineau, tu as été formidablement courageuse! la remercia Tara. Tu m'as sauvé la vie en m'agrippant comme ça.

– Tu sais, plaisanta Moineau, vu mon poids à ce moment-là, ce n'était pas un petit tourbillon hurlant qui allait me faire peur!

– Vous aussi je dois vous remercier, continua Tara en désignant Cal et Robin. Vous avez essayé de m'aider au risque de votre vie!

– Ben tu sais, on n'a pas tellement eu le temps de réfléchir, rigola Cal, sinon on aurait pris nos jambes à notre cou et on courrait encore!

Tara sourit puis déclara songeusement.

– Le mage a raison quand il dit que quelque chose nous échappe. Je ne comprends pas moi non plus.

– Qu'est-ce que tu ne comprends pas? interrogea Moineau.

Tara les regarda tous les trois gravement et déclara:

– Celui qui essayait de m'enlever a changé d'avis. Maintenant il veut me *tuer*.

chapitre IX

Tingapour la magnifique

Ses trois amis n'avaient rien trouvé à répondre à son affirmation. Ils venaient de comprendre, eux aussi, que les règles du jeu avaient changé. Moineau était horrifiée.

– Tu crois vraiment ? Peut-être n'était-ce pas toi qui étais visée, mais le garçon qui a disparu ?

– Je l'ignore, répondit Tara avec lassitude, mais si tu ne t'étais pas transformée, j'étais morte. Et personne ne savait que tu pouvais faire un truc pareil !

– Je ne le savais pas moi-même, grogna Moineau. Il va falloir que j'aie une petite discussion avec Maman.

Tara lui sourit.

– Bienvenue au club. Ma grand-mère aussi cultive le secret. Qu'est-ce que je dis ! Elle en a fait un art ! Je suis sûre qu'elle ne m'a pas dit le quart de la vérité.

– À propos de vérité, remarqua Cal en désignant Moineau, tu nous as bien caché que tu étais la princesse de Lancovit !

– Non, répondit Moineau. Pas *la* princesse. Une des princesses. Ma mère est la sœur de la reine. Et nous sommes une branche collatérale. Mon père est mage-ingénieur, il est spécialisé dans les minerais précieux ou magiques. Nous n'avons pas beaucoup vécu à Lancovit, plutôt à Hymlia, le pays des nains, et à Gandis, la patrie des géants. Mes parents ont simplement estimé qu'il était préférable que je sois une Première comme les autres. C'est pourquoi il n'a pas été fait mention de mon titre. Et j'ignorais totalement que je pouvais me transformer. Ça a été une sacrée surprise.

– Cette surprise m'a sauvé la vie, répliqua gravement Tara. Et a certainement pris au dépourvu le Sangrave qui essayait de me faire disparaître.

– Ouais, en attendant, grommela Cal, nous ne savons pas qui te veut du mal et surtout nous ne savons pas pourquoi.

– Tu gênes quelqu'un ! conclut Robin. À tel point qu'il a essayé de te tuer devant l'impératrice d'Omois !

Les trois amis regardaient Tara avec respect.

– Ben, dis donc ! remarqua Cal, se faisant le porte-parole des autres, qu'est-ce que tu as fait pour attirer une telle réaction ? Ma mère dit souvent qu'elle va me tuer tellement je suis exaspérant, et je connais un ou deux Hauts mages tout prêts à lui filer un coup de main, mais toi, ouah ! J'ai bien l'impression que quelqu'un ne t'aime pas du tout !

– Ça suffit ! gronda Moineau qui voyait bien que Tara gardait la tête haute mais que ses mains tremblaient. Nous ne sommes sûrs de rien. Peut-être était-ce tout simplement un accident, peut-être pas. Je propose que nous protégions Tara de notre mieux. Il ne faut pas la laisser seule. Et la nuit, je dormirai avec elle. Le lit est bien assez grand.

– Moi aussi je peux dormir avec elle la nuit ! proposa Cal avec un grand sourire… juste avant de recevoir dans la figure l'oreiller lancé par Robin.

Le gong majestueux du déjeuner retentit et ils durent inter-rompre la magnifique bataille de polochons qu'ils avaient entamée pour suivre l'Effrit pourpre jusqu'à la salle à manger où tout le monde parlait des événements.

– En mémoire de votre malheureux camarade, annonça Dame Auxia qui avait troqué son habituelle robe aux couleurs vives contre une robe si noire qu'on avait l'impression qu'elle absorbait la lumière (ce qu'elle faisait peut-être d'ailleurs, comment savoir avec ces sortceliers !), nous allons marquer une minute de silence.

Toutes les têtes s'inclinèrent et Tara songea que sans Moineau ce sont deux minutes de silence qui auraient dû être marquées.

Puis la Haute mage reprit :

– Du fait de l'enquête en cours, nous avions annulé la visite de Tingapour. Mais les Premiers de Lancovit ne connaissant pas notre magnifique capitale, l'impératrice a expressément tenu à ce que cette visite ait bien lieu. Par conséquent, à deux heures, vous devrez vous rendre à l'entrée du palais. Nos tapis vous amèneront à Tingapour et reviendront vous chercher à cinq heures.

Un murmure d'excitation salua son annonce. Elle termina :

– Nous pouvons commencer notre déjeuner. Malgré ces tragiques événements, je vous souhaite bon appétit !

Cal remarqua que la place à côté de Damien était vide. Angelica était restée dans sa chambre. Encore en colère contre elle, il espéra qu'elle ne serait pas mise au courant de la sortie. Bon, d'accord, c'était mesquin, mais de bonne guerre.

Moineau, elle, arborait un sourire ravi.

– Chouette, s'exclama-t-elle, Tingapour ! Tu vas voir, c'est vraiment super !

Tara, les sourcils froncés, mâchouillait sa mèche de cheveux blancs, observant Maître Dragosh, Dame Boudiou, Deria, Maître Patin et Maître Sardoin, et elle se borna à hocher la tête sans répondre. Elle voulait bien être changée en chauve-souris si cette visite guidée de Tingapour n'était pas le résultat des manigances de Chem… mais dans quel but ? Robin non plus n'avait pas l'air d'apprécier la nouvelle, sa préoccupation se lisant clairement sur son visage.

Maître Chem leur donna leur argent pour d'éventuelles dépenses et énonça gravement les dernières consignes de sécurité.

Ne pas bousculer les gens. Surtout les géants, car ils sont extrêmement susceptibles et ont la fâcheuse manie de balancer au loin ceux qui leur déplaisent ou les gênent.

Ne pas jeter de sorts sur les nains, sous peine de mort subite, les nains ayant horreur de la magie, et punissant d'une façon particulièrement horrible ceux qui les offensent… le plus souvent à l'aide de marteaux, de tenailles et de feux particulièrement brûlants.

Ne pas toucher aux animaux, certains pouvant ressembler à des peluches inoffensives, jusqu'au moment où ils ouvrent une gueule… en général pleine de crocs. Énormément de voyageurs imprudents sur AutreMonde avaient fini leur existence sur la phrase « Oh, regarde comme il est mign… ».

Ne manger que ce qu'on était capable d'identifier, les algues vivantes de Peridor par exemple ayant la mauvaise habitude de pousser dans l'estomac de leurs consommateurs… jusqu'à leur ressortir par le cerveau. Et si les nains pouvaient consommer les larves de sacat sans dommage, tous les autres risquaient de se retrouver avec un essaim dans le ventre. Les sacats se transformaient en effet en insectes volants rouge et jaune longs comme le doigt, venimeux et très agressifs. Les noix de Taval quant à elles rendaient les humains fous, les toxines qu'elles renfermaient étant exclusivement réservées aux trolls qui, comme chacun sait, n'ont pas de cerveaux (le mage sourit pour bien montrer qu'il plaisantait, mais Tara s'était déjà juré de ne pas manger ou toucher quoi que ce soit de ce monde dément).

Le mieux était de rester avec les mages et de ne pas circuler tout seuls. Malgré les interdictions, le trafic d'esclaves existait encore dans certaines régions, les Salterens ayant toujours besoin de main-d'œuvre pour leurs mines de sel…

Ne pas entrer dans les lieux consacrés (où on risquait bêtement d'être confondu avec le sacrifice du jour).

S'incliner poliment devant les marchands si on désirait acheter quelque chose, marchander si nécessaire mais toujours avec patience et pas plus de 30 % au-dessous du prix demandé (là Cal grommela qu'il n'allait pas en plus faire des maths pour savoir comment et quoi acheter). Prévenir immédiatement les Hauts mages s'il se produisait le moindre incident. Si le problème se révélait plus sérieux, avertir les mages-policiers facilement reconnaissables à leurs robes rouge et or.

Ils allaient partir quand Angelica fit son apparition, dévisageant Maître Chem d'un air provocant. Évidemment il ne pouvait pas la renvoyer dans sa chambre, les autres n'auraient pas compris.

Devant la mine furieuse de Cal, de Robin et du vieux mage, Angelica eut cependant la prudence de faire profil bas.

Tous ses amis firent cercle autour d'elle pour la réconforter de la perte de son Familier, à part Carole, qui depuis l'incident ne restait plus collée à elle.

Une fois le déjeuner terminé, Maître Chem donna le signal du départ et ils sortirent enfin du palais.

– Mais le palais est dans la ville? s'exclama Tara qui contemplait le parc très travaillé s'étendant jusqu'aux murs, eux-mêmes donnant sur une artère animée.

– Oui, confirma Robin, mais un sort permet à l'impératrice et l'imperator de ne pas être dérangés par le bruit. C'est pour cette raison qu'on n'entend rien. Mais tu vas voir quand on va sortir!

Une demi-douzaine de magnifiques tapis sur lesquels avaient poussé des fauteuils moelleux (munis de ceintures de sécurité!) flottaient doucement devant l'escalier principal. Leurs conducteurs les firent descendre au ras du sol et chacun s'installa, puis, les uns derrière les autres, les tapis franchirent la grille d'honneur du palais impérial et Cal demanda:

– *Switchil mum trav ungeran?*

– Pardon? répondit Tara en ouvrant de grands yeux.

– *Glentav « Interpretus » unglar glinucli! Baclar vindus sabul a chahiclli*, glouglouta Moineau.

– *A valux…* que ces tapis sont de vieux modèles! continua Cal dans un langage intelligible.

– Ça va, maintenant je comprends, s'exclama Tara un peu surprise, mais il y a une seconde je ne comprenais rien de rien!

– C'est normal, expliqua Moineau en souriant, l'Interpretus, le sort traducteur, ne fonctionne que sur le palais impérial, alors je vous ai lancé un autre Interpretus pour que nous puissions communiquer.

Tara allait parler quand une gigantesque clameur lui fit tourner la tête.

Les tapis venaient de s'engager dans Tingapour et la rumeur de la ville les frappa comme une onde vivante.

Il n'y avait pas un seul niveau de circulation mais huit! Les uns au-dessus des autres, les tapis, les sortceliers, les fauteuils, les chaises, les coussins, les sofas, les lits (pour les plus paresseux), volaient et se croisaient dans tous les sens. Le tout était coordonné par des Effrits, comme ceux du palais, mais plus petits et dont le corps lumineux changeait de couleur!

Tara sentit son cœur s'arrêter quand leur tapis fonça alors que l'Effrit passait au rouge. Mais ici, apparemment, le rouge impérial correspondait au feu vert sur Terre, le doré à l'orange et le bleu arrêtait la circulation. À peine les Effrits changeaient-ils de couleur que c'était une véritable ruée. Tara vit aussi de nombreux pégases slalomer au milieu des fauteuils, des lits, des chaises, des baldaquins, des chariots, des brouettes, et même d'une baignoire!

Certains passaient au bleu, mais ils ne volaient alors pas bien longtemps car un Effrit rouge et doré de la garde impériale se matérialisait devant eux pour les verbaliser. Les carambolages n'étaient pas très dangereux car les sorts d'amortissement empêchaient les gens de se faire mal… et il était difficile de froisser la calandre d'un tapis!

Ils s'enfonçaient dans la ville quand une pluie terrible se mit soudain à tomber. Tara, qui rentrait déjà la tête dans les épaules en prévision de la douche, fut émerveillée. La pluie fut stoppée par les ronds géants et transparents, sortes de bols qui apparurent brusquement au-dessus de la ville. Dès qu'un bol était plein, un autre le remplaçait et il allait se vider dans le fleuve qui traversait la ville.

Sans se préoccuper du tonnerre et du vent qui hurlait au-dessus d'eux, partout les gens s'interpellaient, vendaient, achetaient (volaient parfois, ce qui ajoutait encore aux cris et hurlements), troquaient, marchandaient, discutaient, criaient, gesticulaient, sautaient, rageaient, riaient en une extraordinaire cacophonie. Partout des boîtes munies de petites pattes couraient, cherchant avec avidité le moindre papier gras. Dès qu'elles en avaient repéré un, elles se précipitaient dessus, se battant parfois à grands coups de couvercle pour pouvoir l'avaler.

De petites boutiques pimpantes et colorées proposaient des milliers d'articles. Des palais et de somptueuses maisons dont les toits en tuiles vernies formaient des motifs éclatants rivalisaient de luxe et de beauté (bon, sa grand-mère aurait reniflé d'un air dédaigneux et qualifié la ville de… clinquante, mais c'était quand même fantastique). On en avait plein les yeux, plein les oreilles.

Bouche bée, Tara contemplait un somptueux palais quand, tout à coup, celui-ci se mit à vaciller… puis disparut ! À sa place se dressait maintenant une petite maison mal fichue. Un homme sortit de la maison en criant et jeta son chapeau par terre de rage. Il fit un geste ample… et le palais réapparut !

Robin sourit devant la surprise de Tara.

– Il doit avoir du mal à maîtriser son sort. Ou c'est encore un locataire qui n'a pas payé son loyer et le propriétaire fait obstruction au sort d'embellissement. À Omois, les choses sont rarement ce qu'elles paraissent au premier abord.

Tara observa le même phénomène à plusieurs reprises. De magnifiques demeures disparaissaient soudain, laissant entrevoir de misérables masures… puis réapparaissaient. Une fois même ce fut le contraire. Une petite maison vacilla un instant, laissant entrevoir un splendide palais, et Cal se mit à rire.

– Ça, c'est un sortcelier qui doit avoir des problèmes avec le fisc impérial. Il ne veut pas qu'on sache qu'il a une belle propriété, alors il la dissimule sous l'aspect d'une petite baraque… Ingénieux !

La pluie cessa aussi brusquement qu'elle était venue, et le soleil brilla de nouveau. Les ronds transparents disparurent.

Quand, étourdis par le bruit et la circulation, ils arrivèrent au Grand Marché, Robin préféra les prévenir.

– Les Omoisiens sont les marchands d'AutreMonde. Bien plus que tous les autres peuples. Ils estiment qu'il n'existe rien qu'ils ne puissent acheter ou vendre. Alors méfiez-vous de leurs propositions. Ils vont vous proposer des tas de trucs en disant que ce sont de bonnes affaires. Ce qu'ils ne précisent pas c'est que ce sont de bonnes affaires pour eux. Pas pour vous !

Les tapis se posèrent et les Hauts mages indiquèrent le point de ralliement si quelqu'un se perdait. Puis tous plongèrent joyeusement dans la foule.

Robin avait raison quand il affirmait que tout AutreMonde se retrouvait à Tingapour. Si Tara parvint à peu près à identifier des lutins (tout petits, tout bruns, très agiles), des gnomes (bossus, barbus, grognons), des licornes (blanches, avec des sabots fendus, une corne d'or et des yeux de biche), des Vampyrs (ceux-là, Tara se jura de les éviter soigneusement), des fées (petites, volubiles, ailées, multicolores), des Chimères (comme au Palais, tout le monde s'écartait prudemment sur leur passage), des centaures (grands, moitié hommes ou femmes, moitié chevaux), elle ne put mettre de nom sur une créature de la taille d'un chat, avec une queue de serpent, des pinces de homard et une tête de goéland, ni sur une autre dotée d'une tête de crocodile surmontée d'une crinière de lion et avec un arrière-train d'hippopotame !

Si les couleurs et les formes étaient toutes plus étranges les unes que les autres, les odeurs, *elles*, étaient tout simplement renversantes.

Tara avait loyalement partagé son argent avec Cal, Moineau et Robin (celui-ci avait opposé une farouche résistance, mais elle ne lui avait pas laissé le choix), et chacun avait de quoi profiter des merveilles exposées.

Un vendeur de flûtes magiques attira leur attention.

– Elles sont belles mes flûtes, elles sont belles, d'argent ou d'or, elles charmeront les oreilles les plus délicates, même si vous ne savez pas en jouer !

À côté de lui, un marchand d'étoffes vociférait.

– Les plus beaux velours, les plus belles soies du Grand Marché, venez, touchez, achetez mes mousselines, mon organdi, ma laine d'actarus, mes soies d'aragnes géantes…

Un marchand de cuirs appelait :

– Venez voir ma marchandise ! Regardez mes beaux cuirs, écarlates, violets, noirs, ils ne déteignent pas, sont traités pour la pluie et les longues chevauchées, ils ne se détendent pas, achetez mes beaux cuirs ! Cuir de dragonnet, cuir de serpent, cuir de salamandre insensible au feu, cuir de vache de la Terre, cuir de vache d'AutreMonde, cuir de cerf des forêts elfiques !

Un autre encore faisait des rimes.

– Regardez mes chaudrons, ils sont noirs ! Ils sont ronds ! Regardez mes casseroles, elles cuisent ! Elles rissolent ! Regardez mes faitouts, ils bouillonnent, ils font tout !

Un marchand d'animaux les interpella.

– Venez, les enfants ! Approchez, approchez, merveilles de la nature, grenouilles-caméléons, perruches parlantes, mini-dragons souffleurs de feu, manticores miniatures, phénix éternels, sphinx dressés, pégases d'occasion, entrez, entrez !

Un vendeur de bijoux fit les yeux doux aux filles.

– Regardez, damoiselles, de quoi parer votre beauté, pierres de rêve et pierres d'amour, diamants verts et saphirs bleus, opales de feu et or éclatant, argent doux et vermeil tendre. Regardez, essayez !

Un parfumeur déboucha ses flacons, tentateur.

– Parfum d'amour, parfum de rêve, faites perdre la tête à votre fiancé, senteurs subtiles, senteurs brutales, qu'il n'existe plus que votre nez !

Tara ne savait plus où donner de la tête. Jamais elle n'avait vu une telle pagaille. Galant, Blondin et Sheeba les serraient de près, effrayés par le bruit et la foule.

Soudain, elle vit Maître Chem s'éloigner des autres mages, l'air de rien.

Sans réfléchir, elle se lança à sa poursuite, suivie par les trois autres.

— Mais qu'est-ce que tu fais? demanda Moineau qui venait de reposer à regret le parfum que lui faisait essayer un marchand pour se précipiter derrière Tara.

— Regarde! Maître Chem essaie de s'éclipser discrètement. Suivons-le. Ne me perdez pas!

Ce ne fut pas facile car la foule était très dense et il leur fallait se faufiler sans attirer l'attention.

Au bout de quelques minutes de ce manège, le mage jeta un coup d'œil derrière lui. Tara, Cal, Robin et Moineau eurent juste le temps de se dissimuler derrière une carriole, malgré la mine soupçonneuse de son propriétaire.

Maître Chem s'engouffra alors dans une petite boutique de sorts à l'apparence miteuse.

Ils s'approchèrent et Tara se haussa sur la pointe des pieds pour tenter d'apercevoir le mage à travers la poussière de la vitre.

— Je n'arrive pas à voir ce qu'il fait, souffla-t-elle, la vitre est trop sale!

— Essaie de la nettoyer! murmura la pragmatique Moineau.

— Rien à faire, c'est surtout sale à l'intérieur. Attends, je distingue quelque chose mais…

Cal et Robin virent tout à coup Tara s'accroupir, toute tremblante.

— Qu'est-ce que tu as? demanda Cal très inquiet.

— Maître Chem est en train de parler avec un Sangrave! répondit Tara, livide. C'est impossible.

— Écoute, souffla Robin, mon père dit toujours qu'il faut être très prudent avec les apparences.

– Mais il est bien avec un Sangrave ! chuchota Cal qui venait de regarder à son tour. Qu'est-ce qu'on fait ?

– C'est le Haut mage du Conseil, répondit amèrement Tara. Qu'est-ce que tu veux qu'on fasse ? Aller voir les autres mages et leur dire : « Oh ! À propos, Maître Chem est copain avec les Sangraves ! » Qu'il les connaisse, c'est une chose, mais qu'ils se rencontrent dans une arrière-boutique, c'en est une autre. Il y a quelque chose qui n'est pas clair dans cette histoire.

– Je ne comprends plus rien, gémit Moineau, mais c'est monstrueux !

– Écoutez, on ne peut pas rester là ! lâcha Robin très nerveux. Mon père affirme qu'en territoire ennemi on doit bouger sans cesse. Il faut que nous partions sans quoi Maître Chem ne va pas tarder à nous tomber dessus !

Tara releva la tête avec vivacité.

– Tu as raison. Allons rejoindre les autres. Il faut que nous réfléchissions calmement. Et je dois parler à ma grand-mère. Elle est la seule adulte en qui je puisse avoir confiance !

– Idem pour moi, approuva Robin, je dois rendre compte de tout cela à mon père ! Il se passe ici quelque chose de tout à fait anormal !

Se courbant pour que les occupants de la boutique ne puissent pas les voir, ils se dissimulèrent de nouveau derrière la carriole dont le propriétaire fit le tour en croisant ses quatre bras.

– Dites donc, les enfants, vous faites quoi avec ma carriole au juste ? Parce que si vous voulez la voler, oubliez tout de suite !

Cal le regarda, jeta un coup d'œil dédaigneux à la carriole puis répondit :

– Pourquoi donc on volerait ton vieux machin tout branlant ? Nous…

Robin l'interrompit :

– Regardez, il sort de la boutique !

Ignorant le paysan courroucé, ils virent le mage plonger dans la foule après avoir jeté un regard méfiant derrière lui.

– Je ne sais pas ce que vous manigancez, grogna le paysan qui les attrapa chacun par le collet de leur robe, mais je ne veux pas y être mêlé. Alors ouste, hors de mon chemin !

Tenant bien haut les quatre adolescents qui gesticulaient, il les déposa délicatement à quelques pas.

– Il a vraiment de la chance que j'aie promis à Maman, ragea Cal en s'époussetant, parce que sa bourse était juste à portée de mes doigts !

– Ouais, ben heureusement que tu as résisté, parce que je n'ai pas spécialement envie de faire connaissance avec la police impériale, grimaça Robin. Bon, on y va ?

– Allons-y, confirma Tara, plus vite nous serons rentrés, plus vite je pourrai trouver un moyen de contacter Grand-mère.

Soudain Moineau siffla.

– Attendez, je viens de voir quelque chose !

– Quoi ? souffla Cal.

– C'est bizarre, répondit Moineau, on aurait dit Deria suivie par Maître Dragosh !

– Allons bon ! râla Cal, je parie dix contre un que Tara va vouloir…

– Suivons-les ! l'interrompit Tara.

– … les suivre, termina Cal avec résignation.

Ils revinrent sur leurs pas, car Deria se dirigeait précisément vers la même boutique. Elle s'engouffra dans le magasin poussiéreux et disparut. Maître Dragosh agit exactement comme les enfants.

Il se posta derrière la fenêtre qu'ils avaient nettoyée.

– Bon, qu'est-ce qu'on fait maintenant ? soupira Moineau que toutes ces filatures commençaient à angoisser sérieusement.

– On attend, répondit Tara dont le cerveau était en pleine ébullition, parce que je crois bien que nous avons sous nos yeux l'explication du mystère.

– Ah bon ? chuchota Cal, ce serait bien que tu nous expliques, car pour le moment c'est pas du tout clair pour nous !

C'est alors que Deria ressortit, suivie de près par un homme brun avec un grand nez, d'une taille et d'une corpulence identiques à celles du Sangrave… mais sa robe était jaune. Le Vampyr eut juste le temps de se jeter en arrière, le couple passa sans lui prêter attention et les quatre espions le virent alors avec surprise se transformer en gros loup noir et se remettre à les suivre.

Prenant ses amis totalement au dépourvu, Tara fonça dans la boutique, suivie par Galant.

L'intérieur était très sombre et petit à petit elle commença à distinguer des tas de fioles, de bouteilles, d'animaux empaillés ou en cage, de livres, de vieilles armes rouillées, et des meubles à moitié cassés. Tout cela formait un infernal bric-à-brac.

Dans un coin, un vieillard ratatiné avait sursauté au tintement de la cloche de l'entrée.

– Bonjour mon enfant, chevrota le vieil homme, que puis-je faire pour toi?

Prise de court, Tara balbutia.

– Euuuh, je suis juste entrée pour jeter un coup d'œil à ce que vous vendiez.

– Ouuuuh! Un langage de la vieille Terre si je ne m'abuse, déclara le marchand en entendant Tara. Puis-je te lancer un Interpretus double afin de pouvoir te comprendre? Ne réponds pas dans ta langue, mais hoche la tête de bas en haut pour oui, et de gauche à droite pour non.

Tara hocha la tête et il prononça la formule.

– « Par l'Interpretus nous nous comprenons et dans l'harmonie nous en discutons! » Bien, ça devrait aller mieux, sourit le marchand. Alors dis-moi, petite, de quoi aurais-tu besoin? As-tu un amoureux?

– Non! répondit Tara en rougissant. (Quelle question débile!)

– Pas d'amoureux, hein? Hmm, ennuyeux, j'avais des sorts d'amour très efficaces, de quoi s'attacher un garçon pour un siècle ou deux. Si mes sorts ne t'intéressent pas, peut-être qu'un objet pourrait faire ton bonheur?

– Euuuh, pourquoi pas? confirma poliment Tara qui se demandait bien ce que ses amis fichaient et pourquoi ils ne l'avaient pas encore rejointe.

– Alors, j'ai quelque chose pour toi. C'est un anneau qui te permet de vieillir pendant quelques heures. Ainsi si tu n'as pas le droit de faire quelque chose parce que tu es trop jeune… tu l'actives et pouf! te voilà adulte! Il coûte juste un crédit-mut bronze.

Malgré elle, Tara se sentit tentée. Puis elle se dit avec résignation que de toute façon aucun sort ne pourrait régler ses problèmes.

– Non, merci, je préfère grandir normalement, répondit-elle vertueusement.

Le vieux marchand ricana :

– Je vois que tu n'es pas une idiote. Le dernier qui m'a acheté cet anneau l'a mal activé et a vieilli de cent cinquante ans d'un seul coup ! Voyons donc si j'ai autre chose pour toi. Ah, je sais ! Regarde cette merveille !

Il sortit un rouleau d'une étagère, souffla vigoureusement dessus, ce qui le fit tousser pendant une bonne minute, puis déroula le parchemin. Stupéfaite, Tara vit se déployer devant elle une carte d'AutreMonde. Une fois celle-ci à plat, les montagnes se dressèrent, les fleuves se mirent à couler, de minuscules personnages emplirent les villes et des troupeaux galopèrent dans les champs.

– C'est… magnifique, s'émerveilla Tara, je n'ai jamais vu une carte comme celle-ci !

– C'est une carte qui se remet à jour automatiquement, expliqua le marchand, satisfait de son effet. Dès qu'une nouvelle route est construite ou qu'une rue change de nom dans une ville, elle l'affiche. Si tu es à un endroit et que tu veux aller à un autre endroit, il te suffit de le lui demander. Elle sait automatiquement où tu te trouves et te l'indique par un cercle rouge. Elle te dira également le nombre de jours qu'il te faudra pour effectuer un trajet à pied. Il te suffira de diviser celui-ci par trois si tu es à cheval et par cinq si tu es en pégase. Et pour obtenir un plan précis de l'endroit où tu te trouves, il te suffit d'incanter la formule suivante : « Par le Detaillus montre-moi où je suis, que je me déplace ici et sans ennui. »

Avec une vitesse sidérante, la carte de Tingapour au-dessus de laquelle planait un cercle rouge changea, affichant toutes les rues de la ville.

Tara put ainsi localiser l'hôtel de ville, le palais de l'impératrice, le palais administratif (qui était une douzaine de fois plus grand que celui de l'impératrice !), le quartier des marchands.

– Et si je veux aller en Lancovit à pied par exemple ? demanda-t-elle.

– À moins que tu n'aies des branchies, répondit dédaigneusement la carte, surprenant Tara, je ne vois pas comment tu vas faire, car je te signale qu'il y a un océan entre nous et le Lancovit. Sinon, à pied, il te faudrait environ deux ans... en marchant et nageant vite.

Allons bon... une carte qui parlait ! Tara apprécia son humour, songea que ce serait un cadeau magnifique pour sa grand-mère. Elle décida de l'acheter.

– Combien vaut-elle ? demanda-t-elle en détachant ses yeux à regret du fascinant spectacle.

– Je suis inestimable ! répondit la carte en prenant le marchand de vitesse.

– Elle a raison, approuva le marchand, essayant d'évaluer la fortune de la jeune fille. Mais je pourrais te la laisser pour dix crédits-muts or.

Tara voyait bien qu'il lançait ce prix au hasard, aussi fit-elle mine de sortir avec regret.

– Je suis désolée, mais je n'ai pas cette somme sur moi, mon Maître ne veut pas que nous nous promenions avec trop d'argent. D'ailleurs, vous l'avez vu, il est entré dans votre boutique il y a quelques minutes. Un Haut mage en robe bleue avec des dragons argentés.

Le vieil homme secoua la tête et roula la carte qui protestait.

– Attendez, attendez, ne partez pas. Discutons donc du prix de la carte. Et pour le Haut mage, vous avez dû faire erreur, Damoiselle, personne n'est entré dans ma boutique depuis plus d'une heure, à part vous.

– Tiens ! s'exclama Tara, alors là je suis étonnée, parce que j'y ai vu également un autre mage, une jeune femme.

De nouveau, le vieux marchand secoua la tête, mais Tara voyait une lueur rusée danser dans ses yeux.

– Vous avez dû confondre avec une autre boutique, Damoiselle, je vous assure que personne n'est entré dans celle-ci. Bien, pour la carte je pourrais vous consentir une remise. Disons cinq crédits-muts or.

– Un crédit-mut argent, répliqua fermement Tara. Vous êtes sûr de n'avoir vu personne ?

– Deux crédits-muts or ! Là, je perds de l'argent... et non, je n'ai rien vu.

– Ehhh ! C'est pas assez ! intervint la carte d'une voix étouffée.

– Un crédit-mut argent, reprit Tara en ignorant le commentaire, c'est tout ce que je peux vous donner... si vous n'avez rien vu du tout.

– Un crédit-mut or et là je me tranche la gorge pour vous faire plaisir.

– Je ne veux pas que vous perdiez de l'argent, Maître marchand, rétorqua poliment Tara, et votre santé m'est précieuse. Un crédit-mut argent.

Le vieil homme gémit.

– Huit crédits-muts argent et c'est mon dernier mot.

– Ouais! hurla la carte, et encore, c'est vraiment galvauder ma valeur!

– Alors, je suis désolée, soupira Tara. Comme je suis désolée que vous n'ayez vu personne dans votre boutique depuis une heure.

Le marchand plissa les yeux puis déclara songeusement:

– Il se pourrait que je me souvienne de quelque chose, mais la valeur de la carte est plus importante que ce que je pensais. Dix crédits-muts argent.

Tara fit l'indifférente.

– Mais il est difficile d'évaluer la valeur de votre souvenir. Deux crédits-muts argent.

– Le vieux mage est entré et il a discuté avec un autre homme. Puis il est parti. C'est tout ce dont je me souviens. Neuf crédits-muts argent.

– Ce n'est qu'une partie de l'information. Quelle a été la nature de la discussion? Trois crédits-muts argent.

– Hélas, Damoiselle, ils ont placé un bouclier de silence autour d'eux. Huit crédits-muts argent.

– Allons, allons, vous êtes le Maître des Sorts... Qui pourrait se vanter de vous empêcher d'écouter ce que vous voulez? Quatre crédits-muts argent.

– Il m'a semblé que votre vieux mage était en colère contre l'autre homme. Il lui a reproché quelque chose, que je n'ai réellement pas entendu. Et l'autre lui a répondu qu'il ne devait s'en prendre qu'à lui-même. Le vieux mage lui a dit qu'il avait été patient jusqu'à présent mais que tout AutreMonde entrerait en guerre contre eux si les *rosses* n'étaient pas rendus, puis est sorti. Sept crédits-muts argent.

– Les *rosses*? Je ne… oh! Je vois! Ne serait-ce pas plutôt les *gosses*? Et la jeune femme? Qu'a-t-elle dit?

– C'était peut-être les gosses. Où sont mes muts?

– Nous ne sommes toujours pas d'accord sur le prix, répliqua vivement Tara. Cinq crédits-muts argent pour la carte et la discussion de la jeune femme.

– Marché conclu, capitula le marchand. Montrez-moi les muts.

Tara choisit soigneusement cinq pièces d'argent dans sa bourse et les montra au marchand, reculant vivement la main quand il essaya de s'en emparer.

– Elle a discuté avec le même homme, soupira-t-il sans quitter l'argent des yeux, elle semblait également en colère. Ça n'a pas dû être une bonne journée pour lui, parce que dès que quelqu'un entrait dans la boutique c'était pour l'engueuler. C'est tout ce que je sais. Voici la carte… Mes muts maintenant.

Tara lui donna les pièces qu'il enfouit dans les vastes plis de sa robe noirâtre.

– Bien, bien! sourit-il en exhibant trois chicots branlants. Que puis-je vous offrir de plus, gente Damoiselle?

– M'offrir? se moqua Tara en pliant soigneusement la carte qui protestait qu'elle avait été bradée, et en la glissant dans sa poche. Vos « offres » coûtent cher! Merci, j'ai ce qu'il me faut. Au rev…

Un terrible vacarme éclata dehors et Angelica fit irruption dans la boutique.

Apercevant Tara, elle se jeta sur elle en hurlant:

– Tu vas payer, c'est à cause de toi que j'ai perdu Kimi, je vais te tuer!

Violemment projetée contre les étagères, Tara s'écroula dans un épouvantable fracas pendant que le marchand se mettait à crier comme si on l'égorgeait.

Angelica, plus forte et plus lourde que Tara, la gifla de toutes ses forces.

Étourdie par le choc, folle de rage pour la première fois de sa vie, Tara perdit totalement le contrôle de sa magie. Ses yeux devinrent entièrement bleus et elle s'envola.

Une tornade venue de nulle part fit exploser le toit, le projetant à plusieurs pas de la boutique, sous les cris des passants, tandis qu'Angelica était brutalement propulsée contre le marchand. Cal, Robin et Moineau pénétrèrent à leur tour dans la boutique, suivis de près par Deria et Maître Dragosh. Entre-temps Tara avait dû trouver que la tornade n'était pas assez effrayante et avait créé une immense gueule menaçante, en transformant compas, équerres, machettes, couteaux, lances en dents acérées qui luisaient en claquant d'une façon inquiétante.

Voyant que Tara planait dans les airs en se dirigeant, déterminée, vers Angelica, précédée par la gueule vorace, Maître Dragosh incanta vivement un Pocus paralysant. L'étreinte du sort se referma sur les deux combattantes et les immobilisa.

Mais Tara savait très bien comment lutter contre le Pocus.

Défiant le Vampyr, elle visualisa le filet et s'en débarrassa d'un froncement de sourcils dédaigneux. Puis elle approcha la tornade hurlante d'Angelica qui, paralysée, la regardait avec des yeux emplis d'effroi (le vieux marchand, lui, ne regardait plus rien, il s'était évanoui), et déclara d'une voix qui n'était plus la sienne, une voix glaciale :

— Recommence encore un coup comme celui-là, imagine simplement porter la main sur moi ou sur l'un de mes amis et crois-moi, il ne restera pas assez de morceaux de toi pour remplir une petite cuillère.

— Ça suffit ! (La voix de Deria claqua.) Arrête ça immédiatement, Tara ! Je ne plaisante pas !

Les yeux totalement bleus de Tara se tournèrent vers Deria et Cal, Moineau et Robin crurent un instant que leur amie allait désintégrer la jeune femme.

Puis Tara plissa le nez, secoua la tête comme pour se débarrasser de quelque chose… et obéit. D'un geste, elle fit cesser le hurlement du vent, atterrit très délicatement par terre et ses yeux reprirent leur couleur habituelle tandis que les instruments chutaient autour d'elle avec de grands « splaoum », « plaoutch » et autres « braoum ».

— Parfait, dit Deria, est-ce que quelqu'un peut m'expliquer ce qui se passe ici ?

Maître Dragosh intervint.

— Je ne pense pas que ce soit le meilleur endroit pour en discuter, coupa-t-il en désignant le marchand qui revenait lentement à lui et les passants qui s'attroupaient. Transportons les enfants ailleurs et nous aviserons.

Sans attendre l'avis de Deria, il commença à incanter un sort de téléportation qui s'illumina autour de ses doigts.

— Nooooon, hurla Deria, je ne vous laisserai pas faire !

Elle leva les mains et un jet de lumière rouge vint frapper le Vampyr de plein fouet. Il n'eut que le temps d'improviser un bouclier et en quelques secondes les deux sortceliers s'affrontaient, chacun brandissait son feu mage, s'abritait derrière un bouclier magique puis lançait un rayon qui brûlait tout sur son passage. La moitié de la boutique était en feu.

Stupéfaits, Cal, Robin, Tara et Moineau poussèrent Angelica encore paralysée sous le bureau, tandis que le marchand, terrorisé, filait s'abriter derrière les étagères encore debout.

Soudain Deria, avisant un énorme chaudron juste au-dessus de la tête du Vampyr, rugit :

— Par le Gravitus chaudron tombe, emporte le Vampyr dans sa tombe !

Et le chaudron chuta, assommant proprement Maître Dragosh.

Avant que les enfants puissent réagir, Deria brailla :

— Par le Transmitus nous sommes des voyageurs, il nous faut partir avant d'autres malheurs !

Sortant de ses mains, un rayon lumineux se divisa et toucha tous ceux qui se trouvaient près de Tara. La boutique commença à s'effacer. Horrifiée, Tara vit que le Vampyr se redressait derrière Deria et lançait un sort. La jeune femme réussit à l'éviter de justesse, cria quelque chose, puis tout disparut.

chapitre X
Dans l'antre des Sangraves

Au début, ce fut comme une sorte de houle qui donnait vaguement mal au cœur. Tara se dit que, décidément, elle n'aimait pas le bateau.

Puis sa vue s'éclaircit et elle se rendit compte que les voiles qui flottaient devant elle n'étaient pas les voiles d'un bateau mais d'un lit à baldaquin. L'espace d'un instant, elle crut qu'elle était de retour au Palais de Travia avant de réaliser que les tentures étaient blanches, et non pas bleues. La salle dans laquelle elle venait de se réveiller ressemblait beaucoup à une infirmerie. Blanche du sol au plafond avec des armoires vitrées renfermant des tas d'instruments à l'aspect antipathique. Puis elle baissa les yeux sur sa robe et sursauta : la dernière pièce du puzzle se mit en place. Repensant à tout ce qu'elle avait entendu, à ce qu'elle savait et à ce qu'elle avait deviné, elle vit le tableau prendre forme… et il n'était pas réjouissant. Même si elle avait tout fait pour se retrouver ici, elle n'avait pas tout a fait prévu que ce soit en tant que prisonnière… ni que ses amis seraient pris dans le même piège.

Tout autour d'elle d'autres lits s'animaient et elle aperçut Moineau, puis Cal, Robin… et Angelica.

Celle-ci, délivrée du Pocus, regardait autour d'elle avec égarement.

– Mais, mais, où sommes-nous ? balbutia-t-elle d'une voix suraiguë.

Seul le silence lui répondit, tandis que Galant ébouriffait ses plumes ; le pégase, en compagnie de Sheeba et Blondin qui bâillaient, entreprit une reconnaissance.

Sous leurs yeux stupéfaits, Fabrice fit soudain irruption dans l'infirmerie avec Manitou ! Il se précipita vers eux, tandis que son arrière-grand-père débarbouillait la figure de Tara avec entrain.

– Ce que c'est bon de vous voir ! hurla leur ami avec enthousiasme. Vous m'avez terriblement manqué ! Comment êtes-vous arrivés ?

– Holà ! Attends ! grogna Cal encore mal réveillé. Tu as été libéré ? Depuis combien de temps ? Où sommes-nous ?

– Ah, mais non ! se rembrunit Fabrice, je n'ai pas été libéré, c'est vous qui êtes…

– … dans la forteresse des Sangraves, l'interrompit Tara.

– Ça par exemple ! s'exclama Robin ébahi. Comment le sais-tu ?

– Ça fait déjà plusieurs jours que je me doutais de quelque chose. Des tas d'indices contradictoires en apparence. Puis ce qui s'est passé dans la boutique a fini par tout éclairer. Et regarde donc la couleur de nos robes ! Ce sont toujours les nôtres mais elles ont été transformées, maintenant elles sont grises !

Moineau s'écria :

– Ça t'ennuierait de nous expliquer ? Parce que moi je ne comprends pas bien…

Tara s'assit sur son lit et soupira.

– Je suppose que c'est de ma faute. Et pourtant ça crevait les yeux !

– QUOI ? trépigna Cal, qu'est-ce qui crevait les yeux ?

– Ce ne sont ni Maître Chem, ni Maître Dragosh qui ont essayé de m'enlever, c'est Deria qui est derrière tout ça. Deria a prévenu les Sangraves le jour même où j'ai révélé mon don et les a guidés pour mon enlèvement. À cause du Memorus, le sort qui recrée les événements passés, je suppose qu'elle ne pouvait pas me faire disparaître elle-même sans détruire sa couverture et elle a préféré attendre une occasion où elle ne serait pas soupçonnée. Elle ne pouvait pas savoir que le sort ne fonctionnait pas correctement. Et c'est aussi la raison pour laquelle quand Magister, le Maître des Sangraves, m'a attaquée sur Terre, elle a mis autant de temps pour ramener Maître Chem d'AutreMonde. C'est encore Deria qui rôdait devant notre dortoir et non pas Maître Dragosh. C'est Deria qui ne savait pas que Manitou était avec Fabrice et les a enlevés. Enfin c'est Deria qui a retrouvé le Sangrave dans la boutique et, voyant que nous y étions, a dû croire que nous l'avions espionnée et nous a expédiés ici avec un sort. Je suppose également que c'est elle qui a coupé une boucle de mes cheveux la nuit pour préparer son Transmitus.

– Mais… et la discussion que nous avons entendue entre Maître Dragosh et l'autre mage ?

– Souvenez-vous ! Il n'a jamais dit qu'il avait organisé les enlèvements ! Juste qu'il en voulait à Maître Chem pour sa politique stupide.

– Tu sais que tu as raison ! Mais Maître Chem lui aussi s'est rendu dans la boutique ! Avec le Sangrave…

– C'est normal, coupa gravement Tara. Parce que c'est le dragon et les siens qui…

– … nous ont créés ! Enfin… en quelque sorte, l'interrompit une voix de velours liquide.

Les jeunes sortceliers sursautèrent. Ils n'avaient pas entendu l'homme entrer dans la salle. Un masque miroitant cachait le secret de son visage. Et son corps puissant était revêtu d'une somptueuse robe grise.

– Comment ça « qui vous ont créés » ? interrogea Moineau qui, depuis qu'elle était capable de se transformer, avait perdu une grande partie de sa timidité.

– Cet idiot de dragon, ricana l'homme, a voulu créer un corps d'élite contre l'avis des autres dragons. Il a entraîné un millier d'entre nous en secret pour l'aider à détruire définitivement les démons. Mais, quand devenus plus puissants et cherchant d'autres alliés, certains se sont retournés contre lui, il n'a pas pu avouer la vérité… ce que je trouve particulièrement amusant. Et le pire c'est qu'il ne connaît même pas l'identité de ses pires ennemis ! Ici nous faisons exactement comme lui : nous entraînons les futurs maîtres de ce monde.

Angelica bondit.

– Je veux rentrer chez moi ! Je n'ai rien à voir avec cette fille. Je suis ici par erreur !

– C'est exact, confirma une nouvelle voix qu'ils connaissaient bien. Tu n'aurais pas dû être entraînée par le sort. Mais ton père n'y verra sans doute pas d'inconvénient. Nous savons qu'il est favorable à notre cause.

– Deria ! s'exclama Tara.

– Bonjour ma chérie, lui sourit la jeune fille, le visage découvert, sa pie noir et blanc sur l'épaule.

Tara ne lui rendit pas son sourire.

– Pourquoi ? Qu'est-ce que ta trahison t'apporte ?

Le visage de Deria se convulsa de rage, faisant disparaître toute sa beauté.

– Trahison ! siffla-t-elle, qui parle de trahison ? Ta grand-mère, cette vieille folle, était prête à laisser pourrir ton précieux don. À dissimuler ton pouvoir alors qu'il aurait dû éclater aux yeux de tous !

– Mais alors ? demanda Tara calmement, ce n'est pas toi qui as essayé de me tuer ?

Deria pâlit et recula d'un pas.

– Tuer ? s'exclama Magister, stupéfait, comment ça *tuer* ?

– Demandez-lui donc, indiqua Tara en désignant Deria. Lors de ma présentation à Omois, l'un des garçons a perdu le contrôle de sa Porte de transfert, qui a explosé. Le Vortex était incontrôlable et quelqu'un en a profité pour essayer de me faire disparaître. Et pour le moment je ne suis toujours pas sûre que ce n'est pas Deria…

Magister tourna son masque vers elle et ils virent qu'elle pâlissait encore.

– Maître ! balbutia-t-elle pendant que la pie, prudente, s'envolait de son épaule et allait se percher sur une poutre, ce n'est pas moi ! Je vous le jure. Pourquoi aurais-je fait une chose pareille ? Je vous suis loyale. L'enfant raconte n'importe quoi !

– Non! Tara dit la vérité! confirma bravement Moineau. Quand elle a essayé de refermer la Porte, quelqu'un s'est opposé à elle, et elle a failli en mourir!

– Mais ce n'était pas moi, protesta Deria en reculant tandis que le masque du Sangrave changeait de couleur, virant au gris sombre. Je vous le jure, Maître, ce n'était pas moi!

Un instant le masque vira au noir total, et Deria recula encore, terrifiée, redoutant tout à coup de n'avoir peut-être plus que quelques secondes à vivre. Mais Magister se détendit et son masque s'éclaircit à nouveau.

– Cherche qui a voulu la tuer, ordonna-t-il sèchement à Deria. Trouve. Prends le Chasseur avec toi. (Deria blêmit encore plus.) Et ramenez-moi le coupable. Vivant… si possible. Oh, et encore un détail, comme tu étais chez Isabella, nous n'avons pas voulu que tu passes ton Initiation. Tu vivais si étroitement à ses côtés qu'elle aurait pu découvrir que tu étais des nôtres. Mais à présent, je pense que c'est indispensable. Nous organiserons donc ton serment de fidélité bientôt, très bientôt.

L'ordre choqua Deria au point qu'ils crurent bien qu'elle allait s'évanouir, mais elle tint le coup.

– Euuuh, excusez-moi? osa Cal, interrompant la discussion. Mais qu'est-ce que vous allez faire de nous maintenant que vous nous avez enlevés?

– Nous ne t'avons pas enlevé! répondit Magister, détournant son attention de la Sangrave tremblante. Nous désirions simplement récupérer Tara. Mais je suis heureux de voir que Son Altesse royale nous a aussi fait l'honneur de nous rendre visite.

Et il s'inclina avec ironie devant Moineau. Qui calqua son attitude sur celle de Tara et lui retourna un signe de tête sec mais royal.

– Eh bien, puisque vous êtes tous là, vous allez rester nos hôtes pour quelque temps. Dans votre cas, Altesse, nous allons devoir discuter avec vos parents.

– Vous allez demander une rançon, traduisit Cal. Je ne peux pas dire que je suis étonné. Mais moi, mes parents n'ont pas d'argent. Alors je répète, qu'est-ce que vous allez faire de nous?

Quelque chose dans l'attitude de Magister fit penser à Tara qu'il n'aimait pas qu'on lui résiste. Il inclina légèrement la tête et soudain Cal s'effondra, serrant sa gorge, incapable de respirer.

Blondin sentit la détresse de son compagnon, et une flamme rousse bondit dans la pièce, prête à attaquer le Sangrave. Cette fois-ci, celui-ci fit un geste et le renard glapit puis s'immobilisa.

– Nous allons tout d'abord vous apprendre à respecter vos aînés, grinça le Maître des Sangraves. Le vieux dragon ne sait décidément pas enseigner la politesse correctement aux jeunes générations. Puis, lorsque la leçon sera bien apprise, alors nous verrons ce que nous ferons de vous.

Et il inclina à nouveau la tête, libérant Cal qui roula sur le côté, cramoisi et respirant avec effort.

– Encore un dernier détail, ricana-t-il avec malveillance, inutile d'essayer d'utiliser vos accréditations pour joindre vos Maîtres, nous les avons déconnectées.

Tara se mordit la lèvre de dépit car c'était exactement ce à quoi elle avait songé.

Magister rouvrit la porte, laissant entrer Galant et Sheeba fous d'inquiétude, et disparut.

Après un dernier regard vers Tara, Deria le suivit avec regret.

– J'ai dû détruire ma couverture pour te ramener ici, dit-elle, juste avant de sortir. J'espère que tu comprendras que tout ce que j'ai fait, c'est pour ton bien.

Tara lui lança un regard noir et la jeune Sangrave soupira puis, sans insister, ordonna à la pie de revenir sur son épaule et referma la porte.

Dès qu'ils eurent disparu, les épaules de Tara se détendirent et elle exhala un soupir de tristesse.

– Ouah ! s'écria Fabrice, jusqu'à maintenant je ne savais même pas que c'était à cause d'elle que j'étais là ! Je me suis douté qu'il y avait eu une erreur à cause de Manitou, mais jamais je n'aurais pensé à Deria !

– Elle croit bien faire, expliqua Tara avec lassitude. Je suis sûre qu'elle considère son choix comme le meilleur. Je suis désolée de vous avoir entraînés dans cette histoire.

– Ne t'inquiète pas, la consola Moineau gentiment, nous sommes tous ensemble, c'est ce qui compte. Je suis contente d'être avec toi, je n'aurais pas aimé te laisser toute seule.

– Moi non plus, grimaça Cal en caressant Blondin qui reprenait conscience lentement.

Il fit un faux mouvement et s'exclama :

– Ouaille, la vache, qu'est-ce que j'ai mal !

– Tu sais, Cal, tu devrais vraiment essayer d'éviter de provoquer les gens plus grands et plus forts que toi ! observa moqueusement Moineau. C'est très mauvais pour ta santé !

– Ouais ! La prochaine fois que je me fais enlever, promis, je me tiens à carreau. En attendant, est-ce que quelqu'un peut terminer les explications ? Parce que moi, j'ai raté un épisode.

– Épisode 1, lui sourit Tara en comptant sur ses doigts : Les dragons rencontrent les sorceliers sur Terre et c'est la guerre. Épisode 2 : Étant déjà en conflit avec les démons, les dragons décident de s'allier aux sorceliers et les invitent sur Autre-Monde. Épisode 3 : Ils parviennent ensemble à vaincre les démons. Épisode 4…

– Épisode 4 : Chem fait une erreur. Une très grosse erreur. Il donne trop de pouvoir à certains sorceliers qui se retournent contre lui. Ces sorceliers pervertissent le savoir des dragons et deviennent les Sangraves. Chem en a rencontré un dans la boutique pour l'avertir qu'il était prêt à avouer aux autres dragons ce qu'il avait fait… et lancer tout AutreMonde contre les Sangraves. Car, pour le moment, ne connaissant pas la puissance des Sangraves et le danger qu'ils représentent, Autre-Monde et ses gouvernants ne les considèrent que comme une gêne mineure, s'exclama Moineau.

– Épisode 5, reprit Tara en approuvant : Les démons ont compris que c'est grâce aux sorceliers Hauts mages qu'ils ont été vaincus. Ils décident donc à leur tour de se faire des alliés parmi les sorceliers Sangraves. Grâce au Maître des démons et à sa magie démoniaque les Sangraves préparent actuellement un plan contre les dragons… pour régner sur l'univers !

– C'est complètement dingue ! s'écria Cal. Et on va régner avec eux ?

– Cal ! s'exclamèrent en même temps Moineau et Tara.

– Je rigolais, je rigolais ! se défendit le malicieux petit sort-celier.

– Vous ne comprenez pas, leur expliqua sombrement Tara, parce que vous n'avez pas été contaminés par la magie démoniaque comme moi. Vous avez vu la réaction de Deria tout à l'heure à propos de l'Initiation ? Eh bien je vous parie à vingt contre un que Magister a trouvé le moyen d'infecter les Premiers sortceliers avec de la magie démoniaque…

– Tu crois ? demanda Cal, très intéressé. Et c'est dangereux ? Ton truc des métaphores, c'était plutôt drôle, non ?

– Cal, déclara gravement Tara, il a fallu plus de cent mages pour me guérir… et pendant tout le temps où j'ai été sous l'influence du démon, j'ai bien failli vous tuer tous une demi-douzaine de fois tellement vous m'agaciez. Quelques jours de plus… et toi et ton humour vous faisiez connaissance avec l'infini.

– Ça, c'est pas drôle, admit Cal, pas drôle du tout. Alors qu'est-ce qu'on fait ?

– Je pense que les Sangraves veulent que nous combattions nos parents, grimaça Tara. Si leurs propres enfants les attaquent, les Hauts mages seront pris par surprise… et n'auront pas le temps de se défendre. C'est un plan à la fois subtil et machiavélique. La seule solution est donc de nous enfuir le plus vite possible de cet endroit pour prévenir les Hauts mages. Au fait, pourquoi avez-vous tant tardé à me rejoindre dans la boutique ?

– C'est à cause d'Angelica ! s'indigna Cal en jetant un regard mauvais vers la jeune fille qui boudait dans son coin. Au moment où tu as foncé dans la boutique, on s'est rendu compte qu'elle nous suivait, furieuse. Elle s'est précipitée à tes trousses, t'a flanqué une énorme baffe… Après j'avoue que c'est assez flou. Tu as déclenché la tornade du siècle chez ce pauvre marchand, Deria et Maître Dragosh sont arrivés, ils ont décidé de faire un remake de la première guerre mondiale d'AutreMonde, et pouf! on s'est tous retrouvés ici.

Fabrice était mort de rire.

– Bon sang, répéta-t-il, ce que vous m'avez manqué! Je n'ai pas tout compris mais j'ai l'impression que ça a été animé après mon départ. Pas comme ici!

– Ah bon? demanda Robin avec curiosité. Pourquoi?

– Pfff, souffla Fabrice. Ils se prennent tous pour des surdoués. Et que je te montre mes pouvoirs, et que je te frime à tout prix. Et ils ont des tas de tests où il faut s'entraîner à duper des Nonsos, à les manipuler avec des illusions. Je déteste ça. Ils nous bourrent le crâne afin de nous persuader que les Nonsos *doivent* devenir nos esclaves. C'est complètement débile. Tu me vois disant à mon *père* qu'il doit devenir mon esclave! Je me prendrais la baffe de ma vie avant même d'avoir terminé ma phrase! De plus, il n'y en a pas un seul pour comprendre mes charades!

– QUOI? s'exclama Cal horrifié qui n'avait retenu qu'une seule chose, on doit encore travailler! Moi qui allais dire que le seul avantage d'un enlèvement c'est qu'au moins on n'a rien à faire… Vous savez quoi? J'éprouve tout à coup la forte envie de frapper quelqu'un!

– Ehhh! protesta Fabrice, arrête de me regarder comme ça, s'il te plaît!

Cal eut un pâle sourire.

– Ne t'inquiète pas, je ne pensais pas à toi, tu es beaucoup trop gros pour que je te frappe, je ne serais pas sûr du tout de gagner.

– Gros? Comment ça, gros? s'indigna l'athlétique Fabrice.

– Allons, allons, les garçons! intervint Moineau, ça suffit! Qu'est-ce que tu disais à propos de cet endroit, Fabrice?

– C'est une sorte de… laboratoire, répondit Fabrice en foudroyant Cal du regard. On teste constamment nos aptitudes. Et surtout on nous enseigne à mépriser les races qui ne possèdent pas la magie… et même celles qui la possèdent d'ailleurs. Presque tous les Sangraves qui sont ici me snobent parce que mes parents sont des Nonsos. Et pour répondre aux questions que vous vous posez silencieusement, non, je n'ai pas subi d'Initiation, et il est impossible de s'échapper. J'ai essayé deux fois, mais rien à faire.

– Ah bon? Pourquoi? demanda Cal que cette idée séduisait pourtant. Quels sont les obstacles?

– C'est une véritable forteresse. Je ne sais pas du tout dans quel pays nous sommes, mais le bâtiment est entouré par un parc et des murs. Les sorts de lévitation ne fonctionnent pas dehors. Et dans le parc, la nuit, il y a des chatrix*.

– Non! Ils ont mis des chatrix dans le parc? Mais ils sont fous! s'exclama Moineau.

– Désolée de vous interrompre, intervint Tara, perplexe, mais qu'est-ce que c'est que les chatrix?

– Ce sont des monstres, répondit Moineau sombrement. Ils ressemblent à des hyènes géantes de ton monde, celles qui existaient sur Terre lors de l'époque préhistorique. Leur pelage est totalement noir, si bien qu'on ne les voit pas la nuit… Un coup de dents et ils t'arrachent la jambe. De plus, leur salive est empoisonnée. S'ils parviennent à te mordre et que tu leur échappes malgré tout, tu meurs dans les deux heures et ils peuvent festoyer autour de ton cadavre. Ils sont peu sensibles à la magie agressive, ce qui en fait des ennemis redoutables pour les sortceliers.

Tara frissonna.

— Bon, eh bien, il n'y a qu'à éviter le parc !

— Ce n'est pas si simple. Il n'y a aucune sortie, lança Fabrice.

Il leur raconta ensuite son arrivée avec Manitou et la rage du Maître des Sangraves quand il avait découvert qu'il y avait erreur sur la personne.

Il allait leur décrire une journée typique dans la forteresse quand les estomacs de Cal et de Blondin grondèrent à l'unisson, faisant sourire tout le monde.

— Bon, rigola Fabrice, j'ai compris. Venez manger, puis je vous présenterai aux autres.

Ils le suivirent dans la salle principale où des tas de gens prenaient le petit déjeuner. Des trucs poilus et pleins de dents couraient partout et Tara reconnut les Mangeurs de Boue de Magister. Elle ouvrit des yeux attentifs, mais personne dans la salle ne ressemblait à sa mère. Elle sentit son cœur se serrer. Était-elle bien dans sa forteresse grise, à l'endroit où Selena était emprisonnée ?

Le service était assuré par des Nonsos, hommes et femmes vêtus d'une courte robe noire serrée par une ceinture en corde et portant un collier autour du cou. Les jeunes sortceliers remarquèrent que les Nonsos avaient l'air terrifié : ils ne relevaient jamais les yeux et étaient traités par les Sangraves comme de véritables esclaves.

– Bigre! constata Cal, surpris, déjà le petit déj'? Je comprends pourquoi j'ai tellement faim. Mais on a dormi pendant combien de temps?

– Je l'ignore, répondit Fabrice. On m'a juste prévenu il y a quelques minutes que je devais me rendre à l'infirmerie. C'est tout ce que je sais.

– Flûte! ragea Moineau, moi qui espérais me faire une idée du pays dans lequel nous nous trouvons en fonction de l'heure!

Tara jeta un regard à l'immense réfectoire presque silencieux.

– Et l'architecture ne peut-elle pas vous aider? Sur ma planète, les styles architecturaux sont très différents!

– Ehhh oui! approuva Moineau, tu as raison, c'est une bonne idée! Voyons, que peut-on dire à propos de la forteresse?

– C'est grand, précisa Fabrice en s'installant et en se servant un bol de chocolat. Les linteaux sont très hauts, et il existe des passages dans tous les sens, comme si la forteresse avait été construite par d'énormes lapins. Il n'y a aucune magie dans les murs et les portes s'ouvrent avec des poignées. Pas de tapisseries, ni de déco. Rien du tout. C'est grand, lugubre, glacial et triste à pleurer.

– La pierre est grise et mouchetée, observa Robin, je n'avais jamais vu ce type de pierre jusqu'à présent.

– Oh, mais moi si! s'exclama Moineau qui venait de remarquer les blocs de pierre formant le mur. Nous sommes dans une forteresse qui a appartenu à un géant!

– Tu en es sûre?

– Non, je n'en suis pas sûre. Disons que j'en suis raisonnablement sûre. J'ai déjà vu ces pierres à Gandis. Ce sont des « masksorts ». Elles « masquent » la magie, la dissimulent aux yeux des sortceliers, ce qui rend cette forteresse invisible en quelque sorte. Et je pense que la forteresse a appartenu à un géant parce que ces pierres sont également les seules que les géants ne peuvent pas manger, alors ils les utilisent pour leurs constructions.

Tara ouvrit de grands yeux.

– Manger ? Tu veux dire qu'ils mangent de la pierre ?

– Oui, excuse-moi, j'oublie toujours que tu n'es pas née sur AutreMonde. Les géants mangent du roc, de la pierre, c'est la raison pour laquelle ils vivent dans les montagnes de Gandis. Les nains qui exploitent les minerais précieux de ces mêmes montagnes leur envoient ce qu'ils n'utilisent pas. Il existe un commerce très actif entre les deux peuples.

– Et que leur vendent les géants ? demanda Tara, très intéressée.

– Certaines pièces créées par les nains demandent une force qu'ils n'ont pas. Alors les géants les forgent pour eux. Et puis ils paient aussi en crédits-muts, comme partout sur AutreMonde.

– Pfff !!! explosa une voix à côté d'eux, les nains sont capables de forger tout ce qu'ils créent. La force des nains est équivalente à celle des géants. Cette histoire de force a été montée de toutes pièces par les nains pour faire croire aux géants qu'ils ont besoin d'eux. Après tout, ce sont nos meilleurs clients. Il faut bien qu'on les flatte un peu !

Les cinq se tournèrent vers celle qui venait de parler. Et Tara se dit qu'elle n'allait certainement pas la contredire. C'était une naine aussi haute que large et dont les incroyables biceps semblaient sur le point de faire exploser les bracelets d'or qui ceignaient le haut de ses bras, mis en valeur, non pas par une robe grise, comme la leur, mais par un justaucorps gris sans manches.

Ses épaules étaient tellement carrées qu'on aurait pu poser dessus deux plateaux pleins de verres sans les renverser. Elle dégageait une extraordinaire impression d'énergie et de… densité.

Sa barbe rousse était tressée de jolis rubans et ses magnifiques yeux gris-vert soulignés par un trait noir. Son épaisse chevelure de feu également entrelacée de rubans tombait quasiment jusqu'au sol. L'effet était… saisissant et assez exotique.

– Je vous présente Fafnir, dit joyeusement Fabrice, naine des montagnes d'Hymlia qui a été enlevée l'année dernière.

– C'est normal, grommela la naine. J'étais la meilleure des Premiers et ces sales types n'enlèvent que les meilleurs.

– Ouais, ben on va faire baisser la moyenne parce que nous on est ici par hasard, prophétisa Cal.

La naine écarquilla ses beaux yeux.

– Comment ça ?

Cal allait répondre quand tout à coup il fit « ouch » et jeta un regard noir vers Robin.

– C'est une longue histoire, répondit laconiquement Robin qui venait de balancer un coup de pied à Cal.

Moineau, qui regardait la naine avec une intense curiosité, lui dit timidement :

– Permets-moi de nous présenter. Je suis Gloria Daavil, princesse de Lancovit, mais je préfère qu'on m'appelle Moineau. Voici Caliban Dal Salan, qu'on surnomme Cal, Robin

M'angil (Tara sursauta. Elle n'avait pas fait attention jusqu'à présent au nom de famille de Robin, mais elle l'avait déjà entendu quelque part!) et enfin, Tara Duncan. La fille là-bas qui évite soigneusement de nous regarder est Angelica Brandaud. Pardonne à présent ma question, mais il est très étrange que tu sois ici!

– À qui le dis-tu! soupira la naine en repoussant les restes de l'énorme volaille (dindon? autruche?) qu'elle était en train de dévorer pour son petit déjeuner. Mes compatriotes m'ont bannie quand ils se sont rendu compte que j'avais des dons de sortcelière. Tu sais combien nous, les nains, nous détestons la magie, et le fait que je sois encore si jeune n'y a rien changé. Tu te rends compte, je n'ai même pas encore deux cent cinquante ans!

– Oui, compatit Moineau en désignant la barbe de la naine, j'ai vu. Tu ne l'as pas encore rasée, cela signifie que tu es mineure, c'est ça?

– C'est ça, répondit la naine d'une voix lugubre. Et si je ne suis pas avec les miens dans quelques jours pour ma cérémonie d'Exorde, débarrassée de cette maudite magie, je serai définitivement bannie!

Les yeux pleins de compassion, Moineau ne sut que répondre devant l'évidente détresse de la naine. Cette cérémonie était très importante chez les nains. L'Exorde était le discours que les jeunes devaient prononcer pour entrer dans l'âge adulte et être acceptés comme membres respectables de leur clan. Les nains haïssaient la magie, et si l'un d'entre eux en était atteint, il était immédiatement banni. C'était la raison pour laquelle si peu de nains devenaient Hauts mages. Fait regrettable car leur magie était souvent très puissante.

– Mais pourquoi travaillais-tu au Palais de Travia comme Première sortcelière ? demanda Cal.

La réponse de la naine les choqua.

– Afin de trouver un moyen de faire disparaître en moi cette maudite magie !

– Mais tu ne peux pas ! s'exclama Moineau, c'est comme être brune ou avoir un grand nez, on peut toujours essayer de changer, mais les résultats restent provisoires !

– Eh bien non, justement ! Quand j'ai été enlevée par les Sangraves, j'étais désespérée car en un an de travail au Palais pour Dame Sirella, je n'avais rien appris qui me permette d'envisager comment me débarrasser de la magie. Aucun document, ni manuscrit n'en parlait. Et l'unique raison pour laquelle je suis restée ici, c'est parce que ces Sangraves ont une bibliothèque encore plus fournie que celle du Lancovit... surtout en sorts et potions interdits ou dangereux. Enfin, il y a six jours j'ai appris quelque chose qui m'a redonné espoir.

– Quoi ? demanda Robin totalement fasciné.

La naine baissa la voix.

– Il existe dans les Marais de la Désolation, au sud de Gandis, une plante que redoutent tous les sortceliers connaissant son existence. Elle s'appelle la *Rosa annihilus*. C'est une rose noire dont le suc a la propriété de contrarier totalement la magie. Il suffit d'en faire bouillir les pétales, d'avaler la décoction et pouf ! plus *jamais* de magie ! Elle est très difficile à trouver et on prétend qu'une malédiction détruit tous ceux qui cueillent ces roses noires, mais je m'en fiche, c'est mon seul espoir !

Cal ne comprenait pas.

– Mais, si les nains détestent tellement la magie, pourquoi est-ce que tu n'as pas tout simplement fait semblant d'être « normale » ?

La naine fronça les sourcils.

– Les nains sont honnêtes, nous ne savons pas mentir (là Cal devint carrément livide. Quelqu'un qui ne pouvait pas mentir… quelle horreur !). Enfin, du moins, rectifia-t-elle, pas entre nous… et les nains qui sont marchands ont des dispenses spéciales. Aussi, quand mes parents ont découvert mon don, ils l'ont immédiatement signalé au Conseil.

Et parce qu'elle était honnête, elle ajouta :

– J'aurais pu avoir la tentation de faire semblant. Mais cette fichue magie n'est pas contrôlable. Il suffit de me lancer quelque chose de pointu ou de menaçant et clac ! Une espèce de champ de forces s'anime autour de moi *automatiquement* pour me protéger. J'ai bien essayé de le faire disparaître, mais rien à faire. J'ai échoué. Ils m'ont bannie.

Même Tara, qui pourtant n'aimait pas spécialement la magie, ne put s'empêcher de frissonner à l'idée qu'on puisse vouloir autant s'en débarrasser, d'une façon aussi radicale.

– Alors qu'est-ce que tu vas faire ?

– Je vais partir d'ici, me procurer cette maudite plante et rentrer chez moi.

– Mais, protesta Fabrice, et les chatrix ?

– Pfff, souffla dédaigneusement Fafnir, je suis une naine ! *Rien* ne pourra m'empêcher de sortir d'ici si je l'ai décidé.

– C'est de la folie ! objecta Fabrice. Tu ne passeras jamais ! Les chatrix sont beaucoup trop nombreux. Et si l'un d'entre eux te mord, il ne te restera plus qu'à rentrer à la forteresse pour obtenir l'antidote, sinon… adieu !

– Ils ont déjà essayé de me faire subir leur maudite Initiation, répondit la naine en haussant ses musculeuses épaules, ça n'a pas marché et ils étaient furieux. Alors ces petits toutous destinés à nous empêcher de sortir ne me font vraiment pas peur.

Elle allait continuer mais soudain se figea, comme à l'écoute de quelque chose. Elle se leva brusquement et ajouta :

– Que votre marteau sonne clair…

– Que ton enclume résonne, répondit machinalement Moineau à la formule de politesse.

Sans un mot de plus, Fafnir les quitta.

Très surpris, les cinq amis la regardèrent s'éloigner, tandis que Tara fronçait les sourcils, méditant sur l'étrange comportement de la naine. D'un seul coup, elle s'était tue et avait quitté la table. Pourquoi ?

Tout à coup une idée lui traversa l'esprit et elle demanda à Fabrice :

– À quelle heure commencent les tests ?

– Il n'y en a pas ce matin. Juste cet après-midi. Pourquoi ?

– Écoute, j'ai besoin de vérifier quelque chose. Est-ce qu'on a des chambres ?

– Nous avons des chambres individuelles, expliqua Fabrice, puis se doutant de ce qu'allait demander Tara, il ajouta avec amertume : Et interdiction de se réunir dans l'une d'elles. Nous devons nous rendre en salle commune pour discuter.

– Mmmh, je vois, commenta Tara pensivement en fixant Fabrice au point qu'il finit par se sentir mal à l'aise.

Intrigués, ses amis la regardaient réfléchir en mâchouillant sa mèche blanche. Elle prit une grande inspiration et poursuivit :

– Écoute, Fabrice, on a deux ou trois trucs à régler avec Cal, Robin et Moineau, tu devrais aller dans cette fameuse salle commune et nous te rejoignons dans quelques minutes. Indique-nous juste comment y parvenir.

Fabrice fronça les sourcils, intrigué et vexé qu'elle le mette à l'écart, tandis que les trois autres regardaient Tara avec stupeur.

– C'est simple (Fabrice désigna l'escalier qui surplombait le réfectoire), il suffit de monter au premier étage, là où sont les chambres. La salle commune est juste après la bibliothèque. Je vous y retrouve.

Puis il se leva avec dignité et tourna les talons, suivi de peu par Angelica qui devait espérer s'en faire un allié.

Tara se pencha vers ses amis et murmura :

– Je vais avoir besoin de vos connaissances. Existe-t-il un sort capable d'intercepter une conversation, sans que personne ne puisse s'en rendre compte ?

– Oui, bien sûr, répondit Cal, l'Indiscretus, un système que les Voleurs utilisent souvent pour obtenir des informations. Pourquoi ?

– Et on s'en protège comment ?

– Avec l'Opacus, qui est un sort interdisant toute écoute.

– Mmmh, ça ne va pas. Si on jette un sort d'Opacus, les Sangraves vont comprendre tout de suite que nous savons. Il faut trouver autre chose.

Cal, Robin et Moineau regardaient Tara avec de grands yeux.

– « Et alors Angelica lança Kimi sur moi pour se venger », prononça soigneusement Tara.

– Pardon ? fit Moineau.

– Quoi ? s'exclamèrent Cal et Robin.

– Vous vous souvenez du sort que nous a jeté le mage ? murmura Tara en observant attentivement les autres tables.

– Celui qui nous empêche de parler de l'incident d'Omois, bien sûr, pourquoi ?

– Il a dit que si quelqu'un nous écoutait, le sort nous empê-cherait de parler. Cela signifie que tant que nous pourrons dire « Et alors Angelica lança Kimi sur Tara pour se venger » c'est que personne ne nous écoute. Si nous ne pouvons plus parler, alors c'est que quelqu'un écoute.

– Ouah ! salua Cal admiratif, ben ça j'y aurais jamais pensé ! Mais il va y avoir un problème avec Fabrice. Il ne va pas com-prendre qu'on le tienne éloigné dès qu'on voudra discuter.

– Écoutez, je pense que la naine veut s'évader de cet endroit, et qu'elle a un plan bien plus subtil que ce qu'elle a laissé entendre. Et moi aussi je veux m'évader. Le plus vite possible. Alors nous allons passer sur la susceptibilité de Fabrice et nous lui expliquerons tout quand nous serons partis, d'accord ?

– OUI, MADAME ! confirma Cal en esquissant une cour-bette militaire.

– Non, refusa Robin, ça ne va pas du tout. J'espérais ne pas avoir à en venir là, mais je n'ai pas le choix. Je suppose que je dois également vous dire la vérité à mon sujet. « Et Angelica lança Kimi sur toi pour se venger. » Je ne suis pas juste le Premier de Maître Den'Maril. Je suis également le fils de T'andilus M'angil.

– Le chef des Services secrets ? souffla Moineau.

– Mais oui ! la coupa prudemment Tara, voilà où j'avais entendu ce nom ! Depuis un moment je me demandais. C'est à ton père que Maître Chem faisait allusion sur Terre. Et quand j'ai transformé les robes par erreur avec le Decorus, celle de Moineau a affiché des sceptres et des couronnes et si je me souviens bien la tienne était constellée de symboles elfiques. Et les petits pains ! Personne n'aurait pu les rattraper. Mais « Et Angelica lança Kimi sur moi pour se venger », tu n'es pas un elfe !

– Très pertinente remarque, s'amusa Robin. Et tu as raison, j'ai vraiment paniqué quand tu as redécoré ma robe. Si quelqu'un avait pu comprendre à ce moment pourquoi des guerriers elfiques s'étripaient joyeusement en scintillant sur ma robe, j'étais cuit. Tes déductions sont vraiment intelligentes, à part l'histoire du pain que je ne comprends pas.

– Rappelle-toi, pendant le déjeuner à Omois au palais impérial, expliqua Tara en rougissant un peu, je t'ai passé des petits pains mais j'ai tout laissé tomber. Et tu les as rattrapés avant qu'ils ne touchent le sol. Je me suis dit que ce n'était pas normal, personne n'aurait pu faire un truc pareil. Et puis ça m'est sorti de la tête.

Robin braqua ses yeux clairs sur elle et avoua :

– Tu as l'esprit le plus observateur que j'aie jamais vu, Tara, c'est assez déconcertant. C'est comme si tu assemblais des détails et reconstituais le puzzle. Pourtant la Kidikoi m'avait bien averti que j'allais me « dévoiler » ! J'aurais dû faire attention !

Tara rougit de plus belle, très embarrassée par le compliment.

– Ouais ! Elle sera détective magique plus tard, coupa Cal. Bon, tu étais en train de nous expliquer ton histoire…

– « Et Angelica lança Kimi sur toi pour se venger », ceci est un demi-déguisement, reprit Robin, que j'ai endossé pour pouvoir vous approcher sans que les Sangraves s'en rendent compte. Je suis plus âgé que vous, j'ai quinze ans d'Autre-Monde mais je suis très en retard dans mon travail de sortcelier car j'ai dû faire mon service elfique avant de venir à Travia. Bref, comme nous l'espérions, les Sangraves ont réussi à t'enlever et à m'enlever en même temps. Mon père m'a jeté un sort de localisation indétectable qui ne peut fonctionner que sur un *elfe*. Alors pour le moment, pas question que vous risquiez vos vies pour vous évader où que ce soit.

– Pourquoi un « demi-déguisement » ? demanda Moineau, perplexe.

– Parce que je ne suis elfe qu'à demi, avoua Robin comme si c'était une tare. Ma mère est une sortcelière. Mon père a simplement dissimulé mes oreilles trop pointues, mes yeux trop clairs et l'inclinaison de mes sourcils. Pour le reste mon corps est assez humain pour que vous ne fassiez pas la différence… et nos ennemis non plus.

– « Et alors Angelica lança Kimi sur moi pour se venger »… ça va, personne n'écoute, confirma Tara. Alors qu'est-ce que tu nous conseilles de faire ?

– Mon père m'a dit que le sort fonctionnerait pendant plusieurs jours, mais que si au bout de vingt-six heures je ne le voyais pas arriver avec la cavalerie, il faudrait que je me débrouille tout seul. Il a précisé aussi qu'il avait besoin au minimum d'une vingtaine d'heures pour que le sort soit activé et lui permette de me localiser.

– Nos ravisseurs nous ont probablement déjà fait dormir plusieurs heures, réfléchit Moineau, ils peuvent donc arriver n'importe quand entre cette nuit et disons… demain matin.

– Oui, confirma Robin. Alors pas d'initiative intempestive. Si demain après-midi il ne s'est rien passé, alors il ne faudra compter que sur nous-mêmes.

– Rejoignons Fabrice, proposa Cal, il doit se ronger les ongles à essayer de deviner pourquoi nous ne sommes pas encore là.

Fabrice semblait même avoir attaqué ses phalanges en les attendant (tout en jetant des regards inquiets vers Angelica assise à une autre table). La salle n'était pas un Devisatoire comme à Omois et elle n'avait pas le charme de celle du Palais de Lancovit, mais les sièges étaient confortables et ils avaient du Tzinpaf !

– Ah ! s'écria-t-il avec soulagement, vous voilà enfin ! Angelica a pété un plomb, grave.

– Ça, c'est pas une nouvelle, laissa négligemment tomber Cal. N'écoute pas ce qu'elle raconte et dis-nous plutôt ce qui nous attend.

– C'était terrible, gémit Fabrice, elle m'a sauté dessus et a exigé que je lui explique ce qui se passait ici. Au début elle était assez hystérique, puis quand elle a appris que seuls les meilleurs étaient gardés dans cette foutue forteresse, elle a arrêté de me crier dans les oreilles. Il était temps parce qu'une minute de plus et j'étais sourd ! Qu'est-ce que vous fichiez ?

Devant l'air gêné de ses amis il haussa les épaules et continua.

– Bon, vous voulez connaître le planning ? Cet après-midi, vous allez passer des tests pour déterminer votre niveau de magie. (Tara leva les yeux au ciel, la barbe… encore des tests! Elle avait besoin de temps pour fouiller toute la forteresse.) Ensuite ils vont évaluer votre rapidité, votre force, votre agilité, tant physique que magique. Ici, *ils* disent qu'il est inutile de prononcer des formules ou de faire des gestes. Nous devons être capables de visualiser ce que nous voulons et de l'effectuer sans avoir besoin d'artifices. C'est beaucoup plus difficile qu'avec les sorts, mais *ils* affirment que ce sont les *dragons* qui doivent s'aider en prononçant des formules, et que ceux-ci nous ont enseigné ce système pour pouvoir nous contrôler.

– C'est très… révolutionnaire comme théorie, remarqua Moineau avec une moue. Mais pas impossible. Magister n'a pas incanté quand il a immobilisé Cal et j'ai remarqué que Tara a rarement besoin de faire des gestes, il semble qu'elle visualise ce qu'elle veut, et clac, ça fonctionne.

– Ouais, confirma Tara. Disons plutôt que je pense et que je le veuille ou pas, ma magie agit.

– En tout cas, pendant les duels, annonça platement Fabrice, ça avantage drôlement parce que l'adversaire ne sait pas ce que tu as lancé comme sort avant d'en être victime.

– Les *duels*?

Les quatre exclamations avaient fusé en même temps.

– Oui, répondit Fabrice, ravi de son petit effet. Ici, *ils* évaluent la force des sortceliers les uns par rapport aux autres grâce aux duels.

– Comme à Omois! lança Moineau. Sauf qu'à Omois c'est exceptionnel. Je sens que je ne vais pas du tout aimer cet endroit.

– Moi non plus! répondirent Tara et Cal en même temps.

– Des duels! s'exclama Robin les yeux brillants, ça c'est formidable!

– Bah, critiqua Cal d'un ton dégoûté, vous les elfes, vous n'aimez rien tant que vous battre.

À peine ces mots étaient-ils sortis de sa bouche qu'il réalisa qu'il avait fait une gaffe. Tara et Moineau lui enfoncèrent les coudes dans les côtes, et Fabrice le regarda comme s'il était devenu fou.

– Euuh, avança-t-il, au cas où tu n'aurais pas remarqué, Robin est un humain, pas un elfe!

– Oui, je sais, répondit Cal sans se troubler, c'était une boutade. Robin est comme les elfes, il aime se battre. Tu sais, tu as manqué beaucoup de choses depuis que tu as été enlevé. On a surnommé Robin « va-t-en-guerre » parce qu'il a failli faire une grosse tête à un type qui embêtait Tara à Omois. Et il est le premier à la défendre contre Angelica.

Cette fable parut contenter Fabrice.

La matinée passa assez vite. Fabrice leur présenta plusieurs Premiers sorceliers. La théorie de Tara semblait hélas se vérifier. Ils étaient arrogants, cruels, impulsifs. Avec leur magie surpuissante, ils prenaient plaisir à faire souffrir les Nonsos qui recevaient des gifles invisibles, trébuchaient sur des obstacles dissimulés. Très souvent, les jeunes sorceliers en gris se frottaient la poitrine, comme si quelque chose les gênait. Tara eut un choc et se souvint que le démon était sorti de sa poitrine. La jeune fille, Cal et les autres commençaient *vraiment* à avoir peur.

Puis ils assistèrent bien involontairement à leur premier duel.

Deux garçons étaient en train de se disputer, leurs voix montaient d'un cran à chaque argument échangé au point que bientôt on n'entendit plus qu'eux.

– Moi je te dis que Tarda avait raison, braillait le premier. Il ne faut pas plus d'un millième de millième de seconde pour lever le sort !

– Et moi je te dis que Tarda avait tort. Elle n'a pas pris en considération la rapidité du contre-sort. C'est impossible en moins d'une seconde !

– Cette fois-ci j'en ai assez ! hurla le premier. Je te défie !

– Parfait, gronda le second. Allons en salle des duels !

Aucun adulte n'intervint, ce qui était très étonnant. La salle se vida et Fabrice sauta sur ses pieds pour les suivre.

– Venez, cria-t-il, nous devons assister au duel, c'est obligatoire. Et ne vous inquiétez pas, ça devrait aller, ces deux-là sont arrivés en même temps que moi, ils ne sont pas encore Initiés.

Moineau le regarda avec stupeur.

– Quoi ? Tu veux dire qu'on est obligés d'assister à ça !

– Avant de savoir pour cette histoire de démon, je trouvais ça plutôt intéressant, avoua Fabrice. Maintenant… disons que le mieux est de faire comme tout le monde et de les suivre.

Robin hocha la tête avec enthousiasme. Son tempérament d'elfe bouillait à l'idée d'assister au duel, tandis que sa raison humaine s'en inquiétait. Il se demandait souvent pourquoi son père et sa mère s'étaient mariés alors qu'ils étaient si différents. Il détestait n'être qu'un demi. Et il appréciait cette mission parce que sous son déguisement, pour la première fois, il se sentait entièrement accepté sous sa forme humaine par ses camarades.

Quand ils arrivèrent dans la salle, toutes les meilleures places étaient déjà prises et ils allèrent se percher sur les gradins les plus élevés. La nouvelle avait déjà fait le tour de la forteresse et la salle était presque pleine. Les Sangraves, au nombre d'une centaine, ce qui fit frissonner Tara, n'étaient pas les moins nombreux.

Ils devaient obéir à une hiérarchie extrêmement précise, car les cercles sur leurs poitrines n'étaient pas de la même couleur, variant du jaune au rouge, tandis que leurs robes allaient du gris clair au gris foncé presque noir.

On ne pouvait voir leurs visages, mais on distinguait leurs mains qui se crispaient dans l'attente impatiente que le duel commence. Une tension sinistre et inquiétante émanait de leur groupe.

Les deux duellistes se placèrent l'un en face de l'autre et crièrent ensemble « Duel ! ».

Aussitôt le sol de l'arène dans laquelle ils se trouvaient se souleva afin que tout le monde puisse les distinguer et un champ de force transparent les entoura, les isolant du reste de la salle.

Souvent, dans les films, les duels d'enchanteurs se faisaient à coups de transformations : « Je me transforme en poule, tu te transformes en chat, je me transforme en chien, tu te transformes en lion, je me transforme en puce, tu te transformes en singe, je me transforme en crocodile, tu te transformes en éléphant, je me transforme en souris, et aïe, tu te transformes en dragon et tu essaies de me carboniser ce qui est illégal, aaaahhhaah, etc. »

Mais ces deux garçons n'avaient pas vu les mêmes films que Tara et ils paraissaient vraiment désireux d'en découdre.

Ils débutèrent très classiquement. Visiblement, ils n'avaient pas encore réussi à se débarrasser de l'habitude de marmonner et de gesticuler et la salle n'eut aucun mal à reconnaître deux Pocus paralysants. Ils réussirent à se défaire de leurs liens en même temps. Match nul pour le premier round.

L'un des garçons fit un geste et deux magnifiques oreilles d'âne couronnèrent la tête de l'autre. Toute la salle éclata de rire. Furieux, celui-ci lança un Transvctus ct la robe de son adversaire disparut, ce qui fit siffler les garçons et rougir les filles.

Fou de rage, l'offensé riposta par un Detritus et une tonne de fumier dégringola sur l'autre combattant. Qui réussit à l'éviter en sautant de côté.

Bon, visiblement la magie pouvait être évitée si on était assez rapide et assez agile. Quand on se battait en duel, il fallait donc agir comme une sorte de… boxeur. Être souple, agile et se déplacer rapidement.

Les deux sortceliers avaient maintenant atteint le stade du « Je t'envoie un truc sale, visqueux et puant et tu m'expédies un autre truc en échange… tout aussi répugnant ».

Un des garçons esquissa un sourire rusé et, sans bouger, sans parler, lança son sort. Son adversaire crut tout d'abord que le sort l'avait raté. Tout content, il agita les doigts pour répliquer… quand il se rendit compte qu'à la place de ses mains, il agitait des nageoires ! Il voulut crier, ouvrit la bouche, ses jambes se collèrent l'une à l'autre, le faisant tomber, sa peau se couvrit d'écailles… et bientôt un énorme poisson se tortilla au milieu de l'arène, cherchant aveuglément de l'eau pour survivre.

Cruel, le premier garçon fit trois fois le tour de l'arène sous les acclamations admiratives, pendant que son adversaire tressautait en essayant désespérément de respirer, avant qu'un Sangrave ne lui ordonne enfin de rendre sa forme initiale au malheureux poisson.

– Ouah ! s'exclama Robin avec enthousiasme, alors qu'ils sortaient de la salle, c'était vraiment intéressant ! Il y a souvent des duels comme ça ?

– Assez, répondit Fabrice en grimaçant. Une ou deux fois par semaine, un type ou une fille dit un mot de trop et paf ! l'arène. Les duels entre Premiers sont différents quand ils sont organisés par les Sangraves. Tu dois lancer les sorts qu'ils t'imposent. Alors que dans le cadre d'un duel d'honneur, tu peux envoyer ce que tu veux à condition de ne pas tuer ton adversaire.

– Est-ce qu'on a le droit d'aller dans le parc pendant la journée ? demanda Tara.

– Oui. Les Familiers y sont souvent, bien qu'il ne fasse pas très chaud puisque ici c'est le début d'une des saisons froides.

– Tu penses qu'on peut y aller maintenant ?

– Oui, bien sûr, suivez-moi.

– Attends une seconde, je voudrais demander à quelqu'un de se joindre à nous, l'arrêta Tara.

Quand la naine Fafnir passa près d'elle, elle l'appela discrètement.

– Fafnir, peux-tu m'accorder un moment s'il te plaît ?

– Oui ? le ton était bref et laconique.

– Nous allons dans le parc, nous aimerions que tu viennes aussi.

La naine la scruta du regard, paraissant réfléchir intensément, puis elle haussa les épaules et dit :

– Oui.

– Parfait, allons-y.

Ils restèrent silencieux jusqu'à leur arrivée sous les grands arbres ombrageant les bancs et les tables d'extérieur. Fabrice avait raison, il ne faisait pas très chaud mais, bien que la naine soit bras et jambes nus, elle ne paraissait pas ressentir le froid.

– Moineau, annonça Tara, je vais te demander un grand effort. Te souviens-tu de la formule que le mage a prononcée après l'incident d'Omois ?

Moineau fronça les sourcils puis confirma.

– Oui, je m'en souviens, pourquoi ?

– Je voudrais que tu l'écrives, sans la prononcer, je voudrais essayer quelque chose.

Un peu surprise, Moineau obéit. Tirant de sa poche une feuille de papier et un crayon, elle écrivit la formule puis la donna à Tara.

Avant que les autres aient pu réagir, celle-ci prononça les mots « Par l'Informatus je partage le secret, et que personne ne sache tout ce que je sais ! », désirant de toutes ses forces que Fabrice, Manitou et Fafnir puissent avoir accès à leur secret tout en restant protégés par le sort du vieux mage.

À sa grande satisfaction, vint se poser le même nuage verdâtre qu'à Omois sur les trois autres… et elle se retrouva par terre avec un couteau sur la gorge.

Sentant le sort la toucher, la naine avait bondi, dégainé son couteau et renversé Tara en un mouvement si vif qu'elle n'avait rien vu venir.

À présent, écrasée par son poids, le visage de la naine si proche du sien que Tara louchait, elle se disait qu'elle aurait peut-être mieux fait de la prévenir avant d'activer le sort.

– Qu'est-ce que tu viens de faire ? gronda la naine. Dépêche-toi de l'annuler avant que je ne t'égorge !

Pétrifiés, les autres n'osèrent pas bouger. Quand elle parla, Tara s'entailla la gorge sur le couteau de la naine mais elle n'avait pas le choix.

– Attends ! C'est un sort de protection. Nous avons été témoins d'un incident à Omois et Maître Chem nous a demandé de n'en discuter avec personne d'autre. Pour être sûr d'être obéi, il nous a lancé ce sort. J'ai remarqué que tu ne voulais plus parler tout à l'heure, alors j'en ai déduit que nous étions surveillés. Et je me suis dit que nous pourrions nous aider mutuellement.

– Ça ne te donne pas le droit de me jeter un sort, rétorqua la naine sans prêter attention au sang qui coulait. Tu as de la chance que je sois une fille calme. Un autre nain t'aurait égorgée d'abord et aurait posé les questions ensuite.

Elle écarta le couteau et le fit disparaître, puis d'une secousse remit Tara sur pied qui vacilla un instant, surprise par sa force.

– De plus, continua-t-elle avec hargne, il était inutile d'utiliser la maudite magie, je sens quand je suis écoutée.

– Mais nous n'avons pas cette capacité, protesta Tara en tâtant avec précaution l'entaille faite par le couteau (par les cornes de Baldur, comme aurait dit sa grand-mère dont c'était le juron favori, ça faisait mal!) qui ne saignait déjà presque plus. Et si nous pouvons dire « Et Angelica jeta Kimi sur Tara pour se venger » alors c'est que personne ne nous écoute. Vérifie par toi-même, tu verras!

La naine lui jeta un regard menaçant puis s'éloigna.

Moineau se précipita sur Tara, posa sa main sur l'entaille et incanta:

— Par le Reparus que se calme la douleur, que cette petite plaie disparaisse sur l'heure!

La douleur reflua et Tara poussa un soupir de soulagement.

— Je commence à en avoir assez qu'on s'attaque à mon cou toutes les trente secondes! s'exclama-t-elle avec humeur. Évidemment j'avais oublié qu'on ne doit pas jeter un sort à un nain sans son autorisation. Fabrice, je ne sais pas si Fafnir est allée vérifier notre histoire, ou si, mortellement outragée, elle est partie. Peux-tu, s'il te plaît, prononcer la phrase « Et Angelica lança Kimi sur Tara pour se venger » à la première personne que tu verras. Si tu peux le faire, alors ça voudra dire que ma magie a encore fait du zèle et que j'ai étendu la protection à toute la forteresse au lieu de nous protéger nous. Si tu ne peux pas, alors c'est que ça aura marché.

Sagement, Fabrice décida de ne pas poser de questions et fila avec Manitou. Il revint une minute plus tard, le visage hilare.

— Je viens de passer dix secondes devant un Sangrave sans pouvoir prononcer une parole. Il a cru que j'étais malade et voulait m'envoyer à l'infirmerie. C'est formidable ton truc… mais ça sert à quoi au juste?

Tout en vérifiant régulièrement que personne ne les écoutait, Tara, Cal, Robin et Moineau racontèrent à Fabrice toute l'histoire, y compris l'épisode tragique causé par Angelica… À plusieurs reprises, alors qu'ils discutaient, ils furent incapables de prononcer la phrase magique. Ils déviaient alors prestement la conversation mais ce n'était pas facile. Tara avait du mal à se concentrer, inquiète de ne pas revoir Fafnir.

L'heure du déjeuner sonna, et la naine n'avait pas réapparu.

Bon. En attendant, ils devaient préparer leur évasion. Au cas où.

Une fois dans la salle à manger, Tara constata que Fafnir était là, assise à la même place que lors du petit déjeuner, en train de dévorer quelque chose de non identifié mais de *gros*. Prudente, elle prit place non pas à côté d'elle mais en face. Comme ça, si la volcanique naine décidait *encore* de lui sauter à la gorge elle devrait auparavant franchir la table.

L'autre braqua ses grands yeux de biche sur elle et grommela en crachant un os.

– Information correcte. Réunion dans le parc à cinq heures.

Tara hocha la tête.

Le déjeuner fila vite. À peine eurent-ils avalé le dernier morceau de fruit qu'il était temps de rejoindre la salle réservée au premier test. Quand ils y pénétrèrent, Cal, Robin, Tara et Moineau ouvrirent de grands yeux.

Devant eux il y avait des arbres, des cordes, des ponts, une rivière, un lac, le tout agencé en un véritable parcours du combattant. Tout en haut d'une colline très escarpée, posée sur un piédestal, brillait une pierre.

Un Sangrave au masque miroitant prit place devant eux. La voix était indubitablement féminine. Et ce qu'elle dit plongea toute la salle dans la stupeur… particulièrement Tara. En effet, elle s'inclina jusqu'à terre devant elle et déclara :

– Bonjour Votre Altesse impériale. Notre forteresse est extrêmement honorée de votre présence. Je me nomme Dame Manticore. Bienvenue.

Tara se retourna pour voir à qui elle s'adressait, mais il n'y avait personne derrière elle.

– Euuh, corrigea-t-elle en fronçant les sourcils, désolée, mais l'Altesse ici, c'est Moineau, pas moi.

– Je sais, Votre Altesse Impériale.

La Sangrave s'inclina derechef devant Moineau.

– Votre Altesse Royale.

Allons bon, pensa Fabrice qui écarquillait les yeux, elle avait fumé quoi la Sangrave ? Drôlement efficaces, les plantes locales !

– Si vous le permettez, Vos Altesses, nous allons tester vos capacités. Brida ?

– Dame ?

– Montre à Leurs Altesses comment travailler dans cette salle. Tu es chronométrée à partir du moment où tu franchis la ligne, jusqu'au moment où tu attrapes la pierre de rêve.

– Oui, Dame.

La jeune fille avec qui Angelica discutait s'avança gracieusement et d'un mot changea sa robe en une sorte de justaucorps gris. Puis elle s'élança.

Ils comprirent très vite le but du jeu quand le premier piège se déclencha.

Brida courait sur le chemin vers la première corde quand, juste devant elle, s'ouvrit un large fossé au fond duquel grouillaient de monstrueux vers blanc et rouge. Gardant son élan elle sauta, s'aidant de la magie pour franchir l'obstacle sans encombre. D'un bond, elle agrippa la corde et se percha sur une branche d'où, en équilibre, elle plongea dans le lac. Les bords étant trop hauts et glissants, il était impossible de remonter sans aide, aussi nagea-t-elle jusqu'à des racines et tenta d'y prendre appui pour se hisser hors de l'eau.

Tout à coup, derrière elle, apparut un tentacule qui s'approchait paresseusement. Les jeunes sortceliers se mirent à crier, faisant sursauter les quatre nouveaux.

– Brida, le Kraken*, attention ! Attention !

Sentant le Kraken derrière elle, gigantesque pieuvre aux tentacules noirs, Brida s'efforça désespérément de s'éloigner, ce qui brisa sa concentration. Son pied glissa et un tentacule l'entraîna sous l'eau… pour la relancer, toussant et crachant, aux pieds de Dame Manticore.

– Pas mal, Brida. Quelle était ton erreur ?

– J'ai perdu ma concentration et je n'ai pas réussi à sortir de l'eau assez vite. Et comme je devais nager pour ne pas couler, je ne pouvais pas m'aider en utilisant les gestes. J'ai donc échoué.

– Bien. Le suivant.

Les deux jeunes sortceliers qui passèrent après ne furent pas plus chanceux. L'un tomba dans la fosse où grouillaient les vers qui apprécièrent peu de se faire piétiner. Inoffensifs si on ne les touchait pas. Brûlants comme du feu au moindre contact. Le malheureux en ressortit en hurlant de douleur, le visage et les mains constellés de plaques rouges. Ce qui motiva tout à fait le second, qui évita la fosse très agilement… mais but la tasse avec le Kraken.

Ensuite venait Robin. Le demi-elfe se joua de la fosse, vola quasiment dans les airs jusqu'à la branche, fit un plongeon impeccable dans le lac et, dédaignant le Kraken, parvint à monter sur les racines glissantes, et à sortir de l'eau… sous les acclamations des autres.

Un bleu pensif colorant son masque, Dame Manticore notait quelque chose sur son bloc-notes.

Le jeune homme hésita un instant, puis, dédaignant le chemin, agrippa une liane et survola les pièges en passant d'arbre en arbre.

Dame Manticore hocha la tête et nota encore quelque chose. Tara angoissait. Robin en faisait trop !

Mais, trop concentré sur l'épreuve, le demi-elfe avait oublié où il était. Il sautait, bondissait, cabriolait avec aisance et grâce pendant que Tara le maudissait.

Il arriva sans encombre jusqu'à la colline et se laissa tomber à terre sous des applaudissements nourris.

Sans se déconcentrer, il étudia attentivement la colline, puis entreprit de la gravir. Il esquiva agilement l'éboulement qui menaçait de l'emporter puis la trombe d'eau venue de nulle part qui essaya de le faire dévisser. S'il ne l'avait pas évitée, il serait aussitôt retombé dans le lac… directement dans les bras du Kraken.

Une fois en haut, il s'arrêta un instant pour étudier le piédestal. D'un mouvement vif, il attrapa la pierre de rêve puis recula et redescendit à toute vitesse. Sous ses pieds, la colline commença à s'enfoncer dans un craquement d'enfer.

Il eut juste le temps de léviter jusqu'à la terre ferme pour voir les restes s'abîmer dans une sorte de magma bourbeux.

La Sangrave fixait intensément la route (enfin du moins, Tara supposa qu'elle fixait intensément la route parce que celle-ci disparut, ainsi que les pièges).

Robin revint sans difficulté jusqu'au petit groupe, brandissant fièrement le trophée, une magnifique pierre de rêve qui lançait des feux multicolores. Il rayonnait de joie… jusqu'au moment où il croisa le regard de Tara… et réalisa ce qu'il avait fait.

Dame Manticore ne perdit pas de temps.

– Viens ici (elle regarda son bloc-notes), Robin, c'est ça?

– Oui, Dame, obéit Robin à contrecœur.

– Je vais vérifier quelque chose, ne bouge pas.

Cal se laissa soudain tomber par terre en gémissant.

– Ah, ahhh, j'ai mal, j'ai mal au ventre, Dame, je vous en prie, j'ai mal.

La Sangrave qui s'apprêtait à toucher Robin immobilisa son geste puis se tourna vers le jeune garçon.

– Allons bon, qu'est-ce que tu as?

– Je ne sais pas, pleurnicha Cal, j'ai mal, j'ai mal, j'ai été transféré ce matin et…

Sa tentative de diversion ne fonctionna pas du tout. La Sangrave devait avoir l'habitude des crises de trouille et ne lui laissa pas le temps d'en dire plus. Elle se pencha, le toucha puis dit d'un ton glacial:

– Par le Transmitus va à l'infirmerie, que la douleur de ton ventre en soit tarie!

La menace qui émanait d'elle était presque tangible quand elle se retourna vers Robin qui essayait de se faire tout petit, ce qui, compte tenu de sa taille, n'était pas facile.

– J'ai… j'ai fait quelque chose de mal ? balbutia-t-il tandis qu'elle s'avançait vers lui de nouveau.

– Oh, mais non, ronronna Dame Manticore, pas du tout. Tu as tout fait à la perfection. Tu as franchi tous les obstacles et gagné la pierre…

– Mais alors ? En quoi…

– … ce qui est impossible à un sortcelier normal en n'utilisant que ses capacités physiques. J'en conclus donc que tu n'es pas normal. Et nous n'aimons pas ce que nous ne comprenons pas à la forteresse. Alors, viens ici.

Robin n'avança pas d'un centimètre. Au contraire, il recula comme s'il était très effrayé (en fait il ne faisait pas semblant, il était très effrayé !). Les Premiers, qui ne saisissaient pas ce qui se passait, s'écartèrent avec prudence de la trajectoire de Dame Manticore.

Soudain, celle-ci marcha sur la queue de Sheeba qui dépassait et ce qu'elle avait pris pour une corde se transforma en une panthère déchaînée qui l'attaqua et faillit la transformer en charpie. Malheureusement, la panthère n'eut pas le temps de régler son compte à la Sangrave, car celle-ci la figea.

Sans prendre garde au sang qui coulait de son bras lacéré, Dame Manticore se mit à gronder :

– Que tout le monde reste tranquille ! Par le Pocus personne ne bouge, car je commence à y voir rouge !

Les Pocus paralysants qu'avaient infligés Mangus puis Maître Dragosh à Tara n'avaient rien à voir avec celui-ci. Ce

Pocus-ci étincelait d'un feu turquoise et il était tellement serré qu'elle avait du mal à respirer. Galant aussi luttait contre les liens et, prise de panique, Tara se rendit compte qu'elle n'arrivait pas à les dénouer. La Sangrave était tellement furieuse qu'elle avait figé toute la salle. Et Tara, que les mages d'Omois avaient guérie de ses poussées de magie démoniaque, n'était pas suffisamment en colère pour disposer du pouvoir qu'elle avait eu lors de son affrontement avec Angelica!

Elle entendit un petit bruit à côté d'elle et s'aperçut que c'était Fabrice qui claquait des dents de terreur.

Moineau poussa un rugissement et entreprit de se transformer, mais trop tard. De sa main ensanglantée, la Sangrave venait de toucher Robin.

Dès que les deux peaux entrèrent en contact, Dame Manticore glapit:

— Par les entrailles d'Isciarus! Un elfe! Et un sort de localisation! ALERTE! ALERTE!

Sa voix magiquement amplifiée retentit dans toute la forteresse. Des Sangraves se matérialisèrent aussitôt tout autour d'elle, les uns en tenue de travail, d'autres en pyjama (au milieu de la journée?), l'un d'eux dégoulinant de savon, retenant désespérément une serviette d'une main autour de sa taille et une brosse de l'autre.

Les exclamations fusaient.

— Quoi? Quoi? Que se passe-t-il?

Puis Magister, reconnaissable au cercle rouge sur sa robe, fit son apparition et à son attitude, on le sentait prêt à réduire en poussière celle qui venait de le déranger.

— Qui a sonné l'alerte? tonna-t-il.

– C'est moi, Maître! expliqua très vite la Sangrave. Cet elfe a pénétré je ne sais comment dans la forteresse et j'ai découvert un sort de localisation. Nous devons l'interrompre tout de suite. Mais je ne peux pas le faire seule!

– Du calme, temporisa Magister. Le plus puissant des sorts a besoin de temps pour s'activer complètement. Nos astucieux chasseurs doivent avoir une idée de la direction, maintenant, mais pas encore de l'endroit exact.

Lui aussi toucha Robin et le garçon grimaça de douleur.

Brutalement, Magister fit comme s'il effaçait quelque chose et le visage de Robin changea!

Ses yeux s'éclaircirent, ses sourcils filèrent vers ses tempes et ses oreilles s'allongèrent. Ses cheveux poussèrent et, au blanc caractéristique des elfes, se mêlèrent des mèches noires, qui trahissaient clairement son métissage humain.

– Tiens, tiens, tiens, constata le Sangrave d'un ton dubitatif, un vilain petit elfe. Ou plutôt une moitié d'elfe. Et un joli sort de localisation aussi. Je sens la patte de notre bon ami Chemnashaovirodaintrachivu. Si j'analyse le sort, il me reste encore quelques minutes avant qu'ils ne nous retrouvent… je crois que tu vas y laisser tes oreilles d'elfe mon ami, je ne pense pas pouvoir l'annuler si vite sans te… tuer!

Les quatre blêmirent et Angelica émit un petit ricanement cruel. Voilà qui devenait intéressant!

– Noooon!

Le cri de Tara fit tressaillir le Maître des Sangraves qui se frotta l'oreille.

Elle se débattit comme une folle pour se libérer du Pocus et sentit le pouvoir affluer dans ses veines. Comme dans la boutique, ses yeux devinrent entièrement bleus et tout à coup le sort céda avec un claquement sec et elle s'envola, dominant la scène. Angelica laissa échapper un gémissement d'angoisse.

Résonnant comme un gong, la voix de Tara fut étrangement grave quand elle s'adressa à Magister, totalement ébahi.

– Lâchez-le ! Lâchez-le, immédiatement !

Comme il ne réagissait pas, elle poussa mentalement les Sangraves assemblés autour de Robin et ils furent soufflés par son pouvoir, comme des fétus de paille. Les uns se retrouvèrent dans les arbres et les autres dans les bras du Kraken, très étonné d'avoir autant de monde dans son lac.

Furieuse, Dame Manticore intervint. Elle hurla :

– Feu-mage !

Les Sangraves devaient avoir inventé des formules raccourcies, car un rayon brûlant jaillit de ses mains et toucha le bouclier que Tara eut tout juste le temps d'improviser.

À son tour, elle créa un jet dévastateur et ce fut au tour de la Sangrave de se protéger derrière un bouclier. Zéro partout pour le moment.

Après deux autres attaques, très surprise de voir que les autres Sangraves n'intervenaient pas, se contentant de regarder, Tara comprit qu'elle allait avoir du mal à percer les défenses de son adversaire. Elle fila d'une poussée magique et alla planer au-dessus du lac. Folle de rage de voir qu'une adolescente se permettait de lui tenir tête, et ce devant les autres Sangraves, Dame Manticore lévita à son tour et la suivit.

Au risque de se faire capturer par le Kraken, Tara se plaça à quelques centimètres à peine de la surface du lac. Heureusement celui-ci était trop occupé avec tous les Sangraves qui barbotaient dans son eau.

Quand la Sangrave lança son rayon brûlant, Tara ne chercha pas à le contrer, se contentant simplement de l'éviter. Le rayon percuta le lac comme un missile, créant instantanément une épaisse vapeur.

C'était exactement ce qu'espérait Tara. Vive comme l'éclair, elle se déplaça, cachée par le nuage, et lança un rayon pour pétrifier Dame Manticore. Celle-ci ne vit rien venir, jura quand il la toucha et se figea dans les airs, puis, ayant perdu le pouvoir de voler, bascula dans le lac dans un grand « plouf ».

Bon, une d'éliminée. Au tour du Maître des Sangraves. Tara se tourna vers celui-ci, prête à la bagarre.

Il n'avait pas bronché, observant la scène avec beaucoup d'intérêt, les pieds solidement ancrés au sol. Il pencha sa tête miroitante et s'écria :

– Ahhh ! Quelle puissance ! Je sens ta colère et ta haine, continue comme ça, laisse la colère t'envahir, sens son magnifique pouvoir…

L'espace d'un instant, Tara fut décontenancée. Allons bon ! voilà que son ennemi la jouait façon Dark Vador. Elle réprima une stupide envie de rire et se ressaisit. Son pouvoir n'avait pas besoin de formules pour agir mais pour neutraliser cet adversaire, elle devait être *créative*. Un coup direct n'était probablement pas la solution. Elle tendit la main vers le sol recouvert d'herbe et activa la magie. À la grande surprise de Magister qui s'attendait à un coup violent et s'apprêtait à le parer, des racines dures comme de l'acier sortirent de l'herbe et s'enroulèrent autour de lui, l'emmaillotant des pieds à la tête. Vivement,

Tara leva la main, et son pouvoir agit, propulsant le Sangrave dans les airs, jusqu'au plafond qu'il heurta avec un bruit terrible. Toujours prisonnier des racines, il retomba par terre avec un « baoum » sonore et ne bougea plus.

Tara se tourna vers les autres Sangraves, mais ils ne bronchèrent pas. Elle délivra rapidement Galant et se penchait sur ses amis quand soudain Fabrice cria :

– Tara ! Attention ! Derrière toi !

À terre, le corps emmailloté du Maître des Sangraves se tortillait, et des centaines de petites scies surgirent, sectionnant les racines.

Quand Magister se releva, le masque d'un noir sinistre, Tara vit avec horreur que les scies sortaient de ses bras. La robe grise avait été réduite en lambeaux, et il s'en débarrassa d'un geste, révélant son justaucorps noir. Vite, elle devait trouver autre chose ! Avisant le lac, elle frappa, et une vague immense se tendit comme un poing liquide au-dessus de Magister. Cette fois-ci, il réagit. Il leva la main et la vague se fendit en deux, faisant s'échouer le Kraken abasourdi en haut d'un arbre, tenant encore une demi-douzaine de Sangraves dans ses tentacules.

Soudain Magister tomba, poussé par Galant qui, prudent, avait attaqué par l'arrière, tentant de l'assommer. Malheureusement, celui-ci n'était qu'étourdi. Tara en profita, elle avisa les arbres géants et, poussant mentalement de toutes ses forces, en déracina un qu'elle fit s'abattre sur Magister encore à terre. L'un des Sangraves vit le danger, et son cri sauva son maître qui roula sur lui-même, évitant de justesse l'énorme masse. Galant attaqua encore, mais le Sangrave poussa un grognement de rage et, soulevant sans effort l'arbre qui venait de s'abattre, le lança sur le pégase. Celui-ci n'eut pas le temps de l'éviter et il alla s'écraser sur un autre arbre avec un bruit mou qui secoua Tara.

Son cœur battait de plus en plus vite et elle était consciente que la magie prélevait une énergie terrible sur son corps. Mais elle n'avait pas le choix. Elle se battait pour la vie de Robin. Si elle pouvait tenir encore quelques minutes, le sort de localisation serait activé et Maître Chem les retrouverait. Puisant dans ses dernières forces, elle tendit la main de nouveau, et un rayon jaillit. Il heurta le sol sous les pieds du Maître des Sangraves. Un trou énorme s'ouvrit, engloutissant un quart de la salle. Mais Magister avait eu le temps d'incanter, et il plana sans dommage au-dessus de l'abîme.

Tara était épuisée. Avait-elle réussi à tenir suffisamment longtemps pour que le dragon les localise ? Bon, puisque faire des trous dans le sol ça ne fonctionnait pas, voyons un peu avec le *plafond*.

Elle allait faire écrouler une bonne dizaine de tonnes de pierres sur la tête des Sangraves quand Magister frappa à son tour. Brutalement, il tendit la main, cria quelque chose et elle reçut un coup terrible qui la fit vaciller, fracassant le bouclier qu'elle avait eu le temps de créer. Elle tenta de se reprendre, mais Magister était plus rapide. Cette fois-ci elle ne put amortir le coup… et s'effondra.

Le décor commença à se dissoudre autour d'elle et quelqu'un éteignit toutes les lumières du monde.

chapitre XI
Porte de sortie

Pour la deuxième fois de la journée, Tara eut l'impression de se réveiller sur un bateau. Qui s'obstinait à tanguer. D'où un persistant mal de cœur.

Les voiles blancs de l'infirmerie luisaient doucement autour d'elle et elle percevait un léger murmure. Grimaçant car la tête lui tournait, elle entreprit de se lever.

Galant, qui dormait au pied de son lit, ne broncha pas, encore assommé, mais heureusement sain et sauf.

Un peu chancelante, elle écarta les rideaux du lit et se dirigea vers les voix. Fabrice, Cal et Moineau entouraient un autre lit, écoutant gravement une Sangrave (dont la robe était bicolore, gris et blanc, probablement un médecin ou une infirmière).

– Il est mort, c'est terrible, dit la Sangrave à voix basse… je n'arrive pas à m'y habituer.

Le cœur de Tara rata un battement. Robin était mort ! Elle avait échoué à le protéger ! Sentant les larmes qui coulaient sur ses joues, elle s'approcha.

Soudain, Cal réalisa que Tara était réveillée.

– Tara, hurla-t-il en se précipitant vers elle, comment te sens-tu ? Comment vas-tu ?

– Je… je vais bien, balbutia Tara, mais et Robin ? Je vous ai entendus, il est…

La voix lui manqua sur les derniers mots.

– Juge par toi-même, répondit Cal en s'écartant.

Tremblante, elle s'approcha du lit et regarda le corps. Robin reposait, totalement livide, perdu au milieu du grand lit. Hoquetante, elle s'écria :

– Oh ! Robin, je suis désolée, c'est de ma faute ! Tu es…

– … un imbécile, l'interrompit le cadavre en ouvrant les yeux.

Tara recula sous le choc.

– Mais… mais… tu es… tu es mort !

Le cadavre cilla.

– Ah bon ? J'étais pas au courant ! Mais comme j'ai mal partout, j'ai comme un doute.

Tara ne comprenait plus rien. Elle se tourna vers ses amis, désignant la Sangrave.

– Mais… elle… elle disait qu'il était mort… qu'elle ne pouvait pas s'y habituer !

– Oh ! fit la Sangrave qui venait de comprendre. Nous ne parlions pas du demi-elfe, nous parlions du Kraken. Certains de mes collègues sont assez émotifs et le fait de se retrouver brusquement dans l'eau leur a fait perdre quelque peu leurs moyens. Le Kraken voulait simplement les renvoyer sur la rive, comme il le fait pour ceux qui échouent et ils ont cru qu'il les attaquait, puis il s'est retrouvé dans un arbre et ce fut trop pour lui… Dommage, j'aimais bien ce Kraken. Enfin, c'est la vie ! Bien. Je vous laisse un instant. Ne me le fatiguez pas trop.

Tara eut un sourire qui lui faisait deux fois le tour du visage et se jeta au cou de Robin, un peu surpris.

— Tu n'es pas mort ! C'est formidable !

— Ouch ! répondit celui-ci, attention, j'ai mal !

— Oh pardon ! recula Tara, que s'est-il passé ? Et le sort de localisation ?

— Pendant ton extraordinaire bataille contre Dame Manticore puis contre Magister, je me suis transformée, expliqua calmement Moineau, mais un Sangrave m'a figée. Magister t'a assommée, puis il a touché Robin et a annulé le sort, ce qui a failli tuer notre ami ! Malheureusement pour nous, il a interrompu le processus trop tôt… et le sort n'a pas fonctionné. Ce qui fait que personne ne sait où nous sommes.

— Ils ont amené Robin ici à moitié mort, expliqua Cal qui en frissonnait encore, j'ai eu la plus grosse peur de ma très courte existence. Heureusement, leur chaman sangrave est très efficace !

— Ouais, approuva Robin, je ne connaissais pas la moitié des jurons qu'elle a utilisés. Mais elle m'a sauvé la vie !

Soudain Tara sursauta.

— Quelle heure est-il ?

— Environ cinq heures je crois, pourquoi ? répondit Moineau.

— « Et Angelica lança Kimi sur moi pour se venger »… parce que nous avons rendez-vous avec Fafnir dans moins d'une minute. Je dois lui parler !

— Vas-y, proposa Moineau, je reste avec Robin. La Sangrave pense que d'ici demain matin il ira mieux s'il se repose encore toute la journée et toute la nuit.

– Ouais, grogna Robin, à mon avis son diagnostic est mauvais. Je sens que je vais avoir besoin de beaucoup plus longtemps avant de remettre les pieds dans cette maudite salle.

– Ah non ! s'écria Tara. Tu dois absolument récupérer très vite. Si Fafnir décide de… ce que tu sais… d'ici ce soir ou demain, crois-moi, elle ne nous attendra pas !

Robin eut un pauvre sourire.

– Ne t'inquiète pas, je ne vous abandonnerai pas. Donne-moi encore une heure ou deux et je cabriolerai comme tout à l'heure.

– Non ! Ça va comme ça ! s'énerva Moineau. Je crois qu'en matière de cabrioles, tu en as assez fait !

Robin prit un air penaud et, prudent, referma les yeux.

– D'accord, dit Tara qui était pressée. Je vais dans le parc. Cal, tu m'accompagnes ou tu restes avec eux ?

– Ton pégase dort encore, remarqua Cal qui n'avait pas spécialement envie de se retrouver face à la naine susceptible, et en plus dans le froid. Alors je reste ici et je te l'envoie dès qu'il se réveille.

– Parfait, à plus…

Elle fila ventre à terre, précédée par Fabrice qui lui indiqua le chemin.

Quand ils arrivèrent dans le parc, la naine était déjà là, faisant les cent pas.

– Vous êtes en retard ! les salua-t-elle.

– Notre ami a été blessé dans la salle de test. Il se repose à l'infirmerie. Je suis désolée de t'avoir fait attendre.

– Pas grave, marmonna la naine prise au dépourvu. De toute façon, j'avais rien de spécial à faire. Ton ami va bien ?

– Oui, il va bien. Il s'est introduit ici sous un déguisement. Mais Magister l'a découvert. En fait, c'est un demi-elfe.

– Un elfe ? souffla la naine. Peuh, tous des snobs et des m'as-tu-vu ! Je n'aime pas les elfes.

– « Et Angelica lança Kimi sur moi pour se venger »… Peu importe, répondit Tara qui avait autre chose à faire qu'à convaincre la naine. Nous devons discuter de ton plan.

– Et pourquoi de *mon* plan ? répondit Fafnir. Je ne vais certainement pas m'évader avec vous. Hors de question. Vous ne pourriez que me gêner. En plus je dois retourner chez moi. Et je n'ai plus que quelques jours. J'ignore où nous sommes exactement. Je dois donc trouver une Porte en dehors de la forteresse. Que feriez-vous donc dans ma patrie, à Hymlia ?

– Ce sera toujours mieux qu'ici. Et tu as besoin de nous pour faire diversion auprès des chatrix. Ne me dis pas que tu penses les affronter toute seule !

La naine la regarda un long moment puis grogna.

– Je suis désolée, mais la réponse est non. Je pensais que peut-être *vous* aviez un plan, mais je vois que vous comptiez sur moi pour vous sortir d'affaire. Et j'ai bien assez de mal à m'en sortir toute seule. L'unique chose que je peux vous promettre c'est d'indiquer au Haut Conseil où se trouve la forteresse grise dès que j'arriverai à Hymlia, ça vous va ?

– Ah ! Mais ça ne nous va pas du tout ! s'exclama Fabrice. Nous sommes tous très inquiets pour Tara, Magister a placé une Sangrave auprès d'elle pour la surveiller depuis qu'elle est petite, maintenant qu'il l'a entre les mains, qui sait ce qu'il va lui faire !

– Il t'a fait espionner depuis que tu es enfant ? demanda Fafnir avec étonnement, mais pourquoi ?

– Je l'ignore, soupira Tara.

– Alors c'est une raison de plus pour que je ne vous prenne pas avec moi, laissa tomber la naine d'un ton définitif. Si le Sangrave en chef t'a dans le collimateur, autant te dire qu'il vaut mieux que tu te tiennes tranquille… ou sinon tu finiras comme ton ami. À l'infirmerie.

Tara et Fabrice essayèrent de la faire changer d'avis, mais la naine ne se laissa pas fléchir. Elle avait déjà réuni des provisions et comptait s'enfuir le lendemain même.

Tara était désespérée. Elle avait fouillé toutes les pièces où elle avait le droit d'aller… et même quelques-unes où ce n'était pas permis, mais aucune trace de sa mère.

Le dîner se passa dans un silence morose.

Galant se remettait doucement du choc qu'il avait subi et chaque fois que son regard se posait sur le Maître des Sangraves, il montrait les dents et rabattait les oreilles.

Quand Tara alla se coucher, elle avait les idées tellement noires qu'elle aurait pu repeindre toute la forteresse avec.

Fatiguée, elle prit une douche bien chaude, puis attrapa sa robe pour la suspendre dans l'armoire où d'autres robes identiques l'attendaient sagement. Elle allait refermer la porte quand elle sentit quelque chose de dur dans sa poche. Intriguée, elle plongea la main et retint une exclamation. La carte magique !

Dans la panique, elle l'avait complètement oubliée. Et les poches de la robe étaient conçues de façon à ce que leur contenu ne gêne pas le sortcelier, jusqu'au moment où il la retirait.

Fébrilement, elle l'étala sur son lit et la carte se déroula en bougonnant.

– Ah, c'est pas trop tôt! Je m'ennuyais, moi. Je ne suis pas faite pour moisir au fond d'une poche!

– Montre-moi où nous sommes au lieu de râler, ordonna Tara.

La carte obéit et s'anima, affichant le modelé d'une forteresse placée au milieu d'une vaste plaine… au pied d'une montagne. GANDIS! Moineau avait raison! Ils étaient bien au pays des géants!

– Bon, réfléchit Tara, combien de temps nous faudrait-il pour atteindre Hymlia?

– Ça dépend, répondit la carte, si tu marches vite, au minimum vingt jours. Si tu cours, alors ça te prendra quinze jours. Enfin, si tu es capable de tenir le rythme! Et tout dépend aussi où tu comptes te rendre à Hymlia. Il est grand, le pays des nains!

– Mmm, fit Tara en mâchouillant sa mèche favorite. Et pour atteindre les Marais de la Désolation?

– Si tu passes par la forêt, il te faudra trois jours. Deux si tu passes par les plaines. Ce que je te recommande car je pense que ce sera plus facile.

– Mais je ne veux pas passer par les plaines, c'est trop à découvert. Je préfère passer par la forêt. Affiche le chemin!

La carte n'était pas d'accord.

– Mais si tu passes par la forêt tu vas mettre beaucoup plus longtemps car le terrain est beaucoup plus accidenté! Crois-en mon expérience.

Tara, agacée, frappa sur le bord de la carte et incanta :

— Par Detaillus montre-moi où je suis, que je trouve mon chemin sans rencontrer d'ennuis.

La carte n'avait pas le choix. Elle s'exécuta… tout en continuant de marmonner.

Après avoir étudié les différents itinéraires, en se couchant, Tara eut un mince sourire. Fafnir était têtue comme une mule… non, comme une demi-douzaine de mules… mais n'avait *certainement pas* de carte. La naine allait détester ça.

Elle dormait profondément quand un vent violent bouscula sa fenêtre entrebâillée, faisant voler les rideaux gris, et la réveilla. Une ombre apparut dans sa chambre. Tara n'eut pas le temps d'avoir peur car l'ombre se transforma en une merveilleuse jeune femme flottant dans les airs. La jeune femme la regarda avec stupeur… puis s'exclama d'une voix angoissée :

— Non, ce n'est pas possible ! Le maudit, il a réussi à t'enlever toi aussi !

Tara tressaillit, folle de joie.

— Maman ? Ça fait des jours que je te cherche. Où es-tu ?

— Chuuut, ma chérie, ne parle pas à voix haute. Pense les mots dans ta tête et je t'entendrai. Je suis à quelques mètres au-dessus de toi, répondit sa mère. J'ai appris qu'*il* avait capturé de nouveaux Premiers et je suis venue voir. Je ne m'attendais pas à te trouver là !

Tara lui raconta leur enlèvement et sa mère gémit :

— Il a réussi ! Le monstre, il a réussi ! Je pensais qu'Isabella et Chem te protégeraient mieux ! Nous devons trouver un moyen pour que tu préviennes le dragon, ma chérie. Tu ne dois pas

rester ici. J'ai vu ce qu'il fait des enfants. Ceux qui restent…
changent. Ils deviennent cruels et puissants. Tu dois t'évader !

– Oh, Maman, je suis si heureuse que tu sois ici, je com-
mençais à croire que tu étais prisonnière autre part ! répondit
Tara qui pour l'instant se fichait complètement de son évasion.
Est-ce que tu crois que je peux venir te voir ?

Elle sentit que sa mère hésitait… puis prenait une décision.

– Écoute très attentivement, ma chérie. Je vais essayer d'in-
fluencer le Maître des Sangraves pour qu'il te convoque demain
matin. Il t'enverra probablement un Mangeur de Boue. N'essaie
surtout pas de le provoquer. Fais l'idiote, afin qu'il ne se méfie
pas de toi. Dès que le Mangeur de Boue t'aura raccompagnée
ici, après l'entrevue, reviens sur tes pas et tâche de me retrouver dans le salon, deux pièces après le bureau de Magister. Tu
devrais trouver facilement. Fais attention, il y a des sentinelles.

– D'accord Maman, répondit Tara. Je ferai comme si je ne
m'attendais pas du tout à être convoquée et j'essayerai de te
voir. Et si je n'y arrive pas, on fait quoi ?

– Alors je reviendrai dans ta chambre par la pensée demain
soir et nous réfléchirons ensemble.

– Oh, j'allais oublier ! reprit vivement Tara. Je crois que
Fafnir, qui est une naine, a un plan pour s'évader. Et je pense
qu'elle va justement passer à l'action demain soir.

Elle sentit l'excitation de sa mère.

– C'est vrai ? Ce serait fantastique. J'ignorais qu'ils avaient
enlevé une naine. Quels idiots, les nains ne supportent pas
d'être enfermés contre leur gré, celle-ci fera tout ce qui est en
son pouvoir pour s'évader. Fais-lui confiance ma chérie, les
nains sont sages et réfléchis !

– Ah bon? s'étonna Tara peu convaincue, tu es sûre qu'on parle de la même personne?

– Je dois te quitter à présent, sois courageuse ma chérie, à demain.

– Déjà! protesta Tara, mais…

– Je sens qu'il se réveille, dit très vite sa mère, je ne peux pas risquer d'être découverte. Pas maintenant. À demain, mon amour. Sois prudente!

– À demain, Maman, je t'aime.

– Moi aussi je t'aime.

Et l'ombre disparut.

Tara, follement excitée, ne parvint à se rendormir qu'à l'aube.

Quand elle se réveilla, son cœur chantait tellement qu'elle avait l'impression de voler. Elle dansa avec Galant qui ne comprenait plus rien, sauta dans son bain, se lava méticuleusement les cheveux et se fit belle. Sa mère! Elle allait enfin revoir sa mère.

Après avoir soigneusement plié la carte dans sa poche (où elle avait également retrouvé les crédits-muts or qui lui restaient et sa monnaie), elle allait se diriger vers la salle du petit déjeuner quand un Mangeur de Boue s'arrêta devant elle.

Tara avait déjà compris que les Mangeurs étaient utilisés par les Sangraves pour toutes sortes de petits travaux qu'ils n'avaient pas le temps (ou l'envie) de faire eux-mêmes. Bien qu'ils soient très bêtes, il suffisait de leur donner des explications suffisamment claires pour être sûr d'être obéi. Et celui-ci avait apparemment reçu l'ordre de l'accompagner jusqu'au bureau de son Maître dès qu'elle sortirait de sa chambre.

Elle décida de faire comme si elle ne s'attendait pas du tout à être convoquée et essaya de négocier, mais il ne voulut rien entendre.

– Venir, maintenant, Maître veut te voir, disait-il.

– Mais j'ai faim ! argumentait Tara. J'irai après le petit déjeuner !

Heureusement, le Mangeur de Boue avait des ordres précis.

– Venir, maintenant, Maître veut te voir.

Et il l'attrapa par le bras pour la faire avancer.

L'endroit où vivait Magister, le Maître des Sangraves, était brillamment éclairé et ce fut là que Tara fit la connaissance de ses premiers géants.

Absorbée par ses pensées, elle crut tout d'abord être devant des colonnes. Puis elle vit les pieds… géants… leva les yeux… encore… encore, pour terminer sur deux visages figés ressemblant à du granit. Dans un mouvement de panique, elle crut que l'un des deux était en train de se craqueler quand elle réalisa que le géant essayait simplement de sourire.

Timidement, elle lui rendit son sourire et suivit le Mangeur de Boue qui franchit la porte.

Magister était derrière son bureau. Un jour, alors qu'elles regardaient un film ensemble, sa grand-mère lui avait fait remarquer que la distance à franchir pour arriver au bureau du P.-D.G. du film était proportionnel à son ego… Eh bien l'ego du grand Sangrave devait être fichtrement surdimensionné parce que la pièce, calquée sur la salle des deux trônes à Omois, était… interminable.

Puis elle fut enfin devant Magister et la vague envie de rire qu'elle avait eue un instant lui passa aussi vite.

Pourtant le Sangrave semblait de bonne humeur. Sans voir son visage, elle eut le sentiment troublant qu'il souriait. Et son masque arborait un bleu serein.

– Bienvenue, chère enfant, dans mon humble demeure, dit-il. As-tu bien dormi?

Tara décida d'être directe.

– J'ai faim. Votre truc, là, n'a pas voulu que je mange avant de venir.

– Oui, c'est normal, je désirais partager mon petit déjeuner avec toi. Viens, c'est par là.

Le Sangrave ouvrit une porte donnant sur une jolie salle à manger privée où les attendait un somptueux petit déjeuner.

Tara s'installa puis, sans se préoccuper du Sangrave, croqua dans un petit pain… Sachant qu'il s'attendait à ce qu'elle pose des questions, elle demeura, bien évidemment, totalement muette.

Au bout de quelques minutes de mastication appliquée, le Sangrave rompit le silence et elle sut qu'elle avait gagné.

– Eh bien, Tara, est-ce que tu te plais ici?

Alors là, une question aussi idiote ne méritait pas mieux qu'une réponse franche et claire.

– Nan. Pas du tout.

Le Sangrave respira profondément.

– Ah. Je comprends. Pourtant tu as exactement ce que tu avais à Travia, en mieux!

Tara sentit qu'il essayait de l'entraîner dans une discussion. Inutile d'essayer de convaincre un méchant, tout le monde sait ça. Alors elle ne répondit pas et se contenta de hausser les épaules, sachant que ça agacerait prodigieusement le Sangrave.

– Et tu aimes ta chambre ? reprit-il péniblement.

– Nan, répondit Tara. J'peux pas être avec mes amis. J'aime pas les chambres seules.

Là, elle l'avait surpris. Foncièrement individualiste, il ne pouvait pas imaginer que quelqu'un puisse préférer un dortoir à une chambre individuelle.

Il se mit à tapoter la table.

– Et sinon, ta première impression, tu as trouvé ça intéressant de passer les tests ?

– J'ai pas eu le temps, vous avez attaqué mon ami avant !

Le tapotement s'accentua.

– Tu comprends que je ne pouvais laisser qui que ce soit localiser notre forteresse !

Elle opposa son haussement d'épaules au tapotement.

– Allons, je sais que tu es très puissante, s'écria-t-il, commençant à s'échauffer, bien plus que tous les autres Sangraves qui sont ici. Je vais augmenter ton pouvoir, faire de toi une force sur ce monde, te transformer et…

– Nan. J'veux pas être plus puissante. J'aime pas la magie.

Alors là, il en resta bouche bée… enfin, elle supposa qu'il était bouche bée car il en perdit la voix.

– Tu… tu n'aimes pas la magie ?

Même le tapotement avait cessé.

– Nan. J'veux rentrer chez moi, à Tagon. J'préfère la télé.

Pendant que le Mangeur de Boue la traînait dans les couloirs, Tara avait préparé sa stratégie. Sur Terre, elle connaissait un abruti parfait, il suffisait d'imiter son comportement. Aussi à chaque réponse, elle imaginait ce qu'aurait dit Brutus… et désarçonnait le Sangrave.

– C'est… curieux, se reprit Magister qui n'était pas idiot. Mais hier face à Deria, tu parlais tout à fait normalement. Je ne peux pas croire que la puissante sortcelière qui m'a tenu tête dans la salle de test soit stupide à ce point.

Après les échauffements, début du duel. Attaque, engagement du fer. Bon, voyons un peu avec ça.

– Pourquoi elle m'a appelée Altesse Impériale ?

– Comment ?

– Ben oui, Dame Manticore, la Sangrave qui voulait nous tester. Elle m'a appelée Altesse impériale, pourquoi ?

Dégagement, attaque. Magister ne s'attendait pas du tout à cette question et de nouveau il ne sut que répondre. Pourtant il apparut clairement à Tara qu'il était bigrement embêté… car il réagit exactement de la même façon que sa grand-mère quand elle était coincée.

– Je suppose que c'est une erreur. Elle voulait probablement parler à la princesse de Lancovit.

– Nan, contra immédiatement Tara (glissade le long du fer et touche !). Moineau, elle, est seulement Royale. Elle m'a dit Altesse Impériale, pourquoi ?

Le Sangrave se rappela très subitement qu'il avait des tas d'affaires urgentes à régler… dont la première était de convoquer une certaine Dame Manticore à la langue trop longue.

– Bien, reprit-il très vite… et sans répondre, je vois que tu as fini ton petit déjeuner. Je vais donc te laisser retourner auprès de tes amis. Je suis sûr, quoi que tu en penses, que ton séjour parmi nous sera très fructueux. Et je te promets que tu auras *toutes* les réponses à tes questions après ton Initiation. Demain.

Tara frémit, mais n'en laissa rien voir.

– M'murm! reprit-il après avoir dévisagé attentivement Tara qui ne broncha pas.

– Maître?

Le Mangeur de Boue était de retour.

– Raccompagne Tara jusqu'au réfectoire, puis amène-moi Dame Manticore. Immédiatement!

– Oui, Maître, gentil Maître, bon Maître!

– C'est ça, c'est ça, dépêche-toi!

Ne sachant pas si le Mangeur de Boue était capable de rapporter à son Maître, elle se garda bien de sourire. Ils sortaient tout juste du bureau et allaient quitter les appartements privés de Magister quand soudain Dame Manticore fit son apparition.

– Ah, M'murm, justement, c'est toi que je cherchais, sais-tu si le Maître est disponible? Je désire le voir.

– Gentil Maître, bon Maître attend toi. Toi venir. Maintenant.

Évidemment Tara ne pouvait savoir si la Sangrave avait pâli, mais en tout cas elle vacilla légèrement… et son masque vira au vert.

– Ah bon? Il a demandé à me voir? Eh bien me voici, allons-y!

Le Mangeur de Boue hésita, partagé entre l'ordre Numéro Un qui était de raccompagner Tara et l'ordre Numéro Deux qui était de ramener Dame Manticore. Il n'eut pas vraiment le choix, car celle-ci l'entraîna littéralement vers le bureau de Magister.

Tara jubila.

Elle était dans les appartements de son ennemi! Il ne lui restait plus qu'à trouver sa mère.

À pas de loup, elle pénétra dans la première pièce qu'elle trouva. C'était une bibliothèque. Avec le genre de livres qu'on ne laisse pas à la portée des enfants… et même pas à la portée de la majorité des adultes d'ailleurs. Des tas de trucs sur des démons, de la magie pas très claire, voire carrément infernale, et elle frissonna de dégoût… tout à fait ce qu'elle attendait de son ennemi.

La deuxième pièce était la chambre à coucher. Bon sang, ce type avait vraiment une prédilection pour le noir ! Tout était noir, des meubles à la salle de bains attenante. Une immense baignoire en granit en occupait le centre, avec, comble du chic, des robinets en or. Tiens, il était blond. Des cheveux étaient restés accrochés à une brosse qui traînait. Machinalement, elle préleva quelques cheveux… après tout, dans les films policiers, on arrivait bien à identifier les coupables grâce à leur A.D.N., pourquoi pas sur AutreMonde ? Elle continua sa recherche silencieuse.

Et dans la troisième pièce, elle trouva sa mère.

Elle ouvrit la porte tout doucement. Agréablement ensoleillée, la pièce devait servir de Devisatoire privé car il y avait des fauteuils et des tables partout.

À son entrée, une pâle et belle jeune femme brune se leva, porta les mains à sa bouche, puis se précipita vers elle.

La suite fut un peu confuse pour Tara. Juste l'étreinte des bras de sa mère, ses larmes dans son cou et son parfum.

– Tara ! Ma petite fille, mon enfant, ma chérie, Tara !

– Maman, Maman, oh, Maman !

Elle serrait sa mère avec tant de force qu'elle avait l'impression de ne jamais plus pouvoir s'en détacher.

Au bout de quelques instants, celle-ci trouva la force de se reculer un peu pour mieux regarder sa fille.

– Tu es magnifique, ma chérie ! Je n'avais pas vu que tu avais tellement grandi. Tu m'as manqué, Tara, tu ne peux pas t'imaginer à quel point !

– Maman, toi aussi tu m'as tellement manqué ! Tu es comme sur les photos de grand-mère, tu n'as pas changé ! Tu es si belle !

Sa mère la reprit dans ses bras et la berça, pur moment de félicité dont elles avaient été privées pendant si longtemps.

Galant, qui montait la garde, avait lié connaissance avec Sambor, le Familier de Selena, un gros puma doré. Ils se postèrent tous les deux derrière la porte, prêts à intercepter le premier qui essayerait d'entrer.

À contrecœur, Selena se détacha de nouveau de Tara et plongea ses beaux yeux couleur noisette doré dans les yeux bleu marine de sa fille.

– Comment vas-tu ma chérie, il ne t'a pas fait de mal ?

– Qui, demanda Tara, le Sangrave ?

– Oui.

– Non. Pour l'instant il doit se demander si j'ai bien été pourvue d'un cerveau à la naissance parce que je lui ai dit que je n'aimais pas la magie.

Sa mère éclata de rire.

– Oh, j'aurais voulu être une petite souris quand tu lui as dit ça ! Bien joué ma chérie, il ne peut pas imaginer que quelqu'un n'aime pas le pouvoir, parce que c'est ce que représente la magie à ses yeux !

– Oui, j'avais cru comprendre.

Sa mère se mordit la lèvre et ajouta.

– Ce maudit Sangrave me retient prisonnière depuis dix ans. *Il* éprouve un plaisir sadique à me raconter ce qu'*il* manigance pour prendre le pouvoir. Pour te protéger, j'ai dû me résoudre à ne pas essayer de te contacter, enfin jusqu'il y a quelques jours, lorsque j'ai réalisé qu'il allait s'en prendre à toi.

Perdue, Tara fronça les sourcils.

– Tu veux dire que tu nous as laissé croire que tu étais morte afin de pouvoir me protéger? Mais c'est idiot!

Sa mère laissa échapper un léger rire.

– Seigneur, je crois entendre ta grand-mère! Écoute, ma chérie, sur le coup ça m'a paru la meilleure chose à faire. Et les menaces que Magister fait peser sur AutreMonde et sur la Terre sont très sérieuses. Sans compter que ce n'est que très récemment que j'ai réussi à projeter mon essence vitale jusqu'à la Terre.

– Mais tu m'as abandonnée! (Tara était indignée.) Je m'en fiche des menaces de ce type. Tu m'as abandonnée!

Choquée, sa mère recula.

– Je… je suis désolée. Ce n'est pas uniquement ça. Je ne peux pas m'échapper! Tu comprends, quand *il* a tué ton père, *il* m'a enlevée en même temps!

Là, Tara dut s'adosser contre la pierre froide et grise. Elle était complètement perdue.

– Évidemment, réalisa-t-elle avec amertume. Tu n'es pas morte dans la jungle amazonienne, donc papa non plus. Que s'est-il passé?

– Nous vivions au Lancovit avec ta grand-mère et ton arrière-grand-père. Je savais que ton père me dissimulait quelque chose, mais malgré tout l'amour qu'il avait pour nous, il a toujours refusé de m'en parler. Un jour, tu avais alors deux ans, un homme dont le visage était caché par un masque miroitant est apparu dans notre maison. J'étais au premier étage et je suis entrée dans la chambre au moment où il allait te prendre dans ton berceau. Maama, le tigre Familier de ta grand-mère, était avec toi et il a attaqué cet homme qui l'a tué. Ton père est arrivé à ce moment-là et s'est aussitôt jeté sur l'homme au masque. Ils se sont battus et ton père a été mortellement blessé. D'autres sortceliers accouraient quand l'homme s'est enfui, m'emmenant de force avec lui. Ma mère n'a pas réalisé que j'étais encore vivante. Et sa seule pensée a été pour toi.

– Mais pourquoi? Pourquoi Magister a-t-il tué mon père et t'a-t-il enlevée, et pourquoi l'a-t-il fait pour moi, maintenant, pourquoi pas avant? Et…

Un terrible roulement de tonnerre éclata, l'interrompant. Du bureau du Sangrave monta une plainte aiguë et une fumée rouge et opaque envahit tout l'étage.

– Vite! chuchota sa mère avec de la peur dans la voix, ça devient trop dangereux! File avant qu'Il ne se rende compte que tu es là. Je te recontacterai dans ta chambre ce soir. Je t'aime.

Elle embrassa Tara et avant que celle-ci ne puisse l'en empêcher se glissa subrepticement derrière le géant, trop occupé à regarder le bureau du Maître des Sangraves avec crainte pour la remarquer, puis disparut dans sa chambre.

Tara obéit, et repartit silencieusement, la tête pleine de questions mais le cœur chantant… Elle avait vu sa mère ! Elle avait embrassé sa mère ! Sa mère l'avait serrée dans ses bras !

Elle dévala les escaliers comme sur un nuage, fonça dans la salle à manger et ressortit dans le parc, traînant derrière elle une Fafnir récalcitrante, suivie de Cal, de Robin qui était encore très pâle et se frottait la poitrine, ainsi que de Fabrice et de Moineau.

— Bon, râla la naine d'un ton de franche mauvaise humeur, pourquoi viens-tu d'interrompre mon petit déjeuner ?

— Ouais, renchérit Cal pour qui le repas était sacré, j'ai encore faim moi ! Et puis t'étais où, on t'a cherchée par…

— Est-ce que tu as une carte ? coupa fermement Tara en s'adressant à Fafnir.

La naine la regarda avec hargne.

— Qu'est-ce que ça peut te faire ? Je ne vous emmène pas, point.

— Je t'ai posé une question. Réponds s'il te plaît !

— Non, je n'ai pas de carte, voilà, tu es contente, je peux retourner à mon petit déjeuner ?

— « Et Angelica lança Kimi sur moi pour se venger »… Eh bien moi j'en ai une !

La naine mit une bonne seconde à comprendre ce que disait Tara.

— Comment ça, toi, tu en as une ?

— Regarde et admire !

D'un coup de main élégant, Tara sortit sa carte de la poche de sa robe et l'étala sur l'herbe.

— Eeehh ! protesta la carte, doucement, je suis fragile moi !

La mâchoire de la naine se décrocha quand Tara demanda à la carte d'afficher le terrain et qu'elle se vit en train de discuter à côté de la forteresse. Fabrice, passionné par tout ce qui pouvait se lire ou se déchiffrer, se pencha dessus avec fascination.

– Eh! constata Moineau qui étudiait également tout cela avec attention, nous sommes bien à Gandis! Mes parents et moi avons vécu des années au pays des géants. J'avais raison!

– Absolument! approuva chaleureusement Tara. Et selon cette carte, si les Marais de la Désolation ne sont pas très loin, au maximum à deux, trois jours de marche, par contre la plus proche frontière avec la patrie des nains, Hymlia, est à un mois de distance!

– C'est ça! renchérit la carte… au moins!

Avec un cri de désespoir, la naine se laissa tomber par terre.

– Nous sommes au milieu de nulle part! gémit-elle. Je pensais qu'il y avait au moins une ville dans les environs qui m'aurait permis d'utiliser une Porte. Je n'y arriverai jamais! Et mon Exorde est dans moins de six jours!

– Attends, reprit Tara. Moi, j'ai une solution.

– Ah bon? prononça la naine avec indifférence, toute à son malheur, tu sais faire des miracles?

– Mieux que ça, j'ai un pégase!

Galant, qui se régalait avec l'herbe bien tendre, releva la tête en entendant son nom… puis poussa un grognement quand il comprit ce que proposait Tara et évalua le poids de la naine.

– Pfff, souffla la naine avec dérision, il est tout petit ton pégase!

– Elle l'a miniaturisé pour qu'il puisse l'accompagner partout, précisa Cal qui appréciait peu l'arrogance de Fafnir. Sous sa forme naturelle il peut en porter cinq comme toi !

Galant leva les yeux au ciel et renifla… Cinq, il ne fallait tout de même pas exagérer !

– Si tu nous aides à nous évader, reprit Tara, je m'engage à t'accompagner jusqu'aux Marais de la Désolation et à te prêter ensuite Galant pour que tu puisses arriver chez toi dans les temps. Le marchand qui m'a vendu cette carte a dit qu'il fallait diviser le temps par cinq si on voyageait à dos de pégase. Nous trouvons ta fameuse rose noire dont le suc fait disparaître la magie puis tu files chez toi avec Galant. Une fois arrivée, tu contactes tout de suite Maître Chem, il nous envoie des renforts… et le tour est joué !

La naine et ses quatre amis la regardaient avec effarement.

– Euuuuh, risqua Cal, tu veux dire que nous allons traverser le pays des géants, sans vivres, sans eau et au milieu des bêtes sauvages… Tu as bu quoi ce matin ?

– Il a raison, Tara, confirma gravement Moineau, tu ne connais pas ce pays. Moi j'y ai vécu, ça peut être très dangereux !

– De plus, enfonça la naine, tu ne pourras pas utiliser ta magie. Dès que tu le feras, les Sangraves le sentiront, surtout si tu évoques de la nourriture ou des armes. Ils te localiseront très vite !

– Vous ne comprenez pas ! s'exclama Tara au bord du désespoir. Nous devons quitter cette forteresse au plus vite, nous n'avons pas le choix ! Il veut m'infecter avec la magie diabolique dès demain ! Il a tué mon père et enlevé ma mère !

– Quoi?

– Comment?

Cal ne fut pas plus original.

– Hein?

– C'est trop long à expliquer. Mais nous serons sept à nous évader.

– Autant placarder des affiches et lancer des invitations! grommela la naine. À sept c'est impossible!

– Alors tu peux faire une croix sur ton Exorde chez les nains, parce que sans évasion, pas de carte et pas de pégase!

La naine se remit debout, les yeux étincelants de fureur.

– Je te le répète, je ne peux pas vous emmener. Fin de la discussion!

Tara sourit gentiment. Depuis ce matin, elle avait affaire à des adversaires très coriaces et savait comment réagir.

– Tu as ma proposition, dit-elle calmement. C'est à prendre ou à laisser. J'attends ta décision. Mais moi, à ta place, je ne traînerais pas, tu n'as plus que six jours! Tic tac, tic tac! L'horloge tourne!

La naine serra les poings, dévisageant le frêle adversaire qui la défiait… et tourna les talons.

– Pfff, souffla Moineau, j'ai bien cru qu'elle allait te transformer en chair à pâté!

– Ne lui en parle pas, avoua Tara qui avait eu chaud, mais moi aussi.

– Dis donc, s'exclama Robin, admiratif, toi, quand tu veux quelque chose, tu as tout du buffle des marais! Tu fonces droit devant!

Tara décida que Robin n'essayait pas de la comparer à une grosse vache, mais tentait de lui faire un compliment.

Elle sentit ses jambes flageoler après toutes les émotions de la matinée et dut s'asseoir dans l'herbe.

– Alors, raconte-nous ! demanda avidement Fabrice qui se doutait qu'il était arrivé quelque chose.

– « Et Angelica lança Kimi sur Tara pour se venger », ça va, tu peux y aller, précisa Moineau.

Tara décida de faire dans le concis.

– J'ai retrouvé ma mère !

– Restons calmes, dit Fabrice, ta mère ? Qui est morte ?

Tara n'avait pas le temps de tout expliquer. Et puis, elle se sentait un peu coupable d'avoir dissimulé à ses amis qu'elle recherchait sa mère depuis son arrivée sur AutreMonde. Elle décida de faire court.

– Nous avons cru qu'elle était morte, mais en fait elle est prisonnière dans cette forteresse depuis déjà dix ans. Je l'ai retrouvée, nous étions en train de discuter dans les appartements conjoints à ceux de Magister, quand il s'est produit quelque chose de bruyant, enfumé et coloré, elle est partie et j'ai filé. Elle doit me recontacter ce soir. Et je n'ai pas le choix. Elle doit s'enfuir avec nous.

– Oui, c'est évident ! approuva Cal qui préférait de toute façon affronter le voyage avec un adulte. Que veux-tu que nous fassions ?

– Il faut que nous réunissions le plus de provisions possible. Je ne sais pas encore quel est le plan de Fafnir pour nous permettre de nous évader mais je sais qu'une fois dehors, ça ne va pas être facile. Si vous pouvez trouver des armes, des couteaux, prenez-les, volez-les, empruntez-les, faites ce que vous voulez, mais que tout soit prêt pour ce soir.

– Un arc ! déclara Robin en se frottant la poitrine de nouveau malgré l'expression agacée de Moineau, il me faut un arc. Pour chasser, c'est indispensable.

Tara réalisa qu'elle ne s'était pas préoccupée de l'état de Robin.

– Oh là là ! s'excusa-t-elle, contrite, je suis désolée, avec tout ça j'ai complètement oublié de te demander comment tu allais ?

– Ça me démange horriblement, répondit Robin avec un pâle sourire, mais à part ça, ça va plutôt bien pour quelqu'un qui a failli mourir hier ! Cette Sangrave est très compétente. Si elle n'était pas grise, je la recommanderais chaudement à mon père !

– Eh bien si tu cessais de te frotter la poitrine, déclara placidement Moineau, ça guérirait bien plus vite !

– Tu crois que tu tiendras le choc, une fois dehors ? demanda Tara à Robin.

– Ne t'inquiète pas, je vais m'en sortir. Laisse-moi juste encore quelques heures et ce sera parfait.

Tara n'en était pas du tout persuadée. Il avait l'air si fatigué !

– Nous disions donc un arc, nota Cal qui avait fait apparaître un bloc-notes. Besoin d'autre chose ? Comme je suis le plus rodé pour ce qui est du vol, je vais m'occuper des couvertures, des sacs et des armes. Ils ont une belle armurerie ici, paraît-il, il suffit de la trouver. J'aurai besoin de toi Fabrice, je ne peux pas voler des choses volumineuses tout seul.

À voir la tête de Fabrice, on sentait qu'il n'était pas vraiment enchanté.

— Euuuh, tenta-t-il, tu es sûr que je vais pouvoir t'aider ? Tu sais, moi, le vol…

— Pas de souci, partenaire, le coupa Cal, j'ai juste besoin d'un complice pour porter les choses ou faire le guet. Je m'occupe de la partie difficile.

Fabrice leva les yeux au ciel… et s'abstint de répondre.

— Parfait ! approuva Moineau, moi je me charge des provisions. Cela devrait être à peu près à ma portée.

— À part réfléchir, je ne peux pas faire grand-chose pour le moment, sourit faiblement Robin, alors je vais penser à notre évasion et minuter l'ensemble de l'opération. Prenez des vêtements chauds et des bottes fourrées, il va faire froid dans quelques jours d'après ce que m'ont dit les autres Premiers, et il ne faut pas que nous tombions malades.

— Quant à moi, je vais harceler Fafnir jusqu'à ce qu'elle cède. Et surtout il va falloir qu'on imagine une diversion pour occuper les Sangraves pendant qu'on fait s'évader Maman.

Du fait de l'incident de la veille et de l'absence de Dame Manticore (Tara suspectait que le tonnerre et la fumée dans le bureau de Magister n'étaient pas étrangers à ladite disparition), les tests étaient suspendus pour l'après-midi.

Mais ils assistèrent à une Initiation, et s'ils n'avaient pas déjà le sentiment qu'il leur fallait s'enfuir très vite, après ça, ils en furent absolument convaincus.

Une éclatante sonnerie de trompe appela tous les Sangraves et leurs apprentis à se rendre dans la salle d'Initiation, située au centre de la forteresse grise. Deux géants en gardaient l'entrée, barrée de surcroît par un précipice dont il était impossible de deviner le fond. Au-dessus de celui-ci étaient tendus de grands voiles blancs, empêchant toute lévitation. Tara et ses amis se demandaient avec angoisse ce qui allait se passer, quand il y eut un mouvement au-dessus de leurs têtes. Quelque chose de vaguement vert luisait dans l'ombre. Puis ce quelque chose se rapprocha et à sa grande horreur, Tara se rendit compte que c'était une énorme araignée ! Enfin, pas tout à fait une araignée, car si elle avait bien huit pattes et huit yeux, sa queue se recourbait comme celle d'un scorpion et un vilain dard laissait sourdre une goutte de poison. Et les grands voiles blancs n'étaient rien d'autre que sa toile !

– Mince, chuchota Cal, une aragne géante ! Je croyais qu'elles ne vivaient que dans le pays des gnomes !

Magister, qui se tenait en tête du cortège, s'inclina et dit :

– Aragne, grand gardien de ces hauts lieux, tisse un pont et nous passerons au mieux.

– Pour passer sans danger, l'énigme il faut trouver, répondit l'aragne d'une étrange voix mélodieuse à la grande surprise de Tara. Un essai en un mot ou la mort sans défaut. Le temps je décompte, l'énigme tu racontes.

Magister s'inclina.

– Je t'écoute, gardien.

– Alors voici, répondit l'insecte monstrueux : Mon premier est un félin qui a des dents, mon deuxième est un canin qui a des dents, mon troisième n'est ni végétal, ni animal, ni insecte et a des dents, mon tout est ce qu'éprouvent les autres devant mon incommensurable supériorité.

– Eh! rigola Fabrice, c'est évident!

L'aragne termina:

– Jusqu'à cent je compte, à la fin tu rendras compte.

Magister connaissait évidemment la réponse.

– Un chat, un loup, une scie, gardien de ces lieux. Chat-loup-scie, ou jalousie.

L'aragne s'inclina, pliant ses pattes avant, puis remonta sur son fil.

– Pfff! chuchota Cal, mauvaise charade. Le « chat » ne va pas; elle aurait dû dire: « Mon premier est le début de jarre », sinon c'était vraiment facile!

Moineau leva les yeux vers la voûte.

– Évidemment que c'est facile, dit-elle, agacée, le gardien ne va pas piquer son propre employeur! Essaie donc de passer à un autre moment, sans Magister, et tu verras si c'est aussi facile!

Pendant qu'ils discutaient, l'énorme aragne s'affairait à tisser un pont au-dessus de l'abîme. Accrochée à son fil, elle relia tout d'abord les deux bords, avec quatre fils, deux pour la rampe et deux pour le parapet. Puis elle tissa le centre à une vitesse vertigineuse.

Pour éviter que les sortceliers ne restent collés aux fils gluants, elle en parsema la surface avec… des os! De grands os plats qui avaient dû appartenir à l'un de ses déjeuners.

En franchissant le pont branlant, Tara ne put s'empêcher de frissonner, particulièrement lorsqu'elle passa sous le ventre velu de l'aragne. Puis ils parvinrent à la salle d'Initiation.

Elle était immense, comme toutes les autres pièces de la forteresse grise. En son centre flottait un autel de granit noir ainsi qu'un trône tout aussi noir.

Des bougies noires dont les flammes brûlaient en émettant une fumée rouge sang éclairaient la salle. Des sièges recouverts d'une matière noire et luisante étaient disposés tout autour de la pièce, face à l'autel. Cal eut un hoquet en découvrant les sculptures qui les ornaient. Les démons qui y figuraient auraient pu servir de petits frères à ceux qu'ils avaient vus dans les Limbes !

Un air froid et mort pesait sur la salle et Tara songea que le jour où les méchants choisiraient un décor blanc et rose alors là, elle serait vraiment surprise.

Brusquement il y eut un mouvement. Sur la table, quatre serpents noirs apparurent et rampèrent nerveusement en sifflant.

– Il n'y avait pas de serpents avant, chuchota Fabrice, mais quand ils ont essayé d'initier Fafnir et que ça n'a pas fonctionné, ça a tellement énervé le Maître des Sangraves qu'il les a fait rajouter.

– Pour quoi faire ? chuchota Moineau, tétanisée par la peur.

– Tu vas voir, grimaça Fabrice… et tu vas comprendre pourquoi j'ai tenté de m'enfuir deux fois !

Autour de Tara et de ses amis, les apprentis et les Sangraves attendaient le futur Initié avec une horrible impatience. Celui-ci apparut. C'était le jeune garçon qui avait transformé son rival en poisson lors du duel. Bien qu'il tînt la tête haute, on sentait qu'il avait peur.

Sur l'ordre de Magister, il flotta jusqu'à la table, hésitant un instant au-dessus des serpents. D'un hochement sec de son masque, le grand Sangrave lui ordonna de s'allonger.

Au moment où il obéit, les quatre serpents s'écartèrent, puis d'un seul mouvement, plantèrent leurs crochets dans sa chair, le clouant sur la table.

Le garçon hurla, tandis que le venin pénétrait dans ses veines.

– Tu n'as pas le choix, dit doucement Magister. Ou l'Initiation réussit… ou tu meurs.

Il vola jusqu'au trône noir et s'assit. Puis il ouvrit sa robe grise, découvrant son torse où luisait un cercle d'un rouge malsain. De celui-ci s'échappa alors une fumée grise qui rampa lentement jusqu'au garçon… puis pénétra dans sa poitrine. Le garçon se raidit. Mais très vite, à la douleur succéda le soulagement. Il n'avait plus mal !

– À présent, ordonna le Maître des Sangraves en refermant sa robe, libère-toi !

Le garçon regarda les serpents avec inquiétude puis il cria :

– Par le Delivrus disparaissez, car vous ne pouvez plus me blesser !

Les reptiles se dissipèrent comme des fantômes. Tout fier, le garçon se leva, puis flotta jusqu'aux autres qui l'entourèrent et le complimentèrent.

Tara eut l'impression que Magister la regardait tout particulièrement et ne lui fit pas le plaisir de broncher. Mais en son for intérieur elle frissonnait de peur. Ils devaient partir. Tout de suite !

Après la monstrueuse Initiation, les Sangraves et les apprentis avaient préparé une grande fête pour le nouvel Initié. Il fut donc facile aux cinq amis de s'éclipser discrètement et, tels de petits écureuils, de collecter tout ce dont ils allaient avoir besoin pour voyager, vivres, armes et bagages, qu'ils entassèrent discrètement dans leurs chambres.

À présent, la seule inconnue de l'équation délicate de leur évasion restait Fafnir. Tara *devait* convaincre la naine.

Polissant ses meilleurs arguments, elle attendit cinq heures pour la retrouver au réfectoire. La naine lui jeta un regard menaçant quand elle s'assit en face d'elle.

– Alors, chuchota Tara, tu as pris une décision ?

– Et quelle décision veux-tu donc que je prenne ? répondit amèrement Fafnir. Tu sais très bien que je suis pieds et poings liés ! Sans ton aide il m'est impossible de réussir. Ce qui signifie que je te dois une faveur. Et un nain qui doit une faveur est un nain diminué, entravé par cette faveur !

– Tu ne seras pas entravée très longtemps, répliqua doucement Tara. Aide-nous à nous évader et ta dette sera remboursée.

– Ouais, fit la naine, ça me fera une belle jambe si on est pris ! À sept, c'est de la folie !

– « Et Angelica lança Kimi sur moi pour se venger »… Écoute, je suis incapable de dire si nous allons réussir ou pas, mais nous devons essayer. Tu as tes raisons, nous avons les nôtres. Unissons nos forces !

– Pfff, soupira la naine, je sais que j'ai tort, mais comme tu dis si bien, je n'ai pas vraiment le choix. Venez au cellier de la tour de gauche. À deux heures, cette nuit. C'est le moment où les géants s'assoupissent en général. Et ce maudit Magister se couche généralement vers une heure du matin. Nous devrions être tranquilles.

Tara brûlait de curiosité.

– Et comment vas-tu t'y prendre ?

– Tu verras, répliqua la naine en se levant. Mais je te préviens : si toi ou tes amis êtes en retard, je ne vous attendrai pas. C'est clair ?

– Très clair. À tout à l'heure.

– Ouais, c'est ça !

Tous se réunirent pour revoir les derniers détails. Quand ils se séparèrent ils avaient mis au point leur évasion.

Tara était dans sa chambre, en train d'attendre, quand sa mère la contacta. Elle n'était qu'une image diffuse… mais Tara l'entendait très clairement.

– Maman ? Tu vas bien ?

– Oui, ma chérie, je vais bien. Mais j'ai peu de temps. J'ai très peur pour toi, tu n'imagines pas un instant la puissance de Magister. Tu ne pourras pas résister très longtemps !

– Nous allons nous enfuir cette nuit, Maman. Et tu dois venir avec nous.

– Non.

Tara allait exposer le plan quand tout à coup elle réalisa ce que venait de dire sa mère.

– Non ! Comment ça, non ?

– Si tu parviens à t'enfuir tu dois revenir avec Chemnashaovirodaintrachivu. Lui seul est capable de briser le sort qui m'entrave. Ce maudit Sangrave m'a lancé un sort très particulier. Si je mets un pied hors de la forteresse, je me transforme immédiatement en statue de cristal… et le moindre son me brisera. C'est d'ailleurs la raison pour laquelle j'ai réussi à développer cette aptitude à projeter mon essence par la pensée. Mais ce sort est trop puissant ! Je ne *peux* en venir à bout. Tu es mon seul espoir.

Tara sentait les larmes qui montaient et s'appliqua courageusement à les refouler.

– Tu veux dire que tu ne peux pas venir avec nous ? Mais il doit bien y avoir un moyen !

– Tara, si la situation n'était pas si grave, je t'interdirais même d'essayer de t'enfuir. Malheureusement, je dois t'obliger à courir ce risque. Dis-moi ce que tu comptes faire que je puisse t'aider de mon mieux. Fais vite ma chérie, nous avons très peu de temps.

– J'ai une carte, dit bravement Tara. Nous allons nous diriger tout d'abord vers les Marais de la Désolation. Fafnir, la naine, a besoin d'un truc là-bas. Je vais lui prêter Galant pour qu'elle puisse rentrer chez elle avant son Exorde, une fois là-bas, elle contactera Maître Chem. Nous reviendrons alors ici pour te délivrer.

– Non, ça ne va pas. Nous sommes très loin d'Hymlia. Tu dois trouver un moyen d'agir en moins de six jours. Quand vous vous évaderez, Magister va vous chercher partout, mais n'évacuera pas la forteresse tout de suite parce qu'il pensera qu'il vous faudra au moins une dizaine de jours avant d'arriver à la civilisation. Tu dois absolument trouver une solution pour réduire ce délai. Tu dois parvenir à communiquer avec Chemnashaovirodaintrachivu. Une fois en contact avec lui, il te dira quoi faire. Qu'est-ce que vous avez prévu pour vous nourrir et vous protéger ?

– Moineau affirme que si nous faisons appel à la magie nous serons aussitôt repérés par les Sangraves, alors nous avons fait provision de nourriture, d'armes et de couvertures.

– Vous pourrez utiliser la magie en travaillant très lentement et d'une façon diffuse. Inutile de vous charger. Il suffit que vous preniez un seul exemplaire de ce dont vous avez besoin. Une fois loin de la forteresse, concentrez votre pouvoir, puis multipliez les objets. Dans le fluide environnant, personne ne se rendra compte de rien. Au matin, il vous suffira de faire disparaître ce dont vous n'avez pas besoin et ainsi vous irez plus loin, plus vite.

– Merci, Maman, c'est une précieuse indication. Tu vois, nous avons besoin de toi !

La voix de sa mère sembla soudain très lasse.

– Je sais, ma chérie. Écoute-moi encore très attentivement. À partir de maintenant, je vais être obligée de m'infliger un sort d'oubli. Si tu parviens à t'échapper, la première personne qu'il va interroger ce sera moi. Je dois donc oublier que je t'ai vue. J'espère de tout mon cœur que tout se passera bien. Je t'aime. Reviens vite avec le Haut mage. Au revoir, ma chérie !

– Attends une seconde, Maman ! Maître Chem me posera certainement des questions quand je le verrai. Sais-tu qui est le Maître des Sangraves ? Peux-tu me le décrire ?

La voix se fit amère.

– Ce maudit est complètement paranoïaque ma chérie, en dix ans, je n'ai jamais vu son visage ! Et je n'ai pas la moindre idée de son identité. Je dois vraiment te quitter maintenant, sois prudente ! Je t'aime.

Et avant que Tara ait eu le temps de protester, elle disparut.

Tara eut l'impression que son cœur saignait tellement elle avait mal. Elle comprenait pourtant que sa mère n'avait pas le choix.

Elle regarda l'heure. Déjà une heure et demie ! Sur les conseils de Robin, qui s'était institué grand organisateur de l'Évasion, ils avaient décidé de ne pas se rendre au cellier tous ensemble, mais par tranches de dix minutes. Ainsi, si l'un d'entre eux était attrapé ou retardé, il ne mettrait pas les autres en danger.

Elle attrapa la cape fourrée et les bottes qu'elle avait trouvées dans son placard (Cal avait dû passer par là !), vérifia une dernière fois qu'elle avait bien sa carte et son argent, puis se glissa doucement dehors avec Galant. Le pégase prit son envol et, silencieux comme une ombre, la précéda pour l'avertir de tout danger.

Tout était calme. Fabrice lui avait dit que la gouvernante et l'intendant de la forteresse n'étaient pas très zélés. Ils ne se réveillaient que si un jeune sortcelier venait les trouver parce qu'il était malade ou en cas de problème. Sinon, la nuit, ils faisaient comme la majorité des adultes… ils ronflaient.

Elle se glissa de couloir en salle, traversa le réfectoire puis la cour et arriva enfin au cellier. La porte était entrouverte. Elle hésita un instant puis entra, priant pour qu'elle ne grince pas. La naine devait avoir tout prévu car les gonds bien huilés pivotèrent sans un bruit.

Il n'y avait personne. Puis ses yeux s'habituèrent à l'obscurité et elle entendit un bruit sourd provenant de la cave. À pas de loup, Galant sur ses talons, elle se dirigea dans sa direction.

En bas d'un escalier se trouvait l'endroit où l'on entreposait les bouteilles de vin et les denrées non périssables. Quelqu'un avait repoussé l'un des immenses casiers sur le côté et pratiqué un gros trou dans le mur.

Robin et Fabrice étaient déjà là et ils s'escrimaient à déblayer un tas de terre avec des paniers en osier. Manitou aperçut Tara le premier et vint lui faire la fête.

– Ah! Te voilà! chuchota Fabrice alerté par le chien, tu n'es pas avec ta mère?

– Non, elle ne peut pas venir. Magister lui a lancé un maléfice. Si elle sort de la forteresse, elle se transformera en statue de cristal et le moindre son la brisera… ce qui la tuera.

– Mince! Ça, c'est pas génial. Alors on fait quoi?

– Nous n'avons pas le choix. Nous devons nous enfuir et revenir avec des renforts. Sortons déjà de ce piège, nous verrons pour la suite. Qu'est-ce que vous fabriquez avec ces paniers?

– Je suis prisonnière depuis presque un an, les interrompit une voix rauque de fatigue. Les nains n'aiment pas être prisonniers. Alors que font-ils quand c'est le cas? Ils creusent des tunnels!

Ils sursautèrent. Alors qu'ils discutaient la naine était revenue, maculée de terre et portant environ une demi-tonne de pierres… enfin peut-être pas une demi-tonne mais pas loin.

– C'est une idée fantastique, chuchota Tara, mais comment as-tu fait pour dissimuler les gravats?

La naine eut un sourire positivement sournois.

– Les géants adorent les pierres du coin. Y en a qui ont pris du ventre depuis quelques mois! Et en plus, ils croient que je fais ça pour être gentille avec eux!

– Et qu'est-ce que tu as fait de la terre?

– Ce que font les nains quand ils creusent des tunnels, j'en ai utilisé la plus grande partie en la durcissant pour qu'elle soutienne la voûte, et le reste est dans la cave, au fond. J'ai recréé un mur. Ils n'ont rien vu.

– Et tu as dû creuser loin ?

– Cette partie de la forteresse est la plus proche de la forêt où ils vont couper leur bois. Du coup, je n'ai eu à travailler que sur une cinquantaine de mètres avant d'atteindre le mur d'enceinte. Il me suffit de continuer encore sur quelques centimètres, et nous serons dehors. Je n'ai pas voulu le faire plus tôt, au cas où l'un d'eux ferait une balade en forêt et tomberait sur l'ouverture.

Tara était admirative. En quelques mois et toute seule, la naine était parvenue à creuser et déblayer des tonnes de pierres et de terre !

– Alors que fait-on maintenant ?

– On finit d'enlever la terre, et dès que tes amis et ta mère seront là, nous filons.

– Ma mère ne peut se joindre à nous, dit tristement Tara. Il ne reste donc que Moineau et Cal.

– Je te préviens ! déclara la naine, menaçante. S'ils sont en retard, pas question de les attendre, carte ou pas carte.

– J'ai compris. Ils seront là.

Tara était inquiète. Il était deux heures moins cinq et pas de trace de Moineau et de Cal. Pourtant il était convenu qu'ils se retrouvent suffisamment tôt pour ne pas risquer de rater le rendez-vous !

Elle aida Fabrice pendant que Robin, qui souffrait toujours, se reposait un peu. Deux heures sonnèrent et la naine reparut.

– Voilà, annonça-t-elle avec la satisfaction du travail bien fait. Une dernière poussée et nous serons libres! Tout le monde est prêt?

– Je ne comprends pas, répondit Tara, Cal et Moineau ne sont toujours pas là!

– Alors pas d'hésitation. Nous devons partir maintenant!

– J'envoie Galant les chercher, protesta Tara, ils ont peut-être eu un problème!

– Pas question, refusa la naine. S'ils se sont fait prendre et que tu envoies Galant, tu vas nous faire repérer. Je te dis que nous partons… et tout de suite!

Tara ouvrit la bouche… au moment où Cal, Moineau… et Angelica faisaient irruption dans la cave.

chapitre XII
Les Marais de la Désolation

Moineau semblait au bord de la crise de nerfs.

– Elle nous a espionnés, hoqueta-t-elle, en désignant Angelica. Et elle menace de nous dénoncer si nous ne l'emmenons pas avec nous.

– Vos petits jeux étaient clairs comme de l'eau de roche, cracha dédaigneusement la grande fille. J'espère pour vous que ces stupides Sangraves sont moins observateurs que moi !

– De toute façon nous n'avons pas le choix, se résigna Tara à contrecœur. Nous allons devoir la prendre avec nous. Allons-y.

La naine parut sur le point de protester... et se ravisa quand elle croisa le regard furieux de Tara. Elle prit un lumignon et s'engagea dans le tunnel.

– Suivez-moi en silence, souffla-t-elle, les chatrix pourraient nous entendre et essayer de creuser pour nous atteindre. Alors pas un bruit ou nous sommes morts !

Le tunnel donnait l'impression d'avoir été foré par une *machine* géante. Les parois parfaitement lisses renvoyaient la lumière de la lampe. La naine étant... une naine, elle progressait rapidement tandis que Fabrice, Robin et Angelica n'arrêtaient pas de se cogner la tête… silencieusement, Fafnir ayant très bien réussi à les effrayer.

En quelques minutes, ils furent en vue d'un mur de terre et de pierre. Ils comprirent alors quel était le don des nains. Fafnir apposa ses mains contre l'obstacle, et celui-ci parut… fondre, devenir malléable et facile à creuser. Il ne lui fallut que quelques secondes pour déblayer les dernières pierres et ils se retrouvèrent à l'air libre. Derrière le mur du parc.

Toujours aussi silencieusement, elle reboucha le trou pour qu'il soit difficile à trouver, puis leur fit signe de la suivre.

Contrairement aux forêts que Tara avait pu explorer sur Terre, il n'y avait pas de sentiers dans celle-ci. Elle était noire, dense, pleine de racines qui n'arrêtaient pas de les faire trébucher, de bruits bizarres qui les faisaient sursauter.

Au bout d'une heure d'une pénible progression, la naine leur fit signe de s'arrêter. Tenant prudemment le lumignon qu'elle avait dissimulé sous sa chemise dès qu'ils étaient sortis, elle chuchota :

– Montre-moi ta carte. Il faut se diriger vers les Marais à présent.

Tara sortit la carte tout en leur faisant part des recommandations de sa mère… et dut lancer Interpretus, malgré la résistance de la naine. En effet si Cal, Moineau, Tara, Robin et Angelica étaient toujours sous l'Interpretus lancé à Tingapour, maintenant qu'ils étaient sortis de la forteresse, le sort général n'affectait plus Fafnir, Fabrice et Manitou et si leur groupe comprenait ce que disait la naine, celle-ci ne les comprenait plus.

Cal découvrit avec douleur qu'il n'était pas utile de répartir les couvertures et les sacs qu'il avait eu tant de mal à voler. Ils ne devaient en garder qu'un de chaque. De même pour les miches de pain, viande séchée, fromages et pommes, que Moineau avait réussi à faucher dans les cuisines. Robin avait également escamoté des potions et des crèmes à l'infirmerie qu'ils conservèrent. Ainsi que trois épées, un arc et des flèches. Pour la naine, il avait même trouvé une hache magnifique qu'elle avait immédiatement baptisée « Joyau » et balancée avec satisfaction contre toutes les branches qui avaient osé se mettre en travers de son chemin.

À part Angelica qui se plaignait de ses égratignures et de ses bosses, ils se penchèrent tous sur la carte. Ils n'étaient pas très loin de la forteresse et il y avait encore beaucoup de chemin à parcourir. Mais la naine pronostiqua que les Sangraves n'imagineraient jamais qu'ils iraient à l'opposé d'Hymlia.

– Nous devrions bientôt être tirés d'affaire, affirma-t-elle. D'après mes calculs, nous allons sortir de la forêt d'ici environ une heure. Et ensuite il restera un bout de montagne puis la plaine et enfin les Marais. Maintenant que j'ai la carte en tête, on peut y aller. Je connais le chemin.

Soudain Blondin et Manitou se mirent à gronder sourdement, les yeux fixés sur l'arrière de la petite troupe, tandis que Sheeba hérissait sa somptueuse fourrure.

Instinctivement, ils se mirent tous en demi-cercle, s'appuyant les uns sur les autres. Robin fit passer les épées et tendit son arc. Angelica, qui n'avait pas compris ce qui se passait, ouvrait la bouche quand trois ombres immenses bondirent vers le groupe.

Les chatrix les avaient retrouvés ! Robin décocha deux flèches si vite qu'on eut l'impression que ses bras devenaient flous, faisant mouche à chaque fois.

Angelica fut projetée à terre par un autre monstre, mais avant qu'il ne puisse la mordre, Sheeba avait bondi elle aussi et d'un coup de patte arracha la gorge du chatrix. Puis une énorme Bête se pencha sur la grande fille brune… elle se mit à hurler… avant de réaliser que la Bête ne faisait que soulever le cadavre du chatrix qui venait de l'attaquer.

— Moi… Moineau, c'est… c'est toi ?

— Ben ça alors ! répondit Moineau, railleuse, j'aurais jamais cru que je t'entendrais bégayer un jour ! Ça va, tu n'as rien ?

— Nnn… Non, ça va, ta panthère m'a sauvé la vie.

La Bête hocha la tête puis cria.

— Et vous, tout va bien ?

L'un des autres chatrix gisait sur le côté, une flèche plantée dans l'œil et l'autre dans le cœur.

Mais le troisième, les reins brisés par l'étreinte de Fafnir, tenait le pauvre Manitou dans sa gueule morte…

Atterrée, Tara se précipita.

— Arrière-grand-père !

Le chien se dégagea péniblement de la mâchoire. Son flanc était couvert de bave et de sang et il avait l'air de souffrir le martyre.

— Aïe, aïe, aïe, sanglota Manitou, maudit chien. C'est maintenant qu'il me laisse les commandes !

— Arrière-grand-père, tu vas bien ?

— Ne t'inquiète pas, je vais bien, je suis juste un peu secoué.

Le labrador noir tourna le regard sur son flanc, vit l'état dans lequel il était… et s'évanouit.

– Mince, s'exclama Robin, je savais que ce n'était pas un Familier, mais l'entendre parler, ça fait un choc !

– Vous croyez qu'il y en a d'autres ? demanda anxieusement Angelica qui regardait tout autour d'elle. J'aurais mieux fait de rester à la forteresse, on va tous mourir !

– Alors, ne put s'empêcher de souligner Cal, on regrette son petit chantage ? On fait moins la fière, damoiselle « prenez-moi avec vous ou je hurle ». Ben tu vas en avoir des occasions de hurler, parce que maintenant que tu sais où nous allons, pas question de te laisser retourner à la forteresse. Bienvenue dans le monde réel !

– Cal ! Arrête ! gronda Tara. Pour le moment nous devons soigner Manitou. Vous connaissez mieux les chatrix que moi. J'ignore comment ces trois-là ont réussi à nous suivre, mais je peux supposer qu'il y en a d'autres. Vous savez comment leur venin agit sur les autres animaux. Dites-moi ce que je dois faire pour soigner mon arrière-grand-père, puis nous reprendrons notre chemin.

– Tu penses qu'on peut faire de la foutue magie ? grommela Fafnir, ça ne risque pas de nous faire capturer ?

– Non, Maman m'a dit que nous devions le faire d'une façon très diffuse et lentement. Ainsi, on se noie dans le fluide environnant et on ne risque pas de se faire repérer.

Robin ne perdit pas plus de temps.

– Par le Reparus guéris cette blessure, et que de ta santé Tara soit sûre, incanta-t-il en posant ses mains sur le flanc lacéré du labrador.

Avec lenteur le sort guérisseur agit, la chair se referma, les os se ressoudèrent, le poil repoussa et bientôt le chien était redevenu pareil à lui-même… à part qu'il ne se réveillait pas.

— Va-t-il bien ? demanda Tara. C'est normal qu'il soit toujours évanoui ?

— Le venin des chatrix ne tue pas obligatoirement dans le cas d'un autre canidé. Mais ton arrière-grand-père aurait dû se réveiller, répondit Robin en fronçant les sourcils. Écoute, je crois que tu devrais demander à ton pégase de nous avancer un par un. En faisant l'aller-retour sur son dos, nous irons beaucoup plus vite.

— Mais tu sais que tu es génial ! s'enthousiasma Tara. Bien sûr ! Galant ! Quelle idiote ! Je n'y avais pas pensé. Il est très fort. Pendant les sorties à Travia, il était capable de me porter pendant des heures sans se fatiguer. Je suis sûre qu'il va pouvoir nous faire gagner au moins une journée !

Elle s'adressa à son Familier.

— Galant, tu as compris ? Tu crois que c'est possible ?

Le pégase lui fit comprendre mentalement qu'il n'y avait pas de problème, et elle lui rendit aussitôt sa taille normale.

— Alors vas-y avec Robin et Manitou en premier, proposa Tara, vole jusqu'à la montagne et puis reviens nous chercher ensuite. Ça fera environ la moitié du chemin.

Robin voulut protester, avançant qu'il devait rester pour les protéger, mais Moineau fit saillir ses griffes, ses crocs et ses muscles imposants, si bien qu'il céda… elle était bien plus puissante que lui pour prendre soin des autres.

La peur ajoutée au froid fit que Tara se mit très vite à claquer des dents malgré sa cape et ses bottes fourrées. Quelques jurons à côté d'elle l'informèrent que Cal, Fabrice et Angelica n'étaient pas mieux lotis.

Seules Fafnir et Moineau paraissaient parfaitement à leur aise. L'une parce que le froid ne l'atteignait pas et l'autre parce qu'elle ne s'était pas retransformée et portait donc un manteau de fourrure intégré.

Fabrice, qui avait l'impression de s'être cogné un demi-million de fois, grommela que les bûcherons d'AutreMonde ne faisaient vraiment pas leur boulot. Quelle idée de laisser autant de branches basses aux arbres !

Enfin, devant eux s'étendirent la plaine, puis les contreforts de la montagne et au-delà la seconde plaine qui menait aux Marais de la Désolation.

Maintenant qu'ils étaient sortis de la forêt, ils pouvaient cheminer ensemble plutôt qu'à la queue leu leu.

– Tu crois que ces chatrix étaient les seuls à nous pister ? demanda Moineau en regardant la forêt avec appréhension.

Rétablissant le sac qui lui cisaillait les épaules, Cal répondit :

– Je pense que seuls ces trois-là ont senti notre présence et ont creusé pour atteindre le tunnel. Parce que si le reste de la meute avait suivi il ne resterait de nous que des os… avec des traces de dents.

Angelica frissonna.

– Et si les autres retrouvent notre trace ? S'ils nous prennent en chasse ? Nous n'aurons aucune chance ! Je vous en prie, laissez-moi rentrer à la forteresse, je vous jure que je ne dirai rien à personne !

– Le problème n'est pas là, Angelica, répondit sèchement Tara. Nous ne pouvons te raccompagner et si tu es seule, tu feras une proie facile pour eux, comme pour d'autres animaux sauvages. Il est préférable que tu nous accompagnes.

— C'est de ta faute ! (Le ton de la grande fille n'était même pas agressif, juste un constat fatigué d'une réalité sans cesse rabâchée.) C'est à cause de toi que je suis là !

— Pardon ! rectifia Fafnir. Dis plutôt que c'est grâce à elle que tu es là. Parce que tu peux me croire quand je te dis que je ne vous aurais jamais emmenés avec moi si elle ne m'avait pas forcé la main !

— À cause d'elle, insista Angelica. Normalement, en ce moment je devrais être à Omois, en train de discuter avec des gens raffinés si ce maudit Sangrave n'avait pas décidé qu'il fallait à tout prix ajouter Tara Duncan à sa collection personnelle !

— Ouais, ça c'est sûr que toi, t'avais aucune chance d'en faire partie ! marmonna Cal.

— Quoi, quoi ? cria Angelica, furieuse, j'ai autant de valeur que cette idiote, et si le Sangrave s'en était rendu compte, il m'aurait enlevée aussi !

— Ben alors, embraya Fafnir, de quoi te plains-tu ?

Angelica ouvrit la bouche… et la referma. Cal éclata de rire.

Le reste du trajet se fit en silence. Angelica boudait, Fafnir tricotait de ses petites jambes (enfin pas si petites car Cal et Tara avaient du mal à suivre) et Moineau passait son temps à renifler dans tous les sens comme une sorte de gigantesque loup très poilu, en leur faisant une assez bonne imitation du méchant ogre du Petit Poucet.

— Snif… snifff… je sens… je sens de la chair fraîche ! Je sens… je… snif, je sens une proie près d'ici !

Ça flanquait des frissons à Tara.

Elle commençait à se faire du souci pour Robin, Manitou et Galant quand une ombre les survola. Le magnifique pégase se posa légèrement près d'elle et abaissa sa tête pour qu'elle la gratte entre les oreilles.

Elle le caressa pendant qu'il lui retransmettait les images de Robin et Manitou confortablement installés dans une grotte. Malgré le venin des chatrix, Manitou résistait bien. Robin pensait que le sort qui l'avait transformé en chien et en avait fait un immortel devait probablement l'aider à lutter. Le fait qu'il soit encore vivant alors qu'il avait été mordu depuis plus de deux heures confirmait sa théorie.

– Fafnir, ordonna-t-elle, tu seras la prochaine cavalière. Je suis sûre que Robin a dû vouloir monter la garde. Dis-lui de dormir pendant que tu le relaies, puis quand Cal arrivera tu dormiras à ton tour et ainsi de suite. Nous devons essayer de nous reposer chacun quatre heures avant de repartir.

– Je n'ai pas besoin de dormir, grommela la naine, pour qui me prends-tu, pour une mauviette?

Pfff, qu'est-ce qu'elle était susceptible, bon sang!

– Pas du tout, reprit très diplomatiquement Tara, mais tu as dû fournir beaucoup d'efforts pour creuser la fin du tunnel, et nous ne savons pas ce que nous aurons à affronter dans les Marais. Tu ne crois pas qu'il serait plus sage que tu prennes un peu de repos?

– Mm'ouais, accorda la naine, je verrai ça quand je serai là-bas. Allons-y.

– Parfait, et toi? demanda tendrement Tara à Galant, tu n'es pas trop fatigué?

Les images qu'elle reçut montraient un pégase caracolant et en pleine forme. Elle sourit. Il avait une façon très personnelle de lui prouver que tout allait bien.

La triomphante euphorie de Galant dura jusqu'au moment où Fafnir monta sur son dos après leur avoir indiqué la direction à suivre. Surpris par le poids, il fléchit sous le choc et grimaça.

Du coup son envol fut nettement moins gracieux que d'habitude et la naine qui (comme tous les nains) avait horreur de l'altitude s'agrippa à sa crinière avec l'énergie du désespoir.

Le pégase retransmit vivement à Tara qu'il apprécierait de garder sa crinière intacte d'ici la fin du voyage et Tara cria :

– Ne lui arrache pas les crins ! C'est inutile de t'accrocher comme ça, il ne te laissera pas tomber !

– Ben, moi, j'en suis pas si sûre que ça ! répliqua la naine en relâchant cependant son étreinte de fer sur Galant qui soupira de soulagement.

L'instant d'après ils avaient disparu dans la nuit noire et Tara se remit en route en éclairant le chemin avec le lumignon que lui avait laissé Fafnir.

Galant revint très vite et les transporta les uns après les autres.

Enfin, Tara se retrouva seule avec Moineau alors que la nuit s'éclaircissait imperceptiblement.

Tout à coup Moineau dit quelque chose qui fit frémir Tara.

– J'ai faim !

– Euuh, tu ne peux pas attendre ? Nous arriverons à la grotte dans peu de temps.

– Nan, j'ai faim maintenant! Ce métabolisme est plus rapide, il consomme plus, alors j'ai besoin de protéines.

– Allons bon! Tu veux du pain? Je crois que c'est Cal qui a gardé la viande séchée. Je dois aussi avoir un peu de fromage.

– Du pain? Du fromage? cracha Moineau d'une voix méprisante, tu plaisantes? Les protéines, c'est de la viande! J'ai besoin de viande!

– Ah? Ben là, tu vois, je peux pas faire grand-chose pour toi.

– Ne t'inquiète pas, je vais me débrouiller. À tout de suite.

Et Tara se retrouva seule. Au milieu de la prairie… et dans le noir. Bien qu'il soit déjà presque six heures, le soleil avait visiblement décidé de faire la grasse matinée, ce qui n'arrangeait pas ses affaires. Les gros nuages qui masquaient le ciel devaient certainement y être pour quelque chose. Pourvu qu'en plus, il ne se mette pas à pleuvoir!

Sifflotant courageusement et levant très haut son lumignon (histoire que Moineau ne la confonde pas avec un truc comestible), elle continua à avancer.

Soudain une ombre énorme lui mit un morceau de viande sanguinolente sous le nez.

– Tu en veux un peu?

Ouille, il y avait un animal qui s'était levé trop tôt ce matin.

– Beurk! Non, merci, tu es gentille, mais je n'ai pas très faim… et puis tu sais, je préfère tout de même que les trucs que je mange soient cuits. Et là, maintenant, tu vois, je pense plutôt à des croissants, un chocolat chaud, du beurre et de la confiture. Mais je t'en prie, régale-toi!

Moineau ne se le fit pas dire deux fois, et avala le morceau en deux coups de mâchoire. Puis, avec un soupir de soulagement, elle commença à se lécher pour se débarrasser de la saleté, comme un chat... un très très gros chat.

Le soleil décida enfin qu'il était temps de se mettre au travail et fit une timide apparition. La prairie se transforma et Tara constata avec étonnement que l'herbe n'était pas verte, comme elle le pensait, mais bleue. Quelques arbres, résidus de la forêt encore proche, en parsemaient les molles ondulations. Tara réalisa avec une frayeur rétrospective que n'importe quoi aurait pu les attaquer, l'herbe étant très haute et épaisse.

Elle pouvait supposer qu'il y avait une foule de prédateurs là-dedans, genre lions, léopards, hyènes et autres bestioles. Exactement comme sur Terre. Car là où paissaient des herbivores (du type de celui qui avait terminé sa carrière dans l'estomac de Moineau) se trouvaient forcément des carnivores.

Elle se rapprocha un peu de son carnivore à elle, qui cheminait tranquillement.

Galant réapparut enfin et elle monta sur son dos avec soulagement.

— À tout de suite, cria-t-elle à Moineau, je te renvoie Galant!

— Inutile! répondit Moineau en agitant sa patte griffue pour leur dire au revoir.

— Comment ça, inutile? hurla Tara soudain très inquiète. Moineau avait-elle l'intention de les abandonner?

Son amie répondit pour elle en enclenchant le turbo et en se mettant à galoper à fond la caisse! Un instant aussi surpris que Tara, Galant poussa un hennissement de défi, qui répondit au rugissement de Moineau. Elle faisait des bonds fantastiques et parvenait à aller aussi vite que lui!

Impressionnée, Tara se dit qu'ils allaient gagner beaucoup de temps car Moineau paraissait capable de tenir le rythme sans défaillance. Le pégase voulut forcer l'allure, mais Tara l'en empêcha.

– Ce n'est pas un jeu, bon sang! cria-t-elle quand elle sentit les muscles puissants se contracter. Je ne veux pas que tu fasses la course avec elle! Contente-toi de l'accompagner et de lui montrer le chemin.

Le pégase ralentit un peu, puis insensiblement, histoire qu'elle ne s'en rende pas compte, il réaccéléra la cadence. Il avait un vent contraire à affronter et la Bête, à sa grande fureur, gagnait du terrain.

Pour éviter le vent, le pégase descendit et vola à côté de la Bête. Celle-ci faisait des bonds si puissants qu'on avait parfois l'impression de la voir voler aux côtés de Galant.

Soudain Tara sentit une sorte de… frémissement. Comme si quelqu'un était en train de l'épier. Le sang de la jeune fille se glaça. La dernière fois qu'elle avait ressenti ça, c'était lorsqu'un Sangrave la suivait.

Elle ordonna à Galant de piquer brutalement vers le sol et à peine avait-il touché terre qu'elle le fit coucher sous le seul bosquet visible, ne voulant surtout pas utiliser sa magie. Moineau, qui ne s'était rendu compte de rien, courait déjà loin devant.

À peine avait-elle fini de se cacher, qu'elle sentit un remous dans les airs. L'image floue d'un Sangrave apparut dans le ciel, observant la prairie bleue. Il semblait scruter le terrain avec une terrible acuité. Tara s'appliqua à ne plus respirer tandis que

Galant ne bougeait pas d'une plume. Le Sangrave resta un temps infini puis, voyant qu'il n'y avait rien, disparut. Galant allait se relever quand Tara l'en empêcha.

– Non, souffla-t-elle. Attends!

Elle avait bien fait. L'image reparut une seconde fois, mais ne voyant rien de différent, disparut cette fois définitivement.

Pour plus de sûreté, Tara attendit de longues minutes.

Soudain elle faillit hurler. Une gueule pleine de crocs venait d'apparaître devant elle, prête à la déchiqueter.

– Ben alors? dit Moineau qui était revenue sur ses pas, qu'est-ce que tu fabriques?

– Je fabrique, répondit Tara en crachant les brins d'herbe qu'elle avait failli avaler, que les Sangraves ont lancé une recherche et qu'ils ont failli nous repérer.

– Mince! s'exclama Moineau. Alors qu'est-ce qu'on fait?

– On file d'ici le plus vite possible. Galant et moi allons voler très bas, alors ne nous percute pas s'il te plaît.

Si Galant avait eu peur, il ne le montra pas. Et à peine Tara était-elle remontée sur son dos qu'il reprenait sa course avec Moineau.

Le pégase et la Bête arrivèrent à la grotte avec moins de deux minutes d'intervalle… le pégase en tête, à sa grande joie. Il était tellement fatigué qu'il se contenta d'avaler quelques poignées de grains puis s'endormit sur place. Et Moineau, tout aussi épuisée par l'effort qu'elle venait de fournir, l'imita aussitôt.

Cal, Robin, Fabrice et Fafnir dormaient. Angelica montait une garde grincheuse, surveillant vaguement Manitou qui gémissait dans un demi-sommeil.

Tara s'affala à son tour sur le sable doux de la grotte. Le refuge qu'ils avaient trouvé était parfait. Un petit ruisseau avait creusé la grotte et leur fournissait de l'eau claire. Le sol était sablonneux et Robin en creusant un trou avait créé un feu, qui les réchauffait suffisamment sans qu'on puisse le voir de loin. Enfin, ils étaient protégés de la pluie qui commença à tomber juste après que Moineau se fut mise à l'abri.

Les Sangraves ne les trouveraient pas ici.

Tara se força à avaler un peu de pain et de fromage puis ferma les yeux. Très vite, elle eut froid et alla se blottir contre Galant qui l'entoura de son aile. Enveloppée par la chaleur du pégase, elle s'endormit comme une masse.

Elle eut l'impression qu'elle avait dormi à peine quelques minutes quand Robin la secoua.

Sentiment visiblement partagé par ses compagnons, car elle entendit pas mal de grognements.

Mal réveillés, ils prirent leur repas en silence. Dehors, la pluie tombait avec une consternante régularité et le jour restait sombre. Seule la naine, qui voyait son but se rapprocher à chaque pas, était de bonne humeur.

– Grâce à ton pégase, convint-elle, nous avons gagné presque une journée et demie de marche. Plus que quelques heures pour parvenir aux Marais de la Désolation. Je propose de partir en premier car je peux courir pendant des heures. Galant est trop fatigué pour refaire des allers-retours comme hier. En partant juste derrière moi, à votre rythme, vous y serez dans environ cinq heures. Cela me laissera le temps de chercher les roses noires, voire d'en absorber le suc. Cela vous convient-il ?

– C'est bon pour moi, confirma Tara. Vas-y, et sois prudente. Si quoi que ce soit t'attaque, par pitié, n'hésite pas à utiliser la magie afin que nous te venions en aide immédiatement, d'accord ?

La naine balança sa grande hache à double tête et eut un vilain sourire.

– Celui qui décidera de m'attaquer aura affaire à Joyau. Ne t'inquiète pas.

– Ben si, justement, je m'inquiète. Alors promets-moi, si tu es en difficulté, de ne pas faire ta mauvaise tête et de nous appeler. Je préfère encore qu'on soit repris par les Sangraves plutôt que de risquer la vie d'une amie.

La naine écarquilla ses yeux magnifiques puis répondit d'une voix bourrue :

– Je te le promets. Sois prudente toi aussi, mon amie. À tout à l'heure !

Il ne fallut pas très longtemps pour qu'elle disparaisse.

– Ouch, ronchonna Cal en s'étirant, j'ai mal partout !

– Moi aussi, renchérit Angelica pour une fois d'accord avec Cal.

Puis elle ajouta, l'air de rien :

– Vous pourriez peut-être me laisser dans la grotte, finalement. Ici je ne risque rien. Je serai protégée du froid et si vous me laissiez des provisions, je pourrais tenir jusqu'à ce que vous reveniez avec des renforts.

– Écoute, Angelica, précisa Robin avec gravité, tu ne sais rien des chatrix. Il fait jour, alors nous ne risquons rien pour le moment. Mais ne pense pas une seconde être en sécurité ici.

Et si un Sangrave ne les accompagne pas pour les empêcher de te dévorer, ils ne feront qu'une bouchée de toi. Alors ne te fais pas d'illusions. Tu continues avec nous.

Angelica lui lança un regard flamboyant d'hostilité puis se détourna.

Moineau intercepta le regard et décida de surveiller la grande fille de près.

D'une certaine façon, elle appréciait la situation. Son corps de Bête, si inattendu, l'emplissait de joie. Il était si fort, si puissant… et surtout si chaud! Elle voyait bien que ses amis avaient grelotté de froid pendant ces quelques heures de sommeil et ce, malgré le feu. Alors qu'elle avait dormi comme un loir. Tara sourit en voyant Moineau s'étendre, puis grommeler quand son crâne heurta la voûte trop basse de la grotte. Une voix distinguée, quoiqu'un peu pâteuse, s'éleva soudain.

– Ouch, j'ai l'impression d'avoir été piétiné par un troupeau. Est-ce que quelqu'un peut m'expliquer ce qui se passe?

Elle se retourna, ravie, pour constater que Manitou, l'œil vif et la truffe humide, se tenait sur ses quatre pattes, qu'il testait prudemment.

– Arrière-grand-père! Tu es debout! Comment te sens-tu?

– J'ai des fourmis dans les jambes et comme j'en ai quatre, j'ai mal partout, répondit le chien piteusement, mais à part ça je vais bien. C'est bizarre, le dernier souvenir que j'ai est celui d'une gueule pleine de crocs et une grande douleur.

– Vous vous êtes fait un peu mâchouiller par un chatrix, expliqua Cal. Et Robin vous a réparé. Vous avez lutté toute la nuit contre le venin et on est drôlement contents de voir que c'est vous qui avez gagné.

– Ouuui, c'est ça ! Je me souviens maintenant. Le chien dans mon esprit a eu si peur du chatrix qu'il m'a laissé les commandes pour la première fois depuis trente ans. Je le sens encore, il est là, mais il ne veut pas sortir. Youpee ! Libre, je suis libre !

Le labrador noir se mit à sauter de joie dans tous les sens.

Tara éclata de rire. C'était si drôle de voir son arrière-grand-père faire le fou !

Il s'approcha d'elle et planta son doux regard de labrador dans le sien.

– Eh bien dis donc, tu t'es fourrée dans de beaux draps ! Ça me rappelle le jour où tu as décidé que tu savais nager et où tu t'es jetée dans la partie la plus profonde de la piscine !

– Et alors ? questionna Tara qui ne se souvenait pas.

– Et alors tu t'es très vite rendu compte qu'il était difficile de respirer sous l'eau ! Heureusement, ce chien nage très bien, lui, et il est allé te repêcher.

– Dites donc, s'exclama Cal, ravi, vous devez avoir plein d'histoires à raconter !

– Oui, enfin tant que ce ne sont pas des histoires sur moi ! bougonna Tara.

Ils quittèrent la grotte et rejoignirent la plaine qui menait aux Marais de la Désolation. Le chemin était agréable et la pluie avait cessé. Bien qu'encore fatigués et malgré leurs pieds douloureux, le groupe avançait vite. L'arrière-grand-père de Tara était intarissable, comme s'il voulait rattraper ses années de silence, et Tara dut l'obliger à se taire, ses histoires l'empêchant de se concentrer sur les Sangraves. À plusieurs reprises, Moineau, Galant et Sheeba, qui avançaient en éclaireurs, leurs signalèrent des troupeaux de sortes de bœufs musqués qu'ils durent contourner. Les énormes animaux aux longs poils laineux paissaient paisiblement l'herbe bleue, mais il ne fallait pas s'approcher de trop près sous peine de les voir charger.

Ils s'étaient doutés de la présence d'herbivores dans le coin, car peu de temps auparavant, ils avaient eu la désagréable surprise de se faire de nouveaux amis.

Des mouches à sang voletaient dans les parages quand elles avaient vu les jeunes sortceliers.

– Rhoooo ! avait lancé l'une d'elles, ravie, un essaim d'humains ! À table, les filles !

En formation impeccable elles avaient plongé en piqué vers les peaux fragiles… et s'étaient cassé les trompes sur le sort que Robin, prévoyant, avait tissé autour de ses amis.

Extrêmement déçues, elles avaient essayé dessus, dessous, sur les côtés, avant de repartir, les ailes basses, vers des victimes plus accommodantes.

Au bout de trois heures de marche, ils s'arrêtèrent un instant pour déjeuner.

Avec une grande prudence, Robin commença à multiplier le pain, le fromage et la viande.

Et Moineau faillit les faire tuer.

Elle s'était un peu éloignée histoire de voir si elle pouvait trouver quelque chose à se mettre sous la dent, quand elle tomba nez à nez avec un bœuf musqué. Prudente, elle recula pour ne pas inquiéter l'énorme bête… et buta sur son veau. La mère émit un terrible mugissement… et chargea… suivie par le reste du troupeau.

Ses amis, stupéfaits, virent soudain Moineau revenir vers eux… poursuivie par une demi-douzaine d'énormes bestioles d'une tonne et demie chacune et dont les cornes semblaient avoir été soigneusement aiguisées le matin même. Ce fut la débandade. L'arbre rachitique et desséché qui poussait au milieu de cette savane fut très surpris de retrouver autant de monde dans ses branches.

— Ehhhh ! s'exclama-t-il, en voilà des façons, vous ne pourriez pas aller mettre vos pieds ailleurs ?

Tara faillit en tomber par terre. L'arbre parlait !

— Euuuh, fit Moineau, veuillez nous excuser pour cette intrusion mais nous sommes poursuivis par un troupeau de…

Un bruit de tonnerre l'interrompit et le troupeau évita l'arbre puis le dépassa et, satisfait de la disparition de l'ennemi, se remit à paître paisiblement.

— Peu importe, s'énerva l'arbre. Non seulement il n'y a pas assez d'eau ici, mais en plus, voilà que vous cassez mes plus belles branches.

Cal, gêné, tenta de remettre en place le rameau qu'il venait de briser… en vain. Il le laissa alors discrètement glisser par terre en sifflotant d'un air dégagé.

— Nous sommes désolés de vous avoir blessé, reprit précautionneusement Moineau, nous allons partir très rapidement.

— C'est exact, confirma l'arbre, vous allez partir parce que je vais vous faire tomber !

— Attendez, attendez, dit très vite Tara en s'accrochant avec l'énergie du désespoir. Nous pouvons passer un accord.

— Un accord ? demanda l'arbre, quelle sorte d'accord ?

– Vous nous permettez de rester sur vos branches jusqu'à ce que le troupeau s'écarte, et en échange, nous… vous fournissons de l'eau !

– De l'eau ? (Le ton de l'arbre était méfiant.) Bien qu'il pleuve régulièrement, c'est bon pour les pâturages, mais ce n'est pas assez pour moi. Je meurs de soif petit à petit depuis des dizaines d'années ! Et où allez-vous dénicher de l'eau, ici ? La nappe la plus proche se trouve dans les Marais de la Désolation.

– Je pense que j'ai une solution, intervint Robin. Laissez-moi faire.

Le demi-elfe se cala soigneusement entre deux branches, puis plongea dans une transe profonde. Son esprit fila dans les entrailles de la terre. Au bout de quelques minutes, il vit que le granit du sous-sol empêchait l'eau des profondeurs de parvenir jusqu'à l'arbre. Dégageant une faille, il augmenta la pression, écartant, grâce à son pouvoir, la terre fertile, l'argile imperméable… et une petite source claire remonta enfin à la surface.

Le cri de l'arbre faillit les déloger.

– De l'eau ! Je sens de l'eau !

– Ben, on est bien contents, dit Manitou qui commençait à trouver la situation inconfortable. Mais calmez-vous sans quoi nous allons finir en brochettes sur les cornes de ces bestioles.

– Encore quelques minutes et ce sera bon, expliqua Robin qui venait de s'éveiller de sa transe.

– Merci, merci ! s'écria l'arbre. Vous pouvez venir vous percher dans mes branches quand vous voulez. Attendez, je veux vous remercier un peu mieux, vous qui avez trouvé l'eau. Je veux vous faire un cadeau.

Une branche se pencha sur Robin, et déposa dans sa main une jeune pousse de l'arbre, surmontée d'un bourgeon tendre.

– Voici l'un de mes rameaux. Il suffit de le pointer en direction de ce que vous voulez faire pousser et de dire « Par l'Arbre qui est vivant que ceci pousse immédiatement ». Vous verrez, cela pourra vous être utile. C'est mon cadeau pour vous remercier de m'avoir sauvé la vie.

Robin ne pouvait pas s'incliner, mais il fit de son mieux.

– Je vous suis très reconnaissant. À présent, nous allons vous laisser. La source ne se tarira pas, et elle n'est pas assez puissante pour risquer de faire pourrir vos racines. Et c'est nous qui vous remercions.

– Alors allez-y, approuva l'arbre. Au revoir !

Très très discrètement, ils descendirent de l'arbre et s'éloignèrent à pas de loup.

– Bon sang, hurla Cal à Moineau dès qu'ils furent en sécurité, mais ça va pas non ! Qu'est-ce que tu as fichu !

– Je suis désolée, s'excusa Moineau en baissant sa grosse tête. Je chassais et je suis tombée sur cette maman bœuf qui a cru que je voulais croquer son petit. Elle n'a pas réfléchi une seconde et m'a chargée !

– Mettons les choses au point, Moineau ! dit Cal très fermement.

– Oui ?

– J'ai fait assez d'efforts pour ce matin. Alors interdiction absolue de chasser ! Tu restes avec nous et tu manges ce qu'on a. Clair ?

– Clair, répondit maussadement Moineau en haussant les épaules.

– J'approuve, fit Manitou qui avait assez peu apprécié l'exercice. J'ai besoin de me sustenter à présent. Qu'est-ce que nous avons de bon à manger ?

– Eh bien, comme hier, répondit Tara en désignant le sac. Pain, fromage et viande.

– J'aimerais bien, au cours de cette aventure, grommela son arrière-grand-père de sa voix distinguée, que nous puissions faire des repas dignes de ce nom de temps en temps. Regardez-moi ça ! Quelle déception ! Où sont les blinis, le caviar et la crème fraîche ? Parlez-moi d'un bon saumon au beurre blanc avec un gratin dauphinois, d'un savoureux cassoulet avec du confit de canard et de magnifiques saucisses, parlez-moi de verres de cristal, de couverts précieux, de fauteuils moelleux, mais par pitié pas de pain et de fromage !

Son ton était si piteux qu'ils éclatèrent de rire.

Ils s'assirent pour déjeuner et Robin dupliqua ce qu'ils avaient sauvé, suffisamment pour qu'ils puissent se rassasier. À une exception près.

– Euuh, s'informa-t-il au bout de la troisième fournée de viande engloutie par la Bête… tu as l'intention d'en manger encore beaucoup ?

– J'ai un corps qui fait trois mètres de haut, Robin, répliqua Moineau en le toisant. Et l'estomac qui va avec. En plus vous ne voulez pas que je chasse, ce qui ne me met pas de très bonne humeur. Alors oui, j'ai l'intention de manger encore… beaucoup.

– Bon, bon, ne t'énerve pas ! Dis-moi de quelle quantité tu as besoin, et je m'en occupe… enfin s'il me reste encore assez de forces pour cela.

– Fais-moi l'équivalent d'un demi de ces stupides bœufs, commanda malicieusement Moineau, je pense que ça devrait aller !

Il poussa un soupir accablé et entreprit de dupliquer la viande séchée. Au bout de quelques morceaux, Moineau eut pitié de lui.

– Ça va, grogna-t-elle, je n'ai plus faim…

Robin lui lança un sourire reconnaissant qui s'effaça aussi vite quand elle ajouta :

– … pour le moment !

Ils reprirent la route et la plaine changea petit à petit. Les herbes se raréfièrent et le sol devint de plus en plus spongieux. Des ruisseaux leurs coupaient souvent la route et Galant dut même les transporter à plusieurs reprises au-dessus de grandes étendues d'eau croupie.

Tara consultait de plus en plus souvent la carte pour être bien sûre de ne pas se tromper, car tous les chemins avaient une fâcheuse tendance à se ressembler.

Ils n'étaient pas loin de l'île quand une voix familière leur cria :

– Stop !

Manitou, qui marchait en tête et allait poser la patte sur une portion de terre légèrement différente, actionna vivement la marche arrière. D'où l'avantage d'avoir quatre pattes.

– N'avancez surtout pas ! hurla la naine. Ce sont des sables mouvants !

Surpris, ils découvrirent Fafnir à moitié enfoncée dans le sol et qui, pour ne pas être totalement engloutie, s'agrippait à une racine avec l'énergie du désespoir.

– Qu'est-ce qui s'est passé ? demanda Fabrice.

– Il s'est passé que j'ai mis les deux pieds dans la m… et que je suis en train de m'enfoncer. Sortez-moi de là !

– Mais, demanda poliment Cal un peu étonné, pourquoi n'as-tu pas utilisé la magie ?

– Le jour où un nain devra faire appel à la magie pour se sortir d'une situation difficile sera un jour de deuil. Et puis je savais que vous n'étiez pas loin derrière moi. Bon ! Vous êtes là pour prendre le thé ou quoi ? Faites quelque chose !

– Moineau, appela Manitou, peux-tu atteindre l'arbre qui est juste à côté de Fafnir ?

Moineau avisa l'arbre qui penchait au-dessus de Fafnir et, allongeant son corps au maximum, elle y prit solidement appui à l'aide de ses griffes afin d'extirper la naine de sa tombe liquide.

Quand Fafnir émergea des sables mouvants, ils constatèrent avec horreur qu'une multitude de sangsues s'étaient accrochées à ses bras et à ses jambes, la dévorant vivante.

La naine sortit son couteau, mais les sangsues étaient tellement enfoncées dans sa chair qu'elle ne pouvait les détacher. Et le couteau dérapait sur les corps visqueux, incapable de les entamer.

– Attends, intervint Moineau. N'essaie pas de les arracher, il faut qu'elles se détachent toutes seules.

– Et alors, qu'est-ce que je fais ? cria la naine en grimaçant de douleur.

– Ne bouge pas, lui ordonna Moineau avant de se retransformer.

Puis elle cria :

– Par le Flamus elles sont détruites, et ces sangsues seront bien cuites !

Une intense lueur rouge entoura la naine et des flammes jaillirent, ne touchant que les sangsues.

Dès qu'elles sentirent la brûlure du feu, les sangsues lâchèrent prise, tombant au sol avec un bruit mou, révélant des dizaines de plaies sanglantes sur le corps de Fafnir.

– Saletés de sangsues ! éclata la naine en écrasant sauvagement les monstrueuses limaces carnivores. Je les sentais qui me buvaient le sang et je ne pouvais rien faire !

– Ahh ! s'exclama Fabrice en regardant les corps visqueux qui se tordaient sur le sol, tu préférais te faire manger toute crue plutôt que de faire appel à la magie ? Ben dis donc, tu n'aimes vraiment pas ça, hein ?

– Même le mot, je l'aime pas, corrigea la naine d'un ton bourru. Bon, on y va, là ! J'ai pas que ça à faire. Et… merci quand même.

– Je t'en prie, ce n'était rien, un peu plus et tu t'en sortais toute seule, répondit gentiment Moineau qui voyait bien que la naine avait détesté qu'on la sauve.

Elle savait que les nains étaient individualistes, mais Fafnir donnait une nouvelle dimension au mot « indépendant ».

Malgré ses protestations, Moineau, soucieuse des risques d'infection, insista tout de même pour appliquer un Reparus aux blessures de Fafnir qui s'effacèrent rapidement, puis se retransforma en Bête.

Suivant la naine qui, prudente, tâtait la terre devant elle avec sa hache, ils progressèrent lentement vers l'île aux Roses Noires.

Il ne leur fallut pas très longtemps pour la trouver. Elle était située exactement au cœur du Marais, bien protégée par les fondrières et les sables mouvants. Et elle était… sinistre. En fait ils avaient rarement vu une île aussi désolée. Excepté quelques squelettes d'arbres morts dont les branches nues s'agitaient dans le vent froid, il n'y avait que des buissons noirs, aux épines énormes, qui défendaient les abords de l'île comme pour empêcher quiconque d'approcher.

Les amis frissonnèrent et, inconsciemment, se rapprochèrent les uns des autres.

– Nous y voilà, annonça la naine avec satisfaction, insensible à l'aspect sinistre de l'endroit. Il ne nous reste plus qu'à traverser. Je crois savoir qu'il y a énormément de serpents dans cette eau. Je propose donc que nous passions avec Galant, ce sera plus sage.

– Absolument, approuva Tara qui n'aimait pas spécialement les serpents.

– Je suis fatiguée, gémit Angelica qui s'assit sur un tronc d'arbre. Je préférerais rester ici. Je vous attendrai.

Soudain le tronc d'arbre s'anima et une gueule gigantesque se tourna vers Angelica qui hurla.

– Ahhh! Un Glurps*, au secours!

Le Glurps, saurien dont la tête très longue et fine, vert et brun, s'ornait d'un bon millier de crocs, n'allait faire qu'une bouchée de la grande fille brune, quand Cal, qui était le plus proche, incanta:

– Par le Carbonus tu es cuit, car je suis là et te détruis!

Un rayon rouge, identique à celui qui avait blessé la grand-mère de Tara, surgit de son doigt et frappa le Glurps. Celui-ci sursauta comme si on l'avait électrocuté et, sans demander son reste, fila à fond de train dans l'eau peu profonde.

Angelica fondit en larmes.

– J'en ai assez ! Je n'en peux plus. Je veux rentrer chez moi !

– Allons, allons, calme-toi ! fit gentiment Cal. Nous serons bientôt chez nous, essaie simplement d'éviter de t'asseoir *n'importe où* et je te promets qu'on te ramènera chez toi saine et sauve.

La grande fille renifla mais ne répondit pas. Chaque minute, chaque seconde, elle maudissait le jour où Tara avait fait irruption dans sa vie. Mais qu'est-ce qu'elle avait bien pu faire pour mériter une telle punition ?

– Magnifique ! s'exclama Robin admiratif, dis donc, je ne savais pas que tu maîtrisais le Carbonus !

– Ben, moi non plus, avoua Cal, j'ai pas réfléchi, c'est parti tout seul. Tu crois que ça risque de nous faire repérer ?

– Non, le rassura Robin. D'après ce qu'a dit la mère de Tara, il faut vraiment une grande quantité d'énergie pour que d'autres sortceliers le sentent. Pour le moment tout ce que nous avons fait n'est pas dangereux.

– Ouf ! souffla Fabrice. Quand je t'ai vu faire, j'ai vraiment cru qu'on allait voir débarquer les méchants deux secondes après.

– Oui, mais enfin, il fallait bien que je sauve Angelica… non ?

– J'ai pas dit ça, se défendit Fabrice, juste que j'ai eu la trouille.

– Quand vous aurez terminé vos discussions, râla Fafnir, on pourra peut-être y aller. J'ai un Exorde dans quelques jours, moi, alors dépêchons un peu !

Galant les fit passer au-dessus de l'eau et les déposa sur l'île.

Cal faillit perdre Blondin dans le transport. Le renard commençait à en avoir assez de se retrouver sans cesse dans les airs, et il gigota tellement qu'il échappa à Cal l'espace d'un instant et tomba en glapissant. À peine eut-il touché l'eau du lac que tous les Glurps somnolant sur la rive foncèrent sur lui. Plusieurs gueules s'ouvrirent, prêtes à l'engloutir, et il hurlait de terreur quand quelque chose le saisit et le tira hors du marais, les gueules terrifiantes se refermant au ras des poils de sa queue. Les réflexes de Galant venaient de sauver le pauvre Blondin. Le voyant tomber, il avait plongé et l'avait attrapé avec les dents pour le déposer, terrorisé mais sain et sauf, sur la terre ferme.

Le cœur battant à toute vitesse tellement il avait eu peur, Cal hurla après Blondin pendant une bonne dizaine de minutes.

Du coup, prudente, Sheeba veilla soigneusement à ne pas bouger d'un poil pendant son propre transport.

Fafnir ne mit pas très longtemps à trouver sa fameuse rose. Les buissons étaient protégés par de longues épines noires et elle dut s'envelopper le bras dans une couverture pour éviter que sa main ne termine en steak haché.

Elle fut tout de même surprise de voir que les épines semblaient se rassembler en plus grand nombre à l'endroit où elle essayait d'attraper les fleurs. Le buisson opposait une farouche résistance, mais elle ignora la douleur et força le passage.

Alors qu'elle commençait à arracher des fleurs, elle perçut comme un gémissement sourd et le buisson de fleurs frémit. Surprise, elle s'interrompit. Le gémissement s'évanouit. Elle coupa une autre rose, et celui-ci reprit de plus belle. Sur ses mains, la sève de la rose ressemblait presque à du sang tant elle était foncée.

Un peu inquiète, se remémorant l'histoire de la malédiction qui frappait ceux qui cueillaient les roses noires des Marais de la Désolation, la naine hésita... puis reprit sa besogne. Elle n'allait tout de même pas se laisser arrêter par des contes pour enfants !

Pendant qu'elle cueillait ce dont elle avait besoin, Robin fit un petit feu. Puis il dépouilla un arbre de son écorce et, dans le bol ainsi créé, commença à faire bouillir de l'eau.

La naine lui remit les roses, mêlées de son sang.

— Voilà, annonça-t-elle avec satisfaction, tu devrais en avoir assez pour la décoction. Fais-la bouillir puis réduire jusqu'à ce que le jus brun clair devienne totalement noir.

Soudain Manitou cria :

— Aïe aïe aïe, je crois que nous avons des ennuis !

— Quoi ? demanda la naine d'un ton agacé.

— Ça, répondit le chien en désignant de la patte la petite centaine de Mangeurs de Boue qui venaient silencieusement d'émerger de leurs terriers sur les rives du lac.

— Tu crois qu'ils vont traverser ? demanda Fabrice avec inquiétude en détaillant les longues dents et les griffes de fouisseurs de leurs assiégeants, qui se mirent à glapir et à s'agiter en les apercevant.

— Non, ils ne sont pas fous, répondit Fafnir. Et je vous parie une mine d'or contre une mine de sel que ces gars-là obéissent à notre copain le Maître des Sangraves.

— Mince ! jura Cal en écarquillant ses yeux gris, c'est une catastrophe !

– C'est peu dire, parce que maintenant on est coincés sur cette île !

– *Nous* sommes coincés, contra bravement Tara. Mais pas toi, Fafnir !

– Comment ça pas moi ?

– Toi, tu dois repartir avec Galant. Si nous sommes repris, tu es notre seul espoir !

– Même en repartant chez moi dès maintenant, répondit calmement la naine, je ne pourrai jamais vous envoyer de l'aide à temps. Et il est hors de question que je vous laisse tout seuls.

– Ne sois pas idiote, gronda sévèrement Moineau qui d'eux sept était celle qui connaissait le mieux le peuple des nains. Si tu n'es pas revenue à temps pour ton Exorde, tu seras bannie à jamais. Va-t'en !

La réponse fut laconique mais claire.

– Non.

Tout à coup, Manitou se mit à renifler si fort qu'ils en interrompirent leur discussion.

– Ça… ça, par exemple ! dit le labrador, je sens… je sens quelque chose. C'est… diffus, mais le nez du chien est très sensible et je sens…

Il s'approcha d'un buisson de roses noires particulièrement bien défendu et où les épines atteignaient la dimension de véritables poignards.

– Il y a quelque chose là-dedans, dit-il d'un ton définitif.

Fafnir leva les yeux au ciel.

– Et alors ?

– Alors je sens comme un picotement au bout de la truffe. C'est un signe indéniable de puissante magie. J'aimerais que l'un d'entre vous aille voir là-dessous.

Fafnir ricana.

– Maître Manitou, il me semble que de nous tous, vous seriez le mieux placé pour aller fouiner là-dedans. Moi je viens de me faire hacher menu par ces fichues épines, pas question de recommencer.

Le labrador soupira, puis entreprit de se glisser sous le buisson. Curieusement, si les buissons avaient opposé une furieuse résistance à Fafnir, ils semblèrent considérer Manitou comme un simple animal et il revint bientôt avec quelque chose dans la gueule. Cependant, dès qu'il sortit, les buissons s'agitèrent et les branches épineuses tentèrent de saisir le chien, mais celui-ci était hors de portée.

Ils étaient tous très curieux de savoir ce qu'avait trouvé Manitou.

– Ch'est une pierre de quartch, dit-il.

– Comment ?

– Je dis, c'est une pierre de quartz, reprit le chien après avoir posé la pierre vaguement translucide. C'est curieux, j'ai eu comme l'impression que le buisson essayait de m'empêcher de la prendre… comme s'il la gardait. Elle n'est pas très belle, pleine d'inclusions et de failles, mais on peut peut-être l'exploiter.

– Mais comment ça, l'exploiter ? demanda Fabrice le Terrien en regardant la pierre avec curiosité.

– C'est un morceau de cristal de roche, répondit Moineau. Identique à ceux que nous utilisons pour nos télécristals.

– Vos télécristals ? Ah oui ! vos téléphones portables d'Autre-Monde, c'est ça ? demanda Tara.

– Oui, c'est ça, répondit Cal. Mais c'est un morceau brut qui n'est pas utilisable pour le moment. Pour en faire un télécristal, nous allons devoir le polir avec la magie.

– Beurk, cracha la naine, encore de la magie ? Sans moi alors. Je vais aller boire ma décoction.

– Tu ne vas pas faire ça, protesta Cal, choqué, pas maintenant ?

– Et pourquoi pas maintenant ? répliqua la naine.

– Parce que tu risques d'avoir besoin de la magie si tu es bannie par ton peuple. Autrement qu'est-ce que tu vas devenir ?

La naine se campa fermement sur ses pieds et déclara :

– Je crois que tu ne comprends pas bien, petit humain. Je n'aime *pas* la magie, je déteste la magie, la magie a gâché ma vie et il n'y a aucune chance pour que je l'utilise jamais. Alors si je peux m'en débarrasser, exil ou pas exil, je vais sauter sur l'occasion. Et mon talent pour travailler le métal n'a rien à voir avec la magie. Il est le produit de mon expérience et de mon travail. Un bon ouvrier nain gagne bien sa vie. Qu'il soit banni ou pas. À tout à l'heure.

Et avant que Cal puisse dire quoi que ce soit, elle tourna les talons.

Pendant ce temps, Manitou avait posé le morceau de cristal sur l'une des couvertures.

– Mettez-vous tout autour, demanda-t-il, vous allez devoir polir le cristal sans le briser.

– Et comment allons-nous faire ? demanda Angelica, sceptique.

– Vous allez utiliser votre force magique pour maintenir la cohésion du cristal, comme une sorte d'étau géant. Il y a beaucoup de failles dans cette pierre, alors la moindre erreur et elle peut se briser. Soyez très concentrés, car si elle explose, le choc en retour peut vous blesser. Vous devez réussir, sinon nous sommes perdus ! Mais si vous parvenez à la polir, nous pourrons contacter Travia et ils viendront à notre secours.

Angelica se laissa tomber près de la pierre avec empressement. Comment ? Un moyen de sortir de cet enfer, et personne ne lui disait rien !

– Eh bien, qu'est-ce que vous attendez, allons-y ! Vite, pressons !

– Lequel d'entre vous va appeler le Haut mage ? reprit Manitou.

– Je pense que le don de Tara est indéniablement le plus puissant, réfléchit Robin, qu'est-ce que vous en pensez ?

– Oui, c'est un bon choix. Pour une raison que j'ignore, sous ma forme actuelle je ne peux malheureusement pas exercer de magie. Mais je peux vous faire bénéficier de mes conseils. Alors Robin, tu vas commencer à polir la pierre, doucement, tout doucement, afin que les Sangraves ne nous repèrent pas. Et montre à Tara chaque étape du polissage afin qu'elle comprenne bien comment ça fonctionne, ainsi elle l'utilisera plus facilement.

Robin le regarda avec attention.

– Pardon de ma franchise, sourit-il, mais j'ai vraiment du mal à me souvenir que vous êtes un sortcelier expérimenté. Je vais faire ce que vous dites.

– Si j'étais un sortcelier expérimenté, je ne me serais pas laissé piéger dans un corps de chien, grommela l'arrière-grand-père de Tara. Mais pour ce qui est de la boule de cristal, j'en ai poli des centaines dans ma vie. Allez-y.

Robin prit une grande inspiration et annonça :

– C'est bon, je commence. Pendant que je polis la pierre, pensez que vous l'entourez avec votre magie. Surtout, ne faiblissez pas, il faut que ce cristal reste entier. J'y vais. Tara, tu me suis s'il te plaît ?

Ce fut un moment magique. Tara accorda son esprit avec celui de Robin et fut très surprise, car elle ne savait pas qu'elle allait littéralement entrer dans l'esprit du garçon. C'était vraiment différent de ce à quoi elle s'attendait. D'autant qu'il ne cherchait pas du tout à cacher ses pensées. Après un instant d'hésitation, curieuse, elle fouina un peu et tomba sur une pensée qui la fit reculer… Oups, il la trouvait jolie !

– Excuse-moi, broncha-t-il en rougissant mentalement, ce qui était une véritable prouesse, mais cette pensée m'a échappé. Concentrons-nous s'il te plaît. Je vais essayer de contrôler mon esprit.

Ce ne fut pas très facile. Il ne pouvait pas s'empêcher de penser à plein de trucs. À son amitié avec Cal et Fabrice. À son affection pour Moineau et à sa surprise quand il avait découvert qu'elle était une descendante de la Bête. À sa peur d'être de nouveau repris. Il pensait aussi beaucoup à son père et à sa mère. Puis il orienta de nouveau ses pensées vers Tara et toute l'admiration qu'il avait pour elle, son courage, son délicieux esprit analytique, ses magnifiques yeux bleu marine…

Aïe, aïe, aïe, s'alarma Tara, quand elle tomba sur cette pensée, je dois me concentrer sur la boule de cristal… et surtout pas sur ce qu'il pense de moi! Même si je trouve que c'est drôlement gentil!

Soudain ce fut très clair. Elle sentit la magie de Robin s'emparer de la pierre et commencer tout doucement à la façonner. Il utilisait son pouvoir comme un scalpel. De très légers coups sur les arêtes de la pierre faisaient tomber de petits morceaux sur la couverture. Puis sa râpe mentale enlevait les aspérités et polissait le cristal. Il était très prudent. Les fissures dans le cœur étaient nombreuses. Le moindre coup mal ajusté et la pierre se briserait. Tara pouvait ainsi percevoir la chaleureuse attention de Fabrice, de Cal et de Moineau et la froide magie d'Angelica qui entouraient la pierre comme une main douce et solide, afin de l'empêcher de voler en éclats.

Patiemment, Robin montrait toutes les étapes à Tara qui les répétait. Quand Robin passait sur une arête et la polissait, il la rendait transparente. Quand Tara repassait derrière, sa magie la rendait lumineuse. Et quand ils terminèrent enfin avec un soupir de soulagement, la boule de cristal était comme un petit phare qui illuminait la nuit.

– Ouah! s'extasia Moineau, c'est la plus belle boule que j'aie jamais vue! C'est incroyable ce qu'elle brille!

– Elle est pleine de fêlures et le moindre choc peut la briser malgré toutes nos précautions, s'inquiéta Robin. Nous devrions essayer de contacter le mage tout de suite.

Tara étira son dos en grimaçant.

– Est-ce que ça demande beaucoup d'énergie? Parce que je suis épuisée, je n'en peux plus!

– Je croyais que tu avais le don le plus puissant de nous tous, railla Angelica, montre-nous donc ce que tu sais faire au lieu de geindre.

Tara ignora l'attaque de la grande fille et regarda Robin.

– Moi aussi je suis fatigué, confirma-t-il en délassant ses épaules crispées. Nous pouvons nous reposer quelques instants. Mais pas trop longtemps, je suis aussi inquiet à cause des Mangeurs de Boue. Je ne sais pas ce qu'ils mijotent, mais je serai plus tranquille quand nous aurons parlé à Maître Chem.

Tara hocha la tête. Elle était d'accord, mais sentait que sa magie risquait de nouveau de lui échapper si elle était trop fatiguée. Afin d'éviter toute catastrophe, elle devait d'abord se détendre avant de poursuivre. Aussi se mit-elle debout tranquillement, attrapa un morceau de pain et de fromage et partit s'asseoir à côté de Galant qui broutait l'herbe rare.

– Mais qu'est-ce qu'elle fait? glapit Angelica. Je veux retourner chez moi! Maintenant!

– Laisse-la se reposer, ordonna Manitou. Cet exercice vous a tous demandé beaucoup d'efforts. Mangez quelque chose et reposez-vous un peu. Nous essaierons après ça. Angelica, tu dois comprendre que si nous essayons maintenant et que notre première tentative échoue en raison de la fatigue, nous ne pourrons pas en faire d'autres avant plusieurs heures. Alors autant mettre toutes les chances de notre côté. Même si je n'apprécie pas plus que toi d'être obligé d'attendre!

Se souvenant juste à temps que le labrador noir était un vieux sortcelier, Angelica décida de s'abstenir de lui balancer un coup de pied.

Soudain une clameur les fit sursauter. Les Mangeurs de Bouc hurlaient.

— Enfants ! Venir, danger, danger ! Enfants, quitter l'île, danger danger ! Pas dormir sur île, venir ici, maintenant ! Nous pas faire mal enfants. Ramener au grand Maître, gentil Maître, beau Maître. Enfants venir maintenant !

— Allons bon, fit Fabrice, qu'est-ce qu'ils nous veulent encore ?

— Y veulent que nous nous rendions, répondit la naine qui s'efforçait de faire passer le goût horrible des roses noires en mangeant quelques baies tardives. Alors ils essaient de nous effrayer. Ne fais pas attention. C'est une tactique que mon arrière-arrière-grand-père n'utilisait déjà plus il y a dix siècles.

— Mais ! frissonna Angelica, et s'il y avait vraiment un danger, ou quelque chose de maléfique sur l'île à la nuit tombée, que ferait-on ? Nous ne savons même pas contre quoi nous devrons lutter !

— Vous êtes vraiment inquiets, vous les humains. Et si ceci, et si cela, railla la naine. Pourquoi ne prenez-vous pas la vie comme elle vient, c'est tellement plus simple ! Laissez-vous aller un peu, appréciez ce qui vous est donné !

Elle tourna sur elle-même comme une toupie en écartant les bras, un immense sourire aux lèvres.

— Holà ! s'étonna Cal en la regardant attentivement, y avait quoi dans ton infusion ?

La naine haussa les épaules en titubant… puis trébucha et se retrouva assise par terre.

— Juste de quoi me faire comprendre que la vie est belle et que je suis heureuse d'être avec vous ici, sous cette magnifique voûte étoilée de mille soleils lumineux et mystérieux. Avec des amis chers et courtois qui étaient prêts à sacrifier leurs vies pour que je puisse m'échapper. Vous savez quoi ? Je vous aime !

– Mais elle est complètement saoule ! souffla le chien en regardant la naine qui essayait de se mettre debout en vacillant pour déclamer de la poésie aux étoiles.

– Elle a dit que l'infusion allait faire disparaître sa magie. Elle n'a pas parlé des effets secondaires !

– Ça par exemple, quelle surprise ! s'exclama le labrador. J'aimerais que vous me cueilliez quelques-unes de ces roses noires. Je pense qu'il pourrait être utile que je fasse quelques expériences une fois rentré à la maison. Enfin si le maudit chien continue à me laisser les commandes. Les réactions de Fafnir sont tout à fait curieuses.

– Je vais essayer de vous en couper, mais je ne vous garantis rien, répondit Fabrice en regardant les redoutables épines d'un air dubitatif. Et Fafnir, vous croyez qu'elle va être malade ?

– Ouuuh… il faut plus que quelques plantes pour venir à bout d'un nain. Ce sont les êtres les plus solides que j'aie jamais vus. Ne t'inquiète pas. Elle aura peut-être l'impression de servir d'enclume à un forgeron demain matin, tellement elle aura mal à la tête, mais ce sera tout.

Fafnir avait terminé ses déclarations poétiques et entonnait un chant de guerre nain.

« *Le vaillllant clan des Forgeafeux*
Partit en gggggguerre pour les beaux yeux
De Betanir la forgeronnnnne
Enlevée par une dragonnnnne ! »

– Tu crois qu'elle va continuer longtemps? hurla Cal à Moineau tout en se bouchant les oreilles.

« *Pour toute rançon elle veut de l'ooooor*
Et son paiement sera la moooooort! »

– Je ne sais pas, cria Moineau, la seule chose que je sais c'est qu'il existe plusieurs milliers de chants nains. En fait elle pourrait chanter pendant *un an* sans s'arrêter.

« *Car les nains vont la découpeeeeeer*
La saigner, la faire grilleeeeeeeer. »

– Je me serai rendu aux Mangeurs de Boue bien avant! gémit Fabrice qui tentait désespérément de se protéger des sons incroyables que la naine tirait de son vaste gosier.

« *Sans pitié, allons mes frèeeeeeres*
Chez l'ennemi porter la gueeeeeere. »

Sur la rive, les Mangeurs de Boue refluaient, terrifiés par les chants guerriers et, en quelques secondes, ils avaient tous déguerpi. Dans l'eau, les Glurps et les serpents fuirent à l'autre bout du lac et même les buissons de roses noires frémirent en tirant sur leurs racines pour échapper à la tornade vocale. Les mains sur les oreilles, Tara se mit à rire.

– En tout cas, c'est efficace! cria-t-elle à Fabrice. On va pouvoir l'inscrire au chapitre « Armes secrètes ».

La naine s'interrompit et lança:

– Et maintenant le refrain!

« *Prenez les lances et les marteeeeeeeaux*
Chantez les chants, marchez en chœeeeeeeur
Et la victoire nous tiendra chaaaaaaaaaaud
Car nous les nains n'avons pas peeeeeeeur! »

– Et maintenant la suite!

 « *Mais Betanir la courageeeeeeeuse*
  Avait déjà tué la gueeeeeeeuse
  Avec son marteau de forgggggge
  L'avait frappée à la gorgggggge
  La vile serpente était tombéeeeeee
  Et Betanir s'était sauvéeeeeee
  Emportant l'immense trésooooor
  Sonnant la victoire sur son coooor
  Elle partagea avec les clannnnns
  L'or et l'argent, le prix du sannnng
  De Betanir ils firent leur reinnnnne
  Et elle fut la reine des nainnnnnnes! »

Leur faisant signe de chanter, la naine reprit, se balançant d'avant en arrière au rythme du chant:

– Et le refrain maintenant!

 « *Prenez les lances et les marteeeeeeeaux*
  Chantez les chants, marchez en chœeeeeeeeur
  Et la victoire nous tiendra chaaaaaaaaaaud
  Car nous les nains n'avons pas peeeeeeeur! »

Quand elle se tut, un grand silence tomba soudain sur le Marais. Elle vacilla encore pendant un moment, un immense sourire aux lèvres, puis tomba comme une masse, d'un seul coup. Comme elle était très dense, l'impact fit un grand « baoum! ». Et l'île sembla trembler sous le choc.

– Ouille, constata Cal, elle a dû se faire mal, venez m'aider, on va la mettre sur une couverture.

Pour transporter la naine, Moineau se retransforma et ils l'allongèrent confortablement. Tous la regardaient, un peu inquiets, jusqu'au moment où des ronflements sonores les rassurèrent.

– Bien, maintenant que le concert est terminé, je pense que finalement je vais tout de même essayer de joindre le mage avant qu'il n'arrive quelque chose d'autre, décida Tara en riant.

– Pfff, je ne savais pas que les nains chantaient comme ça ! grimaça Fabrice, les oreilles tintant encore.

– Il vaut mieux pas ! répondit Moineau. Parce qu'en général quand on entend leurs chants c'est qu'ils sont en guerre et en train de te foncer dessus. Alors tu comprendras qu'il y a peu d'amateurs sur AutreMonde !

Fabrice renchérit.

– Aaah, je comprends ! Ils terrassent d'abord leurs adversaires en chantant, et ensuite il ne leur reste plus qu'à les achever. Pas idiot, comme tactique !

– Arrière-grand-père, tu sais ce que je dois faire ? demanda Tara au chien qui retira ses pattes de ses oreilles.

– D'abord, m'appeler Papy ou Grand-père ou Manitou, parce que Arrière-grand-père, d'une part c'est un peu long, et d'autre part je prends un coup de vieux chaque fois que je t'entends. Ensuite me mettre du coton dans les oreilles la prochaine fois que Fafnir décide de démarrer un nouveau tour de chant. Enfin, te placer devant la boule de cristal, réciter l'indicatif de ton correspondant et penser intensément que tu veux communiquer avec lui. C'est tout. Dès que tu vois son image se former, tu peux parler.

– Mince, l'indicatif ! (Une intense panique déforma le visage de Tara.) J'ai un trou, je ne me souviens pas de l'indicatif !

Elle eut beau fouiller sa mémoire, rien à faire. Impossible de se souvenir du plus petit chiffre !

Elle avait envie de pleurer. Non mais, quelle idiote !

Elle se mit à marcher de long en large en marmonnant.

– 004, non c'est pas ça, 005, 003, non, c'est pas vrai, je sais plus… 008…

– On peut peut-être l'hypnotiser ? proposa Fabrice en suivant les va-et-vient de son amie.

– Non, avec son don c'est trop dangereux. Elle peut tous nous tuer juste pour se défendre.

– Mmmoui, on va peut-être éviter alors. Elle peut réciter une liste de nombres et finir par se souvenir des bons. Moi c'est comme ça que je me souviens des numéros de téléphone sur Terre. Tara, tu as utilisé un moyen mnémotechnique pour te rappeler de ce numéro ?

– Pas du tout, gémit Tara totalement affolée, je l'ai simplement appris, c'est tout ! Mais j'ai un trou de mémoire ! Et j'ai laissé le papier sur lequel Maître Chem l'avait noté à Travia !

– Je ne voulais pas en parler, mais là, je n'ai pas le choix, marmonna Cal. Le voilà, ton papier !

Et il produisit un petit morceau de papier tout chiffonné sur lequel se détachait l'écriture du dragon : 007 700 350 Chemnashaovirodaintrachivu.

– Oui ! C'est ça ! cria Tara, mais comment ? Je ne comprends pas !

– Je suis le petit dernier d'une grande famille, expliqua Cal très dignement. Et quand je dis petit, c'est petit. Tous mes frères et sœurs sont bien plus grands que moi et surtout bien plus costauds. Alors pour un petit, la seule solution pour s'en sortir c'est de se tenir bien informé. Et le numéro privé du Grand mage, ça c'est une sacrée information.

– Tu veux dire que tu l'as volé à Tara? demanda Moineau stupéfaite.

– Ce n'était pas un vol, se récria Cal, c'était un emprunt!

– On s'en fiche! cria Angelica qui prit le parti de Cal pour la première et, elle l'espérait, dernière fois de sa vie. Tara, fais donc ce maudit numéro et dis au mage que je suis ici et que je veux qu'il vienne me chercher!

Réprimant son envie de rire, Tara lança un sourire éblouissant de reconnaissance à Cal.

– Tu peux me voler ce que tu veux, quand tu veux!

Puis elle se plaça devant la boule de cristal.

Elle eut un peu de mal à se concentrer. La lumière de la boule était violente et elle avait une sorte de... vie propre. Elle l'entendait qui chantait dans son esprit avec une inaltérable bonne humeur.

– C'est... c'est normal qu'elle me parle? finit-elle par dire au bout d'un moment.

– Comment?

– Quoi?

– Elle te quoi?

– Elle me parle. Ou plutôt elle chante dans mon esprit. Elle me dit qu'elle m'aime, qu'elle était prisonnière depuis des centaines d'années de ce buisson de roses noires, que nous l'avons délivrée et qu'elle est très heureuse. Ah, et puis elle aime aussi beaucoup Robin qui l'a faite si belle. Et elle chante qu'elle fait partie de l'Esprit de ce monde, et que l'Esprit est heureux d'être avec nous, bien éveillé. Parce que d'habitude, il ne peut pas communiquer avec nous, ou très difficilement.

– Ouah! aboya Manitou sous le coup de la surprise, pardon, je veux dire quoi? Ne me dis pas que j'ai trouvé une pierre vivante?

– Ben, ça va être difficile de vous répondre, remarqua Cal, parce que j'ai jamais entendu parler de pierres vivantes!

– Elles sont extrêmement rares. Moi-même je n'en avais jamais vu. Et les veines de pierres vivantes sont si profondément enfoncées dans la terre que même les nains n'arrivent pas aussi bas. Il y fait trop chaud et il y a trop de pression. Cela n'aurait donc pas dû arriver… je ne comprends pas. Ces pierres sont les purs produits de la magie. AutreMonde a un Esprit de la magie, dont les Élémentaires de Feu, d'Eau, de Terre et de Vent, ou encore les arbres vivants par exemple sont les manifestations. Les pierres vivantes en sont une autre. Celui qui possède une pierre vivante est lié à jamais avec elle, un peu comme avec un Familier.

Un hennissement de protestation lui coupa la parole.

– Mais non, Galant! le rassura Tara, ne sois pas jaloux. La pierre vivante dit que celui qui l'a remontée des entrailles de l'île est maléfique. Il a essayé d'utiliser son pouvoir mais elle a résisté, alors il l'a emprisonnée sous les buissons jusqu'à ce qu'elle cède. Mais il n'a pas imaginé qu'un *animal* dépourvu de magie pourrait la délivrer. C'est la raison pour laquelle les buissons t'ont laissé faire.

Manitou était encore stupéfait.

— Bon, écoute, ton don est déjà puissant. Et cette pierre avec qui tu viens involontairement de te lier est un réservoir de magie naturel. Elle va multiplier ton pouvoir dans des proportions très importantes. Alors il faut que tu sois extrêmement prudente. Quand tu vas communiquer avec Maître Chem, surtout concentre-toi. Il suffit que tu penses à autre chose, par exemple, que tu veuilles écraser un insecte qui va te piquer, pour que ta magie détruise l'insecte, l'île sur laquelle nous nous trouvons, les Marais de la Désolation et peut-être même un bout des montagnes qui sont à une vingtaine de kilomètres. Ah! Et puis fais aussi attention à ne pas la briser, cela la tuerait... enfin... je suppose, parce que je n'en sais pas beaucoup au sujet des pierres vivantes.

Tara frissonna et reposa la pierre avec mille précautions. Ça n'aurait pas pu être simple pour une fois? Et non! Paf, de nouveau sur ce monde de fous, elle tombait sur un truc pas normal. C'était un peu fatigant d'habiter ici.

— Bon, je fais quoi alors?

— Pose-la devant toi et demande-lui de te mettre en communication avec Maître Chem. Elle devrait *théoriquement* t'obéir.

— Théoriquement? Je déteste quand tu dis ça Grand-père. Bon, allons-y! Pierre vivante, mets-moi en contact avec Maître Chemnashaovirodaintrachivu, indicatif 007 700 350. Maintenant!

Il ne se passa rien. La pierre resta strictement immobile et son chant disparut de l'esprit de Tara. Oups! Elle avait oublié le mot magique.

Elle ajouta.

— Euuh, s'il te plaît?

L'espace d'un instant la lumière de la boule fut absolument insoutenable. Puis une image se forma… Un bureau dans la pénombre.

Manitou grommela.

– Je donnerais mon royaume pour une pierre comme ça ! Pourquoi ce n'est jamais à moi que ça arrive !

– Je te laisse la place quand tu veux, Grand-père ! répliqua Tara.

Ils se penchèrent tous. Apparemment, le Haut mage avait posé sa propre boule de cristal sur sa table de travail car ils pouvaient distinguer des papiers et des livres tout autour. La pièce où il se trouvait était presque totalement dans l'obscurité.

Sans attendre l'ordre de Tara, la pierre vivante étendit son pouvoir et la boule de cristal avec laquelle elle correspondait se mit à son tour à émettre de la lumière, ce qui leur permit de voir l'énorme masse du dragon qui dormait près de la table et le lit de pièces d'or et de pierres précieuses sur lequel il était allongé. Le Haut mage était revenu à Travia !

Cal sourit malicieusement.

– Dites-moi, Maître Manitou, pensez-vous qu'il pourra nous entendre si on demande à la pierre d'augmenter la portée de la boule de cristal du Haut mage ?

– Certainement, pourquoi ?

– Parce que nous ne pouvons absolument pas attendre qu'il se réveille tout seul. C'est maintenant que nous avons besoin de lui ! Pas dans dix heures !

Manitou secoua la tête.

– Tu veux piéger Maître Chem, n'est-ce pas, ne prends pas ton air innocent, je t'ai vu venir à cent kilomètres. Mais pour une fois, tu as raison. Alors vas-y !

Le dragon fit un bond qui ébranla tout le Palais Royal quand une voix énorme lui hurla dans l'oreille :

– Maître Chem, réveillez-vous ! C'est moi ! Caliban ! Réveillez-vous !

– Hein, quoi, hein ?

Réveillé en sursaut, il nageait en pleine confusion. Il se mit debout, affolé, faisant voler les papiers en tout sens, marcha sur sa queue, perdit l'équilibre, écrasa son fauteuil, se rattrapa de justesse à une poutre du plafond et hurla :

– PAR MES ANCÊTRES ! QU'EST-CE QUI SE PASSE ?

Soudain il réalisa qu'il n'y avait personne dans la chambre et que sa boule de cristal émettait une étrange lueur. Il se rapprocha et sursauta de nouveau.

– Par mes écailles ! tonna-t-il, Tara, Caliban, Gloria, Angelica, Fabrice et Robin ! Mais d'où appelez-vous, où êtes-vous… et pourquoi ma boule s'éclaire-t-elle ainsi ?

La tête de Manitou apparut dans la boule.

– Nous savons où se trouvent les Premiers enlevés ! Nous venons de nous évader de la forteresse des Sangraves qui nous avaient kidnappés. Nous sommes sur l'île des Roses Noires à Gandis, au cœur des Marais de la Désolation. Et si ta boule s'éclaire c'est parce que nous communiquons avec toi à l'aide d'une pierre vivante que nous venons de polir.

Le mage en laissa pendre son énorme mâchoire pendant une demi-seconde, puis explosa en questions.

– Êtes-vous à l'abri là où vous vous trouvez en ce moment ? N'y a-t-il aucun risque que les Sangraves puissent vous retrouver ? Vous ne courez aucun danger ? Une quoi ?

– Il y a tous les risques que les Sangraves nous retrouvent, et j'ignore totalement si nous sommes en danger ou pas. Le mieux est de ne pas traîner, si tu veux mon avis. Et oui, nous communiquons avec une pierre vivante. Je te raconterai.

– Donne-moi dix minutes pour réunir une force d'Intervention. Tout le monde est en état d'alerte maximale ici. Je laisse ma boule branchée. À tout de suite.

– Attendez !

Le cri de Tara stoppa net le dragon.

– Vous ne pouvez pas amener les Hauts mages ou de simples sortceliers, dit-elle rapidement. Il y a plus d'une centaine de Sangraves dans la forteresse et au moins trois cents jeunes sortceliers, dont les parents sont justement des Hauts mages et dont la majorité a été infectée par la magie démoniaque !

Le dragon en eut le hoquet.

– QUOI ! rugit-il. LES DÉMONS ONT ROMPU LE PACTE ?

– C'est beaucoup plus subtil que ça, répondit gravement Tara. Ils contaminent les humains par l'intermédiaire de Magister. Comme ça, vous, les dragons, aurez non seulement à lutter contre les démons, mais également contre les humains infectés. Vous n'avez aucune chance de gagner !

Le dragon frémit.

– Et je suppose que nous ne pouvons même pas accuser les démons puisque c'est un Sangrave, donc un humain, qui est à l'origine de tout cela. Intelligent… très intelligent. Les démons ont retourné nos propres alliés contre nous ! J'avertis immédiatement Chanvitramichatrinchivu, Mangouratchivatrinchivu,

Santramivinkratrinchiva et les autres dragons et dragonnes. À tout de suite !

Malgré l'urgence de la situation, Cal et Fabrice se sourirent. Les dragons aimaient visiblement bien les noms compliqués !

Maître Chem se transforma en humain puis, élevant magiquement la voix, réveilla tout le Palais. À travers la pierre vivante, ils pouvaient suivre les opérations.

Il alla fantastiquement vite. En moins de vingt minutes, il avait rassemblé un bataillon d'elfes et leurs pégases de guerre, impatients d'en découdre, et presque autant de dragons, venus de tous les pays d'AutreMonde, tout aussi impatients de donner une bonne leçon à celui qui osait enlever *leurs* Premiers sortceliers. Si le vieux dragon refusa l'aide des Hauts mages, à leur grand dépit, il ne put décliner celle de Maître Dragosh, qui lui posa l'alternative en termes simples : ou le vieux sortcelier acceptait de le prendre avec lui pour combattre le Maître des Sangraves, ou il démissionnait et allait immédiatement présenter sa candidature à Omois. Maître Chem soupira et grimaça mais il n'avait pas le choix et fut contraint d'accepter.

Puis le Haut mage attrapa sa boule et descendit dans la cour d'honneur du Palais.

— Me voilà, annonça-t-il à Manitou par l'intermédiaire de la boule de cristal, nous sommes prêts. Vous êtes loin de la forteresse des Sangraves ?

— À deux jours, répondit Manitou.

— Mmmmh, c'est trop près pour que vous vous risquiez à créer une Porte de transfert. Bon, écoute, je vais créer la Porte de mon côté. Elle apparaîtra simultanément sur l'île. Il me faudra ensuite quelques minutes pour générer suffisamment de puissance magique et nous faire passer. Je vais me caler sur l'endroit où vous vous trouvez grâce à la pierre vivante pour fixer la Porte, alors prends-la s'il te plaît.

– Euuh, risqua le labrador noir, puis-je te rappeler que je suis un chien. J'ai des pattes, pas des mains. Sous cette forme, je ne peux pas faire de magie !

– Par les entrailles de Baldur, tu as raison ! Je n'y pensais pas. Alors demande à Tara et à ses amis de prendre la pierre vivante et de la tenir fermement pendant que je la localise pour ouvrir la Porte.

– D'accord.

Le chien se tourna vers les six visages qui le regardaient avec angoisse. La dernière fois qu'ils avaient vu une Porte, le garçon qui l'avait créée en était mort. Ils n'avaient pas spécialement envie de suivre son exemple.

– Je sais que vous avez peur, déclara gravement le chien, mais nous n'avons pas le choix. Sans l'aide du mage, nous sommes incapables d'échapper au Maître des Sangraves. Si vous suivez attentivement mes indications, tout devrait bien se passer.

Tara n'aima pas beaucoup le « devrait » mais ne dit rien. Elle se concentrait sur ce qui les attendait.

Soudain un cri les fit sursauter.

– Par le marteau de ma mère ! Ils attaquent !

Fafnir se tenait la tête à deux mains comme si elle allait lui échapper d'un instant à l'autre, et leur tournait le dos, les yeux fixés sur la rive.

– Mais qu'est-ce que vous fichez, hurla-t-elle, ils traversent !

Ils se précipitèrent à ses côtés. Elle désigna de vagues formes noires se déplaçant à la surface de l'eau.

– Regardez, ils ont fabriqué des radeaux ! Ouch, ma tête, j'ai mal ! Je ne comprends pas ! C'est pas normal !

– Quoi ? cria Fabrice qui commençait à paniquer, que tu aies mal à la tête ?

– Non ! bondit la naine, qu'ils nous attaquent de nuit ! Ce sont des créatures diurnes, pas nocturnes !

La litanie des Mangeurs de Boue montait jusqu'à eux.

– Pas rester sur l'île, danger ! Danger ! Attraper les enfants, ramener les enfants au gentil Maître, bon Maître, puissant Maître !

– Ça alors ! réalisa la naine avec stupeur, ils ont tellement peur pour nous d'un danger qu'il y aurait sur l'île qu'ils osent traverser pour nous capturer et nous évacuer !

Elle se ressaisit.

– Nous devons organiser notre défense !

Robin regarda les buissons épineux, puis le rameau que lui avait donné l'arbre vivant. Il demanda :

– Dis-moi, Fafnir, ces buissons de roses noires, ils sont épais ?

– Plus qu'épais, répondit la naine en montrant sa main lacérée, pourquoi ?

– L'arbre vivant a dit que nous pouvions faire pousser ce que nous voulions avec cette branche. Ça te dirait qu'on essaie ?

– Vas-y, se résigna la naine. Pffff, de la magie ! Encore de la magie, toujours de la magie !

Robin sourit puis brandit la petite branche vers les buissons de roses.

– Par l'Arbre qui est vivant que ceci pousse immédiatement ! ordonna-t-il.

Du rameau jaillit un rayon vert qui toucha les buissons de roses noires, les entourant d'une violente lueur verdâtre. Les buissons frémirent puis, avec une vitesse fulgurante, se ployant à la volonté de Robin, se mirent à pousser, à lancer des tiges épineuses tout autour de l'île jusqu'à l'enfermer dans un mur presque infranchissable.

Fabrice, bouche bée, pensa que son père donnerait tout ce qu'il avait pour posséder un truc pareil… rien de mieux pour entretenir les rosiers !

Manitou trépignait sur place.

– Bien, très bien, mais nous ne pouvons pas nous occuper de tout à la fois. La Porte est plus importante !

– Attends, Grand-père ! intervint fermement Tara, est-ce que tu as besoin de tout le monde pour tenir la pierre vivante ?

– Trois d'entre vous devraient suffire, pourquoi ?

– C'est bon, déclara Moineau, je suis suffisamment grande pour regarder au-dessus des buissons, et je vois très bien dans l'obscurité grâce à mes yeux de Bête. Allez-y ! Ramenez Maître Chem et ses dragons ici. Fafnir, Sheeba et moi, on s'occupe du reste.

– Tu peux m'apporter des pierres ? lui demanda Fafnir.

– J'en ai vu qui dépassaient de la boue là-bas. Je m'en occupe tout de suite !

En quelques secondes, elle avait déterré des pierres aux formes curieusement régulières que la pluie et la boue avaient dissimulées et dont seuls les bouts émergeaient encore. Avec stupeur, Moineau se rendit compte que toute l'île en était d'ailleurs pavée! Bon, elle éclaircirait ce mystère plus tard, quand ils seraient sortis d'affaire.

Elle apporta les grosses pierres rectangulaires à Fafnir.

La naine soupesa l'une d'elles, eut un vilain sourire, regarda à travers le buisson, calcula sa trajectoire, leva la pierre et d'un geste d'haltérophile impeccable la lança dans la nuit. L'instant d'après on entendit un hurlement, le choc des corps tombant à l'eau, suivi par d'affreux bruits de déglutition.

— Et dix d'un coup, compta sobrement Moineau.

— Occupons-nous de la Porte! les pressa vivement Manitou.

Cal, Robin, Angelica et Tara se placèrent en cercle de nouveau, avec Manitou. Tara tenait la pierre vivante dans sa main avec une certaine appréhension.

— Maître Chem va fixer la Porte à l'endroit précis où sera posée la pierre vivante. Mets-la au milieu, puis avec votre magie, empêchez la pierre de bouger, expliqua Manitou. Des questions?

— Moi, j'en ai une, osa Angelica qui grelottait de trouille. Qu'est-ce qui arrivera si Maître Chem n'arrive pas à passer la Porte?

— Tu entends les Mangeurs de Boue?

— Oui.

— Si Maître Chem ne passe pas, nous ferons un séjour prolongé dans les terriers des Mangeurs de Boue, avant de rejoindre la forteresse grise… comme prisonniers.

Elle déglutit péniblement et décida d'être très très concentrée.

Le chien plongea son regard dans la pierre vivante.

— Chem?

– Oui, vous êtes prêts? Qu'est-ce qui se passe, bon sang!

– Les Mangeurs de Boue nous attaquent. Ouvre la Porte, nous sommes prêts.

– Par les cornes de Baltazar, les entrailles de Baldur et les dents cariées de Grisol! jura le Haut mage qui incanta très vite: « Par Transferus, Porte ouvre-toi, et en cet ailleurs, transfère-moi! »

Une Porte immense s'ouvrit devant lui, suffisamment grande pour laisser passer les elfes montés sur leurs pégases. Presque immédiatement, une porte identique apparut devant les jeunes sortceliers, au centre de leur cercle, juste à l'aplomb de la pierre vivante qu'ils tenaient soigneusement immobile, grâce à leur pouvoir. Derrière eux, le bruit de la bataille s'intensifia soudain… les Mangeurs de Boue avaient réussi à mettre les pattes sur l'île! Protégés par leur épaisse fourrure, ils parvinrent à se frayer un passage à travers les buissons de roses grâce à leurs puissantes griffes de fouisseurs. Moineau, Sheeba et Fafnir leur tombèrent alors dessus. Sheeba les forçait à reculer devant ses crocs menaçants, Fafnir les balançait dans l'eau, faisant chavirer d'autres radeaux, et Moineau les saisissait et les assommait deux par deux. Pourtant, petit à petit, malgré leur résistance acharnée, sous la pression des Mangeurs coriaces, elles commencèrent à reculer doucement. Soudain Fafnir trébucha sur un corps qu'elle n'avait pas vu, et disparut sous un amoncellement de Mangeurs de Boue qui commencèrent à la ligoter malgré tous ses efforts.

Épouvantée, Tara perdit brutalement le contrôle de son pouvoir. Ses yeux devinrent totalement bleus et sa magie bondit vers la pierre vivante. De l'autre côté, elle pouvait voir les pégases piaffer en attendant que la Porte soit prête à les transférer.

Tara n'avait pas l'intention d'attendre. Sans se préoccuper de savoir si la Porte était prête ou pas, sûre de ce qu'elle faisait, elle se saisit mentalement des dragons et des elfes qui attendaient au Lancovit… et les transféra instantanément sur l'île des Roses Noires.

L'instant d'après, le Haut mage stupéfait, qui en était tombé par terre, cinquante elfes sur leurs pégases, une cinquantaine de mages-dragons, Maître Dragosh… *et la moitié des murs de pierre de la cour d'honneur du Palais Royal de Lancovit* se retrouvèrent dans l'île des Roses Noires, devant deux cents Mangeurs de Boue tout aussi stupéfaits. Et la Porte se referma brutalement.

Le Haut mage n'essaya pas de comprendre. Il se releva, se retransforma en dragon et d'un seul geste chargea. Les autres dragons firent de même, s'envolèrent, et les elfes et le Vampyr bondirent.

Ils attaquèrent en masse les Mangeurs de Boue qui ne comprirent pas ce qui leur arrivait. Les ailes des dragons les fouettaient et les assommaient, les flammes féroces leurs grillaient le poil et les gueules immenses les terrorisaient. Ils crurent que l'Enfer venait de leur tomber dessus. En l'espace de quelques secondes, ils furent pulvérisés ou renvoyés dans l'eau, aux bons soins des habitants du cru. Les elfes terminèrent le nettoyage, mais il ne restait pas grand-chose à faire. Les Mangeurs qui n'avaient pas réussi à fuir sur les radeaux nageaient, glapissant dès qu'un Glurps s'approchait d'un peu trop près… et sachant qu'il y avait beaucoup de Glurps très intéressés, il y avait beaucoup de glapissements.

Dans le noir, aucun ne remarqua l'agitation des buissons. Des lianes aux épines noires et tranchantes rampèrent vers les corps inanimés des Mangeurs de Boue. L'un d'eux se réveilla en secouant la tête, encore à moitié assommé, et vit les lianes toucher ses compagnons. Il poussa un couinement de désespoir et tenta de s'échapper. Mais Robin avait fait du bon travail et les rosiers recouvraient presque toute l'île à présent… Le Mangeur de Boue n'avait aucune chance. Les lianes le traquèrent, le firent tomber, et il fut submergé en quelques secondes, le corps transpercé par les épines. Curieusement, les lianes évitèrent soigneusement les enfants et Manitou.

Un rire maléfique comme émis par un millier de voix chuchota alors dans l'obscurité.

– Libre. Je suis libre !

Les dragons revinrent, souriant de tous leurs crocs, et la voix se tut prudemment.

– Je crois bien qu'ils vont courir jusqu'à demain ! tonna Maître Chem, ravi. Dans mes bras, mes enfants !

Tara, qui discutait avec la pierre vivante, à moitié hypnotisée par la puissance de leur symbiose, ne réagit pas. Robin embrassait son père, T'andilus M'angil, qui était à la tête du groupe des elfes, en hurlant de joie. Et les autres regardèrent les défenses pointues et autres écailles du dragon avec appréhension.

Celui-ci comprit et se mit à rire.

– Oups, pardon, j'avais oublié. Je me retransforme.

Quand il eut repris forme humaine, Moineau se jeta avec délices à son cou, l'ensevelissant sous sa fourrure, Cal et Robin, plus réservés, le saluèrent avec plaisir et Fafnir faillit lui broyer les côtes. Sheeba, quant à elle, se contenta d'un rugissement de bienvenue.

– Je suis si heureux de vous retrouver ! vociféra le dragon. Vous pouvez vous vanter de nous avoir fait peur ! Et comment diable avez-vous fait pour nous transporter tous jusqu'ici alors que la Porte n'était pas encore tout à fait activée ?

– *Nous* avons utilisé le lien qui était déjà formé, affirma Tara d'une étrange voix chantante. Il y avait une grande urgence à sauver nos trois amies. Alors nous avons étendu notre pouvoir à tout votre groupe. Pardon pour la cour du Palais, nous n'avions pas bien calculé.

– Bah ! répondit le mage impressionné par son ton, ce ne sont que quelques vieilles pierres, nous les remettrons en place à notre retour.

Puis il se tourna vers Manitou et chuchota.

– Qu'est-ce qu'elle a ?

– Elle est en communion avec une pierre vivante, répondit le chien. Je pense qu'elle ne sait pas comment rompre la symbiose. Et quand elle dit « nous », je suppose qu'elle parle pour la pierre vivante et pour elle.

Le dragon eut un soupir navré.

– Fichtre, fichtre, une pierre vivante ? Je croyais n'avoir pas bien entendu tout à l'heure. Je pense que je pourrais rompre le lien entre elles, mais son extraordinaire puissance pourrait nous être utile, alors…

– Alors quoi ? coupa Manitou un peu sèchement.

– Alors si le Sangrave n'a pas été averti par l'action magique de Tara, il serait idiot de recréer une Porte. Nous devons emmener tout le monde avec nous. Les Mangeurs de Boue pourraient revenir et les attaquer de nouveau.

– Mets les enfants sur les pégases, derrière les guerriers elfes, et qu'ils les transportent en lieu sûr !

– Non, ça m'enlèverait six combattants et j'ai besoin de tous les elfes pour attaquer la forteresse grise, maintenant.

– Je ne suis pas d'accord du tout, répliqua Manitou. Tu vas les mettre en danger !

– Manitou… nous sommes en guerre. Ce Sangrave a enlevé ces enfants… et il était prêt à les pervertir avec la magie démoniaque. Je ne vais pas les utiliser pour conquérir la forteresse ! Je veux juste qu'ils nous accompagnent. Ils resteront à un kilomètre de la forteresse, sous bonne garde de deux des elfes, et ne prendront pas part aux combats… Ça te va ?

– Ce n'est pas à moi qu'il faut demander ça, mais à eux !

– Comment ?

– Cesse de penser que les humains ne sont là que pour tes petits jeux, Chem. Demande-leur leur avis. Et s'ils te disent non, ce sera non. Point.

Le Haut mage le regarda avec colère, puis haussa les épaules.

– Très bien. Qu'il en soit ainsi… Tara !

– Maître ? répondit l'étrange voix chantante.

– Ton grand-père vient de me rappeler que les humains ont aussi leur libre arbitre. Que désires-tu ? Venir avec nous à la forteresse du Sangrave ou bien te réfugier quelque part en attendant la fin des combats ?

– Notre mère est prisonnière dans cette forteresse, Maître. Nous devons venir avec vous pour la délivrer.

– Tu vois, Manitou commença le vieux mage, elle…

Il s'interrompit brutalement.

– Ta mère ? Mais je croyais qu'elle…

– … était morte. Oui, nous aussi. Mais ce n'est pas le cas. Elle est victime d'un charme mortifère qui l'empêche de sortir de la forteresse. Vous êtes le seul qui puisse l'en défaire. Alors oui, évidemment, nous venons avec vous.

– Là où va Tara, nous allons, dirent fermement Fabrice et les autres.

Maître Dragosh s'approcha.

– Nous allons avoir un problème. Qui va transporter les enfants ?

– J'ai ma petite idée, répondit le mage. Mais d'abord, j'ai besoin que les elfes partent en avant-garde. Ils ne pourront pas voler aussi vite que nous. Et il faut qu'ils emmènent Galant avec eux.

Il s'adressa à Tara :

– Dis à ton Familier de suivre les elfes lorsqu'ils partiront. Est-ce que tu peux nous indiquer où se trouve cette forteresse ?

– Oui. (Elle fit un geste et la carte apparut.) C'est ici. « Par le Detaillus montre-moi où je suis, que je me déplace ici et sans ennui. »

La carte s'ouvrit obligeamment… et ne put s'empêcher de faire des commentaires.

– Ouuuuh ! s'exclama le parchemin bavard, en affichant le chemin qu'ils venaient de parcourir, des dragons ! Des tas et des tas de dragons ! Veuillez retenir votre souffle s'il vous plaît, je suis hautement inflammable ! Bon, vous voulez connaître le chemin ? Eh bien pour retourner à la forteresse, il ne vous faudra pas plus de deux heures… à vol d'oiseau… pardon, de dragon.

– C'est parfait, dit le dragon en haussant un sourcil. Puis-je t'emprunter cette… carte, Tara ?

– Bien sûr, Maître.

Le dragon se tourna vers le chef des Services secrets du Lancovit qui tenait encore affectueusement son fils Robin par les épaules.

– T'andilus ?

– Haut mage ?

– Voici la carte de Gandis. La route est facile à suivre. Partez maintenant et soyez prudents. Les Sangraves ne doivent en aucun cas s'apercevoir de votre présence. Posez-vous à proximité mais hors de vue. Tenez, là (il désigna un point). Nous vous y rejoindrons. Ah, attendez une seconde !

– Haut mage ?

– Je vais assombrir la robe de vos pégases. (Galant sursauta et poussa un hennissement de protestation que le mage ignora.) Ils sont beaucoup trop visibles comme ça.

Il avait raison. Dès que les pégases furent noirs, ils devinrent des ombres qui se fondirent dans la nuit et disparurent dans un grand envol de plumes. Précédés par un Galant de très mauvaise humeur.

Le vieux mage se frotta les mains.

– Parfait, à nous maintenant ! Tara, est-ce que tu t'es déjà transformée ? Je veux dire, as-tu déjà adopté une autre forme ?

– Non, Maître.

L'étrange voix chantante ne trahit aucune surprise, aucun intérêt, comme si les émotions de Tara étaient submergées par autre chose.

– Alors je voudrais que tu te transformes *en dragon*, je vais t'expli…

Elle ne lui laissa pas le temps de terminer sa phrase.

– Bien, Maître.

Elle se mit à gonfler, gonfler comme une baudruche. Surpris, le mage recula. Avec un « plop ! », deux ailes surgirent dans le dos de la jeune fille, sa peau devint écailles, ses mains pattes griffues, son échine se para d'une crête épineuse, son visage s'allongea et des crocs de cristal poussèrent. L'instant d'après, un énorme dragon doré aux yeux entièrement bleus, une lumineuse pierre de cristal enchâssée dans le front comme un troisième œil, avait pris la place de Tara.

– … quer ! termina le mage, stupéfait. Oh ! je vois que tu maîtrises le sujet. C'est bien, très bien. Un peu déstabilisant, mais très impressionnant. Maintenant, acceptes-tu de transporter tes amis afin que nous allions plus vite ? Je vais prendre Angelica, Manitou, Maître Dragosh, Robin et Fabrice sur mon dos mais tu devras te charger de Cal, Fafnir, Moineau et Sheeba. Mes compatriotes dragons sont trop snobs pour accepter que quelqu'un monte sur leur dos.

Les dragons sifflèrent de rage, puis s'envolèrent.

– Oui, approuva Tara, que nos amis montent sur notre dos, nous sommes prêtes.

– Attendez ! glapit Angelica, et moi ?

Le Haut mage cligna des yeux.

– Ma petite Angelica, que se passe-t-il ?

– Il se passe que je veux rentrer chez moi. Je ne veux pas me retrouver au milieu d'une bagarre de sortceliers ! Renvoyez-moi !

– Non !

La voix chantante de Tara avait répondu pour le mage.

– Comment ça, non ?

Folle de rage, Angelica pivota, prête à gifler Tara… avant de réaliser qu'elle faisait maintenant quinze mètres de long. Plus qu'un brontosaure !

Elle se tourna vers Maître Dragosh, suppliante.

– Maître, vous n'êtes pas de mon avis ?

Mais le Vampyr était déjà monté sur le dos du dragon.

– Angelica, renchérit Tara de sa curieuse voix chantante, le Maître des Sangraves est extrêmement puissant. Si nous ouvrons une nouvelle Porte de transfert, il risque de découvrir notre présence, et alors, adieu l'effet de surprise. Monte sur le dos de Maître Chem, dès que nous en aurons terminé avec ces monstres, tu pourras rentrer chez toi.

– Mais…

– Si tu continues à discuter, nous te laissons là, avec les Mangeurs de Boue. Obéis !

Angelica se tourna vers le mage, mais celui-ci lui fit signe qu'il ne pouvait rien faire. Haïssant Tara de toutes ses forces, Angelica monta sur son dos en écrasant les écailles du vieux dragon. Pour qu'ils aient plus de place, Maître Chem se transforma en augmentant sa masse jusqu'à atteindre celle de Tara.

Ils décollèrent et bientôt, l'île, l'étrange voix qui chuchotait dans l'ombre et les buissons de roses noires ne furent plus qu'un point dans le lointain.

chapitre XIII
Acrobaties aériennes

Tara volait paisiblement quand la pierre vivante se libéra de leur fantastique symbiose, lui rendant sa conscience. Pendant un instant, elle regarda le sol qui défilait sous elle… puis réalisa qu'elle était à deux cents mètres de hauteur, se mit à pédaler dans le vide, totalement affolée, cessa de battre des ailes… et plongea en piqué.

– Eeeeehhh ! hurla Cal, arrête, arrête ! Redresse ! Redresse !

Le sol se rapprochait dangereusement et Tara comprit soudain que c'étaient *ses* propres ailes qui les maintenaient dans les airs. Elle les agita désespérément, évitant de justesse une collision avec un arbre énorme… en passant dessous. Elle se redressa, le museau au ras des branches qui se ruaient vers elle, mais ne réussit pas à éviter un bout de cime qui accrocha son aile.

Déséquilibrée, elle perdit encore un peu d'altitude, rentra les ailes pour passer sous un autre arbre géant, puis, prenant appui sur un tronc gigantesque, bondit vers le ciel par une trouée providentielle dans l'épaisse forêt et, dans un effort désespéré, parvint à remonter dans les airs.

— Espèce de cinglée! brailla Fafnir, folle de rage, mais qu'est-ce que tu veux faire? Nous tuer!

— Je… je vole, cria Tara, stupéfaite. Je vole et je suis un dragon!

— Bon sang! Ça fait une demi-heure que tu es un dragon! hurla Cal, furieux, et c'est que maintenant que tu t'en rends compte! J'aurais mieux fait de monter sur le dos de Maître Chem, lui il sait qu'il est un dragon depuis des *centaines* d'années!

— Mais, mais, balbutia Tara, co… comment je vole?

— En agitant les ailes, cria Moineau, secouée par le vol chaotique de Tara, d'ailleurs si tu pouvais les agiter ensemble, ça serait nettement mieux!

— Qu'est-ce qui se passe, ici? tonna Maître Chem qui avait observé les acrobaties aériennes de Tara avec beaucoup d'étonnement.

— IL SE PASSE QUE JE VEUX DESCENDRE! beugla la naine, terrorisée. Faites-moi descendre avant qu'elle ne nous tue tous!

Le vieux dragon l'ignora.

— Arrête d'agiter tes jambes comme ça, ordonna-t-il à Tara qui nageait dans l'air plus qu'elle ne volait… et explique-moi ce qui t'arrive.

— Je… je ne sais pas, répondit Tara en s'appliquant à bien battre des ailes, nous étions sur l'île des Roses Noires en train de vous attendre, les Mangeurs de Boue ont attaqué et après… pfffuit, c'est le trou noir… et je me suis retrouvée à deux cents mètres du sol. J'ai eu le vertige et je suis tombée…

— Ouais, confirma Cal, et même qu'on est tombés avec elle!

– Je comprends ! cria Maître Chem. Ta magie et celle de la pierre vivante sont entrées en symbiose, cela a dû créer un choc. Et tu n'as pas eu conscience de ce que tu faisais. Bon, maintenant, pour harmoniser ton vol, fais comme moi, étends bien les ailes, ramène-les comme si tu pliais le coude vers l'intérieur. Nos ailes ne sont pas articulées comme celles des oiseaux, nous avons une articulation supplémentaire. Et ne lutte pas contre l'air, laisse-le te porter, sens les courants chauds, ils t'aideront à planer.

Malgré les gesticulations de la naine à moitié hystérique sur son dos, Tara parvint petit à petit à maîtriser son vol, puis à y prendre plaisir. Même si elle perdit l'équilibre une fois ou deux, ce qui n'améliora pas l'humeur de ses passagers, elle réussit à voler à peu près en ligne droite et à n'entrer en collision avec personne.

Ils rejoignirent bientôt les elfes et se posèrent derrière une colline masquant la forteresse grise.

L'atterrissage fut difficile. Tara toucha terre, oublia qu'elle avait encore de la vitesse, voulut repartir dans les airs mais, n'ayant plus assez d'élan pour ça, continua en galopant de toutes ses forces pour éviter de tomber, trébucha, s'envola à moitié... et finit par s'écraser le nez dans la poussière, creusant une tranchée d'une dizaine de mètres dans le sol.

Dès le début de l'atterrissage, Moineau avait incanté un Fixus, sentant que ça allait mal se passer, et tous étaient parvenus à rester sur le dos de Tara.

À voir leurs têtes, on sentait qu'ils avaient du mal à croire qu'ils étaient encore vivants.

À peine le nuage de poussière commençait-il à retomber que Fafnir sautait du dos de Tara et, sanglotant à moitié malgré sa fierté de naine, se mettait à genoux pour remercier les dieux des nains d'avoir épargné sa vie, jurant que plus jamais de son existence elle ne remonterait sur le dos de quoi que ce soit de volant.

Cal, Moineau et Sheeba mirent pied à terre en vacillant.

Le vieux dragon, lui, avait réussi un atterrissage élégant.

– Bon, maintenant que nous sommes tous réunis, lança-t-il, nous avons une forteresse à attaq… Attention, Tara ! NOOOOONNNNN !

Tara, fatiguée, était en train de bâiller. Surprise par le cri de Maître Chem, elle tourna la tête vers lui, la bouche encore ouverte, mais il était trop tard.

Un jet de feu jaillit de sa gueule, toucha Maître Chem qui hurla, dispersant les elfes et les pégases, créant une pagaille indescriptible.

Le vieux mage se mit à sauter dans tous les sens, essayant d'éteindre le feu qui venait d'embraser sa crinière de dragon, pendant que les autres s'éloignaient prudemment de Tara.

À toute vitesse, les elfes bondirent pour éteindre les flammes à l'aide de leurs capes, avant que la fumée n'alerte les Sangraves de la forteresse grise.

– Oh là là, s'écria Tara, mais qu'est-ce qui m'est arrivé ?

– Quand les dragons bâillent, ils crachent du feu, s'écria Maître Chem, furieux. Quand ils ont le hoquet aussi, d'ailleurs !

– Je… je suis désolée, balbutia Tara, je ne savais pas !

– Ouais ! commenta Cal, on a vu ça. Bon, après avoir failli être écrasé comme une crêpe et grillé comme un poulet, j'apprécierais assez que tu te retransformes avant qu'il n'arrive une autre catastrophe.

— Absolument, approuva le vieux dragon qui expliqua à la jeune fille comment retrouver son corps d'humaine.

Mais sans l'aide de la pierre vivante, cela n'était plus aussi simple.

Par la force de son esprit, elle ordonna à l'ensemble de son corps de rétrécir, mais seules ses ailes obéirent. Et elle se retrouva avec deux ridicules petites ailes de pigeon sur un corps de dragon. Puis l'une de ses pattes se transforma en jambe et elle faillit tomber, sa jambe humaine ne pouvant pas du tout supporter son poids de plusieurs tonnes. Ses jambes se remirent bientôt à grandir, sa queue diminua. Elle parvint à récupérer sa tête humaine… avec une crête de dragon. Puis des bras apparurent et disparurent, son corps dégonfla, redevint humain… mais avec des ailes de quinze mètres, qui se mirent à battre, soulevant un nuage de poussière et la propulsant à plusieurs mètres de hauteur, avant que, paniquée, elle ne parvienne à redescendre. Le spectacle était si étrange que l'elfe T'andilus, pourtant aguerri, en avait oublié son plan de bataille, et la regardait, bouche bée.

Les dragons, eux, ne riaient pas ouvertement mais on sentait qu'ils se retenaient.

Quant à Cal, Moineau, Fabrice et Fafnir, ils avaient l'air vraiment inquiets.

En fin de compte, Tara parvint à se débarrasser de ses ailes géantes et à récupérer un corps normal. Pendant quelques minutes, elle se palpa un peu partout avec angoisse, puis sourit à Cal et à Moineau qui furent soulagés de retrouver leur amie entière.

– Notre plan de bataille est assez simple, reprit Maître T'andilus en secouant la tête d'un air encore incrédule. Nous ne pouvons pas attaquer la forteresse grise tant que nous ne savons pas *comment* elle est protégée. Je vais donc essayer tout d'abord de m'y introduire, puis de déconnecter toutes leurs défenses, pendant que vous attendrez dehors. À mon signal, vous foncerez et prendrez la forteresse d'assaut. En faisant le moins de bruit possible, nous devrions arriver au cœur de la forteresse avant que les Sangraves ne se soient rendu compte de notre attaque. Nous allons approcher sous le couvert de la forêt en empruntant l'itinéraire suivi par les enfants. Des questions ?

– Oui, moi ! s'exclama Cal en fronçant les sourcils. Nous, les Voleurs Patentés, nous n'aimons pas tellement l'imprévu. Alors pourquoi on n'utiliserait pas plutôt la chauve-souris ?

Le Vampyr se tourna vers lui, surpris, et Maître T'andilus demanda :

– Quelle chauve-souris ?

– Le Maître Vampyr peut changer de forme, expliqua Cal, mais pas comme les dragons, c'est plutôt comme si ça faisait partie de sa nature. Il a l'habitude de se promener la nuit sous forme de chauve-souris, dans et en dehors du Palais à Travia. J'ai vu que nos sorts ne le détectaient pas, les sorts répulsifs anti-insectes non plus d'ailleurs.

– Je ne savais pas que j'étais espionné, grinça Maître Dragosh en foudroyant Cal du regard. Mais le garçon a raison, je peux essayer de me glisser dans la forteresse. Que désirez-vous que je fasse ?

– Mmmmh, réfléchit le vieux mage, je n'avais pas pensé à cette solution. Tu es sûr que tu veux prendre ce risque ?

– Je n'ai pas vraiment le choix, répliqua le Vampyr d'un air pincé.

– Très bien, approuva Maître T'andilus d'un air satisfait dès que le Vampyr eut donné son accord, débarrassez-vous des sentinelles humaines, essayez de trouver la salle des Sorts. Et surtout, méfiez-vous, ils ont peut-être des démons sauvages pour les défendre, qui risquent d'être légèrement agressifs.

– Parfait ! grimaça le Vampyr, si je traduis ce que vous venez de dire, je dois donc entrer à l'aveuglette chez l'ennemi, sans faire de magie, assommer tous ceux que je rencontrerai, chercher le système de défense et neutraliser au passage les démons qui risquent de me réduire en bouillie. Sssssss.

Le Vampyr siffla d'agacement entre ses canines, il y eut un « pouf », et il se transforma en une grosse chauve-souris noire flottant dans les airs.

– Attends, dit le vieux dragon, prends ma boule de cristal et appelle Maître T'andilus dès que tu seras sur place. Tu as son indicatif ?

La chauve-souris acquiesça, attrapa la boule de cristal dans une patte, puis attendit, attentive.

– Nous allons commencer à avancer pendant que vous irez jusqu'à la forteresse, précisa l'elfe au Vampyr. À tout de suite !

Le Vampyr inclina la tête et disparut dans le noir.

Tara monta avec Cal sur Galant, soulagé de retrouver son amie sous une forme plus normale, et ils filèrent dans la nuit.

Il ne leur fallut que quelques minutes pour arriver à l'orée de la forêt.

Là, les dragons confièrent les jeunes sortceliers à la garde de deux elfes.

– Vous allez rester ici pour le moment, expliqua Maître Chem. Si nous ne venons pas vous chercher, c'est que nous aurons perdu. Il faudra alors vous enfuir et tenter de rejoindre le pays le plus proche, qui est Hymlia. Avertissez les nains du danger. Tout AutreMonde doit savoir que les démons ont déclaré la guerre aux humains et aux dragons en infectant les Sangraves. AutreMonde devra lutter contre cette terrifiante menace, sinon, tous les mondes libres seront perdus !

– Nous le ferons, confirma gravement Robin, Fafnir avertira les nains, j'avertirai mes frères elfes, tous les peuples se lèveront contre cette menace.

– Parfait, sourit le vieux mage. Tara, prête-moi ta pierre vivante afin que je puisse communiquer avec les uns et les autres. Ah ! Préviens-la qu'elle change momentanément de propriétaire, je n'ai pas envie d'avoir une mauvaise surprise.

– Tu dois retransmettre les communications à Maître Chem, expliqua-t-elle mentalement à la pierre vivante. C'est important, et même vital !

– Pourquoi ? demanda la pierre qui avait du mal à saisir les concepts humains d'« important » et de « vital ».

– Parce qu'il y a beaucoup d'êtres qui sont retenus contre leur volonté dans la forteresse, et que nous avons besoin de ton aide pour les délivrer.

– Vous voulez les délivrer comme vous m'avez délivrée des roses noires, approuva la pierre vivante, et vous voulez les polir pour qu'ils deviennent aussi beaux que moi ? Alors c'est d'accord. Bien que je n'aime pas être loin de toi, je transmettrai les appels des autres boules de cristal. Qui, elles, ne sont pas du tout intelligentes, ajouta-t-elle d'un ton un peu suffisant.

Tara sourit et tendit la pierre vivante au vieux mage.

– Elle accepte, Maître Chem.

– Merci, dit le vieux mage en prenant précautionneusement la fragile boule de cristal. Et ne vous faites pas trop de souci. Je n'ai pas du tout l'intention de perdre face à ces nabots en robe grise. Alors à tout à l'heure.

– Maître ! le retint Tara. Surtout, n'oubliez pas que ma mère est prisonnière dans la forteresse. Vous devez la retrouver et la délivrer du sort mortifère.

– Ne t'inquiète pas. Elle sera ma préoccupation première.

Silencieusement, les pégases se faufilèrent entre les arbres et disparurent bientôt.

Épuisée et inquiète, Tara se laissa tomber par terre et Galant se coucha à côté d'elle, frottant amicalement son museau contre le bras de la jeune fille. Elle caressa les naseaux veloutés tout en pensant à la bataille avec angoisse.

Les minutes passèrent, silencieuses. Ils étaient tous fatigués, même si Moineau, trop nerveuse pour s'asseoir, marchait de long en large en tendant l'oreille. Au bout d'une demi-heure de ce manège, elle finit par se lasser et s'affala à côté de Tara.

– Ouch ! grimaça-t-elle, j'ai mal partout !

– Moi aussi, avoua Fabrice. Et j'ai hâte que ce soit fini. Finalement la vie sur Terre est vraiment calme, paisible, tranquille. Je ne suis pas du tout sûr d'avoir envie de rester sur Autre-Monde.

– Si les Sangraves sont vainqueurs, remarqua tristement Robin, personne ne sera plus en sécurité nulle part.

– Alors qu'est-ce qu'on attend ! s'écria Fafnir. On ne va tout de même pas rester à moisir ici pendant que d'autres se battent à notre place !

– Mais ? Qu'est-ce que tu veux qu'on fasse ? demanda Moineau, interloquée.

– Ça ! répondit la naine.

Et bondissant comme un ressort, elle attrapa les têtes des deux elfes qui les gardaient et les cogna l'une contre l'autre, les assommant proprement.

– Mais… mais qu'est-ce que tu fais ? demandèrent en même temps Manitou et Fabrice, stupéfaits.

– Je les fais dormir, répondit la naine en disposant soigneusement sa hache dans son dos.

– Ça on voit bien, constata Fabrice avec agacement, mais pourquoi ?

– Parce qu'ils m'auraient sans doute empêchée de partir. Bon, moi, je vais à la forteresse. S'il y en a parmi vous qui veulent une bonne petite bagarre, qu'ils me suivent. Mais dépêchez-vous parce que ces deux elfes ne dormiront pas éternellement ! À tout à l'heure !

Et la naine partit comme une flèche à travers la forêt, vers la forteresse grise.

Robin bondit sur ses pieds, les yeux luisants d'enthousiasme.

– Elle a raison, ils peuvent avoir besoin de nous ! Allons-y !

Fabrice protesta.

- Tu es sûr ? Moi, j'ai l'impression que c'est nous qui avons besoin d'eux et pas le contraire. On risque de les gêner plutôt qu'autre chose !

Manitou renchérit.

- Je n'aime pas spécialement rester ici, mais Fabrice a raison, le dragon va être furieux si on désobéit.

- Tant pis. Au pire on se prendra une belle engueulade, au mieux on sauvera peut-être quelqu'un. De toute façon, je ne supporte pas de rester ici sans savoir, répliqua fermement Robin. Alors j'y vais. Si vous voulez me suivre, c'est maintenant ou jamais.

- Je viens aussi, décida Moineau qui se retransforma derechef. Sous ma forme de Bête personne ne pourra me faire grand-chose.

- Et moi, dit Tara, je dois aider ma mère à se libérer de Magister !

Angelica décida de rester là, prétendant qu'elle restait en arrière-garde pour protéger les elfes assommés.

Cal grommela qu'elle allait les protéger de quoi ? Des écureuils ? Mais n'insista pas.

Ils la laissèrent sans regret.

Pendant qu'ils traversaient la forêt pour rejoindre les elfes et les dragons, Maître Dragosh volait précautionneusement dans les couloirs de la forteresse grise. Il n'avait pas eu de mal à s'introduire par la fenêtre ouverte d'un Sangrave qui aimait l'air frais. La porte avait légèrement grincé quand il l'avait ouverte pour sortir de la chambre, ce qui avec des pattes de chauve-souris n'était pas vraiment facile, et il s'était figé, tétanisé.

Mais le Sangrave s'était contenté de gémir dans son sommeil
« Non, Maman, pas la grenouille, pas la grenouille ! », s'était
retourné et rendormi. Poussant un soupir de soulagement, le
Vampyr s'était alors glissé dans le couloir faiblement lumineux
et s'était envolé. Deux fois en quelques minutes, il ne dut son
salut qu'à sa forme ténébreuse de chauve-souris noire. Les
deux jeunes sortceliers qui étaient sortis pour aller aux toilettes
ne le virent pas, soigneusement accroché au-dessus de leurs
têtes. Dès qu'ils eurent regagné leur chambre, le Vampyr put
reprendre sa fantomatique progression. Soudain, en passant
devant une salle, il aperçut quelque chose qui lui était familier.
Des tapisseries. Les cinq tapisseries de la Porte de transfert de
la forteresse grise.

– Je suis dans la salle de la Porte, chuchota-t-il dans la boule
de cristal, qu'est-ce que je fais ?

– Il faut obligatoirement cinq tapisseries pour permettre un
transfert, répondit T'andilus, pourriez-vous en décrocher une
et la dissimuler ? Ainsi personne ne pourra utiliser la Porte
pour s'échapper.

Reprenant sa forme humaine, le Vampyr décrocha la tapisserie représentant les licornes puis se retransforma et s'envola, pour aller la dissimuler sur la poutre maîtresse, dans
l'ombre du plafond. Personne n'aurait l'idée de venir la chercher là.

– C'est fait, chuchota-t-il dans la boule de cristal, je fais
quoi maintenant ?

– Il faut que vous trouviez la salle des Sorts. Il devrait y
avoir une sentinelle à l'intérieur.

Le Vampyr repartit et ouvrit toutes les portes qu'il rencontrait, les refermant très, très délicatement quand il tombait sur les formes endormies des Sangraves. Au bout d'un quart d'heure d'éprouvantes recherches, il tomba *enfin* sur la salle des Sorts. Les Sangraves n'avaient posté qu'une sentinelle à l'intérieur. Maître Dragosh se glissa telle une ombre silencieuse dans le dos du Sangrave somnolent et, reprenant sa forme humaine, l'assomma proprement. Déchirant la robe grise, il en fit une corde solide qu'il utilisa pour le ligoter, le bâillonner et l'aveugler.

Satisfait, il se redressa. Bon, à lui maintenant de trouver ce qui pouvait bien désactiver les sorts maléfiques.

– J'y suis, murmura-t-il dans la boule de cristal, mais il n'y a rien, la salle est vide !

– Les défenses sont, en général, matérialisées par des objets, répondit l'elfe T'andilus. C'est ce qu'il vous faut chercher, Maître Vampyr.

Le problème, c'était qu'il n'y avait aucun objet particulier, à part une table, un confortable fauteuil, des tapisseries et des tapis, quelques statues, un divan, et voilà tout.

Minute… il y avait quelque chose de bizarre dans ces statues. Il s'approcha et retint sa respiration. Les statues représentaient trois abominables démons. La première figurait un ver géant dont la bouche s'ornait de mandibules et dont les tentacules étaient prêts à se déployer pour saisir ses proies, des moignons de bras émergeaient de la masse grouillante, terminés par des griffes en forme d'aiguille, et ses yeux étaient atrocement humains. La seconde, un loup à deux têtes, au torse pelé d'où saillait la moitié d'un monstrueux bébé à trois yeux, et aux longs crocs en dents de scie dégoulinant de venin. La troisième avait une vicieuse tête de murène, un corps de poulpe et des larves grouillaient sur sa peau qui en se fendant laissait apparaître des milliers de petites bouches sanguinolentes aux becs cornés, avides de déchiqueter.

Quand il comprit ce qu'étaient ces statues, le Vampyr recula. Les statues perdues de Mu! Sculptées par le démon fou de Ragnarok! Tout le monde croyait que celles-ci avaient été détruites quand l'océan avait englouti le continent mythique de Mu, mais le Maître des Sangraves était parvenu à les retrouver. Cette fois-ci, le Vampyr fut sûr que Magister avait définitivement perdu l'esprit. Contrôler de tels démons relevait de la magie la plus noire, la plus dangereuse. La plus petite erreur de manipulation et on se retrouvait bêtement dans *l'estomac* du démon!

– Vous n'allez pas le croire, murmura-t-il à la boule de cristal, regardez!

Il plaça la boule devant les statues et vit que l'elfe et Maître Chem avaient un hoquet de surprise.

– Ce n'est pas… commença Maître Chem.

– J'ai bien peur que si, confirma le Vampyr. Les statues perdues, gardiennes démoniaques du temple de Mu. Si ce sont elles qui défendent la forteresse, alors là nous avons un très très gros problème!

– Nous n'avons pas le choix, répondit Maître Chem. Tu dois désactiver ces défenses. Trouve leur système!

Le Vampyr soupira qu'il allait y laisser sa peau, puis se pencha sur les statues.

Les pierres précieuses qui constellaient les démons clignotaient. Faiblement, mais elles clignotaient, passant du rouge à l'orange, puis du blanc au noir. Et visiblement elles clignotaient selon un rythme bien précis. Le Vampyr grimaça. C'était un code ! S'il avait eu quelques heures devant lui, il aurait pu le déchiffrer, mais là, impossible. Il avait besoin d'aide.

– Ça ne s'arrange pas, chuchota-t-il dans la boule de cristal, il y a un code pour désamorcer les statues, et je ne le connais pas !

– Montrez-les-moi, chuchota l'elfe T'andilus, chef des Services secrets de Lancovit.

– Regardez.

L'elfe observa attentivement le clignotement des statues, puis soupira de soulagement.

– Ça va, dit l'elfe, je connais cette séquence. Il faut appuyer tout d'abord sur le noir, puis sur le blanc, sur l'orange et le rouge en même temps, c'est un code assez simple.

– Bien, sourit le Vampyr, je le fais tout de suite.

Il allait s'attaquer à la première pierre, quand Maître Chem l'interrompit :

– Attends ! Ne touche à rien ! Ce n'est pas normal !

Le Vampyr retira vivement sa main.

– Quoi encore ? Qu'est-ce qui n'est pas normal ?

– Si tu avais à protéger ton palais, Safir Dragosh, est-ce que tu utiliserais une séquence facile à décrypter ?

Le Vampyr réfléchit, puis un sourire cynique joua sur ses lèvres :

– Non, évidemment. Tu penses que c'est un piège ?

– Non. Je suis sûr que c'est un piège ! Regarde mieux les statues. Vois s'il n'y a pas autre chose.

Le Vampyr examina très soigneusement les démons. Certains détails étaient si affreux qu'il s'en détourna instinctivement, avant de comprendre que c'était justement le but recherché. Il se rapprocha… OUI ! Au milieu de ce qui ressemblait à des intestins pourris grouillants de vers, dans le dos de chaque démon, il y avait une petite pierre noire, presque invisible. Il la décrivit au vieux mage.

– Je pense que c'est ça, confirma Maître Chem. Vas-y. Si jamais les démons s'animent, file à toute vitesse, surtout pas de zèle, tu n'es pas de taille à les affronter. Si rien ne se passe, nous attaquerons les chatrix immédiatement et te rejoindrons. Descends nous ouvrir la Porte de la forteresse, dès que nous aurons sécurisé le parc.

– Attendez ! coupa l'elfe, encore vexé de n'avoir pas anticipé le piège. Il y a trois démons, n'est-ce pas ?

– Oui, répondit le Vampyr, trois. Et alors ?

– Et alors, je pense qu'il serait plus prudent d'appuyer sur les trois statues en même temps. Si j'étais un Sangrave, j'aurais rajouté cette protection, partant du principe qu'un espion seul ne pourrait pas couper les trois sorts en même temps… à moins d'avoir trois mains !

– Subtil, grimaça le Vampyr. Mais pas suffisamment. Sous ma forme de chauve-souris, j'ai quatre mains ! Bon, j'y vais. Tenez-vous prêts !

Il se transforma. Heureusement, la chauve-souris était grande et en étendant les ailes, il pouvait toucher les trois pierres en même temps. Voilà, il était prêt.

Retenant sa respiration il effleura les trois pierres.

Il y eut un grognement, et les statues vacillèrent. Effrayé, le Vampyr recula, prêt à s'envoler… mais elles s'immobilisèrent et ne bougèrent plus.

Posant une patte sur son cœur, il respira un grand coup, puis passa devant les statues, se sentant désagréablement proche des tentacules… et réprima de justesse un hurlement de victoire qui aurait réveillé toute la forteresse. Le clignotement des pierres s'était interrompu !

Il plaça la boule de cristal devant lui.

– Ça y est, chuchota-t-il, les démons ne peuvent plus se réveiller. Allez-y !

Son appel déclencha une activité frénétique. Pendant qu'il s'occupait des statues, les elfes avaient cueilli dans la forêt une petite fleur violette, dont ils avaient extrait la sève anesthésiante. Ils avaient ensuite trempé de minuscules fléchettes dans cette sève et, à présent, escaladaient silencieusement les murs du parc. Ils n'avaient pas le choix, les chatrix étant comme les nains et les géants peu sensibles à toute magie agressive, ils devaient les endormir sans utiliser leurs pouvoirs. Et si un seul d'entre eux hurlait pour avertir les Sangraves… ils étaient fichus.

Les chatrix sentirent leur odeur, et d'un jappement sourd, leur chef les réunit sous le mur où se tenaient les elfes, impatient d'attaquer les intrus qui envahissaient son territoire. Tout à sa soif de sang, il négligea de hurler. Grave erreur.

T'andilus eut un sourire satisfait et abaissa le bras.

À cet ordre, les elfes soufflèrent brusquement dans leurs sarbacanes et les fléchettes frappèrent tous les chatrix sans exception.

Poussant des jappements de surprise, les monstres noirs essayèrent de se mordre les flancs, là où les fléchettes les avaient atteints. Puis l'un d'entre eux vacilla, fit quelques pas et s'écroula. Le chef des chatrix ouvrait la gueule pour pousser un long hurlement d'avertissement, lorsqu'une longue flèche se figea dans sa gorge.

Les autres chatrix dormaient déjà. Silencieux comme des chats, les elfes se laissèrent tomber dans le parc, commencèrent à lier les pattes des monstres et à museler leurs gueules.

– Allons-y, chuchota Maître Chem après avoir escaladé (péniblement) le mur d'enceinte.

Comme des ombres silencieuses, ils traversèrent le parc. Devant eux, la porte de la forteresse grise s'ouvrit, et le Vampyr apparut, un grand sourire satisfait aux lèvres. Il avait repris sa forme humaine et, d'une main, tenait négligemment le veilleur qu'il avait assommé.

– La voie est libre, murmura-t-il. Essayons de neutraliser autant de Sangraves que nous pourrons.

Le Vampyr ayant préalablement repéré les chambres des Sangraves selon les indications de Fabrice, ils commencèrent le nettoyage en se répartissant les tâches.

Les elfes ouvrirent les portes, bondirent et assommèrent les occupants, deux dragons restant en arrière-garde dans le cas d'un réveil impromptu.

Tout se passa bien jusqu'au deuxième étage.

Ils venaient de neutraliser leur trente-cinquième Sangrave quand une jeune femme, insomniaque, tourna le coin du couloir alors qu'ils ressortaient des chambres à pas de loup.

Terrifiée, elle eut le temps de hurler avant de s'écrouler, frappée par les fléchettes anesthésiantes… et la bataille commença.

Bien qu'ayant été réveillés en sursaut, les Sangraves étaient de puissants mages. Très vite ils comprirent qu'ils étaient envahis et entreprirent d'attaquer les elfes, proies plus faciles que les dragons.

La magie démoniaque frappait, brûlait, assommait ou tuait, les elfes se défendant autant que possible, se protégeant à l'aide de boucliers magiques, lançant des sorts mais aussi des flèches, ce qui était inhabituel et déconcertait les Sangraves.

Pendant ce temps, Tara et ses amis étaient parvenus au mur d'enceinte du parc.

Ils entendirent les cris marquant le début de la bataille. Moineau et Robin sautèrent sur le faîte de la muraille et constatèrent qu'il était risqué de vouloir passer par le parc. En effet, la bataille avait dégénéré très vite, les dragons, les elfes et les Sangraves s'affrontaient partout à coups de sortilèges et les explosions de magie faisaient trembler les bois.

— Holà, cria Cal, vous êtes sûrs qu'on doit aller là-dedans ?

— Pas en passant par le parc en tout cas, déclara Moineau en sautant du mur. Nous nous ferions rôtir vite fait !

— Mais nous pouvons toujours passer par-dessous, fit remarquer Fafnir. Allons voir ce que ces Sangraves ont fait de mon tunnel.

Une fois devant la sortie du tunnel, ils découvrirent avec déception que celle-ci avait été bouchée. Mais Fafnir leur fit signe de reculer, et appuya son oreille contre le mur de pierre et de boue.

– Ça va, dit-elle en s'essuyant avec satisfaction. Ils ont bouché la sortie, probablement pour empêcher les chatrix de s'évader, mais ils n'ont pas encore bouché tout le tunnel.

Elle s'accroupit puis poussa avec les mains, son étrange pouvoir liquéfiant la terre et les pierres. En un instant, elle eut dégagé l'entrée et étayé le tout.

Tara miniaturisa Galant, et ils pénétrèrent dans le tunnel, parcourant en sens inverse le chemin qu'ils avaient emprunté deux jours plus tôt.

Dans le cellier, tout était calme, malgré les vociférations des sortceliers au-dehors, qu'on entendait par la porte ouverte.

Ils allaient sortir quand tout à coup Fafnir leur fit signe de ne surtout plus bouger. Par-dessus son épaule, Tara eut une vision de cauchemar.

Le Maître des Sangraves, flanqué de Deria, se dirigeait à grands pas furieux vers la salle d'Initiation et derrière eux, flottant dans les airs, se trouvait le corps de la mère de Tara !

Pour s'ouvrir un passage, Magister écarta brutalement un Sangrave qui se battait avec un mage-dragon, foudroyant les deux adversaires dans un seul jet de flammes, puis disparut dans l'escalier menant à l'entrée de la salle d'Initiation.

Avec appréhension, les sept regardèrent la cour où la bataille se déchaînait.

– Nous n'avons pas le choix, dit Tara avec angoisse, nous devons passer et retrouver Maman, Deria et Magister !

– Nous allons nous séparer en deux groupes, ordonna Manitou. Fafnir, Moineau et Fabrice, vous venez avec moi, nous devons prévenir Maître Chem que Magister est dans la salle d'Initiation. Pendant ce temps, Tara, Cal et Robin, vous le suivez et le surveillez de loin. Surtout que personne n'intervienne. Et si un Sangrave vous attaque, vous mettez les mains derrière le dos et vous vous asseyez. Cela signifie que vous ne combattrez pas. Laissez-vous immobiliser, je ne veux pas que vous risquiez vos vies. C'est compris ?

– Oui, répondit Tara. Mais prenez seulement Fafnir pour vous protéger et laissez-nous Moineau et Fabrice, nous allons avoir besoin d'eux.

Fafnir eut un grand sourire et brandit sa hache.

– Pas de problème, je vais veiller sur le chien et faire de la pâtée de celui qui voudra toucher à un de ses poils !

– Parfait, alors allons-y !

Discrètement, ils se faufilèrent au milieu de la bataille. Les Sangraves, les elfes et les dragons s'affrontaient à coups de sortilèges et les rayons brûlants ou glacés, bleus, rouges, blancs, orange, verts, se croisaient dans tous les sens. Par une sorte de miracle, après avoir rampé, couru, sauté, glissé, esquivé les belligérants, ils arrivèrent à peu près intacts de l'autre côté de la cour. Manitou avait le poil roussi pour avoir frôlé un feu-mage d'un peu trop près, Moineau tremblait de tous ses membres après qu'un dragon croyant avoir affaire à un ennemi n'eut évité de la congeler que de justesse, et Cal boitait, car il avait raté son atterrissage en voulant éviter deux elfes qui attaquaient un Sangrave.

Fafnir, elle, avait les yeux qui brillaient. Elle avait réussi à sauver un dragon et un elfe en assommant proprement leurs adversaires avec le plat de sa hache et ne demandait pas mieux que de recommencer. Ça, pour une belle bagarre, c'était une belle bagarre !

Une fois devant le couloir menant à la salle d'Initiation, ils se séparèrent en deux groupes, comme convenu.

Les deux géants qui gardaient l'entrée de la salle d'Initiation brandirent leurs immenses épées quand ils virent arriver les cinq amis.

– Par le Pocus je vous paralyse, et sans attendre nous sauve la mise ! incanta vivement Robin.

Le filet turquoise tenta d'immobiliser les géants, mais au contact de leurs corps s'éteignit en grésillant. Ils étaient toujours libres de leurs mouvements !

L'un d'eux eut un vilain sourire et tonna :

– Ça ne marche pas sur nous, petit. N'essaie pas d'aller plus loin ou nous te réduirons en morceaux.

Tara ne leur laissa pas le temps de les narguer.

– Fonds ! cria-t-elle en désignant le sol, ne s'embarrassant pas d'une formule.

Les géants n'eurent pas le temps de réagir. Un énorme trou s'ouvrit sous leurs pieds et leur chute à travers les quatre étages, plus les caves, fut ponctuée de « Ouch, aïe, aouh » tonitruants.

– Efficace, commenta Cal, j'y aurais pas pensé. C'est bon à retenir comme truc. Bon, allons-y, on a encore ce satané pont à franchir.

L'aragne les attendait. Elle avait déjà retiré le pont tissé pour le passage de Magister, Deria et la mère de Tara, et pendait le long de son fil en agitant ses mandibules, ce qui produisait d'affreux crissements.

Tous comprirent alors pourquoi Tara avait demandé à Fabrice et à Moineau de venir. De tout leur petit groupe, c'était Fabrice qui aimait le plus les charades, et Moineau qui les trouvait le plus souvent.

L'aragne descendit quand ils arrivèrent à quelques pas du précipice, puis chanta d'une voix mélodieuse :

– Pour passer sans danger, l'énigme il faut trouver. Un essai en deux mots ou la mort sans défaut. Le temps je décompte, l'énigme tu racontes.

– Seul l'un d'entre nous a le droit de répondre, chuchota Moineau. Et il y a deux mots à trouver. Elle a dit : Un essai en deux mots.

– Alors j'y vais, répondit bravement Fabrice qui regrettait énormément de s'être intéressé un jour aux charades.

Il s'avança jusqu'à l'aragne géante et s'éclaircit la voix :

– Je… je t'écoute.

– Alors voici, répondit l'insecte monstrueux : Fais-en trois et tu tomberas. Être ici ne l'est pas. Il roule, stoppe, puis ses taches te montrera. Trouve-les, ça te sauvera. Il a des plumes mais ne vole pas. La fin du cul-de-sac tu ajouteras. Et l'énigme découvriras !

– Ehhh ! Elle a pas dit ce qu'était le tout ! s'indigna Cal.

L'aragne frémit et descendit un peu le long de son fil.

– C'est pas grave, chuchota Fabrice entre ses dents, je ne vais pas discuter avec une aragne géante dont les mandibules sont plus grandes que moi. Tais-toi, Cal !

L'aragne termina :

– Jusqu'à quatre-vingt-huit je compte, à la fin tu rendras compte.

– Et pourquoi pas jusqu'à cent? s'exclama Cal, la dernière fois qu'on est passés, tu avais dit jusqu'à cent!

L'aragne frémit d'agacement, descendit encore un peu, ses mandibules juste au-dessus de la tête de Fabrice, et se mit à compter.

– Un.

– Cal, si tu dis encore un mot, ce n'est pas l'aragne qui te tuera, ce sera moi! grogna Fabrice. Bon, réfléchissons. Le premier est: Si j'en fais trois, je tombe. C'est plutôt facile. C'est le mot « pas ». Si je fais trois pas, je tombe dans l'abîme. Pour le deuxième, c'est facile aussi. Être ici n'est pas très prudent ou pas très sage, avec pas, je suppose donc que c'est « sage », ce qui fait « passage ». Mon plus gros problème, c'est la troisième définition. Qu'est-ce qui roule, stoppe et montre ses taches?

L'aragne en était déjà à vingt et Tara commençait à paniquer. Curieusement, alors que ses amis tremblaient, Fabrice était tellement concentré qu'il en oubliait le danger.

– Je vais essayer de me focaliser sur les autres définitions, peut-être que ça me donnera le sens du troisième. Il a des plumes mais ne vole pas. Une autruche ne vole pas, mais les animaux sur votre monde, y en a-t-il qui ont des plumes et ne volent pas?

– Non, répondit Cal, pourquoi une bestiole aurait-elle des plumes si c'est pour ne pas voler! Peut-être que ça a des plumes mais que ce n'est pas vivant?

– Mais oui, Cal, tu as raison! s'écria Tara. Un oreiller! Un oreiller a des plumes mais ne vole pas.

– Oui, mais ça colle pas. Trouvez autre chose qu'un oreiller qui aurait des plumes.

– Pour le dernier, reprit Fabrice, c'est aussi assez facile, j'ai trouvé, la fin de cul-de-sac, c'est « sac » ou « ac ».

L'aragne en était déjà à quarante et elle descendit encore un peu, ses mandibules se plaçant autour des épaules du jeune garçon, mais sans le toucher.

Fabrice se trouva nez à nez avec la bouche sans cesse en mouvement de l'aragne et déglutit. Alors il lui tourna résolument le dos, refusant de se laisser déstabiliser, ce qui la fit cliqueter d'indignation.

– J'ai trouvé pour la quatrième définition ! cria Moineau, c'est « mot » ! Trouve les mots et ça te sauvera !

– Bon, pour le moment on a donc passage… quelque chose… mot… quelque chose… sac ou ac.

– Soixante-cinq, annonça l'aragne, descendant encore et plaçant ses mandibules autour de la taille de Fabrice, ses crochets à venin prêts à frapper.

– Ils roulent, stoppent et montrent leurs taches, réfléchit tout haut Fabrice. Qui a des taches, guépard, léopard, crapaud, grenouille, dalmatien ? Ça ne va pas, je suis sûr que ce n'est pas ça, c'est un petit mot, je le sens, un petit mot facile.

Tara sentait l'angoisse bloquer sa respiration. L'aragne arrivait au bout du décompte et ils n'avaient toujours pas trouvé !

– Quatre-vingt-sept, compta l'aragne.

– Des « dés » ! hurla Cal, qui comme tous les Voleurs aimait le jeu, ils roulent, stoppent et montrent leurs taches, ce sont des dés !

– Quatre-vingt-huit, répondit l'aragne. La réponse il faut donner ou le garçon sera croqué !

– Un « nid » ! hurla Moincau qui venait d'avoir une intuition fulgurante. Il a des plumes mais ne vole pas, c'est un nid !

Fabrice se tourna vers la monstrueuse aragne et planta son regard dans les yeux verts.

– Si je fais trois pas, annonça-t-il fermement, je tombe dans l'abîme, ce n'est pas sage d'être ici, les dés roulent pour moi, je trouve les mots et ils me sauvent, le nid a des plumes mais ne vole pas, la fin de cul-de-sac est *ac*. La solution est : « Passage démoniaque ».

L'aragne ne broncha pas, et pendant un horrible instant, ils crurent bien qu'ils s'étaient trompés. Mais l'aragne finit par reculer et déclara, tout en crissant de déconvenue :

– L'énigme est trouvée, le pont je vais filer.

Elle fit disparaître ses crochets à venin dans sa bouche, puis remonta le long de son fil, et commença à tisser le pont entre les deux rives.

Soudain, un rayon rouge fulgura et sectionna le fil de l'aragne. Avec un hurlement de rage, celle-ci dégringola, essayant de se rattraper aux fils du pont qu'elle avait déjà tissés, mais son poids les déchira et elle disparut dans l'abîme. Quand elle s'écrasa, il y eut un choc sourd qui leur retourna l'estomac. Stupéfaits, ils se tournèrent vers l'autre rive, d'où était parti le rayon.

Deria se tenait là, les défiant.

– Vous ne passerez pas ! cria-t-elle. Je viens de jeter un sort sur l'abîme qui empêche toute lévitation. Inutile d'essayer. Retournez sur vos pas avant qu'il ne soit trop tard ! Je vais rejoindre mon Maître pour lui dire que l'aragne est morte. Surtout, surtout, n'essayez pas de passer !

Il y avait une terrible angoisse dans la voix de Deria, comme si elle essayait de les mettre en garde. Mais Tara n'avait pas le choix. Magister tenait sa mère, et même si elle devait affronter tous les démons de l'enfer, elle ne reculerait pas.

Deria disparut dans l'ombre et les cinq amis se regardèrent.

– Qu'est-ce que tu veux faire ? demanda Cal à Tara. Passer de l'autre côté ou attendre Maître Chem ?

– À ton avis ? répondit Tara.

– Ouais, j'aurais pas dû demander, grogna Cal, résigné. Bon poussez-vous tout le monde, laissez agir les professionnels !

Dans sa chute, l'aragne avait brisé le début de son pont, mais les fils pendaient encore de leur côté. Il en attrapa un, tira jusqu'à en avoir une bonne longueur et en sectionna le bout. Puis il sortit de sa poche deux petits morceaux de fer, les assembla pour former un crochet très efficace, qu'il accrocha au fil, pestant car la soie collait à ses doigts. Il tira pour tester la tension. C'était solide comme de l'acier. Il avait une corde parfaite !

Devant le regard ébahi des autres, il sourit.

– Je ne sors jamais sans mes outils. Et les Sangraves ont dû penser que c'étaient des bouts de ferraille sans intérêt puisqu'ils ne me les ont pas confisqués. Ce qui était le but.

Il jaugea la hauteur des toiles qui pendaient de la voûte, puis demanda à Robin :

– Bon, sur ce coup-là, je suis trop petit. Je n'arriverai jamais à atteindre la toile. Toi qui es un elfe, tu crois que tu seras assez fort pour balancer le crochet là-haut ?

– Je ne suis qu'un demi-elfe, sourit Robin, mais ça, oui, je pense que c'est faisable.

Il attrapa le crochet, au bout duquel pendait le fil d'aragne, balança un instant le tout à bout de bras, puis le lança d'un geste vif.

Le crochet manqua la toile d'une bonne dizaine de centimètres. Il recommença plusieurs fois, mais sans résultat.

— Flûte, grogna-t-il. Je ne suis pas assez grand. Je vais avoir besoin de monter sur les épaules de quelqu'un.

— Vas-y, se résigna l'athlétique Fabrice, tout désigné pour servir de portefaix. Monte sur mes épaules.

Robin monta puis, très agilement, se mit debout sur les épaules de Fabrice, qui s'appliquait à ne pas bouger.

Il balança son crochet, puis le lança. Cette fois-ci, il était assez haut et le crochet attrapa la toile. Prudemment, il tira dessus plusieurs fois, ça avait l'air de tenir.

— Je vais passer en premier, dit-il, et profiter des épaules de Fabrice pour prendre de l'élan. À trois, j'y vais.

Robin bondit de toutes ses forces, s'agrippant au fil, et franchit l'abîme en une longue courbe élégante.

— Ça va, cria-t-il, il y a largement assez d'élan pour le franchir sans problème. Montez sur le petit promontoire de pierre, juste à côté, ça devrait suffire pour vous donner suffisamment d'impulsion.

Cela soulagea Fabrice, qui se voyait déjà servir de tremplin pour tout le monde.

Il passa en deuxième, puis Moineau et Tara, qui réussirent à atterrir sur leurs pieds. Tara avait craint que Deria n'intervienne alors qu'ils franchissaient l'abîme, mais il n'y avait aucune trace de la sortcelière.

– J'arrive, cria Cal.

Il bondit, attrapa le fil que venait de lui renvoyer Robin, puis se balança vers l'autre rive. Mais aucun d'entre eux n'avait réalisé que le crochet avait entaillé la toile. Et si celle-ci était assez résistante pour retenir les proies de l'aragne, elle n'avait pas été conçue pour supporter les mouvements de balancier imposés par leurs passages.

Aussi quand Cal bondit, le crochet s'enfonça dans ce qui restait de toile, et au moment où il passait au-dessus de l'abîme, la toile d'aragne céda.

Avec un hurlement de terreur, Cal disparut dans le précipice.

chapitre XIV
Ceux-qui-gardent

– Cal ! hurlèrent les quatre amis en même temps.

– Vite, cria Tara, il faut descendre. Il faut lui porter secours !

– Calme-toi, dit Robin en la prenant par le bras alors qu'elle tentait désespérément d'apercevoir le fond de l'abîme, c'est trop lisse, nous ne pouvons pas descendre comme ça !

– Par le Flamus je veux du feu, immédiatement et pas qu'un peu, incanta Moineau.

Une grande flamme naquit au fond du trou, éclairant suffisamment pour détailler les nombreux ossements qui le tapissaient… et le corps de Cal, disloqué sur un énorme rocher.

Il ne bougeait plus.

Tara éclata en sanglots quand elle comprit qu'il n'y avait plus rien à faire, et se laissa glisser à terre, ses jambes ne la soutenant plus. Fabrice, Moineau et Robin, atterrés, l'entourèrent et ils se réconfortèrent mutuellement.

– Je… je n'aurais pas dû vous amener avec moi, hoqueta Tara, je suis tellement désolée. C'est de ma faute s'il est mort.

– Ne dis pas de bêtises, intervint fermement Robin. Il connaissait les risques. Il serait furieux s'il te voyait renoncer maintenant. Et il serait le premier à te dire qu'il faut sauver ta mère, afin que son sacrifice ne soit pas vain !

– Je ne peux pas, gémit Tara, torturée par la culpabilité. Je ne peux pas acheter la vie de ma mère avec la vie de Cal. Nous devons rester ici et attendre Maître Chem. S'il avait été avec nous, Cal ne serait pas mort.

Malgré tous leurs arguments, Moineau, Robin et Fabrice ne purent convaincre Tara. En fait, elle n'avait pas forcément tort, et ils décidèrent de ne pas continuer tant que les dragons ne les auraient pas rejoints.

Ils pleuraient encore la mort de leur ami quand un hurlement terrible les fit bondir sur leurs pieds.

Ils crurent un instant qu'ils étaient attaqués et se tournèrent vers l'entrée de la salle d'Initiation, mais il n'y avait personne. Le bruit venait de derrière eux !

– Par la tripaille fumante de Baldur et la gueule putride d'un Krakdent, ça pue !

Le cœur serré par un espoir insensé, ils se penchèrent sur l'abîme, où se mourait le feu créé par Moineau.

Assis sur son rocher, Cal essayait d'essuyer quelque chose dont tout son corps semblait être recouvert.

– Cal, hurla Fabrice, tu vas bien ?

– Ça va, répondit Cal, de très mauvaise humeur. À part que je suis tombé sur le ventre de cette saloperie d'aragne et que j'ai du jus d'insecte et des bouts de tripaille sur tout le corps !

– Beuuh, fit Moineau avec un haut-le-cœur, et un immense sourire. C'est dégoûtant !

— Peut-être, répondit Robin, mais l'aragne lui a sauvé la vie ! Ce que nous prenions pour un rocher est le corps de la bête. En tombant sur elle, la chute de Cal a été amortie !

Tara était folle de joie.

— Cal, cria-t-elle, est-ce que tu peux remonter ?

— Ouais, ça devrait être possible. Il y a pas mal de prises. Mais j'aurai besoin d'un coup de main pour la partie supérieure, parce que là, les parois sont lisses.

Comme un singe, le jeune Voleur grimpa le long de la paroi, avec une rapidité qui les impressionna. Puis Fabrice attrapa les pieds de Robin qui se pencha sur l'abîme, tendit le bras, et remonta Cal sain et sauf.

Le jeune sortcelier dégoulinait d'un jus verdâtre et pestait de tout son cœur. Moineau et Tara se seraient bien jetées à son cou, mais les entrailles d'aragne qui le maculaient les tinrent à distance, préservant la dignité de Cal.

Cal incanta très vite un Nettoyus qui le laissa propre et sec.

— Pfff, souffla-t-il, c'est pas passé loin cette fois-ci. Un mètre à droite ou un mètre à gauche et adieu Cal !

— C'est la raison pour laquelle nous allons attendre Maître Chem, dit gravement Tara qui se remettait tout juste de ses émotions. Je ne veux plus risquer vos vies inutilement.

— Tu rigoles, s'exclama vivement Cal, on ne va pas abandonner si vite ! Écoute, la seule chose qu'on a à faire, c'est d'aller voir ce que mijote le Maître des Sangraves. On restera en bordure de la salle et on ne fera pas un geste avant l'arrivée de Maître Chem, ça te va ?

Tara n'hésita pas.

– Ça me va. Suivez-moi, et pas d'initiative ! J'ai eu assez peur pour les vingt prochaines années !

– Moi aussi ! confirma Moineau, encore toute tremblante.

À pas de loup, ils se glissèrent jusqu'à l'entrée de la salle qui était totalement, absolument, définitivement... vide.

– Mince, souffla Fabrice. Il n'est pas là !

– Mais il n'y a qu'une entrée à cette salle ! s'exclama Robin, s'il y en avait d'autres, je ne vois pas l'intérêt de l'aragne !

– S'il y a d'autres issues, observa Tara, Cal est désigné d'office pour les trouver... mais pas pour les franchir, c'est clair ?

– Je viens de faire une chute de plusieurs dizaines de mètres sur le ventre d'une aragne géante, répondit le petit Voleur en frissonnant. Je n'ai pas l'intention de me faire d'autres frayeurs, ça, je peux vous l'assurer. Alors si je trouve une issue secrète je vous appelle et on discute.

Le seul problème était qu'il n'y avait aucune issue secrète.

Ils eurent beau tapoter, renifler, chercher dans toute la salle... il n'y avait rien.

Puis Tara avisa la dalle de granit noir qui flottait toujours au-dessus de leurs têtes, et, escaladant les gradins, la détailla attentivement.

Au centre de la dalle, il y avait une sorte de... luminosité. Comme un cercle, plus clair. Curieuse, elle sauta du gradin sur la dalle, puis toucha le cercle d'un index hésitant.

– Tara, qu'est-ce que tu f... ! Ehhh ! cria Cal, en voyant disparaître Tara. Vite, elle a trouvé la sortie secrète !

Sans réfléchir, il sauta, toucha le cercle, et... disparut à son tour !

– Moineau, Fabrice, cria Robin, restez ici, protégez-vous l'un l'autre et prévenez Maître Chem ! J'y vais !

Avant que Moineau et Fabrice, frustrés, n'aient eu le temps de protester, il avait disparu. En atterrissant, il roula souplement sur ses pieds et se releva en position de combat, prêt à toute éventualité. Mais ce qu'il vit le surprit tellement qu'il s'immobilisa, stupéfait.

Car tout autour d'eux se trouvait l'Océan.

Ils étaient au cœur d'un gigantesque tourbillon. À leurs pieds, la pierre glissante était recouverte d'algues et de mousses. Quelques poissons avaient été pris au piège et agonisaient dans les flaques restantes. Très haut dans le ciel, une énorme lune blafarde illuminait le paysage.

– Où… où sommes-nous ? balbutia Cal.

– Je crois, mais je ne suis pas sûre, que nous sommes sur Terre, répondit Tara en plissant les yeux de surprise. Parce qu'il me semble bien que c'est la lune terrienne que je vois là-haut. Et ce qu'il y a autour de nous ressemble fichtrement à un temple grec englouti !

Bien que recouvertes par les algues et les coraux, d'immenses statues de marbre blanc les contemplaient du haut de leur piédestal. Et un temple aux nombreuses colonnes terminait ce qui semblait être la place centrale d'une grande ville. À travers les parois liquides retenues par le tourbillon qui les encerclait, ils pouvaient voir les poissons, les poulpes et les requins folâtrer au milieu des ruines de la ville.

Une voix dans leur dos les fit sursauter.

– Bienvenue, bienvenue en Atlantide, j'attendais ce moment depuis si longtemps !

Ils se retournèrent.

Le Maître des Sangraves se tenait devant eux.

Tara levait déjà la main pour foudroyer Magister quand celui-ci l'en empêcha.

– Attends! Je ne veux pas me battre avec toi. Il y a peu de chances que tu me fasses mal, d'une part, et d'autre part, c'est impossible ici. Ceux-qui-gardent ne l'autoriseraient pas.

Tara, prudente, garda la main levée, prête à intervenir, et ce fut Robin qui demanda:

– Ceux-qui-gardent?

– Eux, répondit laconiquement le Sangrave. Les gardiens d'Atlantide!

Sortant de l'eau, armés de leurs tridents, tout autour d'eux arrivaient Ceux-qui-gardent. Leurs mains étaient palmées, leurs dents aiguës et acérées et leur peau d'une étrange nuance hésitant entre le vert et le bleu. Ils étaient grands, plus de deux mètres, et curieusement beaux avec leurs corps humanoïdes recouverts d'écailles luisantes. Si Robin et Cal se raidirent, inquiets, pour quelque étrange raison Tara ne se sentait pas en danger.

Soudain, à sa grande surprise, l'un d'entre eux, couronné d'un cercle d'or, s'inclina devant elle.

– *Salguvil, inglativ vlamblu, bluglil,* glouglouta-t-il.

Tara allait répondre qu'elle ne comprenait pas, quand il y eut une sorte de… tintement dans sa tête. Et soudain ce fut clair! La signification de la phrase éclata dans son cerveau.

Il venait de souhaiter la bienvenue à *l'héritière.*

– Il te reconnaît, jubila le Sangrave. J'ai donc réussi!

– Vous avez réussi quoi ? lui lança froidement Tara. À me faire parler avec un homme-poisson ?

– Beaucoup, beaucoup plus que cela, Votre Impériale Majesté, ricana le Sangrave. Il vient de te reconnaître comme héritière du Haut mage Demiderus T'al Barmi ! Tu as franchi le Premier Cercle !

– Et qu'est-ce qui se serait passé s'il ne m'avait pas reconnue ?

– Ils nous auraient tous tués, répondit le Sangrave avec simplicité. Ils sont totalement insensibles à notre magie, nous sommes sans défense contre eux.

– Est-ce que quelqu'un pourrait m'expliquer, parce que moi, je nage ! se plaignit Cal.

Magister eut un mauvais sourire et assena sa nouvelle sans ménagement.

– Tara est l'Impériale sortcelière, l'héritière du trône d'Omois et la descendante directe de Demiderus. Son père était Danviou T'al Barmi Ab Santa Ab Maru, l'imperator, et frère de l'impératrice !

Cal ouvrit la bouche… et la referma, rendu muet par la stupeur. Il n'était pas le seul. Robin et Tara dévisageaient Magister comme s'il était devenu fou.

– Tu es la seule, avec l'impératrice d'Omois, à pouvoir pénétrer dans ce temple, Tara, expliqua Magister. Ceux-qui-gardent sont la première ligne de défense. Ceux-qui-jugent sont la seconde. Ces protections ont été mises en place il y a des milliers d'années, quand les dragons et les Hauts mages ont vaincu les démons. Nous sommes sur la faille principale qui relie la Terre aux Limbes. C'est par ici que les démons ont tenté d'envahir la Terre. Quand ils les ont vaincus, les dragons ont préféré engloutir l'Atlantide afin de préserver la faille de toute tentative d'ouverture. Et c'est également ici que se trouve le trône de Silur !

– Ça, je sais ce que c'est, fit remarquer Cal, c'est le trône du Roi des démons et un fantastique réservoir de puissance. Les cinq Hauts mages ont caché les objets démoniaques, symboles de la puissance des démons, sur plusieurs mondes. Et seuls leurs héritiers peuvent accéder à ces objets !

– Les démons ne sont pas très intelligents, dit Magister avec amertume. Pour se venger, ils ont organisé la mort des descendants des cinq Hauts mages sans réaliser qu'ainsi, ils se condamnaient irrémédiablement. Ne restaient que l'impératrice et toi. Et l'impératrice est hors de portée. Tu vas donc pénétrer dans le temple, et m'aider à passer le cercle de Ceux-qui-jugent.

– Même pas en rêve ! répondit Tara. *Glavouil blatir glandir !*

À son ordre, Ceux-qui-gardent venaient de se saisir de Magister.

– Tu es notre prisonnier à présent, sourit Tara. Nous allons te ramener sur AutreMonde, tu seras démasqué et jugé pour tout ce que tu as fait à ma famille.

– Oooh, roucoula méchamment Magister, je ne crois pas, non. Parce que figure-toi que si j'ai fait passer Deria dans une autre dimension pour qu'elle remplisse la mission que je lui ai confiée, ta mère, *elle*, est dans le temple. J'ai étendu le sort mortifère jusqu'ici et elle ne se transformera pas en cristal mais en ce moment, Ceux-qui-jugent ont dû s'apercevoir de sa présence et vont la déchiqueter. Tu n'as plus que quelques minutes pour la sauver !

– Espèce de monstre ! jura Tara entre ses dents.

– Je sais, merci, railla Magister. De plus, le sort mortifère que j'ai placé sur ta mère est toujours valide, même si je l'ai étendu, alors dis à tes laquais de me lâcher ou Ceux-qui-jugent n'auront pas le temps de détruire ta mère parce qu'elle sera déjà morte.

À contrecœur, Tara ordonna à Ceux-qui-gardent de lâcher Magister. Celui-ci se rajusta puis, avec une courbette ironique, lui proposa de passer en tête.

Robin et Cal se placèrent derrière le Sangrave, prêts à intervenir.

Tara pénétra dans le temple, le cœur battant. La pierre était encore glissante de l'eau de l'Océan et il fallait être prudent pour ne pas tomber. Ils avancèrent silencieusement entre les colonnes sculptées pour arriver au cœur de l'édifice.

Une statue gigantesque leur faisait face. Un dieu oublié et autrefois tout-puissant brandissait la foudre dans sa main gauche et une lance dans sa main droite.

Devant lui il y avait un autel.

Sur cet autel, reposait la mère de Tara.

Et tout autour veillaient Ceux-qui-jugent.

Si Ceux-qui-gardent étaient bien présents physiquement, Ceux-qui-jugent étaient d'immatériels esprits. Leurs formes transparentes flottaient et leurs visages sans yeux se tournèrent vers eux. Et ces formes avaient des crocs et des serres et des griffes, qu'ils étaient capables de rendre parfaitement matériels et meurtriers.

Tara s'inclina et déclara d'une voix assurée :

— Je suis Tara'tylanhnem T'al Barmi Ab Santa Ab Maru, fille de Danviou T'al Barmi Ab Santa Ab Maru, descendant de Demiderus T'al Barmi. Ma mère, Selena Duncan, a été amenée ici contre son gré par cet humain, Magister. Je réclame justice.

— Tu peux réclamer ce que tu veux, dit froidement Magister. Ils ne jugent pas les actions, ils sont uniquement là pour empêcher les démons de rouvrir la faille sans l'autorisation d'un des héritiers. Nous allons savoir maintenant si ton sang est assez pur pour les satisfaire !

En effet, les esprits se mirent soudain à tournoyer autour de Tara, qui fut prise de panique. Puis, sans avertissement aucun, ils plongèrent et pénétrèrent dans sa tête !

Avec un hurlement, Tara s'effondra.

Cal et Robin allaient bondir quand Magister les stoppa.

— Surtout ne bougez pas, cria-t-il, ou nous allons tous mourir ! Laissez agir Ceux-qui-jugent, ils ne lui feront pas de mal s'ils la reconnaissent comme l'héritière.

— Et si ce n'est pas le cas ? hurla Robin fou de rage.

— Alors notre espérance de vie se comptera en secondes.

— Espèce de taré, cria Cal, je vais…

Personne ne sut ce qu'il allait faire, car Tara soudain s'éleva, les yeux grands ouverts, irradiant de lumière. Sous elle, l'autel qui soutenait le corps inconscient de sa mère s'ouvrit, et Robin eut tout juste le temps de la récupérer avant qu'elle ne bascule.

Un gigantesque trône noir, hideusement sculpté de démons et d'animaux difformes, s'en éleva, pour se placer exactement au centre de la pièce, sous Tara, émettant une terrible chaleur qui le porta très vite au rouge vif.

– Le trône de Silur, murmura Magister, émerveillé. Enfin !

Du corps de Tara, la lumière tomba, toucha le trône et celui-ci se mit à irradier à son tour. Sur la partie supérieure du trône, la tête grotesque d'un démon était sculptée. De sa bouche immonde, un rayon rouge et brûlant jaillit, touchant les yeux du dieu oublié qui les surplombait de toute sa masse.

La statue releva la tête dans un terrible grincement, le rayon de lumière sortit de ses yeux, illumina le dessin représentant un homme en robe de sortcelier sur le plafond et le toit du temple s'ouvrit, se partageant en deux moitiés.

La lune, brillante et froide, apparut au-dessus d'eux. Ses rayons baignèrent le trône, lui faisant un halo rougeâtre. Le corps de Tara cessa d'irradier et, tout doucement, elle redescendit. Elle n'avait pas perdu connaissance pendant le processus et, voyant que Magister ne lui prêtait plus aucune attention, se précipita vers le corps de sa mère que Robin avait allongé à l'abri d'une colonne.

– Elle va bien ? demanda-t-elle avec angoisse.

– Oui, murmura Robin, elle est juste inconsciente. Qu'est-ce qu'on fait maintenant ?

– Ceux-qui-jugent m'ont expliqué le processus, répondit gravement Tara. Maintenant que le temple est ouvert, le Sangrave va commencer ses incantations pour ouvrir la faille. En ouvrant la faille, il s'approprie les pouvoirs démoniaques du trône, mais en même temps, il ouvre un passage aux démons ! Il s'en fiche, tant qu'il a le pouvoir, mais cela signifie que les démons seront lâchés sur la Terre. Ce sera l'Apocalypse et, sous leur règne, les humains deviendront du bétail juste bon pour leur consommation ! Notre espèce disparaîtra ! J'espère avoir trouvé un moyen d'empêcher cela, mais vous allez devoir me protéger. Je serai totalement sans défense. Vous croyez que vous en serez capables ?

— Fais ce que tu dois faire, souffla Robin. Je donnerais ma vie pour toi.

Tara rougit.

— Ben, j'ai déjà failli mourir deux fois aujourd'hui, ajouta Cal en haussant les épaules avec résignation, une de plus ou une de moins, qu'est-ce que ça change ! Allons-y.

Magister s'était placé sous le trône. En touchant la pierre sculptée, les rayons de la lune devenaient rouges. À l'aide de ses incantations, le Sangrave les saisissait, les rendant matériels, les tissant comme des fils de lumière froide, créant un portail qui se détachait sur le mur du temple.

Prenant une grande inspiration, Tara se plaça derrière ses deux amis, qui avaient formé un solide bouclier magique.

Elle se concentra et un terrible rayon bleu jaillit de ses deux mains tendues. Un instant Magister crut qu'elle le visait et instinctivement, il forma lui aussi un bouclier. Mais le rayon passa bien au-dessus de sa tête et frappa… le trône de Silur !

Tara ayant compris qu'elle ne pouvait pas vaincre Magister s'en prenait à l'objet de toutes ses convoitises. Le trône était brûlant de l'énergie démoniaque qu'il contenait, aussi n'avait-elle pas évoqué un rayon de feu, mais un rayon de glace ! Quand celui-ci toucha le trône incandescent, un énorme nuage de vapeur jaillit.

— Nooooon, hurla le Sangrave, fou de rage. Je t'en empê-cherai ! « Par le Destructam enfants périssez, et de ces lieux disparaissez ! »

Sa force destructrice frappa le bouclier de Cal et de Robin, mais les deux jeunes sortceliers combattirent de toutes leurs forces et parvinrent à résister.

Pendant ce temps, Tara puisait au plus profond de sa peur et de sa colère pour amplifier son pouvoir. Soudain, elle sentit qu'il affluait dans ses veines. Ses yeux devinrent entièrement bleus et le rayon prit alors toute son ampleur, engloutissant le trône dans une lueur bleutée. La pierre hurla, torturée par l'écart de température entre son brasier intérieur et le froid terrifiant du rayon.

Réalisant qu'il n'avait pas le temps de détruire les deux jeunes sortceliers, Magister reprit ses incantations, luttant de vitesse avec la jeune fille pour s'approprier le pouvoir du trône démoniaque.

Déjà, les rayons de lune finissaient de tisser le passage, ployant sous sa monstrueuse volonté. L'énergie démoniaque s'échappait des Limbes en un flot de lumière noire qui allait frapper le trône, puis baignait le corps de Magister, l'alimentant en pouvoir. Malheureusement, l'ouverture avait attiré les démons et leurs ombres se dessinaient : serres, griffes, gueules, crocs, prêts à déchiqueter.

Désespérée, Tara comprit qu'ils allaient perdre. Soudain, un second rayon blanc-bleu fusa, la prenant par surprise. Sa mère venait de joindre ses forces aux siennes !

À son réveil, elle n'avait pas reconnu tout de suite la jeune fille qui luttait pour détruire le trône de Silur. Puis le barrage mémoriel qu'elle s'était infligé pour oublier Tara avait cédé et elle s'était lancée dans la bagarre.

Furieux, Magister hurla une dernière incantation, les deux premiers démons achevèrent de passer et Tara rugit à son tour, refusant de s'avouer vaincue, mit tout son désespoir dans la force de son cri :

– Gèle !

Le froid qu'elle imagina touchait au zéro absolu.

Quand il engloba le trône, la pierre noire émit un grincement torturé et celui-ci… explosa !

Des morceaux de basalte noir furent projetés dans toutes les directions, détruisant le portail et calcinant les deux démons à corps de poulpe et têtes de chien.

Le bouclier formé par Cal et Robin sauva Tara et Selena d'une destruction certaine.

Magister prit le choc de plein fouet et fut projeté au sol.

Les rayons de lune s'atténuèrent. La lumière commença à s'éteindre dans les yeux de la statue, et le toit du temple entama sa lente fermeture.

– NOOOOONNN ! cria Magister. CELA NE SERA PAS ! PAR LA LUNE D'ARGENT ÉTÉVELIER, JE TE L'ORDONNE IL FAUT TE RÉVEILLER !

À leur grande stupeur, le toit s'immobilisa… et la lune illumina de nouveau les yeux du dieu oublié !

– Qui ? Qui ose me réveiller ? tonna la terrible voix de la statue.

– Elle ! cria Magister en désignant Tara, oubliant dans sa folie furieuse qu'il avait besoin de la jeune fille. C'est elle qui t'a invoqué ! Elle veut ouvrir la faille pour que les démons envahissent la Terre ! Il faut la détruire !

– Ehhh! protesta Cal, furieux, c'est pas vrai! C'est lui qui vous a réveillé, nous on n'a rien fait!

Mais le dieu oublié ne l'écouta pas. Dans un crissement strident, la statue s'arracha à son piédestal et brandit sa lance pour embrocher Tara.

Paralysée par la peur, Tara ne pouvait que regarder la mort qui plongeait vers elle quand Cal s'envola. Il atterrit comme un chat sur les épaules du dieu et, brandissant sa robe de sortcelier qu'il venait d'ôter, la passa d'un geste brusque autour des yeux de la statue.

Dès que les rayons de lune cessèrent de toucher ses orbites creuses, le dieu s'immobilisa, sa lance à quelques millimètres du cœur de Tara… et le toit du temple recommença à se fermer.

Magister tenta de détruire la robe de Cal, mais cette fois-ci, Selena fut plus rapide.

– Ah, non! gronda-t-elle. « Par le Rigidifus le sortcelier périt et plus jamais sa magie n'agit! »

Si son pouvoir n'était pas suffisant pour tuer Magister, il l'immobilisa cependant suffisamment longtemps. Le toit du temple se referma avec un claquement définitif.

Le trône était détruit et la faille enfin close.

Quand Magister se releva, il tendit la main vers Tara mais Ceux-qui-jugent intervinrent. Les corps immatériels firent un cercle autour de lui, et les griffes et les crocs luirent dans la pénombre. Il comprit qu'ils ne le laisseraient pas attaquer l'héritière plus longtemps et poussa un hurlement de dépit.

Saisissant un morceau de basalte encore fumant, il s'entailla le bras, puis cria:

– Ce n'est pas fini, Tara ! Il n'y a pas que le trône de Silur ! Regarde bien derrière toi, je ne serai jamais loin !

Puis il traça un cercle écarlate de sang tout autour de lui, incanta et disparut.

Le tourbillon créé pour contenir les flots se mit alors à rétrécir, et les tonnes d'eau commencèrent à reprendre du terrain. Terrifiés, ils comprirent qu'ils devaient partir très vite, sinon ils allaient mourir broyés par la pression.

– Qu'est-ce qu'on fait ? hurla Cal tandis que le tourbillon se rapprochait avec un bruit infernal.

– Placez l'héritière, placez sur l'autel, placez l'héritière, psalmodièrent Ceux-qui-jugent.

Ils obéirent, foncèrent vers l'autel et sautèrent dessus.

Déjà, derrière eux, montait le rugissement des eaux qui envahissaient le temple.

Un mur liquide se précipita vers eux, Cal ouvrit la bouche pour hurler de frayeur, Ceux-qui-jugent incantèrent… et tout disparut.

L'instant d'après, tous se retrouvèrent dans la salle d'Initiation, sous les yeux stupéfaits de Maître Chem, de l'elfe T'andilus, de Moineau, de Fabrice, de Manitou et de Fafnir, au milieu d'une mare d'eau salée.

Moineau se jeta au cou de Tara avant de réaliser qu'elle était trempée.

– Qu'est-ce que j'ai eu peur, s'exclama-t-elle… avant de reculer. Mais tu es mouillée ! Et pourquoi Cal est en caleçon ?

Très embarrassé, Cal s'empressa d'enfiler sa robe, tout en jetant un regard noir vers Robin qui ne pouvait maîtriser un début de fou rire nerveux.

– Oui, sourit Tara, je suis mouillée, je suis épuisée et pour le caleçon de Cal je te raconterai tout dès que Maître Chem aura délivré Maman du sort mortifère de Magister !

Le mage, qui ouvrait déjà la bouche pour demander des explications, la referma aussi vite et se mit à tourner autour de Selena en l'étudiant attentivement.

– Pfff, fit-il d'un air assez dédaigneux, je vois. Très maléfique, très compliqué, mais pas impossible à contrer. La formule utilise une langue très ancienne… mmmmh… « *Illandus contrariant annihilus mortifera sanglarus poh !* »

Une sorte de nuage noir s'échappa de la bouche et des yeux de Selena et se dissipa dans les airs.

Elle poussa un cri de joie.

– LIBRE ! Ça y est ! Je suis libre, libre !

Et elle sauta au cou de toutes les personnes présentes. Robin, Fabrice et Cal clignèrent des yeux, un peu surpris, mais Moineau et Maître Chem lui rendirent chaleureusement son étreinte, et si Fafnir fut étonnée, elle n'en laissa rien paraître.

Ils apprirent qu'une partie des Sangraves s'était évaporée au moment où Magister s'était échappé. Et Maître Chem avait failli devenir fou quand il était arrivé au pont, avait vu le cadavre de l'aragne au fond et Moineau et Fabrice seuls dans la salle d'Initiation. Malgré tous leurs efforts, ils n'étaient pas parvenus à réactiver le passage vers l'Atlantide.

Ils attendaient leur retour avec de plus en plus d'inquiétude au fur et à mesure que le temps passait.

Quand Maître Chem apprit que Tara, Selena, Cal et Robin avaient détruit le trône de Silur, il fit la grimace. Les objets de pouvoir démoniaque étaient aussi importants pour les dragons que pour les démons, raison pour laquelle ils ne les avaient pas démantelés.

Puis il apprit que Tara était la fille de Danviou, héritier de l'Empire d'Omois, il ouvrit de grands yeux, ce que fit également Selena qui avait raté ce bout-là de l'histoire. Elle comprenait maintenant pourquoi Danviou lui avait caché son identité ! Il voulait être sûr qu'elle l'aimait pour lui-même et pas pour son titre d'héritier de l'Empire ! Puis elle soupira en baissant la tête. Non, quelque chose ne collait pas dans cette explication. Son mari devait certainement avoir une autre raison pour lui dissimuler un « détail » aussi important !

Enfin, Tara annonça que Magister semblait avoir localisé d'autres objets démoniaques et comptait bien l'utiliser pour y accéder, et elle crut que le vieux mage allait tomber en syncope.

– Certainement pas, tonna-t-il. Même si je dois rester avec toi vingt-six heures sur vingt-six, ce chien de Sangrave (pardon Manitou, tu n'étais pas visé) ne touchera plus un cheveu de ta tête, foi de dragon !

– Certes, répondit Tara qui ne se voyait pas avec le vieux mage sur le dos tout le temps ! Maintenant si on pouvait sortir d'ici, ça serait bien, cet endroit me donne la chair de poule.

À leur arrivée dans la cour de la forteresse grise, ils découvrirent que les apprentis Sangraves, ex-Premiers sortceliers, étaient désenvoûtés d'autorité, solidement encadrés par les elfes.

Dès qu'un jeune sortcelier leur était amené, les dragons le traitaient en chassant l'influence démoniaque. Les uns derrière les autres, les cercles rouges sur les poitrines disparurent… et avec eux le pouvoir des démons. Tara ne put s'empêcher de rire quand elle vit que certains des dragons regardaient avec surprise la longue barbe qui ornait soudain leur menton, ou ceux des leurs qui étaient transformés en souris, en chameaux ou en chiens. Visiblement les métaphores avaient encore frappé !

Les Nonsos furent délivrés et renvoyés chez eux, débordants de joie d'échapper enfin à l'esclavage du sinistre Magister.

Suite au récit du Haut mage, l'elfe T'andilus décida de faire fouiller la forteresse grise de fond en comble. Maître Dragosh se joignit à lui.

Et ce qu'ils découvrirent ne les rassura pas.

Dans le bureau du Maître des Sangraves se trouvaient des plans. Des plans de conquête et surtout une liste. Une liste que le vieux mage arracha des mains de l'elfe qui la lui apporta.

– Par mes ancêtres, murmura-t-il, très troublé, il en a trouvé d'autres !

– D'autres ? demanda Maître Dragosh.

– Tara avait raison, dit le vieux mage. Ce fou a réussi à localiser plusieurs des objets démoniaques que nous avions enlevés aux démons. Mais les protections ne laisseront passer que les héritiers des cinq Hauts mages, ce qui signifie qu'il va probablement tenter encore d'utiliser Tara ! C'est terrible !

– Vous devez neutraliser Magister, murmura Maître Dragosh. Vous savez ce qu'ils ont fait à ma famille ! Il ne doit plus jamais s'approcher de Tara.

– Je vais la protéger de mon mieux, répondit le vieux mage.

– Le mieux ne serait-il pas de… supprimer le problème ?

Le vieux mage releva vivement les yeux de la liste qu'il était en train de regarder.

— J'espère avoir mal compris ce que tu viens de dire !

Le Vampyr refusa de faire machine arrière.

— Si la vie de cette jeune fille est tout ce qu'il y a entre nous et les Limbes, je n'hésiterais pas, gronda-t-il.

Le vieux mage étrécit les yeux et s'approcha du Vampyr.

— Cette jeune fille est l'héritière d'un immense Empire, mon ami, pas uniquement la clef permettant d'accéder à l'univers démoniaque. Souviens-t'en avant de lui déclarer la guerre !

Vaincu, le Vampyr s'inclina. Mais la lueur qui brillait dans ses yeux ne trompa pas Maître Chem. S'il y avait un choix à faire, il le ferait sans hésiter !

Tara, sa mère et ses amis étaient restés dans la cour, et quand il les rejoignit, le vieux dragon leur dissimula soigneusement la liste.

— Nous pouvons rentrer au Palais Royal de Travia, s'exclama-t-il joyeusement, et fêter notre victoire… et la résurrection de la mère de Tara !

— Nous avons remis en place la tapisserie des licornes, Haut mage, signala T'andilus qui supervisait les opérations. La Porte fonctionne. Vous pourrez retourner au palais quand vous le désirerez.

— Parfait ! approuva le Haut mage, bon travail. Continuez à rechercher tout ce qui pourrait vous paraître suspect, et faites-moi un rapport. Je n'ai pas spécialement envie de m'attarder ici. Allons-y !

— Euuh… Maître ? intervint Tara.

— Oui, Tara, qu'y a-t-il ?

– Pourriez-vous faire accompagner Fafnir chez elle ? Elle a absorbé une infusion de roses noires, ce qui a annulé son pouvoir. Et son Exorde ne va pas tarder.

– Une infusion de roses noires ?

Le mage était choqué.

– Tu dois vraiment détester la magie pour faire une chose pareille, fit-il observer à la naine.

– C'est bon pour vous, ces trucs-là, répondit-elle. Une honnête naine n'a rien à faire avec tous ces micmacs.

– Nous perdons une excellente Première, soupira le mage, mais nous avons gagné une amie. J'espère que maintenant que tu as vécu parmi nous tu parviendras à faire comprendre à tes compatriotes qu'ils ont tort de rejeter la magie en bloc. Elle peut être très bénéfique !

– Ben, après tout ce qu'on a subi ces derniers jours à cause de votre bénéfique magie, je n'ai aucun doute. Je vous la laisse !

Le mage ne put s'empêcher de sourire.

– Alors au revoir Fafnir, puisses-tu bien te porter et que ton marteau sonne clair !

– Merci, Maître, que votre enclume résonne !

La naine se tourna vers ses amis.

– Eh bien voilà. Je m'en vais.

– Merci pour tout ce que tu as fait pour nous, dit Tara en l'embrassant, tu as été géniale. J'espère que nous nous reverrons !

La naine fit une petite grimace… puis lui rendit son étreinte.

– Ouais, pas trop tôt quand même. J'ai l'impression que tu attires les catastrophes comme l'aimant attire la limaille. Enfin ! Je te souhaite bonne chance. Que ton marteau sonne clair !

– Et que ton enclume résonne, répondit Tara qui avait bien enregistré la formule de politesse.

La naine salua Robin, Cal, Fabrice et Moineau, adressa un sec hochement de tête à Angelica que le Haut mage avait envoyé chercher et suivit l'elfe qui la mena à la salle de la Porte.

– Bien, résuma le mage, à notre tour maintenant. Rentrons à la maison.

Leur retour à Travia ne fut pas très discret. C'était le milieu de l'après-midi là-bas, et tout le monde savait que les elfes et les dragons étaient partis en expédition pour ramener leurs Premiers. Ceux qui étaient restés étaient terriblement inquiets et lorsqu'ils émergèrent dans la salle de la Porte de Travia, le Palais tout entier, y compris le roi et la reine, était là.

Tout le monde était épuisé par la nuit blanche et l'émotion, aussi le Haut mage ordonna-t-il une sieste avant le souper du soir.

Tara retrouva sa chambre avec un sentiment proche de la vénération et sa mère se vit attribuer une suite pas très loin, comme invitée d'honneur.

À son réveil, Tara se précipita dans la suite de sa mère et entreprit de rattraper dix ans de frustration. Elles pleurèrent… un peu, et rirent beaucoup. Ce fut un moment… magique ! Le Palais, sensible à leur joie, fit défiler les plus beaux paysages d'AutreMonde pour leur faire plaisir.

Une fois remises de leurs émotions, elles descendirent rejoindre les autres pour le banquet d'honneur présidé par le roi et la reine.

Elles étaient les dernières. Dès qu'elles furent installées, le Haut mage prit la parole.

– J'ai le plaisir de vous annoncer que grâce à six courageux jeunes Premiers et à Tara, nous avons réussi à trouver le repaire des Sangraves et à délivrer nos Premiers sortceliers, ainsi que la mère de Tara, prisonnière depuis dix ans !

Une vague d'applaudissements lui coupa la parole.

– Merci, merci ! sourit-il. Caliban, Robin, Tara, Gloria, Fabrice et Angelica (qui adressa un mauvais sourire à Tara, très contente d'être incluse dans le lot alors qu'elle n'avait rien fait de particulier), ainsi que Fafnir la naine, ont déjoué les plans de ces kidnappeurs !

Cette fois-ci ce furent des acclamations qui noyèrent son discours.

– Merci, merci, reprit-il modestement, moi je n'ai pas fait grand-chose, ce sont eux les héros. À présent, mangeons !

Malheureusement pour eux, Tara et les autres furent littéralement assiégés. Tout le monde voulait savoir ce qui s'était passé et, bien que Cal gémisse en disant qu'il mourait de faim, ils furent bien obligés de répondre avant de toucher à leur assiette.

Il y avait encore quelques semaines, tous ignoraient la jeune fille ou bien en avaient peur. Ils la fêtaient maintenant comme une véritable héroïne.

Tara était rayonnante de bonheur, entourée de sa mère enfin retrouvée, de ses amis les plus chers, Cal faisant rire tout le monde avec ses descriptions cocasses. Les Hauts mages avaient donné une semaine de repos à leurs Premiers sortceliers, et elle allait, sous la protection de deux Hauts mages, retourner enfin sur Terre. Ce seraient sans doute les plus beaux moments de sa vie !

Elle terminait de déguster sa Kidikoi quand elle sursauta. Elle attendait de la sucette une prédiction du genre : « À présent c'est terminé et tu t'es bien amusée ! » Mais ce n'était pas ça qui venait d'apparaître devant elle. Pas du tout.

« Le Chasseur te guette et la mort est prête », lisait-elle.

Tara déglutit, douloureusement consciente de l'implacable justesse des précédentes prédictions, puis haussa les épaules avec résignation. Ainsi le Chasseur la cherchait. Eh bien, qu'il vienne.

Elle *aussi* était prête.

Petit lexique d'AutreMonde

AutreMonde

AutreMonde est une planète sur laquelle la magie est très présente. D'une superficie d'environ une fois et demie celle de la Terre, AutreMonde effectue sa rotation autour de son soleil en 14 mois ; les jours y durent 26 heures et l'année compte 454 jours. Deux lunes satellites, Madix et Tadix, gravitent autour d'AutreMonde et provoquent d'importantes marées lors des équinoxes.

Les montagnes d'AutreMonde sont bien plus hautes que celles de la Terre, et les métaux qu'on y exploite sont parfois dangereux à extraire du fait des explosions magiques. Les mers sont moins importantes que sur Terre (il y a une proportion de 45 % de terre pour 55 % d'eau) et deux d'entre elles sont des mers d'eau douce.

La magie qui règne sur AutreMonde conditionne aussi bien la faune, la flore que le climat. Les saisons sont, de ce fait, très difficiles à prévoir (AutreMonde peut se retrouver en été sous un mètre de neige !). Pour une année dite « normale », il n'y a pas moins de sept saisons.

De nombreux peuples vivent sur AutreMonde, dont les principaux sont les humains, les nains, les géants, les trolls, les Vampyrs, les gnomes, les lutins, les elfes, les licornes, les Chimères, les Tatris et les dragons.

Nonsos

Les Nonsos (contraction de « non-sortcelier ») sont des humains ne possédant pas le pouvoir de sortcelier.

Sortcelier (f. : sortcelière)

Littéralement « celui qui sait lier les sorts ». Afin de focaliser sa pensée et réaliser ce dont il a besoin, le sortcelier, qui est doué de pouvoir magique, incante, ce qui lui permet de matérialiser ses désirs. Quelques rares sortceliers n'ont pas besoin d'incanter, car leur pouvoir est si puissant qu'il se manifeste même sans incantation. Les Terriens ont déformé le mot, après le départ des sortceliers sur AutreMonde, en « sorcier ». C'est de là que sont nés les sorciers et les sorcières terriens.

Les pays et les peuples d'AutreMonde

Dranvouglispenchir est la planète des dragons.

Énormes reptiles intelligents, les dragons sont doués de magie et capables de prendre n'importe quelle forme, le plus souvent humaine. Pour s'opposer aux Démons qui leur disputent la domination des univers, ils ont conquis tous les mondes connus jusqu'au moment où ils se sont heurtés aux sortceliers terriens. Après la bataille, ils ont décidé qu'il était plus intéressant de s'en faire des alliés que des ennemis, d'autant qu'ils devaient toujours lutter contre les Démons. Abandonnant alors leur projet de dominer la Terre, les dragons ont cependant refusé que les sortceliers la dirigent mais les ont invités sur AutreMonde, pour les former et les éduquer. Après plusieurs années de méfiance, les sortceliers ont fini par accepter et se sont installés sur AutreMonde.

Gandis est le pays des géants, sa capitale est Geopole.
Gandis est dirigé par la puissante famille des Groars.
C'est à Gandis que se trouvent l'île des Roses Noires et les Marais de la Désolation.
Son emblème est un mur de pierres « masksorts », surmonté du soleil d'AutreMonde.

Hymlia est le pays des nains, sa capitale est Minat.
Hymlia est dirigé par le Clan des Forgeafeux.
Son emblème est l'enclume et le marteau de guerre sur fond de mine ouverte.
Robustes, souvent aussi hauts que larges, les nains sont les mineurs et forgerons d'AutreMonde, et ce sont également d'excellents métallurgistes et joailliers. Ils sont aussi connus pour leur très mauvais caractère, leur détestation de la magie et leur goût pour les chants longs et compliqués.

Krankar est le pays des trolls, sa capitale est Kria.

Son emblème est un arbre surmonté d'une massue.

Les trolls sont énormes, poilus, verts, avec d'énormes dents plates, et ils sont végétariens. Ils ont mauvaise réputation car, pour se nourrir, ils déciment les arbres (ce qui horripile les elfes) et ont tendance à perdre facilement patience, écrasant alors tout sur leur passage.

La Krasalvie est le pays des Vampyrs, sa capitale est Urla.

Son emblème est un astrolabe surmonté d'une étoile et du symbole de l'infini (un huit couché).

Les Vampyrs sont des sages. Patients et cultivés, ils passent la majeure partie de leur très longue existence en méditation et se consacrent à des activités mathématiques et astronomiques. Ils recherchent le sens de la vie.

Se nourrissant uniquement de sang, ils élèvent du bétail : des Brrraaas*, des Mooouuus*, des chevaux, des chèvres – importées de la Terre –, des moutons, etc. Cependant, certains sangs leur sont interdits : le sang de licorne ou d'humain les rend fous, diminue leur espérance de vie de moitié et déclenche une allergie mortelle à la lumière solaire ; leur morsure devient alors empoisonnée et leur permet d'asservir les humains qu'ils mordent. De plus, si leurs victimes sont contaminées par ce sang vicié, celles-ci deviennent à leur tour des Vampyrs, mais des Vampyrs corrompus et mauvais. Les Vampyrs victimes de cette malédiction sont impitoyablement pourchassés par leurs congénères, ainsi que par tous les peuples d'AutreMonde.

Le Lancovit est le plus grand royaume humain, sa capitale est Travia.

Le Lancovit est dirigé par le roi Bear et sa femme Titania. Son emblème est la licorne blanche à corne dorée, dominée par le croissant de lune d'argent.

Les Limbes sont l'Univers Démoniaque, le domaine des Démons.

Les Limbes sont divisés en différents mondes, appelés cercles et selon le cercle, les Démons sont plus ou moins puissants, plus ou moins civilisés. Les Démons des cercles 1, 2 et 3 sont sauvages et très dangereux; ceux des cercles 4, 5 et 6 sont souvent invoqués par les sortceliers dans le cadre d'échanges de services (les sortceliers pouvant obtenir des Démons des choses dont ils ont besoin et vice versa). Le cercle 7 est le cercle où règne le Roi des Démons.

Les Démons vivant dans les Limbes se nourrissent de l'énergie démoniaque fournie par les soleils maléfiques. S'ils sortent des Limbes pour se rendre sur les autres mondes, ils doivent se nourrir de la chair et de l'esprit d'êtres intelligents pour survivre. Ils avaient commencé à envahir l'univers jusqu'au jour où les dragons sont apparus et les ont vaincus lors d'une mémorable bataille. Depuis, les Démons sont prisonniers des Limbes et ne peuvent aller sur les autres planètes que sur invocation expresse d'un sortcelier ou de tout être doué de magie. Les Démons supportent très mal cette restriction de leurs activités et cherchent un moyen de se libérer.

Le Mentalir, les vastes plaines de l'Est, est le pays des licornes et des centaures.

Les licornes sont de petits chevaux à corne spiralée et unique (qui peut se dévisser), elles ont des sabots fendus et une robe blanche. Si certaines licornes n'ont pas d'intelligence, d'autres sont de véritables sages, dont l'intellect peut rivaliser avec celui des dragons. Cette particularité fait qu'il est difficile de les classifier dans la rubrique peuple ou dans la rubrique faune.

Les centaures sont des êtres moitié homme (ou moitié femme) moitié cheval ; il existe deux sortes de centaures : les centaures dont la partie supérieure est humaine et la partie inférieure cheval, et ceux dont la partie supérieure du corps est cheval et la partie inférieure humaine. On ignore de quelle manipulation magique résultent les centaures, mais c'est un peuple complexe qui ne veut pas se mêler aux autres, sinon pour obtenir les produits de première nécessité, comme le sel ou les onguents. Farouches et sauvages, ils n'hésitent pas à larder de flèches tout étranger désirant passer sur leurs terres.

On dit dans les plaines que les chamans des tribus des centaures attrapent les Pllops, grenouilles blanc et bleu très venimeuses, et lèchent leur dos pour avoir des visions du futur. Le fait que les centaures aient été pratiquement exterminés par les elfes durant la grande Guerre des Étourneaux peut faire penser que cette méthode n'est pas très efficace.

Omois est le plus grand empire humain, sa capitale est Tingapour.

Omois est dirigé par l'impératrice Lisbeth'tylanhnem T'al Barmi Ab Santa Ab Maru et son demi-frère l'imperator Sandor T'al Barmi Ab March Ab Brevis.

Son emblème est le paon pourpre aux cent yeux d'or.

Selenda est le pays des elfes, sa capitale est Seborn.

Les elfes sont, comme les sortceliers, doués pour la magie. D'apparence humaine, ils ont les oreilles pointues et des yeux très clairs à la pupille verticale, comme celle des chats. Les elfes habitent les forêts et les plaines d'AutreMonde et sont de redoutables chasseurs. Ils adorent aussi les combats, les luttes et tous les jeux impliquant un adversaire, c'est pourquoi, ils sont souvent employés dans la Police ou les Forces de Surveillance, afin d'utiliser judicieusement leur énergie. Mais quand les elfes commencent à cultiver le maïs ou l'orge enchanté, les peuples d'AutreMonde s'inquiètent: cela signifie qu'ils vont partir en guerre. En effet, n'ayant plus le temps de chasser en temps de guerre, les elfes se mettent alors à cultiver et à élever du bétail; ils reviennent à leur mode de vie ancestral une fois la guerre terminée.

Autres particularités des elfes: ce sont les mâles qui portent les bébés dans de petites poches sur le ventre – comme les marsupiaux – jusqu'à ce que les petits sachent marcher. Enfin, une elfe n'a pas droit à plus de cinq maris!

Smallcountry est le pays des gnomes, des lutins, des fées et des gobelins.

Son emblème est un globe stylisé entourant une fleur, un oiseau et une aragne. Petits, râblés, dotés d'une houppette orange, les gnomes se nourrissent de pierres et sont, tout comme les nains, des mineurs. Leur houppette est un détecteur de gaz très efficace : tant qu'elle est dressée, tout va bien, mais dès qu'elle s'affaisse, les gnomes savent qu'il y a du gaz dans la mine et s'enfuient. Ce sont également, pour une inexplicable raison, les seuls à pouvoir communiquer avec les Diseurs de Vérité.

Les P'abo, les petits lutins bruns très farceurs de Smallcountry, sont les créateurs des fameuses sucettes Kidikoi. Capables de projeter des illusions ou de se rendre provisoirement invisibles, ils adorent l'or qu'ils gardent dans une bourse cachée. Celui qui parvient à trouver la bourse peut faire deux vœux que le lutin aura l'obligation d'accomplir afin de récupérer son précieux or. Cependant, il est toujours dangereux de demander un vœu à un lutin car ils ont une grande faculté de « désinterprétation »… et les résultats peuvent être inattendus.

Tatran est le pays des Tatris, sa capitale est Cityville.

Les Tatris ont la particularité d'avoir deux têtes. Ce sont de très bons organisateurs (ils ont souvent des emplois d'administrateurs ou travaillent dans les plus hautes sphères des gouvernements, tant par goût que grâce à leur particularité physique). Ils n'ont aucune fantaisie, estimant que seul le travail est important.

Ils sont l'une des cibles préférée des P'abo, les lutins farceurs, qui n'arrivent pas à imaginer un peuple totalement dénué d'humour et tentent désespérément de faire rire les Tatris depuis des siècles. D'ailleurs, les P'abo ont même créé un prix qui récompensera celui d'entre eux qui sera le premier à réussir cet exploit.

La vie sur AutreMonde
(faune, flore et vie quotidienne)

Aragne

Originaires de Smallcountry, comme les spalenditals*, les aragnes sont aussi utilisées comme montures par les gnomes et leur soie est réputée pour sa solidité. Dotées de huit pattes et de huit yeux, elles ont la particularité d'avoir une queue, comme celle des scorpions, munie d'un dard empoisonné. Les aragnes sont extrêmement intelligentes et adorent poser des charades à leurs futures proies.

Balboune

Immenses baleines, les balbounes sont rouges et sont deux fois plus grandes que les baleines terrestres. Leur lait, extrêmement riche, fait l'objet d'un commerce entre les liquidiens, tritons et sirènes et les solidiens, habitants sur terre ferme. Le beurre et la crème de balboune sont des aliments délicats et très recherchés.

Ballorchidée

Magnifiques fleurs, les ballorchidées doivent leur nom aux boules jaunes et vertes qui les contiennent avant qu'elles n'éclosent. Plantes parasites, elles poussent extrêmement vite et peuvent faire mourir un arbre en quelques saisons puis, en déplaçant leurs racines, s'attaquer à un autre arbre. Les arbres d'AutreMonde luttent contre les ballorchidées en sécrétant des substances corrosives afin de les dissuader de s'attacher à eux.

Bééé

Moutons à la belle laine blanche, les bééés se sont adaptés aux saisons très variables de la planète magique et peuvent perdre leur toison ou la faire repousser en quelques heures. Les éleveurs utilisent d'ailleurs cette particularité au moment de la tonte : ils font croire aux bééés (sur AutreMonde, on dit « crédule comme un bééé ») qu'il fait brutalement très chaud et ceux-ci se débarrassent alors immédiatement de leur toison.

Bizzz

Grosses abeilles rouge et jaune, les bizzz, contrairement aux abeilles terriennes, n'ont pas de dard. Leur unique moyen de défense est de sécréter une substance toxique qui empoisonne tout prédateur voulant les manger. Le miel qu'elles produisent à partir des fleurs magiques d'AutreMonde a un goût incomparable. On dit souvent sur AutreMonde « Doux comme du miel de bizzz ».

Brill

Mets très recherché sur AutreMonde, les pousses de brill se nichent au creux des montagnes magiques d'Hymlia et les

nains, qui les récoltent, les vendent très cher aux commer-
çants d'AutreMonde. Ce qui bien fait rire les nains (qui n'en
consomment pas) car à Hymlia, les brills sont considérés
comme de la mauvaise herbe.

Brrraaa

Énormes bœufs au poil très fourni dont les géants utilisent
la laine pour leurs vêtements, les Brrraaas sont très agressifs.
Ils chargent tout ce qui bouge, ce qui fait qu'on rencontre
souvent des Brrraaas épuisés d'avoir poursuivi leur ombre.
On dit souvent « têtu comme un Brrraaa ».

Bulle-sardine

La bulle-sardine est un poisson qui a la particularité de se
dilater lorsqu'elle est attaquée ; sa peau se tend au point qu'il
est pratiquement impossible de la couper. Ne dit-on pas sur
AutreMonde « indestructible comme une bulle-sardine » ?

Camélin

Le camélin, qui tient son nom de sa faculté à changer de
couleur selon son environnement, est une plante assez rare.
Dans les plaines du Mentalir, sa couleur dominante sera le
bleu, dans le désert de Salterens, il deviendra blond ou blanc,
etc. Il conserve cette faculté une fois cueilli et tissé. On en fait
un tissu précieux qui, selon son environnement, change
de couleur.

Cantaloup

Plantes carnivores, agressives et voraces, les cantaloups se
nourrissent d'insectes et de petits rongeurs. Leurs pétales,

aux couleurs variables, mais toujours criardes, sont munis d'épines acérées qui « harponnent » leurs proies. De la taille d'un gros chien, elles sont difficiles à cueillir et constituent un mets de choix sur AutreMonde.

Chatrix

Les chatrix sont des sortes de grosses hyènes noires, très agressives, aux dents empoisonnées, qui ne chassent que la nuit. On peut les apprivoiser et les dresser et elles sont parfois utilisées comme gardiennes par l'empire d'Omois.

Clac-cacahuète

Les clac-cacahuètes tiennent leur nom du bruit très caractéristique qu'elles font quand on les ouvre. On en tire une huile parfumée, très utilisée en cuisine par les grands chefs d'AutreMonde… et les ménagères avisées.

Crouiccc

Gros mammifères omnivores bleus, aux défenses rouges, les Crouicccs sont connus pour leur très mauvais caractère, et élevés pour leur chair savoureuse. Une troupe de Crouicccs sauvages peut dévaster un champ en quelques heures : c'est la raison pour laquelle les agriculteurs d'AutreMonde utilisent des sorts anticrouiccc pour protéger leurs cultures.

Drago-tyrannosaure

Cousins des dragons, mais n'ayant pas leur intelligence, les drago-tyrannosaures ont de petites ailes, mais ne peuvent pas voler. Redoutables prédateurs, ils mangent tout ce qui bouge et même tout ce qui ne bouge pas. Vivant dans les forêts humides et chaudes d'Omois, ils rendent cette partie de la planète particulièrement inappropriée au développement touristique.

Gambole

La gambole est un animal couramment utilisé en sorcellerie. Petit rongeur aux dents bleues, il fouit très profondément le sol d'AutreMonde, au point que sa chair et son sang sont imprégnés de magie. Une fois séché, et donc « racorni », puis réduit en poudre, le « racorni de gambole » permet les opérations magiques les plus difficiles. Certains sortceliers utilisent également le racorni de gambole pour leur consommation personnelle car la poudre procure des visions hallucinatoires. Cette pratique est strictement interdite sur AutreMonde et les accros au racorni sont sévèrement punis.

Gandari

Plante proche de la rhubarbe, avec un léger goût de miel.

Géant d'Acier

Arbres gigantesques d'AutreMonde, les Géants d'Acier peuvent atteindre deux cents mètres de haut et la circonférence de leur tronc peut aller jusqu'à cinquante mètres ! Les pégases utilisent souvent les Géants d'Acier pour nicher, mettant ainsi leur progéniture à l'abri des prédateurs.

Glurps

Sauriens à la tête fine, vert et brun, ils vivent dans les lacs et les marais. Très voraces, ils sont capables de passer plusieurs heures sous l'eau sans respirer pour attraper l'animal innocent venu se désaltérer. Ils construisent leurs nids dans des caches au bord de l'eau et dissimulent leurs proies dans des trous au fond des lacs.

Jourstal (pl. : jourstaux)
Journaux d'AutreMonde que les sortceliers et Nonsos reçoivent sur leurs boules, écrans, portables de cristal.

Kalorna
Ravissantes fleurs des bois, les Kalornas sont composées de pétales rose et blanc légèrement sucrés qui en font des mets de choix pour les herbivores et omnivores d'AutreMonde. Pour éviter l'extinction, les Kalornas ont développé trois pétales capables de percevoir l'approche d'un prédateur. Ces pétales, en forme de gros yeux, leur permettent de se dissimuler très rapidement. Malheureusement, les Kalornas sont également extrêmement curieuses, et elles repointent le bout de leurs pétales souvent trop vite pour pouvoir échapper aux cueilleurs. Ne dit-on pas « curieux comme une Kalorna » ?

Kax
Utilisée en tisane, cette herbe est connue pour ses vertus relaxantes. Si relaxantes d'ailleurs qu'il est conseillé de n'en consommer que dans son lit. Sur AutreMonde, on l'appelle aussi la molmol, en référence à son action sur les muscles. Et il existe une expression qui dit : « Toi t'es un vrai kax ! » pour qualifier quelqu'un de très mou.

Keltril

Métal lumineux et argenté utilisé par les elfes pour leurs cuirasses et protections. À la fois léger et très résistant, le Keltril est quasiment indestructible.

Kidikoi

Sucette créée par les P'abo, les lutins farceurs. Une fois qu'on en a mangé l'enrobage, une prédiction apparaît en son cœur. Cette prédiction se réalise toujours, même si le plus souvent celui à qui elle est destinée ne la comprend pas. Des Hauts mages de toutes les nations se sont penchés sur les mystérieuses Kidikoi pour essayer d'en comprendre le fonctionnement, mais ils n'ont réussi qu'à récolter des caries et des kilos en trop. Le secret des P'abo reste bien gardé.

Krakdent

Animal originaire du Krankar, pays des trolls, le Krakdent ressemble à une peluche rose dont on ne sait pas où est le devant et le derrière, mais est extrêmement dangereux, car sa bouche extensible peut tripler de volume et lui permet d'avaler à peu près n'importe quoi. Beaucoup de touristes sur AutreMonde ont terminé leur vie en prononçant la phrase : « Regarde comme il est mign… ».

Kraken

Gigantesque pieuvre aux tentacules noirs, on la retrouve, du fait de sa taille, dans les mers d'AutreMonde, mais elle peut également survivre en eau douce. Les Krakens représentent un danger bien connu des navigateurs.

Krekrekre

Petits rongeurs au pelage jaune citron ressemblant au lapin, les krekrekre, du fait de l'environnement très coloré d'Autre-Monde, échappent assez facilement à leurs prédateurs. Bien que leur chair soit assez fade, elle nourrit le voyageur affamé ou le chasseur patient. Sur AutreMonde, les krekrekre sont également élevés en captivité.

Kroa

Grenouille bicolore, la Kroa constitue le principal menu des Glurps qui les repèrent aisément à cause de leur chant particulièrement agaçant.

Krok-requin

Le krok-requin est un prédateur des mers d'AutreMonde. Énorme animal aux dents acérées, il n'hésite pas à s'attaquer au célèbre Kraken et, avec ce dernier, rend les mers d'Autre-Monde peu sûres aux marins.

Mangeur de Boue

Habitants des Marais de la Désolation à Gandis, les Mangeurs de Boue sont de grosses boules de poils qui se nourrissent des éléments nutritifs contenus dans la boue, d'insectes et de nénuphars. Les tribus primitives des Mangeurs de Boue ont peu de contact avec les autres habitants d'AutreMonde.

Manuril

Les pousses de manuril, blanches et juteuses, forment un accompagnement très prisé des habitants d'AutreMonde.

Miam

Sorte de grosse cerise rouge de la taille d'une pêche.

Mooouuu

C'est un élan sans cornes et à deux têtes. Quand une tête mange, l'autre reste vigilante pour surveiller les prédateurs. Pour se déplacer, le Mooouuu coure en crabe.

Mouche à sang

C'est une mouche dont la piqûre est très douloureuse.

Mrmoum

Les mrmoums sont des fruits très difficiles à cueillir, car les mrmoumiers sont d'énormes plantes animées qui couvrent parfois la superficie d'une petite forêt. Dès qu'un prédateur s'approche, les mrmoumiers s'enfoncent dans le sol avec ce bruit caractéristique qui leur a donné leur nom. Ce qui fait qu'il peut être très surprenant de se promener sur AutreMonde et, tout à coup, de voir une forêt entière de mrmoumiers disparaître, ne laissant qu'une plaine nue.

Pégase

Cheval ailé, son intelligence est proche de celle du chien. Il n'a pas de sabot mais des griffes pour pouvoir se percher facilement et fait souvent son nid en haut des Géants d'Acier*.

Rouge-banane

Équivalent de notre banane, sauf pour la couleur.

Scoop

Petite caméra ailée, produit de la technologie d'Autre-Monde. Semi-intelligente, la scoop ne vit que pour filmer et transmettre ses images à son cristalliste.

Slurp

Le jus de slurp, plante originaire des plaines du Mentalir, a étrangement le goût d'un fond de bœuf délicatement poivré. La plante a reproduit cette saveur carnée afin d'échapper aux troupeaux de licornes, farouchement herbivores. Cependant, les habitants d'AutreMonde, ayant découvert la caractéristique gustative du slurp, ont pris l'habitude d'accommoder leurs plats avec du jus de slurp.

Spachoune

Les Spachounes sont des dindons géants et dorés qui gloussent constamment en se pavanant et qui sont très faciles à chasser. On dit souvent « bête comme un Spachoune », ou « vaniteux comme un Spachoune ».

Spalendital

Sorte de scorpions, les spalenditals sont originaires de Smallcountry. Domestiqués, ils servent de montures aux gnomes qui utilisent également leur cuir très résistant. Les gnomes adorant (dans le sens gustatif du terme) les oiseaux, ils ont littéralement dépeuplé leur pays, ouvrant ainsi une niche écologique aux insectes et autres bestioles. En effet, débarrassés de leurs ennemis naturels, ceux-ci ont pu grandir sans danger, chaque génération étant plus nombreuse que la précédente. Le résultat pour les gnomes est que leur pays est envahi de scorpions géants, d'araignées géantes, de mille-pattes géants.

Stridule

Équivalent de nos criquets, les stridules peuvent être très destructeurs lorsqu'ils migrent en nuages, dévastant alors toutes les cultures qui se trouvent sur leur passage. Les stridules produisent une bave très fertile, couramment utilisée en magie.

T'sil

Ver du désert de Salterens, le T'sil s'enfouit dans le sable et attend qu'un animal passe. Il s'y accroche et perce alors la peau ou la carapace. Les œufs pénètrent le système sanguin et sont disséminés dans le corps de l'hôte. Une centaine d'heures plus tard, les œufs éclosent et les T'sil mangent le corps de leur victime pour sortir. Sur AutreMonde, la mort par T'sil est l'une des plus atroces. C'est la raison pour laquelle il n'y a pas beaucoup de touristes tentés par un trekking dans le désert de Salterens. S'il existe un antidote contre le T'sil ordinaire, il n'y en a pas contre le T'sil doré dont l'attaque conduit immanquablement à la mort.

Tatchoum

Petite fleur jaune dont le pollen, équivalent du poivre sur AutreMonde, est extrêmement irritant. Respirer une Tatchoum permet de déboucher n'importe quel nez.

Traduc

Ce sont de gros animaux élevés par les centaures pour leur viande et leur laine. Ils ont la particularité de sentir très mauvais. « Puer comme un traduc malade » est une insulte très répandue sur AutreMonde.

Tzinpaf

Délicieuse boisson à bulles à base de cola, de pommes et d'oranges, le Tzinpaf est une boisson rafraîchissante et dynamisante.

Vlir

Les vlirs sont de petites prunes dorées, assez proches de la mirabelle, mais plus sucrées.

Vrrir

Félin blanc et doré à six pattes. Certains Vrrirs ont été capturés et sont les favoris de l'impératrice. Celle-ci leur a jeté un sort afin qu'ils ne voient pas qu'ils sont prisonniers de son palais. Là où il y a des meubles et des divans, Les Vrrirs voient des arbres et des pierres confortables. Pour eux, les courtisans sont invisibles et quand ils sont caressés, ils pensent que c'est le vent qui ébouriffe leur fourrure.

Table des matières

I - Pouvoirs et mensonges 9

II - Cauchemar d'une nuit d'été 34

III - Transports non communs 73

IV - Le Vampyr 127

V - Les démons des Limbes 162

VI - Disparition! 224

VII - Hauts mages et maléfices 240

VIII - Vortex mortel 270

IX - Tingapour la magnifique 310

X - Dans l'antre des Sangraves 334

XI - Porte de sortie 380

XII - Les Marais de la Désolation 418

XIII - Acrobaties aériennes 481

XIV - Ceux-qui-gardent 510

Petit lexique d'AutreMonde 535

Remerciements 559

Remerciements

Comme mes deux premiers livres de *Tara Duncan* passent en poche en même temps, j'ai donc « actualisé » les remerciements sur les deux tomes. Quoi? Moi? Paresseuse? Même pas vrai! Tara Duncan est une décalogie, je vais en avoir, du temps, pour remercier plein de gens!

Passer en poche est une grande aventure et pour m'avoir fait venir chez Univers Poche, je veux tout d'abord remercier Laurent Bonelli qui depuis nous a quitté et est allé rejoindre les anges : Laurent, tu nous manques terriblement. Nous ne t'oublierons jamais.

Merci à Gabriela Kaufmann, directrice de la branche Beaux Livres des éditions du Seuil, pour avoir permis ce passage en poche.

Merci aussi au formidable Jean-Claude Dubost, grrrrand patron d'Univers Poche, à l'inépuisable culture et à l'épuisant dynamisme, le Nadal de l'édition… Sans vous, cher Jean-Claude, cette aventure serait nettement moins amusante.

Merci à Natacha Derevitsky et à la super équipe éditoriale-commerciale-marketing-communication, Glenn Tavennec, Thierry Diaz, Ghislain Mollat du Jourdin, Nicolas Watrin. Grâce à vous, le passage en poche devient une magnifique ouverture pour l'avenir de notre *Tara*.

Tara Duncan

Je ne veux pas oublier les équipes d'Interforum et la talentueuse Hélène Murphy, ni les libraires qu'ils torturent pour leur faire prendre encore plus d'exemplaires de *Tara Duncan*, merci à vous.

Et merci à toute ma famille, à l'amourdemaviemonmariàmoitouteseule, Philippe, le seul, l'unique, qui espère que grâce à Univers Poche les *Tara* prendront moins de place dans la bibliothèque (raté mon amour, ils viennent en plus !), à Diane et Marine, qui sont déjà « Pocketaddicted » et me suivent avec indulgence dans toutes mes aventures, je vous aime mes filles, et à ma maman, France Veber, toujours la tête dans les livres. Bisous aux z'Audouins, Papy Gérard, Jean-Luc, Corinne, Lou, Thierry, Marylène et Léo, et aux Veber, Francis, Françoise, Gilles et Jean.

Enfin, merci à mes Taraddicts, les plus beaux, les meilleurs des fans !

Composition : Francisco *Compo* - 61290 Longny-au-Perche

Impression réalisée sur Presse Offset par

CPI
Brodard & Taupin

La Flèche (Sarthe), le 05-09-2007
N° d'impression : 41666
Dépôt légal : septembre 2007
Imprimé en France

12, avenue d'Italie
75627 PARIS Cedex 13